Franceline

Louison
dans la douceur perdue

FANNY DESCHAMPS

Louison dans la douceur perdue

ROMAN

Albin Michel

22, rue Huyghens, 75014 PARIS

ISBN 2-226-03518-4

I.

Verte-Fontaine

1

Le postillon arrêta ses chevaux devant l'*Hôtel de La Promenade*. Matthieu sauta à terre, déplia ses longs membres en respirant à pleins poumons. Malgré le ciel instable l'air sentait l'été. Un coup de soleil séchait les averses du matin, scintillait sur la rivière et les toits encore mouillés, enflammait les jaunes des folles giroflées poussées entre les vieilles pierres de la ville haute. Matthieu eut un sourire pour le paysage retrouvé.

Julienne, la nouvelle servante des Pajaud, plantée coite au milieu de la cour, contemplait l'inconnu. Même à *La Promenade*, le logis le plus réputé d'Argenton, on voyait rarement un voyageur aussi passionnant. Grand, bien découplé, il avait un beau regard clair dans un beau visage, des cheveux superbes, blond cendré, simplement noués en queue. Avec cela il était vêtu comme une gravure de mode, d'une courte redingote à basques couleur suie-des-cheminées-de-Londres portée sur une culotte gris pâle, son drôle de petit chapeau de jockey était le premier de ce modèle qui débarquait en Berri, et jamais non plus Julienne n'avait vu d'aussi jolies bottes aux pieds d'un homme, de fin cuir souple noir à revers chamois.

Mme Pajaud, accourue aux nouvelles, poussa sur l'épaule de Julienne en riant.

— Reste pas là bâille-bé, ma belle, tu n'y gagneras rien. Je n'ai jamais vu ce beau monsieur-là blonder avec une fille d'auberge. Va-t'en plutôt aider le Jean à prendre sa malle.

Pajaud sortait de sa cuisine, joyeux et s'essuyant les mains à son tablier.

— Monsieur le Baron ! Ma foi, on a plaisir à vous voir au pays. C'est que ça faisait des temps ! M'est idée qu'on ne vous avait pas revu depuis le mariage de monsieur le Marquis. Je me trompe ?

— Non, dit Matthieu.

— Quatre années, dit Pajaud. Adjà quatre années. Ça passe !

— Trop vite pour que j'aie oublié le goût de vos pâtés, dit Matthieu. En faites-vous toujours d'aussi bons, aux œufs ? J'ai une faim de loup !

— Ah ! monsieur le Baron, le temps des pâtés aux œufs, c'est le temps de Pâques. J'en ai point aujourd'hui, mais j'ai un brochet frais pêché, comme juste à la fine fin pour vous. Le voudrez-vous au vert, ou bien au beurre blanc ?

— Au vert, monsieur Pajaud. Avec une bonne omelette au lard avant.

— Et après j'aurai du clafoutis pour vous faire la bonne bouche, je sais que vous l'aimez, dit Mme Pajaud. Nous avons eu un mai quasiment chaud comme un mois d'août. Les griottes noires sont tout en sucre.

Matthieu entra de bon cœur dans la salle à manger, content de n'y reconnaître personne. Après sa longue route avec un postillon bavard il avait envie de dîner tranquille et prit une petite table. Depuis son dernier passage la maison Pajaud semblait s'être encore enrichie. Une tapisserie de Bergame recouvrait les murs, il y avait des coussins sur les chaises, des faïences d'Epinal sur le dressoir, une magnifique fontaine avec son réservoir, et du savon à la violette pour les mains. La nappe mise devant le baron, Mme Pajaud vint elle-même lui porter des couverts d'argent et un gobelet ciselé.

Les trois dîneurs assis à la table d'hôte en étaient au dessert, si bien que, son omelette expédiée, Matthieu se retrouva seul dans la vaste salle, en train d'espérer son brochet. Allongeant ses grandes jambes il se renversa contre son dossier de chaise et se laissa aller, comme un chat, à la détente de son corps recru de poussière et de lumière avalées au galop. Derrière son dos, le balancier de l'horloge battait des secondes lentes. La pénombre lui était douce aux yeux, le vin gris lui lavait la gorge, un léger parfum de croûtons aillés s'échappait du saladier posé à sa portée. Il sut gré à Mme Pajaud de ne venir quêter ses compliments qu'en lui apportant le clafoutis.

— Après ça, je vous ferai un bon café, dit-elle d'un ton réjoui. Alors, monsieur le Baron ? Avez-vous reconnu le bon goût des poissons de la Creuse ?

— Le brochet de monsieur Pajaud était un délice, dit Matthieu en lui souriant. La salade embaumait, je n'ai fait qu'une bouchée de votre chevrotin, et ce clafoutis me semble une autre merveille. Coupez-m'en une grosse part.

Elle lui donna le quart du gâteau.

— Bon, à présent je m'en vais faire votre café, dit-elle sans bouger d'un pas. Pajaud aurait voulu vous le préparer lui-même, mais il a bien du monde là-haut, dans la petite salle à manger.

Sans nécessité elle baissa la voix comme pour une confidence.

— Depuis que cette Assemblée des Notables s'est tenue à Versailles l'an dernier et que tout en va de mal en pis, les notables de par ici ne font plus que se réunir à tout bout de champ pour parler des affaires du Royaume. Qu'est-ce qu'on en dit, à Paris ? Vous le pensez, vous, qu'on finira par la faire, cette révolution ?

— Je pense que les affaires du Roi ne vont pas bien, dit Matthieu. Et comme la cabale a forcé son ministre le plus imaginatif à s'enfuir à Londres... Calonne lui manquera. Il lui manque déjà.

Mme Pajaud avait pris l'air stupéfait.

— Monsieur le Baron ne peut pas être du parti du Calonne ? Un voleur pareil ! Il paraît qu'on n'avait jamais vu pire aux Finances. On parle d'un trou dans sa caisse de trois milliards de francs !

— Allez jusqu'à trois milliards et demi, madame Pajaud ; c'est le chiffre qu'aimeraient accréditer ses ennemis.

— Et il ne faudrait pas les croire ?

— Non. J'ai été sur le tard des familiers de Calonne et ne le renie point. Il a quitté le contrôle des Finances plus pauvre qu'il n'y était entré. S'il peut vivre à son aise à Londres, c'est que sa maîtresse la plus fidèle est la veuve d'un banquier.

Il y eut un silence. La bonne aubergiste n'avait pas

pour habitude de contredire ses hôtes de qualité. Mais là, tout de même :

— Monsieur le Baron, il n'y a pas de fumée sans feu, finit-elle par murmurer.

— Si, là où il y a des journalistes à vendre, dit Matthieu.

Il savoura une gorgée de vin avant de poursuivre :

— Calonne aurait pu sortir la monarchie de sa crise... si nous avions un roi. Mais nous n'avons qu'un roi malgré lui, et par malheur son ministre avait de l'intelligence et des idées — juste ce qu'il faut pour se mettre tout le monde à dos ! Nous sommes dans une impasse : la France ne supporte plus ses maux, et les Français ne veulent pas des remèdes. Dans les clubs on crie que tout doit changer, et à la moindre menace d'un changement on s'ameute dans les rues.

Tirant le plat de clafoutis vers lui pour s'en resservir une part, il ajouta d'une autre voix :

— Pour vous, madame Pajaud, les choses vont bien, à ce que je vois ?

Son regard fit le tour de la salle, s'attarda sur les belles faïences d'Epinal.

— Votre fontaine neuve est une œuvre d'art.

— Dieu merci, pour nous tout a toujours bien marché et même, l'agitation fait aller le commerce. Mais alentour dans la campagne il y a bien de la misère, monsieur le Baron, bien de la misère. Dès qu'une récolte est mauvaise le pain manque chez beaucoup et la colère gronde — monsieur votre oncle vous le dira.

— Si j'arrive jusqu'à Verte-Fontaine, dit Matthieu en se moquant gentiment. J'ai besoin d'un bon café pour me remettre en route. Ne deviez-vous point aller m'en faire ?

Elle lui rapporta son café un moment plus tard, la mine faussement confuse.

— Faites excuse. Je suis parleuse et, en plus, si contente de vous avoir... Mais pour sûr qu'à Verte-Fontaine aussi on doit être pressé de vous revoir. Après tout ce temps !

Un grand sourire de tendresse illumina sa face ronde.

— Vous ne connaissez pas encore la petite demoiselle Aurore ? Ah ! c'est une belle gazoute ! A même pas trois ans elle emberlaude* déjà son monde, vous ne savez rien lui refuser. Monsieur le Marquis en est fou.

Son sourire mourut, elle dit plus bas :

— Heureusement qu'il avait sa belle gazoute pour se consoler quand le malheur est arrivé.

— Oui, j'ai su, dit brièvement Matthieu.

— Une mauvaise chute de cheval, continua Mme Pajaud. Aussi, madame de Roquefeuille fâchait son médecin, elle allait comme si de rien n'était.

Le mutisme subit du baron n'encourageait pas l'aubergiste à s'enfoncer dans son potin, mais elle aimait potiner.

— Le pire : ç'aurait été un garçon, chuchota-t-elle.

— Reste-t-il du café ? demanda Matthieu.

— Par chance, madame la Marquise s'est vite remise, reprit Mme Pajaud en lui versant un fond de tasse. Mais elle avait besoin de se distraire pour oublier. L'hiver dernier, ils l'ont passé en ville. Monsieur le Marquis avait repris pour eux son petit hôtel du bord de Creuse. Votre tante a joué plusieurs rôles sur le théâtre des Fraiscinet de Seille, et avec un succès ! Je crois bien qu'elle est toujours plus belle d'une année sur l'autre, comme si c'était possible !

— Je vais vous prendre un cheval de selle, lança Matthieu en se levant, si brusquement que son hôtesse sursauta.

Il rajustait son habit.

— Votre charretier pourra bien se charger de porter ma malle au château ?

— Monsieur le Baron, dès l'instant que vous le demandez, dit froidement l'aubergiste.

Elle était vexée. Ce départ à la hussarde... Quelle mouche avait piqué le baron ?

Matthieu passa le pont au petit trot, mit pied à terre au bas de la côte.

La montée vers Châteauneuf était rude. Matthieu la grimpa pourtant de bon cœur. Après des heures passées à

* Enjôle.

partager le siège d'un postillon il prenait plaisir à marcher, et la promenade était belle. Plus on s'élevait sur la colline plus le paysage s'élargissait, se vallonnait en variant ses couleurs pour composer, autour de la petite ville, une vue à peindre. Du plus haut, Argenton apparaissait toute riante dans le creux de ses coteaux, coupée en deux par le clair ruban de sa rivière, son village de chaumières moussues accroché aux ruines du château vieux, sa basse cité commerçante et bourgeoise bordée de balcons de bois surplombant la Creuse, qu'on voyait filer hors les murs entre deux rideaux de peupliers pour s'en aller faire tourner des moulins.

Matthieu fixait l'hôtel Roquefeuille aux volets clos. Le père de l'oncle Aimé, le général Bernard de Roquefeuille, l'avait fait bâtir en revenant de la guerre du Hanovre, les poches pleines de ses rapines. La façade sur rivière était avenante avec son jardin de curé qui glissait doucement vers la Creuse, au bord de laquelle des lavandières agenouillées dans leurs cabassons battaient leurs linges en bavardant. Sur l'autre rive, des enfants jouaient à faire des ricochets sur l'eau, en essayant d'éclabousser les femmes. Le lieu ne manquait ni de charme ni de gaieté, la demeure ne manquait pas d'une noblesse bon enfant, mais Matthieu ne parvenait pas à y voir vivre Louison. Sa pensée butait sur trop d'images d'hier : le somptueux hôtel du faubourg Saint-Honoré dans lequel avait grandi la future marquise ; la jolie folie des Porcherons qu'elle avait quittée pour suivre son époux en Berri ; Georges de Bièvre faisant parade de sa radieuse maîtresse dans tous les salons, au milieu d'une cour d'envieux pressés d'occuper sa place. Elle pouvait jeter le mouchoir à n'importe qui parmi la fleur des pois et même à Calonne, alors au faîte de sa fortune. Elle avait choisi un obscur provincial de quarante ans, parce qu'il lui offrait une couronne de marquise et un vieux château. « Incroyable ! » ricana Matthieu. Après quatre années d'étonnement mal guéri, le mariage de Mlle Couperin avec son oncle Roquefeuille lui semblait encore presque aussi impossible qu'au soir d'avril 1784 où Beaumarchais en avait lâché la nouvelle devant lui.

Il se secoua de sa contemplation, réenfourcha sa monture et l'enleva au galop. Il avait besoin de vent. Le vent sur le visage emporte les pensées. Cela l'irritait, de constater que le mariage de son oncle l'agaçait toujours, comme si cette vieille histoire lui importait.

Il prit par les traquettes *, amusé de ne s'y retrouver qu'avec peine dans le labyrinthe du bocage et des bois. Autour de lui le monde était devenu d'un vert luisant, frais rincé par les pluies du matin, inondé de fleurs d'épine et de chèvrefeuille sauvage, embaumé du côté des bouquets de sureaux. Dès qu'on le voulait ce pays appartenait encore aux arbres, aux bêtes et aux oiseaux, on pouvait s'y croire un Robinson échoué dans un pays d'avant les hommes. Matthieu se perdit plusieurs fois avant d'enfin redécouvrir le grand chemin de terre durcie qui descendait vers Saint-Martial, en passant devant la grille d'entrée de Verte-Fontaine. Comme toujours, la grille était grande ouverte.

Au bout de la longue allée des tilleuls, derrière le tapis ras pentu d'un jardin à la française, le château se présentait par son côté le plus élégant, celui de sa façade sud. Un corps de logis Renaissance à deux étages de cinq fenêtres ouvrant sur une terrasse haute, flanqué de deux tours rondes à poivrière, coiffé d'un beau toit mansardé. C'était une bonne heure pour le voir. Un soleil oblique voilé satinait les vieux roses et les bruns des petites tuiles, le gris ardoisé des poivrières, la patine des murs. Un gigantesque ormeau, magnifiquement déployé, projetait son ombre sur la tour de gauche. Il semblait planté là depuis mille ans.

Matthieu retint son cheval. Il sentait soudain son cœur, alerté. « Mère », murmura-t-il. Dieu merci, c'était ce nom-là qui lui était monté aux lèvres.

Quatre ans. Pajaud avait raison : cela faisait des temps ! Depuis quatre ans il résistait aux lettres qui le pressaient de revenir en Berri. Il adorait sa mère, pourtant, et ne détestait pas ce pays sauvageon. Naguère il aurait aimé y séduire son oncle, se faire un ancrage dans

* Petits chemins.

sa maison, un port d'attache. La survenue d'une marquise lui avait ôté toute chance de se rapprocher familièrement du marquis, et Matthieu n'y pensait plus qu'avec amertume.

A son retour d'Amérique d'où sa mère le ramenait après un second veuvage, quand il avait revu ce parent berrichon oublié dans le fond de son enfance, l'orphelin de deux pères s'était jeté à sa tête avec une affection spontanée, joyeuse et bavarde, que Roquefeuille, sans doute, avait trouvée trop agressive. Le marquis s'était montré aimable avec son neveu, mais en gardant ses distances. L'outre-Atlantique, que Matthieu racontait avec enthousiasme, le laissait froid, et Matthieu l'avait mal admis. Avant sa venue à Verte-Fontaine l'accueil de Paris ne l'avait pas préparé à ce dédain.

Au printemps de 1781, quand lui et sa mère avaient retrouvé la France après un exil de quinze années, Paris délirait de passion pour l'Amérique et les Américains. Les Parisiens ne se lassaient pas de s'entendre conter le miroitant Nouveau Monde. Les causeurs à la mode parlaient de la liberté de là-bas comme si la douceur de vivre en France leur était devenue un carcan, et les plus gros rêveurs s'achetaient à prix d'or des morceaux de la Pennsylvanie, sans s'étonner qu'on leur bradât l'Eldorado pour quelques poignées de louis. Pour les coquettes le Yankee de passage était l'amant fashionable, les plus appétissants ne savaient où donner du cœur, le beau Matthieu de Chauvigné n'avait eu qu'à paraître pour entrer dans la ronde. Certes, lui n'était pas un vrai Yankee mais il avait été un insurgent, au côté de son beau-père James Martin Howell, l'armateur-négociant de Boston que sa mère avait épousé en secondes noces. Et puis sa haute stature, ses cheveux blonds, ses yeux bleus, son allure, ses idées, tout cela l'apparentait aux Gallois et aux Irlandais dont s'était peuplée la Nouvelle-Angleterre, et enfin il avait l'âge de servir les dames sans se fatiguer. Pendant les trois mois qu'avait duré son séjour à Paris il avait fort agréablement vécu, et de manière à croire que toute la France s'était mise à l'heure américaine. Cet intérêt constant, tout cet amour de salon et d'alcôve que la société prodiguait à ce qui venait du Nouveau Monde lui semblaient naturels, à lui qui avait fait de Boston, depuis son enfance, la patrie de son cœur. Lui aussi croyait de bonne foi que l'Américain était l'homme du siècle, et c'était dans cette croyance-là qu'il avait un jour quitté Paris pour suivre sa mère en Berri.

Or le Berri ne se souciait pas de l'heure qu'il était en Amérique ! Le Berri vivait à son heure locale en ne s'occupant que de ses petites affaires, au ras de ses herbages. Les Berrichons parlaient de leurs impôts, des moutons fin gras, des moutons mérinos et du prix de la laine, de la sécheresse et de la pluie, des crues des rivières, des routes qui ne se faisaient point, des corvées de voirie qu'on ne voulait plus faire. Matthieu, qui avait laissé de l'autre côté de l'Atlantique des aventuriers lancés avec violence à la conquête de grands horizons, et à Paris des boutefeux lancés avec passion à la conquête de grandes idées, Matthieu s'était retrouvé au milieu de paroissiens mécontents mais prudents, engoncés dans leurs mêmes chicanes depuis des siècles. Les insurgés du Berri se battaient à la petite semaine sans philosopher ni trop casser — faux-sauniers contre gabelous, contrebandiers contre gendarmes, braconniers de lièvres ou de carpes contre les gardes du seigneur. Ennuyé, dépaysé corps et âme dans un monde soudain rapetissé aux contours mous, aux peines résignées, à l'avenir étriqué, Matthieu avait demandé à sa mère la permission de repartir pour Boston.

Alix Howell ne l'avait pas entendu de la bonne oreille ! Le destin l'avait ramenée en France, elle voulait voir son fils y redevenir ce qu'il était : un gentilhomme français. De toutes ses forces elle l'empêcherait d'aller « faire le républicain et tripoter de l'argent » aux Etats-Unis. D'abord, Alix n'avait pas confiance dans l'argent qu'on gagne, elle avait vu trop de hauts et de bas chez les affairistes du Massachusetts. Seule la terre demeure. Son frère Aimé n'avait pas d'héritier. Son unique neveu, un jour, devrait relever le nom des Roquefeuille. Alors Matthieu serait marquis, il aurait le domaine de Verte-Fontaine, son château, ses fermes, ses bois, ses étangs, il aurait le bel hôtel d'Argenton au bord de la Creuse et les bicoques à loyers de Châteauroux.

En dépit des moqueries de Matthieu, qui parlait de ses espérances comme d'une marotte de vieille dame attardée dans le style Louis XV, Alix avait continué de caresser son beau rêve jusqu'à l'annonce du mariage d'Aimé de Roquefeuille avec Mlle Louise Couperin. Sa cuisante désillusion, son fils l'avait perçue à travers ses lettres, ne s'adoucissant qu'avec peine au fil des mois et traversant des périodes de recrue, au point qu'aujourd'hui Matthieu se demandait si sa mère ne s'était pas remise pour de bon à l'écoute de son espoir un moment gelé ? La marquise n'avait pas encore donné un héritier au marquis. Leur premier enfant était une fille, le second, un fils avorté. Le nom des Roquefeuille risquait toujours de s'éteindre, pour l'instant Matthieu demeurait son possible sauveur.

Il eut une bouffée de rire. Moins que jamais il avait envie d'hériter la vie dolente de son oncle en même temps que son marquisat ! On était le 24 juin 1788. Depuis le 1er il avait vingt-huit ans. En cette fin de siècle tourmentée par les sciences et les idées neuves, la vie d'un homme de vingt-huit ans était ailleurs qu'au fond d'un vieux château. Il ne revenait à Verte-Fontaine que pour embrasser sa mère.

Alix essayait en vain de se tenir tranquille dans son fauteuil. Pour la dixième fois de l'après-dînée elle posa sa broderie, se leva et s'approcha de la fenêtre : la grande allée des tilleuls était encore déserte. Elle soupira et s'en retourna à son ouvrage, sans y mettre un seul point. Du regard elle se promenait dans sa chambre. Rien n'y avait changé du décor déjà fané qu'elle avait quitté, trente ans plus tôt, pour suivre en Normandie son jeune époux, le baron de Chauvigné. La pièce était tendue d'un damas de laine bleu faïence à grandes fleurs qui datait de la Régence et se mitait par endroits mais, pour rien au monde, Alix n'aurait permis qu'on le remplaçât. Dans ce climat vieillot encombré de gros meubles rassurants, sans doute un peu terne et triste pour les autres, elle retrouvait partout le bonheur et les plaisirs de sa jeunesse. Elle s'y reposait de ses exils. La campagne normande des Chauvigné ne l'avait pas trop dépaysée du bocage berrichon mais, dans la Nouvelle-Angleterre où l'avait emmenée Mr Howell, son second mari, elle ne s'était jamais plu. Après que Howell eut été tué à White Plains dans l'armée de Washington, Alix n'avait pas traîné à Boston ; vite elle était venue rechercher en Berri ses habitudes d'autrefois. Oh ! bien sûr, la vie du château s'était rétrécie. Ses parents n'étaient plus là et, des huit demoiselles Roquefeuille, il n'en restait que trois : Alix, Marie-Blanche qu'on appelait Blanchette, et Stéphanie, « la petite Nini », qui filait sur ses quarante ans. Par bonheur Louis-Aimé, l'héritier du domaine, n'était pas un réformateur, et autour de lui Verte-Fontaine avait continué d'exister comme dans la mémoire d'Alix. La revenante y était rentrée comme dans ses pantoufles.

Pour une demeure familiale c'est un charme puissant que d'être vieille et grande, avec beaucoup d'espace perdu, un lacis de couloirs dont les « jours » font le tour d'un paysage, des greniers où s'est empilé le chaos du passé. Dans une vieille grande maison ni les souvenirs ni les fantômes ne sont dérangés, ils se trouvent des coins dont les servantes négligent le ménage, dont la poussière a la bonne odeur lourde de la vie morte. C'est une maison habitée par tous les siens pour toujours. Les vivants d'hier y tiennent les vivants d'aujourd'hui dans un air solide, parfumé d'éternité, où ils se sentent douillettement devenir immortels, eux aussi. « On peut vivre ailleurs, mais il faut mourir chez soi pour ne mourir qu'un peu », pensa Alix en jouant avec le dé d'or tout usé qui lui venait de la grand-tante Julie. Elle jeta un coup d'œil à la pendule et se releva une fois de plus. C'était l'heure du thé. On le servait chaque jour, à six heures, dans le salon neuf du rez-de-chaussée. Alix s'apprêtait à y descendre, quand un bruit de roues et de voix la renvoya vers sa fenêtre.

Toupinet venait d'amener, au pied de la terrasse, le coquet équipage qui servait à sa maîtresse quand elle ne voulait pas monter Perle. La charrette était légère, avec de bons coussins vert de pomme et une garniture de pompons, et attelée à Maurine, la jument noire toujours superbement lustrée, une forte jument, à la fois vive et douce, la préférée de la marquise. Pour l'instant, juchées sur le banc du cocher la petite Soraya et la plus petite Aurore se partageaient les guides — Aurore en riant et criant beaucoup. Elles faisaient semblant de mener au galop, tout autour de l'esplanade, la jument que le valet maintenait au pas.

Alix ouvrit sa fenêtre pour envoyer un bonjour aux enfants. Elle n'avait certes pas aimé, ni pardonné la mésalliance de son frère avec la bâtarde d'une courtisane, mais ses petites filles avaient bien trop de grâce pour être boudées. L'aînée, la fille du Persan, avait cinq ans déjà, et déjà la touchante beauté parfaite qu'un conteur arabe prête à la fiancée du Shâh. Ses boucles d'agneau bien frisé étaient aussi brillamment noires que celles d'Aurore étaient blondes, du blond provocant du pays, ce blond de bassin * rayonnant des belles Berrichonnes, hérité des belles Gauloises.

Puisqu'on avait sorti la charrette-à-Maurine, c'était sans doute que leur mère voulait aller aux Vernières, se dit Alix. Il y avait une grande malade à la ferme des Vernières, et la marquise s'occupait beaucoup plus du domaine depuis que les absences d'Aimé — pris avec tous les notables dans l'agitation politique de la province — se multipliaient et s'allongeaient. En tout cas, si Louison allait aux Vernières elle aurait tort d'y emmener ses filles, l'air d'une chambre de malade ne vaut rien pour de jeunes poumons, mais, depuis beau temps, Alix ne se permettait plus la moindre remarque à propos de l'éducation des enfants. La lecture des sottises de Rousseau avait complètement gâté le bon sens et le bon goût des mères du siècle. Depuis ce printemps celle-ci habillait ses deux beautés avec des costumes-culottes de toile gros bleu galonnée de blanc ! Le *Mercure* assurait que cette mode-là faisait fureur dans les allées des Tuileries, où les petits Girardin l'avait lancée ; elle était commode pour courir et jouer au cerceau et puis, surtout, elle « égalisait » les enfants des seigneurs et des bourgeois, les habituait à vivre dans un pays sans castes, tel que le serait demain la France des philosophes. Alix eut un rictus. Les idées démocratiques de sa belle-sœur — par ailleurs si vaniteuse de sa bâtardise princière et point fâchée de s'être hissée jusqu'au marquisat

* Bassine à confitures.

— l'agaçaient prodigieusement. Puisqu'elle avait le cœur démagogue, pourquoi, diable, n'avait-elle pas épousé son marchand persan plutôt que l'oncle de Matthieu ? Le regard d'Alix perdit son sourire quand elle le reporta sur la silhouette rose qui venait de paraître et descendait l'escalier de la terrasse...

Elle n'allait pas aux Vernières. Elle était trop bien mise pour une visite de charité. Sous le soleil sa robe de coton pékiné rose et blanc pétillait d'estivale gaieté, et on avait épinglé un bouquet de coquelicots soyeux à son grand chapeau de paille d'Italie. Dès qu'elle fut sur l'esplanade Toupinet descendit les petites filles de la charrette pour les rendre à leur nourrice, il installa sa maîtresse et grimpa sur son banc. Son fouet sifflait au-dessus des oreilles de Maurine quand la femme de chambre de la marquise, en courant, vint jeter dans la voiture un châle oublié. Donc, elle allait à Chanteraine, pensa Alix, et elle y souperait. Elle allait encore à Chanteraine. Alix trouvait de fort mauvais ton l'amitié de Louison pour la baronne de Palluault. Elle en avait fait « sa Polignac », sa chère amie intime à la mode du jour, tendre et bêtasse. Elles se donnaient leurs petits noms et des « mon cœur », s'écrivaient autant qu'elles se voyaient, s'envoyaient des douceurs et se brodaient des pantoufles. Elles s'étaient même pendu leurs portraits au cou, et puis au poignet, pour obéir au *Journal des Modes*. Mme de Roquefeuille savait pourtant que la dame de Chanteraine avait longtemps été la maîtresse du marquis. Enfin... Peut-être après tout, en dépit d'elle-même Alix avait-elle été teintée de puritanisme par les Bostoniens ? Il lui arrivait de se le demander. Oh ! pas longtemps. Alix était généralement sûre de ses pensées. Si le siècle ne pensait plus comme elle, le siècle avait tort. Elle allait refermer sa fenêtre quand le cheval de Matthieu s'enfila dans l'allée des tilleuls.

Le cœur d'Alix fit un bond. Son fils, enfin ! Avec des yeux voraces elle le regarda grossir au galop, déboucher sur l'esplanade, sauter à terre, lever la tête... Son fils. Alix était folle de cet homme-là ! Du bout des doigts elle lui jeta des baisers, auxquels il rendit gaiement une grande révérence à la mousquetaire, en jouant de son coquin petit chapeau bizarre. Du premier coup d'œil Alix avait apprécié la nouveauté et la coupe parfaite de l'habit de voyage, les boutons de cuivre, les bottes du bon faiseur. « Depuis qu'il loge à Paris chez les Crawford il devient d'une coquetterie ! » Elle le remarquait avec plus de satisfaction que d'inquiétude. La lugubre sobriété vestimentaire des Bostoniens l'avait longtemps attristée, elle n'était pas loin de s'en souvenir comme d'un manque de savoir-vivre. Et puisque, jusqu'ici, le tailleur et le bottier de Matthieu n'envoyaient pas leurs mémoires en Berri... Elle attrapa son châle et descendit en se pressant. Les tantes étaient déjà dehors, rieuses et pépiantes, agrippées à leur bien-aimé neveu.

Matthieu, pour se mettre à l'aise, avait jeté sa redingote sur le bras d'une bergère.

— Voilà donc de ces fameux boutons à sujet qui sont du dernier cri ? lança Nini en relevant le vêtement. Ce sont là, mon neveu, de provocants boutons ! Chacun n'a-t-il pas la taille d'un double écu ?

— Ma tante, quelle est donc la taille d'un pouf au sentiment ? demanda Matthieu du même ton moqueur. Il faut de la place à la modiste pour loger le sentiment, il en faut au boutonnier pour loger le sujet. Comment trouvez-vous ma ménagerie ? J'ai voulu toutes les bêtes qu'on peut voir au Jardin du Roi. Le graveur ne les a-t-il pas bien réussies ?

— Quelle folie ! Ces boutons doivent coûter une fortune, dit Alix, mais sa voix était dépourvue de reproche.

Béate, elle contemplait son fils, bien trop beau pour n'avoir pas droit aux folies. Elle répéta pourtant :

— Matthieu, vous êtes un fou. Aux jeunes hommes Paris ne vaut rien.

— Mère, je suis parmi les sages, dit Matthieu. Les excentriques portent des sujets sur leurs gilets aussi. Beaumarchais promène Figaro sur son cœur, et monsieur de La Reynière vient de se commander, chez un tailleur de Lyon, tout le répertoire de la Comédie-Française. Il veut pouvoir changer de pièce tous les jours. Les auteurs attendent avec passion la sortie de ces beaux gilets, pour voir lequel sera le premier affiché sur le ventre de cet original. C'est une chance que La Reynière mange bien : l'affiche sera plus grosse.

Les deux tantes s'amusaient de tout leur cœur. Chacun des retours de Matthieu était une fête pour elles, qui n'avaient plus d'histoires que celles des autres. Et lui, chaque fois, complaisamment, se laissait arracher les siennes. Avec patience, il se mit à leur décrire les plus extravagants des gilets qu'on voyait au Palais-Royal. Nini avait calé, sur ses cheveux, le petit chapeau de jockey à tresse noir et or.

— A propos, dit-elle après avoir ri tout son soûl, je croyais que la Reine avait décidé que la mode deviendrait raisonnable ? J'ai lu cela sur une feuille de nouvelles, et on ajoutait que mademoiselle Bertin ne s'en consolait pas.

— Bah ! fit Matthieu, la Bertin est une modiste trop avisée pour que la simplicité de la Reine ne lui coûte pas, demain, ce que lui coûtait son luxe d'hier. Puis, un serment de sagesse s'oublie si vite ! La Reine s'est montrée morose pendant tout un temps. Elle prenait de l'embonpoint, elle avait surtout pris ses trente ans. A ce qu'on sait, une coquette ne s'en remet pas bien.

— Vieillir..., soupira Nini. Pour une femme, c'est faire son purgatoire ici-bas. On ne peut se plaire à vieillir sans avoir eu tout son lot de chagrins d'amour.

Matthieu contempla Nini avec beaucoup de douceur. Sa mère et sa tante Blanchette ressemblaient un peu au marquis, mais Nini bien davantage. Ses éblouissantes couleurs rousse et blanche, très fraîches encore en dépit de quarante années d'âge, la rendaient toujours jolie à voir. Comme son frère elle s'était empâtée sans trop d'excès et portait l'aimable bonté de sa nature sur son visage.

— La Reine a eu des chagrins d'amour, dit-il. Enfin, je le crois. Sa fille, madame Sophie, n'a pas vécu. Et le Roi n'a pas l'allure d'avoir été un prince charmant.

— Et le beau Fersen ? jeta Alix. Votre amie lady Eléonore le connaît fort bien, n'est-ce pas ? Elle doit savoir...

— Je doute que monsieur de Fersen fasse ses confidences sur la Reine à lady Eléonore, coupa Matthieu. Et il ne m'en fait pas non plus. De toute façon, si la Reine souffre d'un chagrin d'amour, c'est d'abord parce que son peuple ne l'aime pas. Il la hait avec entêtement, et l'affaire du collier n'a rien arrangé. On a condamné la femme La Motte convaincue d'avoir volé le bijou en se servant du nom de Marie-Antoinette, mais le peuple n'accepte pas l'innocence de sa reine. Quand le Parlement eut acquitté le cardinal de Rohan il est sorti de son procès sous les vivats de la foule et, depuis, Son Eminence mène à l'abbaye de Marmoutier un très joyeux exil, dans les bras d'une jeune Anglaise qui reçoit les espions de Pitt. Ce scandale est public, on sait que La Motte était la maîtresse du cardinal et que celui-ci se ferait quaker pour avoir de l'or, mais c'est la Reine que le peuple veut continuer d'injurier.

Etonnée, Alix dévisageait son fils. Jamais, quelle que fût la discussion, elle ne l'avait entendu se ranger du côté de la royauté. La compagnie des Crawford lui était bonne, décidément. Alix prierait pour que durent le caprice de lady Elénore et la complaisance de sir Quentin. Elle ouvrait la bouche pour poser une question, quand Blanchette la devança.

— Matthieu, vous défendez la Reine de si bon cœur... Tenez-vous le prince de Rohan pour coupable ? Le croyez-vous de moitié dans l'escroquerie de madame de La Motte ?

— Ma tante, qui saura jamais le fin mot d'une histoire si bien embrouillée ! Je crois seulement comme un de nos calembouristes, et parce que son trait est bon, que tout au long de cet imbroglio le cardinal n'a pas été franc du collier.

— Ha ! Pour ce mot-là, il faut qu'il soit du marquis de Bièvre ! s'écria Nini.

— C'est vrai, dit Matthieu.

Il y eut un silence. Le nom de Bièvre avait évoqué le nom de Louison. L'absence de la marquise pesait soudain dans le salon. Alix portait un coin de sourire aigu. Fâchée d'avoir étourdiment prononcé un nom qu'on évitait dans la maison, Nini se hâta d'ajouter :

— Continuez-nous votre gazette, Matthieu. Ce voyage du Roi à Cherbourg ? Quelle chance vous avez eue d'être de la fête ! Vous avez donc maintenant vos entrées à Versailles ? Et le Roi vous y voit d'un bon œil ?

— Tante Nini, vous brodez, dit Matthieu. J'ai été à

Cherbourg fort discrètement, dans les bagages de La Fayette, qui aime à obliger les anciens insurgents.

Il eut un rire et se resservit du thé avant d'enchaîner :

— Ce n'est pas que La Fayette se soucie beaucoup de faire plaisir à d'autres que lui-même, c'est qu'il a besoin de traîner une clientèle après lui. Ceux qu'il appelle « ses » Américains lui feraient de bons électeurs si la France, demain, s'avisait d'élire ses chefs. Il réclame bien haut la convocation des Etats généraux, il a même lancé le mot d'Assemblée nationale... Assurément, il se verrait fort bien élevé à sa présidence sous la pression d'un grand coup de ferveur populaire. Son buste est déjà logé à l'Hôtel de Ville : la tête d'un général de trente et un ans peut bien en être un peu tournée. Et comme il a un grand talent pour se faire applaudir... Pendant sa visite à Cherbourg le Roi n'a jamais reçu autant de bravos que lorsqu'il a pris son célèbre général par la main pour l'emmener jusqu'au quartier royal.

De plus en plus surprise Alix haussait le sourcil.

— Ma foi, mon fils, je ne reconnais plus votre langage, dit-elle. Vous parlez de La Fayette avec une ironie... Je vous croyais très ami avec lui, et tout à fait de ses idées ?

Matthieu lui sourit.

— Mère, ne vous réjouissez pas trop tôt, mes idées n'ont pas changé. Je suis toujours un bon républicain, mais je ne suis plus sûr que La Fayette le soit d'aussi bon cœur que moi. Certains censeurs de la monarchie ont une vanité de roitelets, et des ambitions qui m'inquiètent un peu. Les réformes souhaitées par le Roi n'étaient pas mauvaises : les notables et les parlements n'en ont pas voulu ; ils veulent instaurer une oligarchie, point une démocratie. Calonne tombé, nous voilà avec Loménie de Brienne, qui est à la Reine. Comment un homme de la Reine pourrait-il longtemps gouverner un peuple qui se défie de sa souveraine ? Cela finira vite et mal. De reste, le peuple exerce déjà sa justice en place Dauphine. Il y a brûlé l'effigie de Calonne devant deux mille gardes françaises demeurées l'arme au pied, et puisque le temps semblait à la clémence il a continué, jugé et défenestré les mannequins de madame Vigée-Lebrun et de la princesse de Lamballe, coupables d'être la maîtresse de Calonne ou l'amie de la Reine. Pour faire donner la garde, le baron de Breteuil a patiemment attendu que la populace entamât le procès de Marie-Antoinette.

— Mon Dieu, murmura Nini. Nous n'avons eu qu'un très vague écho de ces choses... trop incroyables pour que nous y ayons cru.

— Croyez-y, elles n'ont pas cessé, dit Matthieu. Le peuple a pris du goût pour sa justice, en dépit de ses morts. Car il en a laissé sur le pavé quand il s'est attaqué au garde des Sceaux et au commandant du Guet, qui ne sont pas gens à se laisser griller comme des moutons, fût-ce pour rire. Il n'empêche : les récalcitrants ont gagné des batailles, ils n'ont pas gagné la guerre. Aujourd'hui, pour peu que vous soyez proprement mis, vous passez rarement le Pont-Neuf sans vous faire arrêter par une bande de braillards qui exigent péage et vous ordonnent, par-dessus le marché, de vouloir bien crier : « Vive Henri IV ! » en ployant le genou devant sa statue.

— Et vous payez et vous criez ? demanda Alix, incrédule.

— On ne tire plus l'épée contre le manant, et d'abord pour la bonne raison qu'on ne la porte plus, dit Matthieu. Embrocher le peuple est passé de mode. Le Roi s'interroge encore pour savoir si, oui ou non, il lui accordera des Etats généraux mais, dans la rue, la Révolution a déjà commencé.

Alix soupira.

— Les gens qui arrivent de Paris sont ravis de faire peur aux provinciaux avec des nouvelles gonflées de roman, dit-elle. Parce que quelques centaines de Parisiens ont la tête près du bonnet ils voient tout le pays en feu. L'incendie ne s'étendra pas jusqu'ici, Matthieu. Il y a cinq cent mille Parisiens, mais il y a vingt-cinq millions de Français. Cela fait beaucoup de monde du côté du contre-feu.

— En Berri, toute la province n'est pas si calme, remarqua Blanchette. Aimé ne cesse plus de courir les assemblées politiques.

— On y cause, se moqua Alix. On y cause et voilà tout. Le Français est ben parlatif, comme on dit chez nous. C'est bien pour cela sans doute, pour tâter à pleine voix du délicieux métier de député qu'il rêve d'un régime parlementaire. Et moi, Dieu ! que tous ces discours d'aujourd'hui m'ennuient ! Je m'imagine de retour à Boston. J'ai du guignon. J'étais revenue dans un doux pays où la parole était aux femmes, j'y arrive au temps que les hommes s'en emparent pour faire de ce royaume une copie de l'Amérique. Où donc s'en iront loger, demain, ceux qui veulent doucement vivre ?

— Matthieu, contentez un peu votre mère, dit Nini. Quittez les pages sérieuses de votre journal. Racontez-nous le nouveau Palais-Royal. A quoi ressemble ce cirque qu'Orléans y bâtit ?

— Tante Nini, pour changer de sujet vous tombez bien mal, dit Matthieu en riant. Le Palais-Royal d'à présent pullule de clubs où l'on s'exerce le gosier en prévision des Etats généraux. Les femmes du monde* sont devenues patriotes, et quand on se bat dans un tripot, c'est entre joueurs de philosophies contraires. Le cirque qu'on a creusé au milieu du jardin sera pour ceux qui voudront discuter à cheval plutôt qu'à pied.

— Bon. Alors, parlez-nous de la Comédie-Française, dit Nini.

— De Talma ? Superbe ! Ce débutant sera demain le plus beau fleuron de nos tragédiens. Il est devenu fameux en un soir. Il a de la figure, de la voix et de l'âme — tout pour plaire.

L'œil de Matthieu pétilla de malice avant qu'il ne poursuivît :

— Il a tout ce qu'il faut pour plaire en ce moment, et même, à ce qu'on dit, le cœur d'un constitutionnel. Dame ! avec une voix comme la sienne il ferait merveille dans une assemblée ! Ainsi, voyez-vous, mesdames, où que je vous emmène, vous n'échapperez pas à la politique. En 1788 on n'y échappe pas, nulle part dans Paris.

— Sortons de Paris ? dit Alix. Donnez-nous des nouvelles de monsieur de La Pérouse. Nous l'avons

* Les prostituées.

laissé en janvier dans les mers du Sud, du côté de Botany Bay.

— On n'a rien reçu de son expédition depuis ce temps-là, dit Matthieu. Le Roi commence à s'inquiéter.

— Botany Bay, répéta rêveusement Nini. N'est-ce pas un bien beau nom pour un port ? On y voit la multitude des fleurs inconnues que monsieur de La Pérouse nous en rapportera... A-t-il emmené un peintre de fleurs avec lui ?

Matthieu eut un geste d'ignorance.

— J'aime beaucoup les peintures de fleurs, dit une très petite voix douce, saisissant vite, dans le court silence, la chance de se faire entendre. Maman en a fait mettre deux dans notre chambre, une pour Aurore, une pour moi. J'ai les gros coquelicots blancs, et Aurore a les roses.

Les têtes se tournèrent vers la petite fille. Depuis un moment peut-être, Soraya était venue sans bruit s'asseoir loin des causeurs, sur le fauteuil le plus proche de la porte, attendant sagement qu'on la remarquât, qu'on lui offrît un sourire ou un cassemuseau*. Ce fut Matthieu qui donna le premier sourire et lui tendit l'assiette de petits gâteaux.

— Et Aurore ? questionna-t-il. N'aura-t-elle pas aussi un cassemuseau ? Où l'avez-vous laissée ?

— Elle joue à taper dans ses quilles, dit Soraya. Je n'aime pas ce jeu.

— Non ? dit Matthieu. Quel jeu aimez-vous ?

Les grands yeux de biche s'allumèrent d'espérance, et l'enfant osa poser sa main sur le genou du beau monsieur.

— Vous voulez jouer avec moi ? demanda-t-elle tout bas.

Cette petite Soraya était une vraie beauté. Ses larges yeux de diamant noir aux grands cils bien recourbés ne s'oubliaient pas. Ni sa grâce. Dans sa fine petite silhouette, dans ses attitudes, dans ses moindres gestes il y avait une grâce exquise, une aisance de danseuse-née. Bien qu'il se souciât fort peu des enfants Matthieu repensait à elle en installant,

* Petit sablé, d'ailleurs très fondant.

sur une table à coiffer, les affaires de toilette qui l'attendaient toujours à Verte-Fontaine, dans un placard de sa chambre.

Sa chambre, tendue d'une soierie rose pour robe de jeune fille, il la retrouvait avec plaisir. Une servante avait posé un bouquet de giroflées devant la fenêtre, ciré de frais les meubles frustes d'un menuisier de village, auxquels les beaux reflets rouges du bois de cerisier donnaient un charme appétissant. Le lit sentait la sauge que la Gerbaude répandait à poignées dans les armoires à linge pour en tenir les insectes éloignés. Matthieu sourit en passant sa main sur le drap : sa mère s'était souvenue qu'il affectionnait le lin centenaire, bien usé, lisse et frais comme un satin de neige.

Puisque le charretier de *La Promenade* n'avait pas encore apporté sa malle il se dépoussiéra de son mieux, passa une des vieilles chemises restées dans sa commode, s'assit à sa toilette pour se recoiffer avant de redescendre souper. Ses beaux cheveux blonds ondés, qu'il se contentait de nouer d'un cadogan à l'anglaise, le firent de nouveau songer à ses petites cousines, à leurs magnifiques toisons d'or et de jais. La jolie roussotte vive et rieuse au teint de crème devait assurément contenter l'oncle Roquefeuille dont elle portait les ardentes couleurs gauloises, mais Matthieu se demandait comment l'oncle s'accommodait de la jolie fleur persane? L'appelait-elle papa? Si oui, le mot devait sonner le saugrenu. Soraya venait si visiblement de l'Orient..

Matthieu n'avait pas connu le Persan au temps de ses amours avec Louison mais, depuis son retour d'Ispahan il l'avait croisé plusieurs fois. Il l'avait vu à l'Opéra, à *La Régence* et à la promenade des Champs-Elysées, ces derniers temps accompagné d'une séduisante jeune femme brune, fort distinguée et chèrement parée : le Persan, apparemment, s'était consolé de la trahison de sa princesse. D'ailleurs Fath-Ali Khazem était maintenant un petit personnage de la vie parisienne, reçu dans quelques salons, et cela bien qu'on sût qu'il tenait encore souvent la banque dans les tripots de luxe. L'ombre du Roi le couvrait. On disait que Louis XVI l'avait félicité pour l'aide heureuse qu'il avait apportée au comte de Ferrière, son ambassadeur en Perse. On disait même que le Roi avait offert à Khazem de demeurer à son service aux

Affaires étrangères, mais que le Persan avait préféré retourner aux siennes, dans sa petite maison de la rue des Jeux-Neufs. Avait-il alors cherché à revoir Louison ? S'était-il jamais inquiété de sa fille ? La seconde question, Matthieu ne se la posait qu'aujourd'hui parce qu'il venait de découvrir Soraya et que sa beauté le touchait, mais à peine se l'était-il posée qu'il haussait l'épaule : un musulman n'attache pas d'importance à ses filles.

On grattait à sa porte. « Entrez », dit-il, puis, comme on n'entrait pas, il se leva pour ouvrir... Soraya, en chemise, son bonnet de nuit perché sur la houle de ses boucles, le regardait intensément, intimidée pourtant par son coup d'audace, un pied en arrière, prêt pour la fuite.

— N'êtes-vous donc pas venue pour entrer ? demanda Matthieu en la tirant vers lui par la main.

— Il ne faudra pas le dire à maman, chuchota-t-elle. A cette heure, je suis couchée.

— Je le vois bien, dit Matthieu en souriant.

— Aurore dort déjà.

— C'est qu'Aurore est encore un bébé.

— Oui. Moi, je n'aime pas dormir.

— Pourquoi ? N'aimez-vous pas rêver ?

— C'est quoi, rêver ?

— Viens un peu là, dit-il en la saisissant pour l'asseoir sur ses genoux. Je vais te raconter une belle histoire et tu t'en souviendras cette nuit. Rêver, c'est cela : vivre une belle histoire pendant son sommeil.

Avec ravissement elle écouta l'histoire tout au long de laquelle une chatte blanche faisait des merveilles pour assurer fortune et bonheur à son maître. Comme elle avait appuyé la tête contre sa poitrine Matthieu pensait qu'elle allait s'endormir, mais quand il cessa de parler elle était toujours bien éveillée, et ne se résigna à sortir du conte enchanteur qu'avec un gros soupir, après tout un temps de silence.

— Je voudrais avoir une chatte blanche, murmura-t-elle.

— Ma foi, cela se devrait pouvoir faire, dit Matthieu d'un ton de promesse.

Rose de plaisir, elle renversa sa tête sur le bras de Matthieu pour mieux voir cet ami qui lui tombait du ciel.

— Vous aimez les enfants, monsieur ?

Il n'eut pas la moindre envie de lui mentir.

— D'ordinaire, dit-il, je ne m'y intéresse pas.

Tirant gentiment sur une boucle des cheveux noirs il ajouta :

— Vous n'êtes pas une petite fille ordinaire, Soraya.

Elle demeura muette une longue minute, les sourcils froncés, comme plongée dans une grande réflexion. Puis, après qu'il l'eut reposée sur ses pieds en lui recommandant de s'aller vite recoucher, elle refit le geste trop familier qu'elle s'était déjà permis dans le salon neuf, posa sa main mignonne sur le genou du baron.

— Papa Aimé n'est pas mon vrai papa, dit-elle dans un souffle.

Saisi, Matthieu ne répondit rien, alors l'enfant poursuivit tout bas :

— Maman me l'a dit parce que de méchantes gens me le disaient. Mais j'ai un vrai papa quand même. Je le verrai un jour. Il viendra me voir un jour.

Elle marqua une pause avant de conclure d'une voix navrée où traînait quand même le reste d'une espérance :

— Ce n'est pas vous, monsieur, n'est-ce pas ?

— Non, dit Matthieu. Et je vous en demande pardon, Soraya.

— Monsieur, ce n'est pas votre faute, dit Soraya.

2

En entrant dans sa chambre Louison réveilla Suzanne, endormie dans une bergère.

— Suzon, je vous avais dit de ne point m'attendre. Allez vous coucher. Je me déshabillerai seule.

— Madame, ce n'est pas de refus, dit la femme de chambre, en se levant avec une grimace. Toute la journée nous avons glané des fleurs des champs pour les bouquets de demain, et aïe ! j'en ai les reins cassés !

— Faites-vous frictionner avec le baume de l'Angéline du Mouhet, il est souverain pour cela, dit Louison.

Restée seule elle se débarrassa de son châle de soie, s'enveloppa dans un châle de laine et descendit dans la cuisine. A Chanteraine elle avait voulu souper d'un œuf à la coque et d'une poignée de cerises — une volonté de régime frugal la prenait de temps en temps, qui passait rarement la minuit.

Arrivée en bas elle sortit une tourte * de la maie, posa sur la table une écuelle de faïence bleue, un gobelet et des couverts d'étain, aiguisa le tranchoir, décrocha un jambon et s'en coupa quelques feuilles légères. Mumm, il était moelleux. Et si bien parfumé... La gourmande alla se chercher la motte de beurre, tartina son pain, piqua un cornichon, deux cornichons, trois cornichons dans le grand pot de grès marqué 1788 : ils n'avaient pas un mois de vinaigre et craquaient sous la dent, juste comme elle les préférait.

— Par là-dessus, madame la Marquise n'aimerait pas un petit coup de vin gris ?

Louison sursauta, se retourna vers sa belle-sœur avec un grand sourire.

— Nini, dit-elle, un coup de vin gris ne me fera pas peur, et vous trinquerez avec moi. Vous ai-je réveillée ?

* Pain bis.

— Je ne dormais pas encore. Je vous ai entendue ressortir de votre chambre, je me doutais pourquoi !

— Soupez avec moi, dit Louison. Les cornichons nouveaux sont à point, et il reste du clafoutis.

— Je ne prendrai qu'un peu de clafoutis, dit Nini en soulevant le coin d'un torchon pour découvrir le plat de gâteau. Vos dînettes me rappellent celles que je faisais avec mon père, quand il rentrait tard et que je l'avais attendu, cachée dans la cuisine. Je savais qu'il ne manquerait pas d'y venir avant de s'aller mettre au lit. Il avait gardé la nostalgie de ses habitudes militaires. S'asseoir ici à la dure comme sur un banc d'auberge, manger un morceau sur le pouce et boire au pot, cela lui plaisait. Et s'il me trouvait là, il avait encore l'autre plaisir de me conter ses campagnes entre deux bouchées — j'étais une oreille patiente. Les grands ne l'écoutaient plus.

— Je suis contente qu'il n'ait pas transformé sa cuisine quand il est revenu du Hanovre avec de l'or et l'idée de rajeunir son château, dit Louison.

Son regard fit sans hâte le tour de la vaste pièce aussi grossièrement pavée qu'une église de campagne. Aux solives noircies pendaient toute une richesse de jambons et de saucissons, des chapelets d'aulx roses, et les chéyées d'osier où séchaient les fromages. Sous la monumentale cheminée de pierres rouges, des carreaux de laine, posés sur deux bancs de pierre grise, marquaient encore les places des frileux du dernier hiver.

— J'aime cette cuisine, dit Louison. On s'y sent à l'abri. A l'abri pour toujours, depuis longtemps.

— Il y a de cela, dit Nini. Les premiers sires de Roquefeuille ont dû prendre plus d'un repas sur cette même table, que quatre paires de gros bras soulèvent à peine, et qui durera bien après nous.

— C'est ici qu'Aimé m'a remis la clef de Verte-Fontaine au soir de notre arrivée : la clef du coffre aux clefs. Je m'en ressouviens si vivement... Il me donnait avec cette clef un de mes plus vieux rêves.

Comme la mine de Nini l'interrogeait, Louison poursuivit d'une voix ralentie :

— J'avais longtemps rêvé de posséder les clefs d'un château. Quand j'étais une enfant oubliée dans les communs de L'Isle-Adam, étrangère dans la maison de mon père, je voyais madame Auroux, la gouvernante, ouvrir et fermer des armoires, et les portes des resserres... Avec son gros trousseau de clefs elle était comme chez elle, et j'avais tant envie de le lui voler, une envie folle ! Un jour, je l'ai fait, je l'ai volé. Mais ne pouvant le garder sans risque je l'ai jeté dans la rivière d'Oise et après j'ai pleuré de rage ; j'en voulais à la terre entière de m'avoir obligée à perdre mon plus beau jouet.

Elle marqua un temps avant d'ajouter :

— Je n'avais jamais raconté cette histoire à personne. Je m'y trouve si sotte...

Les yeux mouillés, avec tendresse Mlle de Roquefeuille posa sa main sur celle de la marquise.

— Je souhaite, Louison, que la clef de Verte-Fontaine vous ait déjà donné beaucoup de joie.

D'un coup de tête, Louison chassa sa bouffée d'émotion.

— Ma foi, oui, reconnut-elle de bon cœur. Et la ferraille rouillée qui dort au fond du coffre n'a pas fini de m'en donner. Elle vous ouvre à grand-peine des espaces pleins de capharnaüm : quelles délices ! Morceau par morceau j'y repêche parfois assez d'un Roquefeuille passé pour m'en faire un roman.

Le visage de Nini s'alluma de malice.

— Je ne crois pas, dit-elle, que vous ayez déjà trouvé le comte Raoul de château Raoul, l'amant de madame Solange, mon arrière-grand-mère. Il est dans une malle, au haut de la tour carrée. La dernière fois que je lui ai monté sa ration de camphre et de bonnes herbes, il n'avait pas été touché.

— De quoi me parlez-vous donc ? demanda Louison, intriguée.

— Du plus original roman d'amour de la famille, dit Nini. Madame Solange aimait tant son amant qu'elle a fini par le faire empailler par un naturaliste. Après sa mort, les autres dames de Verte-Fontaine ont pieusement entretenu l'amant de paille : il est encore en très bon état

Eberluée pendant toute une minute, Louison finit par pouffer de rire, sans pouvoir s'arrêter.

— Pour... quoi, pourquoi n'avais-je jamais en... tendu parler de cette his... toire ? hoqueta-t-elle.

— Alix ne supporte pas qu'on la raconte. Bien qu'elle s'en défende, les puritains de Boston ont déteint sur elle. Elle ne veut plus se souvenir qu'un grain d'extravagance se promène depuis toujours à travers les Roquefeuille.

Un détail vint à l'esprit de Louison pendant qu'elle reprenait son calme.

— Il me semble, s'étonna-t-elle, n'avoir jamais vu nulle part le portrait de madame Solange ?

— Il est aussi dans la tour carrée, dit Nini. C'est moi qui l'ai fait mettre là-haut, près de la malle. Je les ai réunis. Madame Solange s'était donné tant de mal pour avoir toujours son Raoul sous l'œil, elle s'était donné tant de mal pour avoir sa peau ! Les gens sont routiniers, et ne point laisser porter son mort en terre, ce n'est pas l'usage.

Louison s'était remise à rire.

— Buvons, dit-elle en saisissant le pot de vin. Buvons à madame Solange. Elle mérite un toast. Je monterai la voir demain.

Elles choquèrent leurs gobelets à la paysanne.

— A madame Solange ! dit Louison. A son bonheur éternel. J'espère que Dieu lui aura remplumé son pailleux d'amant.

— J'en suis sûre, dit Nini. Je suis sûre que la folie plaît à Dieu, quand elle est amoureuse. A la folie !

Elles commençaient de boire lorsque, dehors, un galop de bottes naquit et se rapprocha. Une file d'ombres rapides passa derrière la fenêtre, des coups se mirent à grêler sur la grosse porte qui donnait à l'ouest.

— Asile ! cria une voix juvénile, tout de suite recouverte par des « Chut ! » véhéments.

— Asile, père Gerbaud, asile, répéta une autre voix, écrasée tout contre la porte. C'est Silvain. On a les gabelous aux fesses.

— Faites excuse, madame la Marquise, j'pouvais pas savoir, dit Silvain en tirant son chapeau. J'ai vu d' la lumière par ici, j' pensais... Faites excuse.

Les envahisseurs — une troupe d'environ dix hommes jeunes mal fagotés, boueux, hors d'haleine — restaient collés à la porte, tournicotant leurs coiffures à deux mains.

— Puisque vous êtes là, entrez carrément et barrez la porte, jeta Louison, de mauvaise humeur.

— C'est qu' j'en ai cor' trois dehors, dit Silvain. Avec un salement blessé, qui r'tarde. Ces vermines nous ont tirés c'te nuit comme à la guerre. C'est ben d'hasard qui nous ont pas tous eus ! On allait pourtant par une traquette sûre. Faut qu'on nous ait vendus. Y a toujours un r'penti qu'la Ferme * peut s' payer pour nous défâmer.

Les manquants arrivaient, deux gaillards portant le blessé sur une civière de branchages. Le garçon était sans connaissance.

— Mon Dieu, murmura Nini en s'avançant vers lui, mon Dieu, c'est un enfant !

— C'est l' cadet à Joyeuse, dit Silvain. I'l'remplaçait pour c'te nuit. Sa première passée. L'guignon.

D'un geste, Louison arrêta Nini qui voulait ouvrir la blouse rougie du petit Joyeuse, et Silvain dit en même temps, en lorgnant vers la cheminée :

— Pour le fi, madame la Marquise, à tout d' suite on peut ren d'aut' que l'cacher. I' sont pas loin derrière.

— C'est bon, dit Louison.

Elle pénétra sous le manteau de la cheminée, et bientôt une grosse pierre se mit à pivoter derrière un des bancs, lentement, jusqu'à découvrir l'entrée d'un boyau noir d'où s'échappa un froid de cave. Au même moment, les Gerbaud, qui couchaient au-dessus, firent irruption dans la cuisine, elle empaquetée dans un gros châle de molleton, lui, les jambes nues, la chemise mal garée dans sa culotte.

— Madame la Marquise ! s'exclama d'abord le bonhomme, mécontent de la voir là, debout à minuit dans *sa* cuisine, au milieu de la bande à Silvain.

* La gabelle, impôt sur le sel, était perçue par les fermiers généraux.

— Hella ! Faut-y ! C'petit qu'est tout apâmé ! gémit la Gerbaude en jetant son molleton sur le corps du blessé.

Les têtes, impulsivement, s'étaient tournées vers les Gerbaud. Il y eut, devant la cheminée, un instant d'immobilité.

— T'crois donc avoir le temps d'rester là baille-bé ? gronda Gerbaud en donnant une poussée à Silvain. Fais passer tes gars. Vot' drôle d'abord... La civière passera.

Il accrocha à la main la plus proche le falot qu'il venait d'allumer.

— Tiens, René, va devant, éclaire. J' ferai chercher l' chirurgien d' Saint-Martial dès qu' la garde s'ra r'partie.

— En attendant, faudrait p't'ête des linges ? lança Silvain en direction de la marquise.

La Gerbaude lui tira deux torchons propres d'une pile restée sur le bahut, emplit une gourde d'eau fraîche, sortit de la maie la plus grosse des tourtes entières, pendant que Nini nouait vite un pansement autour d'un bras sanglant, que Louison tamponnait de son mieux d'affreuses griffures de ronces.

— Dépêchons, dit Gerbaud. N'est point temps d's'attendrir sur les bobos. Vous y r'pensez, les gars, qu'l'an dernier i' vous en est parti vingt-sept pour les galères ? Trimpannez * cor', et vous irez les r'joindre.

— La goutte, dit la Gerbaude, en tendant le cruchon d'eau-de-vie de prune qu'elle avait pris dans son armoire à clef.

Silvain attrapa le cruchon et, avant d'arriver à la cheminée, frappa du poing un tonnelet placé bien en vue.

— Vot' salignon, père Gerbaud, j' pense bien que d'dans, c'est du bon qu'a payé l'impôt ?

Il leva le nez en ricanant.

— Mais là-haut ? Ç'ui qu'est dans les jambons ?

— Ne vous inquiétez pas, Silvain, dit Louison. Le capitaine de la brigade prise beaucoup les jambons de monsieur Gerbaud.

— Vous y fiez pas, madame la Marquise. C'est une

* Traînaillez.

gueule d'empeigne — sauf vot' respect. Il en suce, pis après i' rumine, i' trouve à s' redire et i' vous en fait porter la mal soudée*.

« Bah ! » signifia le geste léger de la marquise.

— Ben oui, dit Silvain. C'est vrai qu'les gabelous qu'entrent au château, c'est pas les pareils à ceux qu'entrent chez nous. Et pour l'heure, heureusement !

Il disparut dans le boyau. Derrière lui, l'énorme pierre murant l'échappée secrète reprit sa place tranquille.

— Montez vous recoucher, dit aussitôt Louison aux serviteurs. Remontez aussi, Nini, je vous en prie. Si la garde vient, mieux vaut qu'elle me trouve seule ici. Sa visite durera moins.

— Je le pense aussi, dit Nini, en reprenant son châle sur le banc.

Gerbaud hocha la tête. La Gerbaude voulait dire quelque chose, mais son homme la poussa dehors. Elle grognait.

— Qu'est-ce qu'elle faisait cor' là, à minuit, à souper d'un bout d' jambon ? Elle est pas bonne, ta cuisine ? Au dîner elle chipote, elle veut point d' ci, elle veut point d' ça, elle veut s' pâtir pour rester belle, et à minuit, t' la trouves à charpauder dans mes cornichons, qui s'ront mangés avant qu' d'être faits !

— Eh ben, ma vieille, t'en r'feras, ronchonna Gerbaud.

Il détestait qu'on lui rappelât les bouderies de la marquise devant ses bons plats en sauce.

Les Gerbaud n'étaient pas remontés depuis deux minutes que la brigade arrivait au château.

Le capitaine Laroche était aussi bel homme qu'il le pensait. Pour servir sa prestance il dépensait gros chez son tailleur et se faisait appeler de La Roche — une prétention qui avait du bon : elle le rendait courtois avec « ses pairs ». Enchanté d'avoir pour une fois affaire à la marquise plutôt qu'à ses

* Les conséquences.

gens il avait accepté de se servir un gobelet de vin gris, et se plaignait de son gibier d'un ton las.

— ... et Silvain exagère, madame la Marquise. En mai, rien qu'en un mois il a écoulé cinq cents boisseaux* de faux-sel sur Argenton et ses alentours ! Naguère encore il n'employait que des porte-à-col, à présent il emprunte de l'équipage aux paysans pour passer chaque fois plus gros. Cette nuit, pour fuir ils nous ont abandonné quatorze chevaux chargés. Silvain s'enhardit trop. A lune perdue, quand il fait traverser la Creuse pour aller vendre au-delà il se sert des bacs de la garde ! Vous retrouvez au matin vos sentinelles ficelées sur la rive, le mouchoir au bec. Quand un bandit commence à se prendre pour le roi du pays, il tresse sa corde. Celui-là finira pendu.

— Il finira aux galères, comme beaucoup de ces pauvres bougres, dit Louison après un soupir.

— Il n'aura pas cette chance, madame la Marquise. On le pendra. On vient de repêcher dans la Creuse les deux gardes disparus depuis trois jours. Ils étaient vers le Moulin-aux-Loups. C'est sur la route à Silvain.

— Et sur la route de bien d'autres ! Depuis Argenton jusqu'au Blanc les deux tiers des riverains de la Creuse font la contrebande du sel, et vous le savez.

— Oui, je le sais, je sais que je vis en pays ennemi, dit La Roche avec amertume. Mais, madame la Marquise, les gabelous en ont assez d'être méprisés, bafoués, injuriés, noyés, lapidés, enfourchés ou battus à mort. Et la Ferme en a aussi plus qu'assez. Elle veut des têtes. Si je ne lui en trouve pas, elle m'enverra de la troupe en renfort.

Louison eut un soupçon de rire.

— Menace en l'air, monsieur. La Ferme n'ignore pas qu'au lieu de la défendre l'armée pactiserait avec les contrebandiers. Les gains du faux-saunage sont bien meilleurs à partager que les coups de fusil.

La Roche contempla la marquise d'un air écœuré. Son sort l'enrageait. Pourquoi n'était-il pas capitaine dans

* Environ 8 tonnes.

l'armée du Roi ? Il lèverait des cœurs sur son passage, au lieu de lever des crachats. Il dit avec rogne :

— Les Berrichons aiment le gibier de potence. Toute la population se fait complice de ces bandits.

Il marqua une hésitation mais sa rancune l'emporta, et il dit encore :

— Ils trouvent de l'appui jusque dans certains châteaux !

— Monsieur, le Berri est province de grande gabelle. Les justes y seront du côté des contrebandiers tant que l'impôt sur le sel sera mal réparti, dit Louison d'un ton tranquille. Les pauvres de nos campagnes n'ont pas les moyens de manger du lard honnête et ils ont besoin de manger du lard, et de saler leur soupe. Ce n'est point en abattant beaucoup de faux-sauniers que vous exterminerez leur race. Elle s'éteindra toute seule en même temps que l'impôt sur le sel, ou quand on unifiera l'impôt dans tout le Royaume. Les Etats généraux obtiendront cela.

— Ha ! s'esclaffa La Roche. Madame la Marquise le croit vraiment ?

Il secoua la tête.

— Madame, les provinces franches et les rédimées * se trouvent très bien de la loi comme elle va. Elles en font leur profit. La justice les fâcherait, et le gouvernement n'osera pas déplaire à tant de monde dans un temps où l'émeute prend si facilement. Nous sommes fixés dans l'injustice depuis trop longtemps pour qu'on y puisse remédier sans faire beaucoup de morts. Pendre par-ci par-là un ou deux révoltés fait moins de bruit.

La causette commençait d'impatienter Louison, et le capitaine ne se pressait pas de finir son vin. « Encore un instant d'amabilité », se commanda-t-elle.

— Monsieur, coupez-vous donc un peu de jambon, dit-elle. Il ne faut pas boire à jeun.

Flatté, La Roche se tailla discrètement quelques bouchées de viande en se laissant aller à un brin de malice.

— Je sais bien, madame la Marquise, qu'un Silvain n'a

* Exemptées.

jamais rien à faire ici, pourtant si, d'occasion, monsieur le Marquis le rencontrait... Je ne tiens pas à lui mettre deux meurtres sur le dos, mais il me faut une tête, je prendrai celle qu'on me donnera. Un chef trop faraud fait des jaloux parmi ses hommes et comme, en plus, la Ferme récompense mieux le faux-saunier qui se repent qu'un garde n'ayant jamais failli... Silvain devrait prendre du repos, se faire un peu oublier. Car pour tout vous dire tout franc, madame la Marquise, j'en ferais pendre un autre plus volontiers que lui.

— Monsieur le capitaine, vous êtes un sage, dit Louison. On aime Silvain dans nos campagnes, il aurait des vengeurs.

— Eh oui, je le sais bien, soupira La Roche.

Il but une gorgée de vin, savoura sa dernière bouchée de jambon.

— Le père Gerbaud ne perd pas la main. Ses jambons sont exquis. Ils ont un parfum !

La marquise contempla le capitaine avec tant d'ironie qu'elle lui donna de l'humour.

— J'avoue qu'en cette minute, le faux-sel de Guérande me cause plus de plaisir que d'ennui, dit-il à mi-voix.

Se levant à regret il eut un coup d'œil vers la porte, ajouta d'un ton fatigué :

— Je ne trouverai personne au château, je le sais mais, n'est-ce pas, pour mes hommes... Il va falloir que je les fasse fouiller au moins les communs ?

— Monsieur, faites votre devoir, dit Louison.

Elle ne remonta chez elle que deux heures plus tard, le mouchoir sur la bouche. Les Gerbaud et les demoiselles Roquefeuille étaient encore dans la cuisine, assistant le chirurgien du village, qui tentait de sauver le petit Joyeuse. Nini avait poussé Louison à s'en aller : sa belle-sœur ne supportait pas longtemps la vue des douleurs sanglantes.

Elle avala de l'eau de mélisse et sortit sur sa terrasse, soupira d'aise quand un reste de tiédeur lui tomba sur le dos : les gros murs de pierre et de torchis épais de plus de trois pieds finissaient de rendre, à l'air de la nuit, tout le soleil qu'ils avaient bu dans la journée. Le paysage baignait dans une silencieuse pâleur de lune, sédative. La tour du marquis demeurait noire, inhabitée, et elle en éprouva un sentiment d'abandon, injuste, puisqu'elle-même avait refusé d'accompagner Aimé à Châteauroux, où il avait affaire. Si elle avait su... Les aventuriers du faux-saunage ne l'amusaient plus.

Jeune mariée, quand, pour la première fois elle avait vu les faux-sauniers envahir le château, ce branle-bas de la minuit l'avait enchantée. La belle-fille du défunt fermier Marais trouvait très drôle que son mari donnât asile à des ennemis de la Ferme. Et puis, cette vieille grosse cheminée bon enfant béant soudain sur un secret moyenâgeux... Affriolée, elle avait en vain tenté de faire dire au marquis qu'il se livrait à la contrebande du sel, qu'il était le chef occulte de ces pittoresques caravaniers du clair de lune, un délicieux personnage de roman, un brigand-gentilhomme. Mais le marquis n'était qu'un Berrichon comme tant d'autres, soucieux de faire saler ses cochons avec de bon sel de mer bon marché, et de protéger, le cas échéant, les pirates du pays contre les gardes de la loi. Louison avait appris que la contrebande du sel n'était point un jeu. Qu'elle causait bien des malheurs. Sur les six mille forçats pourrissant dans les bagnes du Roi il y avait bien un tiers de faux-sauniers. La vie de passeur était rude, et les gabelous n'étaient pas tendres avec les paysans chez qui ils trouvaient un sac de faux-sel mal caché, ou un goût de morue bretonne au cochon du saloir. Les fermiers généraux que Louison fréquentait naguère dans les salons de son beau-père étaient tous gens de bonne compagnie mais, vus de loin à travers leurs gens, c'étaient des scélérats. La jeune femme soupira. Elle se souvenait de M. Marais comme d'un homme d'une parfaite bonté et n'avait pas envie, ce soir, d'être de cœur avec les ennemis de la Ferme.

Le souffle chaud du château s'affaiblissait. Elle marcha jusqu'au bord de la terrasse, appuya ses coudes sur la pierre du garde-fou. En bas, le petit jardin à la française figé par la lumière d'argent semblait encore mieux ordonné que sous le soleil. Sa broderie de buis taillés et d'arabesques en gazon finissait là où s'ouvrait le long chemin droit des tilleuls, et tout alentour le vallon verdoyait, très peu maisonné, peuplé de troupeaux d'ombres d'où lui venait parfois, dans un coup de vent, le tintement d'une sonnaille. Le ciel, à l'horizon, s'appuyait sur une mer de feuillages, que la nuit transformait en une impressionnante forêt noire. Un ballet de chauves-souris tournoyait dans l'air. Avec une petite peur Louison regardait les chasseuses foncer sur elle pour ne s'écarter, brusquement, qu'à un pouce de la heurter.

Le petit Joyeuse vivrait-il ? De la terrasse on ne pouvait voir ce qui se passait du côté de la cuisine, aussi fut-elle tentée d'appeler Silvain quand elle reconnut sa silhouette traversant l'esplanade, mais il se dirigeait à si grandes enjambées vers le sous-bois de l'est qu'elle y renonça. Il allait pénétrer sous le couvert quand un cavalier en surgit au trot. Silvain amorça un mouvement de fuite, et puis changea d'avis et se cloua sur place : en même temps que Louison il venait de deviner Chauvigné.

Le baron sauta de cheval, Louison vit les deux hommes discuter quelques minutes à voix basse, puis Chauvigné passer sa monture au faux-saunier, qui l'enfourcha et s'éloigna sans bruit. Elle attendit que Matthieu longeât la terrasse pour se pencher par-dessus son rempart.

— Psitt ! cria-t-elle pas trop fort.

Il leva la tête.

— Tiens, tiens, il y a une Juliette au balcon, ironisa-t-il, contrôlant sa voix lui aussi. Dois-je penser, céleste apparition, que c'est moi que l'on siffle ?

— Montez ! commanda-t-elle.

Quatre à quatre, Matthieu escalada les marches.

— Le seigneur de Roquefeuille qui fit ajouter un escalier à ce surplomb n'était pas un poète, dit-il en arrivant au haut. Songez, madame, que sans ces marches vous m'auriez dû jeter une échelle de corde, sur laquelle je me serais senti l'âme de Roméo grimpant au paradis.

Posant genou à terre il saisit la main qu'elle lui avait tendue pour l'embrasser à pleines lèvres, sans aucune discrétion.

— Ne forcez point votre talent, monsieur, dit-elle en se

dégageant. Je suis sûre que vous ne savez pas plus débiter de l'amour en vers que donner des baisers de bonne compagnie.

Elle marqua un temps avant d'ajouter d'un trait :

— Avez-vous fait un bon voyage? Je n'ai su votre arrivée que tout à l'heure, par le valet d'écurie, et que vous étiez déjà reparti vagabonder. Racontez-moi Paris pendant que je vous tiens. Je n'ai pas sommeil.

— Demain, s'il vous plaît, madame. J'ai encore à faire avant de m'aller coucher.

— Je sais ce que vous avez à faire, dit Louison. Comme à l'ordinaire, pour courir plus vite après son gibier La Roche aura laissé les chevaux chargés de sel à la garde de deux malheureux gabelous, et Silvain a bien l'intention de leur reprendre son bien, et vous de l'y aider.

Elle se rapprocha de lui, l'enveloppa dans un regard luisant de lune, acheva tout bas :

— Baron, je vous devine l'âme d'un contrebandier.

— Ma tante, vous avez cette nuit des yeux de sirène, si bien qu'en cet instant ce n'est point du tout le péché de contrebande qui me tente, dit-il d'un ton badin. Il est vrai que je rimaille assez mal, mais je pourrais vous réciter du Shakespeare ? Les yeux de Juliette au balcon lui ont inspiré de très jolies choses.

Appuyé des deux mains au muret de pierre il renversa la tête. Comme souvent à la belle saison les derniers vents du crépuscule avaient nettoyé le ciel. Le croissant de la lune brillait d'un pur éclat, la Voie lactée était apparue, si bien visible qu'elle ressemblait à un grand tulle blanc flottant dans le bleu sombre de la nuit, entre le fond de l'univers et les étoiles. Aussi voluptueusement, aussi longuement que Louison tout à l'heure, Matthieu respira le moment.

— L'été, les nuits d'ici sont souvent bien belles, murmura-t-il. Et elles sentent bon. La nuit de Paris sent l'urine.

Louison l'imita, tira à pleines narines la bonne odeur amère des buis du jardin. A côté d'elle Matthieu eut un soudain rire bref.

— Les nuits de Paris sentent mauvais, mais elles vous dégoûtent des nuits de province ! Qui se soucie de vivre pour son nez ?

— Alors pourquoi ce retour ?

— Madame, on aime embrasser sa mère de temps en temps.

Il se pencha vers elle.

— Et on aime aussi vous revoir, ajouta-t-il d'une voix si chaude qu'elle lui brûla le visage.

Un silence passa, traversé par l'appel d'une chouette.

— Monsieur, vos galanteries sont courtes et c'est Dieu merci, car elles sont plates, dit-elle sèchement, mais avec trop de retard. Si vous n'avez rien de plus drôle à m'apprendre, alors allez-vous-en brigander.

— Vous savez, dit-il, si vraiment je brigandais je ne serais point le premier de ma famille à le faire. Dans les débuts du règne de Louis XV, Robert de Chauvigné s'en allait au faux-sel comme à la croisade, à la tête de soixante cavaliers armés jusqu'aux dents et suivis de charrettes menées par des hommes à pied. Les gabelous se gardaient bien de le voir ! Et ils se gardaient aussi de l'entendre quand, pour recruter ses chenapans, il faisait donner du tambour dans les villages. Il vendait ouvertement son faux-sel en établissant sa balance dans les couvents. C'est qu'il était très pieux, de reste quelques jolies nonnettes priaient toujours pour lui, bon an mal an. Ce Chauvigné-là vous aurait plu, ma tante. Il était beau, intrépide, hâbleur, joueur, débauché, rapace mais fastueux pour ses caprices, violent mais le cœur tendre à l'occasion... Le parfait brigand-gentilhomme de bon usage pour les dames. Il vous aurait plu.

— Je n'en doute pas du tout, dit-elle avec complaisance. Ainsi ne me contez pas sa vieillesse repentie, agenouillée dans un confessionnal.

— Il est mort à trente-huit ans. Pendu.

— Pendu ? Un baron !

— C'est un jaloux qui l'a pendu, sans aucune forme de procès, dans la chambre de sa femme. Les cocus du petit peuple ne sont pas toujours au courant des droits de la noblesse.

— Votre histoire ne finit pas bien, bouda Louison. Je déteste qu'on me tue le héros.

Elle lança après une pause :

— Ainsi, monsieur, vous avez un pendu dans vos ancêtres ?

— Madame, c'est banal. Quelle famille venue d'assez loin n'a ni pendu ni décapité ni putain dans ses archives ! Il faut bien tenir sa fortune de quelqu'un. Les vertus qui haussent une maison au-dessus du peuple méritent assez souvent la corde, la hache ou l'enfer.

— Tsitt ! fit Louison. Vous avez beau vous moquer de nos mœurs, baron, jouer à l'Américain détaché de nos vieilleries européennes, vous ne me persuadez point que votre sang bleu vous indiffère.

— Ha ! je vous assure pourtant qu'il n'est plus temps, madame, en 1788, de croire qu'il existe deux couleurs de sang, la bleue et la rouge ! La philosophie nous a changé tout cela, avant même que les députés des Etats s'y mettent.

— Alors sans doute n'ai-je point encore assez lu les philosophes pour dédaigner le sang de mon père, dit-elle d'un ton froid.

— Vous avez raison, il vous a donné les plus beaux yeux du monde, dit-il dans un brusque élan de douceur.

Le compliment inattendu, aussi bon qu'une caresse, lui était arrivé en pleine face. A la seconde Louison cessa de fixer Matthieu, se tourna vers la nuit, pencha sa tête vers le jardin. Mais lui lisait son trouble sur la nuque ployée, abandonnée sous son regard. C'était sans innocence qu'elle lui offrait la lourde masse soyeuse de ses cheveux, elle l'offrait comme une femme qui se sent désirée par un homme désirable, et tend ses pièges. Désespérément Matthieu ferma ses paupières, crispa ses poings, mais la chevelure avait une odeur aussi, pénétrante, délicieuse, ensorcelante... Il enfouit son visage dans la soie élastique, qui lui emplit la bouche. Docile, la nuque se courba un peu plus sous l'attaque, et Louison poussa un léger cri sourd, de peur ou de plaisir. Brutalement Matthieu la quitta, se jeta dans l'escalier, dégringola jusqu'à terre et disparut derrière la tour, les mâchoires serrées, meurtri de colère et se traitant de tous les noms.

Dans la cuisine où il entra il tomba sur une scène d'hôpital. Ses tantes et les Gerbaud, avec le chirurgien, étaient autour du petit Joyeuse. Exsangue, le garçon, étendu sur la table, se raccrochait encore à sa vie par quelques mouvements convulsifs. L'abbé Boyer priait debout à son côté, en lui tenant la main.

Discrètement Matthieu se gara dans un coin, se servit un grand coup de vin gris et demeura là, inutile, malheureux, jusqu'à la mort du contrebandier de douze ans.

Un bon moment Louison traîna sur sa terrasse, molle, sans penser à rien d'autre qu'à se laisser frôler les joues, les bras, les cheveux par le souffle doux de la nuit. Enfin elle rentra chez elle, pour aller s'asseoir devant sa coiffeuse.

C'était un meuble à l'ancienne, une simple table de bois fruitier recouverte d'un jupon blanc volanté, sur laquelle Blanchette et Nini, pieusement, étaient venues réinstaller quatre ans plus tôt, pour la nouvelle marquise de Roquefeuille, la garniture de toilette de leur mère, son grand miroir à pied bordé d'argent, son vide-poche en porcelaine de Meissen. Les sourcils froncés, Louison dévisagea son reflet. « Marquise, je ne suis pas contente de vous », lui dit-elle tout haut. Mais elle n'en était pas bien sûre. Le spectacle de sa beauté ne la fâchait pas du tout.

La maternité n'avait fait qu'épanouir, presque jusqu'à l'excès, la séduction de la jeune fille. A dix-sept ans Louison avait été ravissante. A vingt-deux elle était succulente. Avec le flot de ses cheveux bruns mordorés, son teint de crème rosi aux joues par l'air du Berri, ses yeux d'eau bleue aux capricieuses fumées grises, son beau sourire charnu sans une faute, ses formes douces et son élégance simple, gracieuse, parfaite, elle ressemblait maintenant tout à fait, avec plus de distinction native, à la capiteuse Marianne Couperin, dont les charmes de miel avaient fait la fortune. Et jamais, pas plus qu'à Marianne, le repentir de plaire ne lui venait. Elle aurait beau s'efforcer, le repentir de plaire à Chauvigné ne lui viendrait pas. Son enfance légère dans les jupons de sa mère ne lui avait pas appris à donner de l'importance au baiser d'agrément qu'un homme vole en passant.

Elle se déshabilla, enfila sa plus belle chemise de linon blanc, se décoiffa longuement, attentive à bien disposer le ruisselant désordre de ses boucles à l'anglaise et, enfin satisfaite, s'inonda le cou et les bras avec son eau de giroflée, inconsciente d'agir en femme qui, la proie enfuie, se cuirasse trop tard de toutes ses armes.

Par sa fenêtre restée grande ouverte un petit coup de vent vint gonfler les dentelles de ses manches, et elle ressortit. Le drame... Le baiser... La nuit était devenue trop pleine pour être dormie. La vie en Berri ne vous apporte pas souvent de l'imprévu sur votre balcon. Et la giroflée peut-être, la puissante senteur sucrée de la giroflée de Florence lui chauffait la peau, et pour l'apaiser il n'y avait près d'elle que le vent de la nuit. Il était bien faible, le silence presque parfait. Même l'énorme ramure de l'ormeau géant se taisait, immobile dans l'air calmé, et elle n'écoutait pas les mille et un bruits ténus de la vie à la belle étoile, qu'Aimé lui avait appris à entendre. Appuyée des deux bras au garde-fou elle s'engourdissait peu à peu dans sa fatigue, traversée du vague désir de s'inventer un beau rêve qu'elle n'avait pas le courage d'assembler. Elle ne remarqua même pas qu'une fenêtre de la tour du marquis s'éclairait, qu'une silhouette passait devant les lumières. Elle eut une vraie peur et poussa un cri quand on lui toucha soudain l'épaule.

— Pardon, dit tout de suite Roquefeuille en ôtant sa main. Je ne pensais pas vous effrayer.

— Ouf! fit-elle en riant. J'ai cru qu'une chauve-souris me tombait dessus!

— Cela n'arrivera pas : elles ont un sixième sens pour éviter les obstacles.

— Je sais. Mais je rêvassais.

— Un rêve de passage est bon à prendre, Louison. Les réalités nous reviennent toujours trop vite.

Elle hocha la tête.

— Pour le benjamin des Joyeuse, vous savez?

— J'ai vu Gerbaud en bas. J'ai vu aussi Chauvigné.

Il la prit par la main.

— Et moi, maintenant, qui vous retiens encore. Votre nuit n'est pas tranquille.

Une question lui revint, qu'elle hésitait depuis longtemps à lui poser, craignant que le marquis ne la prît pour le reproche furtif d'être ce qu'il était. Cette fois elle dit pourtant :

— Aimé, n'avez-vous jamais été las de votre tranquillité ? Votre père a été le compagnon d'armes du maréchal de Richelieu, vous-même avez été l'un de ses gentilshommes... Vous auriez pu faire carrière dans l'armée. Ou dans la maison du Roi ?

— Je n'ai jamais eu l'envie de faire carrière.

— Et votre père l'a trouvé bon ?

— Non ! Lui m'aurait voulu dans l'armée. Il croyait que servir le Roi donne un sens à une vie. Je crois, moi, que la vie va toujours dans le même sens.

— Dans quel sens ?

— La vie va du jour au lendemain, Louison, quoi qu'on en fasse. Et à présent que chaque jour vous êtes aussi mon lendemain je serais fâché d'avoir autre chose à faire que de vivre avec vous.

Se tournant vers lui tout à fait elle lui donna ses deux mains. La nuit claire lui seyait à merveille. Sa chevelure et ses yeux brillaient de lune, dans son long déshabillé blanc elle ressemblait au plus poétique des fantômes.

— Si vous sortez assez souvent vous promener en chemise sur votre terrasse pendant les nuits d'été, Verte-Fontaine y gagnera enfin une réputation de château hanté, dit le marquis. Pour un vieux château, c'est une bonne réputation.

— Au fait, pourquoi n'est-il point déjà hanté ? Un si vieux château.

— Il vous attendait. Vous serez sa Dame Blanche de minuit. Le plus joli fantôme de la province. Une réussite, je vous assure.

Soulevant les deux mains qu'il tenait toujours il les baisa, et puis recommença du côté des paumes avant d'enfin les garder serrées contre sa poitrine, pendant qu'il continuait de la contempler avec ravissement.

— Madame, si j'avais appris les bonnes façons amoureuses du temps que je servais Richelieu, je vous dirais maintenant que je vous adore, lui chuchota-t-il, du ton de fine ironie tendre qui lui était coutumier.

— Oui, approuva-t-elle, ce serait le bon moment. Mais vous ne me le dites point ?

— Non. En province on n'adore pas. On a le temps d'aimer. Je vous aime, Louison.

Sans appuyer elle posa son front contre l'épaule du marquis et demeura ainsi longtemps, à l'écoute du désir qui accélérait le cœur et le souffle de Roquefeuille. Elle ne releva la tête qu'en sentant la bouche d'Aimé mordiller une boucle de ses cheveux.

— Rentrons, voulez-vous ? Il me semble que la nuit fraîchit.

Dans la chambre, l'inévitable bouquet de giroflées — dont au printemps l'aide-jardinier fleurissait toute la maison — sentait très bon, très fort. Instinctivement, pour le respirer de près le marquis marcha vers la commode sur laquelle on l'avait posé.

— Oh ! Aimé, vos bottes !

Penaud le marquis s'arrêta, et puis sortit du tapis pour le contourner.

— Vous êtes incorrigible, dit Louison. Marcher botté sur mon beau tapis neuf ! Vous le maltraitez, monsieur. Et puis vous en perdez le meilleur, le plaisir qui vous en viendrait par un pied nu ou chaussé de peau fine. Les Français sont des barb...

Elle se tut brusquement, se mordit la lèvre au sang. Dans sa voix elle venait d'entendre la voix de Fath-Ali. Le Persan lui avait enseigné l'amour respectueux des beaux tapis, et c'était avec ses paroles qu'elle venait de faire la leçon au marquis. Une bouffée de rage impuissante la parcourut contre ce qui restait en elle de son premier amant. Quatre ans plus tôt elle s'était laissé arracher de lui comme d'un charme néfaste, avec des sentiments fluctuants de délivrance et de déchirement et, maintenant, chaque fois que son souvenir la surprenait, la submergeait, elle détestait les désirs qu'il avait mis dans son corps, les habitudes qu'il avait laissées dans sa pensée, les mots qu'il lui soufflait. Elle détestait surtout cette nostalgie d'un temps perdu qui la prenait parfois et dans laquelle elle se complaisait, les yeux clos et l'âme reconquise, sans y rien pouvoir. « Je ne l'aime plus, pensa-t-elle avec colère, je ne veux même plus l'avoir aimé, alors, pourquoi ? » Pourquoi est-on déjà faite d'autant de vie morte quand on n'a qu'à peine passé ses vingt ans ?

Aimé l'avait rejointe au pied de son lit.

— Qu'alliez-vous me dire, mon cœur, de la barbarie des Français qui me ressemblent ?

— Rien, murmura-t-elle. Pardon.

— Pardon ?

Il la contemplait avec de la malice, posée sur ce grand sourire intérieur qui donnait si souvent, à son visage de page vieilli, son expression la plus accueillante.

— De quoi me demandez-vous de vous consoler, Louison ? De trop aimer les tapis ?

De nouveau elle posa son front contre l'épaule d'Aimé, cette fois en jouant à le rouler d'un bord sur l'autre. « Oui, comprenez-moi, pensait-elle très fort, comprenez-moi et ôtez-moi mon passé, cette nuit il m'encombre. » Comme toujours au moment de se donner un urgent besoin de virginité l'envahissait, qu'elle prenait pour le remords de son péché de jeune fille.

— Aimé, je voudrais... Qu'est-ce que je voudrais ? demanda-t-elle dans un gros soupir.

D'une poussée légère il la fit tomber assise sur son lit et se mit à lui caresser les cheveux avec insistance, du bout des doigts.

— Ne serait-ce pas là un peu de ce que vous vouliez, madame ?

Elle ne lui répondit que d'un feulement de chatte contente, releva vers lui son visage.

— Aimé...

S'interrompant aussitôt, elle changea sa question.

— Qu'avez-vous fait, à Châteauroux ?

— Bah ! Nous avons refait le Royaume jusqu'à la perfection, comme d'habitude. Le Roi, hélas, ne doit pas savoir qu'il a dans ses provinces une réserve d'excellents premiers ministres, qu'il lui suffirait d'appeler au pouvoir pour sortir d'embarras.

Il ajouta en lui souriant :

— De toute manière, ce que j'ai fait à Châteauroux ne

vous importe pas pour le moment. Quelle autre question m'alliez-vous poser ?

Elle le fixa dans les yeux.

— Aimé, vous avez eu un autre amour avant moi, cet amour que votre père vous a refusé. Ne vous poursuit-il jamais ?

— Mon Dieu ! j'en suis aujourd'hui tellement éloigné ! Si jamais j'y repensais, ce serait pour m'en étonner.

— Vous en étonner ? Pourquoi ?

— Vous, Louison, cela ne vous étonne-t-il pas que j'aie pu être amoureux avant de vous connaître ?

— C'est une bonne réponse, dit-elle. Je suis vaniteuse.

Pendant tout un temps elle détailla son mari, avec plaisir. Chaque fois qu'elle le voyait très simplement vêtu, en gentilhomme campagnard, elle le trouvait à son avantage, rajeuni. Cette nuit il ne portait qu'une culotte de drap gris avec des bottes brunes, un gilet de basin sans manches sur une chemise de batiste à jabot plissé. Ses fins cheveux d'un roux léger, noués en queue, lui seyaient dix fois mieux que ses perruques. Et parce qu'il s'amusait à jouer avec le fichu qu'il venait de ramasser sur un fauteuil elle regarda ses mains. Roquefeuille avait de belles mains bien formées, blanches avec un peu d'ombre blonde vers le poignet, des doigts longs et parfaitement droits aux ongles carrés. Les mains montraient plus de fermeté, plus de force tranquille que l'homme bien fait, mais de taille médiocre et gagné par un peu d'embonpoint. Louison les regarda jusqu'à ressentir leur caresse sur sa peau, et sa peau frémit. D'un mouvement du cou elle rejeta sa chevelure en arrière, mouilla ses lèvres soudain trop sèches et se renversa sur ses oreillers. Alors le marquis lâcha son jouet, se pencha vers elle, lui souleva les jambes et l'allongea tout à fait sur le lit. Avec complaisance elle croisa les bras au-dessous de sa tête pour arrondir ses seins sous le zéphyr de sa chemise, ouvrit tout grand ses yeux à la danse des lumières des bougies sur les robustes couleurs rouge et bleue de sa chambre. « Ma foi, monsieur, vous avez bien fait de rentrer plus tôt que prévu, j'ai très envie d'être aimée », pensa-t-elle gaiement, et sa pensée lui fit bouger les hanches. Elle haussa un genou et toute sa cuisse, longue, fuselée, parfaite, se dessina sous le voile de coton.

— La beauté, c'est le ciel sur la terre, dit avec émotion le marquis. La beauté, c'est le meilleur de ce que la vie puisse vous donner. Vous vous dites vaniteuse, Louison, mais même en vous vantant haut vous n'auriez pas de vanité, vous n'auriez que de bons yeux. Vous êtes une joie profonde pour qui vous contemple. Pourquoi seriez-vous la seule à ne vous point enchanter de votre vue ?

Ses mains, encore légères, se mirent à suivre ses regards tout le long du corps de Louison, et bientôt il y mit aussi les lèvres. Il ne goûtait sa peau qu'à travers un nuage de coton moite, mais ne se pressait pas de la dénuder parce que la mousseline jouait, sur la chair déjà offerte, le jeu très excitant du dernier voile à conquérir avant le bonheur. Tout de même il finit par dénouer les rubans de la chemise, en écarta les bords, se redressa...

Abandonnée soudain Louison protesta sauvagement : « Non ! », agrippa du vide et rouvrit ses paupières, qu'elle avait fermées. « Non ! »

Le visage d'Aimé, aussitôt, revint au-dessus du sien.

— Donnez-moi un instant, mon cher cœur, rien qu'un instant. Je n'ai jamais servi aux mousquetaires, je ne sais pas faire l'amour sans débotter.

Elle eut un rire de gorge, roucoulé.

— J'ai plus de chance que mon tapis, dit-elle.

Avec un autre rire elle bascula sur le ventre, enlaça à pleins bras ses oreillers, enfouit son nez dans leur bonne odeur, attendit, molle et sans plus mot dire, le retour des caresses. Bientôt, lentement le doux zéphyr de sa chemise lui remonta le long des jambes, le long du dos, jusqu'à lui couvrir les épaules d'une écharpe tiède. Le premier des nouveaux baisers du marquis se posa sur la fossette de ses reins, chaud, humide, tenace. Un frisson creusa le ventre de Louison, elle serra plus fort ses oreillers et se mit à ronronner.

3

Après le drame de la nuit Nini avait bien peu dormi, et pourtant l'aube l'éveilla. C'était la Saint-Jean. Il faut vivre la Saint-Jean sans en perdre une heure, surtout pas la première. Elle enfila des bas, s'enveloppa dans sa capiche et descendit, traversa la maison de part en part. Arrivée dans le grand vestibule du nord elle prit la paire de sabots cachée dans un réduit, la chaussa et sortit dans la cour d'honneur.

C'était de ce côté-là qu'elle aimait voir se lever la Saint-Jean. Du château posé sur la colline le paysage glissait en molles vagues vertes jusqu'au Sauzon, traversait le village allongé sur ses rives et puis remontait, toujours sans hâte, pour se perdre à l'horizon dans la forêt de La Madeleine. L'eau des étangs de l'ouest était presque noire encore mais, à l'est, la buée mauve du bas du ciel s'arrondissait vite en se tachant de plus en plus d'or. Nini respira un bon coup de l'aurore miraculeuse et marcha vers la Verduronne, jusqu'à l'entendre bruire. Le gros ruisseau chantait bien. Son eau d'argent vif frétillait comme un gardon sur son lit pierreux, rafraîchissait sans fin la cressonnière étalée dans un pré creux, dont la belle couleur d'émeraude avait donné son surnom à la Verduronne. Le hameau de Verte-Fontaine — la chapelle du château et une huitaine de petites maisons — s'était amassé là, où il dominait à la fois la cressonnière et les plus lointains étangs du Prieur lourds de vie sauvage.

Ce coin de pays était animé comme rarement. Des jeunesses, des amoureux, et d'autres qui s'obstinaient, à l'âge de raison, à se pêcher encore des rêves dans l'eau enchantée du petit jour de la Saint-Jean descendaient vers le village une cruche à la main, saluant gaiement, en passant, la gentille vieille demoiselle du château. Même le simplet de la Thomaserie, toujours muet, lui bredouilla un bonjour. Le moment avait des vertus, décidément, aussi les cueilleuses de bonnes herbes étaient-elles à l'œuvre déjà. Tant que le soleil n'aurait pas fini de sécher les prés elles ramasseraient patiemment leurs tisanes, empliraient leurs paniers avec des plantes gorgées de bienfaisance par la rosée du matin magique. « La nature n'est pas juste. Elle n'aime pas autant ses hommes que ses plantes ; nous, elle oublie de nous rajeunir chaque été », pensa Nini, et elle admira avec envie le gros tilleul qui ombrageait le banc de la fontaine. Si vieux qu'il en avait la pelade et des excroissances de rhumatisant il n'en était pas moins bien feuillu et couvert de fleurs. Un vieux beau. Nini eut un rire, mélancolique. Serait-elle une vieille belle ? Mais pour qui ?

Elle détourna ses yeux du banc. Il ne lui valait rien. Il lui rappelait le temps des baisers, et que le fiancé de ses vingt ans ne lui avait duré qu'un seul printemps.

Par-delà les étangs du Prieur le bas du paysage naissait de ses fumées. Déjà la buée détachée de la terre flottait à vingt pieds au-dessus du bocage, étirée comme un plat nuage blanc par-dessus l'autre blancheur à peine mouvante des moutons et celle des bœufs gras affalés le long des haies. C'était l'heure où le sommeil trop tôt quitté vous revient. Nini bâilla et se mit à remonter vers la maison : elle avait besoin d'une tasse de café. Les deux jeunes servantes du château, qui l'aperçurent, s'arrêtèrent devant la grille pour l'attendre. Babette et Francioune revenaient de Saint-Martial avec deux cruches pleines.

— On en a pris pour tout l' monde, dit joyeusement Francioune. Et c'est d' la bonne, puisée à la fontaine de l'église, au premier rayon qu'est v'nu d'sus.

— Nous voilà donc avec du bonheur pour toute l'année, dit Nini en leur souriant.

Comme elle disait cela elle vit, avec surprise, Matthieu qui remontait des prés avec un gros bouquet de fleurs des champs dans le creux d'un bras. Il semblait tout content de lui.

— Le jardinier m'a assuré que la rosée de la Saint-

Jean valait encore mieux que son eau du petit matin, alors j'ai été me ramasser de la rosée comme j'ai pu, expliqua-t-il quand il les eut rejointes, en leur montrant fièrement son beau bouquet illuminé de boutons d'or.

— Eh bien, s'exclama Nini, je n'aurais jamais cru, mister Matthew, qu'un jour vous vous mettriez à croire aux vieilles légendes de notre vieux pays !

— Tante Nini, je crois à la poésie, dit Matthieu.

Un moment plus tard, comme Nini, dans sa chambre, commençait de faire sa toilette, son envie de café lui revint. Peut-être la Gerbaude en aurait-elle fait plus tôt que d'habitude ? Elle redescendit, vit le bouquet en traversant le palier du premier étage. Le beau bouquet de Matthieu avait été déposé sur la pierre du sol, devant la porte de la marquise.

Nini en fut toute saisie. « Mon Dieu ! » murmura-t-elle — mais pourquoi ? Ce n'était après tout que l'hommage d'un bouquet de la Saint-Jean, et il s'en donne, à la Saint-Jean, des bouquets des champs ! Un neveu courtois peut fort bien en offrir un frais cueilli à sa tante, pour lui manifester son plaisir de la revoir après quatre années d'absence. « Nini, ma fille, tu lis trop de romans, ta mère te le disait déjà », se reprocha-t-elle.

— Cela, madame, c'est un bouquet de jeune homme, dit Suzanne en arrangeant les fleurettes dans un pot. Ce sera le Baptiste du jardinier ou votre Toupinet qui vous souhaite la Saint-Jean.

— Peut-être, dit Louison.

La femme de chambre avait ouvert tout grand les portes de l'armoire à robes.

— Laquelle, madame ? Celle de coton pékiné rose ? Une encore plus légère ? La journée s'annonce magnifique.

Louison ne lui répondit pas. Elle n'était pas pressée de s'habiller. Sa courte nuit lui pesait dans le corps.

— Je crois, Suzon, que je m'en vais paresser encore un peu. Il est très tôt, n'est-ce pas ?

— Pas tant. Il est neuf heures. Ici, ce n'est pas l'aube ! Quand je pense...

— Pensez tout bas, Suzanne. J'ai la tête lasse. N'avez-vous point affaire ? Revenez dans une heure.

Avant de partir Suzanne tira un fauteuil et son tabouret sur la terrasse.

— Voilà, dit-elle. Pour lire un peu, madame sera très bien ici.

— Quelle bonne idée pour réjouir les passants, ironisa Louison. La lumière est déjà si vive que mon peignoir de coton blanc me laissera là quasiment nue.

— Que madame ne s'en fâche pas, le nu lui va très bien, dit la femme de chambre.

— Suzanne, je vous dispense de vos familiarités.

— Madame, c'est la Saint-Jean. Les soubrettes ont droit à l'impertinence. Vous donnerai-je votre roman ? *Paul et Virginie,* pour ne point changer ? Ne le finirez-vous jamais, madame, que je puisse le prendre ? Vous le lisez comme si cette histoire était ronde, le premier mot du recommencement attaché au mot de la fin.

La marquise s'était arrêtée debout devant sa table à coiffer.

— C'est vrai, ma foi, qu'en simple peignoir je ne suis pas vilaine, dit-elle d'un ton content.

Elle ouvrit son coffret à bijoux pour y prendre ses diamants jonquille — la parure des dames de Roquefeuille. Elle mit seulement les boucles d'oreilles. Les longs diamants dorés perdus dans le désordre de ses cheveux scintillaient par éclairs chaque fois que le soleil les attrapait.

— Ah ! non ! protesta Suzanne. Non, madame, vous n'allez point garder cela. Vous voilà faite comme une bohémienne ! Il n'y a qu'une bohémienne, pour avoir l'idée de se pendre des bijoux dans une tête ébouriffée, et encore, au saut du lit !

— Je suis tout à fait contente de mon air, dit Louison. La Saint-Jean est une journée folle, ne point la vivre un peu follement serait un péché. Suzanne, je vous promets d'être fantasque tout le jour.

La femme de chambre leva les yeux au ciel et s'apprêtait

à sortir quand elle vit sa maîtresse qui commençait de se parfumer.

— Oh ! pour cela, madame, je ne puis le laisser faire, s'écria-t-elle en courant reprendre, à la marquise, le bouchon de cristal odorant qu'elle promenait voluptueusement sur son cou. Quel gâchis ! User de notre bonne eau de giroflée pour rien, pour vous en aller lire en peignoir dans un fauteuil ! Notre réserve s'épuise, madame. Madame Marais n'en reçoit pas souvent, et nous n'avons plus monsieur de Bièvre pour nous en faire rapporter de Florence par les courriers de son prince *.

— Suzanne, évitez de vous souvenir à tout propos des bonnes manières du marquis de Bièvre, dit Louison, à peine agacée. Je sais que vous le regrettez. Fort bien, je vous le permets, mais c'est à condition que vous le regretterez tout bas. Allez. Laissez-moi une heure.

Elle n'avait pas envie de parler. Ni de lire, d'ailleurs. Ce matin elle avait envie de tout, sauf d'une seule chose précise. Elle s'étira les bras, caressa, du bout de sa mule, l'épaisse terre rose vernissée du sol, brunie, orangée, dorée, nuancée par deux siècles de lustrage à la cire d'abeilles. Rien qu'à l'œil ces carreaux avaient un bon goût de miel.

En arrivant à Verte-Fontaine Louison avait tout de suite aimé cette chambre, qu'on lui donnait par tradition. Tant d'espace ! Et de si vives couleurs ! Elle avait su d'avance que son appartement serait grand, Aimé le lui avait annoncé, mais elle n'avait pas deviné ce que grand voulait dire en province, dans un vaste château dépeuplé, auquel les seigneurs avaient ajouté et rajouté de la bâtisse depuis le début du XIVe siècle jusqu'au milieu du XVIIe. Dans l'aile du midi, la vaste chambre des marquises s'ouvrait de plain-pied sur la terrasse par trois portes-fenêtres, et là aussi donnaient le boudoir et le cabinet de commodité. Au fil du temps les dames de Verte-Fontaine s'étaient logées au mieux. Et la dernière, celle d'avant Louison, avait eu le goût joyeux. La nouvelle marquise avait beau s'être habituée depuis l'enfance aux pâles harmonies de son temps, elle avait souri

* Monsieur, frère du roi. Bièvre était son écuyer.

aux brillantes couleurs choisies par sa feue belle-mère, elle se sentait bien dans son décor et n'y avait rien changé. Le plafond à la française de fines poutres carrées avait été peint dans un beau bleu turquoise, et des boiseries du même bleu, très simples, encadraient les toiles des Indes écrues à grands ramages rouges tendues sur les murs. Le lit de milieu était à la polonaise, drapé d'une soie damassée cerise doublée de soie blanche qu'on retrouvait aux rideaux. Curieusement, l'offensive du style Louis XV n'avait pas été plus loin que ces tons crus et ce lit fastueux. Peut-être Aurore de Roquefeuille avait-elle manqué d'argent ? Ou alors elle avait voulu, par piété, garder le pesant héritage des mortes, les commodes-tombeaux et la bonnetière de poirier ciré, le bureau Mazarin à caissons et les amples sièges Régence, fort beaux d'ailleurs et recouverts à neuf, de soie cerise. Pour l'instant, un jupon traînait sur le bras d'un fauteuil : ce nuage blanc sur ce rouge vibrant, c'était ravissant.

De la terrasse venait déjà de l'air chaud. Quand Louison s'y engagea, comme elle l'avait prévu la lumière transperça son voile de coton, mit son corps à nu. Il n'y avait heureusement personne en bas. Aussi loin que portait sa vue elle ne voyait que verdoyer du vert, moutonner des troupeaux. C'était l'heure creuse : entre l'effervescence de l'aube magique et le début de la longue fête les gens se faisaient beaux, les « grandes manges » de midi se cuisaient.

« Je vais danser », pensa Louison, et un élan de plaisir lui fit esquisser trois mesures de menuet dans le soleil. Elle était la dame de Verte-Fontaine, elle avait vingt-deux ans déjà et déjà deux enfants, et pourtant elle ressentait toujours, pour le bal, un appétit de jeune fille. Comme si le bal pouvait encore lui apporter du merveilleux au tournant d'une gavotte. Comme si sa destinée n'était pas scellée. « Je vais danser ! » Elle courut rouvrir l'armoire aux robes et se chercha un attifement avec la même ferveur, les mêmes indécisions jubilantes que si elle ne se préparait pas tout bonnement pour s'en aller sauter la bourrée sur l'herbe, avec ses paysans.

Aimé jeta un coup d'œil à sa pendule, lâcha ses papiers. C'était temps. Heureusement il n'avait plus que sa veste à passer, et sa perruque à mettre. Bréchou, son valet, avait planté la coiffure, poudrée de frais, sur le milieu de la cheminée. Le marquis la saisit avec précaution et se l'ajusta, fâché de perdre les bons cheveux de son cru, si légers, si souples, si commodes à vivre. Il prit un mouchoir propre dans sa commode, l'arrosa d'un peu d'eau de Cologne et s'en fut attendre Louison dans la bibliothèque.

D'instinct il respira à fond en pénétrant dans l'odeur des cuirs. Dans cette pièce s'était déroulé le plus long de sa vie. Le Roquefeuille de naguère, le Roquefeuille d'avant Louison était encore là, intact. Un châtelain hors du temps, un liseur, un rêveur, un lambin, un artiste en flânerie solitaire. Aujourd'hui, celui qui entrait là se sentait plein de chair et de sang, il s'était redécouvert des muscles entraînants, des pensées chaudes. De nouveau il respira profondément, et cette fois pour pousser son plaisir d'être jusqu'au bout de ses capillaires.

Depuis longtemps le portrait de Greuze avait trouvé sa bonne place sur un chevalet, devant une fenêtre, de manière à bien recevoir le jour. Pour l'instant, une grosse étoile de soleil rayonnait sur la robe de mousseline blanche, en plein cœur du personnage. Une fois de plus le marquis joua à marcher devant le tableau, pour voir le grand œil clair le suivre de droite à gauche et de gauche à droite, sans ciller ni se lasser. Ce miracle-là ne s'était pas usé, non plus que l'émerveillement d'Aimé. Il s'extasiait toujours d'avoir été élu d'entre tous les hommes pour vivre un conte de fées avec cette princesse.

La princesse ne semblait pas s'ennuyer, même quand un paquet de lettres de sa mère, de son amie Solange ou de Beaumarchais venait lui raconter Paris, où le monde continuait de s'amuser sans elle. En l'écoutant leur lire en riant les potins de la ville, en la voyant jouer de bon cœur au boston, tapoter le clavecin de Nini, muser dans la bibliothèque, soigner les rosiers ou s'enfariner jusqu'aux coudes pour apprendre de Gerbaud à feuilleter une pâte, Roquefeuille étonné, ravi, n'osait croire qu'il avait réussi à lui enseigner le bonheur à Verte-Fontaine. Puis enfin, à force de guetter la vérité sur le visage aimé, il s'était rendu compte qu'elle ne vivait pas à Verte-Fontaine, pas vraiment. Elle vivait dans un songe, avec une frémissante espérance du jour suivant, qui ne la quittait guère. Sans doute n'en avait-elle pas fini de se métamorphoser en marquise du lieu. Sur le gros bureau de sa chambre trônait le coffre aux clefs, qu'elle y avait fait apporter. De temps en temps elle y choisissait de quoi s'en aller à la découverte dans l'immense espace inhabité du château. Et Roquefeuille s'inquiétait du matin où elle se réveillerait au bout de sa quête, avec entre les mains un jeu de clefs rouillées toutes essayées, qui ne lui ouvriraient plus jamais qu'un monde déjà visité, gris de vieillesse, où seules les souris pouvaient trouver plaisir à grignoter. L'angoisse feutrée de l'avenir formait le fond de la joie d'aimer du marquis. Mais quoi ? Lui non plus, après tout, n'en avait pas fini de se métamorphoser en époux heureux. Il surprenait en lui des sensations, des sentiments qui étaient ceux d'un amant à peine tiré d'incertitude. Avant leur mariage, quand il l'avait crue perdue, pendant de si longs mois il avait promené le fantôme de Louison dans son château, qu'en la voyant soudain ouvrir la porte de son cabinet, surgir au détour d'un couloir ou paraître entre deux buissons de roses, affairée et le sécateur à la main, il croyait chaque fois, pendant toute une minute, s'éblouir encore d'un mirage. Alors elle se pendait à son bras sans façon ou se mettait à bavarder, et la réalité envahissait Roquefeuille, le chavirait comme si elle se promettait encore à lui pour la première fois.

— Je vous aime trop, mon cœur, murmura-t-il au portrait. Je suis un barbon fol.

Le bruit de la porte s'ouvrant le fit se retourner.

— Vous êtes ravissante, dit-il.

Elle s'était mise en campagnarde du faubourg Saint-Honoré, avec une jupe écourtée qui montrait la cheville et la chaussure de peau blanche, un caraco de taffetas plissé rose à gorgerette, un tablier de linon à fleurs, un bonnet tuyauté en forme de galette posé sur la masse de ses boucles brunes.

— Voyez, je me suis faite simplette et peu fragile, dit-elle de bonne foi. Cela vous va-t-il ?

— Jamais plus jolie marquise n'aura couronné la rosière de Saint-Martial.

— Dame ! C'est la première. Pourquoi, au fait ? Beaucoup de villages ont déjà des rosières.

— Pas tant. Cela coûte. Puis, la vertu n'a jamais été si fort à la mode. C'est presque une invention nouvelle.

— Le chapeau est charmant. Je m'en suis mêlée. Il est de fine paille écrue, garni d'un bouquet de roses et de ruban bleu. Je suis sûre que nous aurons la rosière la mieux coiffée de la province. Mais, Dieu...

Elle étouffa un bâillement dans sa main.

— ... que l'idée de présider le goûter d'honneur m'ennuie ! Je n'ai pas faim et j'ai envie de danser.

— Le goûter sera vite expédié. On n'y servira que des fruits et des laitages sous le prétexte que fruits et laitages sont la nourriture de la vertu, mais nos bergers préfèrent le vin gris. Ils n'ont pas lu monsieur Bernardin de Saint-Pierre.

Avec un rire Louison s'assit à demi sur l'accotoir d'un fauteuil.

— Attendons la dernière minute, pria-t-elle. Ce n'est pas la peine d'arriver avant le moment du discours.

Son regard glissa sur les murs de livres, sur l'énorme poêle de faïence allemande décoré d'un paysage polychrome, sur les mappemondes, les feuilles et les objets encombrant la table de desserte cachée sous un tapis vert, sur la bergère à oreilles de peluche rouge poussée vers l'âtre, à l'abri d'un paravent, son petit banc de pieds posé devant elle.

— Savez-vous à quoi ressemble votre bibliothèque ? dit-elle en revenant au marquis. Elle ressemble à la cellule bien close et bien chauffée d'un moine douillet.

— C'est mon grand-père Bernard qui a fait reconstruire cette pièce à son goût, et il avait l'âme d'un moine, dit Aimé en souriant. Il a passé ici toute la dernière moitié de sa vie. Bernard de Roquefeuille est l'aïeul auquel je ressemble le plus, paraît-il. Je vis pourtant à rebours de lui. Moi, arrivé à la mi-temps de ma vie, je me suis défroqué.

Il la fixa dans les yeux.

— Louison... Vous semblez venir dans ma bibliothèque avec tant de plaisir... Vous y sentez-vous bien ? Vraiment ?

— Mais oui. J'y viens avec un réel plaisir. Et j'y viens souvent parce que j'aime à me faire plaisir.

— Merci, dit-il avec émotion. Pardonnez-moi mes questions. J'ai conscience de vous en faire parfois d'indiscrètes, mais... Le bonheur d'une femme se mérite à mon âge, j'essaie de savoir comment vous le rendre facile.

— Oh ! c'est bien simple ! dit-elle en riant. Donnez-moi de l'indulgence, encore de l'indulgence, toujours de l'indulgence, je m'en trouverai très bien ! Car enfin, jc suis capricieuse, et j'ai la tête près du bonnet — n'est-ce pas ?

Il effleura sa main d'une caresse.

— Ma mie, j'ai eu tout le temps d'apprendre que la vie n'est point parfaite, qu'il faut choisir entre l'indulgence et les maux d'estomac, or je tiens à la santé de mon estomac, je suis gourmand. Allons-nous ?

Un long fil de velours resta collé à la jupe de Louison quand elle quitta son appui.

— Il faut faire recouvrir à neuf ces fauteuils, dit-elle en l'ôtant. Ils sont aussi pelés que de vieux chiens.

Aimé poussa un si vaste soupir qu'il en secoua l'air.

— Ah ! dit-il, s'il n'y avait à refaire que ces fauteuils-là ! Quand on hérite à la fois d'une vieille maison et d'un beau passé on rêve toujours de faire quelque chose pour la maison, on rêve de la refaire belle avec le vain espoir d'y faire renaître du même coup la belle vie de château de l'ancêtre le plus munificent qu'on s'est trouvé dans les papiers de famille. Oui, j'ai certainement voulu croire, pendant tout un temps, que je serais le magicien de Verte-Fontaine, un bâtisseur, un décorateur...

Il secoua la tête.

— Ce n'était pas dans ma nature. Et je n'avais pas d'argent.

Affichant une moue penaude il prit la main de sa femme pour la retenir entre les siennes.

— Je suis vraiment fâché, maintenant, de ne savoir faire de l'argent qu'en regardant mes fermiers et mes bûcherons m'en faire un peu. Je découvre aujourd'hui qu'avoir du talent pour les affaires m'eût servi, pour vous servir.

— Je n'ai pas un grand goût pour les hommes d'affaires.

Elle l'avait dit de bon cœur et pourtant elle en rougit, comme si elle ne pensait pas ces mots-là aussi franchement qu'elle venait de les prononcer. Depuis son plus jeune âge elle avait fréquenté trop d'hommes de commerce et d'argent, et s'en était trouvée trop bien, pour avoir envie que son mari demeurât quasi pauvre au fond du Berri. Mais elle n'avait pas, non plus, envie de se l'avouer. Pas encore. Pas aujourd'hui. L'aujourd'hui était joli, plein de fête.

— Bah ! fit-elle d'une voix légère en lui reprenant sa main. Vous vous lancerez bien un jour dans la spéculation, tout le monde y vient. Quand Calonne sera de retour d'Angleterre...

Elle ne prit pas la peine d'achever. En dépit des malheurs du ministre, le nom de Calonne lui semblait toujours suffisant pour évoquer un espoir de prospérité, surtout celle des amis de Calonne. Instinctivement, elle tripota, pendue à son cou, la bague à rubis de l'exilé de Londres, la pierre royale qu'il lui avait donnée en la traitant de « babiole », au temps de sa splendeur : elle la portait en pendentif, enfilée dans un simple ruban de soie. Roquefeuille vit le geste, esquissa un sourire teinté de mélancolie.

— Spéculer, dit-il. S'il suffisait, pour le pouvoir sans risque, de toucher le grigri offert par un financier...

— Savez-vous pourquoi, Aimé, vous ne vous faites point confiance pour gagner de l'argent ? demanda-t-elle d'un ton sérieux.

— Dame oui !

— Non. Vous ne vous faites point confiance parce que vous trouvez un peu répugnant qu'on veuille gagner de l'argent. Vous croyez, comme Alix, qu'on n'a vraiment droit qu'à ce qu'on possède de naissance.

Elle repensait aux désirs violents de son enfance humiliée et ajouta avec une pointe d'agressivité :

— Par chance, Aimé, Dieu vous aimait, et vous êtes ici le maître de tout, depuis des siècles.

Un moment il la regarda, dit enfin paisiblement :

— Mon cœur, vous simplifiez la chose. Qui me pourra

dire lequel, de Roquefeuille ou de Verte-Fontaine, appartient à l'autre ? Disons plutôt que nous sommes faits de la même glaise. Beaucoup de pierres des bâtiments sont rousses et j'ai assurément, dans ce sol, d'aussi puissantes racines que mes arbres. Dans le grand bois du Prieur, j'ai dû faire abattre trente-huit hêtres l'hiver d'avant notre mariage, trente-huit colosses creux vidés par le temps. Chaque coup de hache a résonné dans ma chair, et quand ils ont été couchés sur la terre j'avais l'âme en deuil. Je ne m'étais jamais senti le maître de ces arbres-là, mais bien plutôt leur protégé. Ici, presque tout me connaît depuis plus longtemps que je ne sais me faire des souvenirs. S'il m'arrive de parfois découvrir dans un bois un nouvel îlot de fraises, je me demande toujours si lui ne m'a pas déjà vu.

Il ajouta d'un autre ton :

— Allons, Louison. Je vous assure que le discours à la rosière ne se fera point sans moi.

Comme ils sortaient de la maison Baptiste passa devant la grille, vêtu pour la fête, une romance de mai aux lèvres. Le garçon jardinier allait tout faraud, cambré dans sa belle veste de coton noir d'où passaient les poignets raides et bien blancs de sa chemise des dimanches. Il était si content du beau ruban et des barbotiaux * neufs de son chapeau, qu'il tenait encore le chapeau sous ses yeux au lieu de le porter sur sa tête.

— Baptiste chante joliment juste, remarqua Louison. Il chante bien et, ce matin, il a de la voix !

— C'est qu'il s'en va blonder, dit Aimé. La Marthe des Coupeaux sera sur le mail, avec sa belle coiffe et son beau fichu rouge.

— Blonder ! répéta Louison du bout des lèvres. Quand vous déciderez-vous donc, vous autres Berrichons, à inventer un verbe pour aimer les brunes ?

— Pour quoi faire, dit Aimé d'un ton moqueur, puisque nous autres, Gaulois du Berri, n'avons d'amour que pour les blondes.

* Petits rubans de velours.

4

Après le goûter de la rosière la fête s'était épanouie. La marchande de beugnons envoyait au vent la tenace odeur de sa friture sucrée, vielles et musettes emplissaient les têtes de la joviale musique nasillarde, obstinée, qui est le son de la liesse berrichonne, et tout le monde avait sorti ses beaux habits. Pas un paysan qui n'eût sa meilleure culotte, sa chemise blanche et son chapeau noir, pas une femme sans un joli fichu clair, le bonnet et le devantiau de lingerie fine, la croix d'or pendue à un ruban de velours. Les anciens, qui ne suivaient pas la mode par pure coquetterie, étaient encore plus élégants — les vieux avec les longues biaudes * brodées de leurs noces de jadis, les vieilles avec le corsage de soie noire, le tablier à dentelle, la jeannette d'or au cou, les anneaux d'or aux oreilles. Châtelains et bourgeois n'étaient pas moins endimanchés, si bien que le mail présentait un aspect superbe quand, les joues rougies de baisers, la rosière y ouvrit le bal avec le marquis de Roquefeuille.

Louison était demeurée devant la table du goûter. Aidée de Nini et de Mme de Palluault, elle distribuait aux enfants ce qui restait de bonbons et de pains aux griottes.

— Il reste aussi trois grands pots de lait, remarqua Cendrine de Palluault. Ce sera pour les pauvres. Il reste toujours beaucoup de lait. Même la plus vraie des rosières lui préfère un bon coup de vin gris.

— Et vous aussi, dit Nini.

— Et moi aussi, dit Cendrine. Le petit vin gris met du rose à l'âme. Cela ne se refuse pas. L'air du pays est terriblement vert. A la longue, la solitude vécue dans le vert donne envie de boire du rose.

* Blouses.

— Cendrine, vous n'êtes point seule à Chanteraine, observa Nini.

— J'y suis seule dans ma chambre, dit Cendrine sans vergogne — elle avait un peu bu déjà.

— Ce n'est point sans remède, dit Louison.

— Si, dit Cendrine. Vous m'avez pris l'homme que je voulais.

Nini eut une exclamation d'impatience, Louison un rire.

— Allez-y, dit-elle. Personne ne nous écoute. Pour me faire votre scène de jalousie d'après boire, c'est le bon moment.

Cendrine secoua la tête.

— Je ne suis pas encore assez en verve.

Elle prit un ton désabusé, qui ne lui allait pas.

— Et je sais bien aussi que, même si vous n'étiez point venue, je n'aurais pas eu Roquefeuille. Il semblait si bien installé dans son célibat ! Ses livres, ses chevaux, ses chiens, ses bois, sa cave, un bon souper et puis ses pantoufles... La solitude est une maladie de femme, un homme ne s'en lasse pas. L'amour de sa tranquillité est inépuisable chez un homme. C'est miracle, mon amie, que vous ayez pu vous glisser dans la vie du marquis. Enfin, quand je dis miracle...

Elle promena ses yeux sur la trop belle marquise, qui la contemplait aussi. La châtelaine de Chanteraine avait à peine trente ans. Grande, à la fois mince et solide, elle avait un visage intelligent aux pommettes hautes, au large regard brun, à la bouche ferme et bien dessinée. Presque vêtue en paysanne elle portait une jupe et un caraco de soie noire, mais son léger fichu de valenciennes lui laissait les épaules nues, et son bonnet, merveilleusement ouvré, valait une petite fortune. Louison trouvait sa fausse rivale assez belle, d'une beauté, toutefois, qui devait peu toucher les hommes. Il y avait trop de force en elle, trop peu de grâce, et aussi ce teint bis, qu'elle ne poudrait pas. En costume d'amazone, au milieu d'une chasse, dans le feu de l'action Mme de Palluault avait grand air. Hélas pour elle, les gentilshommes de cette fin de siècle montraient plus de goût pour les dames d'allure tendre, balançant leurs mousselines sur une escarpolette.

Comme si elle avait entendu les pensées de Louison, Cendrine reprit avec ironie :

— La femme qui se sait de séduction modeste rêve assez souvent qu'un homme de cabinet, par prudence, la préférera à une beauté plus tapageuse. Quelle faute de jugement ! Pour tout homme la beauté la plus voyante est toujours la meilleure. Vous avez bien raison, ma douce amie, d'être belle à l'excès.

— Cette conversation est insupportable, dit Nini. Je ne sais comment Louison s'en amuse. Car enfin, Cendrine, à vous entendre on croirait parfois que vous n'avez pas renoncé pour tout de bon à son mari.

— Mais ma bonne, je n'y ai pas renoncé du tout ! s'exclama Cendrine.

— C'est plus d'un verre de trop que vous avez bu, dit Nini. Allons sur le mail. Vous êtes au point pour danser la bourrée. Sauter vous empêchera de déparler.

Une farandole bruyante les frôla, les aguicha sans oser les emporter, s'éloigna à la poursuite de deux amoureux qui s'enfuyaient vers les champs.

— Nini, vous avez raison, allons danser, dit Cendrine. Pour digérer la grande mange d'un beau jour, on ne fait pas mieux que la bourrée. Vous savez, marquise, que j'y tâte mieux que personne, je veux ce tantôt vous faire sauter la première.

A l'orée du mail Chauvigné parut soudain devant elles, s'inclina devant Mme de Palluault.

— Par grâce, madame, cédez-moi votre danseuse. Vous allez en jupe aujourd'hui, c'est un cavalier qu'il vous faut. Et ma tante m'a promis sa première danse de la Saint-Jean.

« Vraiment, mon neveu, vous aurais-je promis cela ? » exprima clairement la mine de Louison, mais elle ne protesta pas, accepta la main de Matthieu.

— Je regrette ma culotte de tous les jours, grommela Cendrine. Venez, Nini. Je n'ai envie d'aucun des hommes que je vois prêts à me faire sauter. Venez, répéta-t-elle en enfilant son bras sous celui de Mlle de Roquefeuille. Allons nous asseoir un moment devant la taverne, avec les vieux.

— Non, dit Nini. Vous avez trop bu déjà.

— Que nenni ! Je ne me sens point encore au diapason de la fête. Ainsi, soyez gentille et venez. Avant que de boire nous mangerons deux ou trois beugnons, ils font de très bonne éponge à vin.

Au débouché de la Grand'rue le tavernier avait sorti ses tables et ses bancs sous les tilleuls. Les danseurs venaient là se rafraîchir, les buveurs et les vieux y passaient le plus long du beau jour — les vieux un peu à l'écart des autres, contents, perdus dans les souvenirs qu'ils s'échangeaient. On ne jeta qu'un coup d'œil aux deux dames qui s'installaient sur un banc libre. On était habitué aux manières garçonnes de la baronne de Palluault, et de reste on l'aimait bien, tout comme Mlle Nini.

— Robin, ne nous donne pas de ton gamay, c'est du déloyal, dit tout de suite Cendrine au tavernier. Donne-nous de ton bon gris de sauvignon. Et demande à la Nanon de nous envoyer une assiettée de sa friture.

Narines ouvertes, elle leva la tête vers l'ombrage des tilleuls d'où tombait par instants, pour les bons nez, le parfum fragile des fleurs encore vertes.

— Nini, ma chère, je vous sais gré de me faire compagnie, dit-elle en rabaissant son regard. Et de ne point me faire la morale.

Nini lui pressa la main.

— Ce n'était pas mon dessein. Je sais combien vous l'aimez. Et depuis si longtemps.

— Moi, je l'aime, mais elle, elle est belle.

Là-bas, sur le mail, un espace s'était arrondi au milieu duquel Louison et Chauvigné sautillaient avec allégresse, portés par le tapage de la musique et les iou ! iou ! des autres couples, qui s'étaient arrêtés pour saluer à grands cris la première bourrée de madame la Marquise.

— Bourrée mieux marquée et mieux enlevée, je n'en ai jamais vu, dit Cendrine. Ils s'accordent à merveille.

Dans un éclair Nini revit le bouquet de la Saint-Jean déposé à la porte de la marquise. Elle eut un frisson d'agacement, dit avec presque de l'agressivité, et aucun à-propos :

— Cendrine, pourquoi n'entendez-vous pas les désirs de ma sœur Alix ? Pourquoi n'épousez-vous pas mon neveu ?

Cendrine haussa un sourcil.

— Voilà que ce projet-là vous reprend ?

— Il ne m'a jamais quittée. Votre veuvage vous pèse, et lui a besoin de s'établir. La rencontre est parfaite.

— Ma chère, votre baron est trop beau pour moi, dit Cendrine. Trop beau et trop jeune. Je n'ai pas envie d'acheter de mes deniers la certitude d'être cocue. Non plus que celle d'être ruinée. Nos lois protègent mal les femmes nanties qui s'aventurent dans le mariage.

— Vous avez de mauvaises pensées, dit Nini. Matthieu est un bon garçon.

Cendrine ne répondit pas, occupée à suivre avec des yeux flous le tournoiement des couleurs sur le mail, où la danse générale avait repris. Elle tressaillit soudain, en voyant Roquefeuille redemander sa femme à Chauvigné pour passer de la bourrée au branle. Le marquis portait un air de ravi de crèche. Elle fouilla, força sa mémoire pour tenter de l'imaginer près d'elle avec cet air-là... Mais jamais elle n'avait réussi à le lui donner, même au plus chaud de leur liaison, même après des années de tendresse exquise dépensée pour lui. N'est-ce pas une pitié que l'amour le plus constant ne puisse rien pour faire tomber l'être aimé dans cet air-là, qui lui vient tout seul devant une autre ? Cendrine croyait toujours avoir endormi sa douleur d'amour dans le fond de son cœur, mais en cet instant il lui en revenait une bouffée si vive qu'elle se mit à fredonner les paroles du branle pour ne plus l'entendre :

J'avais pris mes pantouflettes,
Qui vont faisant cric et crac,
Qui vont faisant cric et crac...

— Nini, je ne me cherche plus de mari, dit-elle brusquement. Trouvez-moi plutôt un amant, qui soit amusant, et ne soit point avocat. Dès qu'il vous sait de quoi plaider un avocat vous invente des procès pour avoir des causes.

Le tavernier vint poser une assiettée de beignets sur la table.

— Faites excuse, ça a été long, la Nanon voulait vous en faire des frais.

Il leur versa du vin.

— Madame la Baronne veut bien le goûter ?

Cendrine but deux gorgées de vin, hocha la tête.

— Savoureux et piquant. Il est bien.

Robin leur avait donné deux de ses six gobelets d'argent. Cendrine choqua le sien contre celui de Nini :

— Buvons à nos amours, ma chère. Ils nous dureront autant que nous. Ce qu'il y a de bon, dans les amours des veuves, c'est qu'ils ne dépendent pas des hommes. Le comte de Fontmorand ne quittera point le pastel où vous le logez depuis vingt ans, et Louis-Aimé ne quittera point mon cœur.

Elles ne bavardèrent plus que par bribes. Le bruit les baignait, les berçait dans la fête. Des joueurs de galine * campés à l'orée de la Grand'rue braillaient leurs enjeux, une chaîne d'enfants serpentait entre les bancs en chantant *L'enfile-aiguille,* les buveurs de gamay en arrivaient aux refrains gaulois, ils y allaient aussi lestement qu'en Mardi gras, et les vieux, ragaillardis par les mots crus, retrouvaient de la voix pour s'y mettre aussi.

— Resterez-vous manger la fromentée ? demanda Cendrine en haussant le ton par-dessus le chahut.

— Sans doute, dit Nini. Pas vous ?

— Oh ! si, soupira Cendrine. Si jamais je boudais leur fromentée mes paysans vexés en auraient pour huit jours à rechâgner sur tout. Depuis que les curés leur racontent qu'on pourra bientôt présenter au Roi ses doléances par écrit et que le Roi fera justice, le fermier le plus à son aise s'invente des misères pour le plaisir de se jaspiner ** avec le château.

Avec ses hameaux et ses trois châteaux, Saint-Martial formait une grosse paroisse de près de neuf cents âmes. La Saint-Jean y attirait en plus un flot « d'étrangers », cette année surtout, où on était venu de trois ou quatre lieues à la ronde pour manger, boire et danser, chanter, boire et blonder à la santé de la rosière. La joie était bruyante, d'autant plus que le tavernier avait mis force fûts en perce.

* Jeu de palet.
** Se quereller.

Tout de même, sur le coup de sept heures la bourrée commença de se traîner sur le nasillement de plus en plus dolent des musettes essoufflées et des vielles ralenties. Le village envahi se vidait des étrangers qui repartaient pour chez eux, le bruit s'affaissait, le temps venait de manger la fromentée « en famille », sur le grand pré de la ferme Auchapt. Paysans et villageois s'installaient sur l'herbe jonchée de mouchoirs à protéger les belles culottes et les beaux jupons, les gars de bonne volonté apportaient les bancs de l'église pour y faire asseoir les vieux, les dames et les notables. On distribua les cuillers de bois et d'étain, et bientôt elles piochèrent avec entrain, comme dans un régal, dans l'épaisse bouillie de blé au lait. Louison se pencha vers ses voisines.

— Je ne m'y fais pas, dit-elle en baissant la voix. Je ne m'y ferai jamais. C'est vraiment de l'étouffe-chrétien.

— Dites bourre-chrétien, rectifia Cendrine. Un estomac berrichon ne s'étouffe pas de si peu. Tenez, madame de Paris, voilà les cassemuseaux, qui vous iront mieux.

Une corbeille d'osier circulait, pleine de petits gâteaux ronds, secs et dorés. Louison en prit un ; il ne pesait rien et lui fondit dans la bouche. Du regard elle suivait le vol d'une libellule en verre irisé, enrichi d'éclats d'or et de saphir par le soleil couchant. L'excitation de la journée lui pétillait toujours dans le corps. Elle était heureuse. Lasse juste comme il le fallait, du plaisir de danser. La silhouette de Chauvigné passa soudain devant la libellule, et elle cilla, porta la main à son cœur, fâchée de le sentir nerveux. « Je suis plus fatiguée que je ne l'imaginais », pensa-t-elle. Et elle fut contente, peu de temps après, de voir Aimé se lever de son banc pour s'en aller demander ses charrettes à Toupinet. La fête avait commencé de s'effilocher sans hâte, musique éteinte. Eparpillés sur l'herbe les musiciens lampaient le bon vin offert par les châtelains en échange de leur suée du jour. Les jeunesses, infatigables, s'étaient mises à jouer au furet pour attraper des gages, qu'elles se payaient en bigeades sonores *. De temps en temps un pâtre et sa blonde se

* Gros baisers.

détachaient de la ronde pour fuir nonchalamment, l'air de rien, vers les buissons du bout du champ, où leurs ombres se fondaient dans le flou du soir tombant.

Alix toucha le bras de sa belle-sœur.

— Madame, je crois qu'Aimé nous attend. Les charrettes sont là.

— Il faudrait d'abord que j'aie retrouvé ma Suzanne, dit Louison. Je ne la vois plus.

— Bah ! Laissez, elle vous reviendra, dit Mme de Palluault. Elle vous reviendra en croupe derrière un beau garçon. Au soir de la Saint-Jean il ne faut pas qu'une jolie fille rentre de bonne heure dans les jupons de sa maîtresse.

Louison parut très surprise, et vaguement choquée. Elle ne pouvait imaginer sa Suzanne coquetant avec un paysan. Cendrine devina sa pensée, dit d'un ton railleur :

— Vraiment, Louison, n'avez-vous point encore remarqué qu'il n'y a pas que des pailleux dans nos campagnes ? Et je vous assure qu'une fois la biaude ôtée, un berger peut valoir mieux qu'un chétit de la ville, surtout une nuit de fête, quand il est frais lavé.

— Cendrine, puisque vous me l'assurez si assurément... Il faudra me montrer votre berger. J'en suis curieuse, dit Louison.

La baronne éclata de rire.

Debout devant la ferme des Auchapt, Mme de Palluault et Chauvigné regardèrent s'éloigner les charrettes des Roquefeuille. Tout à l'heure, quand Matthieu avait voulu mettre Louison en voiture, son oncle l'avait devancé. Avec une force dont il ne l'aurait pas cru capable, Roquefeuille avait soulevé la jeune femme pour l'asseoir sur le siège avant de sauter près d'elle. Et il y avait eu — dans son geste pour lui saisir la taille, et dans le geste de Louison pour s'appuyer aux épaules d'Aimé — un tel aveu d'intimité, que Matthieu s'était raidi. Cendrine avait entendu la badine de coudrier qu'il tenait à la main cingler ses bottes, alors elle avait levé les yeux et vu l'expression du visage du baron. « Peste ! Comme l'amour a vite fait de vous rajeunir un homme ! » avait plaisanté

Matthieu en sentant peser sur lui le lourd regard brun. Et maintenant que tous deux s'acheminaient silencieux vers la voiture de Mme de Palluault, Cendrine pensait qu'il y avait ce soir à Saint-Martial au moins deux amants méconnus, ce qui est bien triste un soir de Saint-Jean, quand le sang charrie du vin gris et qu'arrive l'heure de blonder.

La voiture était prête, le cheval attelé. C'était vraiment par goût du mot le plus simple que la dame de Chanteraine appelait charrette sa légère petite voiture anglaise à deux roues, et Biquet le superbe alezan qui la tirait grand train. Aucun autre château, à vingt lieues à la ronde, ne possédait un attelage aussi élégant. Matthieu fit avancer Biquet jusque sur la route, offrit sa main à Cendrine, hésita, quand elle fut installée, à lui remettre les guides.

— Madame, il se fait tard, et vous avez un désert à traverser. Ne vous reconduirai-je point ?

— La bonne idée ! s'exclama Cendrine, railleuse. J'ai bien, en effet, près d'une lieue de poste à faire, et tous les don Juan sont lâchés !

Les deux grands regards brun et bleu que le soir assombrissait se fixèrent l'un dans l'autre avec défi, avec amusement.

— Eh bien, monsieur, allez prendre votre cheval et priez-le de nous suivre, dit enfin Cendrine, en se poussant pour faire place au baron.

« Elle a de beaux yeux », pensait Matthieu avec cruauté, car il y a de la cruauté chez un homme qui cherche un alibi pour se venger d'une femme en s'abattant sur une autre.

Le lendemain Cendrine s'éveilla sur le coup de sept heures, très tard pour elle. Le beau baron dormait encore. Il était vraiment beau, même privé de son superbe regard d'eau de mer frangé de longs cils d'or. Le drap froissé le recouvrait mal. Cendrine le souleva, sourit à sa vision. « Sa mère l'a réussi de partout, il n'y a rien à bouder, et il est temps que je me redonne un amuseux », pensa-t-elle avec plaisir. Dans son corps mince et musclé de garçonne harmonieuse elle se sentait bien ce matin, et même son visage, dans le miroir de la cheminée, lui semblait « possible ». Elle s'enveloppa nue dans sa robe de chambre et descendit boire du café à la cuisine. Elle en but un grand bol, dévora deux tranches de tourte avec un chevrotin frais, croqua une poignée de cerises. La servante avait jeté une nappe sur le bout de la table, pour installer sa maîtresse.

Cendrine recracha son dernier noyau.

— Norine, va me chercher ma pipe et mon tabac, commanda-t-elle.

Norine ne se pressa pas d'obéir.

— Madame la Baronne oublie qu'elle ne veut plus fumer le matin, sauf les jours de fête.

— C'est fête, dit Cendrine.

— C'est lendemain de fête, grogna Norine, l'œil lourd de sous-entendus.

— C'est fête, répéta Cendrine. Mes fêtes ne sont pas les tiennes. N'ergote pas. Va chercher ce que je te demande.

Elle fumait une jolie pipe de terre blanche faite d'un long tuyau fin et d'un très petit fourneau sculpté en tête d'ange. Quand Chauvigné apparut dans la cuisine elle était en train de l'allumer. Il en fut si surpris qu'elle eut le temps de lui demander : « Une tasse de café, monsieur ? » avant qu'il ne s'exclamât :

— Vous fumez ! Vous fumez la pipe ?

Elle répondit par une autre question.

— Vous préférez priser ?

— Je ne prise ni ne fume, dit Matthieu.

Il ajouta, d'un ton qui sentait le sermon :

— Je ne crois pas que le tabac soit d'un bon usage pour la santé. Et je ne vois pas que la pipe fasse un accessoire de charme pour une dame.

Cendrine ôta la pipe de sa bouche, vérifia d'un regard que Norine s'occupait discrètement au loin, fixa Chauvigné bien en face, dit à mi-voix dans un grand sourire :

— Baron, vous n'êtes que mon amant. Et encore, à peine. Une tasse de café ?

5

Juillet fut affreux. Froid, gris, mouillé, fouetté de grêle, secoué d'orages. La terre souffrait, les paysans se lamentaient, angoissés par la pensée de l'hiver qui suivrait cet été aux récoltes saccagées. Sous les mauvais toits et même sous de bons le malaise se teintait vite de colère, au moindre prétexte. Ce n'était pas la première fois que le ciel faisait des misères aux Berrichons, mais désormais ils prenaient l'habitude, comme le reste des Français, de reprocher tous leurs maux au seigneur, au collecteur des impôts, au couvent décimateur, aux gabelous, au bailli, à l'intendant, au gouvernement, bref, à l'injustice qui réglait leur sort depuis trop de siècles. Et l'écho des émeutes du Limousin, du Dauphiné, du Poitou et de la Bretagne nourrissait de coups de fièvre ce climat de fronde larvée. Enfin les magistrats, enfin le peuple commençaient à « faire quelque chose » pour forcer le Roi à mettre de l'ordre dans son foutu royaume, où rien n'allait plus. A entendre les gens on aurait parfois pu croire que Dieu, fâché, attendait, pour arrêter de souffler novembre en juillet, que Louis XVI eût fixé la date de réunion des Etats généraux. Le 5 juillet il en avait enfin accepté le principe, mais on ne sut qu'en août que les Etats se réuniraient à Versailles le 1er mai 1789.

La province explosa de joie. Les Etats généraux allaient tout arranger, pour tout le monde. Et brutalement, comme pour donner raison aux superstitieux la canicule succéda au temps pourri, la saison se mit enfin à ressembler à un été berrichon, brûlant et sec, avec une lumière qui s'enfonçait dans les corps, de grandes poussières sur les chemins, d'intenses parfums de plantes calcinées. Les prés grillaient, se doraient, la lourde terre assoiffée se crevassait, des sillons s'ouvraient dans les champs les plus argileux, dessinaient sur leur sol des paysages de canaux morts où l'eau ne venait jamais, où les bêtes amaigries ne broutaient plus que de la cendre d'herbe. Bien qu'affairés à se plaindre en bon français autour de leur curé pour l'aider à rédiger leur cahier de doléances, les paysans recommencèrent de gémir et sacrer moins noblement en coltinant de l'eau pour leurs animaux. Louison, elle, chantait.

Elle aimait l'été berrichon au plus fort de sa violence, elle le vivait, enivrée de chaleur, comme une grande fête païenne du soleil. Habillée d'une chemise et d'une robe de mousseline elle passait la journée torride à l'abri des murs épais du château, sortait seulement quand le couchant n'était plus qu'une ligne rose feu posée sur l'horizon. Alors les bords de la Verduronne se peuplaient de promeneurs pressés d'attraper le premier souffle frais de la nuit qui descendait enfin, pour se poser comme un pansement sur les peaux et sur les feuillages. Dans la maison, l'air de la cuisine sentait tous les jours la prune chaude. Le verger donnait une foison de petites prunes sans eau, délicieuses, tout en sucre, que la Gerbaude mettait en tartes et en confitures, en beignets et en pâte sèche, à moins qu'elle ne les mît à « tourner en pruneaux » pour l'hiver, ou à se cuire dans l'alcool. Le dimanche, pour accompagner la tarte aux prunes, le marquis débouchait une bouteille du bon vin doux qu'il faisait venir de Monbazillac. Ce verre de vin liquoreux, dont l'arôme de miel jaune d'or se mariait si bien à la saveur du dessert, c'était — avec la messe — ce qui distinguait le dimanche des autres jours. La canicule enfermait les châtelains chez eux, ils ne voisinaient plus que de loin en loin. Autour du marquis, les dames de Verte-Fontaine s'inventaient leur été à domicile et n'en avaient jamais vécu un plus charmant : Matthieu ne les quittait guère.

Le baron jouait avec elles, tenait les écheveaux de laine pendant que sa mère pelotait, il leur faisait la lecture et leur servait le thé, apprenait le clavecin aux enfants, passait à la maison la plupart de ses soirées. Surprise, émerveillée, Alix contemplait ce jeune homme de compagnie qu'elle découvrait en Matthieu pour la première fois. Lady Crawford l'avait joliment changé ! Lui qui n'avait jamais voulu paraître dans une comédie de salon avait même accepté, tout de suite, d'être Lucidor dans *L'Epreuve,* qui se donnerait en automne sur le petit théâtre des Vollanges, avec la marquise de Roquefeuille dans le rôle d'Angélique.

Louison se passionnait pour son Angélique. La tante et le neveu répétaient un peu chaque après-dînée, le plus souvent dans un grenier de l'aile nord, où la jeune femme s'était installé une scène avec des meubles vermoulus, des bouts de tapisserie, une pendule détraquée aux aiguilles fantasques, dont les heures cristallines sonnaient au hasard, pour la beauté du son. Un jour que sa partenaire était montée là-haut sans l'attendre Matthieu grimpa à sa recherche et la retrouva, éternuant de poussière, sanglée dans une défroque de velours noir à la Médicis. Plantée devant un miroir fendu en deux elle s'efforçait de faire tenir, en auréole derrière sa tête, le haut col de dentelle jaunie aux armatures froissées.

— Je pense bien que ce n'est point là le costume d'Angélique ? demanda-t-il en allant à son secours pour achever de l'agrafer. Auriez-vous un autre rôle en vue ? Une reine de la Renaissance ?

— J'adore me déguiser pour rien.

Précautionneusement elle se posa sur un fauteuil défoncé, survola son décor d'un geste.

— Il y a ici des panières pleines de personnages. J'y viens vêtir les histoires d'amour de la famille, que Nini me raconte.

Elle lui désigna un tabouret :

— Prenez donc place... Et répétons, puisque vous voilà.

Ils commencèrent de répéter leur dernière scène de *L'Epreuve.* Comme le rôle de Lucidor allait bien à Chauvigné ! se disait Louison. Marivaux semblait l'avoir écrit pour lui. Ce jeu de l'amour et de la cruauté, que Lucidor jouait avec Angélique, n'était-ce pas un peu celui que Matthieu jouait avec sa trop belle tante ? Tout en refusant farouchement de se l'avouer Louison savait que, depuis leur première rencontre aux eaux de Bagnoles, elle vivait avec le baron la secrète aventure de deux désirs qui se cherchent en se fuyant, en s'agressant. Ces absences infinies, ces escarmouches, ces chicanes, ces petites méchancetés suaves que

Matthieu glissait constamment entre elle et lui, comme tout cela ressemblait bien au plaisir le plus vif du marivaudage. Sauf que chez Marivaux l'amour vainc un jour la cruauté pour que la comédie finisse bien, l'amant repenti aux genoux de l'amante consolée.

— Et si je restais, si je vous demandais votre main, si nous ne nous quittions de la vie ? disait enfin Matthieu-Lucidor.

— Voilà du moins ce qu'on appelle parler, cela ! murmurait Louison-Angélique en séchant ses fausses larmes.

— Vous m'aimez donc ? insistait Matthieu-Lucidor.

— Ai-je jamais fait autre chose ? répliquait Louison-Angélique, d'une voix pâmée.

Ici, le baron de Luçay — un fou de théâtre qui réglait les jeux de scène de tous les comédiens amateurs du Boischaut berrichon — avait prévu que Chauvigné, toujours agenouillé, baisait la main de la marquise longuement, dévotement. Penchée vers son amoureux, Louison ne pouvait s'empêcher de respirer l'odeur de ses cheveux. Cet après-midi-là ils sentaient l'eau de savon à la violette, et elle eut un sourire des yeux pour la magnifique parure du baron, longue, ondée, blond de seigle, moirée de mèches d'un or plus clair.

— Il est dommage que Lucidor soit un emperruqué. Mais il est vrai qu'en montrant votre propre toison merveilleuse, vous ressembleriez davantage à un chevalier de la Table Ronde qu'à un honnête bourgeois de Marivaux, dit-elle étourdiment, et elle effleura de sa main libre, rien qu'un instant, la chevelure de Matthieu.

Rien qu'un instant aussi il appuya très fort ses lèvres sur les doigts de Louison, et puis releva la tête pour demander sans rire :

— Monsieur de Luçay vous a-t-il ordonné ce nouveau jeu de scène... avec mes cheveux ? Je ne crois pas que madame Argante * le trouverait bienséant.

Louison poussa un soupir du nez, très agacé.

— Il n'est pas défendu à une actrice d'avoir une

* La mère d'Angélique dans *L'Epreuve*.

trouvaille de son cru pour remplacer une réplique qui ne vient pas, jeta-t-elle sèchement. Vous aviez oublié votre dernière réplique, monsieur. Il fallait bien que je fisse quelque chose, et de plutôt tendre. Nos sentiments n'ont pas à l'emporter sur ceux de nos personnages. Au vrai notre amitié n'est point très vive mais dans la comédie je vous aime, monsieur.

— Ah! vous me transportez, Angélique! s'écria Matthieu retrouvant la mémoire, mais d'un ton si railleur que Louison se souvint avec plaisir de la nuit où elle avait giflé Chauvigné dans un parc de Bagnoles.

L'Epreuve fut donnée à Vollanges à la fin d'août, avec un énorme succès : pour contenter tout le monde il fallut jouer trois fois! Le 16 du mois, l'Etat, ruiné, avait suspendu ses paiements, mais le Berri est loin de l'Etat et on y apprit, presque en même temps que la banqueroute, le renvoi de Loménie de Brienne et le rappel, aux Finances, du très désiré M. Necker. Chauvigné avait beau ricaner que le Genevois n'était qu'un vaniteux médiocre, qu'il ne ferait pas plus de miracle en 1788 qu'il n'en avait fait en 1779, on lui rétorquait que le ministre avait au moins un atout maître : la confiance des banquiers. Les feuilles de nouvelles racontaient qu'il en obtiendrait d'entrée 85 millions et que lui-même, royalement, avancerait sur sa fortune personnelle 2 millions au Trésor vide. Avec 87 millions la France tiendrait bien, cahin-caha, jusqu'aux Etats généraux? On pouvait, en attendant, continuer de vaquer à ses affaires, à ses grandes palabres politiques et à ses frivolités. On mit en répétition *Le Jeu de l'Amour et du Hasard,* et puis *Le Barbier de Séville.*

Depuis plusieurs années déjà, le théâtre était devenu le grand jeu de la société berrichonne la plus cultivée. Il avait sauvé Louison de l'ennui. Au début de l'automne dernier, après sa grossesse avortée, quand le médecin avait déconseillé le voyage à Paris elle s'était enfermée dans sa chambre pendant quinze jours, les dents serrées sur sa rage. Ses belles-sœurs, les serviteurs, les amis, tous ses proches avaient porté sa crise de misanthropie au compte du fils perdu, mais

Louison ne regrettait que Paris, et le marquis l'avait compris. Il l'avait emmenée passer l'hiver en ville, et c'est à Argenton qu'elle avait commencé une carrière de comédienne de salon chez les Fraiscinet de Seille. Content, il l'avait vue devenir la coqueluche des amateurs de théâtre, courir jouer à Rochebrune, à Vollanges, à Saint-Benoît, au Blanc, et même là où on se contentait de recevoir la comédie au bout de la plus grande salle du château, grimpée sur des tréteaux de foire. Parce qu'il devinait que l'ennui ne prend pas sur une coquette nourrie d'applaudissements, il l'avait poussée à se griser d'elle-même dans la buée dorée des chandelles de la rampe. Elle ne demandait que cela. Elle qui adorait plaire, se bercer dans des mots caressants et sentir battre son cœur, découvrait une nouvelle façon délicieuse de faire l'amour : sur le théâtre. Les amants changent, leur passion reste à l'état naissant, pleine de fraîcheur, de bien-disante ardeur. Dans cet amour-là même les larmes ont un bon goût, qui vont avec des souffrances ravissantes à dire. Ces méandres du sentiment, toutes ces délicatesses de bouche qu'elle apprenait par cœur lui restaient dans la tête, comme lui restaient, dans le corps, d'autres façons d'aimer intraduisibles en mots — un soupir, un regard mourant, une brisure dans la voix... De retour au réel elle gardait en elle de la vivacité de Silvia, de la candeur tendre d'Angélique, de la rouerie de Rosine, elle mettait de la comédie dans sa vie de châtelaine champêtre, et Roquefeuille avait trop de finesse pour ne point lui donner la réplique quand il le fallait, rassuré qu'elle eût trouvé, sur la scène, la patience d'attendre qu'il pût la remmener vivre un temps à Paris.

Il craignait bien que ce ne fût pas encore pour le prochain hiver. Les notables de la province préparaient les Etats généraux très sérieusement. Le 1er mai 1789 serait une date historique capitale pour la France — Mirabeau le braillait sans trêve à Paris et sa voix portait loin. En Berri comme ailleurs les magistrats, les avocats et les curés chauffaient le peuple pour que le tiers état fût demain à Versailles l'ordre puissant qui prévaudrait — et ce serait justice ! — sur les ordres de la noblesse et du clergé. Inquiets, les nobles resserraient leurs rangs. Les plus libéraux supportaient parfois mal les discours quasiment révolutionnaires des maîtres d'école et de certains bourgeois de robe, et plus mal encore les récriminations de leurs fermiers qui semblaient vouloir, du fermage, ne plus accepter que les droits. Les fermiers de Roquefeuille ne faisaient pas exception à la règle et parlaient de moins en moins bas contre le château, puisque c'était la mode.

— Que diable tireront-ils donc des Etats généraux ? se demandait tout haut le marquis, un matin qu'il se trouvait chez Mme de Palluault. Sur tous les brouillons des cahiers de doléances je vois qu'on réclame d'abord et avant tout l'égalité devant l'impôt, la suppression de la gabelle et des corvées de voirie. Or la taille de mes fermiers, c'est moi qui la paie, sinon ils se croiseraient les bras au moment des récoltes. Quant à la gabelle... Mes paysans les plus riches sont tous de mèche avec les faux-sauniers, ils leur louent pour leur poche mes charrettes et mes chevaux — la gabelle leur rapporte. Et pour ce qui est de la voirie... Les gars ne soulèvent une pierre que de loin en loin, quand l'épée leur vient dans les reins. La corvée est pour les régisseurs ! Le mien perd deux livres de suée par jour quand il est de garde sur une route.

— Le mien, la dernière corvée l'a flanqué dans la rivière, parce qu'il refusait de donner quatre heures de pause pour tourner midi *, dit Cendrine. Mon ami, on leur corne aux oreilles que les Etats généraux se vont réunir pour le bien du peuple, et eux entendent que le peuple ne sera bien que quand le château sera mal. L'égalité est un beau mot à l'usage des cahiers. Dans leurs têtes eux se voient non pas égaux mais vengés, c'est-à-dire tenant l'épée pendant que le seigneur soulève la pierre. Je crains que les méchants ne se sentent point égalisés avant d'avoir vu cela.

D'un geste, elle rejeta la politique au loin.

— Parlons d'autre chose. Au moins, quand nous ne sommes qu'à deux, parlons d'autre chose.

Comme Roquefeuille l'avait trouvée à la cuisine où elle était en train de goûter elle lui désigna un coussin sur le banc, patoisa gaiement :

* Déjeuner.

— Tapez-vous su c'te bancelle, marquis, prenez du thé et racontez-moi les dernières nouvelles de Verte-Fontaine. La marquise a accepté de jouer Rosine dans *Le Barbier de Séville* : elle n'espère donc plus que vous l'emmènerez passer le prochain hiver à Paris ?

— Elle se doute que je ne le pourrai pas. Elle a même eu la bonté, l'autre soir, de me dire qu'elle ne s'ennuyait pas assez en ma compagnie pour s'y en aller seule. Mais n'attend-elle point que je l'y force un peu ?

— Croyez-la plutôt et soyez heureux, dit Cendrine. On ne ment pas toujours à son mari. Il faut bien se reposer d'être femme de temps en temps. Je vous sucre votre thé ? Autant que d'habitude ?

Roquefeuille s'étonna.

— Pourquoi cette question ?

— Nini m'a dit que vous vous priviez de sucreries pour perdre de l'embonpoint.

— Nini est une pie ! grommela le marquis, furieux.

Cendrine eut un rire sonore.

— Il faut bien que votre bonheur vous coûte quelque chose, dit-elle. Et comme cela, je continuerai d'avoir votre visite chaque fois que vous aurez envie de vous laisser aller à votre gourmandise.

Elle beurra une rôtie, coula dessus un pâle ruban de son miel de tilleul, la lui tendit d'un air moqueur.

— Prenez sans honte, marquis. Une ancienne maîtresse est aussi agréable qu'une vieille robe de chambre ; avec elle on se sent à l'aise, même dans ses vices.

— Je vous en voudrai après, dit-il en prenant la tartine.

— Je l'accepte. La rancœur contrarie l'oubli.

— Le romarin a envahi votre miel de tilleul, remarqua-t-il entre deux bouchées.

— Le romarin se plaît chez moi. J'en ai fait planter au pied de tous les bâtiments tournés au midi.

Il acheva de manger sans parler. Cendrine soupira doucement, de nostalgie contente. Ce silence, au milieu d'eux, ressemblait un peu aux temps de silence de l'amour, il avait l'arrière-goût du bonheur.

Roquefeuille pensait que le miel est une bonne chose et

se sentait en récréation. Il poussait assez souvent jusqu'à Chanteraine, dont les terres avoisinaient celles de sa ferme des Coupeaux. Il ne se reprochait pas de venir exhiber à la baronne sa passion pour une autre. Depuis son mariage avec Louison, Cendrine avait si bien su lui cacher sa tristesse qu'il se montrait cruel avec empressement. Lui se trouvait si bien de pouvoir raconter son cœur à une amie qui en percevait toutes les nuances !

— Eh bien, ne me parlerez-vous pas de Louison plus avant, aujourd'hui ? ironisa-t-elle quand elle le vit reposer sa tasse vide sur la table.

Repris par son souci, il ne lui répondit pas directement.

— L'hiver approche, dit-il d'un ton de regret. L'automne s'essaye. Après la pluie d'hier, ce matin les feuilles mortes ne craquent plus sous la botte, et il en monte déjà une légère odeur de pourriture. La fin de l'été a été magnifique et un bel été met Louison de belle humeur, mais l'hiver reviendra.

— Vivre ici tout au long de l'année, cela s'apprend.

— Cela s'apprend en quelques centaines d'années !

— Ou en quelques nuits. Une femme sait épouser un pays en même temps qu'un homme.

Un long instant elle laissa flotter son regard sur le passé qu'elle avait dans la tête. Elle dit enfin, d'une voix ralentie par ses souvenirs :

— Je suis sûre que vous lui avez déjà très bien enseigné les charmes de l'automne et de l'hiver dans ce pays. Vous savez comme personne transformer en un moment de poésie la pâleur de lait d'une aube de novembre, ou montrer toute la beauté de décembre dans une branche nue et givrée suspendue dans l'air, à l'orée de la forêt...

— Ha ! Vous offrez là de bien petits régals à une Parisienne du faubourg Saint-Honoré !

Il hésita avant d'ajouter plus bas :

— Et ce sont des plaisirs d'amante à l'écoute de son amant. Je ne suis qu'un mari, madame. Et j'ai des rides sur le front.

— Dieu merci ! Un front lisse à votre âge, cela ferait pauvre en esprit.

Elle l'observait en souriant, devinait qu'il n'osait pas lui demander de le rassurer sur son apparence.

— Votre retour de coquetterie m'amuse, dit-elle. Soyez tranquille, les hommes ont de la chance, cela se voit dans tous les opéras : la belle héroïne y tombe amoureuse d'un ténor bedonnant qui ressemble à un sacristain plein de soupe, et tout le public y croit. C'est donc crédible ? Tenez, puisqu'on va jouer *Le Jeu de l'Amour et du Hasard* sur le théâtre des Vollanges, voulez-vous que je vous obtienne le rôle de Dorante ? Pontaulais qui l'avait vient de le rendre : les assemblées lui prennent tout son temps, il se voit déjà député du Berri aux Etats, il n'a plus la tête à engranger du Marivaux, et on ne l'a point encore remplacé. Demandez Dorante et vous l'aurez. Le monde sera charmé de vous voir faire l'amour à la marquise dans l'éclat des chandelles. Et puis...

Elle prit l'air malicieux.

— ... votre coquetterie s'en trouvera rassurée. Rien de tel que de jouer un séducteur pour se sentir joli garçon.

— Il est sûr que l'habit de Dorante me donnerait meilleure mine que celui du papa Orgon qu'on m'avait d'abord proposé, dit Roquefeuille avec rancune. Mais Dorante, lui, se trouverait-il à son avantage dans ma vieille peau ?

Cendrine se retint de rire.

— Mon ami, dit-elle, un séducteur de théâtre n'a pas d'âge, il n'a que de la séduction. Oubliez-vous la qualité de votre voix ? Quand on peut courtiser une femme avec votre voix, marquis, on ne doit pas oublier la puissance qu'a l'oreille sur l'âme.

L'ombre d'un sourire monta jusqu'aux yeux de Roquefeuille. « Comme le voilà devenu fragile, pensa Cendrine. Un mot l'apeure, un mot le ravive. » Elle dit avec gentillesse :

— Avez-vous vraiment besoin qu'on vous rappelle que vous savez plaire ? Les dames qui vous ont aimé ne sont pas si peu, ni si peu de chose. Ne mésestimez pas qui elles avaient choisi, vous leur feriez injure.

— Je pensais que les dames d'antan ne se souvenaient que de vos défauts, plaisanta Roquefeuille.

— Vous êtes un homme, dit Cendrine. Vous pensez avoir l'expérience des femmes mais, au vrai, vous n'avez sur elles que des croyances et des préjugés. Tenez...

Elle s'était levée pour aller ouvrir le tiroir de l'homme-debout * sur lequel elle faisait ses comptes de cuisine. Elle en tira quelques cartes à jouer dépareillées.

— ... voyez que je me souviens au moins de l'une de vos manies. Ramassez-vous toujours les cartes rares pour vous en faire des signets ? J'ai trouvé celles-ci à Bourges. Ce sont quatre reines en hennin. Elles m'ont plu. Qu'en dites-vous ?

— Elles sont superbes ! D'après le costume, elles sont assurément parmi les premières cartes gravées sur bois à Ulm, vers le milieu du quinzième siècle. Je n'en possédais pas encore de si précieuses. Merci.

Il lui prit la main pour la baiser, la retint plus que nécessaire.

— Vous êtes bonne avec moi. J'ai conscience de vous montrer parfois beaucoup de puérilité. Ne vous moquez pourtant pas du pauvre homme : il n'y peut mais. L'amour inquiète.

— Eh oui ! Comme l'ennui il n'engraisse que les sots, dit-elle gaiement.

— Cendrine...

Les grands yeux bruns s'ouvrirent au regard d'Aimé, pleins de reconnaissance pour cette caresse, pour cet écho de l'intimité perdue.

— ... Chauvigné fait-il votre bonheur ?

Elle afficha une mine résignée.

— Hélas, dit-elle, il ne fait que cela ! Il ne me donne pas le plus petit mal de cœur, je vous le promets.

— Ce n'est pas utile, dit Roquefeuille. Croyez-en le poète : « Si l'amour ne donnait que des peines, les oiseaux amoureux ne chanteraient pas tant. »

En rentrant sur ses terres le marquis passa par son petit bois de charmes, voir si la pluie de la veille avait fait sortir les

* Bureau devant lequel on se tient debout.

cyclamens. Les fleurettes étaient là, par dizaines déjà. Bientôt, un grand tapis mauve tacheté de blanc recouvrirait la clairière. Comme l'odeur de moisi des feuilles précocement tombées, comme les premières buées des aubes les cyclamens annonçaient la fin de l'été, les proches flamboyances de l'automne. Ayant contourné les fleurs Roquefeuille allait mettre sa jument au trot quand il entendit, en avançant, les voix et les rires mêlés de sa femme et de Charlotte de Vollanges. Il les vit dès qu'il fut au coude du sentier, installées sur le banc que sa mère avait fait placer à mi-chemin du bout du parc et de la clairière aux cyclamens. Une grande feuille blanche gribouillée était étalée au milieu du banc, sur laquelle elles se penchaient. Louison releva la tête en entendant le pas d'un cheval, et sourit au marquis.

— Vous arrivez pour écouter mon portrait, dit-elle d'un ton rieur. Charlotte a établi mon portrait céleste.

Entichée de magie mais sans talent de magicienne, pour se donner de la puissance sur le monde la benjamine des Vollanges avait étudié l'astrologie pour en tirer des portraits et des horoscopes, avec une malice qui devait moins à sa science qu'à sa finesse. Roquefeuille sauta à terre.

— Voyons, dit-il, si ce portrait me semblera assez bon pour que je me mette à croire en l'astrologie.

— En toute franchise, Charlotte, je n'y crois guère non plus, avoua Louison. L'astrologie n'est plus du tout de mode à Paris.

— C'est que l'astrologie chaldéenne dont on use à Paris ne vaut rien, dit Charlotte. Ici, madame, vous êtes en Gaule, sous un ciel gaulois, qui marche à la gauloise, bien comme il faut.

— Je sais, sourit Louison. Ici, les cochons sont meilleurs, le gui plus bénéfique que partout ailleurs, et il y pousse les plus belles blondes du monde. Et, quoique née un 5 octobre je n'y suis point sous le signe de la Balance, mais sous le signe du Coudrier.

— Ma foi, dit Aimé, le coudrier est un bel arbre. Il est beau et sensible. C'est avec une baguette de coudrier qu'on recherche l'eau.

— Le coudrier est beau, sensible et fertile, compléta

Charlotte. Les fruits du coudrier abondent. Vous aurez beaucoup d'enfants, madame.

— Oh ! mais non ! s'écria vivement Louison.

Roquefeuille se mit à rire.

— Je crains bien, mademoiselle, qu'une abondante marmaille ne tente point du tout la marquise, et que nous devions contrarier le ciel sur ce point, dit-il.

— Monsieur, un noisetier donne des noisettes, il n'y manque pas une seule année, insista Charlotte, taquine. Quand une Gauloise devenait stérile, on l'envoyait passer les nuits de la pleine lune dans une coudraie. Le remède réussissait à merveille.

— Je ne me promènerai jamais plus en chemise sous la lune, dit Louison.

— Madame, ce sera prudent, dit Charlotte. La lune...

Elle fit mine d'hésiter à poursuivre, ses petits yeux bleu vif fixés sur le marquis.

— Oh ! je n'écoute que d'une oreille, fit-il en s'éloignant un peu.

— La lune influence beaucoup le Coudrier, elle le prédispose aux coups de cœur et à l'aventure, chuchota Charlotte. De reste, la native du signe est amiteuse, elle se jette volontiers dans les joies et les peines de l'amour.

— Et le soleil ? murmura Louison. Le soleil n'agit-il point sur le Coudrier ? Je vous assure qu'il me met bien plus en train que la lune.

— Le soleil vous entraînera à la dépense, dit Charlotte, toujours à mi-voix. C'est le soleil qui donne au Coudrier son grand goût du luxe.

— Monsieur, vous pouvez écouter, ma modestie n'en souffrira point, je n'ai que des défauts, dit Louison tout haut. Il paraît que j'aime à l'excès l'amour et l'or.

— Pardonnez-moi ma pauvreté d'or, dit le marquis.

Doucement, ils se mirent en marche vers le parc. La jument trottait devant eux, folâtre, arrêtée par toutes les touffes d'herbe.

— Charlotte, vous devriez étudier le ciel de Chauvigné, dit soudain Louison. Le baron est un esprit fort qui ne croit à rien, cela m'amuserait de vous voir le troubler en lui assénant quelques-unes de ses vérités.

— Mais connaissez-vous ses vérités ? demanda Roquefeuille.

— Je ne les connais pas mal, dit Louison. Sur une scène de théâtre on fait assez bien connaissance avec le caractère des autres. Au fait, vous ne savez point encore : Chauvigné sera mon Dorante dans *Le Jeu de l'Amour et du Hasard.* Charlotte vient de lui en arracher la promesse. Monsieur de Pontaulais nous avait rendu son rôle.

— Oui, je l'ai appris, dit Roquefeuille.

Un silence passa avant qu'il ne dise encore :

— Chauvigné vous fera un très bon Dorante. Il en a le bel âge et la belle mine.

Dès qu'ils furent en vue de la maison, Soraya, qui jouait sur l'esplanade, accourut vers eux.

— Tiens, voilà ma noisette, dit gaiement Louison en recevant la petite dans ses bras. Soraya, tu es ma première noisette. Et tu es à croquer !

Soraya gazouilla de plaisir, attrapa au vol et tira bien fort deux des belles boucles de sa mère.

— Aïe ! cria Louison. Vilaine !

Elle délivra ses cheveux des menottes féroces, les mordilla en guise de punition, pendant que Soraya riait aux éclats. Roquefeuille attrapa l'enfant, la jucha sur ses épaules et la rapporta ainsi jusqu'à ses jouets. Aussitôt reposée à terre Soraya se suspendit à sa main.

— Papa Aimé, demeurez à jouer un moment avec moi, rien qu'un moment.

— Je ne le peux pas, ma jolie. Je suis sûr que mon ami Guillerme est arrivé et qu'il m'attend déjà dans la bibliothèque. Demain, Soraya. Je te promets pour demain une longue promenade en charrette.

Familièrement, il prit le bras de sa femme pour remonter sur la terrasse. Elle s'appuya sur lui, lui frôla la joue de ses cheveux.

— Je ne vous le dis pas assez, Aimé, mais je vous sais gré de vos bontés pour ma petite Persane.

— N'est-ce pas, elle est belle comme une fiancée du Shâh, et la beauté me fait fondre, dit-il en souriant.

Il la mena jusqu'à la porte-fenêtre de sa chambre. Un air de Rameau, d'une grâce enjouée, descendait de l'étage au-dessus.

— Nini est en train de jouer pour le portrait du comte de Fontmorand, dit Louison. Quand elle joue pour lui son cœur lui coule dans les doigts.

— Roger de Fontmorand aimait beaucoup Rameau, dit Roquefeuille. Pauvre Nini. Personne n'est jamais venu lui faire oublier Fontmorand. Le voir aujourd'hui, obèse et le teint rouge, l'en guérirait sûrement, mais elle a toujours pris grand soin de l'éviter pour garder au moins, à défaut d'amour, son chagrin d'amour.

Un moment ils écoutèrent la musique frêle qui leur parvenait traversée de chants d'oiseaux. Un ruban d'argent fila en zigzaguant autour de leurs pieds, disparut dans la chambre, avalé par l'ombre : un lézard, qui coursait une menue bestiole.

— Je dois vous quitter, dit Roquefeuille. Guillerme devait passer me voir, et c'est son heure.

— Monsieur de Guillerme vous retient trop souvent, dit Louison.

— Ce serait à lui d'être jaloux, dit Roquefeuille. L'amour nuit à l'amitié, point le contraire. Et lui ne parvient pas à s'arranger pour trouver du bonheur en ménage.

— Madame de Guillerme est une mégère.

— Oui.

— Mais belle.

— Eh oui ! C'est même là sa pire méchanceté !

— Elle a fait une scène terrible aux Vollanges. Elle voulait jouer Silvia, et j'ai le rôle.

— Soyez sûre que Simon vient me parler de cela, dit le marquis en riant. Sa vie doit être un enfer !

— Mon cher, depuis que nous nous sommes inventés comédiens, quoique généralement sans talent nos dames se chamaillent becs et ongles aussi bien que des reines de la

Comédie-Française, dit Guillerme dès qu'il vit Roquefeuille entrer dans la bibliothèque.

— Louison ne rendra pas son rôle, dit Aimé, avec un geste d'appoint.

— Croyez-vous que je sois venu pour l'en prier? Je suis venu comme je viens toujours : pour la joie d'être ici, dans le creux d'un fauteuil, au calme, avec vous en face de moi.

Le comte Simon saisit les accotoirs de sa bergère à deux mains, se renversa contre le dossier, allongea ses jambes au plus loin de lui, croisa ses bottes, soupira d'aise.

— Ah! Roquefeuille, que je suis donc amoureux de notre amitié! Pourquoi diable faut-il que l'amour soit une plus grande affaire?

— Simon, vous n'avez plus d'amour pour la comtesse, dit Roquefeuille. L'auriez-vous encore oublié?

— Oh! pas ces jours derniers! Mais tenez, l'autre matin... Je la regardais installer des fruits dans une corbeille. Elle était tout à son œuvre d'art, attentive, la paix sur le visage et sur les lèvres... Elle ressemblait à mon plus vieux rêve d'elle, et les fruits à un dessert de Noël.

Il changea de ton, ricana :

— Ne m'interromprez-vous pas? Vous savez pourtant qu'il faut aimer clandestinement ses amours mortes. Elles ennuient le monde.

— Je ne suis point le monde pour vous, dit Roquefeuille, et le comte hocha la tête.

Le châtelain des Hautes-Rauches* et Roquefeuille étaient liés depuis leur enfance. Née d'instinct, leur amitié s'était donné au fil des ans mille et une raisons d'être, et de leur être douce. Elle n'avait connu qu'un seul temps difficile, après le mariage du comte avec Mlle Alexandrine Palisseau-Desgranges, la fille unique d'un porcelainier limousin millionnaire. Le comte avait recherché la belle Alex pour sa dot et puis l'avait épousée par amour et n'avait pas gagné au change, sauf un surcroît de philosophie.

* Rauches pour roseaux.

— La marquise sera parfaite en Silvia, dit-il. De reste, elle peut tout jouer. Quand elle récite mal on se contente de la regarder, et cela fait l'affaire.

— Sur ce pied-là, la comtesse pourrait tout jouer aussi, et pour la même raison, dit Roquefeuille en riant.

— Aussi est-elle en train de faire installer un théâtre à Hautes-Rauches, au fond du grand salon, dit Guillerme.

— Ah oui ?

— Oui. Elle veut jouer Célimène et quoi de plus sûr, pour avoir le rôle, que de s'offrir le théâtre d'abord ? Mon cher, nous allons bientôt, à Hautes-Rauches, donner *Le Misanthrope*. Je suis chargé de vous demander pour le rôle de Philinte.

— Bah ! sursauta Roquefeuille, ma foi non ! Vous savez bien que je ne tiens pas à mal jouer la comédie. C'est une marotte de mes contemporains dont je me passe fort bien.

— Mon cher, dit tranquillement Guillerme, vous jouerez Philinte parce que je ne veux point rentrer chez moi avec un refus : j'ai ma migraine.

— Dites à la comtesse que vous ne m'avez point trouvé au logis.

— Bon. Et que lui dirais-je demain ? Roquefeuille, vous jouerez Philinte, pour l'amour de ma paix.

Guillerme marqua un temps, reprit d'un ton bonasse :

— Mon ami, réfléchissez-y. Jamais la comtesse n'a pu vous avoir une seule fois dans son lit, malgré tous ses efforts. Soyez au moins sur son théâtre. Ne redoutez point un nouvel assaut de sa vanité contre votre vertu : son chevalier de Lamotte sera là. Il jouera Alceste, et il n'aime point à être cocu.

Longuement, Roquefeuille observa le comte en silence.

— N'y a-t-il pas des instants, Simon, où votre patience confine à la lâcheté ? finit-il par demander.

— Tudieu ! Roquefeuille, ne me parlez point ainsi ! se fâcha Guillerme. Je l'ai remarqué, mon ami, le nouveau climat de votre cœur vous rend désormais bien sévère parfois pour les malchanceux. Roquefeuille, souvenons-nous... Parce que nous voilà passés dans la caste des propriétaires, devons-nous oublier que l'amour se fait le plus souvent avec le bien d'autrui ?

Il montra les feuillets dispersés sur le bureau.

— Ecrivez-vous quelque chose ? Parlerez-vous à la prochaine assemblée de Châteauroux ?

— Le moins possible ! Mon Dieu ! Nos idées utiles sont déjà noyées dans bien trop de mots.

Machinalement, avec des mains distraites le marquis regroupa les feuillets épars.

— Ce sont des charades.

— Des charades ? répéta Guillerme, et il eut un fin sourire. Celles que la marquise nous improvise avec tant d'aisance ? Ma foi, mon cher, vous jouerez Philinte. Ou bien alors je répandrai partout que madame de Roquefeuille triche aux charades.

6

Roquefeuille joua Philinte, et même de bonne grâce : Louison raffolait de la tenue qu'il s'était choisie pour paraître dans *Le Misanthrope*. Dans son habit de velours de Lyon couleur marron glacé, poudré à frimas, éclairé de linge fin, dentelle au cou, chapeau sous le bras, sa plus belle canne à la main, Roquefeuille faisait plus marquis qu'à son ordinaire, et c'était pour sa femme une exquise qualité. Puis les alexandrins de Molière mettaient en valeur la voix d'Aimé, son timbre mélodieux rappelait de tendres chuchotis d'alcôve à quelques dames du public, à la fin de la pièce elles s'empressaient autour de lui, et Louison se découvrait le plaisir d'être la favorite d'un séducteur — Mme de Palluault l'avait prédit, et n'avait pas eu tort.

Comme les autres pièces qu'on montait *Le Misanthrope* voyagea, pendant tout l'automne. Les nouvelles de Versailles où les notables préparaient fébrilement la convocation des Etats généraux, les brochures audacieuses des destructeurs de privilèges talentueux comme Mirabeau, Sieyès le Provençal et tous autres fougueux de plume, ce grand vent d'orage qui secouait la province hier encore si bien endormie semblait pousser la société à se divertir plus que jamais. L'impatience dissoute dans l'air tournait en agitation rieuse, on attendait une explosion et il est agréable de danser sur un volcan.

L'hiver, cependant, commença de s'installer dès la mi-octobre. Dans la rouille qui s'éternisait sur les coteaux il lançait des coups de bise aussi aigus que des coups de poignard, et le lendemain les arbres étaient un peu plus nus, leurs dernières feuilles plus frileuses, emportées par le moindre souffle. La vapeur se levait tard au-dessus du bocage, dorée les jours gais, grise les jours tristes, et il y avait des matins où le paysage demeurait si longtemps étouffé dans une bourre de coton qu'on pouvait croire que le soleil n'existait plus, n'existerait plus jamais. Toutefois le temps demeurait assez sec, on pouvait encore courir les chemins sans s'y embourber, et la baronne de Saint-Ange en profita pour inviter la comédie chez elle.

Les Saint-Ange vivaient de l'autre côté de la Creuse, en Brenne. Dès la fin de l'automne jusqu'au printemps le pays les tenait prisonniers de ses eaux et de ses boues, aussi Mme de Saint-Ange s'efforçait-elle, chaque année, d'avoir de la compagnie chez elle avant de s'enfermer pour hiberner dans son fief d'étangs, perdu dans le grand silence mouillé du marécage brennou.

Matthieu n'avait jamais encore mis le pied en Brenne.

— Vous allez faire un voyage chez les oiseaux. La Brenne n'est pas un pays d'hommes, c'est un pays d'oiseaux, lui dit Louison alors que le baron l'installait dans la voiture, les pieds sur une chaufferette.

Pour courir si loin, à une journée de route, Roquefeuille avait fait atteler quatre chevaux au vieux carrosse. Le carrosse de Verte-Fontaine était plutôt une patache, une vilaine caisse lourde et mal suspendue, peinte en vert bouteille, l'intérieur garni de peluche rouge râpée. Il secouait rudement ses passagers et quand toute la maisonnée s'y entassait il devenait vraiment très inconfortable, mais Louison ne le détestait pas. L'année de son mariage, en son honneur Baptiste avait ravivé les armoiries des portières au jaune d'or : Mme la Marquise roulait donc carrosse à ses armes, une petite vanité dont elle ne se lassait pas. Comme en plus elle était toujours contente de bouger, surtout quand c'était pour trotter vers des applaudissements, tout le long du chemin Louison bavardait, chantonnait, répondait gentiment de la main aux coups de chapeau et aux coups de bonnet qui leur venaient quand ils traversaient un village.

Passé la Creuse ils s'enfoncèrent dans un songe.

Pour la plupart des Berrichons la Brenne représentait la région maudite, le cloaque du Berri, l'étrange habitat méphitique où « les ventres jaunes » mal nourris au pain de maïs crevaient de fièvre et de misère. Pour des voyageurs qui ne faisaient qu'y passer et connaissaient les meilleurs chemins, la Brenne était un plat pays à la beauté mélancolique. Pays de bois et de landes, de marais et d'étangs, et de ciels vagabonds. Aux prés spongieux, à une chênaie, à une aulnaie succédaient jusqu'à perte de vue des terres brunes trouées de miroirs d'eau, mamelonnées de tertres d'argile rouge d'où jaillissaient haut les roseaux et dru le genêt. De loin en loin une grosse ferme fortifiée plantée sur des labours rassurait le passant, lui montrait que ces horizons sauvages n'étaient pas peuplés que d'oiseaux. Car des bandes d'oiseaux de toutes les tailles et de toutes les couleurs flottaient dans les nuages et sur les eaux, foisonnaient avec le gibier à poil dans les taillis et dans les sous-bois tapissés de bruyères.

— Il ne fait pas bon vivre en Brenne, et pourtant les oiseaux en font un aperçu du paradis, dit Roquefeuille. Chaque fois que je suis venu chasser par ici je rentrais bredouille. Tant de vivante magnificence vous fait le cœur doux. Le fusil vous pèse.

— De toute façon, Aimé, vous n'êtes pas un chasseur d'oiseaux mais un chasseur de chants d'oiseaux, dit Nini. Avec vous, dès qu'un oiseau chante avant de s'envoler, il est sauvé.

— Oh ! dit Roquefeuille en souriant, il peut aussi lui suffire de se servir de sa beauté. Les oiseaux ont assez de malice pour cela. J'ai connu un rouge-gorge de chez nous qui s'installait dans une aubépine du parc, bien en vue de la maison, chaque fois qu'il avait neigé. Parmi les grosses bouffettes de neige accrochées aux branches il brillait comme une belle fleur rouge. Je me suis demandé pourquoi il s'exposait ainsi, et puis j'ai compris. Je lui ai porté du pain et du saindoux au pied de son perchoir. Il m'est revenu pendant trois hivers. Aussi bon vendeur de sa beauté qu'une jolie femme !

— Et son ramage valait-il son plumage ? demanda Louison.

— Ma mie, les oiseaux ne chantent que pour chanter leurs amours, et ils ne font pas l'amour en hiver, dit Roquefeuille.

— Il n'y a que l'homme pour avoir de ces idées-là, comme aussi celle de faire la fête en octobre où il ferait si bon rester chez soi, maugréa Alix en enfonçant ses mains dans son manchon. Saint-Ange n'a décidément pas changé : elle est aussi fantasque aujourd'hui que dans sa jeunesse.

— Mon Dieu, Alix, comme vous voilà devenue raisonnable ! regretta Nini. La Brenne n'est point un pays de gens sages. Avez-vous oublié que tout Brennou se sent un peu bizarre ? Il est sorcier, magicien, marcou*, lupeux* ou dame des effes*. Qui voudrait n'être qu'un Brennou tout simple ?

D'un geste Roquefeuille survola le vaste paysage glauque et désert.

— Et que diable deviendrait un Brennou tout simple, un Brennou sans ses rêves, quand la boue l'enferme pour des mois dans son marécage ?

— Il deviendrait ce que sont les Brennous : des sert-de-rien. Des joueurs et des buveurs, trancha Alix.

— Ah ! c'est qu'ils boivent des rêves et jouent leurs illusions, dit le marquis. S'enivrer la tête avec leur ratafia de cerise leur coûte peu, et ils s'arrangent pour que jouer leur coûte encore moins. De leurs pertes et de leurs gains ils font des tablettes d'ardoise, qu'ils n'effacent jamais. Ainsi se donnent-ils le plaisir, quoique gueux, de perdre et de gagner des fortunes. Je ne sais si c'est là folie ou sagesse : le songe remplace avantageusement la misère.

— La baronne de Saint-Ange donne une fête chaque année, dit Louison. Elle au moins n'est donc point si pauvre ?

— Oh ! si, dit Blanchette. Elle et ses deux filles vont pour l'ordinaire en cotte et en sabots comme des paysannes, et vous savez bien que leurs lits ne valent pas mieux que ceux des logis de son village.

— Elles vous couchent mal, mais elles vous nourrissent à merveille, dit Louison.

— La Brenne est un garde-manger digne de servir

* Marqué (un peu sorcier), mauvais esprit des marécages, fée des eaux.

Gargantua et dans lequel on peut puiser gratis, dit Roquefeuille. A boire, hélas, il ne fournit qu'une infâme piquette.

— Madame de Palluault qui s'en méfie a toujours de bon vin dans son carrosse, dit Nini. C'est une ressource.

Elle allait poursuivre, quand une exclamation du cocher l'en empêcha.

— Deux cavaliers ! Monsieur le Marquis, voilà deux cavaliers qui nous arrivent dessus au galop ! avait crié Toupinet, en fouettant les chevaux.

— Ma parole, dès qu'il mène par ici, notre Toupinet fait semblant de se croire en pays de brigands, dit en riant le marquis. Cela l'amuse, je pense. Voyez-le s'emballer comme si nous avions deux Mandrins aux trousses !

Ce n'était que Chauvigné qui rattrapait la voiture, accompagné par le capitaine de La Roche.

— Monsieur m'enseigne les raccourcis des faux-sauniers. Il cherche le chouan, lança Matthieu d'un ton moqueur, en se rangeant le long d'une portière.

Les occupants du carrosse sourirent, Suzanne rosit. Le capitaine des gabelles avait pris de l'amour pour la chambrière de la marquise, ce n'était plus un secret pour personne. Et comme Suzanne suivait partout sa maîtresse, La Roche suivait partout la comédie, sous le prétexte de courir après ce qui restait de la bande à Chouan, dont les gabelous n'avaient pris que le chef. Les cavaliers escortèrent le carrosse jusqu'à Saint-Ange.

L'ancienne commanderie des Templiers, grise et brune, massive, plusieurs fois agrandie d'ajouts sans grâce depuis la fin des chevaliers, s'apercevait d'une lieue. Par un chemin à fleur d'étangs on se dirigeait vers elle au pas, prudemment, comme vers un refuge surgi des eaux. Ce n'est qu'en s'en rapprochant beaucoup qu'on voyait enfin paraître, derrière la grande bâtisse, la cerisaie et les potagers, les fermes du domaine, des prés coupés de haies, un troupeau de moutons, un fossé plein de chèvres, de la campagne civilisée.

L'hospitalité à Saint-Ange était bon enfant, rustique, plantureuse, et très joyeuse. La baronne douairière avait de la bonne humeur, de la santé, de l'appétit et du tempérament : tout ce qu'il fallait pour réussir une fête. Dès le premier soir elle gavait ses invités de bonnes choses et de gaieté, les arrosait copieusement au ratafia et puis les entassait à trois ou quatre par chambre où, l'estomac béat, la tête couleur de cerise, après bien rire ils s'endormaient sous des monceaux de couettes, dans un climat de goguette. La baronne qui filait toujours jeune vers sa cinquantaine se couchait la dernière, si possible avec « une occasion ». C'était pour ses filles que Mme de Saint-Ange attirait du monde chez elle, mais une nuit se trouve plus facilement qu'un gendre, et ce n'est pas la peine de tout perdre si le meilleur ne se présente pas. Pour peu que la nuit eût été bonne la baronne s'éveillait au matin plus allègre encore qu'à son ordinaire et courait en cuisine bousculer ses gens, mettant au besoin la main à la pâte, tant et si bien que ses hôtes, l'œil à peine ouvert, se retrouvaient devant un festin d'omelettes et de saucisses, de pâtés et de fromages, dans l'épaisse odeur de la tourte chaude.

Ecœurée, Louison regardait ses voisins dévorer autant que s'ils n'avaient pas bâfré la veille au soir. En face d'elle Cendrine de Palluault piochait avec entrain dans une brouillade d'œufs aux chipolatas qu'elle mouilla d'un bon coup de cidre, comme si, à neuf heures du matin, la chose allait de soi !

Roquefeuille, qui observait sa femme, tailla une fine tartine dans la tourte, la posa sur une assiette avec deux cuillerées d'une marmelade de coings.

— Tenez, dit-il à Louison, je crois que ceci vous conviendra mieux. Avec un peu de lait... Et voulez-vous que je vous casse deux ou trois calons ?

Elle grignota les quelques noix que le marquis lui cassa, se pencha vers lui.

— D'une année sur l'autre j'espère toujours que le chocolat sera inventé en Brenne, mais cela n'arrive pas vite, dit-elle tout bas.

— Chut ! fit-il. Vous savez bien qu'on ne mange ici que ce que donne le pays. Le chocolat est une denrée fort chère.

Avec un petit soupir, elle hocha la tête. Elle ne pouvait

pas encore s'empêcher d'être surprise quand elle se trouvait dans une maison où le chocolat n'existait pas. A Saint-Ange d'ailleurs, le café non plus n'existait pas. Louison revit les ouvriers de Paris, même les pauvres, buvant chaque matin leur café au lait debout devant la fontaine du crieur, et la nostalgie lui pinça le cœur : elle se sentait à mille lieues des Parisiens, à mille lieues des temps modernes !

— Vous casserai-je encore des calons ? lui demandait le marquis. Ils sont petits, mais bien parfumés.

Autour d'eux les rassasiés se levaient, papotaient haut sans trop s'éloigner de la table où ils grappillaient encore une noisette, un pruneau de la Sainte-Catherine, un demi-beugnon. Louison prit un pruneau qu'elle mordilla, les sourcils froncés. Le propos du marquis sur la cherté du chocolat lui restait dans la tête. Comme ils demeuraient maintenant isolés sur leur bout de banc, elle finit par observer :

— A Verte-Fontaine nous ne sommes point privés de chocolat. Serions-nous plus riches que je ne le pensais ?

— Dans le faubourg Saint-Honoré de vos amis les financiers je me sentais fort gueux, mais ici, ma foi, cela peut aller, dit Roquefeuille en souriant. Cela peut aller jusqu'à vous offrir du chocolat.

— Vous sentiez-vous si peu à l'aise, vraiment, dans la maison de monsieur Marais ?

— Puisque vous me posez cette question, je vous ferai un aveu, Louison. Quand l'abbé de Véri m'a emmené chez votre beau-père pour m'y présenter, j'ai bien failli me remporter dans ma province sans avoir été plus loin que la cour de son hôtel. Il m'avait semblé venir là en mendiant, pour y vendre une chose désormais sans mérite, or j'ai ma vanité.

— Bah ! fit-elle, très étonnée. Croyiez-vous sincèrement, Aimé, que dans le Paris de l'argent la noblesse ne valait plus rien ?

— Oh ! sans doute a-t-elle encore ses amoureux. Je crains seulement qu'elle n'en ait aujourd'hui moins qu'hier et plus que demain. Et si j'avais raison...

Il la regarda, acheva :

— ... j'en serais fâché pour vous.

Vivement, elle posa sa main sur la manche de Roquefeuille.

— Il est vrai, Aimé, que j'ai épousé votre couronne de marquis, dit-elle, mais Dieu me soit témoin qu'aujourd'hui, c'est à vous que je suis mariée.

Dans les tendres yeux roux de Roquefeuille Louison devint toute floue. D'un vigoureux effort il ravala son émotion, parvint à dire avec enjouement :

— Je commençais à me demander pourquoi nous tombions dans une sotte conversation au plein milieu d'un gros déjeûner de saucisses et voilà, je le sais : c'était pour vous fournir l'occasion d'une bonne réplique de théâtre.

— Ne faites point semblant de n'être qu'à demi heureux de ma réponse, dit-elle en lui donnant sur le bras une tape discrète. Et craquez-moi des noisettes, s'il vous plaît. Elles sont si belles et si saines, cette année, que j'en ai fait mettre aux messageries un sac pour maman.

Il lui tendit des noisettes bien pelées dans le creux de sa main où elle les prit une à une, sans se presser, comme si elle se servait dans une écuelle.

Assis de l'autre côté de la table désertée le comte Simon de Guillerme observait les Roquefeuille, et à un moment il en frissonna, d'envie. Simon ne mangeait pas : il attendait sa femme. Mme de Guillerme descendit enfin de son dortoir, bonne dernière, dans un déshabillé de soie rose saumon. Le chevalier de Lamotte marchait dans ses jupes. Du regard — un grand regard vert de sorcière, étincelant, superbe — la belle Alex survola les plats étalés sur la nappe, s'assit entre son mari et son amant, retourna un bol.

— Je ne prendrai que du lait, dit-elle d'un ton dédaigneux.

Son mari la servit de lait, jeta encore un coup d'œil sur son ami Roquefeuille, le vit tartiner de la pâte de coings sur la tranche de tourte qu'il avait coupée. « Le bonheur », se murmura Simon. On a beau s'être déshabitué même de l'espérer, il y a des instants de répit, où une seconde de bonheur vous semble encore possible à tenter. Il se tourna vers la comtesse.

— Vous préparerai-je une tartine de confiture, madame ?

Elle sursauta, le rembarra comme s'il venait de lui proposer de la mort-aux-rats. Guillerme ne s'occupa plus que de manger un morceau de pâté et se leva de table quand Roquefeuille, qui la quittait, passa derrière lui.

— Mon cher, ricana-t-il en prenant le bras du marquis pour sortir de la salle, mon cher, j'admire de plus en plus la sagesse de nos paysans.

— Parce que ? s'étonna Roquefeuille.

Simon eut un rictus.

— Parce que quand un paysan se mêle d'aimer, il aime sa vache, dit-il.

Les comédiens eurent le triomphe qu'ils avaient escompté : il n'en allait jamais autrement. On avait joué tôt dans l'après-midi et pourtant la nuit, une nuit claire et molle s'était installée déjà quand on remit à cheval et en voiture les Brennous des environs venus pour le spectacle. Ils étaient bien quatre-vingts, et quand les charrettes s'ébranlèrent, tous falots allumés, on vit s'allonger, s'étirer un chapelet de lucioles sur le chemin pris entre les étangs. Bientôt ne persista plus du convoi que les points de lumière, qui dansaient sur l'eau comme des feux follets : la Dame des Effes promenait ses farfadets.

A l'intérieur de la commanderie, les invités qui ne partiraient qu'au prochain matin se mirent au jeu.

— Je suis fatiguée, je ne jouerai pas, dit Louison en venant s'accouder à l'épinette devant laquelle s'était assis Matthieu, et elle bâilla dans sa main.

Patiemment, le baron enseignait les couplets de *L'Epreuve* aux demoiselles Saint-Ange. Emilienne et Angéline — Mimi et Line —, inondées de joie, en devenaient jolies. Un homme s'occupait d'elles, et il était beau comme un rêve. Les deux pauvresses, trop bien nées pour qu'on leur permît jamais d'épouser les fermiers qui les convoitaient peut-être, ne vivaient que quelques jours par an, de fête en foire, de procession en pèlerinage. Résignées à tristement tisser leur vie à l'aiguille elles s'émouvaient d'un rien, du moindre rien d'homme qui leur venait. Un mot, un geste, un regard les faisait frissonner, les lançait dans une fantasmagorie secrète qui pouvait leur durer des mois. Le souvenir du beau Chauvigné soutenant leurs voix à l'épinette leur ferait bien l'hiver ?

La jeune marquise écoutait vaguement la leçon, le sommeil au bord des cils. Son excitation de comédienne retombée elle s'ennuyait sans impatience, en s'engourdissant. Dans la grande salle, tous les autres semblaient s'être trouvé un plaisir. Mme de Palluault faisait le piquet de son hôtesse, Aimé commençait une partie d'échecs avec son ami Simon, les Vollanges jouaient aux dames et au tarot, les dames de Verte-Fontaine au boston, la comtesse Alex et son chevalier se tiraient les cartes. Accoudée à la musique Louison demeurait de plus en plus immobile, le bruit ambiant s'éloignait d'elle, le silence l'envahissait. Elle ferma les yeux... et se retrouva dans Paris.

Paris ! La ville flottait, coulait sous ses paupières, dans une buée dorée. Cette ville qui contient tout, tout ce qui existe, plus tout ce qu'on désire. Dans le ruban d'images qui se déroulait dans sa tête elle prenait bien soin de n'arrêter que celles où Bièvre et Ali n'apparaissaient pas. Ecarter Bièvre était assez facile, ne pas voir Ali l'était moins. Un corps de femme oublie un homme, il n'oublie pas un conte. Avec le Persan Louison avait vécu un chapitre des *Mille et Une Nuits* dont les couleurs et les odeurs gardaient une vivacité douce à ressentir, tentante à ranimer. Pour peu qu'une de ses rêveries de Paris durât, irrésistiblement l'ombre chatoyante d'Ali venait la frôler, elle sentait la soie des tapis d'Ispahan sous ses pieds nus, écoutait bruire l'eau bleue du jardin, sa bouche reprenait le goût de l'ambre et de la rose trop sucrée. Ce soir, à travers le son grêle de l'épinette elle entendait se plaindre au loin la flûte de Léïlé...

— Il a fait sec tout le jour, et le temps n'est pas froid. N'aimeriez-vous point faire quelques pas dehors ? Sous une si belle lune l'étang de la Dame sera superbe.

La question la fit si peu bouger que Chauvigné lui toucha le bras.

— Ne m'entendez-vous point? Dormez-vous debout tout de bon?

Cette fois Louison sursauta, vit Matthieu d'un œil encore flou. Le baron avait abandonné le clavier aux petites Saint-Ange, qui continuaient le concert avec entrain.

— M'avez-vous dit quelque chose, monsieur? J'étais ailleurs.

— Certes oui, sourit Chauvigné, et il répéta son offre.

Pour toute réponse Louison alla prendre son châle et ils sortirent dans la nuit claire, suivis jusqu'à la porte par le regard pesant de Cendrine.

Dehors, l'air clément leur colla tout de suite au visage, onctueux comme un baume.

— Cet air-là vous repose du fard de scène, dit Louison en portant les mains à ses joues. La peau m'en cuisait encore.

Ils s'avancèrent jusqu'au bord de l'étang. C'était une flaque de lune. Tout le paysage, désert et muet, trempait dans le clair de lune. Sous la paix lunaire il redevenait sauvage, et puissamment romantique. Des bois noirs bordaient de mystère tout un côté de l'eau, de l'autre les arbres isolés prenaient une saisissante présence. Dans le lointain pré aux ormes, les têtauds * ébranchés chaque année par les fagotiers s'étaient transformés en créatures tragiques, dressant vers le ciel leurs maigres bras nus de repousse. Le vol lourd d'une grèbe dérangée pendant son sommeil traversa l'espace, puis tout retomba dans le silence immobile.

— En cette saison, par ici on voit beaucoup de grèbes et de grues cendrées, dit Louison. C'est le temps où des milliers d'oiseaux voyageurs défilent dans le ciel de la Brenne. Et comme des milliers d'autres y nichent à demeure... En octobre, la Brenne est vraiment un restant du paradis. Un pays d'avant les hommes.

Elle ajouta sans transition :

— Je rêvassais de Paris tout à l'heure. Quand on y songe d'ici on a peine à croire qu'une telle ville existe sur la terre. Y retournerez-vous passer l'hiver?

* Ormes ébranchés.

— Ah ! oui ! Hors de Paris il n'y a pas de salut pour les jeunes gens.

— Vous êtes un ingrat, dit Louison en pensant à Cendrine.

Ils étaient devant l'appontement. Un appontement de bois grossier construit au bord de l'étang, et auquel trois petits bateaux plats étaient amarrés, qu'elle montra du menton.

— Savez-vous bien ramer, monsieur mon neveu ?

Il secoua la tête.

— N'espérez pas, ma tante, que je vous promènerai en barque au clair de lune. Vous m'y diriez sûrement une ou deux impertinences qui me donneraient envie de vous noyer, et j'aurai de l'eau sous la main.

Elle lui répondit d'un rire, en montant sur l'appontement. En la voyant se rapprocher du bord il la rejoignit, pour se tenir derrière elle.

— Ne vous penchez pas tant, conseilla-t-il. Mon oncle tient à vous.

— L'eau est pleine d'étoiles. Il est rare de voir autant d'étoiles dans un ciel d'automne. C'est seulement depuis que je vis en Berri que je sais qu'on ne regarde pas le ciel de Paris : on ne le voit que par hasard.

— Là-bas on n'a que faire de lever le nez, dit Matthieu. Les étoiles des nuits de Paris, ce sont les femmes.

— Tiens ! fit-elle, voilà qu'on vous entend dire quelque bien des femmes ? Madame de Palluault fait des miracles. L'aimez-vous tant ?

— Vous savez bien que non, dit-il.

Elle tressaillit comme s'il venait de la toucher. Appuyant plus fort ses deux mains à la rambarde elle se recula légèrement en redressant la tête, ses cheveux balayèrent l'épaule de Matthieu, elle sentit son souffle sur eux et ne fit plus un mouvement. Ils demeurèrent là cloués sur l'appontement, tous les deux face à l'étang, raidis l'une devant l'autre. Ils étaient les deux seuls vivants de la création, leurs cœurs battaient au milieu de l'indifférence d'une nature figée, blanchie comme une morte. Louison se suppliait de parler, de s'arracher un mot dont le son briserait le songe, mais le songe était un sortilège dans lequel son corps, désobéissant, s'enfonçait avec délice. Ce fut Matthieu qui murmura : « N'avez-vous pas froid ? » en l'encerclant de ses bras pour la bercer un peu, très peu, à peine, et alors elle pria pour s'endormir. Dormir arrange tout. Rêver n'est pas pécher. Dans l'irréelle pâleur de la nuit leur baiser fut une aventure magique : la Dame des Effes leur jouait un tour, parce que c'était une nuit où elle avait envie de s'amuser avec l'amour, et que ces deux-là lui faisaient un beau couple.

Un petit chien échappé d'un des communs de Saint-Ange vint soudain tourner autour d'eux, pressé de se faire de la compagnie, jappant gaiement pour appeler l'attention sur lui. Louison réveillée se retrouva dans les bras de Chauvigné, la tête au creux de son épaule, la bouche encore mouillée de son baiser. « Oh non ! pensa-t-elle avec désespoir, oh ! non ! » Avec violence elle se libéra de lui, le repoussa à deux mains.

— Allez-vous-en ! siffla-t-elle d'une voix rauque. Allez-vous-en, allez-vous-en, allez-vous-en ! Loin !

Vivement il la tira hors de l'appontement, voulut rajuster son châle qui glissait.

— Ne me touchez pas ! ragea-t-elle en lui frappant la main. Allez-vous-en. Allez-vous-en d'ici tout de suite, et allez-vous-en demain au bout du monde !

Sans la quitter du regard et sans hâte il s'éloigna à reculons vers la commanderie, s'arrêta quand il en fut à mi-chemin, pour attendre qu'elle se fût reprise et le rejoignît.

Elle, remettait son châle et arrangeait ses cheveux.

— La paix, imbécile ! ordonna-t-elle au chien avant de se mettre en marche vers la maison.

Quand il lui en ouvrit la porte, la torchère du vestibule éclaira en plein le visage du baron. Jamais encore elle ne lui avait vu ce visage grave et pâli, aux lèvres tressaillantes. « Il m'aime donc ? » pensa-t-elle avec affolement, mais en même temps une vague de bonheur la balaya.

— Allez-vous-en, redit-elle tout bas sur un ton de prière, tremblé.

Matthieu baissa les yeux et la laissa passer.

Elle ne s'endormit qu'à l'heure du petit jour où l'angoisse cède enfin à l'épuisement des nerfs, et Suzanne ne la réveilla qu'à dix heures de la matinée. Du lit voisin du sien Lolotte de Vollanges s'était envolée déjà mais, dans le troisième, la comtesse Alex s'étirait nonchalamment, aussi belle à voir dans son négligé que dans ses robes de soie. Luxuriante, sa chevelure rousse flambait dans un rayon de soleil qui dorait aussi ses yeux verts, et Louison lui sourit : la beauté d'Alex faisait souvent oublier son caractère, d'autant qu'il n'était pas toujours en verve; il avait des accalmies charmantes, qu'elle jetait comme des sucres à ses souffre-douleur, pour se les garder fidèles.

— Ne vous pressez point, madame, nous ne partirons pas aujourd'hui, dit-elle en voyant Louison sauter de son lit. Ces messieurs nous ont quittées, peut-être pour un jour, peut-être pour deux, et Saint-Ange veut que nous les attendions ici. Elle n'a jamais son content de parleries, elle engrange pour l'hiver.

L'air incrédule, Louison interrogeait sa femme de chambre du regard.

— Madame, je venais vous avertir de cela, dit tout de suite Suzanne. Ces messieurs sont tous partis pour Méréville, sur la route du Blanc. Il y a eu du vilain par là-bas.

Ce fut Alex qui poursuivit :

— Le seigneur de Méréville était un homme peu commode, que l'agitation de ses paysans rendait plus dur encore. Il ne voulait rien leur céder, jurait chrême et baptême qu'il demeurerait maître chez lui, après comme avant les Etats généraux. Les doléances écrites contre le château le rendaient fou, et comme il buvait pour soutenir ses colères... On l'a retrouvé avant-hier dans l'une de ses écuries, assommé pour le compte à coups de sabots. La police n'a pas voulu croire à des chevaux s'enrageant tout seuls, elle a commencé d'arrêter des gens du domaine, alors les paysans se sont armés et retranchés dans le château, où ils tiennent madame de Chézeaux et ses filles en otages. Le marquis, le comte, monsieur de Chauvigné et les autres sont partis voir s'ils ne pourraient pas être utiles aux malheureuses. Nous étions encore au jeu quand nous avons su la nouvelle.

Elle secoua sa crinière rousse qui crépita de tous ses feux dans la lumière, reprit d'un ton tranchant :

— Ils ne peuvent permettre que des paysans, où que ce soit dans la province, aient le dernier mot dans une pareille affaire. Il faut arrêter la montée de l'insolence — j'avais prédit qu'elle deviendrait meurtrière. Pendant qu'en ville on discute à perdre haleine, la haine s'installe dans la campagne, et si l'on s'y ameute la troupe n'agit que très mollement contre les émeutiers. Il serait temps de former une milice, qui fût aux ordres des propriétaires.

— Monsieur de Roquefeuille n'aime pas l'idée de créer des milices, remarqua Louison. Il dit que le peuple verra les miliciens de ses seigneurs du même œil qu'il voit les gabelous des fermiers, et que la petite guerre ne serait pas une bonne manière de préparer le pays aux Etats généraux.

Alex haussa les épaules.

— Madame, la guerre est déjà déclarée, contre nous. Il nous faudra bien la faire ou la perdre complaisamment, en nous laissant tondre sans mot dire. Ne lisez-vous pas les brochures, madame ? Au début de la semaine nous en avons saisi une à Hautes-Rauches, dont le curé venait de faire lecture à tout le village. Je ne vous en citerai qu'une phrase, bien piquante pour nos oreilles : « Grâce aux Etats généraux nous aurons bientôt une constitution juste, qui ôtera aux aristocrates leurs privilèges et leurs anciens droits, pour les soumettre à la surveillance du Peuple. » Qu'en pensez-vous ? Vous voyez-vous bien livrée demain au bon plaisir de nos rustauds de campagne ? Les libéraux qui flattent leurs prétentions ne savent pas à quoi ils travaillent : à rien de moins qu'à notre déchéance, et pis encore peut-être. Madame, le proverbe vaut toujours : « Poignez vilain il vous oindra, oignez vilain il vous poindra. »

La politique, ce matin, ennuyait passablement Louison. Puisqu'on l'avait abandonnée à une longue attente elle n'avait envie que de la passer à rêvasser, à lécher sur ses lèvres le souvenir dangereux d'un étrange baiser. Mais il fallait bien répondre à la comtesse Alex, et elle le fit d'autant plus vivement qu'elle n'était pas de son avis.

— Vous parlez comme un conservateur, madame. Les aristocrates conservateurs cherchent notre bien de mauvaise façon. Ils entendent ne pas céder un pouce de leurs plus désuets privilèges, et à ce jeu monsieur de Chézeaux vient de perdre au moins sa vie. Je crois qu'heureusement, les aristocrates libéraux arrangeront les choses, ils sont assez nombreux pour le faire. Vous verrez, madame, que ce seront les plus grands du Royaume qui se mettront à la tête des réformateurs. Si mon père, si le prince de Conti était encore de ce monde, il serait au côté des plus novateurs, parce qu'il serait pour la justice.

— Il est bien vrai que la justice nous viendra de haut, intervint soudain Suzanne, emportée par un élan révolutionnaire tout à fait incongru. J'ai lu qu'à Versailles des notables réclamaient le droit de vote pour tous, sans aucune condition d'état ni de fortune ; ils le réclament même pour les domestiques, les manouvriers, les valets de charrue, les...

— Suzanne, qui vous a demandé votre avis ? coupa Louison, fâchée qu'en la présence d'un tiers Suzanne se fût laissée aller à la familiarité qu'elle lui permettait dans l'intimité.

La comtesse Alex eut un rire mordant.

— Si vous ne lisez point les brochures, madame, votre soubrette les ramasse ! dit-elle en se moquant. Mais ne soyez point trop flattée, mademoiselle Suzanne, qu'à Versailles on veuille donner le droit de vote aux serviteurs. Ce n'est ni à leur vanité ni à leur bien qu'on songe : c'est à leur nombre. Dans la masse de leurs voix qu'on croit faciles à diriger, on pourrait noyer les votes mal pensés des bourgeois égarés par les philosophes.

Elle ajouta avec une ironie accrue :

— De toute façon, mademoiselle, même si l'idée de ces démagogues devait faire son chemin, la justice ne descendrait point jusqu'à vous. On a parlé de faire voter les valets de charrue mais point les fermières, les laquais mais point les chambrières. Soyez bien sûre que les plus furieux des égalisateurs ne songeront pas à égaliser les femmes aussi.

— Les femmes sont dans les clubs, dit Louison, et elles tiennent les salons. Elles seront derrière tous les votes des hommes.

— Souffleuses sur l'oreiller : dans une jeune révolution, c'est un bien vieux rôle qu'elles tiendront là, dit Alex.

Longuement la comtesse s'étira de nouveau avec une grâce étudiée, avant de lancer vers Suzanne :

— Si votre maîtresse le souhaite aussi, ne descendriez-vous pas, mademoiselle, nous faire un peu de café ? Je sais qu'il n'y en a point dans la maison, mais ma femme de chambre vous en donnera. J'en fais toujours mettre un peu dans mon bagage. Ma tête ne va pas mieux sans café que celle de Rousseau n'allait sans ses pieds.

— La bonne idée ! dit Louison. Suzanne, descendez voir cela...

Leur café bu elles s'habillèrent, passèrent la fin de la matinée à se promener entre les étangs grassement ensemencés de carpes, de brochets et de tanches, et les marais lourds de canards multicolores, dont les roseaux cachaient une foison d'un gibier d'eau plus timide. Bientôt Cendrine vint les rejoindre, mieux adaptée à la rusticité du lieu, culottée de gros velours, bottée, un vieux chapeau sur la tête, un bâton à la main. En se rapprochant à grands pas elle dérangea un busard posé qui prit l'air et monta claquer des ailes au-dessus d'elle avant de s'en aller, d'un beau vol souple, planer sur une proie plus fragile.

— Par ici, on ne voit jamais tout un troupeau de busards en chasse fondre sur un étang pour y semer le désarroi, remarqua Cendrine. Pour voir cela, pour voir le vrai peuple de la Brenne vivre à son aise il faut pousser jusqu'au cœur du marécage, jusqu'à la Mer Rouge, jusqu'à la Gabrière *. C'est une aventure ! Je l'ai courue une année, au temps des hérons pourprés, des butors étoilés.

— Patauger des jours dans la boue et risquer les fièvres pour apercevoir peut-être un oiseau rare, merci bien !

* Les deux plus grands étangs de la Brenne.

s'exclama Alex. Et je n'irai pas non plus, ce soir au crépuscule, me cacher, me taire et me geler à la lisière des grands bois noirs, pour y espérer le passage d'un cerf ou d'une famille de sangliers en maraude. Madame de Saint-Ange propose volontiers ce divertissement-là à ses hôtes mais, pour moi, je préfère le cerf ou le sanglier en tranches, dans mon assiette.

— Aujourd'hui nous aurons plutôt du poisson, dit Cendrinc. J'ai entendu parler d'une friture de gardons, et de carpe en barbouille.

Ôtant son chapeau pour mieux renverser la tête en arrière, elle ajouta dans un sourire de ravie :

— Regardez donc en l'air, mesdames. Cela, au moins, n'est point trop fatigant.

Le ciel était haut, c'était un bon ciel pour migrer. Un vol de grues passait en altitude. Il traversa le bleu d'un trait parfait sans un écart, sans un coup d'aile en trop, et derrière lui à intervalles réguliers d'autres vols défilèrent en formations triangulaires, installés dans la paix de l'air comme sur un guide invisible. En bas sur la terre, à fleur d'étang des dizaines de guifettes se mirent à papillonner avant de se laisser retomber sur leur litière de plantes mouillées. Peut-être saluaient-elles les grues voyageuses? Peut-être manifestaient-elles leur envie de partir aussi, une envie trop faible pour les porter là-haut?

— Les discours et les brochures auront beau nous rebattre les oreilles avec le mot Liberté, nous ne serons jamais libres, dit Cendrine. Nous n'avons pas d'ailes.

— Nous aurons les ballons, dit Louison.

— Et nous volerons comme les guifettes, dit Cendrine. Pas bien loin, pas bien haut.

Des yeux, elles accompagnèrent les dernières grues jusqu'au bout du ciel.

— Elles passent si vite, murmura Louison. Elles donnent l'impression de vouloir franchir l'espace d'une seule élancée jusqu'à l'Afrique. Ne croyez-vous pas, Cendrine, que pour gagner du temps elles se contentent de dormir parfois là-haut, appuyées sur du ciel?

— Ce sont les martinets, qui font cela, dit Cendrine. Ils ont des nids dans nos vieux murs qu'ils reviennent occuper chaque printemps, mais ils n'y vivent guère, leur vie est un incessant ballet aérien. Ils font tout dans le ciel, même la sieste, même l'amour.

— Ma foi, dit Louison, faire l'amour en plein ciel, quelle idée charmante.

Cendrine la lorgna de côté.

— Mon amie, dit-elle, avec votre beauté vous pouvez certes exiger beaucoup des hommes mais, tout de même, ne leur en demandez pas trop !

Leurs rires firent replonger dans le marais, affolée, une grosse tortue d'eau lointaine, qui s'était hissée sur une branche morte pour y prendre son bain de soleil.

Elles étaient revenues au bord du grand étang de la Dame, proche de la commanderie. Louison regarda l'appontement : dans la lumière du matin le lieu semblait plein d'innocence. La jeune femme pensa que Chauvigné aussi devait avoir repris son visage de tous les jours, et elle soupira. Son cœur, à elle, demeurait obstinément bizarre. Son cœur d'hier, d'avant-hier, son cœur des derniers mois lui paraissait soudain avoir été absent, bien qu'elle ne s'en fût pas doutée.

— Il fait bien beau, dit-elle d'une voix vibrante. Monsieur de Chauvigné l'avait prévu, il se connaît en nuages.

— Je vous assure que non, rectifia Cendrine, je vous assure que les signes du ciel et de la campagne ne disent rien du tout à Chauvigné.

— Peut-être, dit Alex, mais je vous parie, moi, madame, qu'une femme verra facilement du ciel bleu s'il lui en promet. Mazette ! Quels cheveux il a ! Et quel regard ! Quelle taille et quelle prestance ! Et quels mollets ! Si je monte *Bérénice* à Hautes-Rauches je ne veux que lui pour Titus.

— Et vous pour Bérénice ? ironisa Cendrine. Madame, madame, Ghiabe v'breille * ! Prenez garde à l'épée du

* Le Diable vous brûle.

chevalier de Lamotte, qui l'a vive et pointue dès qu'il s'agit de l'honneur de votre mari.

— Chauvigné ne jouera pas Titus : Racine l'ennuie, dit Louison d'un ton agressif.

Cendrine observa sa jeune amie toute une longue seconde.

7

L'affaire de Méréville s'était arrangée par un compromis : la police avait promis de croire à la seule culpabilité des chevaux meurtriers, les paysans avaient rendu les otages et quitté le château. Personne n'était content d'avoir cédé, la rancune demeurait dans les cœurs mais, désormais, une jacquerie ne se terminait plus autrement : on ne cessait de se haïr tout haut qu'à regret, en continuant de se haïr tout bas jusqu'à la prochaine explosion de la colère.

Roquefeuille et Chauvigné ne rentrèrent à Verte-Fontaine que pour en repartir aussitôt. Une assemblée des nobles se tenait à Châteauroux, et l'oncle avait prié le neveu d'y assister. Matthieu plaisait. L'ancien insurgent parlait avec fougue et talent de la démocratie américaine dont les réformateurs chérissaient de plus en plus le modèle, et la position de Roquefeuille parmi les libéraux s'en trouvait renforcée sans que lui-même eût à beaucoup discourir, ce qui lui allait bien.

Que la Révolution devînt si prenante ennuyait le marquis, et comment l'ignorer ? Ce n'était plus possible. Le Berri restait calme dans son ensemble, mais d'autres provinces plus hardies glissaient vers la guerre civile et les nouvelles chaudes voyageaient vite, d'autant plus que les intendants, angoissés, se communiquaient leurs inquiétudes. En Franche-Comté, en Dauphiné, en Béarn, en Bourgogne, en Artois, partout ceux qu'à l'imitation des journalistes on n'appelait plus que « les privilégiés » sentaient le danger grossir à leurs portes. Et ils voyaient, ici et là, que le danger venu les officiers de la police hésitaient à prendre parti pour le château assiégé, pour le commerçant malmené ou pillé : soutenir l'ordre établi n'était plus à la mode, même dans l'armée. Les clubs du Palais-Royal envoyaient leurs idées brûlantes échauffer tout le pays. Les pamphlétaires des villes s'en inspiraient, de Rennes celui de *La Sentinelle du Peuple* expédia en Berri des numéros incendiaires, dans lesquels il tirait sur la noblesse à boulets rouges. Cette fois, à Châteauroux, les nobles de toutes tendances réunis par la peur ou par la fierté jugèrent qu'il fallait se coaliser davantage contre les violents du tiers état, organiser un parti cohérent, trouver de bonnes réponses à leurs outrances de bec et de plume. Les réunions se firent beaucoup plus fréquentes, Roquefeuille n'eut pas envie de s'établir en ville pour suivre les débats de près, Chauvigné y tint sa place dès que les Bertrand offrirent de le loger chez eux, au château Raoul.

Oubliée à Chanteraine, Mme de Palluault pensa que Matthieu saisissait l'occasion de s'éloigner de Louison sans pourtant la perdre tout à fait en retournant à Paris, et elle se loua un pied-à-terre à Châteauroux. Elle avait pris du goût pour le beau baron, pour son amuseux. Le corps est mal fidèle au cœur, décidément.

Un flot d'air gonfla la poitrine de Louison quand Nini lui apprit que Matthieu s'était installé au château Raoul pour un bon bout de temps. Le péril reculait, elle pouvait respirer. Mais tout de suite après lui vint de la mélancolie, parce qu'on se sent mourir un peu quand un beau péril s'éloigne, quand la vie se calme. L'hiver, aussi, voilait son humeur comme il voilait le ciel. Une nuit la neige tomba, en quantité. Le château se réveilla au matin dans un immense pays décoloré qui ressemblait à l'éternité. Devant la terrasse de l'aile sud, l'allée des tilleuls, enfoncée toute blanche dans l'horizon blanc, ne finissait plus.

— Voilà que Noël commence déjà, bien trop tôt, soupira Louison, en se resserrant dans sa douillette.

Le marquis buvait son chocolat, qu'elle avait pris l'habitude de leur faire servir dans sa chambre. Il reposa sa tasse, leva la tête et promit :

— Cette neige-là ne tiendra pas. Elle est fragile.

Il avait en vain essayé de lui enseigner la rude poésie de l'hiver à Verte-Fontaine. Elle avait en vain tenté de l'apprendre. Bien bottée, emmitouflée à la mode du pays dans une capiche fourrée d'agneau elle l'avait suivi dans les forêts nues et à travers la campagne ouatée sans en découvrir le charme. Dans ce monde dépouillé ou glacé par le givre elle n'aimait que les rares couleurs vives et les jeux du soleil : les grands houx verts constellés de baies rouges, l'étincellement d'une aubépine gelée soudain transformée en arbre à diamants, la métamorphose des hautes fleurs mortes debout auxquelles des capuchons de neige redonnaient une floraison d'art aux chatoiements d'arc-en-ciel, les vanniers empourprés par le froid qui flamboyaient au bord des étangs du Prieur, les oiseaux, les beaux oiseaux d'eau dont la mauvaise saison n'éteignait pas tous les plumages.

— Il faudra que je commence à nourrir les oiseaux, dit-elle en se rasseyant à la table. Les oiseaux, et les biches aussi. J'enverrai les enfants du hameau porter du foin et du sel à la clairière au gué.

Elle soupira :

— Les biches sont plus cruelles que les miroirs. En boudant vos offrandes elles vous disent sans détour que vous ne sentez plus bon la fleur de l'âge.

Il la regarda plus attentivement.

— Vous vous apprêtez à vous ennuyer, n'est-il pas vrai ? Quand vous pensez mal de votre beauté, c'est que votre vie ne vous contente pas. Pourquoi n'avoir pas accepté d'aller passer cet hiver à Paris, chez votre mère ?

— Non, dit-elle. Vous ne pouvez être à la fois au four et au moulin, ici et en ville. Je suis la dame de Verte-Fontaine. Les choses ne vont pas très bien, les récoltes ont souffert, le pain va manquer, je ne déserterai pas.

— Allons, tant mieux, dit-il. Je crois que nos gens vous aiment, du moins quand on ne leur prêche pas la révolte contre leur bon naturel.

— Et moi, dit-elle, j'aime à m'occuper d'eux.

Roquefeuille hocha la tête, lui tapota tendrement la main.

Oui, il était heureusement vrai que Louison avait pris le goût de gérer le domaine pendant ses absences, et le marquis s'en émerveillait encore. Elle régnait sur son monde avec une autorité sans éclats, gracieuse, efficace, n'oubliant en chemin ni de baptiser ni de marier ni d'enterrer ni de secourir ni de consoler, elle allait même aux séances de la société d'encouragement pour le progrès de l'agriculture et de l'industrie qui se réunissait à Chanteraine, chez la baronne de Palluault. En y repensant ce matin-là Roquefeuille eut un sourire.

— Il paraît, dit-il, qu'à la dernière réunion de Chanteraine vous avez très bien parlé des expériences de monsieur de La Rochefoucauld. Franchement, mon cœur, vous passionnez-vous tout de bon pour l'élevage du mouton mérinos ?

L'œil de Louison pétilla.

— Franchement ? répéta-t-elle d'une voix rieuse. Franchement non, je vous assure ! Fin gras ou mérinos le mouton est bête, il pue, et je n'aime pas le gigot, ni les tissus de laine. Mais croyez-moi, Aimé, je ne me passionne point davantage pour l'importation des machines textiles anglaises non plus que pour la cuisson de la faïence.

Elle se pencha vers lui comme pour une confidence honteuse.

— Je me passionne pour mon rôle de marquise de Roquefeuille, souffla-t-elle. J'y mets la même conscience... et la même coquetterie que je mets à jouer Silvia ou Rosine sur un théâtre.

— Je crois que je m'en doutais, dit Roquefeuille.

— Au fond, j'ai une nature de comédienne, se jeta-t-elle du bout des lèvres.

— Louison, nous jouons tous un rôle. Quand on l'a reçu dans son berceau on s'en aperçoit moins, on le prend pour son naturel, et voilà tout.

— Entendez-vous me dire, Aimé, que je puis être vraiment une femme... une châtelaine solide ?

Il eut un bon rire.

— J'aime que vous ne soyez parfois que mon objet précieux, madame, mais oui, vous savez aussi être une dame solide, à la parole ferme. Ne le pensiez-vous pas ?

— Pas vraiment.

Un silence s'établit. Les sourcils serrés, elle réfléchissait. Son beau-père l'avait aimée comme une poupée, sous la pluie d'or qui tombait du ciel des financiers dans lequel les nuages dorés semblaient se faire, défaire et refaire tout seuls, sans que M. Marais s'occupât d'autre chose que de changer la manne en plaisirs. Le bel Ali l'avait aimée avec des soins extrêmes derrière un rempart de soies, en s'efforçant de lui faire croire que le reste du monde n'existait plus, surtout celui, dur et impur, d'où il tirait sa richesse. Georges de Bièvre l'avait aimée avec toute son élégance, mais jamais elle n'avait cherché à avoir de lui plus que ses caresses et ses bons mots, ses luxes, ses amis, le reflet de sa gloire, la mousse rose de sa vie. Aimé partageait tout avec elle, jusqu'aux plus banales réalités du quotidien, et Louison avait d'abord trouvé très étonnant de se sentir aimée par un homme sans ombres, qui n'existait pas pour elle que par son esprit, son désir et ses baisers mais aussi par ses travaux, ses soucis, le poids et les misères de ses gens, ses ennuis d'argent, ses incertitudes. Touchée par sa sincérité elle avait répondu de son mieux à l'attente de son mari, assez contente d'elle parfois pour avoir écrit à sa mère : « Soyez heureuse, maman, ou regrettez que je vieillisse, voilà que je deviens sérieuse, je suis tout occupée de choses sérieuses, et cela sans m'en dégoûter. »

Les derniers mots étaient un peu hasardés. Elle prenait souvent des fourmis dans le corps. Une après-dînée qu'elle lisait dans la bibliothèque avec des yeux distraits elle fut saisie d'une telle brusque envie d'être une autre ailleurs que le livre glissa de sa jupe et qu'elle se jeta debout, courut plutôt qu'elle ne marcha jusqu'à la table sur laquelle le marquis épluchait les comptes de son régisseur.

— Aimé, vous m'avez trop flattée l'autre matin, lui dit-elle abruptement, en s'asseyant de l'autre côté de la table. Je ne suis point une femme solide. Ou alors, qu'est-ce donc que mes impatiences ? J'ai de l'impatience sans raison. Sans attente. C'est frivolité pure, je vous assure. Ou bien le bonheur peut-il impatienter ?

Il posa sa plume, dit en le confirmant de la tête :

— Cela se pourrait bien, Louison. Il faut de la patience pour supporter longtemps le bonheur, et on n'en a guère à vingt ans.

— Mais à vingt-trois, ne serait-il pas temps d'en avoir ? J'ai vingt-trois ans, monsieur. Dans sept ans je serai vieille. A trente ans la Reine a quitté ses plumes et la danse. Aimé, pourquoi ai-je vingt-trois ans déjà ? Je ne le supporte pas !

— Rassurez-vous, mon cœur, on ne les a pas toujours, dit-il en riant.

— Oh ! je vous promets bien que si ! J'ai été à la bonne école de maman, je ne me laisserai point vieillir sottement d'un an chaque année.

Allongeant son bras sur la table pour lui toucher la main, elle dit avec une assurance enjôleuse :

— Quand la Révolution sera finie nous passerons nos hivers à Paris, et Paris conserve bien la jeunesse des femmes. Nos peaux, bizarrement, préfèrent l'air impur à l'air pur.

— Espérons donc, ma mie, que les Etats sauront nous faire et nous finir la Révolution en un seul été, dit Roquefeuille.

— Au moins, dès qu'ils siègeront tout ira mieux, dit-elle. Qu'en pense mon parrain ? Vous ne m'avez point lu sa dernière lettre.

— C'est que monsieur de Véri l'a écrite pour être lue en réunion plutôt qu'en famille, et elle n'est pas fort gaie, dit Roquefeuille en allant prendre son portefeuille dans l'armoire à papiers.

— Je ne serai pas une Conti si je n'avais la tête assez portée à la politique, dit Louison.

Le marquis reprit sa chaise, survola du regard les trois grands feuillets couverts d'une fine écriture pressée, tachée de ratures et de notes marginales.

— En gros, l'abbé n'est point optimiste, soupira-t-il. Lui voit le pays au bord de la guerre civile.

Il se mit à lui choisir des phrases dans la longue épître de son parrain :

« Pour nous sauver d'une guerre fratricide il faudrait qu'on eût un plan d'ensemble hardi, une parole énergique, une volonté constante. Le Roi est hélas un faible qui recherche moins le bien de tous que l'amour de ses proches, la Reine est une têtue inquiète mal conseillée, Necker, une grenouille enflée que le peuple a prise pour un bœuf. Rien ne se fera avec ces gens-là. Louis XVI se trouvera-t-il un

Richelieu avant qu'il ne soit trop tard? Je n'en jurerais point. Et alors... On reprochait aux Français leur légèreté et de tout chansonner même leurs malheurs; demain ils seront plus sérieux, ils y appliqueront le fer et le feu, ils le font déjà. On ne chante plus sur le Pont-Neuf, on y gronde; on y rançonne toujours le passant trop bien vêtu mais ce n'est plus à la sauvette c'est à grands cris au nom de la Justice, et avec du bâton en plus si le bourgeois ne se déclare pas content de ces nouveaux tire-laine, qui se baptisent " amis du Peuple ". La guerre entre les classes ne sera pas belle à voir si jamais elle éclate, et pour quel résultat? La tempête passée, les ravages faits, je vous prédis que nous ne tomberons pas pour autant dans la démocratie, parce que nous ne sommes pas des démocrates mais des partisans. Quand l'un des partis l'aura emporté sur l'autre, la démocratie, de toute façon, n'aura point gagné. »

— Chauvigné aussi dit à peu près cela, murmura Louison. Lui aussi pense que les Français ne feront jamais d'aussi bons démocrates que les Américains. Il me paraît pourtant qu'il n'en désespère pas autant que l'abbé. Savez-vous qu'il a quelque peu travaillé à une Déclaration des droits de l'homme dont rêve le marquis de Condorcet? Il croit qu'elle pourrait enthousiasmer les cœurs au point de faire oublier leurs égoïsmes aux gens.

— Chauvigné n'a point l'âge de l'abbé, dit Roquefeuille. Chauvigné a l'âge des espérances généreuses.

Il ajouta après un temps :

— Il les proclame très bien. Mon neveu est fort bon orateur, je n'avais pas soupçonné ses dons de tribun. Et, au fait, n'aimeriez-vous point l'entendre? Châteauroux n'est pas si loin et, à défaut d'un voyage à Paris...

— Oui, oh! oui! s'écria Louison, en s'illuminant d'un plaisir brillant.

Puis son visage s'éteignit, et elle dit « Non! » avec la même force qu'elle avait dit oui.

Surpris, les sourcils haussés, le marquis attendit ses explications.

— La neige, dit-elle à la hâte, en regardant vers le paysage. Je n'aime pas le froid, vous le savez bien.

— Mais vous aimez la ville ?

— Oui. Enfin...

Elle s'embarrassa sans conviction dans de bonnes raisons ménagères, parla de ses filles et du tapissier qu'elle avait retenu pour refaire la tenture de la grande salle.

— Je réfléchirai, conclut-elle pour couper court à ses alibis.

Un moment plus tard, alors qu'elle allait quitter la pièce elle se retourna.

— Aimé, puisque vous les trouvez bons, ne pourriez-vous nous procurer une copie des discours de Chauvigné ? Ses tantes en seraient ravies, et sa mère, aux anges !

Resté seul Aimé se leva, pour s'approcher du portrait de Louison.

— Et vous, mon cœur, lui murmura-t-il, n'en seriez-vous pas contente aussi ?

D'un tour de regard il parcourut sa bibliothèque. Pour la construire on avait donné aux menuisiers du bois engrangé depuis cent ans, et le ton magnifique du chêne durci, noirci par la mouille et l'âge faisait bien chanter, derrière leur mince grillage, les couleurs émoussées des pans de reliures. De cette sourde harmonie un œil sensible ne se lassait pas, pourtant celui d'Aimé revint vite à la douce image de Greuze. Avait-il vraiment vécu là si longtemps sans elle, sans même savoir qu'elle lui manquait ?

— Je m'occupais, lui dit-il d'un ton d'excuse. Dehors comme dedans je m'occupais si bien, que j'aurais pu mourir avant de découvrir mon besoin de vous. Et aujourd'hui...

La jeune fille à la rose attendit sans le lâcher des yeux qu'il achevât tout bas :

— ... si je vous perdais je serais veuf de tout, même de mon plus vieux bonheur d'être ici, à remuer la poussière de mes livres.

Il alla s'appuyer du front à la vitre glacée de la fenêtre,

comme s'il voulait endormir par le froid des pensées douloureuses.

Aimait-elle Chauvigné ?

Il pressa plus fort son front contre le gel du dehors. Pourquoi, diable, s'allait-il inventer de la souffrance ? Chercher dans sa mémoire un mot de Louison, un geste de Matthieu, ou le grand regard pénétrant de Cendrine voyageant pesamment de Matthieu à Louison, de Louison à Matthieu ? « Voilà que j'ai des inquiétudes comme Louison a des impatiences, parce que le temps d'hiver passe lentement, pensa-t-il, agacé. Au lieu d'essayer de m'engourdir la cervelle, je ferais bien d'aller marcher un peu. »

L'air mou avait un goût de neige ; il en restait là-haut.

Sur la droite des étangs le grand bois du Prieur s'enfonçait jusqu'à l'horizon. C'était une vieille forêt de géants, qui s'ouvrait du côté ouest du château par une hêtraie. Baignés de contre-jour les hauts troncs séculaires aux ramures nues, parfaitement droits, sombres et luisants, ressemblaient à d'immenses colonnes de fonte. Là-dessous régnait un climat d'église où, comme dans une église Aimé goûtait le bien-être de se sentir seul sans désespoir, seul au sein d'une Présence.

Le crissement régulier de son pas écrasant le tapis de feuilles mortes givrées le calma d'abord. La lumière capricieuse était belle, pendant tout un temps il ne songea qu'à profiter de ses couloirs d'ombre et de ses éclaircies, à mettre des noms sur les traces laissées par l'invisible faune sauvage. Et puis de nouveau sa pensée lui fit mal. Malgré lui il voyait Louison et Matthieu échanger leurs sourires et enlacer leurs mains sur le théâtre. Le couple était superbe, leurs jeunesses et leurs beautés si bien accordées... Maintenant Aimé s'étonnait de n'en avoir pas souffert plus tôt. Il savait pourtant qu'un couple jeune et beau est toujours prêt à la cruauté envers le vieux mari. « Sot ! Triple sot ! » ragea-t-il tout haut, en fauchant de sa canne un innocent buisson de petit houx débordant sur le chemin. Ce n'était pas de son aveuglement d'hier qu'il s'en voulait, c'était de sa lucidité d'aujourd'hui. Y a-t-il plus sot rôle à jouer que celui de barbon jaloux ?

« Quand on se donne le plaisir de vieillir auprès d'une

jeune femme il faut, monsieur, avoir les commodités de son âge, la vue courte et l'oreille dure. » La phrase qu'il avait assenée à un mari cocu quand il avait la tournure et l'effronterie d'un page lui revint brutalement, joyeuse, féroce, comme un pied de nez qu'il se serait expédié à travers le temps. Il eut un rire bref, si malvenu qu'il lui resta en boule dans la gorge. Sortant du bois il peina exprès par-dessus les crevasses et les cals des labours blancs gelés, retourna vers le château en faisant le grand tour par la cressonnière et la chapelle du hameau.

Depuis longtemps, depuis bien avant l'ordonnance de Louis XVI on n'enterrait plus les Roquefeuille dans leur chapelle. Leurs tombes trop nombreuses se pressaient contre elle, dans un grand jardin sablé planté de lauriers. Aimé s'y arrêtait souvent, et d'ordinaire il y venait plutôt le soir au crépuscule, quand il est facile de voir les souvenirs sortir des pierres. Pieusement, il s'appliquait à recueillir les flocons de ses plus chères vies mortes qui traînaient là pour leur donner un peu de tendresse, mais cet après-midi il venait pour leur en mendier.

Sur la tombe de sa mère, ornée pour l'hiver, il n'y avait que la jardinière pleine de roses en faïence que Nini avait achetée à Bourges. Aimé posa sur la croix la branche de buis qu'il avait cueillie en chemin. « Maman, pensa-t-il, maman, avez-vous jamais songé à quel point, pour une mère, la mort est un acte égoïste ? » Devant qui, désormais, pourrait-il verser sans en rougir des larmes puériles ?

En se rapprochant de la maison il vit Louison sur la terrasse, qui jetait du pain aux mouettes des étangs. Elle lançait les morceaux très haut, les oiseaux voraces fondaient sur eux, les rattrapaient au vol, et Aurore riait en les applaudissant. Dame Pomme tenait la petite fille tout près des mouettes, debout sur le plat de la balustrade.

— Dame Pomme, pas cela ! cria Roquefeuille à la nourrice. On ne sait jamais, ajouta-t-il quand il fut monté près d'elles. Aurore est si vive...

— Monsieur, j'ai de bons bras, dit la solide Normande.

— Il n'empêche, ne faites plus cela, pria le marquis.

C'était lui, maintenant, qui serrait l'enfant contre sa

poitrine. La petite appuya très fort son bout de nez sur la joue de son père — sa nouvelle façon d'embrasser, qui l'enchantait, la faisait rire de malice. Quand elle recula son nez et se renversa un peu en arrière pour juger de l'effet de son baiser, il contempla avec une joie profonde le délicieux visage rond et lumineux, mal encadré dans le coqueluchon d'agneau blanc qui versait, libérait tout un étincellement de boucles blondes ardentes.

— Savez-vous bien, mademoiselle, ce que vous êtes pour moi ! lui demanda-t-il dans l'oreille.

— Oh ! oui, dit-elle d'un ton satisfait, je suis votre rayon de miel !

Vite elle lui refit un baiser à sa mode, ajouta aussitôt :

— Et je suis quoi encore ?

— Ha ! s'amusa Louison, ne prenez pas la peine de l'habituer aux compliments, son apprentissage est tout fait déjà. Elle tient ses couleurs de vous, et sa coquetterie de moi.

Le crin-crin râpeux d'un trio de violons, mordant sans agrément sur un accompagnement de clavecin, tomba soudain sur la terrasse. Roquefeuille leva les sourcils.

— Les Vollanges sont ici ?

— Oui, soupira Louison. Elles commencent de répéter avec Nini pour la fête de Noël. Pour l'instant, c'est encore à fuir !

— Mais c'est gai, dit Roquefeuille. Dès qu'on entend des violons on voit un cortège de noce traverser le village. Le printemps semble moins loin.

Le premier perce-neige se fit pourtant cruellement désirer. L'hiver fut terrible. Le ciel, sans doute, voulait donner au peuple de bonnes raisons, indiscutables, pour arriver de mauvaise humeur à l'ouverture des Etats généraux. Les froids cuisants commencèrent dès la Sainte-Catherine, en janvier les vents du nord se ruèrent sur le Berri, la neige tomba en masse, un faux dégel de quelques jours la liquéfia dans la terre si bien que la gelée, quand elle recommença, s'enfonça de deux pieds dans le sol. En forêt des arbres de trente pieds se fendaient, on passait les mains dans leurs blessures. Désespérés par leur misère les oiseaux se réfugiaient dans les maisons, pour s'y faire tuer par les affamés. On en trouvait des monceaux raide morts dans les champs, entassés par dizaines contre les haies dépouillées, dans un dernier effort pour se mutuellement réchauffer. Les gardes des domaines avaient bien du mal à protéger les colombiers, les poulaillers, les clapiers contre le temps et contre le vol. Le prix du pain doublait, triplait, quadruplait, on mangeait tout ce qu'on pouvait attraper et encore du chat, du chien, de l'écureuil, du loup... Des vieux et beaucoup d'enfants mouraient à bout de froid, de faim ou de courage. La charité ne suffisait pas à sauver tous les pauvres.

Dans les châteaux pourtant, du moins dans ceux où on en avait encore on partageait le pain et le sel, le feu et la soupe. A Verte-Fontaine, pendant deux mois un feu flamba nuit et jour dans la grande salle. Entrait s'y chauffer qui voulait, et à l'heure des repas les dames de la maison s'efforçaient de servir un bol de panade à chacun, un peu de fromage sec ou une aubaine de viande sauvage. Comme, paraît-il, à quelque chose malheur est bon, le curé de Saint-Martial oublia soudain son agressivité à la mode contre le château. Redécouvrant l'utilité du seigneur il en prêcha le bon usage, aida beaucoup les Roquefeuille en organisant, dans le calme et la justice, l'accès à leur bienfaisance.

Alentour de Verte-Fontaine les choses se passaient à peu près bien aussi, dans une concorde rafistolée entre châtelains, curés et paysans. Même les collecteurs de l'impôt et les gabelous en bénéficiaient, miraculeusement. Puisque tout l'argent disponible allait au pain renchéri, puisque les faux-sauniers chômaient dans leurs abris, collecteurs et gabelous désœuvrés n'étaient plus que des hommes, aussi bons que d'autres parfois. Ils coursaient les loups, chassaient le gros gibier, pêchaient sous les glaces, convoyaient les rares transports de grains, battaient la campagne à la recherche des errants de mauvais aloi, contrebandiers ou soldats débauchés que leur gueuserie avait jetés encore armés dans le brigandage.

— Eh bien, dit un jour Roquefeuille à Cendrine qui se trouvait à Verte-Fontaine, il nous aura donc fallu subir cet hiver calamiteux pour nous retrouver mieux dans notre peau de châtelains, et en famille dans nos paroisses. N'espérez-vous pas qu'il en restera quelque bien, le printemps revenu ?

— Mon ami, c'est Lolotte de Vollanges, qui sait deviner l'avenir, dit Cendrine. Les routes sont quasiment coupées, nous ne recevons presque plus de nouvelles d'ailleurs... Y a-t-il bien partout accalmie de la haine ?

— A Hautes-Rauches, dit Roquefeuille, Guillerme a vu une rédaction toute neuve d'un cahier de doléances, où les griefs contre le château sont bien atténués, les abbés décimateurs moins maltraités. L'abbaye s'est transformée en une auberge qui regorge de misérables, et la dîme, du coup, semble bien remboursée.

— Un cahier peut se rédiger plusieurs fois encore avant le 1er mai à venir, remarqua Alix. Je ne croirai jamais à la modération spontanée du petit peuple. Dès l'instant qu'on lui donne la parole, il médit. Dès l'instant qu'on lui donnerait du pouvoir, il en abuserait. Je suis ici l'aînée de tous, je suis d'un temps où on ne fabulait pas sur le peuple : on le tenait.

— Ma sœur, bravo ! ironisa Louison. Vos idées moyenâgeuses ont merveilleusement résisté au jeune souffle de l'Amérique.

— Un Bernard de Roquefeuille a posé la première pierre de la tour vieille en 1301 : cet âge-là est le berceau de la famille, dit Roquefeuille en souriant.

— Je ne me mettrai point à défendre ici mes idées pour vous en voir rire, dit Alix. Dans ce salon vous êtes tous des libéraux, grand bien vous en advienne ! Soyez des amis du peuple, mais alors arrangez-vous pour qu'il soit content de vous sans que vous soyez trop mécontents de lui.

— Monsieur de Chauvigné va nous revenir, annonça brusquement Cendrine. Lui nous donnera des nouvelles fraîches de la situation en ville. Il en aura même eu d'autres provinces par les courriers de l'intendant.

Louison avait sursauté, tout le monde semblait surpris.

— D'où tenez-vous, madame, que mon fils va revenir à la maison ? demanda Alix d'un ton acerbe.

Sous sa poudre elle avait rougi de dépit, très vexée que la baronne en sût plus qu'elle sur les projets de Matthieu.

Cendrine se mordit la langue.

— Oh ! fit-elle, je l'ai su bien par hasard. Une lettre de madame de Seille m'est parvenue hier d'Argenton, par un officier de passage à Chanteraine. Comme tous les avocats Seille est à Châteauroux, il y voit le baron, il y voit beaucoup de gens, et sa femme en avait reçu un courrier par un convoi de grains, qui a pu passer.

— Je vous remercie, madame, de n'avoir oublié que pendant quelques heures de nous rapporter la nouvelle qui nous importait, dit froidement Alix.

Vivement Cendrine se retourna vers Alix, dit avec gentillesse :

— Reprochez-moi plutôt de ne pas vous l'avoir tue. Les lettres de Manon de Seille ne sont point sûres. Elle lit d'un œil et griffonne à la hâte pendant que son messager piétine déjà dans son antichambre.

La mère, les tantes, la maîtresse, toutes se mirent à bavarder de Matthieu, et dans leurs bouches il devenait l'espérance du prince Charmant. Le décor s'y prêtait. Le château dormait, figé dans l'ennui de ses neiges comme par une méchante fée. Sa Belle ne pouvait qu'avoir très envie d'entendre le galop du cheval d'un amuseux, pensa Roquefeuille.

Il observait Louison. Elle ne disait pas un mot, elle écoutait. Un sourire léger fleurissait ses lèvres, et ses yeux brillaient. Elle était en pleine embellie.

8

Le pain manquait le jour où Matthieu reparut à Verte-Fontaine. La marquise n'avait pu faire servir dans la grande salle qu'une soupe de raves graissée au lard, et les réfugiés demeuraient tristes : un morceau de lard n'est vraiment bon que posé sur une tranche de tourte. Et puis, si le pain commençait de manquer même au château... Leur lendemain les angoissait.

— Demain je pourrai leur donner une soupe de poissons, dit Louison quand la famille se fut assemblée dans le salon neuf. Nous avons encore du lard, des pois secs et des haricots, les chasseurs nous apportent assez souvent de gros gibier, nul ici n'a encore souffert la faim, mais ils pensent au pain qui manque avec voracité. Avec... avec rage. Il semble que pour eux la justice soit d'abord d'avoir son content de pain. Viandes et poissons leur évoquent la fête, et ils n'ont pas le cœur à la fête, ils l'ont de méchante humeur.

Elle avait parlé pour l'arrivant, Matthieu lui répondit.

— La question du pain est devenue primordiale dans tout le Royaume, dit-il. Le gel, bien géré par les spéculateurs, a porté le pain de quatre livres au prix de 15 sous, mais une journée d'ouvrier ne vaut toujours que 20 sous et les chômeurs n'ont rien, rien que leur violence. La violence est donc partout désormais, chronique, permise.

— Permise ? releva Roquefeuille.

— Permise, répéta Matthieu. Par prudence au moins, si ce n'est par charité. Un officier de police affronté à une émeute n'a plus guère le choix qu'entre fermer les yeux ou perdre sa tête.

Il fixa le marquis.

— Vous, mon oncle, si vous possédiez encore un droit de justice en ce dur hiver de 1789, feriez-vous pendre un voleur de pain, un tueur de poules, un coupeur de bourse affamé ? Le feriez-vous même fouetter sans remords ?

— Dieu merci, je vis dans un siècle civilisé, où la justice appartient aux juges, dit Roquefeuille. Et je me demande vers quel chaos nous allons, si eux-mêmes ne veulent plus la rendre ?

— Il est certain que le criminel de ce temps est un homme chanceux, parce qu'aux brigands de métier sont venus se joindre des ventres vides dont les crimes méritent l'indulgence, et les crimes des autres passent dans le lot, dit Matthieu. Il y a aujourd'hui des ayants-droit à la violence, dont tous les Mandrins d'hier se servent très bien.

— Matthieu, vous avez décidément pris par avance un langage de député du tiers, dit Roquefeuille. Des ayants-droit à la violence, diable ! La violence est un droit qu'il ne fait pas bon donner. Elle devient vite une façon d'être, une façon de prendre du plaisir autant que du nécessaire. Vivre dans un état de violence ne devrait tenter personne, surtout pas les plus faibles.

— Permettre la violence ! enchaîna Alix, qui revenait à peine de sa stupeur. Permettre la violence, en France ! Vraiment, mon fils, vous vous croyez encore dans un Etat sauvage, et vos amis du Palais-Royal ont achevé de vous gâter la tête. Il y a toujours eu des pauvres et...

— Eh oui, coupa Matthieu avec ironie, il y a toujours eu des pauvres et des riches et tout allait bien ainsi dans le meilleur des mondes, et les pauvres ont tort d'être las de mendier, ils vont fausser le jeu.

D'un geste il prévint une réplique de sa mère, poursuivit du même ton moqueur :

— Notez bien, maman, que les coups de sang populaires ont d'abord arrangé les libéraux du parti national autant que les bandits de grand chemin. A Châteauroux, je les ai vus s'en réjouir beaucoup. Ils comptaient bien se servir du peuple en colère pour imposer leurs vues à Versailles, d'abord le doublement de leurs députés, le vote par tête, et ensuite une constitution de leur goût, qui mettrait le pouvoir royal entre les mains des parlementaires. Ils ne s'inquiètent qu'aujourd'hui de la tournure des choses. La peur les prend que le peuple échauffé n'en vienne à réclamer un peu de pouvoir pour lui aussi. Cela dépasserait de beaucoup leur programme !

— Mon Dieu, soupira Nini, faut-il donc que nous parlions de politique le jour où Matthieu nous revient ? C'est un beau jour, même sans pain.

Matthieu eut un rire joyeux.

— Où prenez-vous, ma tante, que parler de politique abîme un beau jour ?

— Tante Nini aimerait mieux faire une partie de boston, et tante Blanchette et tante Alix aussi, intervint Soraya, qui s'était assise sur le tapis, aux pieds du baron. Elles ne peuvent pas jouer quand vous n'êtes pas là, maman ne veut plus faire la quatrième, le boston l'ennuie.

— On gagne trop peu souvent l'indépendance, dit Louison.

— Cette enfant a raison, dit Alix. Nous devrions faire un boston. Au boston on peut parfois se retrouver à deux du même avis ; en politique, jamais !

Matthieu jeta un coup d'œil à la pendule, demanda à la cantonade :

— Avant que de me ruiner au boston, ne m'offrirez-vous pas une tasse de thé ?

— Il est l'heure du thé, mais nous n'avons plus de thé, dit Louison.

— Nous n'avons plus ni thé ni café ni chocolat, soupira Blanchette.

— Je suis un étourdi, dit Matthieu, penaud. A Châteauroux les épiceries arrivent encore, par les voitures de Bourges. J'aurais dû en prendre un paquet.

— Les esprits révolutionnaires sont occupés de trop grandes choses pour se soucier des petites. C'est justement ce que je leur reproche un peu, moi qui suis un homme aux besoins de tous les jours, dit Roquefeuille en souriant.

Quittant son coin de cheminée, il rejoignit Chauvigné.

— Donnez-moi un moment avant le boston, pria-t-il. J'ai à vous parler.

— Etes-vous très fatigué de votre voyage, Matthieu ?

Le jeune baron entrait toujours dans la bibliothèque de son oncle avec un vrai plaisir et, en ce jour d'hiver, sa tiédeur sombre et sereine habitée par la musique des feux lui sembla plus accueillante que jamais.

— Je me sens à merveille, dit-il. Il ne me manque qu'une tasse de thé, et c'est ma faute. Arriver jusqu'ici par ce temps a été une rude aventure, mais la rudesse est bonne pour le corps.

— Le docteur Tronchin prêchait cela, et on m'a rapporté qu'à Paris quelques bedonnants coquets s'étaient tués à le croire en courant derrière leur carrosse d'un bon dîner à un bon souper. Pour vous, ma foi...

Le marquis contemplait la haute silhouette mince et musclée de son neveu avec une jalousie sincère.

— ... si le Genevois était encore de ce monde, votre corps, Matthieu, lui ferait un fort bon patient. Inusable en dépit de tous ses remèdes.

Comme il le faisait souvent il alla s'asseoir à demi sur le coin de la grande table au tapis vert, reprit sur un autre ton :

— J'aurai besoin de vous demain à l'aube, pour une petite expédition. Il y aura deux bonnes lieues de poste à faire par la campagne verglacée et, si l'affaire tourne bien, nous devrons revenir de là-bas en tirant après nous deux charrettes à bœufs. En vous comptant nous serons cinq. Mais ceux qui tiennent les charrettes en ce moment seront peut-être plus ?

L'approche d'un sourire vint à Matthieu. Il prit une voix de conspirateur.

— Les charrettes ? Pleines, bien sûr ?

— Bien sûr.

— Pleines de grains ?

— De froment.

— Ha ! s'esclaffa Matthieu, et il continua de rire son soûl.

— Je suis ravi que vous reveniez à point pour prendre si gaiement l'affaire. Elle ne m'amusait pas, dit Roquefeuille.

— Mon oncle, pardonnez-moi de rire. C'est que je trouve plaisant...

Roquefeuille poursuivit la phrase, paisiblement :

— ... plaisant qu'oubliant ma philosophie, je passe dans le camp des violents dès que mon boulanger manque de farine ? Eh bien, mon neveu, je vais vous décevoir : nous ne ferons demain que reprendre notre bien. C'est à nous qu'hier on a fait violence. Le dernier chargement de farine qui nous était destiné a été enlevé en route.

Ce n'était pas le premier vol de l'hiver mais, cette fois, les voleurs avaient été repérés à deux lieues de Verte-Fontaine, sans doute en train d'attendre leurs acheteurs.

— Par ce temps, nul n'est plus ponctuel à ses rendez-vous, poursuivit le marquis. Avec un peu de chance nous arriverons les premiers jusqu'à notre froment. J'espère que nos voleurs seront de bons ayants-droit au vol, armés seulement de leurs appétits.

Matthieu secoua la tête.

— N'y comptez pas, dit-il. Les affamés aux mains nues ne pillent qu'en ville. Les pilleurs qui battent la campagne glacée sont gens de métier. Mon oncle, laissez-moi me charger d'eux.

— Mais...

— Je prendrai Silvain avec moi, plus quatre ou cinq de ses hommes.

— Non, dit Roquefeuille. Je n'aimerais pas du tout cela. Il m'est arrivé de cacher Silvain pour lui éviter d'aller aux galères. De là à m'allier à lui...

— Mon oncle, coupa Matthieu, qui veut la fin veut les moyens. Vos sacs de farine ne seront pas les premiers que je reprendrai ou que j'ôterai à l'ennemi. Les insurgents aussi couraient après le pain. Même une juste cause a besoin d'être nourrie.

Un court silence passa, empli par le ronronnement du gros poêle de faïence.

— Je n'aime pas l'idée de m'acoquiner avec Silvain, fût-ce pour une juste cause, dit enfin Roquefeuille.

— Aussi le seigneur de Verte-Fontaine se tiendra-t-il hors de l'affaire, dit Matthieu. En me donnant Silvain pour guide je vous ramènerai vos voitures de farine.

Le marquis hésita. Il fixait son neveu, qui ne détourna pas son regard.

— Faites, soupira-t-il enfin. Il me faut cette farine. Mais ne tuez personne !

— Mon oncle, il va sans dire que j'essaierai. Je ne vous promets point pour autant de me laisser tuer le premier.

Il y eut un nouveau silence, plus lourd, avant que le marquis ne reprît avec ironie :

— Nous sommes en pleine déraison. Il paraît que vous travaillez avec Condorcet à une Déclaration des droits de l'homme ? Ne manquez surtout pas d'y faire inscrire le droit de guerroyer entre voisins, au moins pour le sel et pour le pain.

Il marqua un temps avant d'ajouter :

— Juste avant les glaces, j'avais reçu une lettre de l'abbé de Véri. L'abbé n'est pas optimiste. Il nous voit quasiment au bord de la guerre civile. Que pense-t-on, à château Raoul ?

— Les nouvelles d'ailleurs qu'on y reçoit sont alarmantes et le Berri, par contrecoup, paraît bien calme. Un peu partout dans le Royaume la situation frise l'anarchie parce que beaucoup de misère, de chômage, de vagabondage y traîne partout, et partout mêlé de brigandage et d'impunité. L'autorité ne se manifeste plus qu'avec crainte et timidité, avec regret, presque avec remords. Dans les provinces les plus chaudes les émeutes deviennent quotidiennes. On y fait courir après les spéculateurs, mais le peuple trouve plus sûr de s'emparer des voitures de vivres et d'en distribuer le contenu à son prix. Il pille les boutiques, enlève les caisses des collecteurs d'impôts, moleste les bourgeois trop riches et les gentilshommes...

— Ah ? coupa Roquefeuille, frappé. Ces bourgeois et ces gentilshommes : les malmène-t-on pour ce qu'ils font, ou pour ce qu'ils sont ?

— Cela n'est point arrivé en Berri, pas encore, dit Matthieu. Alors, rapporté de loin... Comment démêler le juste de l'injuste dans ce qui s'est passé ? Quand le peuple descend en armes dans la rue il devient de la populace, capable de tous les excès. Sa faim n'en était pas moins vraie. En ce moment trop de peuple a trop faim. La charité ne peut suffire à l'apaiser.

— La colère nourrit mieux ?

— La vengeance, corrigea Matthieu. C'est de vengeance que se nourrissent les émeutiers qui ne sont point du métier. Tous les bien repus ne sont point innocents.

Il hésita avant de dire encore :

— En Provence, deux châteaux ont été mis à sac. Assiégés, enlevés, saccagés. Cela va mal en Provence, aussi mal qu'en Bretagne.

— Des châteaux assiégés ! s'exclama le marquis. Sommes-nous vraiment au siècle des esprits éclairés par le triomphe de la philosophie ? Je nous vois repartant pour le Moyen Age !

D'une main il fit tourner la grosse mappemonde posée sur la table, du regard caressa ses murailles de livres, et après une muette méditation continua de penser tout haut.

— Je ne sais, Matthieu, si je suis ou non coupable de posséder ce que j'ai, mais je saurais moins encore pardonner, même à des miséreux, d'y venir mettre la casse et le feu.

— Ils n'auront pas le temps d'en arriver là, dit Matthieu. L'hiver va finir, et alors ce sera le printemps des Etats. Une saison d'espérance après une saison de haine.

— Une saison, releva le marquis. Et après ? Croyez-vous que l'espoir, et même l'octroi d'une bonne constitution suffira aux plus enragés révolutionnaires ? Voyez donc ce que j'ai reçu, bien avant que le froid n'ait saisi le pays...

C'était une mince brochure, que Roquefeuille venait de sortir d'un tiroir.

— Je vous la passerai, mais jetez un coup d'œil sur le titre.

— *L'aristocratie enchaînée et surveillée par le Peuple et le Roi,* lut Matthieu. Voilà en effet tout un programme ! Est-il au moins bien exposé ?

— A merveille. On y voit naître « la liberté des temps modernes », due à l'alliance du Roi et de la Nation contre les méchants que nous sommes. Car là-dedans nous ne faisons point partie de la Nation mais de ses ennemis, qu'il faudra réduire et tenir à l'œil. Là-dedans la liberté nouvelle ne sera pas pour tous les Français.

— La vieille liberté ne l'était pas non plus, observa Matthieu. D'où tenez-vous si aimable prose, mon oncle ?

Roquefeuille eut un geste d'ignorance.

— Même la brochure est anonyme, comme vous voyez. Je dois la tenir d'un obligeant, voulant me faire savoir que ma couronne de marquis me pourrait bien devenir une couronne d'épines.

— La couronne du Roi, en revanche, me semble lui très bien tenir sur la tête, dit Matthieu, qui feuilletait l'écrit. Ce sabreur de nobles est un monarchiste. Au fond, tous les Français sont monarchistes.

— Le regretteriez-vous ?

— Je regrette que le roi de France soit Louis XVI. Louis XVI est un bon homme, il n'est pas un bon roi.

— Vous parlez avec la sévérité d'un insouciant, dit Roquefeuille. En 1789, être le maître d'une seigneurie n'est déjà pas facile ; alors, être le maître d'un royaume !

Tirant une feuille d'une liasse de papier il ajouta, changeant de propos :

— Si nous en revenions à notre affaire de demain ? Je veux vous dessiner une carte de la région.

Ils discutèrent de l'expédition pendant tout un moment.

— La Roche devait nous accompagner, dit enfin le marquis pour conclure, et il eut un rire. Mon cher neveu, je vous charge, quand il arrivera, de lui annoncer que vous lui préférez pour lieutenant un chef de contrebandiers.

— Ma foi, je ne ferai rien de si sot, dit Matthieu. J'aurai deux lieutenants. Je ne m'en vais pas refuser l'aide d'un capitaine des gabelles alors qu'il s'agit de courir après des sacs volés. Qu'ils contiennent farine ou sel...

— Espérez-vous vraiment faire marcher ensemble La Roche et Silvain ? s'émerveilla Roquefeuille.

— Je suis même certain qu'ils marcheront, dit Matthieu. J'ai vu en Amérique, pendant la guerre de l'Indépendance, de plus étranges réconciliations. Dans le climat d'aujourd'hui, quoi qu'ils fassent d'illégal ou de hasardé les gens le font de bon cœur au nom de la liberté, de la justice ou de la fraternité. Sous la magie de ces mots-là on voit s'embrasser des ennemis d'hier. De reste, Silvain et La

Roche ne sont plus que des ennemis provisoires, et ils le savent : les Etats vont abolir la gabelle. Gabelous et faux-sauniers doivent se sentir quasiment frères déjà, prêts à pleurer leur gagne-pain ensemble au cabaret en se racontant leur bon vieux temps. Qu'ils trinquent un jour trop tôt...

Roquefeuille eut une moue, son habituelle moue désabusée, gentille.

— Je ne pignocherai pas dans vos idées, Matthieu. Vous avez leur âge, et je ne l'ai plus. Prendrez-vous aussi l'abbé Boyer ? Je l'aurais pris, moi. Le jeune curé de Saint-Martial est de tous les coups de justice active. C'est un gaillard, qui fait plus de politique que de catéchisme.

— Il est sans doute en plein dans la rédaction de son cahier de doléances, dit Matthieu en souriant.

— Oh ! il y a bien plus longtemps que nos curés berrichons nous ont accoutumés à leurs doléances ! Je vous en citerais difficilement un qui n'ait point plaidé contre son seigneur, une petite fois au moins. Et il y a longtemps aussi que le juge donne raison au curé plutôt qu'au châtelain. Les cahiers de doléances sont entre bonnes mains, les curés savent gagner leurs procès.

— Je prendrai l'abbé Boyer, dit Matthieu.

Voyant son oncle se lever pour aller à la cheminée il le prévint, jeta deux bûches dans le feu, tisonna les flammes, dont le jaillissant crépitement couvrit le ronron du gros poêle.

— J'aime votre bibliothèque, dit-il en se redressant.

— Tout le monde s'y sent bien, dit Roquefeuille.

Il avait pris l'air heureux.

— Tout le monde s'y sent bien, répéta-t-il. Elle a été créée dans la partie la plus ancienne de la maison, et donc la plus peuplée d'âme. La première pierre du donjon carré où nous sommes a été posée en 1301. Les seigneurs d'avant avaient habité, pendant plus de cent ans, le château dont les ruines encombrent la butte du nord, mais il y avait déjà ici, plus près des étangs, une sorte de pavillon de chasse — une hutte de chasse, j'imagine. Le nouveau château construit, ce fut ici une salle des gardes, et puis une salle sans gardes, et puis la bibliothèque. Les fenêtres ont été agrandies, mais ce qu'on voit à travers n'a guère changé depuis le temps des premiers Roquefeuille. Celui qui devint prieur de l'abbaye de Fontgombault a fait creuser un bel étang de plus, il a donné son nom au grand bois de hêtres, et voilà tout.

En parlant il s'était rapproché d'une fenêtre, en entraînant le baron. La lune n'en était qu'à son premier quartier, mais peu de lune suffisait à enchanter le blanc paysage.

— Pourquoi ne suis-je jamais las de ce tableau du monde qui m'a été légué ? L'héritage est un poids sans doute, qui vous engourdit les sens.

Je ne sais pas, je suis né léger, dit Matthieu en riant. Mon père a pris soin de manger sa baronnie de son vivant, et mon beau-père de se ruiner pour une bonne cause.

Roquefeuille secoua la tête.

— Vous n'êtes point si léger que vous dites, baron. Vous avez un nom, et la tête pleine de vos aïeux.

— Bah ! jeta Matthieu, ce n'est que pour parler avec ma mère. Et encore me souviens-je plus volontiers des sacripants que des bons sujets !

— Mais c'est là plaisir romanesque, dit Roquefeuille. Qui n'a voulu sentir, dans sa jeunesse, couler dans ses veines le sang des héros noirs de sa famille ? Encore faut-il, pour en bien rêver, pouvoir fouiller dans des archives. Vous n'êtes pas né léger, baron. Vous êtes né avec des archives.

D'un coup de menton il désigna la brochure que Matthieu tenait toujours.

— Nos archives, l'auteur de ce brûlot nous les reproche autant que nos privilèges et plus que nos biens, qui nous manquent souvent. Lisez. Vous verrez qu'il déteste avant tout que nous venions d'un passé connu, que nous soyons chacun le maillon d'une chaîne. Nul doute que lui n'ait été jeté dans la vie comme un bouchon sur l'eau, sans attaches. Sans refuge sûr.

Il soupira.

— Et avec la meilleure volonté du monde, que pourrais-je pour lui ? Pas même rougir de ma noblesse. Lui, qui la nomme une tare, en sus vilipende le taré comme si, d'une tare, on était coupable. Franchement, Matthieu, de telles idées trouvent-elles de l'écho dans les clubs du Palais-Royal ?

Et devrai-je un jour renier ma noblesse, en faire l'amende honorable devant le peuple ou l'expier sous les coups de la Nation ?

— On agite beaucoup d'idées au Palais-Royal, et les pires aussi, dit Matthieu. Mais déjà Rousseau se méfiait de la noblesse héréditaire. Il la souhaitait remplacer par une aristocratie élective. Mon oncle, vous seriez élu. Et au fait, vous devriez vous présenter aux élections.

— Dieu, non ! s'écria Roquefeuille. Je suis un vieux provincial confit dans ses habitudes. J'aurai déjà du mal, peut-être, à faire vivre dans mon coin les nouveautés que nous apporteront les Etats. Mais je sais qu'on m'y aidera : on est libérale, acheva-t-il dans un sourire.

Son regard s'était posé sur l'image de Louison.

— On est libérale comme on l'est à vingt ans : avec passion, et pas du tout de tolérance ! Assurément, je serai un marquis constitutionnel, ne fût-ce que pour ne point déplaire à la marquise.

Matthieu, lui aussi, s'était mis à contempler le portrait.

— Monsieur Greuze a peint là un chef-d'œuvre, finit-il par murmurer.

— Il n'a eu qu'à copier, dit Roquefeuille. Venez-vous ? Ces dames vous attendent pour faire leur boston.

Le marquis faillit buter sur Soraya, assise devant la porte de la bibliothèque.

— Soraya ! s'exclama-t-il. Que fais-tu là, au froid ? Tu vas prendre mal !

Saisissant l'enfant il l'enleva dans ses bras, la serra contre lui, se mit à lui frotter le dos.

— Je n'ai pas froid, j'ai mon gros châle, dit Soraya.

— Que faisais-tu là ? répéta le marquis.

La petite fille adopta le chuchotement du mystère.

— Je voulais dire la première, à cousin Matthieu, qu'il va avoir du chocolat !

— Du chocolat ? s'étonna Roquefeuille. Quel chocolat ? La Gerbaude n'en a plus.

— Si, dit Soraya. Elle a encore du chocolat des grandes

occasions. Elle est en train d'en faire pour cousin Matthieu, et la cuisine sent bon ! Je ne sais pas si tout le monde en aura.

— Oh ! la galmaudisse* ! pesta Roquefeuille. Je parie que ses grandes occasions, c'est son Gerbaud ! Le père Gerbaud raffole du chocolat. Prenez-moi Soraya, Matthieu... et ramenez-la vite au salon. Je m'en vais aller faire un tour aux cuisines. Je vous promets bien que nous aurons tous un peu de ce chocolat des grandes occasions de mes gens.

— Vous avez raison, allez en bas faire un peu la révolution, dit Matthieu en riant. A bas les privilèges ! Boire le chocolat et le vin de ses maîtres, priser leur tabac et chiper leurs mouchoirs, il faut que cela cesse.

Changeant l'enfant de bras, il continua pour elle :

— De toute façon, mademoiselle, pour nous deux tout va bien, dès que j'aurai du chocolat vous en aurez.

Elle le gratifia d'un sourire radieux.

— Je vous plais, n'est-ce pas, cousin Matthieu ?

— Tu me plais beaucoup, Soraya.

— Est-ce que...

Elle chercha ses mots, hésita, baissa la voix :

— Est-ce que... vous voulez bien... que je sois votre rayon de miel ?

— Quoi donc ? fit Matthieu, surpris, et sans comprendre.

Comme elle ne disait plus rien, il demanda par jeu :

— Voudrais-tu que je te mange en tartine ? Il n'y a plus de pain.

— Aurore, c'est le rayon de miel de papa Aimé, dit Soraya.

— Ah, très bien, dit Matthieu.

L'enfant sombre aux magnifiques cheveux de jais ne le lâchait pas des yeux, des yeux de nuit brillante, immenses. Deux étoiles noires.

— Miel est un compliment pour une blonde, dit-il. Toi, tu seras... mon étoile.

* Vaurienne.

Elle eut l'air déçue.

— Etoile, c'est mon nom, dit-elle. Soraya veut dire étoile.

— Bon. Alors tu seras ma perle d'Orient. Ma perle noire.

— Cela, je le veux bien, dit-elle. Y a-t-il des perles noires, en Perse ? Maman ne m'a parlé que des turquoises.

Le lendemain à l'aube, la maisonnée se réveilla dans le bruit. En bas, dans la grande salle, la troupe des justiciers se préparait au départ. Dans la nuit le père Gerbaud leur avait cuit une soupe de poissons, qu'il leur servait bouillante.

Matthieu était encore dans sa chambre, à s'empaqueter de son mieux dans l'habit de gros hiver berrichon qu'on lui avait prêté : La Roche était un beau gaillard, mais pour le torse et la taille Chauvigné avait l'avantage. « Me voilà joli garçon ! » grimaça-t-il à son miroir. Il ceignit son épée, jeta sur ses épaules la houppelande à l'ancienne de son oncle, fourrée d'agneau ; bien trop courte elle lui faisait une cape, qui lui seyait assez bien. La toque de fourrure à la russe acheva de le réconcilier avec son image : elle était assortie aux rigueurs du paysage. Derrière sa fenêtre, des flocons commencèrent de descendre sans hâte d'un ciel épais. Il allait encore neiger. S'il fallait poursuivre les voleurs, ce serait à travers une campagne sans traces. Et gelée. Matthieu frissonna, respira fort, comme pour l'emporter avec lui, l'air tiède et rose de sa chambre. Alors il y capta une odeur nouvelle, qu'il n'avait pas remarquée la veille au soir...

Elle venait d'une porcelaine de Vincennes posée sur sa commode, et qu'il voyait pour la première fois. C'était un charmant pot-pourri * serti dans une légère monture de bronze, d'où s'échappait une buée d'aromates. En l'ouvrant Matthieu reconnut des pelures sèches de citron, de rose et de fleur d'oranger, des brins de lavande et des râpures de

* Porcelaine à parfums.

muscade, d'autres débris, encore, qu'il n'identifiait pas et qui dégagèrent, écrasés entre ses doigts, un pénétrant parfum d'eau de Cologne.

Il referma la porcelaine. Joli mystère. Soraya ? Maintenant il se souvenait vaguement avoir perçu une pareille odeur dans la chambre des petites filles. « Soraya, ma petite amoureuse, nous parlerons de ceci plus tard ; pour l'heure je dois aller vous chercher des tartines », dit-il gaiement, en ramassant ses pistolets sur la table. Il prit ses gants, marcha vers sa porte. On y grattait justement.

— Je viens, dit-il en ouvrant. Oh !

Il se recula, pour laisser entrer Louison.

— Refermez donc cette porte ! dit-elle aussitôt. Il fait un froid de loup dans les couloirs.

Il lui obéit et puis la contempla d'un air interrogateur, et elle se laissa contempler avant de lui répondre. Une frange de boucles folles doublait le volant de dentelle de son bonnet de nuit. Sans poudre ni rouge son teint éblouissait, sa bouche nue avait la couleur d'une friandise à la rose. Elle lui semblait toute proche encore de la jeune fille du portrait de Greuze, de la femme à peine éclose qu'il avait connue à Bagnoles-les-Eaux.

— Monsieur, je vous sais gré de partir en guerre à la place du marquis, reprit-elle enfin. Je voulais prendre le temps de vous en remercier.

Il inclina la tête.

— Ravi, madame, d'avoir à vous servir de pain. Descendons-nous ?

— La toque de fourrure vous va merveilleusement, dit-elle.

Son regard s'arrêta sur les pistolets.

— Pensez-vous que vous devrez vous battre ?

— Ma foi, cela se pourrait bien. Beaucoup de voleurs n'aiment point rendre. Ils s'attachent vite aux choses.

— Il me plairait..., commença-t-elle en fouillant sa poche, il me plairait que vous portiez ceci.

Elle lui offrait une chaîne d'argent, au bout de laquelle pendait un médaillon orné d'une pierre de jade vert.

— Ne l'ouvrez pas sans précaution, dit-elle vivement en

voyant que le baron l'allait faire. Il renferme un trèfle à quatre feuilles. Charlotte de Vollanges l'a trouvé à la fontaine, il y a deux ans, alors qu'elle pensait à moi. Un trèfle à quatre feuilles trouvé par hasard, en Berri c'est le talisman le plus sûr.

— Alors, merci, dit-il en le passant à son cou. J'espère que nous serons les plus forts, sinon votre trèfle sera perdu ; vous l'avez logé dans de l'argent. Les voleurs aiment l'argent.

— Vous n'oserez pas le perdre, dit-elle. C'est pour cela que je vous en encombre.

Il ferma ses paupières à demi avant de plonger son regard dans les grands yeux clairs qui s'offraient jusqu'à l'âme, sans pudeur, et finit par dire avec une ironie ambiguë, en s'écartant d'elle :

— Vous avez, madame, les yeux les plus beaux et les mieux parlants du monde. Sortez d'inquiétude, je reviendrai... pour vous rapporter votre talisman.

Il sortit brusquement sans se retourner, sans même prendre garde qu'il la laissait derrière lui, dans sa chambre.

Pas à pas, le cœur trop battant, elle fit le tour de l'intimité du baron. Jamais encore elle n'avait eu l'occasion d'entrer chez lui. Pendant ses absences, c'était la joie d'Alix que de veiller au ménage et à l'ordre dans cette pièce. En s'approchant de la commode elle vit tout de suite le pot-pourri, en même temps qu'elle le sentit. « Soraya, murmura-t-elle, attendrie presque jusqu'aux larmes. Soraya, ma noisette... » Lâchement, cela la rassurait de se dire qu'elle partageait avec Soraya, tout bas, un péché de cœur ; sa tentation de femme en devenait candide, permise autant qu'un jeu.

Elle reposa sur la porcelaine le couvercle qu'elle en avait ôté pour tripoter les arômes, flaira ses doigts poissés, sourit, s'en alla essuyer ses parfums sur l'oreiller de Matthieu.

Les chasseurs de farine revinrent le surlendemain au crépuscule, gelés, cabossés, glorieux, en deuil. Ils étaient tombés sur six dures canailles de la bande au Poitevin, tous faux-sauniers convertis pour l'hiver au vol de grains et de froment. Avec ceux de la bande à Silvain l'empoignade avait été féroce. Silvain y avait perdu un homme.

Roquefeuille fut atterré par le récit de Chauvigné.

— Mon Dieu, se lamenta-t-il, mon Dieu ! Un mort et des blessés pour ravoir quelques sacs de farine ! Je ne me consolerai pas d'avoir commandé cette expédition.

— Nos blessés ne sont que des égratignés, dit Matthieu.

Le marquis releva son regard sur lui.

— Et de l'autre côté ? demanda-t-il. Quels dégâts ?

Quelques égratignés aussi, dit Matthieu.

Il ne raconta pas que Silvain avait abattu un homme de l'autre bande sans nécessité, pour se payer de son mort, et qu'il en aurait abattu un second désarmé, si Chauvigné ne lui avait mis la pointe de son épée sur la gorge.

— Vous avez raison, la violence est en crue partout, disait tristement Roquefeuille. Avant, par ici, les contrebandiers se sentaient frères, de quelque bande qu'ils fussent.

— Hier, Silvain était du mauvais côté, celui du bon droit, dit Matthieu.

Le marquis hocha la tête.

— Que le printemps se hâte ! soupira-t-il. Les Etats devront travailler vite et bien pour calmer ce pays. Allez vous reposer, Matthieu. Vous êtes fourbu. On vous montera à souper dans votre chambre.

« C'est elle qui montera », pensa-t-il aussi fort qu'une prière, en se dépouillant vite de ses nippes d'emprunt pour enfiler sa belle robe de chambre en cachemire.

Mais bien sûr ce fut sa mère, qui lui apporta une soupe de pois et une tranche de sanglier.

9

Le premier perce-neige qu'aperçut le jardinier à la lisière du sous-bois provoqua une explosion de fête dans la maison. Nini joua de la musique à danser et, à l'heure du thé, la Gerbaude vint elle-même apporter au salon, avec solennité, un gros gâteau de moka.

— J'y ai sacrifié un pochon d'farine, dit-elle. La preume fleur du bout d' c't' hiver, ça valait.

Tous contemplèrent le gâteau avec des yeux ronds.

— Dites-moi, madame Gerbaude, commença le marquis, dites-moi donc... Cette belle crème dorée que je vois là, ne serait-ce point du café qui la colore ?

— C'est l' fond d' boîte que j' gardais pour une migraine d' madame Alix, dit la Gerbaude avec agressivité. On va pas m' chachouiner su' ma prévoyance ?

— Dame non, dit Roquefeuille. La surprise est trop bonne.

Il coupa le gâteau, dont Babette distribua les parts.

— Cette crème est un délice, dit Alix quand ils se retrouvèrent sans les servantes. Reste que j'ai eu la migraine cet hiver, plusieurs fois, mais de café, point !

— Mère, la Gerbaude attendait une migraine qui valait, celle qui ne vous passerait point avec des compresses, dit Matthieu en riant.

Les perce-neige se multiplièrent, et puis parurent les fleurettes jaunes des cornouillers, et enfin les sous-bois bleuirent de violettes. Le printemps revenait vraiment, les glaces de l'hiver ne l'avaient pas tué à jamais. Attentif à la percée des bourgeons le jardinier espérait pour son heure la renaissance rose des arbres de Judée et, un matin, Baptiste vint offrir, à la marquise, la première branche fleurie des forsythias de la Chine que le général de Roquefeuille avait fait planter dans le parc en revenant du Hanovre. Le fin rameau était couvert de boutons, dont les plus bas livraient déjà leur floraison jaune d'or.

— Oh ! merci, dit Louison. Ce jaune enchante l'œil. Il brille autant que du soleil.

Suzanne trouva pour la branche un cornet de cristal, qu'elle posa sur la table à coiffer.

— A voir cela j'achève de me dégeler, sourit Louison, et elle se mit à fredonner.

Elle demeurait blottie dans le creux de ses oreillers. Jamais elle ne s'en tirait de bon cœur. Avant de s'y décider elle se câlinait dans son lit à loisir, se roulait, déroulait, renroulait dans sa chaleur avec une souplesse de chatte, lambine, voluptueuse. Mais ce matin elle chantait, de plus en plus haut, en battant la mesure sur son drap.

— Vous voilà joliment bien éveillée, s'étonna Suzanne. Il n'est pourtant pas neuf heures.

— Le printemps me pousse, chantonna Louison. Je crois que je vais sortir à cheval. Vous me donnerez ma culotte blanche et mon habit bleu.

La soubrette lorgna sa maîtresse du coin de l'œil.

— Peut-être monterai-je prier monsieur le Baron de vous attendre ? Depuis quelques jours, il fait seller chaque matin pour dix heures.

— Oui, c'est cela, montez donc, approuva Louison, d'un ton bourré d'indifférence. Tous les chemins ne sont sans doute pas bien remis du gel, monsieur de Chauvigné les aura repérés.

— Et comme ça, si Madame vient à chuter sur les violettes, elle ne s'y retrouvera pas seule, enchaîna Suzanne.

Louison la regarda d'un air si pointu que la femme de chambre ajouta aussitôt :

— Je monte tout de suite. Et puis j'irai vous chercher votre chocolat.

— Attendez !

— Bon, commença Suzanne dans un soupir, je n'ai point voulu...

— Attendez pour écouter, coupa Louison. Puisque vous irez en cuisine, demandez à la Gerbaude si elle aurait de quoi nous faire des crêpes pour le dîner. Des crêpes à la frangipane. Je sais que la farine nous est encore chichement mesurée, dites à madame Gerbaude que je lui rembourserai ses crêpes : je me priverai de pain pendant huit jours. Mais aujourd'hui, j'ai une telle faim de crêpes à la frangipane !

— Vraiment, madame ? Eh bien, tant mieux. L'envie de crêpes, chez Madame c'est signe de bonheur.

Quand Suzanne rapporta l'ordre de sa maîtresse en cuisine, la joie plissa toutes les rides de la vieille Gerbaude.

— Jésus, Marie la Bounne Ange ! Madame la Marquise enviouse ! Gerbaud ! Gerbaud ! cria-t-elle en direction du cellier. Lâche tout, mon vieux, viens-t-en et mets-toi à d' la pâte à crêpes, t' la tires pus fine qu' moi. Madame la Marquise enviouse ! On a un nouveau miot qui nous pousse, c'est sûr !

— Ah ! non, pas de ça ! Oh non ! Madame Gerbaude, je vous doute, je vous doute, je vous doute* ! clama Suzanne en lui faisant les cornes.

— Non, mais faut l' voir dire ! clama plus fort la Gerbaude, outrée. La v'là qui m'conjure pace que j'parle d'un miot ? Mamselle de Vollanges a cor ben fait d'vous apprendre ça, pour qu' vous en usiez cont' un p'tit marquis. Diab' v' enraige, ma belle !

— Madame Gerbaude, nous n'avons pas besoin de nous retrouver grosse pour nous en aller passer le prochain hiver à Paris, dit Suzanne, fermement. Nous n'avons point envie d'un miot, nous avons envie de crêpes. Nous en pourrez-vous faire ?

— J' verrai, grommela la Gerbaude. J' verrai si j'ai d' la farine à perd'e.

Suzanne haussa les épaules et remonta chez la marquise, qu'elle ne put s'empêcher d'observer avec soupçon.

— Madame...

— Oui ?

— Votre envie de crêpes ? Ce ne serait point signe...

* Formule de conjuration.

— Miséricorde ! Voulez-vous me gâcher mon joyeux matin ? s'écria Louison en sautant de son lit.

Bien qu'elle ne fût pas inquiète, par jeu elle se palpa les seins, le ventre, la taille, afficha un sourire radieux.

— Je me sens merveilleusement seule, dit-elle avec un grand plaisir charnel. D'ailleurs, après mon accident, monsieur le Marquis m'a promis... Il n'est point pressé de me revoir en danger.

— Un enfant, souvent, cela vous échappe, dit Suzanne.

Louison eut un geste irrité.

— Ne viens-je point de vous prier, mademoiselle, de ne pas me gâter un joyeux matin ? demanda-t-elle avec vivacité.

Les deux cavaliers galopèrent jusqu'à Chanteraine. Mme de Palluault n'était pas chez elle, Norine l'avait vue partir pour faire la tournée de ses métayers. La servante fit entrer les passants dans le salon chauffé, proposa son bouillon de poule ou du thé. Ils choisirent le thé, qu'elle leur servit sans croquets : à Chanteraine comme partout la farine manquait encore.

— J'ai fait demander des crêpes pour le dîner, je ne sais pas si nous les aurons, dit Louison. Madame Gerbaude n'a jamais bien compris qu'on puisse aimer les crêpes en dehors de la Chandeleur ou du Mardi gras.

Matthieu sourit.

— C'est à Bagnoles, que j'ai pour la première fois entendu parler de vos fringales de crêpes. Lady Eléonore prétend qu'elles sont de tous vos jours de fête. Quelle fête célébrez-vous, aujourd'hui ?

— Rien. Tout !

Elle répondit à son sourire, reprit à voix légère :

— Le forsythia est en fleur. Tout le printemps va sortir. Les nouvelles des Etats nous le feront vite passer et alors ce sera l'été, le beau temps, et maman. Ma mère doit venir passer le prochain été à Verte-Fontaine — le saviez-vous ? A la mi-automne, elle me remmènera à Paris pour l'hiver. La Révolution sera faite. Tout le monde sera content. On dansera partout !

— Vous expédiez vite une révolution, dit Matthieu. N'importe. Je lève ma tasse, madame, à vos gais projets, à leur réussite.

Ils burent sans cesser de se regarder par-dessus bord.

Dans son habit blanc et bleu elle ressemblait à un joli page du Roi ; pour se conduire familièrement avec elle, c'était le bon jour. Pour ressortir dans la cour après boire Matthieu lui prit le bras, qu'il passa sans façon sous le sien.

Elle frissonna et ce ne fut pas de désir. C'était un frisson bien plus doux que celui du désir, c'était l'émoi tendre, rose aux joues, d'une fiancée. D'ordinaire elle vivait plutôt avec le baron des moments d'un trouble impur et savoureux pendant lesquels elle ne manquait pas de l'appâter, se faisant d'autant plus sirène qu'elle le sentait plus près de l'audace, et pourtant prête à le griffer s'il l'osait. Et voilà que ce matin c'était une vague d'amour pur qui la soulevait, et elle avait envie de s'y noyer. Resserrant son bras sur celui de Matthieu elle chercha sa main pour y emprisonner la sienne, murmura dans un souffle d'abandon :

— Matthieu, ce n'est point ma faute.

Ce fut au tour de Matthieu de tressaillir : elle venait de lui donner son prénom, pour la première fois.

— Non, dit-il, ce n'est point notre faute. J'aurai du courage pour deux, ajouta-t-il très vite avant de la remettre en selle.

Ils chevauchèrent côte à côte, au pas, sans un mot, jusqu'à l'allée forestière où ils se trouvèrent hors de la vue de Chanteraine. Alors elle lui tendit sa main gauche.

— Votre courage, pas tout de suite, pria-t-elle. En rentrant à pied nous en aurons pour une bonne heure. Une heure à nous.

Ils sautèrent de leurs juments, les lâchèrent devant eux. Perle et Charmante s'en allèrent en flânant. Leurs robes blanche et grise, bien bouchonnées et lustrées du matin, luisaient à travers le sous-bois clair.

— Elles se savent belles. Voyez comme elles secouent leurs crinières : c'est coquetterie pure, dit Louison, et elle-même ôta son tricorne et bougea ses cheveux, dont s'envola leur parfum de giroflée.

Matthieu posa un baiser sans poids dans la toison brune, et ils se mirent à suivre leurs juments, main dans la main, leurs doigts entrelacés, pleins d'aveux, qu'ils s'échangeaient par de tendres pressions. Leurs pas cloquaient sur le tapis de feuilles mortes pourries, qui commençait de s'enfoncer en humus dans la terre. Le bois s'était bien éveillé de l'hiver. Des fuites furtives, rapides, couraient de chaque côté de l'allée, des pépiements légers encore rouillés par le froid leur tombaient sur la tête, ou alors le vibrant essai de roulade d'un merle qui s'étranglait court, surpris soudain de se retrouver si bien chantant sur une branche nue. Les noisetiers s'ornaient déjà de leurs superbes chatons soyeux couleur d'argent verdi. « Mes petits frères les coudriers, c'est ainsi que je vous préfère, en chatons », pensa Louison, et sa pensée faillit lui échapper, mais il ne fallait pas parler, surtout pas ! Pour une heure ils vivaient leur amour, et leur amour n'avait droit qu'au silence ; au-delà guettait le péché. La main de Louison se crispa sur celle de Matthieu. Il la porta à ses lèvres et puis la retint tout un moment contre sa poitrine, à l'écoute de son cœur.

Une heure volée s'achève aussi. Dès qu'ils s'engagèrent sur le chemin coupant les prés de Verte-Fontaine ils commencèrent d'entendre bruire la Verduronne, qu'ils longèrent bientôt. Passé un dernier boqueteau, la massive silhouette du château se détacha sur le ciel bleuté. Quand on venait des bois de Saint-Martial il vous présentait sa cour d'honneur encadrée de deux ailes à pavillons carrés, le corps du logis en retrait, dominé sur sa gauche par le haut du donjon et le toit ardoisé d'un troisième pavillon caché. Par-derrière, les poivrières des tours rondes de la façade sud ne pointaient qu'à peine, on les devinait plus qu'on ne les voyait. Matthieu aspira une énorme goulée d'air, pour se redonner de la réalité.

— Ce pays est petit. Les châteaux y voisinent de près, dit-il en s'arrêtant.

Elle se tourna vers lui, tendue, tout son désarroi offert sur son visage. Cette fois il prit ses deux mains dans les siennes, ôta le gant que portait encore la droite et lui baisa pieusement les doigts, un par un, plusieurs fois, en leur parlant d'amour.

— Embrassez aussi mes cheveux, mendia-t-elle tout bas.

Obéissant il enfouit sa bouche dans les cheveux dont le vent avait arraché le parfum ajouté, que l'air avait gonflés d'une fraîcheur humide.

— Madame, l'heure est passée, dit-il brusquement en se redressant, et il la lâcha, se recula d'elle, détourna la tête quand il vit deux larmes lui jaillir des yeux.

— Matthieu...

— Il faut aller, madame, dit-il plus doucement en lui faisant de nouveau face. Il est temps d'aller. N'auriez-vous plus envie de crêpes ?

— Matthieu, je crois que je n'avais jamais aimé, lui dit-elle d'une voix exquise, bouleversée par l'élan de son cœur.

Chauvigné lança un rire forcé.

— Je n'espérais pas, madame, que vous voudriez finir notre belle promenade par un mensonge, dit-il méchamment.

— Oh non, oh non, non, murmura-t-elle sur un ton de plainte.

Ses joues se couvraient de larmes, qu'elle ne sentait pas. Elle pensait lui sourire et en effet elle lui souriait, au milieu de ses pleurs. Chauvigné sortit son mouchoir et la rejoignit, pour lui essuyer le visage.

— Là, dit-il avec tendresse, là... Consolez-vous, madame. Je ne crois pas que vous mentiez, après tout : vous avez mauvaise mémoire.

— Je...

— Si, coupa-t-il. Vous avez mauvaise mémoire et cela me va. Tout bien pesé, je n'avais point envie de n'être aimé qu'en second.

Elle appuya son front à l'épaule du baron, lui posa sa joue sur les boucles douces et ils demeurèrent ainsi, pendant un éternel instant.

— Sugar, vous allez prendre froid, dit-il enfin en redressant la tête.

Elle leva vers lui son regard plein de ciel mouillé.

— Baron, qu'allons-nous devenir ?

— Ce que nous sommes, madame : l'aimable épouse et le neveu loyal de l'homme le meilleur du monde.

Il l'avait remise en marche en la tirant par la main.

— Venez. Nos chevaux sentent l'écurie. Toupinet va les voir arriver seuls et s'inquiétera pour nous.

Après quelques pas, Chauvigné reprit, d'une voix teintée d'amertume :

— Monsieur de Roquefeuille ne m'aime guère, je le crains, il m'estime assez peu. J'ai grandi en Amérique, dans la maison d'un négociant yankee qui me fut un bon père et m'a sans doute donné beaucoup de ses manières et de ses idées. J'étais un étranger quand je suis revenu en Berri. J'avais tout oublié de l'art de vivre avec indolence, dans un château, du revenu de ses terres et des ressources de son esprit. Je m'y suis ennuyé, j'ai bâillé, trépigné d'impatience, trop fort sans doute. C'est que j'enrageais d'ainsi perdre mon temps. Mister Howell m'avait appris qu'il n'est pas de pire péché ; que le temps doit être employé à faire de l'argent la semaine pour en louer Dieu le dimanche. Vraiment, mon oncle et moi n'étions plus de la même religion ! Il m'a écarté de son amitié. Je ne voudrais pas qu'il eût eu raison de se défier de moi. J'ai manqué son cœur. Je ne mériterai pas son mépris. Ne point vous aimer je ne puis. Mais je me sauverai en vous fuyant, madame.

— Mon Dieu, murmura-t-elle, comme vous l'avez dit... Comment pouvez-vous parler de me fuir avec tant de fermeté ?

— C'est qu'en en parlant je tiens encore votre main dans la mienne, dit-il, et la buée lui monta aux yeux, à lui aussi.

— Je suis la plus coupable, dit-elle. J'aime tant qu'on m'aime...

— Vous êtes belle, madame. La beauté se nourrit d'amour, c'est bien connu. Et qu'y peut-on ? La nature l'a faite ainsi, aimable, aimée.

— Vous ne m'aimiez point d'abord, dit-elle. Mais je suis coquette.

Il renversa la tête en arrière pour mieux s'emplir d'un souvenir ensoleillé, rêva tout haut :

— Vous portiez une robe d'été à rayures jaunes et blanches et un grand chapeau de paille à la main, et vos couleurs accrochaient si bien la lumière normande de ce matin-là que je vous ai vue la première en descendant de voiture. Et ensuite je n'ai plus vu que vous.

Un silence passa, accompagné par le gazouillis de la Verduronne. Puis Chauvigné reprit, d'un ton plus direct :

— Que votre coquetterie se rassure, madame. Si vous n'avez été en un seul jour la femme que j'aime, vous m'avez été dès l'abord le fruit défendu. Le Greuze de mon oncle. J'ai été amoureux d'un portrait. Je serai l'amant d'un portrait.

Un moment plus tard, comme ils pénétraient dans la cour du château, une flambée de révolte vint à Louison.

— Pourquoi ? protesta-t-elle à voix basse, véhémente. Baron, pourquoi cela nous arrive-t-il ?

— Ha ! fit-il. Il y a longtemps, madame, que Montaigne a répondu à cette question-là. C'était vous, c'était moi, et nous nous sommes croisés.

Matthieu annonça son départ dès le lendemain. Depuis une semaine déjà il en parlait, sa décision ne surprit personne. On savait qu'il voulait être en ville au moment des élections, pour influer sur le choix des députés de la noblesse.

Sa malle bouclée, le baron la confia au père Gerbaud pour qu'il la fît porter aux messageries d'Argenton. Lui-même comptait regagner Châteauroux à franc étrier, pourvu que son oncle pût lui prêter Charmante.

— Prenez-la, dit le marquis de bonne grâce. Cette jument vous aime. De reste elle ne supporte qu'un bon cavalier, et moi, c'est Dargent que je monte.

Sans transition il changea de propos :

— Pensez-vous être élu ?

— Ma foi non ! dit Matthieu.

— Non ? s'étonna Roquefeuille. Il m'avait pourtant semblé que vos discours plaisaient fort.

— Oh ! ne faut-il que m'écouter, les applaudissements

foisonnent, ironisa Matthieu. Applaudir aux discours qui tout bas vous choquent, c'est la mode, on aime aujourd'hui à se rêver démocrate. De là à envoyer aux Etats des représentants qui ne s'y montreraient point assez conservateurs... Mon oncle, je ne suis pas assez prudent pour faire un bon député de la noblesse berrichonne. Et d'abord, je suis à demi normand.

— Je n'ai jamais pensé que vous feriez un bon député de la noblesse, dit Roquefeuille en souriant. Je pensais que vous songiez à vous faire élire par le tiers.

— Le tiers ? releva Matthieu. Le tiers sera bourré de magistrats, bien moins démocrates encore que les nobles libéraux. Certes ils veulent bouleverser le trantran de la monarchie, mais c'est pour gagner la partie de bras de fer que les parlements ont engagée avec le Roi. Ils ne réclament pas l'avènement des droits de l'homme, ils réclament la toute-puissance des droits du parlementaire. Il leur faudra donc des députés audacieux mais circonspects, audacieux du côté du Roi, circonspects du côté du peuple. Que feraient-ils d'un étourdi qui prêcherait à l'assemblée des Etats l'égalité de tous les citoyens, l'abolition de la traite des nègres, l'ouverture des carrières de l'Etat aux protestants et même aux juifs ?

— Croyez-vous tout cela possible, Matthieu ? Croyez-vous tout cela vivable ?

— Oui ! Pourquoi non ?

Il y eut un silence avant que Roquefeuille ne demandât :

— Avez-vous lu *Don Quichotte de la Manche* ? L'avez-vous vu contraint à ferrailler contre les galériens dont il venait de rompre les chaînes ?

— Monsieur ! Les pauvres, les nègres, les protestants et les juifs ne sont point de naissance du gibier de galère ! s'écria Matthieu dans un fougueux élan.

Le marquis secoua la tête, eut un geste d'apaisement.

— J'ai seulement voulu vous faire souvenir que la Liberté — la Liberté pourvue de la majuscule que vous lui mettez — ne serait, ne sera sans doute pas facile à vivre, ni pour ceux qui l'auront donnée, ni pour ceux qui l'auront reçue après une longue tutelle.

Matthieu se rassit d'une seule cuisse sur l'accotoir de son fauteuil.

— Il se peut bien, mon oncle, que vous ayez raison, dit-il, la voix calmée. Mais j'ai entendu raconter, au catéchisme, que le péché existait parce que Dieu avait voulu que l'homme fût libre de choisir entre le bien et le mal. Cela ne prouve-t-il point assez que la Liberté de l'Homme — avec des majuscules — est un bien beau risque à prendre ?

L'oncle ne répondit d'abord qu'en contemplant bienveillamment le beau visage de son neveu, coloré de passion.

— L'enthousiasme révolutionnaire vous va bien, dit-il enfin.

Il ajouta dans un soupir :

— Pourquoi n'ai-je plus vos trente ans ? C'est l'âge qu'il faut avoir pour s'assortir au mieux à l'espérance de ce printemps 1789, pour croire que l'homme changera parce qu'on va changer son gouvernement.

— L'homme changera quand la liberté l'aura nettoyé de ses peurs et de ses faims, dit Matthieu.

— Voilà, ma foi, une bien belle phrase, apprécia Roquefeuille. Ne renoncez pas sans combattre à la députation. Si les Etats instaurent une assemblée nationale comme vous la souhaitez, qui sera permanente, vous y pourriez faire une jolie carrière de tribun.

— Peut-être ai-je envie d'en faire une, mais point à Versailles. J'irai plutôt à Boston. Là-bas on peut déjà librement parler et...

Il ouvrit les bras.

— ... la liberté a de l'espace !

Dix minutes plus tard, comme il venait de prendre congé du marquis, Matthieu eut une bouffée de son fréquent remords de n'avoir jamais su lui dire... lui dire quoi ? Il s'arrêta avant d'ouvrir la porte, revint sur ses pas. Roquefeuille le questionna du regard alors Matthieu parla vite, pour sortir d'embarras.

— Ne croyez pas...

Il se reprit :

— Je m'en voudrais si vous croyiez qu'à Boston, si jamais j'y repars, je ne regretterai rien de ce que j'avais retrouvé ici. L'Amérique m'est chère, j'aime ses grands espaces et son âme neuve, mais mes attaches dans mon vieux pays me sont douces, et là-bas j'en aurai la nostalgie. A cause des événements de ma jeunesse je suis en Berri un Français trop américain, je serai à Boston un Américain trop français, travaillé par le souvenir d'une douceur perdue.

— Je le crois, dit le marquis.

Il avait écouté Matthieu avec une attention soutenue, et marqua un temps avant d'ajouter sans la moindre trace d'ironie :

— Vous me demandez de croire qu'aujourd'hui vous ressentez un peu d'amour pour mon vieux château, où vous aviez d'abord pris le parti de vous ennuyer? Je le crois, baron. Je le sais.

— Merci, murmura Matthieu, assez sottement, et il se pressa de sortir pour s'empêcher de dire encore, plus incongrûment : « Pardonnez-moi. »

Resté seul le marquis resta gourd un moment. Enfin, s'appuyant des deux paumes à la table il se leva pesamment, s'en alla tisonner le foyer du poêle, dont les bûches hautes croulèrent avec un gros bruit étincelant dans le creuset rouge et vide. La porte du foyer refermée il demeura inutilement là quelques instants, un genou à terre, le tisonnier à la main, lourd de peine.

Chauvigné s'était tu, Dieu merci. Qu'Il l'aide à se taire toujours, et elle aussi. Que ferait-il de leurs aveux?

Assise dans sa bergère Louison essayait de lire, des mots qui traversaient sa tête sans rien lui dire.

Partout dans la chambre Suzanne rangeait en papotant. Un paquet de journaux était arrivé la veille, que toute la maisonnée s'arrachait, commentait. S'apercevant enfin que sa maîtresse ne l'écoutait pas du tout elle ouvrit l'armoire aux robes, passa de la politique à la toilette :

— Il fait beau mais cru. Que vous donnerai-je, madame? Je vous conseille votre bonne jupe de gros droguet et votre caraco vert pomme, il est chaud.

— Ce sera bien, dit la marquise avec indifférence.

— Madame a vu la petite chatte blanche ?

— Quelle chatte blanche ?

— Un jour, monsieur le Baron avait raconté à mademoiselle Soraya une belle histoire de chatte blanche et naturellement, Mademoiselle en a désiré une, expliqua Suzanne. Monsieur le Baron l'a beaucoup cherchée et hier, juste avant son départ, il lui en a trouvé une à Chanteraine. Pour une chatonne c'est trop tôt naître dans la saison, mais les enfants ne la laissent pas sortir du chaud. Elle est très jolie. Soraya l'a appelée Baronne.

— Allez me la chercher, dit Louison, un peu plus animée soudain. Je veux la voir.

— Cette chatte tombait bien, dit Suzanne. Elle a consolé les enfants de la mort du hérisson.

Louison eut un mouvement de surprise.

— Le hérisson est mort ?

— Madame ne le savait pas ? Hier au soir, comme à son habitude il traversait l'esplanade pour aller boire son lait à la soucoupe, la charrette du scieur de bois l'a écrasé.

— Le hérisson est mort, répéta Louison, et elle se mit à pleurer, le visage enfoncé dans l'oreillette de sa bergère.

Roquefeuille qui entrait à ce moment-là la vit ainsi, avec Suzanne plantée devant elle, contemplant son chagrin les bras ballants et les yeux ronds. Au bruit que fit la porte la femme de chambre tourna la tête.

— Notre hérisson apprivoisé est mort, dit-elle, convaincue de faire une réponse idiote à la muette question du marquis.

— Oui, les enfants m'ont appris cela, dit Roquefeuille.

Redressée, Louison se mouchait, se tamponnait les joues avant de sourire à son mari.

— Excusez-moi, dit-elle. Je me demande bien pourquoi je pleure un hérisson ! Le bocage en regorge.

— On n'est pas maître de son cœur, dit gentiment le marquis en lui caressant la main.

— Mon réservoir de larmes doit être plein et il s'écoule pour rien, pour son propre soulagement, dit Louison. Sans doute a-t-on besoin de pleurer de temps en temps, et vous ne me faites jamais pleurer, alors...

Sans façon elle écarta l'habit du marquis, cala sa tête dans son gilet, ajouta d'une voix d'enfant en quête d'un câlin :

— Pleurer est parfois si bon que ce matin, voyez-vous, si la honte ne me bridait point, je pleurerais volontiers encore un bon petit coup, là, comme cela, bien à l'abri dans vos bras.

— Ma mie aimée, surtout ne vous gênez pas, dit Roquefeuille.

Suzanne s'éclipsa.

II.

Le 14 Juillet

10

Il faisait un temps idéal pour un carillon. Dans ce ciel sans nuages la voix des cloches s'envolerait jusqu'à Dieu. Sous les toits de Saint-Martial et de ses hameaux on s'habillait beau, pour le mariage du Baptiste de Verte-Fontaine et de la Marthe des Coupeaux. Au château Louison avait fait fleurir la grande salle où, à dix heures, la fiancée, pimpante et point du tout timide, vint allègrement racheter au marquis le droit du seigneur, en lui offrant un couple de pigeons et cinq livres de laine d'agneau.

La comédie jouée, l'abbé de Véri suivit le marquis dans sa bibliothèque. Il contemplait son ami avec une attention amusée. Que le Berri était donc encore loin de la Révolution ! Versailles aussi, d'ailleurs. En bon Parisien de la rue des Saints-Pères l'abbé trouvait maintenant aussi démodé de voir un duc passer sa culotte au Roi que de voir le marquis empocher sans rire le prix d'un pucelage.

— Vraiment, finit-il par lui demander, vraiment n'avez-vous point songé à abolir votre droit de cuissage pour tout de bon ?

— Je leur ferais de la peine, dit Roquefeuille. Alors, pourquoi ?

— Peut-être parce que nous sommes en pleine année révolutionnaire ? proposa l'abbé.

— Les Parisiens sont dangereux, dit Roquefeuille. Ils voudraient donner leur fièvre à tout le Royaume. Le combat des enragés, des modérés et des conservateurs ne nous concerne point, je vous assure. A la fin de juin, quand nous avons su la fusion des trois ordres en une seule assemblée la joie a été grande par ici.

L'abbé opina de la tête.

— On a déliré de joie partout dans le pays, dit-il.

— Chez nous il y avait beaucoup de fierté dans notre

joie, dit Roquefeuille. Pensez que c'est un député berrichon, qui a fait acclamer par ses pairs le nom d'Assemblée nationale *. Il n'y a pas de petite vanité. Puis, n'est-ce pas, ce fait nous est une garantie...

Il acheva d'un ton moqueur :

— L'Assemblée nous doit son nom. Elle ne pourra moins faire que s'occuper d'abord des affaires du Berri.

— Comptez là-dessus ! dit l'abbé en riant. Comptez surtout sur votre sieur Legrand. Il parle d'abondance et ardemment contre les droits féodaux qui vous restent et contre les trop grands biens de l'Eglise. Mon ami, l'Assemblée ne fera que les affaires du tiers état, je vous le prédis. Les bourgeois de là-dedans ne songent qu'à balayer les princes, les évêques et ce qu'ils nomment « leur clique », dont nous sommes. La noblesse est de reste encore plus détestée que la prêtrise. Dans les trois ou quatre salons où se fait l'opinion du jour on la tient pour une absurdité, insoutenable dans le monde moderne.

— Eh bien, si on en vient à la supprimer, on ne supprimera pas grand-chose, après tout, dit Roquefeuille avec un peu de mélancolie. La noblesse, pour ce qu'il en reste ! L'abolition des fiefs, des justices, des chapitres nobles, l'abandon du droit d'aînesse, la ruine des plus grandes maisons, le mercantilisme de certains seigneurs... La noblesse est déjà détruite. S'il ne faut plus que la priver demain de ses armes... Je suis plus en peine, monsieur, de ce qu'on pourrait vous prendre à vous. Les biens du clergé sont encore tangibles.

— Eh oui, et il est bien doux, quand on vieillit, de croire en sa fortune autant qu'à l'Evangile, soupira l'abbé, sans vergogne.

— Je suis sûr, dit Roquefeuille, que les prélats de l'Assemblée y croient avec entêtement. Ils n'en feront pas l'offrande !

— Oui, oui, dit l'abbé, ils sont moins inquiets qu'ils ne le devraient. A force d'être installé dans le giron de Dieu on finit par se sentir la main de Dieu au bout du bras,

* Jérôme Legrand, avocat du Roi, député du bailliage de Châteauroux.

invincible. Le peuple, hélas, n'est plus très dévot, je crois que même le sacrilège ne l'effrayerait point. Quand je suis parti de Paris, le couvent des lazaristes venait d'échapper de peu à une invasion de la populace. Voyez-vous, en ce moment le peuple bat les rues à la recherche de ce qu'il appelle : la liberté, et je soupçonne que la liberté sans la propriété ne contentera personne plus d'un jour.

— Le Roi est pieux. Il défendra son Église.

— Le Roi ne défendra personne, pas même lui ! dit Véri d'un ton de courroux. Ce bon homme ne veut pas faire son métier. Il s'en trouvera mal, mais aussi son royaume avec lui. Turgot le lui avait prédit à la veille de son renvoi, en lui rappelant que c'était la faiblesse, qui avait mis la tête de Charles Ier d'Angleterre sur un billot. Paroles perdues ! Dans l'oreille du Roi, seules les paroles de la Reine trouvent un chemin sûr. Le Roi, au fond, ne veut que plaire à la Reine.

— En dépit de sa réputation Louis XVI serait-il un grand amoureux ? demanda Roquefeuille en souriant.

— Pire : c'est un transi ! jeta l'abbé avec dédain. C'est un transi myope ! Et sans astuce pour compenser cela. Par exemple, quand la Reine a voulu Brienne au ministère, un peu d'astuce eût suffi au Roi pour s'éviter un ministre catastrophique : l'archevêque guignait un fromage proche de la Cour, il fallait lui donner Paris.

— Paris ? L'archevêché ?

— Oui. Il fallait lui donner la succession de Beaumont. Il était casé, content, et donc la Reine aussi. Toujours homme de sentiment le Roi n'a pas voulu de cette bonne solution, sous le futile prétexte qu'un archevêque de Paris doit croire en Dieu !

Roquefeuille se mit à rire de bon cœur.

— Le cynisme a toujours été un des charmes de votre conversation, dit-il à l'abbé.

— Riez, mais avouez que mieux eût valu un incroyant à Notre-Dame qu'un incompétent aux Finances ? dit M. de Véri. Surtout, surtout quand le pays s'offre, aux armées, un général aussi dépensier que La Fayette ! Marquis, la chère Amérique de notre La Fayette et de votre Chauvigné nous a coûté gros, et nous n'avons pas fini de payer la note. Elle a creusé un gouffre dans le Trésor, lâché dans l'air des idées qui ne sont point les nôtres.

Il y eut un silence avant que le marquis ne reprît, avec un air de doute :

— L'Amérique de ces jeunes gens m'est à moi si lointaine... Comment croire que cette nation neuve pourrait, demain, influer durablement sur la nôtre ? Changer ma vie de tous les jours ? La France est pays de vieille routine. Je parie pour une révolution modérée. Je parie qu'au bout des discours et des parleries nous nous retrouverons assez français encore pour nous reconnaître.

— Si vous aimez votre illusion, mon ami, n'emmenez point la marquise revivre à Paris l'hiver prochain ; ses habitants sont déjà fort ensauvagés ! Les Parisiens doux et enjoués de votre bon vieux temps, vous les allez revoir l'injure à la bouche et le bâton à la main.

— Vous parlez de la populace, point du peuple, remarqua Roquefeuille.

— Aujourd'hui, c'est tout un, dit l'abbé. C'est ce qui descend dans la rue. Ce que voit le bourgeois, ce qu'entend l'Assemblée. Le peuple, le petit peuple de Paris c'est cinq cent cinquante mille âmes, dont cent mille sont gens de tourbe, de sac et de corde. Ces vagabonds-là courent à l'émeute et au pillage à toute occasion, et peu ou prou du reste les suit. Si la Révolution en vient à se faire dans la rue elle sera faite par ce peuple-là : de la populace. Je vous promets que je n'attendrai point chez moi de voir cela, et ma maison envahie par la canaille. Si le désordre s'accroît encore, j'irai me réinstaller pour un temps dans mon cher comtat Venaissin. J'y attendrai la France nouvelle sous le beau ciel bleu des papes *.

Le marquis se tourna vers le paisible paysage qu'encadrait la fenêtre grande ouverte. Là-haut, presque au bout de son regard, un concert de cris soutenait l'incessant ballet des martinets grisés de soleil.

— Notre ciel d'ici n'est pas vilain non plus, dit-il en souriant à l'abbé. Demeurez-nous tout l'été.

* Le comtat appartenait encore aux papes.

— Je demeurerai volontiers jusqu'à la fin de juillet, dit l'abbé, et lui aussi se mit à suivre des yeux les jeux des martinets, le dos relâché contre le capiton de sa bergère.

— Vous avez raison, vue de Verte-Fontaine la Révolution paraît très supportable, finit-il par dire. En fait, elle n'existe même pas.

— Si, si, dit Roquefeuille. Tenez, voilà justement un de ses orateurs qui nous arrive, assurément pour me coûter ou me chicaner quelque chose avant de s'en aller marier mon Baptiste.

M. de Véri se leva pour s'approcher du marquis planté devant la fenêtre. A doubles enjambées, le curé Boyer grimpait l'allée pentue qui menait à la petite porte du château la plus proche de la bibliothèque.

— Ha, ha, fit l'abbé. Votre curé? Un enragé, comme tous ? A la longue, les curés seront déçus d'avoir choisi le peuple plutôt que l'Eglise, mais pour l'instant ils en sont heureux et fiers, parce que populaires. Grâce à nos très sots curés le clergé de l'Assemblée est coupé en deux partis ennemis, ce qui fait bien plaisir au tiers.

— Je ne veux pas appeler une sottise le fait que les curés se déclarent pour les pauvres, observa Roquefeuille. Ils...

— Ils ne sont point pour les pauvres, ils sont pour le peuple, coupa l'abbé, impatienté. Le peuple est devenu dans la bouche des députés un mot vidé de réel, une arme démagogique. Lequel d'entre ces députés fréquente un seul pauvre? La vie est fort mondaine dans les coulisses de l'Assemblée, on s'y nourrit bien. On ne boude point la table des riches qui racolent de la clientèle à force de poulardes et de bons vins pour s'en aller partager l'arlequin des gueux, ni même la soupe du manouvrier. De reste, le seul vrai peuple que les Français ont élu aux Etats est un laboureur breton, et il semble si précieux, ce peuple unique d'entre douze cents députés venus d'ailleurs, que tout le monde se l'arrache à dîner, et que le Roi prend quasiment chaque jour de ses nouvelles ! Le peuple...

L'abbé eut un ricanement.

— Le peuple a bon dos ! Il porte un gros paquet d'appétits qui ne sont point les siens. Oh ! il n'en est pas moins faraud de s'entendre citer à bouche-que-veux-tu. Le peuple ! Le peuple ! Le peuple ! Pour ses oreilles c'est une jolie chanson. Comme dit Clermont-Tonnerre, la plus utile qualité du député d'aujourd'hui, c'est le poumon. Il faut un bon poumon pour pouvoir glorifier le peuple plus fort que les autres. Un avocat du tiers vient de réussir un beau coup, à faire tenir quarante-trois fois le mot dans un discours de huit minutes.

Ils prirent le temps d'un bon rire avant de se retourner pour voir entrer le curé Boyer.

Le curé paraissait de bonne humeur, ce qui ne lui arrivait plus tous les jours depuis que les électeurs lui avaient préféré l'abbé Coulomb, un prêtre plus rassis, pour l'envoyer aux Etats. Boyer s'en remettait mal et s'en vengeait de son mieux, à la petite semaine, sur ses châtelains. Il ne disait plus la messe à la chapelle : les Roquefeuille pouvaient bien descendre à Saint-Martial le dimanche, comme le commun des paroissiens. Pour les mariages et les baptêmes il se dérangeait encore, et cette fois sans doute d'autant plus volontiers, pensait le marquis, qu'il venait marier « du peuple ». Il lui dit tout de suite :

— Vous inquiétez-vous du vin d'honneur ? La table a été dressée dans la grande salle. Ces dames ont préféré la salle au jardin, le service y est plus commode.

— Je ne me souciais point de cela, dit le curé. Je venais en passant pour autre chose, mais puisque vous avez de la visite...

— L'abbé, l'autre chose n'est point un secret, dit Roquefeuille. Je vous dois un quart, je vous le paierai en deux fois, s'il vous plaît.

— Bon, dit le curé. Mais quand ?

— Quand l'argent des agneaux me sera rentré, dit Roquefeuille.

— Bon, redit le curé. Un demi-quart, ce sera la moitié de 175 livres, mettons 87 ? J'ajouterai la livre de reste au second demi-quart.

— Je n'en doute pás, dit Roquefeuille, ironique. D'une portion congrue on ne peut rien perdre.

Le ton du marquis fit réagir le curé.

— Monsieur le Marquis, nous aurons bientôt fini de compter ensemble, jeta-t-il avec agressivité. Demain, c'est le Roi qui nous pensionnera. Dès qu'il sera justement perçu l'impôt pourra payer ceux qui sont au service de tous, comme il paie déjà les ingénieurs des ponts et des chaussées.

— Diantre! Voilà qui ne fera pas diminuer l'impôt! s'exclama M. de Véri. N'avez-vous plus en tête, monsieur le Curé, les doléances des taillables?

— Demain, monsieur, les taillables seront des riches plutôt que des pauvres, dit le curé d'une voix forte. Et les ruiner ne sera point nécessaire. C'est la main de la Ferme, qui alourdit l'impôt à plaisir. Quand la main du Roi l'aura remplacée, tout l'argent récolté ira au Trésor au lieu de demeurer pour une bonne part dans les poches des fermiers.

M. de Véri s'était mis à tapoter des ongles sur le bois de son accotoir.

— Monsieur le Curé, vous parlez en ignorant des choses du gouvernement, dit-il carrément. Rien ne coûte plus cher qu'un travail fait par le Roi. On vient de découvrir, en additionnant des années de procès et de compromis que, pour ravoir un bien de 700 000 francs, la couronne avait déboursé 43 millions! L'impôt que prélèvera le Roi ne sera point volé mais il sera mangé. Par les collecteurs, les contrôleurs des fraudes, les agents payeurs de toutes vos pensions. Pour faire marcher l'Etat, il faudra bien d'autres rentrées encore? L'Assemblée ne veut plus des fermiers, mais nous regretterons la Ferme, monsieur le Curé.

D'un geste, il coupa court à une réplique de Boyer.

— De reste, si la Révolution se fait avec les idées des plus aventureux, nous regretterons beaucoup de choses de notre vieil ordre désuet. Je parie que nous regretterons même la Bastille, que le baron de Breteuil va nous démolir. Aujourd'hui elle offusque les philosophes, hérisse le peuple, fait honte au Roi, dépare la vue qu'on a des jardins neufs du sieur Beaumarchais, bref, nul n'en veut plus, mais elle nous manquera. Elle était commode. On pouvait y envoyer réfléchir un écervelé, y cacher confortablement un scélérat de bonne famille, et nos hommes de lettres s'y rendaient glorieux. Citez-m'en un seul qui ne se soit trouvé bien d'un séjour à l'ombre de ses tours ?

— Oh ! fit le curé, outré, on voit bien que monsieur se soucie comme d'une guigne de la liberté d'écrire ! La gloire, monsieur, n'est point ce que recherche d'abord un auteur d'aujourd'hui.

— Monsieur le Curé, vous vivez décidément d'illusions, dit M. de Véri, moqueur. La liberté d'écrire se prend en même temps qu'une plume. Quant à la liberté de publier, les écrivains se la verront disputer tant qu'il y aura des gouvernants et des gouvernés. Voyez donc ce qui se passe de l'autre côté de la Manche. Le roi d'Angleterre n'a plus le droit d'interdire un livre, alors c'est le parlement qui le fait brûler en place publique dès que l'écrit lui déplaît. La belle avance pour le plumitif !

L'abbé Boyer pinça les lèvres. Il n'avait pas envie de continuer à discuter avec un prélat, sans pouvoir jamais sortir de ses gonds. Chanoine et bénéficiaire de deux abbayes, M. de Véri représentait le clergé qu'il haïssait, qu'il souhaitait voir réduire à rien — à l'impuissance, à la mendicité — par l'Assemblée nationale. Restait que le temps n'était pas encore venu, pour un petit curé, de contrer sans façon le chanoine assis dans la bibliothèque du marquis son seigneur. Toutefois avant de se taire se permit-il de dire encore d'un ton froid, retenu :

— Il m'avait naguère semblé, monsieur, que vous aviez la parole plus libérale. Je suis surpris de vous voir prendre le temps à rebours. Nous sommes le 14 juillet 1789. Les Etats, la Nation est réunie chez le Roi depuis le 5 mai, et elle a juré de se donner une constitution conforme aux droits de l'homme. Monsieur, la liberté a commencé en France, depuis plus de deux mois.

Trop brusquement, sans attendre une réplique de M. de Véri il le salua d'un coup de tête, et avant de sortir ajouta vite, à l'adresse de Roquefeuille :

— Monsieur le Marquis, votre Gerbaude sait ce que je vous dois depuis le début de juillet, que vous pourrez déduire de mon demi-quart. Il doit y avoir pour 40 sols de vin gris, une petite motte de beurre, et 8 sols pour la moitié d'une poule au pot.

Le marquis et son ami échangèrent un coup d'œil rieur.

— La moitié d'un bouilli de poule pour 8 sols ? releva M. de Véri quand le curé fut parti. Madame Gerbaude fait mal vos affaires. Si ce curé était à Versailles avec ses pairs de l'Assemblée, il lui en coûterait plus de 2 livres pour avoir la même chose, en moins bon.

— J'aime que mon curé ne boude point ma cuisine, dit Roquefeuille. Son estomac me demeure très attaché, j'aurais tort de m'en plaindre. Que le plus révolutionnaire de mes alentours veuille rester mon client, ne fût-ce que par la tripe, cela ne vous semble-t-il pas une bonne chose ? Une sûreté pour le château ?

— Mon ami, dit l'abbé, on voit des ventres ingrats. Quoique... Etant un spectateur assidu de l'Assemblée — le théâtre de France désormais le plus couru ! —, j'y ai fait beaucoup de connaissances dont celle d'un jeune avocaillon sans causes, un sieur Camille Desmoulins haut pourfendeur de privilégiés, et comme un jour je le trouvai de parole moins acerbe et le lui dis, il s'en excusa en m'avouant que la causette autour des bonnes tables corrompait la pureté de ses idées. Il ne faut donc point désespérer de voir se modérer les pires, à force de bons rôts. Les ambitieux savent comment on s'achète une clique fidèle. Orléans * est maître à ce jeu, mais en se couvrant de dettes Mirabeau ne le suit pas mal. Il est de notoriété que les vieux bordeaux et le délicieux marasquin de Mirabeau aident bien des indécis à penser à gauche.

— A penser à gauche ? releva Roquefeuille, surpris.

— Le côté gauche de l'Assemblée est celui du comte de Mirabeau, expliqua l'abbé. Les plus amoureux du peuple aiment à se grouper autour de lui.

Il prit un air narquois avant de lâcher :

— Je trouve fort savoureux d'entendre le comte brailler au nom du peuple, lui qui n'adore que le veau d'or.

— Et les femmes, je crois ? compléta Roquefeuille en souriant.

* Le duc, futur Philippe-Egalité.

— Et les femmes, acquiesça l'abbé. Et ma foi, avec le mufle qu'il leur présente, pour les séduire il lui faut bien le secours de l'or et de la gloire. Mais ne médisons point du comte, il est utile. Le peuple l'aime en croyant aimer l'un des siens.

L'abbé eut un grand geste, comme pour écarter de lui tout un monde importun.

— Parlons d'autre chose. Laissons la Révolution aux Parisiens. Etre provincial, par ces temps, c'est être de bonne compagnie. Mon ami, le passage du bruit à la paix que vous m'offrez m'est un doux moment.

Un long silence flotta dans l'air tiède traversé de rayures d'or, dans lesquelles dansaient les poussières du soleil. On n'entendait plus que les hauts cris lointains des martinets et des bouffées de voix rieuses, venues du jardin. L'avant-goût du bonheur envahissait M. de Véri, comme chaque fois qu'il se trouvait dans un lieu et une heure propices.

— Marquis, j'aime trop doucement vivre pour me complaire dans un temps historique, dit-il après un gros soupir de bien-être. Je suis sans doute un inconséquent. J'ai fort prisé, je prise fort les idées de Rousseau et de quelques autres, et ce n'est pourtant point sans regret que je vois mes compatriotes s'en enticher pour de bon. De toutes les nations que j'ai visitées par la route ou par le livre, la française est celle dont les usages, les sentiments, les traditions, les lois imparfaites et la frivolité me semblent permettre à l'homme la vie la plus douce. Hantant de près la cour, depuis longtemps j'y observe l'usure du régime et les signes de notre décadence, mais je croyais le reste du pays assez robuste, assez sain pour que tout durât en l'état encore un moment, durât autant que moi. Apparemment, cela ne sera point. La France n'a jamais été si peuplée, si industrieuse, si riche et tout bien pesé aussi heureuse qu'à présent, et pourtant les Français courent vers l'aventure, grognant et geignant comme si tout allait au plus mal dans le pire des mondes. Il faut, il faut gémir, c'est une question d'élégance. La mode du jour veut qu'on se plaigne de son sort en en accusant la monarchie, aussi se plaint-on partout de la monarchie, en haut comme en bas, depuis les marches du trône jusqu'à la houlette. L'homme des philosophes n'est plus un animal pensant : il est un animal plaintif.

L'abbé marqua une pause, et il allait poursuivre quand il entendit gratter à la porte. C'était Babette qui apportait du café.

— Avec c'te messe et l' vin d'honneur, c'est sûr que l' dîner y s'ra point servi avant les quatre heures, alors m'dame Gerbaude a pensé qu'une tasse de café vous f'rait patience, dit la jeune fille en posant son plateau sur la table.

— Voilà une bonne idée, dit Roquefeuille.

— L'arôme du café est mon second parfum préféré, juste après celui du chocolat, compléta l'abbé, les narines aussitôt gonflées de gourmandise.

— Monsieur l' Baron, c'est l' café qu'i' met en premier, dit Babette. J' me d'mande s'il en trouve de bon à Versailles, fort et bouillant comme il l'aime ? J'me d'mande si les députés i'trouvent à bien s'nourrir là-bas, qu'i' y a maintenant tant d'monde en plus ?

M. de Véri regardait la servante d'un air amusé, et il allait lui répondre quand le marquis intervint en plaisantant :

— Ne prenez point la peine, monsieur, de renseigner Babette sur le sort de toute l'Assemblée. Elle ne se soucie que d'un seul député de la noblesse. Babette, Francioune, Gerbaude, Suzanne et puis ces dames, dans la maison tout ce qui porte jupon est amoureux de Chauvigné. Et bien sûr cela empire depuis qu'on le sait à Versailles, en train de refaire la France à l'américaine. Et je ne vois point de remède à ce trop d'amour-là. Le baron est si bien fait pour traîner des cœurs après lui que les nobles de notre bailliage l'ont finalement élu aux Etats, alors même qu'ils le soupçonnent d'être républicain ! Sa jolie tête l'a emporté sur leur défiance.

— Comme une jolie tête réussit partout, je puis rassurer mademoiselle Babette, dit l'abbé en souriant. Monsieur de Chauvigné ne manque là-bas ni de bons dîners, ni de bons soupers, ni de bons... Il ne manque de rien, conclut-il, discret juste à temps.

Ils achevèrent de boire leur café sans hâte, et Roquefeuille attendit que Babette se fût retirée pour revenir à une question qu'il voulait poser.

— A propos de bons couchers, dit-il, mon neveu loge-t-il toujours chez les Crawford ?

— Je le pense, dit l'abbé. Il a pourtant pris un pied-à-terre à Versailles, une chambre et un cabinet à l'hôtel Fortisson, où s'entassent deux bonnes douzaines de députés. Mais on le voit souvent à Paris. Comme tous les révolutionnaires remuants il y vient essayer ses idées et ses discours dans les salons où on répète la Révolution, comme hier on y répétait du Carmontelle ou du Molière. Chauvigné a bien choisi son public. Il va surtout chez la Beauharnais, et chez Julie Carreau parce qu'elle est l'intime amie de la marquise de Condorcet, que l'académicien décore donc parfois ce salon-là, et que Chauvigné suit Condorcet.

— Je sais cela, dit Roquefeuille. Il ne s'est pas choisi un sot pour guide. Mais le marquis n'est-il point devenu pour tout de bon un républicain ?

— Pour tout de bon, confirma l'abbé. Condorcet et Chauvigné sont les deux premiers vrais républicains de ce royaume. Et les deux seuls, pour l'instant.

Il se pencha un peu vers Roquefeuille pour ajouter, comme en confidence :

— Mon cher, tant que la république nous sera faite par le marquis de Condorcet et le baron de Chauvigné dans le salon bleu et argent de la comtesse de Beauharnais, je crois qu'elle nous demeurera vivable.

Se redressant, il continua de sa voix naturelle :

— Le salon de la comtesse devrait plaire à notre Louison, je suis sûr qu'elle vous y traînera, et vous ne vous y sentirez pas trop dépaysé. Certes, la Liberté et l'Egalité y sont aujourd'hui les deux mots de passe, mais là on les assaisonne encore en bon français, et on sait toujours parler d'un joli petit scandale plutôt que d'un gros événement. Pour moi, c'est chez Beauharnais que je me vais ravigoter quand je sors de chez madame Necker où il faut bien aller prendre cent ans de pompeux ennui le jeudi, comme tout le monde.

Roquefeuille soupira.

— Je vous écoute, dit-il, et je me demande si je saurai

revivre à la parisienne, en suivant la mode du jour et les itinéraires de tout le monde ? J'ai si bien pris l'habitude de n'aller qu'à mon pas et de ne penser qu'à mon idée, et je trouve si raisonnable cette habitude-là... Il faudra pourtant que je m'en corrige, acheva-t-il en regardant vers le portrait de Greuze.

M. de Véri avait suivi le regard du marquis.

— Une Parisienne doit respirer Paris de temps en temps, dit-il. Ce n'est point caprice, c'est nécessité.

— Oui, dit Roquefeuille, je le sais. Il est déjà convenu que nous accompagnerons madame Marais, quand elle regagnera Paris au début de l'automne.

Marianne s'habillait pour la fête. Elle y mettait une lenteur soigneuse, et tout le plaisir qu'elle avait toujours eu à se parer. Bien qu'elle eût maintenant quarante-cinq ans, la coquetterie ne l'avait pas quittée. Etait-il possible, d'ailleurs, qu'elle eût quarante-cinq ans ? Elle ne le croyait vraiment que certains matins de grise mine, pendant une heure de désespérance, avant de se jeter sur ses pots de fards et dans les couleurs de ses chiffons. En ce beau midi de juillet, une fois prête elle ne fut pas mécontente de son miroir.

Elle portait une robe en redingote à la mode de l'année, toute boutonnée devant, en percale jaune citron à rayures blanches, avec un grand haut chapeau de paille à la Tarare, une coiffure qu'avait laissée dans Paris le détestable opéra de son vieil ami Beaumarchais. Tout en s'approuvant de l'œil Marianne se demandait si Louison n'allait point tiquer sur le jaune citron ? Mais pourquoi, diable, le jaune citron aurait-il un âge ? Il seyait encore aussi bien que naguère au teint de Marianne, à ses magnifiques cheveux brun mordoré, dont elle cachait les premières rides grises sous un œil de poudre.

— Oh ! Apparemment, j'arrive trop tard, Madame s'est habillée seule. Pardonnez-moi.

Marianne sourit à la femme de chambre qui venait d'entrer.

— Suzanne, vous n'arrivez point trop tard pour me dire comment je suis. Comment suis-je ?

— Madame... je dirai d'abord que vous n'êtes point mise en grand-mère, et que vous avez bien raison.

Le sourire de Marianne se fit radieux.

— Ai-je raison, Suzanne ? Vraiment ?

— Dame oui ! C'est la Révolution. Etre jeune aussi longtemps qu'on le paraît est une liberté à prendre, aussi bonne qu'une autre.

— Il faut avouer que mon décolleté est encore ferme et bien rond, dit Marianne, qui s'était remise face à son miroir.

— Votre décolleté a toujours trente ans, dit Suzanne. Et votre teint n'a point davantage. C'est le goût de plaire, madame, qui vous garde en beauté, surtout ne vous en défaites point ! Je prierai dame Pomme de tenir les enfants loin de vous, que les compliments vous puissent approcher.

Marianne eut un joli rire, voluptueux.

— Suzon, dit-elle, vous me cajolez avec des mensonges, mais tant mieux, je m'en trouve à merveille. Il arrive un temps où les gentils mensonges nous font le plus doux des présents.

En renversant de l'eau d'odeur sur son mouchoir elle ajouta :

— J'espère seulement que la marquise ne sera point en jaune aussi, je souffrirais trop de la comparaison.

— Madame la Marquise sera toute simple. Je lui ai donné son fourreau de gaze blanche barré d'un ruban gros bleu. Depuis que la Révolution a commencé nous ne voulons plus que des robes de simplicité, sans falbalas, sans busc, sans cul, sans rien. Nous étudions la mode d'à présent dans les lettres de monsieur de Chauvigné, qui d'ailleurs la dessine à ravir, et ne me semble voir à la promenade que les dames qui y vont à la légère, en chemise * et sous une grande paille à l'anglaise.

— Moins la mode pèse plus la femme paraît, dit Marianne en souriant.

Elle laissa passer tout un moment de bavardage sur les mousselines à la créole et la commodité du pet-en-l'air avant de demander, comme négligemment :

* Robe-chemise.

— Vous disiez que monsieur de Chauvigné envoyait souvent de ses nouvelles à la marquise ?

Suzanne se mordit la langue, jeta un vif coup d'œil à Mme Marais dont elle arrangeait le fichu de cou.

— Je n'ai point dit, madame, que monsieur le Baron écrivait souvent. Nous n'avons reçu que deux paquets de lui depuis qu'il est aux Etats, et le gros des lettres était pour sa mère.

Se reculant pour juger de l'effet de son arrangement elle se déclara satisfaite.

— Et vous, madame ? Que vous en semble ?

— Parfait, dit Marianne.

Elle se sentait exagérément contente de sa nouvelle toilette, pourtant bien modeste auprès des souvenirs éblouissants de l'ancienne courtisane, de l'épouse comblée de soies et de dentelles du financier Marais. N'importe. Cette robe-là n'était que de percale et n'avait que du charme, mais elle était neuve et au goût du jour, voilà ce qui comptait. Toujours Marianne avait adoré la mode. La mode pour la mode, la mode avant la beauté, avant le luxe des modes. La mode est jeune à perpétuité, donc il faut la suivre. Une femme vieillit dès qu'elle se met à user ses vieilles robes.

— Je n'aurai jamais le courage d'user mes vieilles robes, dit-elle. C'est le premier jaune que j'ose depuis la mort de monsieur Marais, et je m'y sens bien !

— Dame ! Vous vous y sentez rajeunie de six ans, dit Suzanne. De toute façon, le jaune a toujours été une bonne couleur pour Madame, sur elle comme autour d'elle.

— Oui, soupira doucement Marianne, et elle se tut, pendant que Suzanne se taisait aussi.

Immobilisées dans un instant de nostalgie elles regardèrent passer, dans le silence, quelques belles images dorées de leur vie perdue. Les yeux flous, avec un air de sourire sur le visage, Marianne se laissait flotter dans le décor de soie ensoleillée de son appartement du Faubourg, remontait son temps plus loin encore, se retrouvait à vingt ans amoureuse, grisée, miraculée, princesse dans les bras du prince de Conti, logée, parce qu'elle était une brune merveille, dans la chambre bouton d'or du palais du Temple.

— Les grands bonheurs de votre vie vous passent sous le nez aussi vite que des étoiles filantes, murmura-t-elle. Et ils ne vous reviennent que bien décolorés... Bon, ajouta-t-elle en relevant la voix, aujourd'hui ne sera pas mauvais à prendre, je n'ai jamais vu une noce berrichonne. Y a-t-il déjà quelqu'un au salon ?

Elle se ravisa, changea sa question :

— Votre maîtresse est-elle encore chez elle ?

— Je ne le pense pas, dit Suzanne. Je l'ai vue descendre.

— J'irai donc voir en bas, dit Marianne.

Depuis qu'à la fin juin Mme Marais était venue s'installer à Verte-Fontaine pour tout l'été, elle ne quittait guère Louison. Mère et fille s'attardaient avec délice dans leurs retrouvailles, dès que l'une s'éloignait, l'autre la cherchait. Ce matin, pourtant, la marquise s'en était allée seule voir les préparatifs du vin d'honneur.

L'air de la grande salle sentait très bon le bois de genévrier dont on venait de faire fumer deux brassées, pour l'odeur. Des guirlandes de feuilles et de roses en mousseline décoraient la poutraison, une grosse boule de fleurs fraîches pendait au lustre de cuivre. Le couvert de la petite fête était déjà mis, sur une longue nappe damassée. Pour le service des gâteaux, Blanchette et Nini avaient fait sortir les belles assiettes en faïence de Nevers, d'une gaieté tout italienne, dont la grand-mère Solange avait enrichi la vaisselle du château. Il restait peu d'argenterie aux Roquefeuille mais des étains la complétaient, avec quelques poteries bien tournées de la Vallée Noire. La table plut à Louison, et elle eut aussi un sourire content pour la corbeille des petits présents du château à la mariée, qu'on avait déposée devant la cheminée, comme une offrande du père Nau *. Elle était en train de rattraper la bourse qui avait glissé au milieu des

* Le père Noël berrichon.

colifichets pour la remettre bien en vue, quand Mme Marais entra dans la salle, en s'exclamant :

— Ah ! tu es là. Je me demandais où tu étais passée. La Gerbaude a fait du café. Si tu en veux une tasse...

— Madame, voyons d'abord cette robe ! Vilaine, qui me l'aviez cachée.

Marianne se recula un peu de sa fille qui l'avait rejointe, attendit le verdict.

— Eh bien, dit Louison presque aussitôt, eh bien, maman, vous ne vous refusez rien. Une robe en redingote ! Cela m'irait, j'en suis sûre. Et surtout dans cette couleur !

Saisissant à deux mains la taille de sa mère :

— Serait-ce très difficile à rétrécir d'un peu partout ? demanda-t-elle sans vergogne.

— Très, dit Marianne en s'échappant de l'étreinte. Ce serait im-pos-si-ble, marquise !

— Vous êtes une égoïste, dit Louison. Ce jaune est pour moi.

— Et pour moi ? Me donnerait-il l'air d'une vieille serine ?

Louison lança un éclat de rire.

— Vous avez de la chance que je vous adore, sans quoi je ne vous pardonnerais pas de porter la robe en redingote avant moi. Voilà ce que c'est, que de se laisser devenir provinciale au fond du Berri. Paris continue d'inventer ses modes pour d'autres, sans du tout se soucier que vous ne soyez plus là pour les faire valoir.

— Ton fourreau de gaze est aussi très à la mode, dit Marianne. La Reine, à Trianon, ne porte que cela. Viens-tu boire cette tasse de café ? J'ai croisé tes belles-sœurs, qui descendaient se faire servir au salon.

— Restons ici encore un moment, pria Louison. Je ne me rassasie pas d'être seule avec vous. Il y avait si longtemps...

Tirant sa mère par la main elle la promena autour de l'immense table, en s'amusant à lui faire reconnaître les personnages brillamment coloriés de *L'Astrée* sur les assiettes de Nevers.

— J'aime le climat de ma grande salle, dit-elle. Bien que je l'aie fait retapisser à neuf elle demeure remplie de tant de passé, de tant et tant de gens passés... Toutes les grandes occasions, toutes les fêtes, toutes les solennités de la famille ont traversé cette salle. Savez-vous que je m'y surprends parfois à donner un peu de mon cœur aux héros, aux héroïnes des romans que Nini me raconte ? A madame Solange qui fit empailler son amant, à madame Aurore ma feue belle-mère, au Roquefeuille qui creusa le grand étang du Prieur, à mon beau-père, le général pillard de la guerre du Hanovre... A mes petites belles-sœurs mortes à la fleur de leur âge, en ne nous laissant que deux portraits d'anges blonds.

Elle marqua un temps avant de poursuivre, avec un peu d'étonnement :

— Moi qui ai tant voulu posséder, tant voulu sentir vivre en moi l'histoire du château de mon père à L'Isle-Adam, et qui n'y suis jamais parvenue, voilà que je suis sans peine devenue comme chez moi chez les Roquefeuille. Même ces vieilles choses inconnues que Nini sort des armoires je les sens miennes un peu, et je les aime. Pourquoi, maman ? C'est le sang des Conti qui coule dans mes veines, point celui des Roquefeuille.

— Sans doute est-ce l'amour qui compte, plus que le sang, dit Marianne. Le marquis t'aime fort, Louison, alors sa maison t'aime.

— Sans doute, dit Louison.

Et soudain elle se cramponna des deux mains à sa mère, lui jeta tout à trac, d'un ton âpre :

— Maman... Maman, suis-je heureuse ?

Surprise Marianne haussa les sourcils, contempla sa fille avec attention.

— Tu es marquise, finit-elle par dire doucement. Aurore est née chez elle, dans le château de son père, avec un très beau nom.

Elle ajouta plus bas encore :

— Ton sort à venir, celui de tes enfants ne dépendent point de ta beauté, et on te saluera jusqu'au bout de ta vieillesse.

— Oui, dit Louison, et des larmes perlèrent à ses cils.

— Pourquoi, ma princesse? se désola Marianne en fouillant son décolleté pour y prendre un mouchoir.

— J'aurai vingt-quatre ans cet automne et je ne suis qu'une mère de famille! siffla Louison, les dents serrées.

Elle s'abattit contre Marianne et se mit à sangloter dans son cou, en hoquetant sa détresse.

— J'étais folle, maman, folle de croire qu'un mari, un nom, un château me suffiraient. Maman, en plus de cela je veux tout!

De sa main libre, Marianne cherchait un siège à tâtons. Quand elle le trouva elle y fit asseoir la jeune femme.

— Tout, demanda-t-elle en lui relevant le menton, tout c'est d'abord quoi? Un amant?

Le chagrin de Louison eut un éclat de colère.

— Je ne prendrai jamais d'amant! cracha-t-elle d'un ton rageur. J'ai choisi d'être la marquise de Roquefeuille, je m'en tiendrai à mon choix. Et de reste ce n'est point l'amour qui me manque.

« Eh non, sans doute n'est-ce point l'amour mais bien plutôt les hommes, qui te manquent », pensa Marianne avec tristesse, avec remords. Elle-même avait tant aimé vivre au creux du désir des hommes! Elle avait tant aimé jeter le mouchoir, tant aimé sa cour d'amants plutôt que l'amour. Quand après deux années de vie folle sa fille avait épousé le marquis, Marianne en avait pleuré de bonheur, et pourtant elle savait, dans le fond de son cœur, que rien ne sauverait longtemps Louison des emportements de sa nature. Louison avait hérité la beauté de la belle Marianne, son charme capiteux, son pouvoir sur les hommes, sa légèreté, son goût pour la fête parisienne. Et maintenant c'était le grand ennui d'être fidèle dans un monde lent qui la faisait sangloter dans le cou de sa mère. « Enfin, nous avons encore un moment de tranquillité devant nous », se dit Marianne avec philosophie, parce que Chauvigné était loin et qu'elle n'en voyait pas un autre, plus près, qui pût tenter Louison.

Comme pour lui donner raison Louison renifla, se redressa, se moucha, dit calmement :

— J'espère ne point avoir gâté votre fichu ? Vous savez, je ne suis pas si malheureuse que j'en ai pris l'air.

— Ma foi non, dit Marianne. Les pleurs d'une jeune femme heureuse sans le savoir sont une giboulée de mars. Le soleil reparaît tout de suite après. Souris-moi !

11

Vers la fin de l'après-midi Louison revint la première, seule, de la ferme des Coupeaux, une menace de migraine à fleur de front. L'enthousiasme des ménétriers à faire crier les vielles et nasiller les musettes, les chants discordants des buveurs menant vingt airs à la fois, les iou ! iou ! glapissants des danseuses et les lâchers de poudre des gars tiraillant à plaisir entre leurs jupons lui avaient fendu la tête. Il y avait beau temps que ces noces de campagne interminables, qui traînaient deux jours à table et à la bourrée, ne l'amusaient plus. Elle allait y jouer son rôle de Dame, caler d'une pièce d'or le soulier de la mariée, recevoir avec le marquis le plat de viandes qu'on leur servait sur une petite table à l'écart des tréteaux du banquet, elle sautait une bourrée avec le marié, embrassait l'épousée sur les deux joues, et retournait vite chez elle.

Arrivée dans sa chambre Louison ôta tout de suite, de son épaule, la belle cocarde rose et blanche ornée de barbotiaux qu'on y avait épinglée, pour la jeter, dans un tiroir, sur un lit d'autres vieilles cocardes. Elle contemplait sa collection de livrées * de noce avec un sourire d'ironie. Très consciemment entrée dans une heure de mauvaise foi elle était en train de penser que le premier jour d'un mariage est un bien beau jour, qu'on vous enrubanne de rose et de musique pour vous faire oublier qu'ensuite il ne se passe plus rien. Elle claqua le tiroir et se mit à chantonner en allant se choisir un roman dans son armoire à livres :

Quand se marie un' fille,
Faut-i' ! que de tourments !
On la mène à l'église ;

* Le mot berrichon « livrée » a le sens du mot français libéralité (cadeau).

A va toujours pleurant,
Adieu les amourettes,
Adieu, c'est pour longtemps !

Cette chanson-là, ma foi, racontait bien la chose? Le Berrichon qui l'avait faite savait où le mariage mène une fille — il la mène bâiller. Elle bâilla, ouvrit à l'envers le livre qu'elle tenait, sortit s'accouder à la rambarde de sa terrasse. Le vert du paysage achevait de la gonfler d'ennui et elle avait envie de s'ennuyer.

La mariée a s'désole,
A va toujours s'doulant,
Sa mère qu'est auprès d'elle
La va reconsolant.
Adieu les amourettes,
Adieu, c'est pour longtemps !

C'était bon d'avoir retrouvé sous sa joue la douceur des jupes de sa mère et leur odeur de giroflée. Bon d'avoir dans les oreilles le son de sa voix rieuse et ronde, bon de sentir le poids de sa main, la tendre indiscrétion de ses regards. Si Mme Marais n'était restée aux Coupeaux à ne pas perdre une bouchée de sa première noce en Berri, Louison aurait bien pleuré un nouveau petit coup dans son giron.

Le couchant serait beau, ce soir. Le ciel, à l'horizon, s'appuyait sur une mer de feuillages embuée d'or qui déjà s'épaississait à l'ouest.

Une autre rengaine de noce — pas plus riante que la chanson de Louison ! — traversa bruyamment l'esplanade du château. Ménétrier en tête, une ambassade des mariés descendait vers Saint-Martial par le plus court, porter le souper du curé. Tant qu'on festoierait aux Coupeaux, l'abbé Boyer dînerait et souperait gras. Un peu d'écœurement vint à Louison parce que la lourde gaieté de la fête la poursuivait, la dérangeait de sa mélancolie. Elle ramassa Baronne, la petite chatte blanche de Soraya, qui venait souvent s'endormir sur la terrasse du sud.

— Viens, ma jolie, viens nous câliner ensemble, dit-elle en s'asseyant pour installer la chatte sur ses genoux.

Baronne se renversa pattes en l'air pour se faire chatouiller le ventre, et bientôt garda prisonnière, entre des griffes douces, la main caressante.

— Baronne, chuchota Louison, crois-tu qu'entre deux discours sur les droits de l'homme le baron se ressouvient de m'aimer ?

Elle n'entendit pas gratter à la porte de sa chambre. Toupinet entra dans la pièce vide, passa sur la terrasse. Louison leva les yeux, prit un air étonné.

— Toupinet ! Déjà ? Ne voulais-tu point rester là-bas jusqu'au coucher des mariés ? Je croyais qu'on t'avait invité à leur porter la rôtie ?

— Il fallait que je vous parle, dit le valet, et il demeura coi, à tourner entre ses doigts son beau chapeau galonné des dimanches.

Louison connaissait par cœur le visage de son Toupinet et trouvait bizarre, curieusement tendu celui qu'il lui montrait en sortant de s'amuser.

— Je t'écoute, dit-elle. Je t'écoute ! répéta-t-elle plus vivement.

— Madame la Marquise, je ne suis pas content de la nouvelle que je vous apporte, dit enfin Toupinet.

— Toupinet, si tu ne veux point me la dire garde-la pour toi et laisse-moi lire, s'impatienta Louison.

— Je ne peux pas la garder, dit Toupinet, et je le regrette bien. Madame la Marquise, quelqu'un vous attend... pour vous voir... seule.

La surprise de Louison s'accrut.

— Et qui donc fait tant de mystère, je te prie ?

Plutôt que de répondre Toupinet fouilla sa poche pour y prendre quelque chose, qu'il présenta à sa maîtresse sans oser la regarder.

Elle devint aussi blanche, aussi molle que la mousseline de sa robe. Son menton tremblait si fort qu'elle ne put que bégayer sa question :

— Oùoù... è-est-il ?

— Je l'ai mis à vous attendre dans les ruines du château

vieux vu que, de ce côté, personne n'ira aujourd'hui. Ça ne fait pas tout près, si vous voulez y aller j'attellerai Mignon à la petite charrette.

Louison restait muette, alors il ajouta :

— Mais peut-être que vous n'irez pas ?

Il continuait de tendre à sa maîtresse la boucle de turquoise que le Persan lui avait confiée. Elle finit tout de même par la prendre du bout des doigts, comme si la pierre bleue devait la brûler. Entre le pouce et l'index elle la haussa dans la lumière, qui la satina d'or.

— Cette turquoise, pourquoi ?

— Ça ! s'exclama le valet. Madame connaît monsieur Ali, elle sait qu'il a des façons qui ne sont qu'à lui. Il a dit que c'était sa lettre, pour vous prier de le recevoir.

— Raconte, dit-elle.

Le château vieux des Roquefeuille n'était plus qu'une seule tour carrée, debout au milieu d'un chaos de pierres grises et rousses assailli par le vert d'une nature redevenue folle alentour. Le troupeau de chèvres du domaine se chargeait de débroussailler l'endroit, mais aujourd'hui même la chevrière était à la danse et la butte, déserte.

Fath-Ali Khazem s'était assis à l'ombre de la tour, sur un bloc de façade bien équarri et d'un beau rouge mauve, qu'on semblait avoir allongé au pied du mur pour servir de banc, face au vaste paysage. Il n'aimait pas ce coin sauvage, où Toupinet lui avait conseillé de venir attendre sa maîtresse. Ali ne donnait pas du tout dans le goût des ruines lancé par les artistes « sensibles » ; il ne voyait pas « l'horrible beauté » des bâtisses déchiquetées par le temps, ni ce qu'elle pouvait avoir de poétique. Et comme il n'avait pas davantage le goût de la campagne à vaches, il contemplait avec ennui le monde végétal peuplé de bétail dans lequel la chirine *, sa fugitive aux appétits de princesse, avait choisi de vivre.

Un lapin détala soudain de quelque part et lui fila sous

* Friandise, douceur, et petit mot d'amour.

le nez, et tout de suite après une jeune paysanne fut devant lui, qu'il n'avait pas entendue venir. C'était une roussotte d'une douzaine d'années surgie de derrière la tour et qui s'arrêta, médusée de voir un inconnu là où elle ne voyait jamais qu'une de ses pareilles aux trousses de ses chèvres ou de ses oies. La bouche bée, trop intriguée pour s'intimider, elle dévora des yeux l'homme étrange. Jamais encore elle n'avait croisé un tel visage, beau et grave et au ton d'ivoire, éclairé par un large regard noir brillant sous des sourcils aux arcs parfaits. Et ce qu'elle prenait pour sa perruque la stupéfiait plus encore. Les beaux messieurs, d'ordinaire, portent perruque blanche ou blonde ou grise. Celui-ci portait de sombres cheveux bouclés dont la queue n'était pas nouée dans un cadogan, mais retenue en chignon sur la nuque dans une ample bourse en résille de velours. Jamais au grand jamais une telle coiffure ne s'était promenée en Berri, son propriétaire arrivât-il tout droit de Bourges ou de Paris !

Sa vue émerveillait si visiblement la passante qu'Ali, amusé, cueillit un bleuet poussé à sa portée et le lui offrit, en lui souhaitant le bonsoir dans un sourire. Alors la petite retrouva d'un coup sa peur et ses jambes pour se sauver loin de cette apparition qui parlait, et Ali se mit à balancer le bleuet devant son regard. Sa couleur s'accordait bien à celle de l'approche du soir, qui bleuissait les aulnes des lointains. Bien que le décor de pierres et d'herbes folles lui déplût, un coin de nature abandonnée ressemble assez à un morceau d'éternité pour qu'il essayât d'en jouir sans impatience, en s'emplissant les yeux du bleu du bleuet. Il tentait d'entendre couler dans ses veines le ruban d'eau qui traversait le fond de la vallée, mais la rivière n'était pas assez proche, et il n'entendait qu'un pic, lequel, à cadence régulière, frappait l'écorce d'un vieux poirier de plein vent, couvert de plaies nourrissantes.

L'appétit monotone et têtu du pic rythma son attente jusqu'à ce qu'un troglodyte vînt se percher sur l'éboulis d'un mur pour, lui si petit, se mettre à chanter avec une force incroyable la joie d'être en été et de voir un homme sur son territoire. L'homme, ingrat, ne l'écouta pas : une charrette tirée par un cheval brun venait d'apparaître sur le chemin, en contrebas des ruines, qui venait du château en sinuant entre les haies du bocage.

— Bonjour...

C'était elle qui avait parlé la première, dans un souffle. Fath-Ali s'inclina, son salut vola de son cœur à son front, de son front à ses lèvres, et Louison se crispa en retrouvant d'emblée l'un des gestes familiers de cette main naguère si tendre. Et puis Ali parla, et ce fut pire : aujourd'hui comme hier la voix basse et râpeuse aux harmoniques bronzées lui frottait délicieusement les nerfs, et elle frissonna. Il ne disait pourtant qu'une banalité :

— Je vous prie, madame, d'excuser ma visite chez vous. Elle sera aussi courte que vous le souhaitez sans doute.

Il ajouta en regardant le banc de pierre :

— Je n'ose vous proposer de vous asseoir ici... à moins que vous n'ayez perdu, au grand air, de votre fragilité ?

L'ironie n'avait pas été perceptible mais elle la perçut, et cela lui redonna son aplomb.

— En effet, le grand air endurcit, dit-elle en allant vers le banc.

Il fut plus prompt qu'elle, ôta son habit, l'étala sur la pierre.

— Le grand air n'endurcit pas la mousseline aussi, dit-il.

— Merci, dit-elle, et elle ne put s'empêcher de lui sourire, d'un sourire qui semblait permettre un peu plus de laisser-aller dans leurs retrouvailles, mais lui la contempla d'abord en silence.

Elle aussi le dévisageait. Il était d'une beauté nouvelle, parce qu'il avait rasé sa barbe bouclée. Entièrement dévoilé, le visage à l'ovale pur était, plus encore qu'il ne l'avait été dans le souvenir de Louison, le visage de Soraya. Soraya avait ce teint, ce regard, cette bouche. Et ces cheveux, cette même foison de soie noire torse et capricieuse qu'habituellement le Persan enfouissait dans un volumineux kolâ aussi noir, aussi soyeux que ce qu'il cachait. Ce soir, étonnée, Louison le revoyait coiffé comme chez lui, en chignon. Ne portait-il plus le kolâ ? Elle eut un coup d'œil pour le chapeau rond — le chapeau de l'année — posé sur la cassure d'un mur. Une sauterelle, devenue bijou d'émeraude dans un rayon de soleil oblique, se tenait immobile sur son bord, prête à bondir.

— Je me suis francisé, dit Ali en réponse au coup d'œil.

— C'est dommage, dit-elle.

Leurs yeux se rencontrèrent, et Louison eut du mal à détourner les siens.

— C'est dommage, répéta-t-elle plus bas.

— Etre persan n'est plus tant à la mode, dit Ali. Aujourd'hui, les cœurs sont à ce qui vient de l'Amérique. Alors, pourquoi garder la barbe et le kolâ ?

Louison secoua la tête.

— Suivre la mode, voilà, dit-elle, une raison qui ne vous ressemble pas.

— La bonne raison, madame, vous importe-t-elle ? Au retour de mon dernier voyage en Perse avec l'ambassade du comte de Ferrière, je me suis avoué que Paris était devenu ma ville, plus que Chirâz ne l'était restée. J'ai pris l'air qu'on a dans ma ville. L'oncle Mirza est un sage fort tolérant comme vous le savez, il s'est résigné à me voir porter le fraque et la redingote, d'affreux chapeaux et le menton nu.

— Et ma petite sœur Léïlé, qu'en dit-elle ?

Ali faillit montrer de l'impatience, accentua son sourire.

— Madame, dit-il, je ne suis point venu pour vous donner des nouvelles de la rue des Jeux-Neufs dont, assurément, vous vous souciez peu. Notre rencontre me coûte autant qu'à vous, et je ne doute pas que plus je repartirai vite moins je vous déplairai. Permettez donc que j'en vienne dès maintenant au but de ma visite : je...

Vexée, blessée, Louison l'interrompit en lui tendant la boucle de turquoise et d'argent qu'elle gardait dans sa main depuis qu'elle l'avait reçue de Toupinet.

— Tenez, dit-elle, remettez donc d'abord votre message à sa place. Il manque une boucle à votre chapeau.

Il prit la boucle et la remit au ruban de son chapeau.

— Je suis venu pour voir Soraya, dit-il ensuite.

— Je le savais, dit Louison.

Sa voix s'était décolorée. Mais elle n'essaierait plus d'être là sur cette pierre comme dans son salon, poliment indifférente envers un passant. Une infinie tristesse s'emparait d'elle et elle s'y abandonnait, parce que de son passé radieux avec Ali rien ne pouvait recommencer, fût-ce pour une heure : les acteurs avaient changé. Oh ! par grâce, mon Dieu, avoir dix-sept ans et s'éblouir à la vue de cet homme, et alors n'être plus que désir violent de le toucher ! Mais non. Plus jamais. Et elle se sentait malheureuse jusqu'aux os, fragile, périssable, tellement périssable puisque, déjà, tant d'elle-même avait péri. Impossible à retenir, un appel au secours lui échappa :

— Ali ! Ali, avant que de parler de notre fille, ne nous donnerons-nous pas la main de bonne amitié ?

Il hésita, n'alla s'asseoir auprès d'elle qu'après tout un temps où elle continua de l'appeler du regard. Et ensuite il ne mit pas plus de hâte à lui offrir sa main où elle jeta vite les deux siennes, avec le même soulagement que si elle y jetait aussi sa peine. Ali se pencha sur les mains frémissantes... Son baiser fut discret, mais en relevant la tête il observa Louison si longuement, de si près et avec une telle acuité, une telle force de pénétration dans ses grands yeux noirs que le cœur de la jeune femme s'affola. Six années avaient passé depuis qu'il l'avait ainsi contemplée pour la dernière fois avant de monter dans le carrosse de M. de Ferrière. Six années marquées sur la peau de son visage, peut-être sur son front ? peut-être à la commissure de ses lèvres ? peut-être sous l'arrondi de son menton ? Elle n'osait bouger et s'angoissait comme si on la tenait devant un méchant miroir familier, qui n'aurait rien oublié de son parfait reflet d'avant. Enfin, enfin les yeux d'Ali s'adoucirent, et il eut des mots miséricordieux. Il dit :

— J'avais très peur de vous revoir. Mais vous êtes plus belle que jamais. Et je suis jaloux de cette beauté d'aujourd'hui qu'hier je n'ai pas eue.

Elle rosit comme une ingénue, inondée de joie, dit après un silence :

— Je ne pensais pas que vous viendriez si tard. Je ne vous attendais plus. Je vous savais de retour depuis près de trois ans, alors...

— Madame, je vous l'ai dit, j'avais très peur de vous

revoir. Je suis peureux pour mes beaux souvenirs. Je ne me décide pas vite à en hasarder un dans la réalité.

— Vous êtes venu, pourtant ?

— Oui.

Il eut un sourire.

— Un jour vient toujours où on n'est pas sage. Et puis...

— Et puis ?

— Et puis je n'ai pu oublier Soraya.

Ali fixa son regard sur les lointains, se confia un peu :

— Mon oncle Mirza m'avait tout de suite recommandé d'oublier Soraya. Elle n'est qu'une fille, et j'ai un fils aujourd'hui.

— Ah ? Un fils, murmura Louison.

— J'ai épousé sa mère, précisa Ali.

Cette fois Louison demeura muette, toute sa tristesse revenue. A nouveau, pour Ali elle n'était plus que du passé et même pire peut-être, du passé sans douleur. Ce fut lui qui relança leur dialogue.

— J'avais attendu cet enfant en me disant que mon oncle avait raison, que la naissance d'un fils me consolerait d'une petite fille perdue. Dieu m'a donné un fils, et pourtant je n'ai point cessé de désirer Soraya. Il fallait que je la voie.

— Très bien, dit Louison. Vous la verrez.

Elle ajouta, montrant d'un geste la pierraille qui les entourait :

— Je me demande seulement pourquoi vous avez choisi d'entrer chez moi autrement que par la bonne porte ?

Ali se leva pour se retrouver face à elle, accoudé d'un bras à un pan de ruine.

— Le marquis de Roquefeuille, bien malgré moi, a recueilli ma fille, dit-il, et on m'a rapporté qu'il la traitait avec une grande bonté. Je ne voulais pas lui rendre un mal pour un bien, et ne savais comment il prendrait ma visite. Comme je n'ignorais pas que vous aviez amené vos gens en Berri, j'ai préféré attendre au-dehors le passage d'une tête de connaissance, et c'est votre cocher que j'ai vu le premier.

— La prochaine fois, attendez dans mon antichambre,

dit Louison. Je suis chez moi à Verte-Fontaine, autant que le marquis.

— La prochaine fois, madame, je saurai d'avance que vous acceptez de me recevoir.

— Pourquoi ne l'aurais-je point fait, Ali ? Je ne vous en veux pas de m'avoir aimée.

Un éclair moqueur passa dans les yeux du Persan.

— Les femmes, madame, raisonnent parfois si différemment de nous... Vous eussiez pu m'en vouloir de m'avoir trahi.

Louison devint pourpre, et très énervée de l'être.

— Je... je ne vous en veux de rien, balbutia-t-elle, soudain privée d'esprit.

— Louison, je le vois bien, dit le Persan d'une autre voix.

A cause du ton nouveau qu'il avait pris elle céda au vain besoin de chercher des raisons à ses actes passés, comme si des mots pouvaient les corriger et sa vie d'hier se reconstruire avec, autre qu'elle n'avait été. Elle dit très bas :

— Je vous aimais, Ali. Pourquoi êtes-vous parti ?

Il eut pour elle son premier vrai sourire, doux, amer.

— L'âme est un étrange oiseau, qui court après ses maux guéris pour les sentir encore, dit-il.

— Ali, pourquoi êtes-vous parti ? répéta Louison.

— Parce que j'ai été sot, soupira-t-il. J'ai écouté les bons conseils. Je voulais offrir ma main à une princesse, et je n'étais qu'un marchand de Chirâz enrichi par le négoce et le jeu. Or voilà que soudain le Roi me distinguait, me donnait audience et un rôle assorti de mirifiques promesses dans une ambassade...

Il poussa un autre soupir, acheva avec ironie :

— Madame, je suis parti pour vous conquérir en Perse un amant autre que celui que vous aimiez. Est-on plus fou ?

— Vous êtes parti pendant si longtemps, murmura Louison.

Ali hocha la tête.

— Je suis persan. J'avais oublié qu'à Paris, en quittant sa maîtresse on ne l'enferme pas dans sa maison.

Un long silence se creusa entre eux, de chaque côté

duquel ils se revoyaient vivre, chacun pour soi, le moment de la déchirure. Le regard de Louison était plein de flou, plein de buée. Elle finit par se lever pour rejoindre Ali, posa une main sur sa manchette.

— Pardon, dit-elle.

— Pardonnez-vous, dit-il. Toute femme aimée est à la fois le sucre et le poison, mais j'ai appris, de l'oncle Mirza, à ne laisser surnager dans ma mémoire que le sucre de mon passé.

— Il est vrai que vous êtes heureux de nouveau, dit-elle lentement, et comme avec reproche. On ne songe pas, quand on quitte un amour, qu'on le donne aux autres, à une autre. On croit ne le donner qu'au chagrin.

Les sourcils haussés, un moment il l'étudia, incertain de ce qu'il répondrait à tant d'impudique égoïsme. Et puis, elle semblait si sincèrement désolée de n'être plus pour lui un objet de souffrance...

— Rassurez-vous, dit-il ; avant de sécher mes larmes je vous ai payé votre dû de chagrin.

Il cueillit un grain de pollen sur sa robe blanche pour le souffler loin d'elle, et puisqu'elle s'était encore rapprochée de lui il la respira sans gêne comme il aurait respiré une belle fleur géante, avec le même bonheur délicat de l'instant.

— Votre parfum de giroflée, dit-il avec émotion. Je n'avais pas oublié son nom ni le savoureux plaisir qu'il me donnait, mais le souvenir d'un parfum ne vaut rien.

— Ni, non plus, le souvenir d'un baiser, dit-elle en lui offrant son visage, ses yeux, sa bouche...

La bouche d'Ali, parce qu'elle détourna brusquement la tête, glissa de ses lèvres closes, et le Persan fit un pas en arrière.

— Louison, était-ce une épreuve? demanda-t-il sans colère. Si ce l'était, voici la réponse : chirine, tu ne m'aimes plus.

— Non, dit-elle d'un ton morne, je ne t'aime plus. Et cela me fait si mal...

— Oui, je te crois, dit-il en lui prenant la main. Hélas, non seulement les amours meurent, mais il faut encore, pour comble de tristesse, que leur mort ne suffise pas à les rendre indolores.

Docile, elle se laissa reconduire au banc de pierre. Elle pleurait dans son cœur en s'efforçant de garder les yeux secs, honteuse de cette pitié douce qu'Ali lui montrait en échange de sa trahison. Se pouvait-il qu'un jour, sans un mot, sans un billet d'adieu, elle eût agi comme si ce prince de la douceur n'était plus pour elle que le fardeau à fuir d'un caprice usé de jeune fille ?

— Au moins, dit-elle avec anxiété, au moins notre amitié d'aujourd'hui tiendra-t-elle, n'est-ce pas ?

— Ce cas-là est prévu en Perse, dit-il avec gentillesse. On croit là-bas qu'entre homme et femme la seule amitié qui vaille vient des nerfs du ventre ; que seuls les amants savent devenir des amis.

— Cette croyance-là me plaît, dit-elle, et en même temps sa main serra très fort celle du Persan, qui la tenait toujours.

Sans brusquerie il se défit de cette main trop pressante et la lui reposa sur les genoux.

— Ali, dit-elle aussitôt, je ne comprends pas mon cœur d'aujourd'hui. J'ai si souvent détesté de t'avoir aimé. Et ce soir...

Sa voix s'étrangla en achevant la phrase :

— ... ce soir tu me navrerais si tu me devais dire que je t'ai perdu tout à fait.

Il eut de l'amertume au bord des lèvres, mais dit seulement :

— Louison, je t'ai laissé Soraya. Si nous parlions un peu d'elle ?

Comment le dirait-elle à Soraya ? Ils avaient convenu que Fath-Ali la verrait le lendemain matin, et maintenant Louison, fébrile, promenait son inquiétude dans les allées du potager. C'était l'heure, juste avant le crépuscule, où la fraîcheur du soir mouillait l'air, le rendait perméable aux odeurs des plantes. Louison flâna entre les deux bordures de tabacs blancs. Ce soir, leur senteur sucrée-poivrée, à la fois intense et fine, lui rappelait les senteurs du clos de la rue des Jeux-Neufs, que le jardinier s'efforçait de combler de parfums. Et l'ouest du ciel, où le couchant s'installait en feuilletage de couleurs sur l'horizon — rose, lilas, bleu, jaune —, ressemblait à l'entassement léger, multicolore, des jupons de gaze des femmes enfermées. Son passé avec Ali l'inondait, et elle se demandait si elle en était fâchée, triste ou heureuse, du languissant bonheur de la nostalgie ? Qu'allait-elle dire à Soraya ?

Elle monta chez sa mère dès qu'elle entendit la grande charrette revenir des Coupeaux avec son chargement de dames. Marianne bruissait encore du plaisir de la noce, ce fut elle qui se mit à raconter la fin de sa journée, Louison lui en voulut de ne rien deviner et la quitta vite, mal aimée, dolente, pour s'en aller traîner sur sa terrasse.

La tour du marquis était éclairée déjà, à la hauteur de sa chambre. Longtemps elle hésita devant la petite porte qui, de la terrasse, donnait accès à cette partie du château. Enfin elle entra dans l'antichambre ronde, commença de monter l'escalier qui s'enroulait jusqu'à l'étage. Elle le montait précautionneusement, en s'arrêtant, le cœur battant, sur chaque marche que son soulier faisait craquer.

Immense, la chambre du marquis donnait sur le côté le plus sauvage du paysage, une dégringolade de bois et d'étangs sur laquelle Aimé était en train de refermer sa fenêtre.

— C'est l'heure où les moustiques commencent de m'aimer beaucoup trop ! dit-il en apercevant Louison. Venez-vous me chercher pour souper ? Je croyais que nous ne souperions pas ; nous avons dîné si tard.

— Je suis seulement venue vous voir, dit-elle.

Il la regarda mieux.

— Avez-vous un ennui, mon cœur ?

— Pas tout de suite, soupira-t-elle sans nier, en s'asseyant dans le fauteuil à haut dossier, celui qu'elle s'était choisi dès le premier jour dans la chambre de son mari.

La tête appuyée au velours, machinalement elle contempla les deux portraits ovales qui lui faisaient face, pendus de chaque côté d'une énorme armoire Louis XIII aux pointes de diamant presque noires que le reste du jour lustrait encore faiblement.

— Notre Aurore a décidément pris les jolis yeux roux de sa grand-mère Roquefeuille; il est vrai que ce sont aussi les vôtres, dit-elle pour dire quelque chose.

— Et à part cela? demanda le marquis, en tirant un tabouret pour s'asseoir auprès de sa femme, à portée de tendresse.

— A part cela monsieur Khazem est à Saint-Benoît, logé aux *Trois cents couverts,* dit Louison d'une voix unie, en continuant de fixer le portrait de madame Aurore. Il viendra voir Soraya demain, si vous ne vous y opposez point.

— C'est sa fille, dit tout de suite Aimé, et il y eut un long silence.

Le tic-tac du gros cartel vert et or posé sur la cheminée emplit la pièce, et ce tic-tac boitait. Louison se leva d'un bond qui fit sursauter le marquis pour s'en aller remettre, sous une patte griffue de la pendule, la mince cale de bois qui s'en était échappée.

— Aimé, je vous ai tout dit! lança-t-elle brusquement en se retournant vers le marquis.

— Je n'attendais rien de plus, dit Aimé. Je réfléchissais. Et ma foi... je crois que Soraya sera contente.

— Oui, dit Louison, elle sera contente. Et cela me fait peur.

A son tour il se leva pour la rejoindre, l'entoura de son bras, reçut sa tête au creux de son épaule.

— J'ai peur, répéta-t-elle tout bas.

— Pourquoi, ma mie? Un enfant a autant de cœur que d'amours à loger. Il prend tous ceux qui s'offrent à lui sans avoir besoin d'en chasser aucun.

— Le croyez-vous, Aimé? Le croyez-vous vraiment?

— J'en suis certain, Louison. Le cœur d'un enfant est simple en amour; ce sont les grands, les vieux, qui parfois lui compliquent la vie en l'obligeant à faire des choix.

Elle redressa la tête, moucha les larmes qu'elle avait dans la voix.

— Avec vous, comme tout, toujours, devient facile, dit-elle à son mari.

12

La tenue matinale des Parisiens à la mode seyait au Persan à merveille — un habit rayé gris et blanc serré sur le corps et ouvert sur une culotte blanche collante à jarretières de soie, deux montres en breloque à la ceinture, deux boucles d'orfèvrerie, d'or et d'acier, aux fins souliers noirs. Ali n'était pas élégant il était l'élégance, pensa Louison. Et il était le charme. Soraya l'allait adorer, fatalement.

— Pour séduire votre fille à votre façon il ne vous manque qu'une rose à la main, dit-elle. Les roses sont passées chez nous, mais voulez-vous une marguerite ?

Il prit la fleur, qu'elle avait tirée d'un bouquet posé sur un guéridon.

— Eh bien venez, dit-elle ensuite.

L'antichambre, les couloirs, tout était désert. La maison des Roquefeuille ressemblait ce matin au château vide et pourtant secrètement habité d'un conte de fées. Le visiteur s'y sentait marcher sous un grand regard multiple, qui le suivait sans le lâcher. Louison l'emmena ainsi, sans un mot, jusque devant la chambre des enfants, ne fit qu'appuyer sur la béquille de la porte.

— Entrez seul, Ali. J'ai prévenu Soraya. Elle vous attend.

Il dérangea, en poussant la porte, Baronne qui s'était lovée devant. Soraya se précipita vers sa chatte comme pour la secourir et s'arrêta à mi-chemin, les bras ballants, ses yeux immensément ouverts sur l'inconnu.

Ali lui aussi s'était arrêté, à quelques pas d'elle. Il ploya un genou jusqu'à terre, offrit la marguerite au bout de son bras tendu.

— Salâm Khânom *, dit-il de sa voix la plus douce.

* Bonjour, mademoiselle.

Un moment elle demeura figée dans sa timidité, puis un sourire lui vint lentement, elle saisit la fleur, offrit à son tour « la bienvenue » que sa mère lui avait mise dans la main : un morceau de sucre candi.

— Parce que je vous aime, dit-elle, et cette bienvenue-là, personne ne la lui avait soufflée.

Une crue d'émotion troubla son image dans le regard d'Ali.

— Soraya, mon étoile, murmura-t-il en la prenant entre ses deux mains avec piété, sans encore oser la serrer ni la presser contre lui, comme s'il craignait d'anéantir un rêve. Soraya, tu es belle. Tu es si belle...

Elle parut enchantée du compliment.

— Suis-je aussi belle que la fiancée du Shâh ? demanda-t-elle, s'enhardissant.

— Tu es belle comme la plus belle des fiancées du Shâh-in-Shâh, dit-il, ébloui qu'elle sût déjà se faire conter fleurette à la persane.

Il l'enleva dans ses bras, alla s'asseoir dans le seul fauteuil de la chambre assez grand pour lui, posa la petite sur ses genoux. Plus à son aise maintenant Soraya se mit à l'examiner de près sans parler, avec cet air grave et totalement absorbé des enfants qui jaugent une importante nouveauté. Patiemment, Ali subit l'inquisition. Il regrettait sa barbe et son kolâ — ses pudeurs perdues. Quand Soraya lui sembla concentrer son attention sur sa coiffure, instinctivement il toucha la résille de son chignon, questionna pour sortir de gêne :

— Alors, mon âme, qu'en penses-tu ? Ton père te plaît-il un peu ?

Dans l'instant un sourire radieux vint à Soraya ; avec élan elle enlaça le cou d'Ali et l'embrassa sur la joue en y enfonçant très fort son bout de nez, parce que c'était ainsi que sa sœur Aurore embrassait le marquis.

« Louange à Dieu, louange à Dieu, louange à Dieu ! » pensait sans fin Ali en retenant sa fille contre son cœur battant, et il retrouvait sa foi puérile, sûr qu'Allah, pour chacune de ses louanges, plantait dans son jardin un rosier pour Soraya. Et au bout de son action de grâces, puisqu'elle s'était donnée à lui il la couvrit de baisers. Soraya sentait des baisers lui tomber partout, sur le bonnet, les cheveux, le front, les yeux, le cou, les mains, elle rayonnait sous une pluie de baisers !

— Oh ! s'écria-t-elle en éclatant de rire, oh ! vous me mangez ! Est-ce que je suis votre rayon de miel ?

— Mon rayon de miel ?

Surpris une seconde à peine Ali entra dans le jeu, continua de la caresser comme elle le voulait, avec des mots :

— Soraya, tu es mon rayon de miel, ma confiture de roses, ma pêche, ma pistache et ma grenade, mon sucre et ma pâte d'oranges, mon citron doux, ma perle de pavot, Soraya, tu es toutes mes délices, Soraya, tu es ma chirine.

— Je suis contente, dit Soraya d'un ton pénétré.

Soudain une inquiétude la traversa et elle dit, changeant de voix :

— Vous habitez Paris, n'est-ce pas ? C'est loin. Mais je suis grande, j'ai six ans, je sais presque tout lire déjà, quand c'est bien écrit. M'écrirez-vous quand vous serez retourné à Paris, monsieur mon papa ?

— Je te le promets, ma tulipe.

Il voulait ajouter quelque chose, mais Soraya dit avant lui :

— Quand je serai moi aussi à Paris, j'irai vous voir dans votre maison.

— Tu es née dans ma maison, Soraya. Le savais-tu ?

— Oui.

Elle fit la moue.

— Pourquoi ne suis-je pas née en Perse ? Je voulais naître en Perse, et m'appeler Schéhérazade, comme la princesse des *Mille et Une Nuits*.

— Ainsi, dit-il charmé, tu connais l'histoire de Schéhérazade ?

— Oh oui ! Maman me la raconte. C'est une belle histoire, elle ne finit jamais. Je n'aime pas qu'une histoire finisse.

— Vraiment ? dit Ali en souriant. Eh bien, ma tulipe, pour n'être point née en Perse tu n'en es pas moins persane. Jamais les Persans ne se lassent d'entendre des contes. Je t'en inventerai un, ma princesse, aussi long que tu pourras l'écouter.

— Oh ! prenez garde ! dit-elle avec coquetterie, je ne me fatigue jamais d'écouter, même si j'ai très sommeil.

— Cela me plaît, dit Ali. Un Persan ne se lasse pas plus de raconter des histoires que d'en entendre.

Et parce qu'il avait envie de la garder sur ses genoux pour l'éternité il demanda, la bouche dans ses cheveux :

— Si je t'en commençais une, là, tout de suite ?

La réponse de Soraya fut dans son regard, d'avance illuminé de plaisir.

— Aujourd'hui que c'est le commencement de l'histoire il faut qu'il soit long, pour que j'aie le temps de faire la connaissance des personnages, dit-elle en se calant mieux contre la poitrine d'Ali. Comment s'appelle la princesse ?

— Soraya, dit Ali.

La petite fille eut un rire sous cape, plein de malice.

— Je savais qu'elle s'appelle Soraya, dit-elle, déjà sûre de son emprise sur son père.

Soudain, comme elle laissait aller sa tête, de tout son poids, au creux de l'épaule d'Ali, elle se redressa, proposa :

— Je peux écouter assise dans mon petit fauteuil ? Je suis lourde, et quand je suis sur les genoux de maman elle raccourcit l'histoire, parce que je la fatigue.

Pourquoi cette phrase banale bouleversa-t-elle Ali, presque jusqu'aux larmes ? Jalousement, il resserra sa fille contre lui.

— Maman est fragile, et ses robes aussi. Moi, je suis solide. Tu as pour moi le poids d'une étoile, Soraya. On ne se fatigue pas d'une étoile.

— Bon, dit-elle en se réinstallant sans gêne. Alors, donc, il était une fois une princesse qui s'appelait Soraya. Elle était aussi belle que maman, et vivait dans un beau palais de Chirâz...

— ... un palais rose aux appartements tapissés d'émail bleu, entouré d'un jardin merveilleux en toutes saisons auquel on donnait le nom de Bagh Dil Gosha, parce qu'en s'y promenant on y pouvait trouver l'apaisement à tous les désirs de son cœur, enchaîna le Persan.

La princesse attendait son bien-aimé sous le chant énamouré d'un bulbul quand Ali, doucement, remit Soraya sur ses pieds. La petite aussitôt s'accouda à ses genoux, mal réveillée du songe.

— Votre histoire est belle, soupira-t-elle. Elle est triste. J'espère que le méchant vizir mourra.

Un détail lui revint, qui fit briller ses yeux.

— Cela existe pour de vrai à Chirâz, n'est-ce pas, un jardin où les oranges et les citrons poussent sur des arbres ?

— Oui, dit Ali. Chirâz est une ville incomparable, où avant de manger son orange on peut la cueillir à une branche avec toutes ses feuilles, qui sont très jolies.

— Vertes ?

— Vertes. Du plus beau vert d'émeraude. Et quand les oranges sont encore des fleurs elles sentent divinement bon, et si fort qu'on en a la tête grisée.

— Et c'est vrai aussi, qu'en se baignant dans l'eau de la source de Saadi, qui coule d'une montagne rouge, on attrape les plus beaux cheveux du monde ?

Ali eut un fin sourire.

— Que dis-tu des miens, ma tulipe ? Je les tiens de la source de Saadi. Ma mère m'envoyait les laver dans son eau. Ils y sont devenus bien noirs, lustrés et bouclés. Et comme un père donne souvent sa chevelure à sa fille, tu as la même que moi, noire, lustrée, bouclée.

— Mais alors, dit Soraya après un temps de silence, alors c'est à la fée de la source de Chirâz que je dois mes beaux cheveux ?

— En somme, oui, dit Ali.

— Oh ! cela me plaît ! dit Soraya, rosie d'orgueil. Cela me plaît beaucoup !

— J'étais certain que cela te plairait, dit Ali.

Tendrement elle enfouit un instant son visage dans le gilet de son père, se redressa, dit avec une soudaine gravité :

— Un jour, j'irai à Chirâz avec vous.

— Oui, dit Ali d'une voix sourde, vibrante d'une si sûre promesse que Soraya la ressentit, scella leur accord avec un grand regard d'amour.

— Bien sûr, elle est tombée amoureuse de vous ? lança Louison, du ton léger qu'elle s'efforçait de garder depuis le matin.

— Et moi, d'elle, dit Ali, et lui n'essayait pas de masquer son émotion.

Les yeux embués, il regardait Soraya s'éloigner dans le couloir, pendue à la main de dame Pomme, pleine encore de baisers qu'elle envoyait à son père en marchant à reculons. Il ne se retourna vers Louison que lorsque l'enfant eut disparu.

— Donne-la-moi, dit-il.

Louison sursauta, agressive tout de suite :

— As-tu perdu l'esprit ? Te donner ma fille ! Une enfant de six ans ? Soraya est heureuse, ici. Le marquis l'aime, et je l'adore. Ici elle a une sœur, des tantes, des...

D'un geste à peine marqué, il la coupa.

— Je n'espérais pas que tu me dirais oui.

Elle eut un frisson quand il ajouta, avec une douceur dont elle connaissait la force :

— Je te prévenais seulement qu'un jour je te la prendrai.

— Je sais que tu aimes à rêver, dit-elle avec froideur.

— Celui qui n'a pas ce qu'il veut ne fait tort à personne en s'inventant un songe, avec assez de conviction pour y croire. La réalité crue est une pâte amère, et l'âme persane préfère le sucré, dit Ali en souriant. Pourrai-je revenir demain ? J'ai un conte à finir. J'ai laissé ma princesse seule sous un amandier et, tu le sais, une princesse magiquement belle se lasse vite d'attendre son bien-aimé dans un jardin. Je ne voudrais pas que la mienne se fît enlever par un passant avant le retour du conteur, cela ferait de la peine à Soraya, le bien-aimé est à son goût.

Louison retenait mal sa colère montante.

— Viens demain à ton heure, dit-elle très sèchement. Je trouverais toutefois malséant que le conte durât mille et un matins. Soraya, certes, ne s'en plaindrait pas, mais le marquis, lui, s'en pourrait fatiguer.

— Rassurez-vous, il me faut repartir bientôt, dit le Persan en reprenant de la distance. Avec l'âge l'oncle Mirza se fait de plus en plus sage. Il habite déjà un monde serein où les passions sont malvenues, fût-ce celles des autres. S'occuper de mes affaires de jeux le dérange.

Qu'il lui rappelât que le père de sa fille était un banquier de jeux plus encore qu'un marchand irrita Louison. Elle dit avec vivacité :

— En acceptant cette ambassade en Perse, vous avez, à ce que j'ai su, conquis l'estime de Louis XVI. Vous auriez pu lâcher vos anciennes affaires, pour continuer de faire celles du Roi.

Ali secoua la tête.

— Me mettre à dépendre du caprice royal ne me tentait pas du tout, dit-il. Si à midi le Roi dit qu'il fait nuit, il faut s'extasier sur la beauté des étoiles. Je veux bien voir des étoiles en plein midi, mais seulement quand la fantaisie m'en vient à moi. Et puis, je sais qu'il y a beaucoup de vide dans la faveur d'un roi, que les jaloux s'empressent de combler de mensonges. La place de favori n'est point sûre, j'ai préféré ne point risquer la défaveur. Je n'ai accepté que le titre de secrétaire du Roi. S'il garde encore quelque noblesse après les travaux de l'Assemblée, Soraya s'en pourra trouver bien un jour ?

Il eut un sourire.

— Peut-être aimera-t-elle un marquis ?

Louison répondit au sourire, bien qu'elle en eût percé l'ironie. Que Soraya fût désormais la fille d'un secrétaire du Roi la soulageait. Sans hâte elle raccompagnait le visiteur jusqu'à la porte de la grande cour, dans laquelle il avait laissé sa chaise de louage. Quand ils y furent presque, Ali sortit de sa poche un petit collier de perles d'or. Les perles creuses légères, en filigrane, toutes différentes, étaient visiblement le très habile travail d'un orfèvre arabe.

— Il est pour Soraya, dit-il en le remettant à Louison.

— Il est charmant, dit-elle en caressant les perles. Soraya en sera folle. Pourquoi ne point le lui avoir donné vous-même tout à l'heure ?

— Par jalousie, dit Ali. Je voulais être aimé pour mes beaux yeux. Quand on met de l'or dans la main d'une femme, c'est avec l'or qu'elle fait l'amour.

Sans répondre à la boutade, avec un sourire ambigu Louison s'essaya le collier. Trop court, il lui encerclait le milieu du cou aussi étroitement qu'un ruban, les perles grenues lui entraient dans la chair.

— Les perles pleines sont plus douces, dit-elle.

— N'oubliez pas que celles-ci sont pour Soraya, dit Ali.

Elle s'ôta le collier qui laissa, sur sa peau de lait, une empreinte rosée.

— Rassurez-vous, dit-elle, elle ne me permettra pas de les garder. Votre fille est déjà presque aussi coquette que sa mère.

— Elle est délicieuse, dit passionnément Ali, et il avait le visage d'un homme comblé.

Leurs regards se prirent, et pendant un instant ils se retrouvèrent tels qu'ils avaient été autrefois, penchés avec la même tendre extase sur le berceau de Soraya.

Louison erra le reste du jour dans un décor flou. Même les voix lui parvenaient à travers un matelas de buée. Il lui semblait que toute la maisonnée la regardait d'un air étrangement furtif, et sans doute était-ce vrai un peu, parce que tous s'efforçaient de la regarder comme si de rien n'était. Elle ne se trouvait à l'aise qu'avec Soraya : auprès de la petite fille qui vivait sa joie en silence elle pouvait, en silence, vivre son trouble. Par chance c'était jour de lessive au château, et les femmes venues des fermes pour aider mettaient tant de mouvement, tant de chansons autour de la maison que Louison finit par regagner la réalité. Ecœurée de sa rêvasserie mais peu pressée d'aller prendre le thé en famille elle vint s'asseoir sur le banc, devant la cuisine, où la Gerbaude s'était laissée tomber.

— Bon san * ! gémit la brave femme, bon san, j' s'is lourdie ! Un jour d'bugée **, c'est long, et gros à nourrir !

— Vos popelins étaient très réussis, dit gentiment la marquise. Mieux gonflés que jamais.

* Bon saint !
** Lessive.

— Vous y avez seulement point goûté ! lui reprocha la Gerbaude.

Louison lui fit un petit sourire d'excuse désolée, alors la Gerbaude se permit de dire :

— C'est point un bon jour pour Madame, mais i' passera aussi vite qu'un aut', vous verrez. Y peut rin nous survenir d' trop mauvais c't' année, y a des grelets * dans la cheminée. Et en attendant fait-y beau ! Après les misères qu'on a eues c't hiver, c' temps-là c'est l' Bon Dieu qu'est r'venu su' terre. Fait-y beau ! C'est point cor la Sainte-Madeleine et pourtant la noix est pleine, et les prunes blessent **.

— Ma foi oui, il fait bien beau, murmura Louison comme si elle le découvrait, et elle se détendit, respira avec plaisir la brise du soir embaumée par les pollens arrachés aux fleurs béantes de chaleur.

— A la bonne heure ! dit la Gerbaude qui l'observait. V'là qu' vous r'prenez vot' bon visage.

— L'avais-je mauvais, madame Gerbaude ?

La vieille femme prit un air complice, dit à mi-voix, avec la familiarité que lui permettait son long dévouement à ses maîtres :

— Soyez point en chagrin, madame la Marquise, vous bournagez point la tête, personne mangera l' dessus d' vot' soupe. C'est vous qui t'nez la drôlesse, et son père, il a point la mine d'un queuqu'un qui nous l'enlèv'ra d' force.

La marquise se mit à rire.

— Madame Gerbaude, on voit joliment clair, de derrière une fenêtre ! railla-t-elle.

Elle ajouta en se levant :

— S'il vous reste des popelins, envoyez-en une assiettée au salon. J'en prendrai un avec mon thé. J'ai un peu faim, après tout.

Dans l'antichambre elle rencontra le marquis que Soraya était allée chercher pour le thé — c'était son habitude.

* Grillons.
** Mûrissent.

— Va devant, dit Roquefeuille en lâchant la main de l'enfant, qui se mit à courir en sautant.

Le marquis passa le bras de sa femme sous le sien, le serra contre lui.

— Eh bien voyez, dit-il en suivant des yeux le jeu de Soraya, voyez, rien n'a changé.

Louison hocha la tête. Ses yeux étaient humides.

— Pardonnez-moi mon humeur nuageuse d'aujourd'hui, pria-t-elle. Comme le dirait notre dame Gerbaude, j'avais un peu perdu le compte de mes paniers.

13

Le Persan reprit la route de Paris le 17 de juillet. Sa fille pleura son gros chagrin dans les bras de Louison, et puis commença de se consoler en jouant avec le collier d'or, les jupons de gaze multicolores, les babouches brodées, la belle poupée, avec toutes ces preuves d'amour que son père lui avait laissées. Quand elle se mit à raconter à sa poupée l'histoire toute fraîche de la princesse Soraya, Louison tressaillit : elle venait d'entendre vibrer, dans la gorge de sa fille, un écho de la voix d'Ali, une de ces notes basses, écorchées, qui lui portaient sur la peau. Elle saisit la main de Marianne, pour l'entraîner hors de la chambre des enfants.

— Je crois, dit-elle, que Soraya aura toutes les séductions de son père. C'est un bien joli péché que j'ai fait là. Je ne m'en repens qu'avec plaisir.

— C'est bien ainsi, dit Marianne en souriant. Avant de pécher, il faudrait toujours s'assurer que le plaisir surpassera le remords.

Elles retrouvèrent la maisonnée assemblée au salon, où Babette servit le thé. Une heure plus tard ils y étaient tous encore quand le père Gerbaud, revenant d'une course en ville, vint y trouver son maître.

— M'sieur l' Marquis, j' suis v'nu vous dire que j' suis passé par les Amourets, et qu' par là, on r'commence à manquer d' pain. A Argenton, c'est pis, les pourés * chialent misère, même ceux qu'ont encore un peu d'quoué, tant i's ont peur de r'voir leur faim de c't hiver en plein juillet. La farine atteint des prix faramineux, qu' ces jours ça vous met la tourte à 1 livre et 17 sols !

— 1 livre et 17 sols !

L'exclamation avait jailli de plusieurs bouches. 1 livre et

* Les pauvres.

17 sols ! Jamais le pain de douze livres n'avait atteint un prix aussi fabuleux, même au plus dur de l'hiver passé.

— J'ai peine à comprendre ce qui se passe en ce moment, dit enfin le marquis, s'adressant surtout à l'abbé de Véri. On sait qu'il y a du grain puisqu'on peut en avoir dès l'instant qu'on le paie trois ou quatre fois son prix, que sans cesse on entend parler de voitures volées ou saisies, qu'on retrouve ici et là des caches bourrées de farines avariées, mais dans le même temps nos boulangers brament qu'ils n'ont rien à pétrir, tout en vendant sous le manteau de bon pain blanc et même de la brioche à ceux qui n'ont pas faim. On croirait vraiment qu'on s'ingénie à agiter le peuple, comme si tout le monde ne devait pas souffrir de ses colères, à commencer par les boulangers.

— Mon ami, les gros accapareurs et tous les petits faiseurs de vie chère ont ceci de commun avec notre roi, c'est d'avoir la vue courte, dit l'abbé. Ils ne voient que jusqu'à leur bas de laine. Enfin, sauf Orléans. Lui, ce n'est point pour de l'or qu'il aide à mécontenter le peuple comme il le peut, dès qu'il le peut. Il n'est pas souvent étranger à la disette de pain dans Paris.

— Dans Paris, soit, dit le marquis. Mais ici ?

— Paris mène la France, dit l'abbé. L'actuelle fébrilité de Paris enfièvre peu ou prou les provinces, avec du retard, mais presque assurément.

La mine de Roquefeuille montra que le marquis avait du mal à se laisser convaincre.

— Je sais, dit l'abbé, Paris est loin. Mais l'anarchie est un plaisir populaire qui voyage vite, et je suis sûr qu'Orléans ne rêve que de voir le Royaume sens dessus dessous — oh ! juste le temps, pour lui, de ramasser la couronne de Louis XVI au milieu du carnaval.

Roquefeuille secoua la tête.

— Vous avez bien raison de dire qu'Orléans rêve : il ne fait que cela ! Car même si Paris en venait à le couronner, le reste du pays, tout aussitôt, lui ferait la guerre. Prenez nos Berrichons : ils adorent Louis XVI. Ce n'est point à lui qu'ils reprochent leurs ventres vides, non plus qu'aucun de leurs maux.

— Marquis, dit l'abbé, même un peuple bon enfant, dès l'instant que vous réussissez à le jeter à l'assaut des boutiques... Dès que l'uniforme de la garde ne suffit plus à faire reculer des émeutiers, alors vous pouvez craindre ou espérer que l'émeute ira toujours plus loin.

— J' vois ça comme monsieur l'abbé, dit brusquement Gerbaud. Paraît qu' l'aut' s'maine, su' l' grand ch'min d' Saint-Gaultier, des bûcherons sans pain et sans travail ont pillé trois voitures d' grain qu'allaient su' Argenton, et personne, ni d'Argenton ni de Saint-Gaultier, personne n'a osé punir les coupab'es, que tout l' monde connaît. Alors des pailleux d' par là-bas, quand i's ont vu ça, qu'on pouvait tout s' permett' sans risque, i's ont mis une boulangerie d' Saint-Gaultier à sac, et l' boulanger qui voulait défend' son bien i' l'ont si ben bâtonné, qu' l' gars en s'rait cor tout assoti.

— La violence est une liqueur enivrante, dit l'abbé. Il ne faut pas laisser la canaille y goûter.

Gerbaud fit oui de la tête, et il s'apprêtait à partir quand il se ravisa, dit encore, en se retournant vers M. de Véri :

— D'un aut' côté, on peut pas en vouloir à l'homme qu'a pris un bâton pour empêcher sa fumelle et ses drôles d' mourir ed' faim ?

— Non, trancha net Louison.

Longtemps ils discutèrent de la situation de la province, avec une certaine passion. Bizarrement, depuis qu'elle était sortie des glaces de l'hiver, le climat s'y détériorait au lieu de s'améliorer. La poussée de gaieté due au retour des beaux jours, l'optimisme lié à la réunion des États généraux n'avaient pas duré. La mauvaise humeur causée par la cherté de la vie et le manque de travail était revenue plus vive encore qu'avant, alourdie d'une sourde colère trouée d'éclats contre « les privilégiés » — lesquels étaient souvent ceux d'ailleurs, des inconnus plutôt que les châtelains du voisinage. On aurait dit que les petites gens, las de leur vieille vie, espéraient de plus en plus impatiemment la vie nouvelle promise par l'Assemblée nationale. Cette « justice », qu'ils avaient attendue pendant des siècles, ils ne pouvaient pas l'attendre quelques mois de plus. Pour se faire durer jusqu'à elle ils s'installaient dans la révolte à la petite semaine, fort agréable à pratiquer : ils ne payaient plus leurs impôts, n'achetaient plus le sel du grenier *, désertaient les corvées des routes, chipotaient aux seigneurs leurs droits les plus sûrs, se sentaient déjà sur leurs terres comme en pays conquis, et les plus paresseux des manouvriers quittaient les champs pour la mendicité ou pour le brigandage, désormais quasiment toléré, presque pris en pitié par les juges des bailliages. Et cependant ils grognaient et grondaient, parce que les bonnes petites libertés qu'ils prenaient à la sauvette ne les rassasiaient pas de la grande Liberté, de la Liberté majuscule que l'Assemblée leur devait, et qui tardait.

Cendrine de Palluault, venue prendre le thé à Verte-Fontaine, finit par dire, au bout d'un tâtonnement :

— Je les trouve... frémissants. Voilà le mot que je cherchais. Plutôt qu'enragés je les vois frémissants, les nerfs à fleur de peau qui leur dressent le poil, et alors il ne fait pas bon le prendre à la rebrousse. Ils s'énervent à guetter ce « queuque chose », aussi flou que bon, qui va leur arriver de là-bas, de l'Assemblée du miracle... et qui n'arrivera pas.

— Et pourquoi quelque bien ne leur viendrait-il pas de l'Assemblée ? demanda Louison avec une touche d'agressivité. Le Roi, que je sache, n'a point convoqué les Etats pour décevoir ceux qui espèrent en eux ?

— L'Assemblée fera sans doute quelque chose, peut-être même de bonnes choses, mais elle ne fera pas le « queuque chose » des rêveurs, dit Cendrine. Beaucoup rêvent d'un coup de baguette magique qui changera leur vie, et le ciel n'aide que ceux qui ont les pieds sur terre.

— Les élus du tiers parlent trop, soupira M. de Véri. Il est fâcheux d'avoir envoyé un flot d'avocats à l'Assemblée. Ces gens-là ont été formés pour griser le monde avec des mots.

— La moisson approche, dit Nini. Peut-être bien que la fête des moissons fera l'affaire pour remettre de la bonne humeur dans l'air ?

— Et en attendant, si nous faisions un boston ? proposa Alix.

* Le sel de la gabelle.

Cendrine demeura pour le souper, et après le souper ils se remirent au jeu. Ils oubliaient les choses de la Révolution, et le marquis regardait Louison oublier le passage du Persan. Rien de réel n'existait que leur paisible et riante assemblée dans le salon neuf, aux fenêtres ouvertes sur la bonne nuit d'été. Verte-Fontaine était l'oasis des Roquefeuille, contre laquelle le monde et le temps heurteraient en vain. Pendant un de ces rares moments divins où le bien-être remplace la pensée Aimé fut sûr que rien, jamais, ne changerait à Verte-Fontaine, parce qu'il en portait la certitude incrustée dans son corps. Alors, bien que le loto l'ennuyât beaucoup il se mit à en tirer les boules avec une complaisance accrue, comme si, tout compte fait, rien n'était plus important que même une futile occupation des gens de Verte-Fontaine.

Le lendemain sur les deux heures ils étaient en train de dîner, et le marquis découpait l'oie rôtie, quand un cavalier enfila au galop la grande allée des tilleuls. Cinq minutes plus tard, Simon de Guillerme pénétrait en coup de vent dans l'antichambre du salon neuf, où se servaient les repas de famille.

— J'arrive de Châteauroux sans débotter. Paris s'est soulevé. Les Parisiens ont pris la Bastille, lâcha Simon d'emblée, avant de se laisser tomber sur un siège.

— La Bastille, ah bah? fit M. de Véri, et il y eut un instant de stupeur autour de la table.

Roquefeuille, qui s'était arrêté de choisir des filets à peau dorée pour l'abbé, demeurait le coude sur la nappe, la fourchette à servir en l'air.

— Mais pourquoi la Bastille? questionna-t-il enfin. La Bastille n'est pas un grenier à grains!

— Il paraît qu'elle était bourrée de fusils, dit Simon, et les Parisiens voulaient ces fusils. Le gouverneur de la prison, lui, ne voulait pas les donner, ni ouvrir les portes. Les Parisiens se sont jetés à l'assaut.

— Avec quoi? demanda l'abbé.

Simon eut un geste d'ignorance.

— Ce qu'on sait en ville est encore assez vague. On dit que les émeutiers avaient pris des armes aux Invalides; que depuis plusieurs jours le peuple s'armait comme il le pouvait parce qu'il avait peur, peur d'une Saint-Barthélemy des patriotes.

— D'une quoi ?! s'exclama l'abbé. Mon cher comte, quelle fable nous raportez-vous là ! Qui peut imaginer le bonhomme Louis XVI ordonnant une tuerie à la mode des Médicis ?

— La populace au moins l'aura cru, dit Simon. Et il semble vrai que des troupes royales ceinturaient Paris, comme il est vrai qu'un mouvement contre-révolutionnaire existe dans l'entourage du Roi, mené par Artois et les Polignac. Bref, à tort ou à raison les Parisiens se sont emparés de la Bastille pour sauver la Révolution qu'ils pensaient menacée, et à Châteauroux on le croit si bien que la ville a fait partir en hâte une adresse de félicitations aux députés de Paris. Quand j'ai quitté la place une fanfare sonnait la joie des Castelroussins dans les rues, on chantait un Te Deum à l'église et on y chantera demain le Requiem pour les victimes de la bataille — pour les victimes honorables, celles des émeutiers. On assure pourtant que monsieur de Launay est mort aussi, avec quelques-uns des siens, en défendant sa forteresse.

— Launay est mort ! s'exclama Roquefeuille, frappé. L'affaire a donc été bien sanglante ?

— On parle de dizaines de tués, dit Simon.

— Mon Dieu ! murmura Roquefeuille, et il y eut un lourd silence.

— J'étais certain que l'effervescence de la populace parisienne alliée à l'actuelle mollesse de la police tournerait mal un jour, dit enfin l'abbé. Mais certes je pensais aux pillages de nos maisons plutôt qu'à un assaut contre la Bastille ! Je ne m'explique pas même comment la forteresse a pu tomber. Cette chute de la prison d'Etat ne sera pas une bonne chose pour le Roi. Il n'y logeait plus grand monde, mais elle demeurait le symbole de son pouvoir. Il a trop tardé à la faire démolir. Notre roi, décidément, ne gouvernera jamais qu'à reculons.

— A présent il pourra sans regret permettre à Breteuil de la vendre à un marchand de pierres, ricana Simon. Car au fait, j'oubliais de dire que Breteuil est revenu au ministère. Le Roi a renvoyé Necker le 11, Paris l'a su le 12, et la nouvelle n'a pas peu contribué à exaspérer les Parisiens.

Dans le nouvel instant de silence on n'entendit d'abord que le vaste soupir de M. de Véri.

— Et quoi dire ? fit ensuite l'abbé, d'un ton résigné. Louis XVI ne manquera pas une faute. Necker est un médiocre qu'il ne fallait point appeler au ministère, mais qu'aujourd'hui il fallait y garder, momentanément, pour ne point déplaire aux imbéciles qui font l'opinion et le tiennent pour un sauveur. Le voilà donc pourtant renvoyé — le peuple dira disgracié. Attendons la suite.

— La suite immédiate, ce sera de l'oie refroidie, dit le marquis en reprenant son couteau. Ou préférez-vous que je l'envoie se réchauffer ?

— Mon ami, quand le Roi est en péril, ses sujets se peuvent contenter du rôt comme il vient, dit l'abbé.

— D'autant qu'alors c'est surtout à boire qu'il nous faut, pour nous redonner l'humeur mousquetaire, dit Simon, en attrapant le pichet de vin gris posé sur la table. Morbleu, Roquefeuille, nous voyez-vous bien demain en train d'affûter nos épées rouillées pour courir en découdre avec les ennemis du Roi ?

— Cette révolution, commença le marquis. Jamais je n'aurais cru qu'elle irait jusque-là. Même aujourd'hui, je reste persuadé que si le Roi supprimait d'un trait de plume la gabelle et les corvées, en Berri au moins la fronde serait bientôt finie.

— Hier, rectifia l'abbé, hier elle eût été finie pour un peu de justice en plus. Hier je disais, comme vous, que si le Berri se révoltait un jour, ce serait parce que le minot de sel, qui vaut 1 livre en Bretagne et 6 en Poitou, vaut 61 livres chez vous. Ce temps n'est plus. Une guerre civile se nourrit de la haine des insurgés bien plus que de leurs besoins, et la haine a commencé.

A travers la mêlée des voix perça soudain le timbre haut perché de Babette, qui s'inquiétait de choses plus réelles :

— Madame la Marquise, j'apporterai-t-i' quand même le gratin d'épinards ?

Un sourire de détente courut autour de la table.

— Allez chercher le gratin, Babette, dit Louison. La Révolution n'arrivera pas jusqu'ici avant la fin du dîner.

La journée fut agitée. En retournant sur Hautes-Rauches Guillerme s'était arrêté en chemin, la nouvelle de la prise de la Bastille se répandait de proche en proche, Cendrine et puis les Vollanges et d'autres encore arrivèrent à Verte-Fontaine, les châteaux se transformaient en moulins, on y entrait au galop, on en ressortait au galop, pressé de courir ailleurs encore commenter l'énorme événement, s'enfiévrer, broder, fabuler sur le peu qu'on en savait. Vers les huit heures du soir ce fut l'abbé Boyer qui débarqua chez les Roquefeuille au trot de sa mule, rouge de gloire, enroué de joie, le couplet de la victoire à la bouche, impatient d'aller sonner l'alléluia dans son clocher, pour achever d'avertir ses ouailles « du triomphe de la Liberté sur les ennemis du Peuple » ! Il ne passait par le château que pour y annoncer d'imminentes festivités en l'honneur des Parisiens, les actions de grâces et le Te Deum, le Requiem, « l'hymne d'amour à l'Assemblée », bref, son intention de faire chanter à pleines voix l'exploit des conquérants de la Bastille.

— L'abbé, ne vous hâtez point tant, conseilla Roquefeuille. Supposez qu'il ne s'agisse, après tout, que d'une escarmouche enflée par la rumeur, et qui ne vaille qu'une messe pour le repos des morts ?

L'abbé Boyer regarda son châtelain de travers, sauta sur sa mule et, le lendemain à l'aube, un carillon d'allégresse qui n'en finissait plus bondit hors du clocher de Saint-Martial, réveilla la campagne, escalada le ciel et bouscula les hirondelles qui se mirent aussitôt du chahut. Pendant longtemps un ballet de sons et d'oiseaux célébra là-haut le premier jour de la grosse liesse que le Berri connut jusqu'à la fin de juillet.

Dans chaque ville et chaque village, dans le plus petit des hameaux ce fut la fête du 14-Juillet, une fête extraordinaire. Les églises donnaient le branle, les cloches appelaient les patriotes à l'exultation. Derrière la troupe en armes et les notables encocardés, la foule habillée en dimanche se rendait en cortège et en fanfare à l'offre carillonnée du moment, c'étaient partout les noces fleuries de la Nation et de la Liberté serpentant gaiement à travers les rues, et puis répandues sur les places et les mails où la danse prenait vite autour des feux de joie, où s'improvisaient des lettres d'amour aux élus de Paris, tout enflammées d'admiration et de reconnaissance. Quand on avait du grain, aussitôt les tréteaux poussaient devant l'auberge ou dans une cour de ferme, on mangeait la fromentée ensemble, et jamais elle n'avait aussi bon fleuré la fraternité. Si le grain manquait au moins pouvait-on boire, le vin gris coulait sans retenue pour trinquer à la France nouvelle, l'espérance prenait un goût d'ivresse permise, les chansons fusaient, vielles et musettes entraient dans le plaisir, les pétards et la poudre claquaient, les discours généreux s'envolaient des beaux parleurs à gorge déployée, le monde avait le cœur sur la langue, l'avenir du plus ch'tit gars du Berri rayonnait là-bas, dans la fumée dorée qui montait de l'Assemblée où se mijotait le bonheur de tous, sous l'œil bleu tendre du Roi.

La Sainte-Bastille était aussi une Saint-Louis. M. de Véri avait pensé que la chute de sa forteresse ne serait point bonne pour Louis XVI ? M. de Véri souffrait du mauvais esprit d'un paroissien de Saint-Germain-des-Prés. Les Berrichons, plus simples, après avoir chanté la Révolution sauve allumaient des buissons de cierges et psalmodiaient des prières pour que Dieu sauvât le Roi. Pour eux le Roi et la Révolution étaient du même bord, contre Artois et sa clique, contre la Reine et ses putains, contre les nobles et les clercs.

La ferveur royaliste toujours intacte ne profitait pas aux privilégiés du Roi. En dépit de leur nonchalance native, les Berrichons avaient assez changé d'esprit pour que régnât, un peu partout dans le pays, une insolence bavarde contre les maîtres. La fermentation révolutionnaire n'allait pas jusqu'à armer les bras contre le châtelain ou l'évêque, mais les langues allaient bon train. Désormais le bas clergé accueillait avec désinvolture, voire avec des railleries les représentations de sa hiérarchie, fermiers et métayers discutaient à perdre haleine les ordres de leurs propriétaires, l'exigence la plus utile d'un seigneur provoquait des palabres à n'en plus finir, il fallait délibérer et voter avant d'aller réparer le pont de bois écroulé ou le chemin défoncé, et en attendant la décision du peuple souverain un vieux ou un enfant se noyait dans la rivière, les charrettes cassaient leurs roues et s'embourbaient dans les fondrières des chemins. Mais quel « homme libre », après la prise de la Bastille, eût accepté un ordre ? A fortiori une corvée ! Même la loi n'avait plus cours légal. Les braconniers affichaient leurs prises avec goguenardise, et il aurait fait beau voir que Roquefeuille ou Guillerme, Vollanges ou Mme de Palluault ou un autre seigneur volé ne fermât pas les yeux, puisque les petits des braconniers avaient faim, et que les aubergistes des villes payaient bien le beau gibier des patriotes. Le jour où Cendrine, exaspérée par une rapine de trop, sauta sur son cheval et poursuivit ses voleurs à coups de fouet jusqu'à leur faire lâcher leurs proies, l'affaire fit du tintouin jusqu'au bailliage. Par fortune, les braconniers maltraités étaient, non pas de malheureux pères de famille mais deux chenapans de métier, c'est ce qui sauva la dame de Chanteraine d'un procès vexant.

A Verte-Fontaine, on fêta autour d'un bon souper l'abandon des plaintes contre la baronne.

— Regardez-nous, dit Cendrine d'un ton moqueur. Croirait-on pas, à voir nos mines réjouies, que nous venons, nous aussi, de prendre une Bastille ? Faut-il vraiment que nous considérions comme une victoire la simple reconnaissance de notre bon droit ? Ne serait-ce point la preuve que nous commençons de penser aussi, à l'imitation de la crapule, que les injustices entreprises contre nous sont choses justes ?

— Madame, au lendemain du 14 juillet le Roi est allé devant l'Assemblée, s'excuser ou presque d'avoir provoqué l'insurrection par son peu de compréhension pour la Révolution, dit l'abbé de Véri. Necker qu'il avait chassé a fait sa rentrée triomphale dans Paris, et je devine que le Roi se contente d'en soupirer, et de courir à la chasse oublier son humiliation. Le bon droit, madame, n'existe plus, même pour les gens de Versailles. La France va désormais au bon plaisir de Paris. Les Parisiens ne voulaient plus d'Artois ni de ses amis, ils n'ont eu qu'à le crier haut pour qu'Artois prenne au galop la route de l'exil. Le voilà hors de la Révolution avec ses fils, et Condé, Bourbon, Enghien, Conti... La famille royale a commencé d'émigrer.

L'abbé prit une gorgée de vin avant d'ajouter :

— Je crois bien que je m'en vais en faire autant. Dieu ! qu'il doit faire bleu et doux en Avignon !

— Monsieur l'abbé, dit Roquefeuille en souriant, parce que vous vous languissez du soleil d'Avignon, ne prétendez point que vous irez par peur. En même temps que les princes frivoles et les Polignac ont fui, le Roi a perdu ses mauvais conseillers, il a rappelé Necker, il s'est réconcilié avec l'Assemblée. Je pense que voilà la Révolution remise une fois pour toutes aux mains des députés, dont la majorité n'est point faite d'enragés. En sus, Paris s'est donné un maire de son choix, qui voudra maintenir le calme dans sa ville.

— Je connais Bailly, dit l'abbé. Malgré ses idées avancées c'est un honnête homme, c'est un homme savant, ce n'est point un homme de terrain. Je sais ce qu'il vaut comme académicien, je me demande ce qu'il vaudra comme gouverneur de la rue. L'astronomie ne prédispose point à la conduite des affaires terrestres.

— Pour tenir Paris il ne sera point seul, remarqua Roquefeuille. On lui a donné une garde nationale, et c'est La Fayette, un soldat, qui la commande.

— Oui, fit l'abbé du bout des lèvres. Reste à savoir si, en cas d'émeute, le bouillant marquis ne suivrait pas sa troupe, plutôt que le contraire ? La Fayette prise avant toute chose son image dans les yeux de la foule, ses passages à travers les vivats de la foule. Je ne trouve pas bon qu'un général ait la même soif de bravos qu'un histrion.

— Vous me choquez, dit Roquefeuille. Je me refuse à imaginer le marquis de La Fayette dans la peau d'un traître.

— Imaginez-le dans la peau d'un distrait, d'un étourdi, d'un imprudent, et cela suffira, mon ami, pour que les nobles et les bourgeois de Paris ne puissent pas dormir tranquilles. Non, décidément, je ne retournerai rue des Saints-Pères que juste le temps d'y préparer mon départ. Je ne crois pas que les Parisiens aient eu leur content de sang. Je vois bien qu'une bataille gagnée ne les désarme point. Monsieur de Launay, pour arrêter de massacrer les assaillants, leur a ouvert les portes de la Bastille et eux, tout aussitôt, ont pris d'abord la tête de Launay, pour la promener au bout d'une pique. Le peuple déchaîné aime moins la victoire que la vengeance. Je ne laisserai pas ma tête à la portée des enragés ; plus ses cheveux blanchissent, plus elle me semble propre à faire mon bonheur.

— Mon parrain, dit Louison, votre peur va à l'inverse de celle des villageois de par ici. Eux ne voient pas trop d'enragés dans Paris, mais trop d'espions à la solde de l'Angleterre, et payés pour y étouffer la Révolution dans l'œuf.

— Il y a bel et bien des espions de Pitt en France, dit l'abbé, mais pour y faire tout juste le contraire de ce que craignent vos benêts. Que la Révolution plonge la France dans toujours plus de désordre et de faiblesse, voilà qui ne serait pas pour déplaire à monsieur Pitt. Nous avons aidé les colons américains à se révolter contre George III, il pousse les sujets de Louis XVI à se mutiner : c'est de bonne guerre.

— Mon Dieu, soupira Marianne, que la politique est donc une sotte chose, vraiment sotte, puisqu'elle ne s'acharne qu'à poursuivre des idées plutôt qu'à nous inventer du plaisir. Par chance, j'habite les Porcherons. Je suis bien certaine que la Révolution ne montera pas jusque-là, sauf pour y ramponner * de temps en temps.

La tablée se mit à évoquer les guinguettes des Porcherons, les vertus joyeuses de leur gros vin bleu. On avait besoin d'un moment de vie légère, et le marquis remplissait les verres avec son bon vin doré de Monbazillac, celui qu'il aimait servir quand Babette apportait la tarte aux prunes.

L'abbé de Véri quitta Verte-Fontaine à la fin du mois, juste à temps pour ne pas voir le Berri envahi par la panique.

Le 29 au soir, Louison et sa mère sortaient d'assister au

* De Ramponneau, le cabaretier de la Courtille. Faire la fête à la bonne franquette, au cabaret.

coucher des petites filles quand le tocsin se mit à sonner à Saint-Martial et ne s'arrêta plus. L'appel lugubre jeta vite les gens du château et du hameau sur l'esplanade, nez en l'air, qui flairaient le vent martelé par le péril pour y sentir la fumée d'un incendie, savoir de quel côté porter les secours. Mais ils ne sentaient rien, ne voyaient rien, et Roquefeuille allait envoyer à Saint-Martial quand un cavalier, surgi à bride abattue du chemin de Saint-Benoît, fonça sur l'esplanade en criant qu'une armée de quatre mille brigands marchait sur Argenton après avoir dévasté Bellac et Le Dorat. Argenton se barricadait, il fallait partout s'armer et se retrancher dans les places défendables jusqu'à l'arrivée des renforts de Bourges et de Châteauroux, vers où galopaient deux messagers. Là-dessus, son annonce braillée, sans perdre du temps à répondre aux questions le cavalier tourna bride et reprit sa course pour aller répandre la terreur plus loin.

Une nuit d'angoisse s'installa à Verte-Fontaine. De toute la campagne voisine les paysans, affolés, leur trésor serré dans un baluchon, accouraient se réfugier vaille que vaille dans ce château de la douce France, ce château sans fossés, sans pont-levis, sans meurtrières et quasiment sans armes. La grande salle se remplissait de peurs mêlées, dans l'antichambre s'accumulait un arsenal hétéroclite, peu de fusils, moins encore d'épées et de pistolets, mais des piques et des fourches, des haches et des bâtons ferrés, des couteaux à dépecer, des chaînes, des serpes, des faux, et les grandes forces à tondre des bergers.

Calme par nature et par devoir Roquefeuille accueillait les groupes de fuyards avec un mot de réconfort, dames et servantes les installaient au mieux, trouvaient des sièges pour les vieux et les femmes grosses, des paillasses pour les marmots, et la Gerbaude, sûre depuis toujours que les enfants s'endorment quand on les sucre, distribuait aux pleurnichards un bon coup de son sirop de groseille.

Presque incrédule encore, le marquis regardait le bric-à-brac entassé dans son antichambre, il regardait les paquets de paysans à demi vêtus claquant des dents et gémissant leurs affres dans l'attente des brigands, les femmes pleurant, piaillant, priant en serrant leurs nourrissons, les vieux ahuris, fatigués, commençant de radoter leurs souvenirs terribles, il devinait, dehors, la ronde des jeunes gars armés des meilleurs fusils, et puis soudain en passant devant un miroir il s'y retrouva en habit de droguet clair, avec son bon visage d'épicurien gourmet, sa perruque poudrée, son jabot mousseux, seigneur aussi peu moyenâgeux que possible au milieu du retour de la barbarie ! Et il se demanda s'il allait pouvoir, savoir jouer son rôle de protecteur héréditaire ? Il se pouvait bien, après tout, que les châteaux ne fussent plus utiles qu'aux châtelains. Il était donc peut-être juste que le paysan discutât le droit du seigneur, puisque le seigneur, peut-être, se montrerait incapable d'assumer le plus pressant de ses devoirs. Pendant tout un moment, immobile devant le miroir, assailli par le bourdonnement de sa tribu en danger, Roquefeuille se jaugea. Sa couronne de marquis qu'il ne s'était jamais contestée lui serrait la tête, lui faisait mal à l'âme.

Un appel muet de Louison, en pesant dans son dos, le fit enfin se détourner de lui-même. Elle l'interrogeait de loin, étonnée de son attitude. Il lui sourit et se ressaisit.

Il y avait à faire ! Les fantasmes prenaient leur essor, les paroles d'horreur giclaient, les anxieux les plus imaginatifs terrifiaient leurs voisins en leur racontant l'avenir, l'effroi montait, les femmes se sentaient violées, les hommes égorgés, les enfants abreuvés d'angoisse tremblaient, muets, accrochés à leurs mères, pendant que les mères sanglotaient déjà leurs morts. D'avance les brigands avaient pris leur forme la plus meurtrière et la plus impitoyable : ils étaient des massacreurs à la solde des princes émigrés ou de l'Autrichienne *, des brutes payées pour tuer, dévaster, brûler tout sur leur passage afin qu'y pérît, du même coup, la Révolution. Les brigands étaient la sanglante réponse des ennemis du Peuple à la prise de la Bastille !

Roquefeuille prit le parti de se fâcher. Avec fermeté il réclama qu'on se tût, et qu'on voulût bien attendre, pour se lamenter sur les cendres du carnage, qu'on eût au moins vu

* La Reine.

l'ombre d'un brigand. Il leur parla longtemps, assez pour les apaiser. Rien que le son de sa voix avait de l'éloquence et du pouvoir sur ceux qui l'entouraient, il le savait, il en usa. En même temps il se rassurait sur lui-même en se voyant donner à ses gens au moins de l'espérance, parce que, cette nuit, ils avaient encore foi en Monsieur le Marquis. Avec de la chance il ne les décevrait pas. Avec de la chance les soldats du Roi arriveraient en Argentonnais avant les brigands. Il eut un grand élan de pensée pour les deux chevaucheurs qui galopaient sur la route de Châteauroux. En cette heure, hélas, Châteauroux lui semblait logé au bout de la France !

A présent, leur fringale de peur retombée, vidés de plaintes, de larmes et de prières, les plus épuisés, nerfs relâchés, s'assoupissaient. La buée aux yeux, Roquefeuille contempla ces corps qui peu à peu se laissaient aller, tentaient de s'allonger sur un coin de sol libre ou s'accotaient l'un à l'autre pour dormir, comme si le mal, assurément, serait arrêté par les murs de son château. Gerbaude et les servantes marchaient avec précaution à travers cette dolence, offraient aux éveillés un morceau de tourte et deux prunes, un demi-gobelet de vin aux hommes, un peu de poiré aux femmes. Roquefeuille vit que Louison et ses sœurs s'étaient retirées, alors il sortit dans la nuit chaude.

Le jardin sentait aussi bon que d'habitude l'amertume des feuillages persistants et le miel des œillets mignards dont Baptiste, cette année, avait rempli les arabesques de buis, pour en faire de jolis coussins ronds. Là-haut pas une étoile ne manquait au ciel de l'été, sa paix brillait si fort qu'il aurait suffi d'y plonger son regard pour ne plus croire aux brigands, si le tocsin de Saint-Martial, têtu, poignant, n'avait continué de sonner le début d'une tragédie. Les oiseaux, d'ailleurs, ne s'y trompaient pas. Sous le tocsin pas un oiseau, pas un cri d'oiseau. Les chauves-souris s'étaient cachées, chouettes et hulottes devaient écouter stupéfaites, le larynx noué, cet étrange, cet énorme bourdon qui ébranlait leur monde nocturne. Le marquis fit quelques pas dans une allée, échangea quelques mots avec les sentinelles avant d'aller s'asseoir sur le banc de l'esplanade. Qu'aurait-il pu faire d'autre que d'attendre, avec plus d'âpreté que tous parce qu'il était le capitaine de ce bâtiment en détresse ?

Il sursauta quand le sable crissa tout près de lui, et se dressa debout, les mains à sa ceinture.

— Diable ! dit la voix de Louison, nous allons devoir prendre garde à ne point surprendre nos veilleurs ! Est-ce bien vous, Aimé, que je vois bardé de pistolets, et prêt à vous en servir ?

Le marquis eut un pâle sourire.

— Ne vous moquez pas, Louison. J'ai trop de mal déjà à réchauffer en moi le sang du général mon père. Et je me demande, au reste, s'il était belliqueux ? Je crois bien qu'il n'a aimé la guerre que pour ses trêves, pour l'heure du butin et de la ripaille.

— Nous n'aurons pas la guerre, dit Louison.

— Non, dit Aimé. Je prie, lâchement, pour que les brigands demeurent l'affaire de la troupe.

Ils partagèrent un silence, puis Louison dit, avec une sourde véhémence :

— Il ne se peut que notre jardin devienne un champ de bataille. Il ne se peut que demain il se couvre de morts et des ruines de notre maison. Il ne se peut que nous soyons en train de vivre notre dernière nuit.

— Louison, la mort est l'affaire d'un instant, mais ce n'est pas temps d'y croire. Nous ne mourrons pas, ma chérie.

Il l'attira vers le banc où ils s'assirent, s'efforça de plaisanter :

— Tu ne mourras pas parce que tu as encore mille ans d'amour à recevoir, et je ne mourrai pas parce que c'est moi qui te les dois, et que je paie toujours mes dettes.

Le tutoiement — celui de leurs heures caressantes — se posa sur Louison avec la douceur d'un pied nu cherchant sa peau nue. Elle y répondit par un baiser puéril à la mode d'Aurore, enfonça son nez dans la joue de son mari. Et puis elle inonda de larmes son épaule.

— C'est pour rien, c'est ner...erveux, hoqueta-t-elle.

— Je sais, dit-il. Tu devrais monter te reposer.

— Non, refusa-t-elle en se mouchant. Je ne bougerai pas d'avec toi.

— Alors il va falloir travailler, dit-il. Les Gerbaud doivent être en train de porter des vivres et de l'eau dans le souterrain. Je ne puis leur envoyer une aide autre que la mienne.

— Nini et Blanchette sont avec eux, dit Louison. Et j'ai vu que Baptiste se retenait d'y aller aussi, par discrétion. Je crains bien que le secret de Verte-Fontaine ne soit plus qu'un secret de Polichinelle !

— Les brigands ne sont pas d'ici, dit Aimé. Le souterrain est long, sous champs il va jusqu'aux grands bois, et comme un bienfait n'est jamais perdu, les faux-sauniers de la bande à Silvain me l'entretiennent très bien.

— Nos grands bois ne sont pas impénétrables.

— Une armée de tueurs et de pillards ne perd pas son temps à courir les bois. Elle galope de ville en ville.

— De château en château, murmura Louison.

— Oh ! peut-être néglige-t-elle même les châteaux, dit Aimé, mais il ne le croyait pas.

Le sac d'un château et, avant la joyeuse casse, une bonne orgie de vins et de femelles violées dans ses plus beaux draps a toujours été le repos favori d'une troupe de soudards. Comme si elle entendait le marquis penser, Louison dit d'un ton douloureux :

— Songes-tu à ce qui restera de la maison, quand nous ressortirons des bois ?

Et soudain elle s'emporta, lança avec rage :

— Je ne veux pas qu'on touche à Verte-Fontaine ! C'est ma maison ! Je la défendrai ! Quand j'imagine... Oh ! j'ai envie de tuer, Aimé, envie de tuer, envie de tuer !

Il la serra contre lui, dit paisiblement :

— Nous vivons un âge nouveau, ma chérie. Même la Bastille s'est rendue. Et le pauvre Launay eût mieux fait d'en ouvrir d'emblée les portes, et de se cacher dans une oubliette jusqu'à la fin de l'ouragan. Les murs de Verte-Fontaine sont solides, bien plus que nos têtes. Ils tiendront debout sans nous.

Lui relevant le visage entre ses mains, il ajouta avec une douce émotion :

— Je ne savais pas que tu t'étais mise à tant aimer ma vieille maison.

— Peut-être, dit-elle, moi-même ne le savais-je pas aussi bien avant cette nuit ?

La tendresse illumina son regard.

— Aimé, cette nuit je voudrais prendre la maison bien close entre mes bras, avec tout ce qu'elle contient de vivants et de choses, et pouvoir la garder par magie à l'abri derrière ce rempart. N'est-il pas désespérant, Aimé, que l'amour ne puisse rien pour empêcher le mal d'atteindre ce qu'on aime ?

Comme l'impuissance de son amour poignait aussi le marquis, il ne lui répondit qu'en changeant de propos.

— Le jour approche, dit-il. Si nous allions revoir un peu nos hôtes ?

Elle se leva aussi, prit la main d'Aimé.

— Allons d'abord marcher un peu entre les tabacs du potager. Au crépuscule, quand leur parfum s'avive, chaque soir je pense à les aller sentir. Mais je ne m'avise qu'aujourd'hui que je n'ai jamais goûté à leur parfum du petit matin.

— Le matin, tu dors tard si volontiers, dit Aimé en souriant.

— C'est que je ne me doutais pas, dit-elle. Je ne me doutais pas que le temps des tabacs pourrait ne jamais revenir.

L'aube se leva, rose, irradiante. Les réfugiés respirèrent mieux : le soleil calme les peurs encore lointaines, et les servantes distribuaient des écuelles pour la soupe, que son fumet promettait riche en lard. Mais l'accalmie fut de courte durée. Dès six heures et toute la journée, des flots de terreur déferlèrent sur le château, venus au galop des quatre horizons de la province. Des courriers en folie se succédaient, hors d'haleine et leurs bêtes en nage, qui ne prenaient qu'à peine le temps d'annoncer des apocalypses ici, là, ailleurs, et l'épouvante gonflait et bouillonnait, repue de sang, repue de feu, exaspérée par l'horreur qui s'engouffrait, avec toujours plus de détails hideux, dans les oreilles des assiégés d'une armée d'ombres. Car en même temps que s'accumulaient les récits s'augmentaient les incertitudes, si bien qu'à présent les monstrueux fantômes marchaient de tous côtés sur Verte-Fontaine, l'encerclant peu à peu dans un pays de ruines fumantes avant de fondre sur le hameau. On n'était plus sûr que Bellac et Le Dorat fussent rasés, mais c'était certain pour Bélâbre et La Souterraine, il n'en restait que cendres et chairs mutilées. Au Blanc la ville haute flambait et, dans la ville basse, la rivière de Creuse charriait pêle-mêle les Blancois vers la mer. Hommes, femmes, enfants, bétails, les brigands avaient tout massacré, partout ils massacraient tout, ne faisaient pas quartier même à un chien. Argenton, Guéret, Issoudun, La Châtre, Châteauneuf, Lignières, Saint-Amand, Crevant, Ardentes, Graçay, Châteaumeillant, Neuvy, Jouhet..., toutes ces villes, affolées, la horde à leurs portes, creusaient des retranchements, dressaient des fortifications, armaient des miliciens, réclamaient de la poudre, des balles et des patriotes, tout en offrant leurs patriotes, leurs balles, leur poudre à la première d'entre elles qui serait assaillie. Autour de Chanteraine, de Vollanges et de Hautes-Rauches comme autour de Verte-Fontaine des gardes avancées campaient sur les chemins. A Saint-Martial l'abbé Boyer confessait à la six-quatre-deux les femmes pressées de ne pas mourir en état de péché, et puis mettait ses pénitentes à fondre du plomb pour les balles ou à consolider les barricades. Le 30 à midi l'Argentonnais entier s'était hérissé de Berrichons en armes, dont les plus lucides commençaient à se demander pourquoi les tueurs si fort annoncés de si près demeuraient aussi flous, dispersés à travers le pays autant que s'ils eussent porté des bottes de sept lieues pour l'enjamber. A cause de ce doute que soufflaient les châtelains, un optimisme précaire flottait dans Saint-Martial, entre les vagues de panique apportées par les chevaucheurs et les fuyards fuyant leur peur. Mais l'angoisse la plus dense revint, sans faille, quand parurent les premières noirceurs de la nouvelle nuit de veille. Alors, entre les trois châteaux de la paroisse on tira à la courte-paille, pour savoir lequel enverrait en reconnaissance. Le court-fétu désigna Vollanges, et le baron Antoine voulut partir lui-même. Avec son valet Laurian il prit la route de Bélâbre, armés tous les deux jusqu'aux dents.

Ils en revinrent à la pique du jour et, tout au long de leur chemin, au milieu des explosions de joie Bélâbre renaissait de ses cendres. Et puis ce fut le tour du Blanc auquel, tout compte fait, l'alerte chaude n'avait coûté que 1 100 livres : le prix de la nourriture distribuée aux sauveteurs venus camper en foule derrière ses murs. Comme d'habitude, la Creuse de par là-bas ne charriait que sa belle eau claire et ses poissons. A Bélâbre, Dieu merci ! le meilleur faiseur de jambons demi-sel du pays se portait toujours debout, et l'aubergiste de *L'Ecu* avait tenu toute la nuit table ouverte, pour y festoyer — à leurs frais — les curieux venus visiter les ruines de sa ville.

La bonne santé des égorgés de Bélâbre et du Blanc donna aux gens de Saint-Martial assez de force d'âme pour supporter tout le reste du jour, sans trop frémir, la mort et la résurrection de Confolens, de Boussac et puis de Magnac, le siège « affreux » de Dun, et même « l'énorme » présence des brigands dans la forêt de la Laurière, où ils réaffûtaient leurs tranchoirs avant que d'écimer les riverains de la Gartempe. Les pires mots n'avaient plus le pouvoir d'exciter les clameurs, ni de jeter les plus impressionnables droit devant eux, à l'assaut d'une cachette. Au contraire les poltrons ressortaient des caves, des greniers, des bois, des souterrains pour courir s'enrôler chez les défenseurs de leur village, et c'était bien là signe que le danger reculait jusqu'à perte de vue ! Pendant la nuit du 31, sauf les gardes, tout le monde dormit peu ou prou chez soi ne fût-ce que d'un œil, et, le 1er août au matin, la grande peur se termina par un grand éclat de rire.

Restait à lui trouver une bonne raison, or on vit bien, tout de suite, que celle d'une crise d'hystérie collective déplaisait aux Berrichons. Leur vaste peur panique devant rien il fallait qu'elle eût une cause honorable et au goût du jour, qu'elle eût, par exemple, répondu à un complot contre-révolutionnaire. Les introuvables brigands devinrent « une armée de mercenaires ultramontains massée à la frontière du

Piémont par l'émigré de Turin * », ou encore « de la soldatesque anglaise débarquée en Bretagne ». Et puis, comme décidément Piémontois et Anglais ne se montraient pas mieux que les brigands, les patriotes se rabattirent une fois de plus sur leurs contre-révolutionnaires de tous les jours : les privilégiés. « Queuque part », dans une brume sans nom, « des » nobles, « des » clercs, « des » accapareurs avaient fomenté la grande peur pour venger leurs premières reculades devant les patriotes. Ils en étaient déjà punis puisque, la peur passée, les patriotes restaient sous les armes et le soupçon au cœur, prêts à tout croire pour s'encolérer, surtout l'incroyable. « Puisqu'ils ne veulent pas s'être afourachés ** pour rien, il faut bien que ce soit la faute du château. Pour un paysan, l'haïtion *** du château est la bonne haïtion, celle qui le soutient le mieux », disait Cendrine, trop entière pour n'être pas en petite guerre avec ses gens.

Un jour, sur le coup de midi, Simon de Guillerme arriva dans la bibliothèque de Verte-Fontaine avec une nouvelle qui donnait à penser.

— Je viens de chez le menuisier de Saint-Benoît. Savez-vous ce qu'on y raconte ? L'arrestation de trois chefs et six hommes détachés d'une troupe contre-révolutionnaire. Les dragons du Roi les auraient conduits à la prison de Limoges. Et cette histoire me paraît, ma foi, aussi vraie que celle des brigands.

— Bah ! fit Roquefeuille, en ce moment on arrête partout des espions de Pitt, des éclaireurs de l'armée piémontoise et des vagabonds ahuris, qu'on questionne pendant des heures sur les mauvaises intentions de ceux qui les paient.

— Oui. Mais jusqu'ici on ne s'amusait à emprisonner que du fretin, dit Simon. Cette fois, ils tiennent pour chefs des scélérats un comte, un baron et un chevalier de Saint-Louis.

* Le comte d'Artois. En réalité, il était encore en Allemagne, qu'il traversait pour se rendre à Turin, chez son beau-père.

** Effrayés.

*** Haine.

— Ha ! s'esclaffa Roquefeuille, c'est donc bien une fable, décidément. Ou alors, vos va-t-en-guerre sont des Bretons.

— L'important n'est pas qu'ils soient ou ne soient point, dit Simon. L'important est que les gens de Saint-Benoît s'excitaient devant moi contre trois têtes nobles, accusées d'avoir mené une bande d'égorgeurs contre les patriotes, sous le couvert d'un étendard blanc fleurdelysé. Roquefeuille, nos paysans ont envie d'en découdre avec nous, je le sens. Vous ferez bien de vous en aller passer le prochain hiver à Paris. Là-bas, la Bastille est déjà prise.

— Simon, vous savez très bien que vos paysans n'attaqueront pas Hautes-Rauches, comme je sais que les miens n'attaqueront pas Verte-Fontaine, dit Roquefeuille. Sans doute nous haïssent-ils un peu, parce que la philosophie d'aujourd'hui exige qu'il y ait des responsables autres que la vie aux malheurs des malheureux ? Ils nous haïssent un peu, soit, mais ils nous aiment davantage. Nous faisons partie de leurs habitudes, et je crois que même l'homme révolutionnaire aime ses habitudes, au moins de temps en temps.

— Mais entre-temps ? dit Simon. Il en faut si peu, pour perdre sa tête ! Vous oubliez, mon cher, que la grande peur a donné à nos ch'tits Berriauds une grande idée, celle de la fraternité. De village en village ils se sont découvert un ennemi commun, ont vu qu'on pouvait réunir contre lui les armes et les courages. Chacun de nos châteaux n'est pas l'habitude de tous les Berriauds.

— Je parie, mon ami, que vous êtes à jeun depuis trop longtemps, dit Roquefeuille en souriant. Vous n'avez rien d'un mystique, avoir le ventre creux ne vous réjouit pas l'âme, je l'ai remarqué.

— La comtesse a mis tout son monde au régime Rousseau, soupira Simon. Elle veut perdre trois ou quatre livres de fesse qui ne vont point, paraît-il, avec la mode sans cul qu'elle vient de recevoir de Paris. Le malheur est que dans l'affaire, je risque d'y laisser le mien aussi, et c'est un cul de cavalier, qui va mieux charnu.

Roquefeuille s'était mis à rire franchement.

— Restez-nous à dîner, dit-il à son ami. Nous avons de la carpe au vin, et vous en êtes friand.

— Mumm, fit Simon. Et avez-vous une idée de l'entremets sucré ? Je n'ai pas vu un plat sucré depuis cinq jours.

— Louison vous fera faire des crêpes, si vous lui promettez qu'il y a des rubans dans la mode qu'a reçue la comtesse. Louison court après des rubans, dit Roquefeuille. En choisissant une nouvelle cocarde pour la France La Fayette n'a pas songé aux mercières des campagnes, qui ne tiennent boutique que des couleurs tendres au goût d'hier. Trouver du bleu vif et du rouge, quelle affaire ! Je m'y dépense en vain, et il faudra pourtant, à ce qu'il paraît, montrer une fleur tricolore à son bonnet ou à sa ceinture aux bals de la Saint-Louis.

— Vous n'auriez pas voulu, mon ami, que la prise de la Bastille ne rapportât rien aux modistes ? Nous ne nous sentirions plus chez nous, dit Simon. Tant que tout y finira par un nouveau bonnet, la France sera toujours la France. Un pays charmant. Avant de promener la tête d'un aristocrate au bout d'une pique, on lui fait bienveillamment repoudrer sa perruque et rosir les joues.

— Simon, venez dîner, dit Roquefeuille. Votre humeur manque par trop de sucre.

14

Nini achevait de coudre une cocarde bleu-blanc-rouge à son bonnet quand Louison entra chez elle. Les arômes mêlés du chocolat et du pain chaud beurré flottaient encore dans la pièce, et Louison gonfla le nez.

— Misère ! J'arrive trop tard pour le chocolat.

— Oui, dit Nini. Mais juste à temps pour aider à ma coiffure. Vous voilà faite à ravir, ajouta-t-elle en admirant sa belle-sœur de plus près. D'où tenez-vous ces beaux affûtiaux de noce paysanne ?

— Cendrine me les a prêtés. Elle en possède une malle pleine, dit Louison, en allant se planter devant le miroir de la toilette.

Depuis que Suzanne avait fini de l'habiller elle ne faisait que cela : se plaire devant tous les miroirs de rencontre. Sur une simple robe de percale rose elle portait un devantiau * et un fichu de soie écrue finement brodée, et sa coiffe ronde à ruban ne pouvait être que le chef-d'œuvre d'une orfèvre de la dentelle.

— J'ai pensé qu'il serait amusant de me mettre en belle fermière plutôt qu'en belle marquise puisque, paraît-il, les titres sont démodés, lança-t-elle du bout des lèvres mais d'un ton de défi, en balançant sa jupe au rythme d'un branle. Que dites-vous de ma pensée démocratique, mademoiselle Roquefeuille ?

— Que vous prenez de l'avance, peut-être pas sur les souhaits de l'Assemblée, mais sur les Berrichons, dit Nini, qui avait noté d'un sourire l'omission de la particule nobiliaire. Je vous parie une pogne à l'angélique qu'ils continueront comme devant à vous donner du « Madame la Marquise », même si vous ajoutez des sabots à votre

* Tablier.

déguisement. Et au fait, où porterez-vous la cocarde ? Elle n'ira pas bien, sur une si belle coiffe.

— Aussi n'en porterai-je point, dit Louison. Après tout, monsieur de La Fayette ne m'a pas demandé mon avis avant que de changer les couleurs de la France.

— Je trouve son choix plaisant, dit Nini, avec un regard au bouquet que Baptiste lui avait apporté tôt le matin.

Marguerites, bleuets, coquelicots : le joli bouquet de Baptiste flamboyait dans le soleil, et on ne pouvait s'empêcher d'en voir s'envoler le nouveau drapeau des Français, tant son bleu-blanc-rouge vibrant semblait avoir été inventé tout exprès pour servir d'étendard à un peuple vainqueur.

— Il est vrai que ces couleurs sont gaies, qu'à Paris les modistes en feront des robes et qu'il m'en faudra une, mais aujourd'hui je suis de méchante humeur contre la Révolution, dit Louison.

— Oubliez l'affaire d'avant-hier, elle était puérile, dit Nini. Aimé n'a livré qu'une copie des chartes. Et puisque le Roi n'approuve point ce qui s'est passé les 4 et 5 août à l'Assemblée, rien n'est fait. Ce sont les lois votées avec l'accord du Roi qui nous gouverneront, et non pas les poussées de folie de quelques députés.

— Chauvigné aussi a acclamé l'abandon des droits, titres et privilèges de la noblesse, dit Louison. Le tenez-vous pour un fou, Nini ?

— Certes oui parfois, et même souvent ! s'exclama Nini. Mais la folie lui va si bien ! Il a les cheveux de Galaad, comment ne serait-il pas de toutes les quêtes idéalistes ? Il est fait pour être surpris qu'un coup de bon cœur puisse allumer des incendies sous les murs des châteaux.

— Voilà pourtant ce qui arrive, dit Louison, rogue.

Une bouffée de rage lui venait chaque fois qu'elle repensait au feu de joie que les paysans du domaine avaient allumé l'avant-veille dans la cour des Amourets, pour danser autour.

La campagne n'était pas calmée, guère plus que dans le reste du Royaume. Pendant la nuit du 4 août dernier, à l'Assemblée, les démagogues de la noblesse, brûlant plus que jamais de zèle pour le peuple, avaient réclamé à grands cris l'abolition des dîmes et des derniers vestiges du régime féodal. Aussitôt, les cadets de famille sans un sol et les petits curés sans bénéfices avaient acclamé à main levée la ruine de leurs aînés et des gros abbés, mais pourquoi, diable, toute la noblesse, saisie du même enthousiasme mortel, avait-elle suivi ses ennemis sur le bûcher ? L'ivresse d'une orgie de verbe ? Et sans doute est-il bon, sur le moment, de s'immoler en gloire sous les vivats d'une foule adorante.

Bien sûr, dès que dégrisée l'Assemblée s'était reprise, et le Roi n'avait pas accepté les décrets de la tumultueuse nuit mais, de « ces détails », le monde paysan ne voulait pas entendre parler. Les paysans, depuis le 4 août, tenaient ce qu'ils avaient voulu de toutes leurs tripes pendant des siècles : la fin des seigneurs — la Liberté ! Sans attendre ils avaient couru aux lisières de la province, briser les barrières d'octroi et leurs gardes au besoin. Ils avaient dévasté les bureaux des impôts et les greniers à sel, repris de vive force les dîmes payées en nature, forcé les clôtures pour s'ouvrir les pâtures défendues. Ils avaient cueilli, pêché, chassé, coupé, fagoté sans souci des dommages et, en même temps, partout ils assiégeaient les châtelains pour qu'on leur remît les chartes féodales, dont ils se faisaient des feux de joie.

Louison eut un geste agacé, comme pour chasser loin d'elle la fumée de ces feux insolents.

— J'avais décidé de ne point danser à cette Saint-Louis, dit-elle. Mais Aimé me défend de bouder.

— Il a raison, dit Nini. Voudriez-vous qu'en pleine Révolution, nous laissions nos paysans fêter seuls la Saint-Louis ?

— Oui, bon, parlons d'autre chose, soupira Louison. Cette Révolution ne m'amuse plus tous les jours. D'ici, on n'en a que des échos mesquins. Je suis contente à l'idée de retrouver bientôt Paris.

— Et moi, votre plaisir me fâche, dit Nini. Là-bas vous oublierez bientôt notre bonne amitié. Vous n'en aurez plus besoin, et je resterai avec une solitude que vous m'aurez apprise.

— Nini, un coin de mon cœur est à vous pour toujours, dit Louison en posant sa main sur celle de sa belle-sœur. Je suis bien dans votre chambre. J'en garderai l'envie d'y revenir.

D'un regard attendri, sans hâte elle revisita la grande chambre tapissée de bleu passé. Copieusement mais très simplement meublée elle n'offrait rien de remarquable, sauf son climat. On s'y sentait tout de suite bien, accueillie, retenue dans l'attention d'une âme pieuse, soigneuse de ses rêves, de ses amours, de ses habitudes. Des pastels assez adroits et des crayons de visages, de paysages, d'animaux, une foison de bibelots, une tapisserie inachevée, des livres à l'abandon marqués de signets faits de bouts de laine multicolores, les cahiers de musique entassés sur l'épinette au clavier ouvert — tout semblait mis là pour construire autour de Nini un rempart contre l'oubli, et contre le dehors. En le survolant l'œil de Louison s'arrêta, longuement, sur le portrait d'un jeune capitaine des dragons en uniforme des dimanches. Sous sa perruque à gros rouleaux poudrée à frimas, le visage un peu mièvre aux yeux trop brillants de Roger de Fontmorand souriait aux anges, tourné à jamais vers le lit de sa vieille amoureuse.

— Avouez qu'il était bel homme ? lança Nini, jamais lasse de l'admirer.

— Superbe, se moqua gentiment Louison, il était superbe. L'habit de dragon fait un si beau plumage !

Nini eut une drôle de petite grimace.

— Eh oui, dit-elle, j'étais un peu sotte, à vingt ans ; j'aimais les militaires.

Louison se mit à rire, alors Nini reprit joyeusement :

— J'aimais les militaires et, Dieu me le passe, je n'ai point changé. Voyez donc...

De son pupitre à dessiner elle sortit une liasse de croquis en couleurs : des uniformes, rien que des uniformes, assez bien portés par les passants de l'hiver, en vacance de l'armée. Louison isola trois croquis, mieux aquarellés que les autres. Tous les trois représentaient le même beau capitaine des gabelles.

— Tiens, tiens, fit-elle. N'aurais-je point vu souvent cet homme par ici, traînant dans les jupons de ma Suzanne ?

— Votre Suzanne ne me fait point une rivale sérieuse.

La belle a Paris dans le sang, et jure qu'elle se gardera d'aimer en province. Ainsi me laisse-t-elle le champ libre, dit Nini en s'appliquant à un ton léger, mais en rosissant.

La bouche entrouverte sur sa surprise, Louison dévisagea Nini, laquelle, assise sur l'accotoir de son fauteuil, se laissait faire avec beaucoup d'amusement.

— Nini, commença enfin Louison, Nini, êtes-vous en train de me dire que vous ressentez une faiblesse de cœur pour le beau La Roche ? Et que vous lui permettriez volontiers de le deviner ?

La vieille demoiselle eut l'un de ses grands sourires malicieux qui lui rendaient, pour un instant, son charme de jeune fille espiègle.

— Ma mie Louison, je suis en train de vous dire que la nuit du 4 août m'a donné, à moi aussi, des bouffées d'anarchie dont j'essaie de me faire un bonheur. N'avoir joui que de quelques mois d'amour à vingt ans et d'un portrait de l'amour depuis, c'est bien peu. Surtout quand, autour de soi, tout sort de ses gonds pour se conquérir un sort meilleur. Si, demain, nous autres n'avons plus que les droits de la roture, autant les tous avoir ? Et qui me reprochera d'aimer au-dessous de ma condition quand il n'y aura plus ni dessous ni dessus dans l'humanité, mais seulement de l'égalité ?

Ebahie tout à fait, Louison laissa passer un long silence avant de risquer :

— Donc, je ne dors pas. Je suis éveillée, et vous venez de m'avouer que, tout de bon, vous aimez La Roche ?

— Monsieur de La Roche, corrigea Nini en souriant. Lui tient dur comme fer à sa particule d'emprunt. Voyez-vous, je crois qu'en Berri au moins les titres tiendront bon en dépit des vœux des démocrates, parce que le pays compte bien plus de gentillâtres que de gentilshommes, et que les vanités se défendent mieux que les héritages. Et s'il faut vaille que vaille nous égaliser, je vois assez bien le Berri finir tout en noblesse. A Bourges, c'est déjà quasiment fait !

Elle ajouta :

— Et pour ce que vous me demandez, si j'aime tout de bon La Roche, je vous répondrai, ma mie, que je n'en sais rien. Je crois que oui, mais mon attrait pour lui ressemble si peu à ce que j'ai appelé l'amour quand j'aimais Fontmorand... Peut-être que cet amour-là, nécessaire autant que l'air, autant que l'eau et le pain, peut-être que cet amour qui chasse de vous le reste du monde ne se peut ressentir qu'à vingt ans ? Après, sans doute faut-il se contenter d'amours plus distraites, moins sûres, qui se discutent et se mélangent à mille autres choses ? En bref, je ne sais pas si j'aime La Roche mais je le trouve aimable, assez pour avoir envie de m'en faire un amant. Un amant peu ou prou, ce sera selon.

Elle fixa Louison, eut un éclat de rire en voyant sa mine effarée.

— Je suis ravie, Louison, de tant vous étonner. Aujourd'hui, tout un chacun veut prendre une Bastille : moi aussi.

— Oh ! fit Louison, vous, vous aurez tôt fait ! Votre petite Bastille ne se défendra pas plus fort que n'a fait la grande. Dès l'instant que vous voudrez La Roche, vous l'aurez.

— Le croyez-vous ? C'est un joli-cœur, fort courtisé.

— Pas dans les châteaux.

Avec un soupir, Nini ramassa le miroir à main posé sur sa table à coiffer, pour s'y contempler.

— Franchement, me reste-t-il encore un peu d'âge pour la déraison ? lui demanda-t-elle tout bas.

Louison hésita, finit par aller se placer derrière sa belle-sœur, qu'elle prit aux épaules pour l'appuyer contre elle avant de lui dire avec tendresse :

— Nini, je sais la réponse que maman ferait à votre question. Je sais ce qu'elle pense : que l'amour est bon à tout âge, mais que passé trente ans il n'en faut prendre que le plaisir, qui vous rajeunit, et en fuir le chagrin qui vous ride. Nini, ne prenez de La Roche que votre bon plaisir. Je ne crois d'ailleurs pas qu'il vaille plus.

— Rassurez-vous, je ne songeais point à le mener jusqu'au mariage, dit Nini en reposant le miroir. Je ne veux que me faire un rêve en chair et en os pour me changer un peu de rêver sur une vieille image.

Son œil roux pétilla.

— Je reprendrai ma routine après la Révolution !

— Allons, dit Louison en riant, il faut bien que le grain

de folie des Roquefeuille, qui se promène dans la maison à travers les siècles, se pose de temps en temps.

D'un geste prompt elle rattrapa le bonnet de fine batiste volanté, tout plissé à l'ongle, qui glissait de la jupe de Nini. L'éclatante cocarde tricolore, en l'égayant, lui ôtait pourtant un peu de sa fine élégance.

— Asseyez-vous mieux, Nini, que je vous ajuste votre bonnet patriotique. Vous ne comptiez pas, je pense, le jeter d'aujourd'hui par-dessus les moulins ?

— Louison, dit Nini brusquement inquiète, vous ai-je choquée ?

Louison eut un rictus d'ironie, se pencha pour poser un baiser sur la joue de Nini.

— Mon amie, ma sœur, je serais bien effrontée si je vous faisais la morale !

Lâchant un moment son ouvrage elle ajouta plus bas, presque sur un ton de confession qui rompait avec la légèreté voulue de leurs propos :

— On n'est pas maîtresse des rêves de son cœur. Mais Dieu, le cœur ! quel ennemi parfois ! Le pis est que de ses rêves on espère malgré soi de l'avenir, et qu'à l'occasion ils vous le fabriquent.

Une longue seconde Nini fixa dans le miroir de la coiffeuse le regard de Louison, et puis détourna le sien pour demander dans un murmure :

— Louison, aimez-vous Chauvigné ?

La jeune femme devint blanche jusqu'aux lèvres, et vit le peigne trembler dans sa main, si fort qu'elle le cacha derrière son dos. Heureusement Nini demeurait les yeux baissés, le souffle retenu, figée, elle aussi, par le choc qu'elle venait de provoquer.

Louison se reprit la première. Le sang lui revint au visage, en vague chaude, avec de la colère.

— Vous cherchez-vous, mademoiselle, une partenaire de folie ? demanda-t-elle sans douceur. Alors souvenez-vous, s'il vous plaît, que je n'ai point droit au grain qui court dans la maison. Je ne suis qu'une alliée des Roquefeuille.

Nini releva la tête, et deux larmes lui tombèrent des cils.

— Pardonnez-moi, Louison, ou battez-moi. Vrai, je ne

sais ce que j'ai cet été, et quel vent mauvais me pousse à dire n'importe quoi comme si tout, soudain, pouvait être dit.

— Vous ne dites point n'importe quoi, et nous le savons bien, lâcha brusquement Louison.

« Je l'aime, bien sûr que je l'aime », pensait-elle avec un âpre besoin de l'entendre, et Nini était là avec de la tendresse plein les yeux, et une grosse envie d'écouter.

— Nini..., murmura Louison, au bord de l'aveu.

Des voix, des rires et le roulement de la charrette à âne des enfants sur le sable dur de l'esplanade — les premiers éclats de la fête qui se préparait dehors entrèrent dans la chambre. D'instinct, les deux belles-sœurs se précipitèrent à la fenêtre ouverte.

Le spectacle, en bas, était charmant. Toupinet avait fleuri la charrette, enrubanné l'âne de bleu-blanc-rouge, et les petites filles, mignonnes à croquer dans leur bel équipage, portaient des ceintures tricolores sur leurs robes blanches et la cocarde à leur bonnet.

— Mes filles seront les plus jolies patriotes de la Saint-Louis, dit Louison, contente.

— Leur grand-mère, ma foi, n'est pas vilaine non plus, nota Nini, et Louison l'approuva d'un sourire.

Pour s'attifer comme jamais, Marianne n'avait pas manqué de puiser dans les trésors de Cendrine. Elle en avait tiré une jupe de droguet gros bleu, un beau caraco blanc de mariée paysanne, et ce qui devait avoir été la parure de jardin d'une riche fille de laboureur : un tablier, un fichu et un bonnichon de fin coton blanc tout semé de pois rouges.

— La voilà mieux pavoisée que personne d'autre assurément, dit Louison. Et soyez sûre qu'aujourd'hui, la Révolution l'enchante : dès qu'elle a pu s'en faire une toilette nouvelle... Je crains bien que maman ne soit frivole !

— Votre mère..., commença Nini, et elle s'arrêta pour chercher ses mots.

Depuis que Mme Marais séjournait à Verte-Fontaine, la sage Mlle de Roquefeuille tournait autour de l'ex-dame galante de la fête parisienne avec la gourmandise émerveillée d'une vieille fille romanesque cloîtrée dans sa campagne depuis son premier jour, et depuis des lustres brodant de la nostalgie sur le souvenir d'un seul printemps de fiançailles. Nini s'était appliquée à respirer Marianne, et Marianne était aphrodisiaque, Marianne lui avait donné son coup d'audace : délaisser le fantôme anodin de Fontmorand pour se mettre à rêver d'un homme qui avait une odeur, une voix aux paroles imprévues, un regard pesant, une main qu'elle touchait parfois.

— Votre mère, reprit-elle, est faite pour donner aux femmes le courage de vivre. Une permission qu'on fera bien d'inscrire, en addition, à la Déclaration des droits de l'homme.

— Nini, vous me semblez prête pour aller vous asseoir parmi le public le plus avancé de l'Assemblée, dit Louison en riant. Vous devriez nous suivre à Paris cet hiver. En attendant, venez. Descendons. Il est bientôt l'heure de la messe. Je suis curieuse de voir si notre curé aura mis des cocardes à ses saints.

L'abbé Boyer avait écrit à la peinture blanche, au-dessus du portail de son église, des mots qui n'étaient pas faux : « Maison de l'Egalité et de la Fraternité. »

Mme de Vollanges sursauta, eut un mouvement de recul.

— Qu'est-ce encore que cette nouvelle trouvaille de notre curé ? lança-t-elle à la cantonade. Certes, je n'entrerai pas ! Je ne veux célébrer la Saint-Louis que dans la maison de Dieu !

Les paysans qui se trouvaient autour d'elle n'eurent pas le temps de mal prendre l'apostrophe de la baronne. Roquefeuille venait de lui offrir son bras en disant de sa voix mélodieuse, à laquelle on résistait mal :

— Madame, Dieu et la Fraternité sont synonymes, c'est ce que l'abbé aura voulu nous rappeler. Cette maison de justice est ouverte depuis si longtemps que nous risquons toujours de n'y plus entrer qu'en pensant à autre chose. Allons, madame, nous bouchons le passage. Il paraît que les jeunes filles du village ont fort joliment décoré la messe de notre roi...

Elles avaient placé trois gros bouquets aux trois couleurs sur l'autel, festonné la nef avec des guirlandes de laurier dans lesquelles, à intervalles réguliers, éclatait la blancheur d'une marguerite.

— Voyez, chuchota Roquefeuille à sa voisine, il n'y a là-haut que des fleurs blanches. La couleur du Roi prédomine.

— Les bleuets et les coquelicots se font rares ! ricana Mme de Vollanges.

— Eh bien, c'est que Dieu est du côté des marguerites, du côté du Roi, dit Roquefeuille.

La fête fut sans nuages, sur le mail comme au ciel. Gentilshommes, bourgeois, paysans, tous endimanchés, tous encocardés, sautèrent la bourrée ensemble et de bonne amitié, vidèrent avec entrain des gobelets de vin gris à la santé de Louis. Vraiment, une révolution, quelque part, était-elle en marche ? Avait-elle déjà promené des têtes sur des piques, cassé, volé, pillé, investi des abbayes, brûlé la féodalité et quelques châteaux avec ? Où donc ? A Saint-Martial on s'aimait les uns les autres, toutes les mains s'étaient jointes pour la farandole qui s'étirait, en chantant sa gaieté, tout le long de la rivière.

Lentement, Roquefeuille et Cendrine, échappés en nage du serpentin, revinrent vers le mail, allèrent s'asseoir chez le tavernier, au débouché de la Grand'rue.

— En fin de compte, je n'ai jamais vu Saint-Louis plus joyeuse, dit le marquis en s'épongeant le front.

— Patience, dit Cendrine. Ce n'est point fête tous les jours. La grogne renaîtra. Tout à l'heure, mon fermier Desportes m'a fait danser le branle, ce fiambiant * me faisait la cour et, Guiabe ** me rompe ! je me la laissais faire, mais demain, pour me fâcher il enverra ses porcs et ses chèvres pâturer dans mes bois du Bau, où ils dévastent tout. Voyez-vous, s'il faut, pour leur plaire, se laisser

* Faraud.
** Diable.

envahir, tondre et brûler, je choisirai de leur déplaire, en prenant mon fusil.

D'un geste, elle empêcha une réponse de Roquefeuille.

— Non, quittons ce sujet. Je n'ai point votre confiance en l'avenir — qu'espérer d'une assemblée où l'on discute pour savoir si, oui ou non, la propriété restera un des droits de l'homme ? — et je refuse, aujourd'hui, de penser à demain : il contient votre départ.

Elle eut un sourire mélancolique.

— Votre présence m'était déjà devenue lointaine, et certes votre absence vaudra moins encore. Tant qu'à vous regretter, je préférais le faire d'une lieue.

— Louison a besoin de revoir Paris, dit Roquefeuille.

— Je sais, soupira Cendrine.

Après un silence elle ajouta d'un autre ton :

— S'il vous plaît, Aimé, demandez-nous du vin et des beugnons. Le vin arrange tout. La vie serait souvent si crue, sans lui.

Il lui fit boire d'un vin de Châteaumeillant que le bonhomme Robin gardait pour les châteaux, et dont l'écume rose pétillante moussait aux lèvres.

— Ah ! dit Cendrine, deviez-vous me faire boire de ce vin ? Vous savez bien qu'il me rend l'humeur câline.

— Vous ne risquez rien, dit-il. C'est bientôt l'heure des grillades de cochon, et pas un Berrichon ne manquerait cela pour un câlin.

— Alors, redonnez-m'en, dit-elle en lui tendant son verre.

Il lui resservit du joli vin rose, qu'elle savoura à petites lampées jusqu'à la dernière goutte.

— Voilà, dit-elle, à présent je suis bien. L'heure que je vis avec vous n'a pas eu de commencement et n'aura pas de fin.

Les premières ombres du crépuscule s'amassaient sur le sol, entre les maisons les plus rapprochées. Les couleurs de la farandole revenaient vers le mail à gros bruit, de la taverne s'échappait déjà la fumée, puissamment odorante, du porc qu'on rissolait.

— Lâcheux ! cria Louison aux buveurs, quand la

farandole frôla la table à laquelle Cendrine et le marquis s'étaient installés.

Cendrine regarda fuir en sautant la robe rose de Louison, collée à la jupe bleue de Mme Marais.

— Vos Parisiennes s'en donnent, dit-elle. On voit qu'elles dansent sur notre herbe pour la dernière fois.

Son cœur se serra, et elle demanda d'une voix durcie :

— Avez-vous arrêté la date de votre départ ?

— Cendrine, ce sera dans mille ans, dit gentiment le marquis, et il lui versa la dernière gorgée de vin qui restait dans le pichet.

Le marquis avait prévu de partir vers la mi-septembre, mais chaque jour il se trouvait une dernière chose à mettre au point avec son régisseur avant de lui confier le domaine. Et puis, quitter son Berri en automne... Comme souvent, le début de cette saison y était superbe, chaud, lumineux, gorgé de couleurs, de fruits et de fleurs, c'était le temps des légumes éclatants, des bouquets d'asters et de marguerites jaunes, des premières feuilles blondes, le temps où la clairière aux cyclamens devenait un enchantement. Tout de même, le 3 d'octobre ils montèrent en voiture, et Toupinet claqua ses chevaux.

Seul Bréchou, le vieux valet du marquis, n'était pas sur l'esplanade. Son maître avait interdit les larmes, et Bréchou se crevait de larmes dans un coin.

— Votre pauvre Bréchou, murmura Marianne, alors que le carrosse roulait déjà dans l'allée des tilleuls. Il me fait peine. Ma maison des Porcherons n'est pas grande, mais j'y aurais bien trouvé la place d'une paillasse pour lui.

— Merci, dit Roquefeuille, c'est mieux ainsi. Mon Bréchou n'est plus jeune, la nouveauté ne lui irait pas. Et rien que pour le voyage, où diable l'aurions-nous fourré ?

Les maîtres, les enfants, la grand-mère, Suzanne et dame Pomme, cela faisait déjà bien du monde entassé dans la vieille caisse !

— Ne nous arrêterons-nous pas, avant le tournant,

pour un dernier coup de mouchoir ? demanda Louison d'une drôle de voix, toute mince.

Ils s'arrêtèrent.

Louison et le marquis descendirent, les petites filles se penchèrent aux portières et, là-bas, sur l'esplanade, les mouchoirs se remirent à palpiter dans l'air bleu.

Cinq ans plus tôt, c'était de cet endroit de l'allée que la nouvelle marquise de Roquefeuille avait vu pour la première fois le château de Verte-Fontaine, sous un soleil oblique qui satinait ses vieux roses et ses bruns, les gris de ses ardoises, le vert éteint de ses mousses. Elle lui avait souri de tout son cœur, soulagée de ne pas découvrir une triste forteresse grise, heureuse qu'il eût de si belles couleurs et d'humaines proportions. « Je vais l'aimer », avait-elle pensé, et elle l'avait aimé.

— Au revoir, ma maison, dit-elle tout bas, et elle lui envoya un baiser.

III.

Ci-devant marquis

15

Matthieu jeta un coup d'œil distrait par la fenêtre. En bas, dans le jardin, la vie bouillonnait gaiement sous l'ombrage rouillé des tilleuls. La Révolution était sage aujourd'hui, dans le Palais-Royal au moins. Ailleurs aussi, sans doute? Depuis qu'au début d'octobre ils avaient ramené la famille royale de Versailles aux Tuileries, depuis que l'Assemblée s'installait aussi dans Paris, les Parisiens se sentaient les maîtres du Royaume, cela leur rendait de la belle humeur et des chansons.

Le baron reporta son regard sur son assiette. Les côtelettes d'agneau étaient excellentes. On mangeait bien, au club de Valois. Son ami Gouverneur Morris l'y invitait de temps en temps. Ce jour-là, ils y dînaient à trois avec le corsaire John Paul Jones. L'heure était agréable. Le duc d'Orléans logeait très bien le club, dans un riche appartement suspendu comme un balcon juste au-dessus des frondaisons de son jardin.

— François, rapportez-nous une autre bouteille de bordeaux, dit Morris au garçon qui les servait.

— Gouverneur, vous avez raison, dit Jones. Ce vin est bon.

— Le club a en cave le meilleur bordeaux qui se puisse boire dans Paris, dit Morris. J'en emporte toujours quand je vais dîner chez La Fayette : le marquis sert un vin exécrable.

Matthieu reprit du bordeaux avec plaisir, goûta d'un appétissant gratin de macaroni.

— Je suis content d'être ici, dit-il. Notre nouvelle salle de réunion est malcommode, on y étouffe et on ne s'y entend pas, mais il fallait que l'Assemblée travaillât dans Paris. Versailles, c'était la province!

— Matthieu, vous avez tort de vous réjouir, dit Morris, qui ne mâchait pas ses opinions. Le peuple de Paris est devenu terrible, il vous fera la loi, et voudra commander le Roi aussi. Le pays sera gouverné par une cohue ignare, qui vous imposera ses pires licences au nom de la liberté. Ne voyez-vous point ce qui se passe sous vos yeux? La France est en train de sauter d'une monarchie débonnaire dans une anarchie sauvage, et si vous n'y prenez garde il lui faudra longtemps pour s'en remettre, parce qu'il faut plus d'une génération pour apprendre à un peuple le bon usage de la liberté.

Morris avait une voix sonore, ses mots portaient souvent trop loin. Le marquis de Condorcet, qui traversait la salle à manger pour s'en aller rejoindre l'abbé Sieyès, s'arrêta un instant.

— Voilà, monsieur, un avis que je partage fort, dit-il à Morris. Dire que le peuple en sait assez s'il sait vouloir être libre, c'est le tromper dans l'espoir de s'en rendre maître. Par malheur le peuple veut être trompé, il prend les doux mensonges pour de l'amour.

— Il est femelle, dit Morris. Avez-vous dîné, monsieur? Sinon, prenez place et demandez des côtelettes de mouton, elles sont exquises.

— Et pour attendre vos côtelettes, choisissez une omelette à la truffe, conseilla Matthieu.

— Merci, dit Condorcet, je dois dîner avec Sieyès et Pasquier.

— Alors, buvez d'abord un verre de bordeaux avec nous, proposa Morris. Bien que nous soyons ici dans le seul club libéral de Paris où chacun puisse avoir son opinion, il n'en est pas moins plaisant de se retrouver parfois d'accord devant une bonne bouteille?

— Personne ne refuse un verre du bordeaux d'ici, dit Condorcet en s'asseyant.

— Le club de Valois a été créé pour fournir à ses membres le bonheur le plus apprécié dans un temps révolutionnaire : discuter politique à l'aise, bien assis autour d'une bonne table, dit Morris en riant.

La remarque agaça Condorcet. Gauche dès qu'il se voulait léger, le marquis éprouvait de la gêne à s'amuser de la politique. Aussi hésitait-il encore à décider si « Jambe-de-bois » l'attirait plus qu'il ne s'en méfiait, ou bien le contraire ?

Depuis le rappel de Jefferson en Amérique, Gouverneur Morris faisait figure d'ambassadeur de son pays avant même d'avoir été nommé, et Condorcet trouvait excessif qu'on lui demandât son avis sur tout et ses conseils pour tout, et cela même dans les salons les plus proches de la Cour. Juste, le marquis reconnaissait pourtant que Morris parlait le plus souvent comme pensait Condorcet, avec la même lucidité, la même intelligence du présent et de l'avenir. Mais pourquoi le faisait il avec cette voix pleine, cette assurance, cet entrain, cette joie d'être qui séduisait toutes les femmes et lui gagnait si facilement les hommes ? Pourquoi avait-il ces dons de tribun — la puissance et le charme —, qui manquaient tant au génie de Condorcet ? Le savant marquis, lui, semblait avoir été poudré tout à frimas en même temps que sa perruque, et sa froideur lui rendait suspect le brillant naturel de l'Américain. Que de surcroît Morris fût très bel homme en dépit de sa jambe de bois — grand, bâti en athlète, avec un beau visage ferme et un beau regard bleu —, qu'il fût couvert de bonnes fortunes n'était pas fait pour inspirer de la confiance à un timide, à un studieux comprenant mal qu'on perdît son temps dans des alcôves. Son vin bu, Condorcet allait se lever pour prendre congé quand Morris le surprit, en se dressant debout avec un « Aïe ! » de douleur.

— Excusez-moi, dit-il dans une grimace, ma jambe qui n'est plus ne peut perdre l'habitude de me donner des crampes. Bon, voilà qui est fait pour aujourd'hui, ajouta-t-il sans rancune, un instant plus tard, en se rasseyant.

— Je crois, Gouverneur, que vous encouragez votre fausse jambe dans ses caprices, dit Matthieu. J'ai remarqué que ses crampes intéressaient les dames ; leur cœur s'en émeut.

— C'est vrai, dit Morris. Les femmes sont curieuses. Elles ont envie de voir ce qu'on peut faire avec une seule jambe, quand on est un indigène du Nouveau Monde.

— Monsieur, les femmes récompensent le soldat qui a donné sa jambe pour la victoire de la liberté, s'efforça de dire aimablement Condorcet.

Morris se pencha vers le marquis.

— En confidence, monsieur, ce n'est point au service de ma patrie mais au service d'une dame que j'ai laissé ma jambe, railla-t-il. J'ai sauté par sa fenêtre parce que son mari arrivait à sa porte, et je suis tombé sous les roues d'un fiacre. Tenez-moi le secret, je vous prie, bien qu'après tout je trouve plus gai d'avoir donné une jambe à l'amour plutôt qu'à la guerre.

— Je crois que vous l'avez choqué, dit Matthieu à son ami, quand Condorcet se fut éloigné.

— J'ai une langue trop franche, qui me joue des tours parce qu'elle n'en fait point assez avant de parler, soupira Morris. J'use d'un mauvais français tout cru et sans finesse, cela me nuit souvent.

— You're fishing *, dit Jones en souriant. Vous êtes fort au goût des Français, surtout quand ce sont des Françaises, et vous le savez. Monsieur de Condorcet n'est point un Français tout-venant. Il n'aime à plaisanter de rien, c'est un homme de gravité.

— Il est amoureux de sa femme. A son âge **, faire le jeune marié ne prédispose point à traiter de l'amour à la légère, dit Matthieu.

— La belle vie est la vie de célibataire épicurien, surtout en France, dit Morris. J'ai tout de suite remarqué qu'il y avait dans ce pays deux espèces d'hommes, ceux qui font les pères de famille et ceux qui font les enfants, et pourquoi choisir le moins amusant ?

Ils commandèrent du fromage de Brie, de la salade d'oranges et des macarons, qu'ils grignotèrent en bavardant du seul sujet qui les passionnât tous les trois autant que la politique : les femmes. Et chacun parlait de ses fantaisies, pour ne surtout point parler de son cœur. A ses élancements il était encore de mode, en amour, de sembler préférer les jeux du corps et de l'esprit ; la révolution, là-dessus, n'était pas faite. Chauvigné se laissa sans humeur plaisanter pour les ardeurs intermittentes de lady Eléonore, qu'il partageait

* Vous pêchez (des compliments).

** Condorcet avait 46 ans en 1789.

avec le comte de Fersen. Le bordeaux aidant, Jones se permit même de dire, cavalièrement :

— En somme vous vous êtes fait là, Matthieu, chez sir Crawford, une sorte de parenté avec la Reine ?

— La Reine, releva Morris, attristé soudain. Pauvre femme. Fersen ne devrait point la tromper, fût-ce pour donner le change au monde. Je la vois si universellement haïe qu'elle a bien besoin d'un ami qui soit à elle, tout à elle. On m'a dit qu'elle craignait de ne jamais pouvoir ressortir de Paris, et je crois qu'elle voit juste.

— Notre futur ambassadeur est un républicain convaincu, qui se mettrait volontiers au service de la monarchie française, remarqua Jones en souriant.

— Ma foi oui, dit Morris. J'aime fort la France, j'aimerais y voir l'ordre rétabli, et parce que les Français ne sont point, point du tout des Américains, je sais qu'il leur faut un roi constitutionnel plutôt qu'un président d'une république.

— Et puis, insista Jones, la Reine vous touche ?

— Toute femme malheureuse me touche, surtout quand elle est jolie, dit Morris.

Il ajouta trop haut :

— La nature m'a fait l'âme désuète d'un chevalier. Un chevalier ne peut que rêver de délivrer une jolie reine prisonnière ?

— Chut ! fit Matthieu, en regardant autour de lui.

Les dîneurs du club n'étaient certes pas tous des amoureux de la Reine ! Et, moins encore, le petit peuple des serveurs qui circulait entre eux.

— Matthieu, dit Morris, si vous, un député de la noblesse, n'osez déjà plus écouter en public des propos royalistes, alors tout va plus mal encore pour la France que je ne le pensais. Les Français vont me gâter leur pays, où je vivais heureux.

Saisissant la troisième bouteille de bordeaux qu'on leur avait apportée il vida son reste dans leurs trois verres, avec équité.

— Buvons notre dernier coup à la santé de la Reine, dit-il. Elle seule, peut-être, pourra convaincre le

Roi de se sauver pour sauver son royaume. Messieurs, à la Reine !

Morris avait éteint sa voix pour chuchoter ses derniers mots, mais il se leva pour boire, et ses deux invités l'imitèrent. Des tablées voisines on jeta des coups d'œil aux Américains. Le vicomte de Noailles, qui venait de rejoindre Condorcet et Sieyès à la table du baron Pasquier, ricana :

— Ils doivent avoir fini de former le prochain ministère. C'est le grand jeu de Morris, en ce moment. Tous les jours en fin d'après-dînée il s'en va faire le thé et le ministère chez madame de Flahaut. Talleyrand vient souvent s'en mêler, et parfois monsieur Vicq d'Azyr.

— Bah ? fit Sieyès, surpris. Vicq d'Azyr ?

— Vicq d'Azyr est le médecin de la Reine, à lui, c'est tout ce qu'on demande, dit Noailles. La belle Flahaut se flatte de pouvoir, par Vicq d'Azyr, faire passer à la Reine, et de la Reine au Roi, le choix de ses amants.

— Eh bien, dit Condorcet, j'applaudis la comtesse pour une chose au moins : avoir établi la concorde entre deux partis rivaux pour les faire travailler ensemble au salut du pays. Morbleu ! c'est ce que je souhaite voir demain au gouvernement : les ennemis réconciliés au chevet du Royaume malade, et mettant chacun du sien pour lui rendre la santé. Je suis pour que les femmes entrent en politique autrement que par les alcôves. Elles n'entendent pas les affaires moins bien que nous, et elles sont plus diplomates, avec une bonne et longue expérience de la conduite des hommes.

— Sur ce pied-là, vous ne devriez point reprocher à la Reine son emprise sur le Roi, remarqua Sieyès.

— Je ne reproche point à la Reine de se mêler de politique, je lui reproche d'avoir la tête faible. Si désormais elle emprunte à la bonne tête de madame de Flahaut par le truchement de son médecin, cela ne nuira pas au Roi, dit Condorcet.

— Vous vous plaisez souvent à défendre des idées qui ne sont qu'à vous, dit Sieyès. Vous êtes républicain, plus que nous tous, et pourtant vous ne semblez jamais pressé d'arriver dans la république.

— C'est qu'on ne la ferait pas que pour moi, dit Condorcet. Derrière moi il y a quasiment vingt-cinq millions de royalistes, qui s'y verraient jeter de vive force. Pour bien vivre en pays républicain, il faudrait d'abord que l'école eût fabriqué des citoyens. La France d'aujourd'hui n'est guère peuplée que de sujets, et la rébellion ne vaut pas l'instruction.

« Bon, nous voilà partis pour un discours sur l'éducation nationale », pensa le baron Pasquier, ennuyé. Avec envie il lorgna les Américains, qui semblaient plaisanter de bon cœur.

L'évêque d'Autun * entra dans la salle à manger, passa dire un mot à Morris et puis s'installa seul à une table, dans le fond de la pièce. Bientôt après Morris quitta ses invités pour aller s'asseoir en face de l'évêque. Resté seul avec l'amiral Jones, Chauvigné les contempla un instant.

— Ils ne se lasseront jamais d'essayer de gouverner la France, dit-il en souriant.

Il ajouta d'un autre ton :

— Remontez-vous chez vous ? Nous y remonterions ensemble. J'ai une visite à faire dans votre rue, à la Folie-Poupette.

— Chez madame Marais ? J'ai vu, en effet, qu'elle était de retour de la campagne, dit Jones. Fréquentez-vous chez elle ? Je ne savais pas qu'elle tenait salon.

— Sa fille a épousé mon oncle Roquefeuille, dit Matthieu.

— Ah ? fit Jones, l'air intéressé. J'ai rencontré madame de Roquefeuille hier, à un souper que donnait le prince de Hénin. La marquise est donc votre tante ? Eh bien, mon cher, monsieur votre oncle est bien imprudent d'avoir à la fois une femme telle qu'elle et un neveu tel que vous !

— Bah ! fit Matthieu, mais il ne put mieux se défendre et se sentit transparent, son amour à fleur de peau.

Un peu trop de bordeaux avait endormi sa pudeur. Au seuil d'un bon dîner entre amis, un instant de sincérité eût été si bon à prendre... Matthieu dit malgré lui :

* Talleyrand.

— Il fait soleil, John, et le jardin s'amuse. Ne me rappelez pas que toutes les jolies femmes ne sont pas pour moi.

— Perdre beaucoup de femmes, ce n'est rien, dit Jones.

Et comme si une brèche, brusquement, venait de s'ouvrir dans son cœur, il se mit à parler de sa princesse. La confidence s'échappait de lui toute seule, et il ne pouvait pas plus l'arrêter qu'un ruisseau ne peut empêcher son eau de couler.

Comme tout le monde, Chauvigné avait eu des échos du roman triste que Jones, alors amiral de la flotte russe, avait vécu avec une fille d'honneur de la tzarine, la princesse Anna Mikaïlovna. Il savait que la terrible tzarine avait fait jeter la princesse au fond d'un couvent où elle était morte, avant de renvoyer son amiral avec tous les outrages dus à un traître. Il ne savait pas que, depuis la mort d'Anna, Jones n'était plus qu'un survivant, traînant dans sa trop solide carcasse un reste de vie superflu. Et une grande surprise apitoyée venait à Matthieu parce que le dur marin, l'intrépide, l'irrésistible corsaire de tant de victoires et de tant de conquêtes, lui racontait sa peine avec des mots de jeune homme bouleversé, meurtri à jamais par un premier amour.

— Je fais tout à contretemps, achevait-il dans un pâle sourire. A l'âge de l'amour je faisais la guerre, je n'avais dans mon lit que des mirages ou des plaisirs. A l'âge de l'ambition Louis XVI m'a fait chevalier, Catherine de Russie m'a fait amiral, et alors j'ai découvert Anna, et qu'on pouvait avoir envie d'exister pour une femme, plutôt que pour l'aventure et la gloire. Et pour avoir vécu mes âges dans le désordre me voilà veuf de tout, en deuil d'Anna, en deuil de la mer.

— Vous retrouverez un commandement, dit Matthieu. Patientez, la mer est calme ces temps-ci. Ces temps-ci, les passions ennemies s'affrontent sur la terre.

— Oui, mais je crois bien qu'aujourd'hui, ces passions-là m'indiffèrent, avoua Jones, je ne fais que semblant de m'en mêler. Je vous le répète, mon ami, je suis un homme qui va tout à contresens. J'ai adoré la révolte américaine, j'étais un furieux démocrate quand ma patrie était encore sujette du roi d'Angleterre, et dès qu'elle a été libre je suis venu me mettre au service de la vieille monarchie française, et puis de Catherine, la souveraine la plus absolue de l'Europe ! Quand l'autocrate m'a vilainement chassé de ses États j'aurais pu retourner vivre républicain en Amérique, eh bien non ! J'ai choisi de me fixer en France, priant Dieu que votre Assemblée me la laisse en l'état bonnement royaliste où je l'ai connue, qui me plaisait bien. Bref, je me suis beaucoup battu, beaucoup démené, pour finalement désirer mourir dans un climat autre que celui où triomphent mes idées.

Il eut une grimace d'ironie, piteuse.

— Croyez-vous, Matthieu, que des hommes aient parfois une opinion assez bien raisonnée, assez sûre pour se donner le droit d'en faire leur tourment et les malheurs des autres, des émeutes et des guerres ? Ne devraient-ils pas plutôt prendre leurs fumées de tête comme elles viennent, sans s'y trop attacher, et en faisant passer leurs occupations amoureuses avant elles ?

— Je crois que certaines idées valent une bataille, et qu'on y risque sa vie, dit Matthieu.

Jones soupira.

— Pour hésiter avant de répondre cela il vous manque dix ou quinze ans, dit-il.

Le garçon vint leur apporter du café, et de la liqueur digestive. Jones, longuement, tourna une cuillerée de sucre dans sa tasse. Il rêvait et son regard le portait loin, alors Matthieu lui aussi but son café en silence, se servit un peu de la liqueur des pères chartreux de Vauvert *. La chartreuse embaumait, elle avait le parfum bien dosé d'une gourmandise que des mains pieuses ont préparée sans hâte, depuis la cueillette attentive des bonnes herbes jusqu'à la mise en flacon, et Matthieu pensa avec humeur aux enragés de l'Assemblée qui voulaient fermer les couvents, pour expédier les religieux travailler à « des choses utiles ».

— John, plaisanta-t-il, ne trouvez-vous pas que la fabrication de la chartreuse est une occupation amoureuse qui, selon votre morale, devrait être protégée ?

— La Russie, murmura Jones, qui avait continué de

* Rue d'Enfer, aujourd'hui Denfert-Rochereau.

n'écouter que ses souvenirs. Elle vous change l'âme. Elle vous donne une âme.

Il rit légèrement.

— En Europe occidentale nous n'avons pas d'âme, nous n'avons que du cerveau !

Il ajouta après un temps :

— Il ne neige pas assez par ici, et dans trop peu d'espace.

— Prenez de la chartreuse, dit Matthieu en lui passant le flacon. Elle a de l'âme à revendre, bien plus qu'assez pour vous noyer le cerveau s'il vous encombre.

— Bon, dit Jones. Revenons aux bonheurs faciles.

Il lampa deux doigts de liqueur, demanda, avec un coup d'œil sur Morris, qui discutait toujours avec Talleyrand :

— Irez-vous chez madame de Flahaut, tout à l'heure ?

— Oui, dit Matthieu. Il est convenu que je passerai chercher Morris à son hôtel vers six heures, en redescendant de la rue Royale *. Au fait, y monterez-vous avec moi ?

— Oui, oui, je veux regagner ma tanière, dit Jones. Une amie a fait tendre un hamac entre deux arbres de mon jardin, un marin ne trouve pas mieux qu'un hamac pour y songer et, comme vous voyez, ce tantôt je suis plein de songe. Vous ne sauriez croire combien ce hamac me retient chez moi depuis que je l'ai. C'est qu'il faut beaucoup y songer pour ne rien oublier d'un visage, d'une voix, d'un sourire, d'une tendresse perdus. Vous avez de la chance, Matthieu, d'avoir votre chagrin d'amour à la portée de vos yeux.

Matthieu tressaillit, mais n'eut pas le temps de répliquer, Jones enchaînait en souriant :

— Votre main a tremblé et votre regard cillé quand j'ai prononcé le nom de la marquise de Roquefeuille. Je suis un marin, mon ami, je sais voir les signes d'un climat d'orage, même si l'orage ne se montre pas.

— Vous m'ennuyez, dit Matthieu, fâché. Ne donnez pas de votre maladie romantique aux autres, s'il vous plaît.

— Ha ! s'amusa Jones, vous vous défendez aussi mal que Fersen quand je lui parle de la Reine.

* Rue Pigalle aujourd'hui.

— Avec Fersen vous finirez sur le pré; il n'est point patient quand on le chatouille là-dessus, dit Matthieu, et il se leva, pour aller commander un fiacre.

Rue Royale, Matthieu ne trouva pas Louison : la marquise était en ville, pour y faire des courses. Le baron fit poliment un brin de causette à Mme Marais et puis redescendit vers le Palais-Royal, pour s'en aller attendre Morris à son hôtel, rue de Richelieu.

Immobilisé par une barrière de populace au débouché du pont Notre-Dame, l'Américain pestait.

— Martin, ne peux-tu rien faire? cria-t-il en se penchant à la portière de sa voiture. Je suis en retard!

— Hé, monsieur, cria Martin en retour, cela m'a tout l'air d'une émeute, je n'ai point envie de nous y jeter! Ces gens-là... Oh! Dieu!

Une nausée d'horreur avait coupé sa phrase. Au-dessus de la foule vociférante une tête fraîchement coupée venait d'apparaître, poudrée de farine et coiffée d'un bonnet de boulanger, ses yeux bleus grands ouverts pour jamais sur l'épouvante, et elle pleurait encore du sang sur la brute géante qui la brandissait, plantée au bout d'une pique.

— Recule! commanda Morris, le mouchoir aussitôt sur les lèvres.

Martin n'en eut pas le temps. Hurlant et sanglotant un jeune valet venait de se pendre après les chevaux du carrosse, et suppliait le cocher :

— A l'aide, monsieur, à l'aide! Foncez dans la masse! Ils veulent pendre ma maîtresse aussi!

Morris descendit de voiture, aussi vite que s'il avait eu ses deux jambes.

— Boy, aidez-moi d'abord à grimper là-dessus, jeta-t-il, montrant d'un coup de tête le siège de son cocher.

Poussé d'en bas, tiré d'en haut, l'athlète infirme se hissa sur le siège, s'y dressa debout, rugit de toute sa puissance :

— Peuple de Paris, écoutez-moi ! Je suis un ami ! Je suis un ami de La Fayette !

L'apostrophe fougueuse de l'Américain tomba comme un coup de cloche sur les premiers rangs de la foule. Cinq à six dizaines d'individus se retournèrent vers le pont, levèrent leurs regards sur le gaillard qui les haranguait. Un énergumène, qui pointait déjà un fusil sur lui, l'abaissa en le reconnaissant.

— Ecoutons-le ! brailla-t-il. C'est la Jambe-de-bois, un patriote américain !

— Vive l'Amérique ! gueulèrent quelques gosiers, pour la joie de gueuler.

— Un ami de La Fayette, c'est pas un ami à nous ! Les gardes * de La Fayette font tous les jours esquiver de nos ennemis, pour pas qu'on les pende comme ils le méritent ! glapit une voix de femme, si perçante que Morris l'entendit clairement.

— Et celui-ci ? tonna-t-il en montrant la pauvre tête martyrisée. Ne l'avez-vous point puni à votre guise, et trop vite peut-être ? Qu'avait-il donc fait ?

— Ha ! Pour c'çui-là, l'Américain, perdez pas vot' temps à essayer d' nous l'esquiver, c'est un peu tard ! s'esclaffa le géant qui portait le trophée, et il y eut d'affreux rires autour de lui.

— Refuser son content de pain au peuple quand on en cache encore une fournée pour les riches dans son arrière-boutique, ce jeu-là n'est plus permis, monsieur l'Américain ! enchaîna le braillard au fusil. L'ennemi du peuple, aujourd'hui, il va droit à la lanterne !

— C'est pour ça que celle-là, qu'était en train d'acheter ses petits pains mollets derrière le fournil pendant que devant, on me refusait mon pain de quatre livres, celle-là elle va y aller aussi, à la lanterne ! vociféra une mégère, qu'une houle de clameurs approuva.

Il y eut un remous dans la populace, et Morris aperçut la jeune femme au bonnet perdu, aux cheveux dénoués, qui se débattait encore faiblement entre les griffes d'une bande

* La Fayette commandait la Garde nationale.

de furies. « Mon Dieu, elles vont la tuer ! » pensa-t-il avec désespoir et, au même instant, le valet qui l'avait alerté se rejeta dans la mêlée en criant de douleur.

Morris arracha le fouet à son cocher, fit claquer quelques moulinets dans l'air, rassembla tout son souffle :

— Arrêtez ! hurla-t-il. Lâchez cette femme ! Je la connais ! Ce n'est point une aristocrate ! C'est la bonne amie d'un député du tiers. Est-ce que les députés du peuple, qui tiennent séance de jour et de nuit, n'ont point le droit de manger des pains mollets ? Et pensez-vous qu'ils aient le temps de venir les attendre devant la porte d'une boulangerie ?

Les forcenées de la rue avaient une envie folle de pendre une jolie femme bien mise mais, par une chance inouïe, Morris venait de mentir juste. Tout à l'heure déjà, avant le drame, Mme François avait tenté de sauver son mari en disant que les pains mis de côté étaient pour l'Assemblée nationale. On n'avait pas cru la boulangère, on crut l'Américain : l'émeute est versatile, et l'Américain avait une voix de meneur d'hommes. Il mentit à s'époumoner, tout le temps qu'il fallut, jusqu'à ce qu'enfin des mains — des mains d'hommes — lui tendissent la victime graciée, cette fois évanouie pour de bon. En hâte il la fourra dans son carrosse, le valet sauta auprès du cocher, et Martin commença, avec précaution, de faufiler son équipage dans le chemin bordé de canaille qui s'ouvrait devant ses chevaux.

— Ma foi, madame, je ne me serais point pardonné de vous avoir laissée mourir, murmura Morris.

Dans le grand désordre de ses cheveux ruisselants et de sa toilette déchirée la naufragée était ravissante. Sans se soucier des trognes curieuses qui s'affichaient aux portières pour lancer des coups d'œil et des obscénités dans la voiture, Morris installa la jeune femme de son mieux contre le capiton, trouva sa fiasque de whiskey, mouilla son mouchoir et lui bassina les tempes à l'alcool avant de lui en passer l'odeur sous le nez. Elle remua la tête, revenait à elle doucement. Sa poitrine battait vite en montrant de charmantes blancheurs, car les mégères l'avaient dépouillée de son fichu et craqué son caraco. Enfin, comme, au pas, l'équipage sortait de la Grève * et que les figures se raréfiaient aux portières, elle revint tout à fait, sursautant et jetant ses deux mains en avant, avec un grand cri de terreur.

— Là, madame, là..., dit Morris d'un ton apaisant, en recueillant les mains frémissantes. Ne craignez plus rien, vous êtes sauvée.

— Toupinet ? balbutia-t-elle, avec un regard anxieux autour d'elle.

Morris lui sourit.

— Est-ce votre valet ?

D'un coup de tête il désigna le toit de la caisse.

— Ne vous inquiétez pas : il est là-haut, avec mon cocher.

Elle lui reprit ses mains qu'il avait gardées, accepta, l'air interrogateur, la fiasque et le tout petit gobelet d'argent qu'il lui tendait.

— C'est de l'eau d'Ecosse. Souveraine pour tout, et pour la peur surtout. Buvez-en une gorgée.

Avant de boire elle le dévisagea un long instant, et lui pensa que jamais il n'avait été pris dans la lumière d'aussi beaux yeux.

Elle but sans précaution et se mit aussitôt à tousser, surprise par la force du whiskey. Morris eut un rire qui la gagna, et elle allait lui rendre sa fiasque quand la grosse face d'une harpie saoule et hilare aux mèches de Méduse s'encadra dans la portière. Louison poussa un cri, la femme plongea un bras dans la voiture, attrapa la fiasque avec un hurlement de plaisir, et disparut. Louison s'était rejetée en arrière, tremblait et hoquetait, cramponnée à Morris, pressée contre sa poitrine.

Le grand Américain savait quoi faire avec une femme prise d'une crise de nerfs. Rien que sa carrure était un remède à sa panique, il l'avait vingt fois constaté. Sans hésiter il referma ses bras sur la dame et se mit à lui embrasser les cheveux, tout en lui chuchotant que personne,

* La place de Grève, devant l'Hôtel de Ville.

personne ne pourrait l'atteindre là où elle se trouvait en ce moment. Sa façon de faire réussissait aussi bien qu'à l'ordinaire. La dame s'apaisait, ne reniflait plus qu'à petits coups espacés et n'en restait pas moins enfouie dans ses bras, docilement, comme dans le lieu le plus propice à sa sauvegarde. Avec complaisance, Morris la serra contre lui un peu plus fort, et l'entendit soupirer de soulagement. Manifestement, la jolie dame avait tôt pris l'habitude de s'appuyer aux hommes, et comme l'Américain avait tôt pris le pli de protéger les jolies dames, la rencontre était heureuse.

— Mon Dieu ! murmura-t-elle en se redressant soudain, mon Dieu, je dois être faite comme une souillon !

Elle croisa ses mains devant ses seins, s'apercevant enfin qu'ils n'étaient plus guère vêtus que de lambeaux d'étoffe. Morris ôta son habit, lui en couvrit les épaules.

— Je vous emmène à mon hôtel pour un moment, dit-il. La femme de chambre réparera votre désordre de son mieux. Je suis Gouverneur Morris, le chargé d'affaires des Etats-Unis. J'habite l'*Hôtel Richelieu.*

— Je suis la marquise de Roquefeuille, dit-elle en lui tendant sa main à baiser. Merci, monsieur. Vous m'avez sauvée d'une mort affreuse.

Elle ajouta tout bas, dans un frisson :

— Ils m'auraient pendue, n'est-ce pas ?

— Les Parisiens sont des bêtes immondes, gronda Morris.

Louison secoua la tête.

— Etaient-ce vraiment des Parisiens ? Je ne puis le croire. Les Parisiens d'hier...

— Oui, coupa Morris, on me dit souvent que les Parisiens d'hier étaient aimables et rieurs, et commençant et finissant leurs journées par des chansons. Je suis arrivé trop tard à Paris pour y voir ce peuple-là. Je n'y ai trouvé dans les rues que des bêtes méchantes, à l'affût d'un meurtre ou d'une rapine, d'une bassesse ou d'une cruauté. Cela finira mal. Mais aussi, madame, pourquoi diable vous mêler d'acheter votre pain vous-même, dans un temps où la Garde doit laisser deux hommes à la porte de chaque boulangerie ?

— Je demeure chez ma mère, rue Royale sous le Mont-

Martre, dit Louison. Les crieurs de pain n'y montent plus et, comme je venais en ville... Les gardes nationaux ont bien essayé de nous défendre, mais ils n'étaient que deux, alors...

— Les gardes nationaux ! marmonna Morris.

Il regarda défiler, de chaque côté de sa voiture de nouveau immobilisée, la cavalerie de la Garde nationale, qui faisait mouvement vers la Grève depuis la cour du Louvre.

— La Garde, ironisa-t-il, la voilà qui s'ébranle, un peu trop tard semble-t-il, au moins pour le boulanger. Monsieur de La Fayette arrive souvent un peu trop tard sur le lieu du crime ; plus tard en tout cas que le peuple, et c'est fâcheux.

Remarquant l'air surpris de sa passagère, il se hâta d'enchaîner :

— Le général, bien sûr, fait ce qu'il peut. Mais dès qu'il s'agit de charger le peuple souverain, ses soldats traînent les pieds.

La voiture repartait. La jeune femme se laissa aller contre le capiton, soudain très lasse de l'épouvante qu'elle avait traversée. Dieu merci, se dit Morris, elle n'avait pas envie de discuter des mérites de La Fayette. Elle semblait ne faire que se reposer en lâchant un mot de temps en temps, mais il voyait qu'elle était aussi en train de se faire un portrait de lui et cela n'ennuyait pas l'Américain. Il arrivait à trente-sept ans avec toujours la même curiosité des femmes, et un appétit affiné. Aujourd'hui il prisait leurs amitiés autant que leurs amours, savait se faire des bonheurs délicats avec un moment de causerie, un sourire ému, une main abandonnée, pourvu qu'il sentît le trouble à fleur d'amitié, et que la dame qui ne se donnait pas tout entière n'eût pas donné sa main, pris son bain, changé de chemise devant un moins bel homme. Celle-ci avait pris le parti de se très mal cacher dans la veste de son sauveur, et lui offrait le ravissant spectacle d'une beauté en plein désordre, en ayant bien la mine de s'en douter ! « Nous verrons », pensa Morris. « We'll see », c'était l'expression qui lui venait toujours devant une jolie femme dont la vertu lui semblait fragile, si bien qu'à Paris, il se le disait à tout bout de champ !

A force de patience et de longueur de temps, Martin, le cocher, finit par réussir à gagner l'*Hôtel Richelieu* à travers la cohue, de plus en plus dense, dont tout le quartier s'était empli. Louison s'engouffra vite dans l'hôtel, Toupinet sur ses talons.

Morris ne pouvait pas encore mener un train d'ambassadeur mais il s'était déjà très bien logé, juste derrière le Palais-Royal. A l'*Hôtel Richelieu* son appartement se composait d'une grande chambre et d'un grand salon, d'un cabinet et d'un petit office où, la nuit, son fidèle Martin étendait sa paillasse. Le mobilier d'acajou était moderne, commode et beau, la tenture et les rideaux de soierie jaune mettaient de la lumière dans les pièces, qui faisait oublier l'air sombre emprisonné entre les hautes maisons de la rue.

Louison passa dans le cabinet, pour s'y arranger de son mieux. La femme de chambre lui trouva du ruban pour ses cheveux, de l'eau de Cologne pour tamponner les écorchures de ses bras, emporta sa jupe et son caraco pour les recoudre un peu. Louison avisa la robe de chambre de son hôte et s'empaqueta dedans. La robe était de belle brocatelle à fond vert, elle n'osa pas y piquer des épingles pour la raccourcir et souleva la jupe à deux mains pour reparaître dans le salon.

— Excusez-moi d'être si grand, lui dit Morris en souriant.

— Oh ! fit-elle, n'y changez surtout rien ! Les brutes qui me tenaient n'eussent pas obéi à un plus petit homme, je le crains.

— Vous êtes encore très pâle, dit-il. Venez...

Comme elle s'embarrassait les pieds dans la robe de chambre il la rattrapa, la soutint, l'aida à s'allonger à demi sur le sofa, lui cala le dos avec les oreillers de son lit.

— Et maintenant, madame, ne vous ferai-je point une tasse de thé ? L'aimez-vous ? Je suis vaniteux de mon talent pour faire le thé, ce sont des Parisiennes qui me l'ont révélé, mes Américaines n'avaient jamais semblé s'en apercevoir. Ici, madame de Chastellux prétend ne boire de bon thé que de ma main, et je vais, presque chaque soir, faire celui de madame de Flahaut.

— Voyons, dit Louison. Mais je demeure loin de chez

vous, et vous serez fâché, peut-être, de m'avoir donné du goût pour votre art ?

Il la regarda avec gourmandise.

— Madame, dit-il, je ne sais comment cela se fait mais à Paris, je l'ai remarqué, aucune amitié féminine ne vous pèse, on a toujours du temps pour elle. Les Françaises sont des sorcières, ce qu'elles ont à vous donner ne s'use pas.

Il lui apporta un thé des Indes très parfumé qu'elle goûta du nez, comme une chatte, avant d'y tremper ses lèvres.

— Exquis, dit-elle après quelques gorgées. Et la porcelaine, exquise aussi.

Elle offrait, aux flammes d'un candélabre que Morris venait d'allumer, la fine tasse translucide aux dégradés de rose touché d'or ; vue ainsi elle pétillait doucement, on l'aurait crue de soie.

— Cette tasse du Japon était à ma mère, dit Morris, la voix mollie soudain. Par extraordinaire, ces tasses-là, les Anglais qui ont occupé longtemps notre maison ne les avaient ni cassées ni volées. Un oubli ! Il m'en reste quatre. C'est la seule chose que j'ai mise dans mon bagage quand je suis parti pour la France, avec mes papiers et quelques vêtements qui se trouvèrent démodés dès mon arrivée et me servirent très bien, en me faisant d'emblée remarquer pour exotique.

Sans se presser Louison détailla le fraque, le gilet, la culotte coupés au plus près du corps dans un drap d'amazone brillant comme du cuir, gris d'acier. Pas un galon, pas une broderie, pas une breloque, et seulement de modestes boutons ton sur ton, et pour cravate un tour de cou à trois plis de batiste blanche.

— Votre simplicité vous va, dit-elle. Mais il est vrai qu'elle vient visiblement d'ailleurs. De Boston ?

Il secoua la tête.

— Tous les Américains ne sont pas de Boston, ni même de Philadelphie. Je suis d'une ville moins civilisée, je suis de New York ; de Morrisania, plus précisément. C'est un beau morceau de la campagne new-yorkaise, et le jardin de ma maison.

Il y eut un silence parce que Morris avait prononcé avec tendresse le nom de Morrisania, et que Louison étudia son visage, mais n'osa pourtant pas l'interroger déjà sur son domaine.

— Je suis contente de connaître un Américain de New York, dit-elle seulement. Il faudra me passer beaucoup de questions.

— Mais aurez-vous envie d'écouter mes réponses? demanda-t-il. J'ai souvent l'impression, quand on me questionne sur l'Amérique, qu'on se soucie moins d'en apprendre quelque chose d'un témoin que de m'cxhibcr son amour romanesque pour elle, qui est à la mode.

Elle lui jeta d'un ton léger :

— Regretteriez-vous donc parfois, monsieur, d'être aimé de nous?

— Parfois, dit-il, moqueur. Il y a, madame, des laiderons entreprenants, même à Paris.

— Ah! soupira-t-elle par jeu, la Révolution va-t-elle donc faire du tort aux femmes? Hier, même un laideron de Paris savait se faire des amants. Le mot Parisienne était magique, surtout pour qui venait de loin.

— Madame, les Américains sont des réalistes, dit Morris. Ils sont d'un égoïsme vigoureux et sain dans tous les domaines. Je vous promets bien, pour ma part, que je ne rendrai jamais le bien pour le laid!

Elle se mit à rire, contente qu'il eût de l'esprit, mais un grattement à la porte la priva de donner une bonne réplique à la boutade. Morris alla ouvrir, se retourna vers la marquise.

— Permettez-vous, madame, que je fasse monter un ami auquel j'avais donné rendez-vous?

16

— Matthieu !

L'exclamation de Louison, presque un cri, figea Morris sur place, devant sa porte encore ouverte et Chauvigné pétrifié, qui contemplait la marquise avec un mélange de stupeur et d'incrédulité. Cette jeune femme aux cheveux dénoués, fagotée dans la robe de chambre de Morris et à demi couchée sur son sofa, c'était Louison ! Etonnée, mais souriante.

Morris repoussa la porte. L'effarement du baron et la soudaine roseur de la dame lui en disaient assez pour qu'il pensât : « Bon, comme à l'ordinaire j'aurai connu l'amant avant le mari. » Gaiement, il se hâta d'éclaircir la situation.

— Je vois, Matthieu, que je n'aurai point à vous présenter ? Alors ce sera le contraire et je vous saurai gré, mon ami, de parler flatteusement pour moi à madame, que je viens juste de tirer de l'émeute, et trop déchirée pour que je la laisse aller sans qu'on l'ait recousue.

— De l'émeute ? répéta sottement Matthieu, toujours sous le choc.

— Ils ont voulu me pendre parce qu'ils n'avaient pas de pain, et que la commande de maman était dans l'arrière-boutique, dit Louison.

— Vous pendre ! s'écria Matthieu, ne retenant que le mot absurde. La pendre ? redit-il, en se tournant vers Morris.

— Asseyez-vous, dit Morris, que nous vous expliquions mieux l'affaire...

— Good Heavens ! Ils deviennent fous ! cracha Matthieu dès qu'il en sut le détail. Par Dieu, Gouverneur, vous avez raison, le peuple devient fou ! Il ne voulait plus de la Bastille, mais il faudra agrandir les Petites Maisons * pour en délivrer les rues. Où donc était la Garde ?

* L'hôpital des fous.

La peur et la colère qu'il éprouvait après coup l'empêchaient de contrôler les élans de son cœur, et il embrassait à pleine bouche et gardait pressées entre les siennes les mains de Louison, en s'accusant de n'avoir point été là-bas pour la défendre.

Amusé, Morris observait la scène d'amour qui se jouait sous ses yeux — car il ne doutait pas que ce fût là de l'amour. La franchise élégante avec laquelle les Parisiennes vivaient leurs passions et leurs bagatelles ne l'étonnait plus, mais le faisait toujours sourire. Elles étaient d'un usage tellement plus charmant, tellement plus commode que les New-Yorkaises. Dès que mariées celles-ci se rangeaient, ou se cachaient dans une épaisse hypocrisie. Les Parisiennes faisaient le contraire, se donnaient de la liberté d'allure en même temps qu'un mari, et leurs maris étaient d'une si exquise politesse qu'ils finissaient par mettre à leur table le couvert de l'amant, tandis que toute la société tenait pour une vertu celle qui ne trompait point son premier amant, ou du moins lui laissait le cœur à défaut de toute sa personne.

Voyant que le baron se calmait, Morris allait lui offrir une tasse de thé pour achever de le remettre quand, pivotant vers lui, Matthieu lui lança tout à trac :

— Au fait, Gouverneur, c'est à mon tour de vous surprendre. Ne vous avais-je jamais parlé de mon oncle Roquefeuille ? Madame est ma tante.

— Oh ! fit Morris.

Il ajouta, pince-sans-rire :

— Vous ne me surprenez qu'à moitié. Je voyais bien que vous traitiez madame en proche parente affectionnée. Une tasse de thé ?

Un quart d'heure plus tard, la femme de chambre rapportait la jupe et le caraco rafistolés tant bien que mal, et Toupinet entra sur ses talons, pour donner des nouvelles de la rue.

Elles n'étaient pas rassurantes. La police avait arrêté les trois meneurs — deux hommes et une femme —, coupables d'avoir mis de leurs mains le boulanger à mort. On disait qu'ils seraient pendus le lendemain sitôt après leur jugement, et la populace, furieuse, continuait de battre la Grève et tout le cœur de la ville, hurlant des menaces pour qu'on lui rendît les condamnés, et devenant d'autant plus dangereuse qu'elle s'enflait maintenant de la lie accourue en armes des faubourgs, alléchée par une occasion de pillage. La Garde débordée s'était repliée sur le Louvre, la cavalerie de La Fayette se contentait de ceinturer le palais des Tuileries pour s'opposer au pire, l'envahissement des appartements royaux par les révoltés, toujours pressés d'en appeler directement au Roi depuis qu'ils le tenaient à la portée de leur mauvaise humeur. Toupinet n'avait pas même essayé de passer pour retourner vers le Marché-Palu où, avant le drame, il avait garé la chaise de Mme Marais derrière la boulangerie François.

— Vous ne pouvez pas sortir, madame, dit-il à sa maîtresse. Je ne peux pas vous remonter à la maison, pas maintenant.

Quand son valet et puis le portier de l'hôtel lui eurent, à leur tour, rendu compte de la situation, l'Américain, à son ordinaire, prit très vite une décision. Il proposa de laisser, pour la nuit, son appartement à Mme de Roquefeuille. En contournant le Palais-Royal par-derrière, son Toupinet s'en irait louer un cheval aux écuries du Mail, et il filerait jusqu'à la rue Royale, prévenir le marquis que sa femme était sauve, avant même que l'écho de l'émeute ne lui fût parvenu.

— Toupinet, tu empêcheras monsieur le Marquis de descendre me rejoindre ici, dit vivement Louison. Il tomberait en plein dans la furie.

— Je lui dirai que monsieur le Baron est avec Madame, comme ça il sera bien tranquille, dit Toupinet, et Morris cacha un sourire.

Louison se tourna vers son hôte, confuse, après coup, d'avoir si volontiers accepté son offre.

— Monsieur, point n'est besoin, après tout, que vous me cédiez jusqu'à votre lit. Je dormirai très bien sur le sofa, on voit pires arrangements dans les auberges de relais.

— Vous serez mieux dans ma chambre, dit Morris. Et faites-moi la grâce, madame, de croire que je puis sans trop de peine me trouver parfois, pour m'y loger, un autre lit que le mien.

— C'est bon, dit-elle en riant. Si je deviens pour vous l'occasion d'une aimable nuit, alors je ne discute plus.

— Matthieu, je vous confie l'installation de madame votre tante, dit Morris. En descendant, je vous commanderai un souper. Je veux tenter d'aller jusque chez madame de Flahaut, c'est tout près. Monsieur d'Autun doit nous y attendre depuis deux heures déjà et...

« ... et il aura eu tout le temps de me cocufier avec la comtesse », pensa Morris, qui acheva tout haut :

— ... et je n'ai pas fini de le convaincre que le ministère de mes rêves vaut mieux que le sien. Lui y voudrait des amis, moi j'y voudrais des talents.

— Eh bien, dit Louison, priez madame de Flahaut de vous départager. On la dit férue de politique. Elle a donc aussi un ministère dans la tête, qui peut valoir mieux que les vôtres ? Vous savez, monsieur l'Américain, nous autres femmes avons toujours peu ou prou gouverné la France.

— Je l'avais remarqué, dit Morris. Mais je remarque aussi que vous êtes en train d'en perdre le gouvernement discret au profit des gros bavards de l'Assemblée et des clubs, et je me demande si le Royaume s'en trouvera bien ?

— Gouverneur, intervint Matthieu, n'encouragez point ma tante à se mêler de politique, elle n'en est déjà que trop entichée, et vous ne voudriez point de son grand homme dans votre ministère : c'est La Fayette.

— Il a un si beau cheval blanc ! ironisa gentiment Morris, en s'inclinant devant la marquise pour prendre congé.

Elle lui tendit sa main à baiser.

— Pensez-vous, dit-elle, que les hommes choisissent leurs maîtresses avec moins de frivolité que nous choisissons nos héros ?

— Je sais en tout cas que vous, ne pouvez être choisie que pour vos perfections, dit galamment Morris, car je ne vous vois qu'un seul défaut, et c'est que vous ne soyez point à moi.

— Il est charmant, dit Louison aussitôt que l'Américain fut sorti. Matthieu, votre ami de New York est charmant. Pourquoi ne m'en avoir jamais parlé ?

— Il est à Paris depuis peu, et mon ami depuis moins encore, dit Matthieu.

Il ajouta en maugréant :

— Je l'entends souvent se plaindre de ne point savoir prendre le ton de marivaudage qui plaît aux dames d'ici, je le trouve, ma foi, en progrès !

— Etes-vous jaloux ?

— Je n'en ai nul droit, dit-il un peu sèchement.

— Je vous le donne, dit-elle. Soyez jaloux. Après ce à quoi je viens d'échapper, j'ai besoin d'être aimée jusqu'à la jalousie.

Une brusque crue de rumeur toute proche les fit courir à la fenêtre, qu'ils ouvrirent...

Une horde de braillards, piques en l'air, descendait la rue vers la place bariolée de foule, encadrant un cabriolet où elle tenait deux prisonniers.

— Mon Dieu ! cria Louison, en portant d'instinct la main à son cou.

— Ils prennent des otages pour ravoir leurs condamnés, murmura Matthieu navré, honteux de ne rien pouvoir.

Les députés étaient connus du peuple, et un député de la noblesse ne pouvait rien contre le peuple en colère, que se faire molester.

— Ils ne les pendront pas, dit-il encore, pour se rassurer. Ils m'ont l'air de vouloir passer à la fête.

Ces émeutiers-là, en effet, riaient et chantaient, trimballaient des bohémiens avec eux, et soudain une femme aux oripeaux voyants, jeune et pas vilaine, aperçut, en levant la tête, le couple penché à une fenêtre du bel *Hôtel Richelieu.* Joyeuse elle brandit le poing vers eux, brama à tue-tête, et comme si elle leur promettait un plaisir :

— Et si on prenait aussi ces deux aristos-là pour aller les montrer à l'Hôtel de Ville ? Ils sont mignons !

Vivement le baron tira Louison en arrière et referma la fenêtre. Elle continua de se reculer jusqu'au fond du salon, toute blanche, ses bras serrés autour d'elle comme si elle grelottait de froid.

— Matthieu, pourquoi sommes-nous devenus des aristocrates ? demanda-t-elle d'une voix tremblée. Ce mot-là n'existait pas ?

Matthieu soupira.

— Ce qui n'existait pas, dit-il, c'est le sens qu'ils lui ont donné, d'ennemi du peuple.

Elle s'appuya contre le mur, ferma les yeux un instant. L'apostrophe de la bohémienne lui ressuscitait son épouvante de tout à l'heure quand elle se débattait entre les griffes des mégères, étouffée par mille gueules vociférantes qui lui crachaient de la haine et de la mort au visage — pourquoi ?

Brusquement elle rouvrit les yeux, alla se placer devant le miroir de la cheminée, toucha doucement ses joues, son cou, comme pour y trouver une réponse à sa question. Après tant d'années où elle n'avait eu qu'à paraître pour être aimée elle se découvrait un objet de haine et ne comprenait pas, bouleversée comme si une méchante fée venait de lui ôter son pouvoir inné de traîner tous les cœurs après sa beauté.

— Matthieu, pourquoi ?

— Allons, dit-il, c'est fini. La femme de chambre vous a prêté une chemise de nuit de couventine prude et son meilleur bonnet, vous devriez les mettre pour souper, vous seriez à croquer là-dedans.

Il l'avait prise par la main pour la pousser vers le cabinet de toilette mais elle l'immobilisa, dit dans un long frisson :

— Matthieu, je pourrais être morte ?

— Non, dit-il en l'enveloppant de ses bras, cela ne se pouvait pas.

Elle se colla contre lui.

— Embrassez-moi, dit-elle, puisque les lois n'existent plus.

Le baiser leur courut sur la peau. Il la désirait comme un fou, depuis l'éternité. Elle avait, sous le désir, la fragilité d'une fleur qui s'ouvre au soleil, irrésistiblement...

Elle s'éveilla, palpa de l'inconnu autour d'elle, se souvint, crispa ses paupières en vain : elle ne se rendormirait pas. Tous les rêves, même les beaux finissent mal, par un retour au grand jour.

Il ne devait pas être tard ? Les bruits de Paris montaient déjà de la rue, mais les bruits de l'hôtel restaient discrets, précautionneux. Elle s'étira, le corps heureux, encore insensible aux remords. Dehors une marchande cria son bon beurre frais de Monceaux pour les tartines. Louison saliva, eut très envie d'une tasse de café. Etait-il trop tôt pour sonner ?

Dans la chambre il faisait encore sombre. Les lourds rideaux bien clos bouchaient les fenêtres, mais le jour les frappait par-derrière, et comme ils étaient d'une soie jaune buveuse de lumière ils découpaient, dans la nuit de la pièce, deux grands rectangles clairs. Louison sauta de son lit pour aller voir l'heure à la pendule de la cheminée : il était huit heures. Déjà la femme de chambre avait dû venir sur la pointe des pieds. Le feu avait été ranimé, nourri d'une grosse bûche neuve. En cette fin d'octobre plutôt fraîche, dans les vastes et hautes chambres de l'*Hôtel Richelieu* un feu n'était pas de trop. Avec volupté, Louison lui tendit un de ses pieds nus et puis l'autre, fit gigoter ses doigts, tourner ses chevilles. Le petit vent de la cheminée gonflait un peu la chemise qu'elle tenait soulevée, la chaleur lui léchait les jambes, gagnait ses cuisses, la pénétrait par le bas-ventre. C'était délicieux, sa peau échauffée s'aiguisait. « Matthieu, mon amour », murmura-t-elle dans un sourire de béate, en fermant les yeux.

« Du café ! » pensa-t-elle en les rouvrant. « Du café, vite ! Et je me demande si je ne pourrais pas avoir des crêpes ? »

La femme de chambre, dès qu'entrée, tira les rideaux. Un doux soleil d'automne blond et léger envahit la pièce, pétilla sur la tenture.

— Que ce matin est donc joli ! s'exclama Louison.

— Il y en a au moins trois qui ne l'auront pas vu comme ça, dit la femme de chambre. Les trois assassins du pauvre François ont été pendus à cinq heures.

— Ne me parlez plus de cette affaire, dit vivement Louison. Je veux l'oublier.

Et elle répéta :

— Ce matin est si joli !

— Dame, oui ! Aussi beau qu'un matin qu'on aurait pu ne pas voir ! dit la femme de chambre.

Elle ramassa, par terre, le mouchoir de batiste que Chauvigné avait perdu, y flaira le parfum ambré du bel ami de M. Morris, demanda d'un ton amusé :

— Madame a bien dormi ?

— A merveille, dit Louison en soutenant son regard. Votre hôtel est bien tenu, très calme.

La fille — elle s'appelait Angèle — commença de rassembler les restes du souper de la veille.

— Etait-ce bon, toutes ces choses ?

— Fort bon, dit Louison. En particulier, la salade de crevettes et de langoustines.

Angèle approuva de la tête.

— Luchon est un bon traiteur. Avec sa salade il aurait fallu du vin de Champagne, mais c'est monsieur Morris qui a commandé et il n'aime que le bordeaux, même pour soigner ses rhumes !

— Le bordeaux allait très bien, dit Louison. Toutefois, pour l'instant, je préférerais de bon café.

— Tout de suite, madame.

— Vous m'apporterez aussi de la brioche, du beurre et des confitures, dit Louison, renonçant à son envie de crêpes pour ne pas compliquer le service. Sans doute viendra-t-on me chercher bientôt, je veux être prête.

Elle déjeuna de bon appétit, se lava un peu, s'arrangea de son mieux dans sa toilette reprisée. Angèle avait offert de lui prêter son bonnet des dimanches, qu'elle trouva gracieux.

— C'est Madame qui l'enjolive, dit Angèle avec une pointe de jalousie. Il lui va mieux qu'à moi.

Elle acheva de coiffer la marquise en silence, ne reprit qu'ensuite, en contemplant son ouvrage :

— Je n'arrive pas à croire que ces monstres, hier, auraient fait du mal à Madame. Le Bon Dieu ne l'aurait pas permis. Madame est si belle... Le Roi est trop patient. S'il faisait pendre tous les enragés, il n'en resterait bientôt plus pour accrocher des innocents aux lanternes des rues.

— Le Roi est bon, dit Louison, mais avec une pointe de rancune.

Quoique bon, un roi ne devrait-il pas garantir la sécurité des marquises qui se promènent dans ses villes ?

— Le Roi est faible, dit Angèle, comme en écho à sa pensée. Il met sa couronne et la vie de la Reine en danger. La Reine, Madame la connaît ?

— Je l'ai vue deux ou trois fois de près et elle m'a parlé, mais il y a de cela des années, dit Louison.

— Moi, je la connais bien, dit Angèle, la voix gonflée d'orgueil. Le comte de Fersen vient souvent voir monsieur Morris.

— Et alors ? fit Louison, surprise. Je ne suppose pas que monsieur de Fersen vous fasse des confidences sur la Reine ?

— Ce n'est pas vraiment cela, madame, mais... Parfois, quand il reste là seul un moment, à attendre monsieur Morris, et que je viens dresser leur couvert, il ne peut se retenir de parler d'elle, pour dire tout le bien qu'il en pense, ou parce qu'une chanson méchante court la rue. Alors je sais, moi, que la Reine est très bonne, et très malheureuse. Et qu'elle a peur.

Elle baissa le ton jusqu'au chuchotement :

— J'espère que monsieur de Fersen réussira à la faire sortir des Tuileries.

Louison sursauta.

— Quoi ! Le comte serait assez léger pour vous avoir parlé d'un complot pour...

— Oh ! non, bien sûr que non ! se récria Angèle, effrayée soudain de ce qu'elle venait de dire. Je ne sais même pas s'il y a une intrigue en cours pour faire évader la Reine. Simplement, je crois que monsieur de Fersen y pense.

— Et pourquoi le croyez-vous ?

— A cause de l'air que prend son visage quand il parle d'elle. Il l'aime à n'en pas douter, ce n'est point qu'un bruit qui court. Il l'aime et la voit prisonnière, et qui tremble en écoutant les cris des Parisiens sous ses fenêtres. Il ne peut que vouloir la tirer de sa prison. Qu'il soit valet, comte ou berger, un amant c'est un amant. Il a des sentiments que tout le monde sait deviner.

— Hélas oui, tout le monde et même les geôliers de la dame, dit Louison. Si vous rêvez, mademoiselle, de voir monsieur de Fersen enlever la Reine, oubliez aussitôt ce qu'il laisse échapper devant vous. Là, ajouta-t-elle en lui ôtant le peigne, cela va bien, votre ouvrage est parfait, en y remettant la main vous le gâteriez. Allez plutôt me chercher une autre tasse de café, je ne sens pas ma tête bien claire, ce matin.

Elle achevait de savourer du café frais quand Matthieu arriva, un peu après neuf heures. Il était pâle, avec un visage malheureux, mais elle n'y prit pas garde, courut à lui.

— Mon amour, lui murmura-t-elle dans le cou, en l'entourant de ses bras, et elle leva la tête, pour quêter un baiser.

Il se dégagea, la repoussa, la maintint loin de lui, fermement.

— Matthieu ? fit-elle d'un ton étonné, interrogateur.

— Selon toute apparence, madame, vous avez bien dormi ? lui jeta-t-il avec agressivité.

— Matthieu ! répéta-t-elle, désemparée, la buée aux yeux. Oh ! Matthieu, était-ce donc un rêve, pour tout de bon ? Ne m'aimes-tu plus ?

L'injuste rancœur de Matthieu creva en mots méchants :

— Et vous, madame, si loin de notre souper êtes-vous encore assez grise pour vous ressouvenir ce matin de notre folie de minuit ? Imaginiez-vous qu'elle pourrait avoir une suite autre que le mépris de nous-mêmes, et l'oubli, si notre mémoire nous est miséricordieuse ?

Pour la tenir en face de lui à bout de bras il lui serrait les poignets inconsciemment de plus en plus fort, si bien qu'avec une grimace elle se recula d'un mouvement brusque, pour lui échapper. Il la lâcha et se tut, mais il demeurait plein de véhémence, le regard enflammé, lèvres et narines frémissantes, la poitrine soulevée à grands coups.

Tant d'agitation semblait avoir rendu tout son calme à

Louison parce qu'elle maîtrisait de la colère, une colère blanche, sa colère de princesse offensée. Elle fixait Matthieu, en se frottant les poignets.

— Monsieur, allez-vous-en, puisque ma vue vous est devenue pénible, dit-elle enfin, quand elle fut sûre de sa voix. Sortez, et ne vous donnez plus la peine de jamais reparaître devant moi.

Elle se lança, dans le trumeau de glace, un regard complaisant, poursuivit avec une ironie plus cassante :

— Tout franc, monsieur, ai-je la mine d'un remords ? Je serais fâchée que vous me donniez ce rôle, je ne le crois pas de mon emploi. Je refuse de jouer dans votre tragédie. Ainsi, monsieur, adieu.

Le visage crispé de Matthieu prit un air de souffrance.

— Louison, ma chérie, non, pas ce ton, pria-t-il, et il alla vers elle, la prit dans ses bras, enfouit un baiser dans ses cheveux et puis ses larmes, qu'il ne pouvait plus retenir.

Sans un mot elle se laissait étreindre, raidie encore, encore décidée à lui faire payer son insolente entrée, trop amoureuse, pourtant, pour écarter son corps du sien.

— Laissez-moi ! ordonna-t-elle enfin sans un geste de défense, et lui la resserra plus fort contre sa poitrine.

— Je voudrais t'emporter au bout du monde, dit-il avec passion, la voix étouffée dans ses cheveux. Je te volerais à n'importe qui si tu étais à n'importe qui. Pourquoi faut-il que tu sois, ma princesse, au seul homme auquel je ne puisse te prendre ?

D'instinct il relâcha un peu sa pression, alors elle renversa la tête en arrière et il retrouva ses yeux, vit leur couleur changer, devenir une caresse. Il lui prit la bouche et la garda longtemps.

— Je t'aime, dit-il avec désespoir, quand il la quitta.

— Je t'aime, dit-elle en écho, et elle souriait.

Ils se retrouvèrent face à face, liés par les mains, leurs regards unis, dans l'attente d'un miracle.

— Demande-moi ce que tu veux, dit enfin Matthieu. Veux-tu que je m'éloigne ? Je peux repartir pour Boston ? Je peux aller rejoindre à Turin la cour d'Artois ?

— Tu détestes Artois, tu condamnes l'émigration, et

Boston n'est plus ta patrie depuis le jour où tu m'as vue, dit Louison.

— Alors demande-moi ce que tu veux, répéta Matthieu.

Elle lui pressa les mains.

— Je veux que tu m'aimes.

— Louison, je t'aime ! Où cela nous mènera-t-il ?

— Aujourd'hui à cette heure présente. A une autre heure d'amour demain.

Il soupira et lui laissa aller les mains, touché, triste, ulcéré de la voir prête à s'enfoncer dans un adultère odieux, avec le souriant naturel d'une enfant qui suit son plaisir sans remords. D'un geste tendre il l'attira de nouveau à lui, l'emmena s'asseoir sur le sofa. Elle le désarmait.

— Dis-moi, mon cœur, questionna-t-il, t'es-tu jamais trouvé un seul péché sérieux à confesser la veille de tes pâques ?

— Jamais, dit-elle sans hésiter. Maman ne m'a pas appris le péché, et ma bonne Treille n'a pas réussi à m'en donner le goût.

Prise d'un nouvel élan de fougue elle ressaisit dans les siennes les mains de son amant, y écrasa ses lèvres, ajouta d'un ton vibrant :

— Je vis, Matthieu ! Je vis ! Et depuis hier je sais que la mort existe même pour moi, et que seul un hasard m'en a séparée. Alors ne me parle plus jamais de perdre une seule minute de ma fragile vie à me désoler de mes bonheurs. Je ne crois pas à l'enfer, mon amour, et je t'aime, et j'aime t'aimer.

— C'est bon, dit-il avec un pâle sourire, aimons-nous donc une heure encore, il n'est pas tard...

« ... et Dieu merci, tu es inconstante », acheva-t-il en silence. S'il avait su prier il aurait prié pour que son dernier caprice lui passât aussi vite que ses caprices de naguère, dût-il en pleurer du sang. Pendant des années il l'avait rêvée dans ses bras, elle était dans ses bras, et lui ne ressentait plus qu'une double envie de même violence, la fuir et la garder. Dans la nuit, après s'être arraché à elle, rentré chez lui il avait avalé trois verres d'alcool dans l'espoir d'y trouver un moment d'oubli. Hélas il s'en était réveillé peu de temps après, pâteux mais cruellement lucide. Alors il avait tiré ses rideaux et guetté le blanchissement de l'aube, mais l'aube, qui vient toujours, n'apporte pas la guérison de toutes les angoisses. Qu'il ouvrît ou fermât les yeux Matthieu se voyait sans fin devant son oncle Roquefeuille, il était sous son bon regard roux, il entendait sa voix, touchait sa main, s'asseyait à sa table, et le fer rouge de la honte s'enfonçait dans son cœur. Il n'y a pas besoin de croire à l'enfer pour se sentir rôtir dans son péché.

— Nous ne serons pas pardonnés, dit-il très bas, si bas qu'elle ne le comprit pas.

— Que dis-tu ?

Il choisit de brusquer le départ.

— Je dis qu'il est temps, répondit-il en la détachant de lui presque sans douceur, et il se leva.

17

Roquefeuille monta sur la terrasse. De la terrasse de la Folie-Poupette on voyait, derrière la tour des Dames et le village des Porcherons, l'immense masse grise et bleutée de Paris. La matinée serait splendide. L'automne avait jeté tous ses blonds, ses roux et ses fauves sur la campagne environnante, la défeuillaison commencée dégageait le dessin du paysage sans trop encore le dépouiller, permettait, mieux qu'en été, d'en admirer l'harmonieuse douceur. A l'est, les hauteurs boisées du clos Saint-Lazare regorgeaient de couleurs luxueuses — cette mêlée de tons à la fois flamboyants et mélancoliques qui est le climat d'un automne au soleil. Au nord de la butte les vignobles vendangés étaient déserts, mais les jardiniers travaillaient dans les potagers et, par-dessus, les ailes de quelques moulins tournaient — les meuniers avaient du grain et un petit vent plaisant, venu de la plaine Saint-Denis. En contrebas de la rue Royale les guinguettes s'étaient endormies pour la journée, et une troupe de fêtards, poussée dehors, prolongeait sa goguette en réveillant « la rue des aristos » avec une chanson dont le refrain :

Vive l'amour !
Vive l'amour !

leur arrachait d'affreux éclats de voix. A part ces pleins-de-vin-bleu qui remontaient la pente, un troupeau de biques qui la dévalait devant son berger et les servantes sorties acheter leurs fromages à l'appel des sonnailles, il n'y avait encore personne dans la rue. Le marquis redescendit dans sa chambre.

Il n'y entrait pas comme chez lui, éprouvait toujours un instant de dépaysement en se retrouvant dans la petite pièce tendue d'une toile de Jouy grise et blanche. La maison avait été décorée pour plaire à Mlle Poupette des Italiens, en la louant Mme Marais n'y avait rien changé, et le gentilhomme habitué aux vastes espaces lourdement meublés n'utilisait pas sans quelque crainte les sièges légers recouverts de gourgouran blanc, la table à écrire, la coiffeuse, la commode, le chiffonnier aux formes minces, aux pieds frêles, au satiné fragile. Il choisit un livre dans la pile échafaudée sur sa table de chevet, tira la bergère près de la fenêtre et s'y installa, avec une pensée nostalgique pour son bon gros fauteuil pelucheux favori, pour le bon gros tabouret où il posait sans se gêner ses souliers, et même ses bottes. De toute façon, on lui avait donné la seule chambre disponible de la petite folie, celle qu'avait occupée avant son mariage l'amie d'enfance de Louison, Solange, la marquise de Courtray. La trace de son passage y restait : son portrait à la mine de plomb, à peine rehaussé d'aquarelle et signé Bièvre. Le marquis de Bièvre avait un joli coup de crayon. Roquefeuille se doutait qu'il avait croqué Louison aussi, et plus d'une fois. Mme Marais devait garder chez elle ces œuvrettes-là, témoins d'un passé rejeté.

Effleurant du regard, une fois de plus, le charmant portrait, Roquefeuille se demanda s'il eût bien supporté de voisiner avec Bièvre tout un hiver, puisque lui aussi demeurait rue Royale ? La question, par chance, ne se posait pas. Bièvre était absent de Paris. Il l'avait quitté juste à la veille du 14 juillet pour s'en aller faire un tour d'Italie, et si ses amis recevaient de ses nouvelles ils n'en parlaient pas devant Roquefeuille. C'était l'abbé de Véri, avant son départ pour Avignon, qui avait averti son ami de la décision prise par Bièvre de n'être pas rue Royale quand la marquise de Roquefeuille y serait. Louison n'avait pas aimé un rustre. Bièvre n'avait-il quitté la place que par discrétion, ou pour ne pas raviver un chagrin mal guéri ?

Le marquis poussa un soupir agacé, se leva brusquement. Cela le fâchait de repenser malgré lui à Bièvre, cette vieille histoire. « Bartholo ! » se jeta-t-il tout haut avec ironie, et une grimace en passant devant sa glace. La jalousie ne va qu'à un jeune visage. C'est l'indulgence, qui sied aux rides.

Il abandonna son livre, consulta sa montre, boutonna

son gilet, enfila son habit : sa montre avançait sûrement, il ne pouvait pas être près de onze heures déjà, sans que Louison fût de retour ? Il descendit au salon, demanda dès qu'entré, l'œil sur la pendule :

— Quelle heure est-il, ici ?

— La même qu'à votre montre, dit Mme Marais en souriant. Vous avez deux fois déjà vérifié la chose. Ne soyez point inquiet, monsieur. Vous savez que Louison n'aimc pas sc lcvcr tôt.

Elle hésita avant d'ajouter :

— Et elle n'est point seule dans Paris. Chauvigné ne la lâchera certes pas avant de nous l'avoir ramenée.

Roquefeuille en convint de la tête et prit une chaise, s'efforça de bavarder avec sa belle-mère, pour tuer le temps. Il n'était pas content de lui. Il aurait dû aller rechercher sa femme lui-même, plutôt que d'attendre la visite du marquis de Favras. Mais par sa mère il cousinait de loin avec Favras, Thomas l'avait averti qu'il passerait le voir dans la matinée au sujet « d'une affaire d'importance pour le Roi » et, « pour le Roi », Roquefeuille n'avait pas voulu lui manquer, bien qu'il tînt Thomas pour un remuant brouillon, aux multiples projets toujours avortés. Sa dernière idée ne valait pas mieux que bien d'autres. Le tout-fou ambitionnait d'ôter le Roi des Tuileries, et Roquefeuille, l'ayant écouté, se demandait encore si Favras voulait délivrer Louis XVI pour lui redorer sa couronne, ou bien pour en coiffer Monsieur son frère ? Il avait plus clairement compris que Thomas quêtait pour financer son coup d'Etat, il lui fallait deux millions, et Roquefeuille n'entendait pas miser un seul écu dans la conspiration, non plus que son épée. Aimablement il avait éconduit son bouillant cousin, mais l'heure était passée de descendre en ville chercher Louison.

— Un équipage ! s'écria soudain Marianne, en lâchant l'ouvrage auquel elle ne mettait pas un point.

En hâte ils sortirent tous les deux sur le perron, et toute la maisonnée derrière eux, en un clin d'œil.

— Oh ! ce n'est que monsieur de Beaumarchais, jeta Suzanne, déçue.

— Et maman ! s'exclama la première, une seconde plus tard, la voix de Soraya.

Un mouchoir joyeux venait d'apparaître à une portière, et puis le bras, et puis la tête de Louison, coiffée d'un nouveau bonnet.

Le fiacre dans lequel Chauvigné la reconduisait avait croisé dans la rue de l'Hôtel-Dieu le carrosse de Beaumarchais, qui s'était chargé de la jeune femme.

— Surtout, ne m'étouffez pas de baisers, j'ai pris une peur terrible des étouffades ! dit-elle, rieuse, en s'engouffrant d'abord dans les bras de sa mère.

Un méli-mélo de paroles s'ensuivit, qui dura bien une heure, avant que Marianne ne songeât à proposer qu'on dînât à la fortune du pot, en parlant d'autre chose que de la Révolution, si toutefois on y parvenait.

— Je n'ai que du veau froid à vous offrir, avec de la salade et quelques fromages de bique, mais un peu de bon vin nous égayera cela.

Elle se tourna vers Beaumarchais.

— Mon ami, descendrez-vous à la cave nous choisir deux bonnes bouteilles ? S'il reste du vin de Hautvillers* prenez-en plutôt que d'un autre, il me met des bulles dans le cœur.

Beaumarchais remonta deux bouteilles poussiéreuses.

— Ma foi, dit-il, la cave est encore assez garnie. Monsieur Mouet savait son métier d'amphitryon, et c'était une idée bien galante, madame, que d'oublier d'emporter ses vins quand il vous a loué sa maison. Hélas, pour celui-ci...

Il éleva dans la lumière les deux bouteilles de hautvillers, pour en faire chatoyer l'or clair.

— Madame, ce sont les dernières.

— Quel dommage, dit Marianne. Mais quoi ? Les bonnes choses ne peuvent pas durer toujours.

— Eh non, fit Beaumarchais. Et même, depuis quelque temps, beaucoup ont tendance à se finir. Assez souvent je nous entends dire : « Profitons-en, c'est peut-être la dernière fois », comme si nous n'espérions pas vraiment les lende-

* Proche du vin d'Ay.

mains heureux que nous chante l'Assemblée. Ou comme si le bien public ne saurait naître que du mal privé, et que nous nous sentions des jouisseurs en hiver, cernés par l'explosif printemps d'un peuple.

Amusé, Roquefeuille haussait les sourcils.

— Monsieur de Beaumarchais, vous me surprenez fort, dit-il, gentiment ironique. N'était-ce point votre Figaro, qui jetait hier de l'huile sur le feu populaire ? Dois-je croire qu'il parlait alors sans votre permission, ou qu'aujourd'hui vous le reniez ?

Comme tous dans le salon Beaumarchais prit le parti de rire de lui.

— Monsieur, dit-il avec bonne humeur, je suis devenu conservateur le 28 avril dernier, quand les ouvriers du faubourg Saint-Antoine ont brûlé la maison de monsieur Révillon, laquelle était toute proche de la mienne.

— Aujourd'hui, notre Ami Charmant tient davantage à ses plates-bandes qu'aux idées de son Figaro, compléta Louison.

Beaumarchais secoua la tête.

— Ma princesse, vous vous trompez bien, dit-il avec mélancolie. Si vous voyiez juste je serais un homme en paix, tout porté d'un seul côté. Mais en vérité j'aime autant mes vieilles idées que mes aises nouvelles, si bien que je suis un homme en désordre, suspect à droite, suspect à gauche, et souffrant ci et là l'injustice.

— Bah ! dit Roquefeuille en lui souriant, vous êtes un homme, tout simplement, c'est-à-dire le contraire d'un sage. Quand le vent tourne la girouette tourne, et fait bien. Nous ne savons pas prendre avec le même à-propos les sautes du temps. Celles de nos idées qui ont vingt ans nous semblent bonnes à garder toujours, vaille que nous vaille, parce qu'elles sont notre jeunesse et que nous n'aimons pas vieillir.

— Ah ! monsieur, combien vous avez raison. J'ai horreur d'avoir cinquante-sept ans, avoua Beaumarchais avec une peine sincère, qui étonnait dans la bouche de ce perpétuel railleur, et qui les toucha tous.

— Bon, dit Marianne avec vivacité, vous n'avez point cinquante-sept ans, point ici, je vous le défends bien ! L'âge est une chose qui ne doit pas sortir du cabinet. Serait-ce une nouvelle mauvaise manière révolutionnaire que de s'en vanter au-dehors, comme si votre âge n'entraînait pas celui des autres ?

La boutade de Marianne rendit de l'allant à Beaumarchais.

— Pardon, dit-il en baisant la main de son hôtesse. C'est, voyez-vous, que je me ressens de ma soirée d'hier. Je siégeais avec les commissaires du district des Blancs-Manteaux, en rageant de me sentir dans les veines plus d'amertume que d'impertinence. Nous discutions de futilités avec tant de docte ânerie que je pensais à Figaro, et que s'il avait été à ma place, au lieu de s'emporter contre les sots, il en eût fait les personnages d'une nouvelle comédie. Pour les aplatir il eût choisi le rire plutôt que la colère. Encore pardon, mon amie, mais je ne suis plus Figaro, je suis son père, et, comme hier, cela m'apparaît parfois et me laisse du gris dans l'âme.

D'un geste affectueux posé sur le bras de Mme Marais il lui coupa sa réplique, ajouta tout de suite :

— Je sais ce que vous alliez dire : qu'il me faut d'urgence boire un bon coup de votre vin gai et je suis, ma foi, de votre avis. Ce hautvillers sortait frais de la cave, ne le laissons point se réchauffer...

Sur une nappe brodée Suzanne et dame Pomme avaient dressé un joli couvert, avec la vaisselle blanche et bleue et les beaux verres en cristal de Baccarat que M. Mouet avait voulus pour feu sa bien-aimée Poupette. Louison posa, au centre de la table, un bas bouquet de feuilles rousses, piqué de quelques marguerites, jaunes et orangées, cueillies dans le parc d'un voisin.

— Puisque monsieur de Montigny s'entête à courtiser maman, je lui vole ses fleurs sans façon, dit-elle en achevant d'écheveler un peu son bouquet pour lui donner plus de naturel.

— Le dîner sera moins riche que la table, dit Marianne. Nous n'aurons même pas de pain.

— Hé ! fit Louison. Quand ces brutes m'ont remise évanouie aux mains de l'Américain, elles n'ont pas eu l'obligeance de lui rendre mes pains aussi.

Dame Pomme apportait le cuisseau de veau et Suzanne un grand saladier de laitue aux tomates, ils s'installaient autour de la table et Roquefeuille versait le vin, quand le comte de Lauraguais arriva, sonore, enchanté de lui, un gros pain d'ouvrier dans les bras, aussitôt accueilli par des cris de plaisir.

— D'où diable tirez-vous cette merveille? demanda Beaumarchais pendant que dame Pomme débarrassait le comte de son pain. Aucun boulanger n'a cuit ni pétri la nuit dernière, toutes les boulangeries étaient fermées ce matin, en signe de deuil.

— La Garde vient de les faire rouvrir à coups de crosse, dit Lauraguais. Paris laissé sans pain pendant tout un jour c'était une nouvelle émeute assurée, et les Tuileries assiégées. J'ai un pays normand boulanger dans ma rue : il m'a passé un de ses pains de réserve.

— Tonton Lauraguais, croyez-moi, n'allez plus jamais chercher vos pains dans une arrière-boutique, sinon vous finirez un jour pendu à une lanterne, et j'en mourrai de chagrin, dit Louison.

Le comte la regarda d'un air surpris, et la jeune femme, une fois de plus, raconta son aventure.

— Ce n'est pas Dieu possible! s'exclama Lauraguais quand il sut. Depuis que j'ai fait amitié avec le boulanger de ma rue j'ai pris l'habitude de ne jamais m'inviter à dîner non plus qu'à souper sans apporter un pain de six livres avec moi, et du diable si je croyais faire là un acte d'héroïsme!

— Depuis que le peuple a découvert le bon usage des lanternes, il ne s'en lasse pas, dit Beaumarchais.

— Nous ne sommes plus gouvernés, maugréa Lauraguais. Le Roi se tait obstinément, l'Assemblée bavarde trop, alors le pouvoir exécutif est dans la rue, le pouvoir législatif dans les clubs, la justice se confine dans la peur de déplaire à la populace et la Garde fraternise avec elle, à la barbe de son général. Nous sommes un pays à vau-l'eau. J'ai bonne envie de m'en retourner traire mes vaches en Normandie, et planter mes choux. Quand vos boulangers vous priveront de pain je vous enverrai des paniers de galettes.

— S'il vous plaît, monsieur le Comte, mettez aussi dans

le panier deux ou trois pains de beurre, glissa dame Pomme, qui s'occupait à la desserte.

— Dame Pomme, si je vous fais venir de mon bon beurre de La Tuilerie, me ferez-vous des mirlitons ? demanda Lauraguais.

— Oh ! cela est sûr ! s'écria Louison. Tonton Lauraguais, les mirlitons, c'est moi qui vous les promets ; je les aime presque autant que les crêpes.

La conversation s'englua dans les recettes de gâteaux. Lauraguais, depuis quelque temps, se piquait de cuisiner. Et comme jamais ce fou ne se lançait qu'à moitié dans une folie, il vivait désormais au milieu de ses casseroles avec autant de passion qu'il avait naguère vécu parmi les cornues ou dans le sein des théâtreuses. Pour l'heure, il disputait avec dame Pomme sur la façon la plus sûre d'obtenir une pâte assez fine, assez souple et solide en même temps qu'onctueuse pour qu'on pût, avant de les fourrer, enrouler joliment les mirlitons en cornets sans nuire à ce fondant, succulent, que le gourmand y devait trouver. Les deux artistes en mirlitons n'étaient pas d'accord, et ne l'étaient pas davantage pour le fourrage des cornets. A la mode de sa mère et de sa grand-mère, dame Pomme y mettait une crème d'œufs corsée d'une pointe de vanille, tandis que Lauraguais avait inventé d'y mettre une mousse Chantilly posée sur un fond de glace à la pistache. Dame Pomme, choquée, refusait fermement cette fantaisie, cette « hérésie ».

— Une recette est une recette, monsieur le Comte. Un mirliton est un mirliton. On n'y doit rien changer.

— Ha ! s'esclaffa le comte, écoutez donc cela, et dites-moi pourquoi ce pays s'avise soudain d'entrer en rébellion contre ses habitudes, alors qu'on n'y peut pas même changer de la crème d'œufs en crème Chantilly sans y troubler son monde ?

— Eh bien, moi, tonton Lauraguais, je goûterais volontiers de vos trouvailles, dit Louison.

— Et moi aussi, dit Marianne. Comte, à vous le tablier ! J'ai entendu parler du souper sorti de vos mains donné chez notre voisin l'amiral Jones, juste avant notre retour, et la critique en était bonne.

— Mon amie, je vous ferai souper chez vous dès que vous le voudrez, dit Lauraguais, mais point avec autant d'originalité que nous le fîmes chez Jones. Chez lui, pour finir cinq à table nous avons été quatre en cuisine ! Gouverneur Morris sait faire une soupe de tortue exquise avec de la tortue séchée qu'il reçoit de Londres. Je m'étais, moi, chargé des filets de soles et de deux entremets de légumes, et, comme nous avions avec nous madame Aimée, elle nous a régalés d'une omelette aux truffes à la façon de papa * — divine !

— Et puis ? questionna Louison. Est-ce dans votre histoire comme dans la chanson, et ce que fit le quatrième doit-il rester secret ?

Lauraguais eut un grand sourire.

— J'ai gardé le quatrième pour la bonne bouche, car je vais vous étonner. Roquefeuille, dit-il en se tournant vers le marquis, saviez-vous que votre neveu Chauvigné rôtissait la côte de bœuf à merveille ? Au vrai il s'y prend comme un Huron et il enfume toute la cuisine, mais le résultat est exquis : dessus dessous des sucs caramélisés juste à point, et dedans une parfaite tendreté rose et juteuse sans une goutte de saveur perdue — bref, un rôt de sauvage, un rôt de boucanier mais un rôt de prince, et en fait de rôt je crois m'y connaître.

— Vraiment ? Chauvigné a ce talent ? jeta le marquis, avec indifférence.

Lui s'était toujours contenté de bien manger sans s'en faire un sujet de causerie, et il s'efforçait de trouver quelques autres mots pour mieux répondre à Lauraguais, quand le rire de Louison le frappa.

Son premier instant de surprise passé la marquise s'amusait de bon cœur, pressée de se faire raconter tous les détails de ce souper dont Chauvigné avait été le rôtisseur. C'était Lauraguais qui parlait presque seul, mais Roquefeuille n'écoutait que Louison, mal à l'aise quand elle prononçait le nom de Matthieu, et elle le prononça plusieurs fois. Jamais encore il n'avait remarqué qu'elle l'appelait par

* Aimée de T., l'amie de Paul Jones, était une fille naturelle de Louis XV, lequel avait du talent pour faire les omelettes.

son prénom. Ne le faisait-elle que d'aujourd'hui ? Il posa un regard sur sa belle-mère. Mme Marais aussi observait sa fille, avec une attention qui lui fronçait les sourcils. Une douleur traversa le marquis, et quand son regard retourna à Louison, aux lèvres de Louison, il vit, devina qu'elle prenait exprès le nom de Matthieu dans sa bouche. Elle le dégustait avec une joie mal secrète, qui faisait briller sa beauté.

Bien qu'il ne contemplât qu'elle, le marquis sursauta quand sa femme, soudain, l'interpella :

— N'est-ce pas, Aimé ? Qu'en pensez-vous ? Ne serait-ce pas une bonne idée que de refaire ici, pour mon anniversaire, le souper de Jones ? Tonton Lauraguais assure que l'amiral ne demande qu'à voisiner avec nous, et monsieur Morris est déjà mon ami.

— Et quant à Chauvigné, je suis sûr que vous servir de sa main l'enchantera, dit Roquefeuille.

Sa dernière phrase aussitôt que dite lui sembla vile, et il en souffrit doublement, pour lui et pour elle, en voyant Louison rougir, baisser ses yeux sous les siens.

Le ton du marquis, inhabituellement vif, avait alerté Marianne. Inquiète elle regarda son gendre, regarda sa fille empourprée, porta tout de suite les mains à son visage.

— Dieu ! fit-elle, que ce vin de Hautvillers vous chauffe ! J'en ai les joues cuites. Que diriez-vous, messieurs, d'aller faire un tour de jardin pendant que nous irions nous repoudrer ?

— Maman, merci, murmura Louison, un moment plus tard, en voyant paraître sa mère dans le miroir de sa coiffeuse.

Marianne eut un sourire moqueur.

— Ma chère, un mari n'est point un confesseur, et à un homme sensible certain trouble muet en peut dire assez. De toute façon, pour ce qui est de l'amour en faute, le rouge n'est plus à la mode. Depuis que les romanciers anglais nous ont inventé le repentir, la bonne couleur du péché, c'est la pâleur. Ainsi, ma chère, sois pâle et descends. Le café est servi.

— Maman, ne faites pas semblant de moins m'aimer, pria Louison, les yeux mouillés. Je suis malheureuse.

— Vraiment ? douta Marianne. Il n'en paraissait rien tout à l'heure, je t'assure ! Et sérieusement, ajouta-t-elle d'un autre ton, je te défends la tristesse. Son usage gâte le teint, et nuit à l'humeur des voisins.

— Oh ! maman, se plaignit Louison en enlaçant la taille de sa mère pour se cacher dans son giron, maman, voulez-vous donc que je sois heureuse ? Coupable heureuse ? M'en donneriez-vous le droit ?

Avec impatience Marianne se dégagea, prit un siège, fixa sa fille sans trop de tendresse.

— Louison, tu m'agaces, dit-elle rudement. Je savais qu'un jour ou l'autre tu ferais l'amour avec Chauvigné, mais je ne te l'avais point commandé. La chose étant échue, n'essaie pas de me faire croire qu'elle t'a causé du déplaisir. Le beau baron, ma chère, n'a pas l'allure d'une pénitence, ne me demande donc pas, s'il te plaît, de te consoler de ses baisers. Et surtout...

Elle attrapa dans les siennes les deux mains de Louison, martela ses derniers mots :

— ... surtout ne demande pas à ton mari d'en souffrir !

Il y eut un temps de silence. Marianne avait rejeté sans douceur les mains de Louison sur sa jupe, Louison les y laissait inertes, muette et l'air dolent. Elle dit enfin tout bas, d'une voix de victime :

— Aimé est si bon... Mon affection pour lui est si grande... et la sienne m'est si précieuse... Maman, il ne mérite pas des mensonges.

— C'est la vérité, madame, qu'il ne mérite pas ! gronda Marianne, reprise de colère.

— Je ne pourrai pas lui mentir, s'obstina Louison en secouant la tête, je ne le pourrai pas. Cela me fera trop mal.

Impulsivement Marianne leva la main, gifla sa fille.

— Oh ! fit Louison, ahurie, ses grands yeux bleus ouverts sur sa mère, emplis d'un étonnement d'enfant.

Elle n'eut pas le temps de réagir davantage. Marianne la serrait, la berçait entre ses bras, la picorait de baisers.

— Pardonne-moi, chérie, oublie, oublie, oublie ! Pardonne-moi de m'avoir mis les nerfs à fleur de peau. Fais voir ta joue...

Elle fit une moue à la joue rosie.

— Oui, oui, maman, soyez contente, voilà une bien bonne gifle, dit Louison sans rancune. Je ne crois pas que vous y ayez jamais été d'aussi bon cœur, même le matin où j'ai jeté mes souliers à la tête de ma gouvernante.

Soulagée par son geste Marianne s'était mise à rire, et Louison reprit avec ironie :

— Je me souviens d'avoir été punie pour de gros mensonges, et c'était justice. Je trouve moins juste d'être battue pour me refuser à mentir. Est-ce vraiment de bonne morale, maman ?

— Ne sois pas sotte, dit Marianne en se rasseyant. J'ai pris de l'amitié pour le marquis, et je sais qu'un homme marié à une jolie femme a besoin de mensonges pour vivre heureux. Le Bien, le Mal avec des majuscules ! C'est le bien ou le mal de quelqu'un, qui compte.

Elle marqua un temps, et soudain eut un regain de vivacité.

— Et puis, ne t'amuse pas à nous lancer dans des propos qui nous vont mal. Je sais fort bien que tu te soucies de morale aussi peu que moi, et c'est Dieu merci, parce que la simple bienséance rend la vie plus douce. Le mensonge est l'une des politesses du mariage, il faut s'y plier.

D'une poussée, elle renvoya Louison vers son miroir.

— Recale ton bonnet, je l'ai bousculé. Et remets un peu de poudre aussi, sur *ma* joue... Là. Tu es bien. Redescendons. Avec le sourire !

Le sourire de Louison avorta dans un soupir.

— Tout de même, maman, tout de même, en épouse fidèle je ne me déplaisais pas. Oh ! maman, n'est-ce pas, Aimé ne m'aimera jamais moins qu'il ne m'aime ? Et même si... il ne m'ôtera pas son amour, n'est-ce pas ?

Touchée, Marianne s'arrêta au seuil de la porte, effleura sa fille d'une caresse, et puis déposa un gros baiser sur sa tempe, à la racine mordorée des cheveux, là où son fard ne risquait rien. Combien elle lui ressemblait, sa Louison ! Le cœur avide d'éternelles tendresses, la chair si complaisante aux désirs de passage !

— Honey, quand le marquis t'a aimée, il avait déjà l'âge d'aimer pour toujours, dit-elle avec assurance.

— Maman...

Elle retenait sa mère par la main, et Marianne la sentait trembler d'énervement.

— Maman, je veux tout oublier de ma nuit passée !

— C'est une bonne idée, ma chérie, essaie, dit Marianne, d'un ton de parfaite incrédulité. Tâche de l'oublier pour longtemps. Mets-la de côté pour tes vieux jours, pour quand tu vivras de souvenirs. Les péchés font les meilleurs.

— Vous ne me croyez pas ! dit Louison, ulcérée. Vous croyez que je fais un caprice et qu'à mon ordinaire j'en voudrai mon content, que mon cœur n'est pour rien dans l'affaire, et que je mentirai à Aimé sans peine, parce qu'un caprice ne vaut pas du remords.

Elle ferma un instant les yeux pour en chasser deux larmes d'irritation, acheva d'une voix plus sourde, encombrée de pleurs avalés :

— Pour cette fois, maman, vous vous trompez sur moi. Je me sens coupable à mourir parce que j'aime Matthieu, de toute mon âme. Il faut que je m'en guérisse, et je me sens l'aimer inguérissablement.

Voyant sa mère esquisser un sourire, elle lui serra la main plus fort.

— Je sais que vous avez envie de rire, je sais que vous rirez, et pourtant je vous le dis, j'aime Matthieu au point d'avoir cru, cette nuit, découvrir l'amour dans ses bras.

— Mon Dieu, soupira Marianne, et elle referma la porte.

Frémissante, toute contractée, Louison la fixait presque avec défi.

— Vous ne riez pas ?

— Non, dit Marianne. Confidence pour confidence, ma chérie, je n'ai pas toujours été une vieille dame. Je me souviens que la nature a bien fait les choses. Le plaisir d'aimer ne serait vraiment bon qu'une fois, et ce serait bien dommage, si chaque nouvel amant n'avait pas le pouvoir de nous éblouir à l'égal du premier.

Elle eut un gai sourire.

— Dieu a pris soin de nous faire le corps oublieux. Allons viens, Louison. Redescendons. Notre café sera froid.

Louison se donna un dernier coup d'œil.

— Je vois le nom de Matthieu écrit sur mon front, soupira-t-elle.

— Sur tes lèvres, corrigea Marianne. Ma chère, il te faudra réapprendre à prononcer Chauvigné le nom de Matthieu.

Les invités du dîner étaient repartis tôt après le café et, depuis, s'étant donné le prétexte de lettres à écrire le marquis passait dans sa chambre deux heures détestables à s'efforcer d'oublier. Oublier quoi ? Aucun fait. Aucun aveu. Seulement, hélas, une certitude, qu'il traînait comme un poids sur le cœur. Il ne respirait pas une seule fois profondément sans que l'air ne butât sur cette pierre bloquant tout un espace dans sa poitrine.

Depuis qu'il avait épousé Louison, tout au long de son bonheur inespéré il avait sourdement attendu ce moment, où elle redécouvrirait dans les bras d'un autre toute sa légèreté d'être. Elle avait un tel appétit d'amour, et d'amours. Il la voyait passer entre les désirs des hommes avec une gourmandise radieuse, revit jusqu'à la douleur le sourire, les yeux, la voix qu'elle avait tout à l'heure en prononçant le nom de Matthieu.

Chauvigné. Le haïssait-il ?

Il haussa les épaules. Haïr : ce verbe-là ne lui irait jamais. Son neveu venu d'un autre monde lui était resté étranger. Il n'allait pas, aujourd'hui, brandir contre lui le mot « inceste », pour l'accabler de son mépris. D'ailleurs il ne pensait pas à lui, il ne pensait pas à l'amant. Il pensait à de petites choses niaises, qui lui chaviraient le cœur. A tous ces petits bonheurs chauds qui disparaissent, un à un, quand la courtoisie se met à remplacer l'intimité. Ils ne prendraient plus leur chocolat du matin ensemble, elle en chemise, lui en pantoufles. Quand il rentrerait d'un voyage elle ne se jetterait plus à son cou la première, pour faire crier de jalousie les petites filles. Ses éclats de rire seraient moins clairs, souvent il verrait une ombre ou de l'absence dans ses yeux, il ne saurait plus guérir « ses impatiences » en la prenant dans ses bras. Un fantôme aurait, sur la joie et les chagrins de sa Louison, plus de pouvoir que lui.

Marcher !

La marche est un remède à l'imagination malsaine.

Il ne remit pas sa perruque, serra ses cheveux dans un cadogan, attrapa son chapeau...

Louison sortit du salon comme il arrivait presque au bas de l'escalier.

— Ah, vous voilà, fit-elle. J'allais monter vous chercher. A écrire, vous laissiez passer l'heure du thé.

Elle aperçut le chapeau sous le bras du marquis, haussa les sourcils.

— Vous sortez ?

— J'ai besoin de faire un tour.

Il se força à l'enjouement.

— Vous savez combien la maison est petite pour le paysan que je suis. Elle ne me fait guère que trois enjambées !

Elle le regarda descendre les dernières marches, dit en posant sa main sur la manche du marquis :

— Je vous accompagnerais bien dans votre promenade, mais je sais à quelles grandes foulées vous aimez marcher, les chemins du Mont-Martre ne sont point bons, je vous gênerais. Ainsi, à tout à l'heure ?

Sans lui laisser le temps de répondre elle ajouta, en pesant davantage sur son bras :

— A moi aussi, Aimé, nos trots et nos galops dans nos bois me manquent. Et il m'arrive, comme à vous, de trouver ma chambre bien petite. Voyez-vous, si demain Verte-Fontaine se pouvait trouver transporté sur le Mont-Martre, je vivrais parfaitement contente !

— Parfaitement contente. Vraiment ? demanda-t-il d'un ton trop lourd pour leur propos.

— Vraiment oui ! dit-elle. Aimé, doutez-vous de ma tendresse pour notre maison ?

Elle aussi avait posé sa banale question d'une voix trop grave, et son grand regard bleu fixait le marquis, aussi plein d'attente que celui d'un enfant, comme si, de sa réponse, allait dépendre son bien-être ou sa détresse de l'instant suivant.

— Non, dit Roquefeuille. Je sais qu'il vous plaît d'être la dame de Verte-Fontaine.

— Oui, dit-elle.

D'un coup de tête rapide, comme elle le faisait volontiers quand elle était heureuse elle s'appuya du front à l'épaule de son mari sans se soucier de poudrer l'habit, rejeta la tête en arrière et lui sourit.

Le cœur du marquis battait à grands coups.

— Bon. Eh bien, je vais aller, dit-il, en se donnant deux ou trois pichenettes sur l'épaule, comme il en avait pris l'habitude. Ne vous inquiétez pas si je m'attarde un peu au-dehors. J'ai l'intention de passer chez les Dames *. Vous savez que j'ai une vieille parente chez elles, que je n'ai point encore été saluer.

Il ajouta, prévenant l'étonnement de Louison :

— Je sais que dans une heure il fera nuit pour ces dames, mais elles tiennent les Roquefeuille pour gens de la famille, puisqu'une demi-douzaine loge dans leurs tombeaux. Je n'ai plus l'âge d'un mousquetaire, aussi vous parié-je qu'on m'y offrira même la soupe du soir, ainsi, si je ne reviens pas à temps, soupez sans moi.

Il s'éloigna vite des maisons et puis ralentit le pas, prit sans but par les sentiers de campagne qui se faufilaient entre les cultures. Il n'était pas pressé d'arriver jamais chez les Dames, ce soir du moins. Ce soir c'était la solitude venteuse qu'il venait chercher sous les ailes des moulins, en même temps que de la bonne fatigue pour ses bonnes jambes, engourdies par son après-midi de mollesse. La vie de Paris ne lui allait pas au corps. Par chance Mme Marais habitait au-dehors, d'où après cinq minutes de marche il pouvait retrouver des vues champêtres, des chemins bosselés secs et durs les beaux jours, et dont la boue des mauvais jours ne

* Les Dames de l'abbaye du Mont-Martre.

puait pas, n'avait que la bonne odeur, propre et saine, d'une verte terre trempée de pluie.

Il y avait encore des paysans dans les vergers, qui cueillaient des pommes et des poires, saluaient de la main le passage du promeneur que certains commençaient à reconnaître, et une femme, parfois, lui montrait d'un air engageant son panier plein, vantant ses fruits de l'œil, à moins qu'en riant elle n'en agitât un seul au bout de sa main levée, un beau à donner. Il accepta la pomme d'une petite fille, une jolie reinette jaune d'or lavée de rouge, dont la chair fraîche et croquante, acidulée, lui juta dans la bouche. Tout à l'heure, il n'avait pas mangé avec autant de plaisir le fruit de son dîner.

— Mignonne, votre pomme est délicieuse, dit-il à l'enfant, et il lui donna deux blancs pour s'acheter un ruban en souvenir de lui.

La petite rougit, regarda vers la ferme proche, devant laquelle son père venait de déposer deux seaux de lait, en observant la scène. Le fermier lâcha ses seaux, s'approcha de la barrière, reprit la blanchaille à sa fille pour la rendre au gentilhomme.

— Monsieur, dit-il, ma Linette sait qu'on ne fait point payer ce qu'on a offert.

— Dans ce cas, monsieur, avec votre permission, demain ou un autre jour je lui apporterai son ruban moi-même, dit Roquefeuille en rempochant ses piécettes.

— A la bonne heure ! dit le fermier. Pour ce coup-là, monsieur, vous l'honoreriez.

L'homme avait la main sur la barrière de bois, qu'il ouvrit toute grande.

— En attendant, monsieur le Marquis ne voudrait-il point entrer, pour finir son goûter par un bol de lait mousseux ?

— Ainsi, vous me connaissez ? dit Roquefeuille, étonné.

— Monsieur le Marquis, ce n'est point une grosse montagne que la nôtre, c'est une paroisse où rien ne se perd. Nos filles et nos garçons descendent chaque jour servir les servantes de la rue Royale, alors, vous pensez !

Roquefeuille entra. La petite ferme Martin lui sembla

assez prospère. Les enfants avaient de bonnes joues, la cuisine était en ordre, bien frottée et proprement meublée, Mme Martin jeta une nappe bien blanche sur un coin de la table pour lui servir son bol de lait, posa à côté une miche de pain et un pot de beurre.

Le marquis vit tout de suite que le père Martin espérait un bout de causette, alors il l'entama par les oies, dont un troupeau criard, revenu du champ, s'égaillait dans la cour. Des oies il fallut passer aux moutons, et puis aux chèvres, aux vaches, aux cochons, aux pommes, au cidre, à la vigne... Le fermier ne se lassait pas de la conversation de son hôte.

— Monsieur le Marquis, dit-il quand il le vit debout et prêt à repartir, quand vous vous ennuierez de vos fermes, je vous verrai toujours de bon cœur venir vous asseoir ici. Il y a plaisir, monsieur, à entendre un aristocrate parler des choses de la terre comme s'il en avait déjà remuées, et avec des mots que je comprends tous.

— Ah, dit finement Roquefeuille, c'est que je ne suis point un aristocrate depuis longtemps. Hier encore je n'étais qu'un marquis de campagne, très près de ses choux.

Martin rit sans le saisir, mais Mme Martin dit vivement :

— Fais donc attention à ta langue, Martin. Voilà-t-il pas que tu traites quasiment monsieur le Marquis d'aristocrate ? Faites excuse, monsieur. Tous ces nouveaux mots qui circulent, on les répète sans y mal penser.

— Il n'y a pas d'offense, dit Roquefeuille en souriant. On m'a rapporté que le Dauphin traite de sapré aristocrate son écureuil favori, et je suis sûr qu'il l'aime beaucoup.

Il allait ressortir quand un grand garçon entra dans la cuisine, salua bruyamment sans trop le remarquer, lança sur la table un butin de cinq perdrix grises.

— C'est mon lot, dit-il au fermier. On a eu de la chance, aujourd'hui. Si ça vous va, monsieur Martin, de me les faire vendre demain dans la rue Royale — part à deux ?

Roquefeuille ne put s'empêcher de s'arrêter devant la table, regarda, tristement, les beaux oiseaux assommés. Le grand garçon avait encore sa massue à la main, l'arme des nouveaux chasseurs. Roquefeuille les avait vus à l'œuvre dans la plaine Saint-Denis, un matin que Lauraguais l'avait emmené contempler le massacre. Les hommes se répandaient dans un champ, levaient les oiseaux et les fatiguaient à la course jusqu'à ce que, résignés, ils consentissent à périr sous leurs gourdins.

Gêné devant l'attitude du marquis, Martin finit par dire, avec un soupçon d'agressivité :

— Sûr que monsieur le Marquis pense que c'est pécher que de chasser comme cela, mais les pauvres n'ont point de fusils, et pourtant eux aussi ont gagné le droit de chasser, comme tout le monde.

On ne lui répondit que d'un bref hochement de tête, alors il insista :

— Que tout un chacun puisse désormais chasser à son besoin, c'est une justice, n'est-ce pas ?

— Que oui ! s'écria joyeusement le grand garçon. Et c'est un bien beau droit que les Français se sont acquis là !

— Un bien beau droit, dit Roquefeuille. Je crains seulement qu'au train où on en use, il vaille de moins en moins chaque année !

— Oh ! monsieur, dit le grand garçon, avec nous autres pauvres, la vie est si volage... Il faut prendre quand on peut prendre. On n'est sûr que du jour d'aujourd'hui.

On n'est sûr que du jour d'aujourd'hui. « Ma foi, voilà ce que je ne sais pas, pensa le marquis en reprenant sa grimpette vers Saint-Pierre. Je ne sais pas. » Lui se sentait pris entre deux éternités solides : avant lui des Roquefeuille, après lui des Roquefeuille ; mille ans derrière lui, mille ans devant lui.

« 1789, l'an premier de la Liberté ! » Toute la France chantait ce refrain-là depuis la chute de la Bastille. Même Beaumarchais en avait fait deux vers pour les inscrire à l'entrée de son domaine :

Ce petit jardin fut planté
L'an premier de la Liberté.

Le marquis jugeait ces mots d'une risible puérilité. L'homme Roquefeuille avait toujours été libre. Il en avait repris conscience ce soir en se heurtant à un « libéré » du 14 juillet pressé de jouir, pressé de tuer parce qu'il ne croyait pas vraiment à sa liberté trop neuve. Il ne croyait qu'au jour le jour à son pouvoir brutal sur les êtres et les choses, comme les enragés du pont Notre-Dame qui avaient pendu le boulanger François et voulu pendre sa Louison. Peut-être l'abbé de Véri avait-il raison ? Peut-être Paris n'était-il déjà plus peuplé de Français, mais d'aristocrates et de démocrates s'insultant mutuellement avec ces noms et prêts à s'étriper, les uns pour tout prendre, les autres pour sauver quelque chose.

Une perdrix passa, vite, sans un cri, se réfugia dans une haie. Roquefeuille s'arrêta, s'adossa à un noyer, attendit le passage du second oiseau du couple.

La nuit naissait du côté de Monceaux, noyait déjà dans la brune les frondaisons du château, effaçait, au loin, la plaine Saint-Denis. Il n'aurait plus le temps de monter jusqu'à la place du Tertre, à moins d'en vouloir redescendre au clair de lune. Comme il ne connaissait pas bien encore les sentiers de la butte il choisit plutôt de s'asseoir un moment là où il était, sur un talus d'herbe sèche. Le crépuscule s'emparant de la nature avait toujours exercé sur lui une action calmante, et il avait encore besoin de s'apaiser. Sa promenade l'avait soulagé, pourtant. Et puis, tout à l'heure, quand il avait croisé Louison au bas de l'escalier elle avait eu pour lui un geste familier, un geste *d'avant.*

Y avait-il un après ? Ne faisait-il pas que fabuler parce que depuis longtemps, sans s'avouer son déplaisir il voyait Louison former avec Chauvigné le plus beau, le plus harmonieux des couples ? Hélas, il avait beau s'irriter de penser que la beauté a des droits sur la beauté, il le pensait. Tristan devait aimer Iseult et Iseult Tristan, fatalement. Fatalement le roi Marc devait souffrir un jour de n'être qu'un homme ordinaire, mal placé entre deux charmeurs magiques, entre les deux branches d'un aimant.

Lui donner du temps. Il fallait lui donner du temps. Le temps de se reprendre, de se trouver une contenance, de s'installer avec naturel dans son mensonge. Car Roquefeuille ne jouerait pas le rôle du roi Marc, il ne voudrait pas de faux serment, ni de preuve par le feu. Ses quelques heures de solitude douloureuse lui avaient au moins apporté cette certitude-là : il ne voulait pas d'un aveu. Il voulait le silence dans lequel les cœurs s'arrangent, chacun pour soi, chacun pour se loger de son mieux dans la tourmente.

Le soir noircissait, le vent devenait plus froid. Le marquis se leva, épousseta sa culotte d'un coup de chapeau et se mit à redescendre vers la rue Royale.

Mme Marais était seule dans le salon. Elle y avait fait allumer un feu, et lisait. Elle apprit à Roquefeuille que la voiture de M. Khazem était venue chercher Soraya, qu'on garderait quelques jours rue des Jeux-Neufs. Louison se reposait dans sa chambre.

— C'est l'heure où on se ressent d'une fatigue de la veille, dit Marianne. Elle ne veut pas souper. Je lui enverrai une collation tout à l'heure.

— Un blanc de poulet et deux crêpes à la frangipane, dit le marquis en souriant. Elle est capable de toute maladie pour se faire servir ce souper-là dans son lit.

— Vous oubliez le verre de vin de Champagne, ajouta Marianne, avec le même sourire.

Le marquis remonta chez lui. Ce ne fut qu'un moment plus tard qu'il s'en alla gratter chez Louison, pour prendre de ses nouvelles. Comme on ne lui répondait pas, il entrouvrit la porte...

Elle dormait, blottie avec Aurore au milieu de sa demi-douzaine d'oreillers. Sans doute s'était-elle endormie en endormant l'enfant car elle n'était pas apprêtée pour la nuit mais allongée de travers sur son lit, en chemise et en jupon, dans le désordre de ses cheveux nus où s'emmêlaient les cheveux d'Aurore, et la veilleuse demeurait allumée.

Roquefeuille entra, posa un genou sur le prie-Dieu du chevet, contempla ses femmes, la grande et la petite, avec une intense jubilation. Pouvait-il douter, en cet instant, qu'elles fussent à lui, et pour toujours ? Il les tenait sous ses yeux, abandonnées pêle-mêle dans leurs lingeries froissées et leur magnificence brune et rousse, et leurs visages montraient le même air de confiance dans le sommeil qui les avait prises. Elles étaient là, et cela seul comptait : qu'elles fussent et continuent d'être là, dans la maison, à la portée de son amour.

D'un doigt léger il toucha une boucle de sa fille, une boucle de Louison.

— Chérie, murmura-t-il, sois toi chez moi, je n'exigerai rien de plus. Si je t'avais voulue toujours sage, j'aurais continué de vivre avec ton portrait.

Pour ne pas l'éveiller en la fourrant sous ses draps il chercha deux châles pour la couvrir, éteignit la veilleuse, sortit sur la pointe des pieds.

Il s'aperçut qu'il pleurait quand, de retour dans sa chambre, une larme lui tomba sur la main. Il pleurait ! A quarante-huit ans sonnés, il pleurait pour un chagrin d'amour !

Au fond, il avait de la chance. Si M. de Véri ne lui avait pas un jour apporté le portrait de la jeune fille de Greuze, de l'exquise jeune fille à la rose, sans doute n'aurait-il plus à répandre que des pleurs de coryza sur la poussière de ses bouquins, comme un vieux.

Il s'assit à son bureau, n'hésita qu'un court moment avant de prendre sa plume. Non, son cousin Favras ne l'entraînerait pas très avant dans un complot douteux. Mais en plus d'argent et de complices actifs Thomas cherchait un homme sûr pour porter un paquet de lettres en Normandie, et Roquefeuille se disait qu'on peut toujours se charger du courrier d'un parent, par pure complaisance, sans se mettre hors la loi. Depuis longtemps, depuis que sa sœur Alix avait vendu Bois-Chauvigné peu après son veuvage, il n'avait pas revu la Normandie, et s'absenter de Paris pendant deux semaines lui semblait brusquement une bonne idée. Les premières fois d'un amant sont des bonheurs aigus, qui effacent la prudence sur le visage d'une femme, et puisqu'il ne voulait pas voir... Grâce à Lauraguais il trouverait bien un prétexte pour courir en pays normand visiter les fermes modèles que les physiocrates de Paris entretenaient là-bas, dans la grasse province la plus proche de la capitale. Il trempa sa plume d'encre, écrivit d'un trait :

« Monsieur et cher cousin,

Un voyage d'études que je viens de décider me conduira sous peu en Normandie, du côté de L'Aigle et un peu plus avant vers la mer. Si donc vous avez encore vos lettres pour nos parents de par là-bas, je m'en chargerais volontiers. Faites-le-moi vite savoir, car je ne tarderai point à partir. Croyez en attendant, monsieur et cher cousin, à ma bonne amitié.

Roquefeuille. »

Toupinet porta le billet dès le lendemain matin. Dans la soirée du même jour Thomas de Favras vint lui-même confier un paquet à Roquefeuille, avec la mine de lui remettre entre les mains la couronne du roi de France, pour qu'il la fît passer sauve à travers la Révolution.

18

Le 3 novembre au matin, l'équipage d'un procureur général monta la rue Royale pour s'arrêter devant l'hôtel de Bièvre. Le procureur en descendit avec ses gens, fit apposer les scellés sur toutes les portes de la maison, et c'est ainsi, brutalement, que Louison apprit la mort de son ancien amant. Le voyage du charmant marquis avait été court. Ayant, pour gagner l'Italie, choisi le chemin des écoliers, il n'avait pas dépassé Triesdorf où le margrave d'Anspach *, enchanté de ses talents d'écuyer, le retenait un moment dans sa cour. Bièvre y avait pris la petite vérole, et il en était mort.

Un grand coup de froid gela l'âme de Louison quand la nouvelle lui parvint. Que Bièvre fût un homme mort, un homme glacé, rigide, muet et sans sourire, qu'il fût un homme désormais absent de la fête de vivre lui semblait incroyable. Rentrée dans la maison elle se laissa aller sur le canapé du salon, les yeux clos, ne les rouvrit qu'en sentant sa mère s'asseoir auprès d'elle et lui prendre la main.

— Ainsi, murmura-t-elle, ainsi, même un feu follet ne réussit pas à s'échapper de la mort. Il lui restait encore tant d'années à rire, à faire rire... Je ne sais, maman, si j'ai le droit de le pleurer, mais je veux le pleurer. Seul, en pays étranger, à sa dernière heure il a dû manquer de larmes.

— Le temps est propice au deuil, dit Marianne, triste elle aussi.

Des rafales de feuilles mortes passaient derrière les fenêtres. L'automne dépouillait le Mont-Martre de ses ors dès que soufflait le vent.

Chaque fois que Louison y repensait, elle trouvait bizarre qu'Aimé eût suivi Lauraguais en novembre, plutôt que d'attendre le printemps pour aller voir La Tuilerie. Mais

* Bavière.

au fond, cela l'arrangeait d'être un peu seule avec son péché : il en devenait véniel. Il faut dire que Matthieu se montrait discret, trop. Depuis le départ de son oncle pour la Normandie il n'avait fait qu'une seule apparition à la Folie-Poupette, et Louison ne recevait pas « les entrées » pour l'Assemblée, que le député lui avait promises. Enfin son voisin l'amiral Jones lui en apporta deux ; Chauvigné les lui avait confiées pendant un dîner au club de Valois.

— Ce n'est point trop tôt ! s'exclama-t-elle. Monsieur de Chauvigné ne se pressait pas de contenter mon envie.

— Sans doute préférait-il que vous voyiez l'Assemblée dans sa nouvelle salle, dit Jones. Le Manège n'est prêt que d'hier, l'Assemblée s'y déménage ce soir, pour y tenir demain sa première séance *. Elle sera fort mondaine. Depuis qu'on sait la date de l'installation, les valets de la société traquent et soudoient les petits députés pour leur tirer des cartes à prix d'or.

— Donc, j'irai demain, dit Louison.

Jones l'approuva.

— Soyez-y de bonne heure. Je crains qu'on ait vendu plus de places qu'on ne peut asseoir de gens.

— Au fait, dit Louison en agitant ses cartes, les députés étant payés par la Nation **, l'entrée à leur spectacle ne devrait-elle point être gratuite ?

— Madame, elle l'est ! dit Jones en riant. Mais l'Assemblée se croyant la Nation et la Nation étant à tout le monde, les députés qui en usent à leur profit ne pensent pas mal faire.

— De quels députés me parlez-vous ? demanda Louison.

— Je parle, madame, de tous ceux qui, quoique élus, sont restés des hommes, dit Jones. C'est la majorité. Quel que soit le régime, aristocratique ou démocratique, il n'y a pas moyen de se faire gouverner par des saints. Depuis six jours, sur la proposition d'un évêque *** les biens de l'Eglise

* L'Assemblée nationale s'est installée dans la salle du Manège, toute proche du palais des Tuileries, le 9 novembre 1789.

** 540 livres par mois. Une bonne paye.

*** Talleyrand.

sont tombés dans l'escarcelle de la Nation, et je vois que l'Assemblée prend soin d'en profiter avant le peuple, en faisant aménager, pour s'étendre, les couvents des feuillants et des capucins. Certains députés voudraient même qu'on prît d'urgence sur la manne de quoi augmenter leur traitement, et peut-être l'obtiendront-ils : cela dépendra des voix qu'ils rallieront à leur cause. J'ai vu la salle du Manège. La sonorité y est si mauvaise que, là comme ailleurs, les bons gosiers l'emporteront. Monsieur de Mirabeau n'a pas fini de tenir la tribune.

Mirabeau tonnait pour défendre le nouveau projet financier de M. Necker, et Louison s'ennuyait beaucoup bien qu'elle fût coincée très honorablement, entre Mme de Staël et Gouverneur Morris, dans la meilleure galerie, au-dessus du siège du président. L'Américain eut un sourire quand il la vit cacher un bâillement derrière un coup d'éventail.

— Courage ! lui chuchota-t-il. Dupont de Nemours a déjà parlé ; après Mirabeau ce sera donc le tour des « contre », et votre neveu Chauvigné parlera. En attendant, puis-je essayer de vous distraire en vous faisant ma cour à l'oreille ?

— Essayez, murmura la coquette, incorrigible. Je ne sais point encore comment un vrai Yankee fait sa cour.

Mme de Staël avait entendu la dernière phrase. Moqueuse, elle se pencha vers sa voisine.

— Vous choisissez mal votre sujet d'études, madame. Monsieur Morris est un puritain, qui ne répond point aux œillades.

Morris n'eut pas à relever le propos. Une joute bruyante et brillante venait de s'engager entre l'orateur et Cazalès, l'un des plus forts talents de l'autre parti. Aussitôt Mme de Staël oublia ses voisins pour la suivre, bouillante d'indignation : elle n'acceptait pas qu'on attaquât les idées de son père. Morris pressa un instant la main de Louison, pour rappeler son attention.

— Voyez donc, dit-il, comme madame de Staël se trompe sur les gens. Necker n'est point du tout le génie financier qu'elle vénère, et je vous assure que son plan est mauvais. Ainsi, ne vous fiez pas pour moi à l'avis de sa fille.

D'un regard désolé il parcourut la personne sans beauté de l'ambassadrice de Suède, ajouta sans aucune pitié :

— Je ne suis puritain qu'avec discernement.

— Vous êtes méchant, dit Louison dans un sourire complice — elle ne savait rien du mal d'être laide.

Dans la salle, la querelle s'apaisait sous les coups de sonnette frénétiques du président. Les députés que la bataille avait jetés hors de leurs banquettes se rasseyaient, dans les tribunes bondées du public tout-venant le chahut mené par les partisans de Mirabeau se mourait. L'orateur termina assez tranquillement sa plaidoirie en faveur de Necker, Cazalès prononça son réquisitoire, et enfin Chauvigné eut la parole, pour appuyer Cazalès...

Louison buvait sa voix, ses mots ne lui importaient pas. L'homme qu'elle aimait tenait l'Assemblée presque silencieuse à son écoute, et pendant qu'il parlait elle était dans ses bras, caressée par un des maîtres de la Révolution. Perché à la tribune il semblait investi d'un solennel pouvoir sur le monde, et une nuit avait existé pendant laquelle elle avait agenouillé ce pouvoir à ses pieds. Elle en frissonnait maintenant d'une volupté royale, presque meilleure encore que la secrète volupté d'alors. Elle soupira, infiniment, comme après l'amour, quand Matthieu se fut tu.

— Il n'a pas été très interrompu, n'est-ce pas ? dit-elle avec bonheur.

— Les derniers orateurs ont de la chance, gronda Mme de Staël. Les députés sont fatigués et pressés d'en finir. Les sottises passent.

— Je vous promets qu'il n'en a pas dites, souffla Morris dans l'autre oreille de Louison.

L'Américain avait de bonnes raisons d'être content du discours de Chauvigné contre Necker : il en était quasiment l'auteur avec Talleyrand. Sa vanité se serait bien trouvée d'en pouvoir informer Mme de Roquefeuille, mais ce n'était pas une chose à tenter. De toute façon il n'avait fait que les paroles et elle n'avait entendu que la musique, Morris en aurait juré. Maintenant que l'abbé Maury, le dernier orateur prévu pour la séance, avait remplacé Chauvigné à la tribune, elle n'écoutait plus rien du tout. Son grand regard bleu sautillait par-dessus l'Assemblée avec la frivolité d'un papillon, avant de sans cesse retourner se poser sur Chauvigné, familièrement assis, avec quelques autres jeunes députés, sur les marches du trône présidentiel.

— Votera-t-on aujourd'hui ? demanda-t-elle soudain, revenant à son voisin.

— Certes non, dit Morris. D'autres orateurs ont demandé la parole sur ce même sujet.

— Il me semble, dit-elle, encore sous le charme de Matthieu, que nos députés parlent bien. Selon vous, font-ils d'aussi bonne politique que les députés américains ?

Morris prit l'air perplexe.

— Je ne suis pas sûr que les Français leur réclament de la bonne politique avant tout, dit-il. Vous aimez trop le théâtre, cela vous perdra. Au lieu d'avoir des hommes d'Etat vous aurez des acteurs, que vous jugerez sur leur jeu.

— Il est vrai que nous aimons le théâtre à la folie, et qu'ici cela se voit, reconnut Louison. Serait-ce un défaut ? Si ce l'est, on nous l'envie. Dès qu'un étranger nous arrive il court au spectacle, et n'en bouge plus de tout un mois. Vous même, monsieur...

La suite de leur bavardage se perdit dans le brouhaha. La salle se vidait lentement sans se taire. Dehors, la foule surchauffée tardait à se séparer, s'étalait en nappe pour s'aérer dans le jardin des Tuileries, se bousculait devant les fontaines des crieuses de limonade et, sur la terrasse des Feuillants, les nouvellistes commençaient de broder sur ce qu'ils venaient d'entendre. Beaucoup de députés entraient au *Café Saule* où Mme Saule, assise à sa caisse, contemplait avec le sourire sa fortune en train de se faire.

— Venez, dit Morris en offrant son bras à Louison. Il est convenu avec Chauvigné que nous le retrouverons au *Café Saule*.

— Nous n'y serons pas seuls ! s'exclama Louison.

Tout un petit monde de connaissances s'entassait déjà dans le nouveau salon de café choisi par les députés, à la porte de l'Assemblée. Il était clair que le public élégant, au sortir des débats, boirait désormais sa bavaroise au *Café Saule.*

— Elle n'est pourtant pas fameuse, observa Louison. Elle ne vaut pas celle de *La Régence,* ni même celle du *Café de Foy,* tant s'en faut.

— Mais qu'importe? dit Chauvigné, qui venait de la rejoindre. On vous sert ici de la bavaroise à la Constitution, celle qu'il faut boire aujourd'hui.

— Eh bien, dit Louison, si votre constitution est copiée sur sa bavaroise, elle sera médiocre.

— Madame, elle sera médiocre parce que vos députés la veulent copier sur la constitution de Philadelphie, et que les Français ne sont point des Américains, dit Morris.

— Monsieur, il faudra qu'un jour vous me veniez conter leurs différences dans le détail, dit Louison avec étourderie.

— C'est une longue histoire, dit Morris, amusé. Prenez-vous des bains de lait, madame?

Il laissa un instant Louison s'étonner sans lui répondre et Chauvigné froncer les sourcils, avant d'achever :

— J'ai remarqué que les dames d'ici reçoivent volontiers dans leur bain de lait quand elles veulent se donner le temps de vous écouter tranquillement.

— Excusez-moi, dit Louison, au bain, je ne reçois que ma mère. Je ne prends pas de lait dans mon eau.

— Je n'ai pas dit, madame, que le lait fût toujours nécessaire, jeta Morris à mi-voix. Certaines beautés supportent l'eau claire.

— Aurez-vous bientôt fini de coqueter? intervint Chauvigné, agacé. C'est le diable, que de se faire le chaperon de ma tante Roquefeuille! L'ange Gabriel n'y réussirait pas.

Son ami Gouverneur ne put le faire s'enrager davantage. Le vicomte de Ségur s'approchait d'eux pour quêter leur avis sur son dernier écrit, un roman sur Ninon de Lenclos. A travers l'épaisseur de la politique ambiante, le délicieux vicomte, le léger bien-aimé de toutes les dames effeuillait sans gêne son ouvrage d'amour, pour en mettre un peu dans toutes les mains.

— Le vicomte de ces dames vit encore sous le règne de

Marie-Antoinette, observa Morris, en empochant sa part du roman.

Il ajouta, le regard flottant sur les gens :

— Je me demande combien de nobles démocrates, tout en se croyant des cœurs de Romains, pensent qu'ils reverront la Reine à Trianon, et seront de ses goûters sur l'herbe en l'an Un de la monarchie rénovée ?

— Et pourquoi non ? dit Louison. La Reine rentrera bien un jour à Trianon ?

Morris lui répondit de biais, en parlant d'autre chose. Il n'avait pas envie de lui donner ses inquiétudes. Lui ne voyait pas en rose l'avenir des Français. Ils lui semblaient marcher à l'anarchie avec une sorte de fureur joyeuse, comme pressés de détruire leur vieille France en ne faisant que rêver la nouvelle, et sans se douter que tout peut naître de l'anarchie, surtout le pire et jamais le bonheur.

— Pensez-vous, Gouverneur, que décidément tout cela finira par une république ?

Morris tourna les yeux vers Chauvigné, qui dut répéter sa question.

— Par une république, ma foi, je ne sais pas, dit Morris. Je ne vous le souhaite pas.

D'un coup de tête Chauvigné lui montra La Fayette et Mirabeau qui discouraient ensemble, avec l'air de ne s'écouter que pour s'arracher la parole.

— Nous avons pourtant déjà deux présidents pour elle, dit le baron d'un ton railleur. Pour nous distinguer de l'Amérique, nous pourrions lancer la mode d'une république à deux têtes ?

— Vous ne verrez pas cela, dit Morris en baissant la voix. Chacun de son côté, et sans vouloir le mal de personne, La Fayette et Mirabeau lorgnent sur un pouvoir qu'on ne partage pas : la dictature. Par chance, le premier n'a pas les moyens de son ambition, et le second se laisse acheter à la semaine.

— Messieurs, je refuse d'entendre mal parler de La Fayette, dit Louison en distribuant deux coups d'éventail, un sur sa droite, un sur sa gauche. Plutôt que d'en médire menez-moi un moment au Palais-Royal, l'air d'ici devient aussi pesant que celui de l'Assemblée.

En sortant du *Café Saule* ils croisèrent Clermont-Tonnerre, qui retint un instant l'Américain.

— Monsieur Morris, n'oubliez-vous point mon invitation à dîner ensemble au club ? Quand ? Demain ?

— Excusez-moi, demain je suis pris, dit un peu sèchement Morris. Mais ne nous verrons-nous pas, un soir ou l'autre, chez madame de Staël ? Nous pourrons causer. Ainsi donc, monsieur, à bientôt, ici ou là.

Il se remit à marcher auprès de Chauvigné, qui lui avait lancé un coup d'œil surpris. Vite et bas, pendant que Louison embrassait une amie de rencontre, il répondit au regard du baron :

— Je n'aime pas qu'on s'absente des conséquences de ses actes. Ce fou a aidé de son mieux à mettre le feu au trône de Louis XVI, et le voilà qui aujourd'hui s'affole et craint de ne plus pouvoir sans danger vivre en cousin du Roi. Il m'a demandé si, avec 60 000 francs, il ferait bonne figure en Amérique. Je n'ai pas d'amitié pour les boutefeux qui fuient leur incendie.

Revenus dans la rue Saint-Honoré ils se mêlèrent au ruisseau des flâneurs, qui coulait vers le Palais-Royal.

— Faisons les boutiques ! dit tout de suite Louison à Matthieu, dès que Morris les eut quittés.

Le climat du nouveau Palais-Royal la grisait. Pas un Parisien, pas un passant n'échappait à son charme. Pour son profit le duc d'Orléans avait installé sous ses fenêtres une fête permanente, et des plaisirs pour toutes les bourses. Avec de l'or et de l'argent on avait là de l'argent, de l'or et des perles, des soies, de la dentelle, des plumes et des rubans, des porcelaines de table et de fantaisie, de la bonne et de la pire peinture, des fleurs, des parfums, des bonbons et une foule de riens jolis, on pouvait s'y faire en une heure parisien de la tête aux pieds et parisienne pour une fortune ou le coût d'un chapeau, on pouvait s'y ruiner au jeu, s'acheter de la vérole à tous les prix dans l'allée des Soupirs, dîner comme un gourmand et souper comme un prince, prendre au Cirque un air de musique ou un tour de danse, entrer au café lire les journaux, bavarder politique sous les tilleuls, aller aux ombres chinoises du sieur Séraphin ou voir la Reine au musée des cires, avec de l'or et de l'argent on pouvait tout faire au Palais-Royal, même en ressortir possesseur d'un ravissant meublé, d'un domestique et d'un cabriolet avec une Laïs dedans, vêtue de neuf et louée fidèle à bail. Et comme Orléans était démocrate, même avec un six-blancs * on avait quelque chose : la bonne aventure à la sauvette, une vue sur la belle Zulina « en peau », un petit bout de pierre volée à la Bastille, une image sent-bon, deux beignets, une barbe en sucre dont les amoureux, en riant, se soufflaient la mousse au nez. Enfin pour pas un sol on avait quand même Paris, tout entier ramassé dans son cœur.

Il n'était pas tard mais le jour était sombre. Presque tous les boutiquiers avaient allumé deux ou trois bougies à leur devanture. Les objets précieux, soieries et bijoux, faïences et cristaux chatoyaient sous leurs lumières capricieuses, les boutiques blotties sous la pénombre des galeries ressemblaient à de minuscules cavernes d'Ali Baba, irrésistibles. Louison ne résistait pas, entrait, admirait, soupesait, caressait avec des soupirs de plaisir, marchandait dix choses et puis s'effarouchait quand Matthieu voulait lui en offrir une, un colifichet, une babiole. Vite, elle ressortait de la boutique en l'entraînant.

— Allons marcher dans le jardin, finit-elle par dire. Les galeries me rendent folle. J'ai envie de tout !

— Mais tu ne veux rien accepter.

— Non.

— Pourquoi ?

Elle secoua la tête sans répondre autrement.

— Et à dîner, dit Matthieu, accepteras-tu ? Il est plus que temps.

— Dîner au café ? Tous les deux ?

Elle hésitait. Alors Matthieu la regarda d'un œil moqueur, et elle céda.

* Petite monnaie d'argent.

— Bon, avoua-t-elle. Je meurs d'envie de dîner ici avec toi. Où ?

— C'est selon. Préféreras-tu de la cuisine royaliste, ou de la cuisine démocratique ?

— Démocratique, dit-elle sans hésiter.

— Tant pis pour toi, dit Matthieu, et il la dirigea vers le *Café Février*.

— Peu m'importe le plat que j'aurai, dit Louison. Je veux voir des démocrates enragés. Je voudrais parler à Camille Desmoulins. Mon parrain m'en a dit grand-mal, de manière tentante.

— Desmoulins ? releva Matthieu en la retenant. Dans ce cas faisons demi-tour ; nous allons chez Masse, il y sera peut-être. Il y dîne assez souvent.

— Chez Masse ? s'étonna Louison. Beaumarchais m'a parlé du restaurant de Masse comme d'un repaire de royalistes absolus.

— Oui, dit Matthieu, mais on y mange de succulentes grillades à grand feu, et depuis que le peuple manque de pain, ses journalistes ont du bœuf.

— Bah ! fit Louison, un peu choquée.

Matthieu lui redonna son bras, qu'elle avait lâché.

— Rassure-toi, dit-il, en changeant d'habitudes Desmoulins n'a pas changé d'idées, ce sont elles qui lui permettent de dîner désormais à 9 francs par tête.

— De toute façon, dit Louison, je goûterais volontiers de ce bœuf grillé.

Ils saluèrent Mme de Durfort, qui passait au bras d'un bel officier chargé de paquets enrubannés.

— Depuis que les rues de Paris ne sont plus sûres, madame de Durfort ne fait plus rien sans son dragon, même ses visites de charité, remarqua Matthieu.

— Je ne savais pas que son dragon était aussi joli, dit Louison. Qu'il est joli ! Ne trouves-tu pas ?

— Honey, il est pris, dit Matthieu en lui tapotant la main.

Ils riaient en entrant chez Masse.

Camille Desmoulins n'y était pas ce jour-là, mais Matthieu y retrouva une douzaine de députés, et Louison vit avec soulagement qu'elle ne serait pas la seule dame du lieu. Deux autres, Mme de Bonnay et une inconnue, s'y attablaient avec le marquis de Bonnay, Rivarol et Mirabeau le jeune*. Masse plaça les arrivants à une table voisine de la cheminée, déjà couverte de linge fin, de porcelaine blanche et d'argenterie, retourna chercher sa carte des mets pour l'offrir à Louison.

Elle détailla d'abord la salle à manger, élégante, composée de trois petites pièces ouvertes l'une dans l'autre en enfilade, boisées, peintes d'un délicat vert d'eau rechampi à l'or, meublées de chaises d'acajou et de longs dressoirs à dessus de marbre blanc.

— Monsieur Masse fait bien ses affaires, dit-elle en soulevant sa fourchette de bel argent.

— Tout à fait bien, je vous assure ! dit Matthieu. Je ne sais si la Révolution enrichira tout le monde, et cela m'étonnerait, mais elle a déjà commencé d'enrichir les cuisiniers qui se font maîtres de maison. Ceux-ci me semblent en passe de devenir les nouveaux aristocrates du prochain régime. Il est à la mode de les prendre en amitié, et de se faire à ses frais des habitudes chez eux.

Il regardait vers la table du marquis de Bonnay.

— Beaucoup de pamphlets royalistes sortent d'ici, qui se sont faits sur la nappe à l'heure du café. Avec le bœuf grillé on mange de la moutarde et la moutarde monte au nez. Bonnay dit qu'elle lui donne de l'esprit, surtout quand c'est Rivarol qui la mange.

Elle avait posé la carte, il la lui remit dans les mains.

— Ne voulez-vous pas choisir vos plats ?

Elle y mit un bon quart d'heure. C'était la première fois qu'elle s'asseyait chez un restaurateur. Choisir ses plats sur une carte lui parut un jeu délicieux, et ce qu'on lui servit ne la déçut pas : Masse, qui se prenait pour un grand personnage, était au moins un grand cuisinier. Quand ils en furent au dessert, comme Louison, déchirée, hésitait entre la meringue à la polonaise et le zéphyr de chocolat, Matthieu la taquina :

* Le frère du tribun.

— Comment ? Vous ne prendrez pas de crêpes ? On en fait ici d'exquises, fourrées de marrons glacés, poudrées de vanille, dorées au beurre et flambées au rhum, bref, des crêpes dont vous mourrez de plaisir.

— Mouououm, roucoula Louison.

Souriants, les dîneurs d'alentour regardèrent M. Masse venir lui-même, dans son habit gris de perle, préparer la sauce de beurre au rhum et flamber les crêpes de la belle gourmande.

— Monsieur, vos crêpes sont divines, dit-elle au bonhomme dès qu'elle en eut savouré une.

— Monsieur Masse, soyez content du compliment, dit Matthieu. Madame est une fine goûteuse de crêpes.

— Assurément oui, je m'y connais ! reconnut Louison. Comment, monsieur, appelez-vous votre façon de faire ces merveilles-là ?

— Ma foi, jusqu'ici je lui donnais sottement mon nom, dit le cuisinier, mais si d'aujourd'hui vous me permettiez, madame, de lui donner le vôtre ?

Gracieusement, Louison inclina la tête, et Matthieu dit :

— Madame est ma tante, la marquise de Roquefeuille.

Masse se courba dans un grand salut.

— Madame, dit-il, vous venez donc, pour mon honneur, de manger des crêpes à la marquise.

— Hum ! « A la marquise », est-ce bien un nom de sauce qui va pour aujourd'hui ? plaisanta Matthieu. J'ai remarqué que la pratique de quelques enragés vous venait, il ne faudrait point l'effaroucher.

Masse prit toute sa hauteur, tendit le menton, dit avec dignité :

— Monsieur le Baron, j'exerce la cuisine, je n'exerce point la prudence. Je nourris qui me vient, mais ne flatte que qui me plaît.

— Tudieu ! Masse, voilà une fière réponse, que je n'ai pas volée, dit Matthieu. Il faut que je boive à votre santé. Redonnez-nous un peu de votre vin de Loire : votre santé mérite un bon cru.

Louison trempa ses lèvres dans le vin fruité, acheva de

déguster ses crêpes. Elle se régalait comme une chatte, avec une sensuelle, délicate attention à chacune de ses bouchées.

— Je me promets toujours de ne plus prendre de desserts sucrés, et puis je m'accorde toujours une dernière fois. Ah ! je m'en veux. Mais c'est que certains péchés sont si bons ! S'en priver, ce serait... pécher ! Non ?

Matthieu la contempla sans répondre, jusqu'au contentement de la voir rosir et battre des cils.

— Vous avez un regard insolent, dit-elle. Demandez-nous du café, s'il vous plaît.

On leur servit le café dans de fines tasses de porcelaine à la Reine, et Louison était en train d'admirer la sienne, quand le vieux maréchal de Ségur et son vieil ami Besenval entrèrent chez Masse, pour y dîner sur le tard. Une sorte de princesse blonde, élégante et distinguée, sobrement vêtue de brun clair, les accompagnait. En passant près de Mme de Roquefeuille, Ségur s'arrêta pour la saluer, prit des nouvelles du marquis, les convia tous les deux à sa campagne de Romainville où il tenait table ouverte tous les dimanches, tant que l'automne demeurait doux.

— Je ne connais pas la dame, dit Louison quand Ségur eut rejoint ses invités.

— C'est qu'elle n'est pas une dame depuis longtemps, dit Matthieu. Hier elle dansait, et s'appelait Rosaline. Elle s'appelle aujourd'hui madame de Floricourt et fait beaucoup de politique, du côté du Roi.

— Elle est jolie, dit Louison. A qui est-elle ?

Matthieu regarda tour à tour Ségur et Besenval, sourit.

— Aux deux, dit-il. Le maréchal et Besenval avaient si bien pris l'habitude de vivre heureux à trois avec madame de Ségur qu'après sa mort ils se sentaient moins liés, et cela les fâchait. Mademoiselle Rosaline leur a rendu leur intimité de toujours, voilà l'amitié de leurs vieux jours assurée. Le vicomte est très fier de leur avoir trouvé Rosaline. C'est le vicomte de Ségur qui l'a mise sur le chemin de son père.

Il eut un rire avant d'ajouter :

— Notre ami Morris en a été très choqué.

— Pourquoi ?

— Je crois qu'il n'est pas encore très bien fait à nos

mœurs. Le vicomte de Ségur l'a baptisé : Morris le pudibond.

— Oh ! fit Louison, sa morale ne me paraît point inguérissable. Il n'est en France que de cette année, et partage déjà de bon cœur la femme de monsieur de Flahaut avec un évêque. Il se naturalise !

— Paris, murmura Matthieu. Est-ce notre faute si Paris donne à ses habitants, et même à ses passants, le besoin et la liberté de vivre à sa guise ?

Du silence glissa entre eux, un silence d'après la chère et le vin, paresseux, caressant, qui sentait bon le café, conduisait aux rêvasseries douces, défendues, fatales.

— Matthieu, je t'aime, dit Louison tout bas.

Chauvigné logeait maintenant à deux pas du Palais-Royal, dans la rue des Moulins.

Les deux chambrettes qu'il avait louées sous les mansardes de la belle maison Lulli avaient été retapissées à neuf d'une indienne peuplée d'oiseaux bleus becquetant des fleurs étranges. Ils firent l'amour dans une volière.

A l'approche du soir, dans le grand appartement du premier la fille du propriétaire se mit au clavecin. Elle jouait un morceau du *Sicilien*. Un peu des notes lointaines, presque un songe, montait jusqu'aux amants, et bientôt la mélodie d'un violon se mit de la partie.

— Tu as choisi d'habiter une charmante maison, dit Louison. Voilà monsieur Lulli revenu du ciel pour nous faire de sa musique.

Chez Masse, les dîneurs de la première salle à manger avaient regardé partir le couple.

— Décidément, quoique républicain, Chauvigné a du talent, au moins celui d'avoir une ravissante maîtresse, remarqua Rivarol.

A la table du marquis de Ségur on avait entendu la boutade. Avec vivacité, Ségur apostropha le bavard :

— N'allez surtout point publier cela, monsieur de Rivarol ! Vous faites fausse route. La dame qui dînait avec Chauvigné est sa tante, la marquise de Roquefeuille. J'ai connu le jeune Roquefeuille quand il était à Richelieu * et je l'aimais fort, je l'ai revu dans son âge mûr et ne l'estime pas moins. C'est un homme de cœur et d'esprit, et fort content, je crois, de sa jolie femme.

— Monsieur le Maréchal, dit Rivarol, bien qu'aujourd'hui la sottise et la barbarie gagnent du terrain nous sommes encore en France, où un homme, Dieu merci, peut être tout à la fois estimé, cocu et content.

— Mon ami, c'est vrai, dit Besenval à Ségur sans rire, avec une sincérité naïve.

Ce furent les voisins qui sourirent.

— Rivarol, dit Mme de Bonnay, vous êtes un si détestable mari que vous ne pouvez croire au bonheur d'un ménage. Même à Paris il y a tout de même, monsieur, quelques hommes qui ont de la chance, et quelques femmes qui ont de la vertu.

— Je ne sais pas, dit Rivarol. De la vertu, au vu de sa personne j'en avais prêté d'emblée à madame de Staël, et voyez donc la suite ! Staël est aussi cocu qu'un autre. Les Français sont galants.

— Bon, dit Mirabeau le jeune. Notre ami Rivarol me semble déjà bien en verve, le café est là, mettons-nous au travail. Il faut que le Roi ait un journal, et nous avons fait serment de lui en donner un.

Les hommes sortirent de leurs poches des feuillets manuscrits. Trois nouveaux venus avaient rejoint la table du marquis de Bonnay, auxquels Masse apporta du vin. Le bonhomme avait pris l'habitude de voir ces clients-là traîner le reste de l'après-dînée dans sa salle à manger, et volontiers les abreuvait gratis de vin et de café, heureux, fier qu'une feuille royaliste ** s'écrivît à l'ombre de ses casseroles. Ces plumitifs ajoutaient dans sa cuisine des odeurs de littérature qu'il respirait avidement, pour les revendre comme un surplus de bonne sauce.

— Le vin de Masse est trop bon pour des journalistes, dit le comte de Montlosier après l'avoir goûté. Nous devrions

* De la maison du duc de Richelieu.
** Les *Actes des Apôtres*.

boire de l'eau. Il faut être méchant, et les méchants sont des buveurs d'eau.

— Je n'avais chez moi que de l'orgeat quand j'ai commencé mon portrait de La Fayette, dit Rivarol. Vous en lirai-je le début ? J'ai peint le généralissime à pied plutôt qu'à cheval. Pour le montrer ressemblant il me fallait le descendre à son niveau.

— Après ce trait, j'ai fort envie d'entendre la suite, dit M. de Bonnay en riant.

Ils ne ressortirent de chez Masse qu'à la nuit montante. Tout autour du jardin on avait allumé les grosses lanternes des portiques et, sous les galeries, les boutiques pétillaient de toutes leurs bougies. Dans la tonnelle de verdure et de colonnes bordant le Cirque illuminé, la parfaite chair blanche des statues de pierre brillait, palpitait avec plus de vie qu'à la clarté du soleil, et alors ce petit peuple du silence devenait magique, enchantait. Des bouffées de concert échappées du Cirque retenaient les promeneurs, accompagnaient la danse des belles de nuit autour de l'îlot de lumières. Le soir plus encore que le jour le Palais-Royal ressemblait aux jardins d'Epicure, bourrés de voluptés.

Du côté du *Café de Chartres* que fréquentaient beaucoup d'étrangers le bruissement des belles s'amplifiait, se bousculait en plusieurs langues : « Good night, my dear sir ; alone ? Wie geht's, Herr Doktor ? Signore, sorrisi ? parolette ? sospiri dolci ? Monseñor... Mylord... Beau capitaine... »

— Tiens ! elles parlent aussi le français, ironisa Rivarol qui débouchait avec Mirabeau le jeune dans la galerie de Beaujolais. Je me suis fatigué à leur expliquer que la langue française était universelle et servirait mieux leurs charmes que leurs jargons de portier d'hôtel, mais elles veulent jargonner, sans doute pour faire entendre qu'elles ont déjà beaucoup voyagé à travers leur lit.

Il avait parlé haut, pour dominer le bruit ambiant. Un petit bouquet rond lui tomba sur l'épaule, en même temps qu'un éclat de rire.

— Remontez-moi mon bouquet, monsieur de Rivarol,

et je vous ferai l'amour en français ! lui jeta une nymphe de l'entresol, installée à sa fenêtre de parade dans un gros bouillonné de satin rouge.

Rivarol leva la tête, salua la nymphe d'un coup de chapeau, renvoya le bouquet avec adresse.

— Mille mercis, demoiselle Yolande, ce sera pour une autre fois. Je suis pressé ce soir, une page encore blanche m'attend.

— Ah ! soupira la nymphe, pourvu que messieurs les étrangers nous restent fidèles ! Les Français ne s'arrêtent plus de courir après la politique. Rend-elle vraiment plus heureux que le plaisir, monsieur de Rivarol ?

— Ma belle, soyez contente, je suis sûr que non, dit Rivarol.

Il s'était rapproché de la grille, laissait, à travers les barreaux, son regard errer dans le clair-obscur du jardin tout peuplé de couleurs mouvantes, de voix et de rires. La douce lumière diffuse prisonnière de l'enclos semblait rendre son air mousseux, aussi bien fait pour l'aimable gaieté que la mousse dorée du vin de Champagne. D'une main, Rivarol pesa sur l'épaule de Mirabeau.

— Louis, votre frère est un criminel, dit-il. Le monde entier nous envie ce que nous avons, et lui pousse à le détruire. Louis, un pays va mal quand la parole se met à y remplacer la pensée. Il faudrait pendre les philosophes. Ce sont des anatomistes : ils dissèquent mais ce n'est point pour guérir, c'est pour jouer.

Il ajouta après un temps :

— Pourquoi n'avons-nous plus le goût du bonheur, que nos voisins viennent encore chercher chez nous ?

La robe rose parfumée d'une jolie dame le frôla à travers la grille, et derrière lui tomba, d'une demi-lune de l'entresol, la chanson d'une sirène :

Aimons au moment du réveil,
Aimons au lever de l'aurore,
Aimons au coucher du soleil,
Durant la nuit aimons encore !

— Louis, connaissez-vous le marquis de Roquefeuille? demanda Rivarol d'un ton changé.

— Non, dit Mirabeau le jeune, étonné de la question imprévue. Pourquoi?

— Sa femme est une Vénus, dit Rivarol. Une Vénus aux yeux de Madone.

— Allons bon, fit Mirabeau le jeune. Etes-vous en train de devenir amoureux d'une vision? Pour Dieu, ne le faites pas! Cela porte à la poésie, et c'est d'un pamphlétaire dont le Roi a besoin.

— Le Roi a surtout besoin de faire le roi, dit Rivarol. Ce n'est jamais hélas la première idée qui lui vient.

Comme ils s'engageaient dans le passage du Perron où les changeurs d'argent offraient leurs services aux étrangers, en voyant l'un d'eux compter des écus à son client un souvenir traversa Mirabeau le jeune, qu'il ne put taire.

— Au fait, dit-il en baissant la voix, que trame donc au juste le marquis de Favras? Pourquoi cherche-t-il de l'argent en chuchotant pour garantie le nom de Monsieur et le service du Roi?

Rivarol avait sursauté.

— Qu'est-ce que cette histoire? lança-t-il trop haut. D'où la tenez-vous?

— Chut! fit Mirabeau le jeune, fâché d'avoir parlé. Sachant que vous avez l'oreille de Louis XVI, je vous croyais dans le secret. Pour moi ce n'est qu'un ragot, qui me vient de chez mon frère par un vieux domestique. Par grâce, oubliez-le. Les rumeurs de complots courent les rues. A défaut de plans les sauveurs du Roi ont de l'imagination.

— Les sauveurs du Roi! ricana Rivarol. Des sauveurs dont votre frère serait? Certes, je sais Mirabeau l'aîné capable de tout pour de l'argent, même d'une bonne action, mais alors le voyez-vous se fiant à un Favras? Quelle fable!

— Oui, sans doute, reconnut Mirabeau le jeune. Pourtant une autre chose est vraie. Mon frère traite désormais l'Assemblée d'âne sauvage, et je ne désespère pas de le voir bientôt se rapprocher de la Cour. Selon vous, comment le Roi l'accueillerait-il?

— Bien s'il voulait m'en croire, dit Rivarol. On ne

refuse pas d'employer l'ânier capable de faire aller votre âne dans le bon sens, même si l'homme sent mauvais. En politique, mon cher, le mépris ne doit pas empêcher les alliances utiles. Tiens !

L'exclamation lui avait échappé en voyant le baron de Chauvigné héler un fiacre au coin de la rue Vivienne, pour y faire monter sa trop belle tante.

Mirabeau le jeune avait suivi le regard de son compagnon.

— Dieu leur pardonne, dit-il en souriant. Lorsqu'Il fit de l'adultère un péché, Adam et Eve étaient seuls sur la terre.

19

— Je regrette les Noëls de Verte-Fontaine, soupira dame Pomme, en jetant à Suzanne un bout de la nappe brodée qu'elle venait de tirer de l'armoire à linge. Notre Noël d'aujourd'hui, au milieu de toute cette Révolution, ressemblera presque à un jour ordinaire.

La petite Soraya tournait autour de la table.

— Dame Pomme, il n'y a pas de jour ordinaire. Si on le veut bien il n'y a que des jours de fête, dit-elle de sa voix douce.

Les yeux ronds, sans un mot pour lui répondre, les servantes contemplèrent la petite bonne femme d'à peine sept ans qui leur donnait une leçon de sagesse.

Louison, assise près de la fenêtre, avait entendu les paroles de sa fille.

— Qui t'a appris cela, Soraya ? demanda-t-elle en souriant. Ton père ?

— Monsieur mon grand-père Mirza, dit Soraya.

— Eh bien, crois-le, dit Louison. Il sait se rendre heureux.

— Il y a tout de même des fêtes plus ou moins belles, dit Soraya. Moi aussi, maman, j'aimais mieux le Noël de Verte-Fontaine. Et d'abord, il durait plus longtemps qu'ici.

Louison prit l'enfant sur ses genoux, posa sa joue sur ses cheveux, se mit à se souvenir...

La veille du beau jour, des hommes forts du hameau apportaient la cosse de Nau à leur seigneur. Ils installaient l'énorme tronc d'arbre dans la cheminée de l'ancienne grande salle des gardes, la seule qui pût recevoir une telle bûche de Noël. L'année où Aurore était née les gens du domaine avaient offert du vieux chêne, pour que le feu de bienvenue à Mademoiselle durât trois jours et trois nuits. Et toute la journée, du village et des fermes on était venu déposer des offrandes aux deux bouts de la bûche : des jouets de bois ou de chiffon, des gâteaux, des fruits secs, des bas de tricot, de petits chaussons et de minuscules habits en peau d'agneau, des bonnets brodés, des naulets * en sucre rosi... Il y en avait tant eu que Nini avait fait couper et placer des branches de laurier de chaque côté de la cheminée, pour qu'on pût y suspendre le surplus des présents.

Louison ferma les yeux et respira plus fort comme si, à travers l'odeur des cheveux de Soraya, elle sentait le parfum ardent du bois de genévrier qui brûlait dans les braseros de la grande salle en attendant qu'il fût minuit, l'heure rituelle d'allumer la bûche.

— Il est bien dommage que Toupinet ne nous ait pas trouvé de houx, remarqua Suzanne. Rien qu'un bouquet de houx met Noël dans la maison.

— Oui, dit Louison. Là-bas, les grands houx du parc doivent être superbes.

Le marquis venait d'entrer dans la salle à manger. Il s'assit près de sa femme, dit à mi-voix :

— Moi aussi, j'étais en train de penser que là-bas c'est Noël, plus visiblement qu'ici. J'espère que la cosse de Nau brûle dans la grande cheminée. J'espère que nos gens n'ont pas oublié de l'y mettre, n'oublieront pas non plus d'accrocher la boule de gui à une poutre de la salle, pour qu'au premier de l'An on se souhaite la bonne année dessous. J'espère que la nuit du 4 août dernier ne nous a ôté que nos privilèges, et point nos coutumes.

Il jeta un coup d'œil par la fenêtre, ajouta gaiement :

— Ah ! voilà le boulanger, et s'en alla ouvrir la porte à Lauraguais.

— Ma mie, économisez-le, dit le comte à Marianne, qui lui prenait son pain. On prête aux boulangers l'envie de se croiser les bras jusqu'à ce qu'on leur rende un des leurs, emprisonné pour Dieu sait quelle volerie. Le peuple ne supporte plus qu'on châtie ses fautes. Il n'applaudit qu'à la punition des mauvais aristocrates. Au fait, Roquefeuille, ajouta-t-il en se tournant vers son ami, ne cousinez-vous

* Petits Jésus en sucre.

point un peu avec le marquis de Favras? On vient de l'arrêter. Il est au Châtelet.

Roquefeuille pâlit.

— Que lui reproche-t-on?

— Ceci, dit Lauraguais en sortant un billet de sa poche.

Le billet, imprimé en grosses lettres, sembla frapper le marquis de stupeur.

— Aimé, lisez donc! s'impatienta Louison.

Roquefeuille relut le billet tout haut :

— « Le marquis de Favras et la dame son épouse ont été arrêtés, place Royale, pour un plan que le marquis a fait de soulever trente mille hommes, d'assassiner M. de La Fayette et le maire de la ville, et d'ensuite couper les vivres à Paris. Monsieur, frère du Roi, est à la tête du complot. »

— Ce matin, on distribuait ce poulet dans tout Paris, dit Lauraguais. La Commune ne s'est pas couchée de la nuit, le Comité des Recherches * est sur les dents, et le Châtelet gardé par six rangées de gardes nationaux, comme s'il logeait le plus dangereux des contre-révolutionnaires.

— Je ne crois pourtant pas un mot de ce billet, dit Roquefeuille. Favras est un exalté, point un assassin.

Il ajouta imprudemment :

— Il pouvait au plus vouloir tirer le Roi des Tuileries.

— En sauriez-vous quelque chose? demanda vivement Lauraguais. Si cela est, mon ami, courez vous cacher en Berri. On cherche déjà les complices de Favras, on les trouvera ou il les donnera, et s'il est prouvé que leur complot visait à priver la France du mirifique La Fayette, La Fayette ne fera pas grâce, il lui faudra les têtes des coupables. Le généralissime tient passionnément à la sienne.

Roquefeuille allait parler, mais déjà Lauraguais poursuivait :

— Tout le détail du projet de Favras n'est pas écrit dans le billet. Son auteur n'est pas bien renseigné. J'ai vu ce matin Besenval, qui en savait davantage. Il s'agissait en effet d'enlever le Roi de Paris, de gré ou de force, pour l'emmener à Péronne — d'autres disent à Metz. Les tenants de Metz

* Chargé de la recherche des contre-révolutionnaires.

pensent qu'arrivé là-bas, le Roi se serait mis à la tête d'une armée contre-révolutionnaire; les tenants de Péronne assurent qu'on ne sauvait le Roi des Parisiens que pour lui faire signer son abdication en faveur de Monsieur. La suite de l'histoire était de toute façon la même : l'armée royaliste marchait sur Paris, l'Assemblée nationale était dissoute, et l'ordre rétabli en même temps que la monarchie absolue. Pour cela il fallait avoir débarrassé la ville de son maire et du chef de la Garde, et d'un Necker encore trop populaire. Necker aussi devait périr, à ce qu'on dit.

— Quel roman ! s'exclama Roquefeuille. Et où, je vous prie, le Roi ou son frère prenait-il une armée prête à tirer sur les Parisiens ?

— Bah, fit Lauraguais, des mercenaires. Des Suisses, des Sardes, des Allemands... Question d'argent.

— Justement, dit Roquefeuille. Favras n'en avait pas.

— Si vraiment Monsieur était dans l'affaire..., dit Lauraguais. Pour miser sur un Louis XVII ils auraient trouvé des banquiers.

— Vous êtes un optimiste, ironisa Roquefeuille. Les banquiers sont devenus prudents, ces temps-ci. Ils placent leurs capitaux plutôt hors de France.

Louison, qui auprès de Marianne avait écouté sans mot dire, intervint dans la discussion, d'une voix inquiète :

— Quoi qu'il en soit, dit-elle, je pense bien, Aimé, que vous n'avez rien à voir avec aucun de ces conspirateurs ? N'est-ce pas ?

— Bien sûr que non ! dit le marquis. Au reste, nous en parlons trop sans en savoir assez. Demain j'essaierai de voir ce que je peux faire pour Thomas, et surtout pour madame de Favras. Aujourd'hui, fêtons Noël. Je suis bien vu à la ferme Martin où je courtise une jeune Linette avec des rubans, si bien qu'on nous a là-haut engraissé une oie jusqu'à la toute beauté, et préparé des boudins tout frais. Ils ont tué le cochon avant-hier.

— Mon ami, vous avez raison, passons à la fête, dit Lauraguais. Je ne vous ai, ma foi, rapporté que des ragots. Morris m'avait hier invité à dîner au club, j'y ai rencontré Talleyrand, il marchait toujours avec Necker et La Fayette.

Si leurs assassinats avaient été prévus avec quelque chance de réussite, l'évêque n'aurait plus été de leur bord. C'est un homme qui va toujours dans le sens du vent, juste un peu devant.

Sans façon il ôta son habit, retroussa jusqu'aux coudes ses manches de chemise volantées de dentelle.

— Bon, continua-t-il d'un autre ton, je m'en vais en cuisine prier dame Pomme de me prêter un tablier. Vous nous avez eu des boudins frais, je veux vous les faire rissoler de ma main, et puis vous les servir sur une fondue de pommes.

Louison se rapprocha du marquis, commença tout bas :

— Ce paquet de lettres... que votre cousin Favras est venu vous confier à la veille de votre départ pour la Normandie...

— Quelques lettres pour des parents, coupa vite Roquefeuille. Rien qui ait à voir avec un quelconque complot.

Mais il n'en aurait pas juré.

Il remonta chez lui après le dîner, chercha et trouva, dans le tiroir de sa table à écrire, le billet de Favras qu'il se souvenait d'y avoir jeté. C'était un mot de remerciement pour le courrier distribué en Normandie. Aimé le brûla.

De ce qu'il avait appris un malaise lui restait. La Révolution avait déjà tué des nobles « fautifs », avant même de prendre le temps d'instruire leur procès. Qu'adviendrait-il de Favras, et alors de sa femme et de ses trois enfants ? L'avenir du marquis, l'avenir de tous les marquis lui semblait chaque jour moins clair. Plus qu'une peur, sa crainte du lendemain était une tristesse, un grand dégoût pour le climat de troubles et de haine qui s'installait dans son pays, en lui donnant parfois le sentiment de vivre entouré de vengeurs. Vengeurs de quoi ? Lui ne se sentait pas coupable de lui-même. Il lui arrivait même d'apercevoir avec un frémissement de fierté le R couronné brodé sur ses beaux mouchoirs. Vanité neuve chez lui, et dont il se moquait sans vouloir s'en défaire. S'il fallait désormais pâtir d'être marquis, autant n'en pas ressentir que le danger.

Le crépuscule, dehors, s'encombrait de vent. Les ramures craquaient. Il se mit à regretter les grands souffles du Berri dont il aimait le tapage, leurs ruées impuissantes sur sa grosse maison si bien ancrée dans sa terre. Ce soir, son vieux pays aux ciels lourds se serait bien accordé avec son âme pleine de pesanteurs.

Louison, la nouvelle Louison aurait-elle jamais envie de retourner vivre en Berri, même pendant les mois d'été? Louison, qui lui mentait de tout son silence. Jour après jour il la voyait s'accoutumer à vivre avec toujours plus de naturel entre sa famille et son secret, entre sa vie et des échappées dont elle rentrait tard et trop gaie, emplie d'autant d'absence que de bavardage. Qu'elle sût mentir, c'était ce qu'il avait désiré. Maintenant il désirait savoir oublier qu'elle lui mentait. Et souvent, il savait mal.

Il soupira, ôta sa perruque, délivra ses cheveux, les aéra à deux mains. La fête de Noël était presque finie, à la Folie-Poupette elle l'était déjà. La nuit serait noire, froide, trempée. Aimé vivait un moment chagrin, pendant lequel on rêve de voir un secours vous arriver, un sourire, un mot de tendresse. Sa porte s'entrouvrit et puis s'ouvrit, et Louison entra.

— J'allais redescendre, dit tout de suite le marquis. Je n'étais monté que pour me mettre en cheveux.

— Oh ! fit Louison, le souper est encore loin. Nous avons si bien dîné... Je suis venue vous emprunter un livre.

Elle s'installa dans la bergère, avec un bruissement de soie froissée.

— J'aime que vous choisissiez un livre pour moi. En me donnant un roman à votre goût vous avez toujours l'air de me donner un recueil de vos confidences, et moi, je n'ai plus qu'à chercher dans ses pages des phrases qui ressemblent à vos pensées.

— J'ignorais que vous faisiez cela, dit-il, touché. J'en suis heureux. Reste qu'ici je suis à court de romans. J'irai en ville demain, voir ce que je peux vous trouver. Pour ce soir...

— Ce n'est point si pressé ! coupa-t-elle avec légèreté. Je ne m'ennuie pas sans lire. Jouons ?

— Bon, dit-il. Je vais chercher des cartes.

Il avait fait trois pas vers la porte, elle le happa au passage, le retint par la main.

— Jouons sans cartes, pria-t-elle. Faites-moi la cour.

De sa main restée libre il attrapa une chaise et s'assit à califourchon devant elle, la contempla tout son soûl. Tout à l'heure il n'avait allumé que les bougies d'un seul chandelier, le coin de la chambre où ils étaient demeurait dans la pénombre. Le vert de la robe y devenait gris, le fichu de mousseline blanche semblait capter tout le peu de lumière ambiant, et elle avait un regard sombre et doux percé de deux points d'or. Sa provocante beauté, fondue dans l'ombre, n'était plus qu'à lui, qui pouvait en recréer sans voir le plus infime, le plus intime détail.

— Vous trichez, dit-elle au bout d'un long silence. Vous me faites une cour muette, et ce n'est pas là mon compte.

— Pardonnez-moi, dit-il. Je devrais savoir vous mettre en vers galants, mais je n'ai pas ce talent.

— Tonton Lauraguais prétend que vous l'aviez à vingt ans, quand vous couriez les grisettes avec lui.

— Alors nous étions deux militaires pour rire, il nous fallait bien une occupation. Et les grisettes aiment les mauvais vers. L'uniforme leur fait tout passer.

— Et vous, pour de bon, avez-vous jamais aimé une grisette ? Une ou deux ?

Le marquis pensa la question sans hâte, ses deux bras appuyés sur le dossier de sa chaise, le menton sur ses bras.

— A la réflexion, dit-il, je crois qu'à vingt ans j'étais trop vieux pour aimer. Je n'avais sur les femmes que des idées toutes faites venues du vieux fonds des hommes, et je n'avais sur l'amour que des idées de roman, difficiles à faire exister. Depuis...

Comme il s'était tu elle lui souffla, en se penchant vers lui :

— Depuis...

— Depuis j'ai appris que l'amour s'inventait jour après jour, avec gourmandise et patience, et avec ce qui vous est donné, repris, redonné... La légende de Pénélope a été bien trouvée : l'amour fidèle est un ouvrage de tapisserie.

Du temps passa en s'alourdissant. Louison s'était laissée retomber dans sa bergère, gênée du tour qu'avait pris l'entretien. Elle fut soulagée de voir Aimé se lever, allumer les hauts candélabres de la cheminée en parlant d'autre chose. Elle aussi parla d'autres choses au hasard, des brûlots royalistes qui circulaient en ville, de l'affaire Favras et de La Fayette, d'une invitation de Mme de Flahaut à venir entendre l'abbé Delille lire chez elle une saison de ses *Jardins*. Et puis soudain, sans doute parce qu'elle se sentait, ce soir-là, plus ou moins coupable que parfois, elle eut un élan de tendresse envers le marquis, posa sa main sur son bras, lança tout à trac :

— Vous savez, Aimé, en amour, pour un mari vous ne vous débrouillez pas mal. Je suis contente de vous.

La louange lui tombait de façon si imprévue qu'Aimé se mit à rire.

— Mon cœur, dit-il, votre compliment m'enchante. Dans notre pays et dans notre siècle, être le mari est un désavantage en amour, vous m'en faites un mérite, me voilà plein d'orgueil !

Il voulut lui baiser la main, elle lui tendit sa bouche.

Elle aimait toujours ses baisers.

Elle aimait toujours ses caresses. En ce moment, elle ne lui mentait pas. Son cœur confus battait pour lui. Il dégrafa son corsage...

En rouvrant les yeux elle bâilla, s'étira comme une chatte repue, et puis s'assit au bord du lit et balança ses pieds, nonchalamment. Aimé s'agenouilla devant elle, trouva ses mules et la rechaussa.

— Merci, dit-elle en commençant de se rajuster. Descendras-tu voir ton cousin Favras, demain ?

— Oui, dit-il, si on ne le tient pas au secret.

— Je descendrai avec toi, dit-elle. J'ai besoin de voir monsieur Morris. C'est un bon financier. Je suis ennuyée : la Bourse baisse.

Le marquis haussa les sourcils.

— Je croyais que tu ne jouais plus à la Bourse depuis que ton ami Calonne n'était plus là pour te conseiller.

— J'avais décidé cela en Berri, mais puisque je suis de retour à Paris...

Elle eut une moue.

— Oh ! bien sûr, la Bourse n'ira plus jamais aussi bien que du temps de Calonne. Lui savait à merveille faire baisser et puis remonter les prix pour que ses amis gagnent de l'argent. C'était très bien combiné.

— Pour ses amis, assurément ! plaisanta Aimé.

— J'en étais, dit Louison avec une touche de mélancolie, et un regard pour la bague de rubis qui lui venait de l'ancien ministre.

Son fichu de cou traînait sur une chaise. Elle le ramassa, alla s'installer devant la toilette de son mari.

— Enfin, reprit-elle, peut-être Calonne reviendra-t-il bientôt ? Il faudra bien tirer la France de sa ruine et, sauf madame de Staël, tout le monde chuchote que Necker n'en sera pas capable. En attendant, Matt...

Elle rougit, se reprit vite :

— En attendant, Chauvigné m'assure que son ami Morris est très au fait des affaires de finance et de commerce. J'ai envie d'essayer de faire de l'argent. Il paraît que, grâce à Morris, madame de Flahaut n'y réussit pas mal. Elle touche de bonnes commissions sur la vente des terres américaines, quand elle trouve des acheteurs. Je pourrais bien en faire autant ?

Elle se retourna vers le marquis.

— Mon idée vous choque ?

Un temps il demeura l'air perplexe, dit enfin :

— Ne me demandez pas mon avis là-dessus, Louison, il ne vous vaudrait rien. Je me suis très jeune persuadé que le monde étouffait sous l'excès de l'activité mercantile des hommes, qu'un oisif en ce domaine était donc fort utile sur la terre, et peu nuisible au moins. Je me sens à l'aise dans cette pensée-là, j'aurais de la peine à en changer et j'y réussirais mal. Ainsi, mon cœur...

Il lui sourit.

— ... faites de l'argent hors de moi et l'amour avec moi, voilà mon conseil !

— Il ne vous sert pas mal, dit-elle en riant. N'importe.

Je suis contente que vous ne soyez pas fâché de mes ambitions.

— Je ne suis pas certain, mon cœur, et Dieu merci, que vous ayez des ambitions, railla-t-il gentiment. Je crois que vous avez des désirs... urgents. Vous avez bien raison. Ce sont les plus faciles à satisfaire.

La trêve de Noël ne dura qu'un jour. Dès le lendemain de nouveau Paris grondait, s'épanchait dans ses rues. Dans le quartier de l'Hôtel-de-Ville, les six mille hommes de garde postés par La Fayette n'empêchaient pas la populace de hurler « Vengeance ! » sous les murailles du Châtelet, avec la féroce envie de prendre la prison d'assaut et de saisir Favras pour le traîner à la lanterne. Repoussée, la horde enragée reflua vers les Tuileries battre les murs du palais et promettre « à la bougresse », poings et piques levés, de la pendre à la place du traître, avant de porter sa tête dans Paris, son cœur au gril, ses boyaux en colliers.

La Reine, calfeutrée dans son appartement, essayait de ne pas entendre qu'une marée de haine l'encerclait une fois de plus, sans qu'elle comprît pourquoi : elle ne connaissait pas le marquis de Favras. Que ce gentilhomme eût voulu les sauver l'étonnait la première. En plus de leurs derniers amis de tous les jours avaient-ils donc encore, au-dehors, des fidèles inconnus prêts à risquer leurs vies pour les arracher des Tuileries ?

Marie-Antoinette avait voulu rester seule un moment et s'était assise au plus loin de sa fenêtre, près de son alcôve, sous l'ombre apaisante de ses rideaux bleus. Elle reprit sur sa table de chevet, pour les relire, les trois feuillets manuscrits qu'elle devait remettre au Roi. Par prudence ils n'avaient pas été signés, mais dès que la Reine les tenait de M. Vicq d'Azyr elle savait d'où ils venaient : de la plume de Gouverneur Morris, l'Américain que son médecin fréquentait chez la comtesse de Flahaut. La longue note contenait des conseils au Roi sur la bonne conduite à tenir envers l'Assemblée nationale. La Reine trouvait ces conseils justes, sages, et bien plus prudents que ceux prodigués à son époux par les revanchards et les étourdis de sa cour. A les suivre avec constance, il lui semblait que Louis eût gagné en dignité, et au bout du compte en sécurité. C'était curieux : les avis politiques qu'elle sentait les plus pertinents et les plus sincères lui venaient sous le manteau de deux étrangers, sir Quentin Crawford et Mr Morris — un grand féodal écossais toujours prompt à discuter l'autorité du roi d'Angleterre, et un républicain convaincu des Etats-Unis. Peut-être, pensait la Reine dans une soudaine bouffée de douceur, peut-être ces deux hommes l'aimaient-ils un peu ? Pour sir Quentin elle en était sûre, et Mr Morris devait la connaître par son médecin, savoir qu'elle n'avait jamais été mauvaise, et qu'aujourd'hui elle n'était plus qu'une femme malheureuse, tremblant derrière un cordon de gardes fragile, si fragile...

La foule, dehors, aboyait toujours à la mort, et chaque giclée de menaces plus forte la faisait tressauter. Se raccrocher à l'espérance d'être encore aimée de quelques-uns, en cet instant c'était tout ce qu'elle pouvait faire pour se protéger un peu : ramasser des preuves de tendresse autour d'elle. Elle se leva pour ouvrir son bonheur-du-jour, et puis la tabatière d'or cachée dans le tiroir secret, où elle gardait une mèche des beaux cheveux blonds d'Axel de Fersen. Une rosée de larmes lui vint aux yeux quand elle la toucha, la porta à ses lèvres. Ceux qui la traitaient de Messaline ne devinaient donc pas que cette caresse furtive était presque la seule qu'elle pût donner à son amour, parce qu'une reine n'est jamais seule, surtout dans le campement surpeuplé des Tuileries ? Avec un soupir elle referma la tabatière et la remit dans son tiroir, tira, d'un autre, la charmante lettre qu'elle avait reçue de Mme Aimée, l'amie de l'amiral Jones, cette timide fille de Louis XV qu'à sa demande le Roi avait vue, et modestement pensionnée. Comme quelques dames soucieuses de consoler de loin leur reine, de temps en temps Mme Aimée venait se promener dans le jardin des Tuileries, à la limite de la garde, en exhibant à son corsage un gros bouquet des lys en satin gommé qu'on vendait chez Wentzell, le fleuriste en vogue de la rue de l'Echiquier. Cette fois, Mme Aimée lui envoyait un trèfle à quatre feuilles :

« Je le tiens, Madame, de la marquise de Roquefeuille, qui prie Votre Majesté de le vouloir bien accepter pour porte-bonheur. Ce trèfle rare a été cueilli en Berri au matin de la dernière Saint-Jean, et il paraît qu'en Berri plus qu'ailleurs, l'aube de la Saint-Jean a sur tout des vertus bénéfiques. Comme c'est la petite fille de la marquise qui a trouvé ce charme-là dans la prairie, elle aimerait qu'il fût pour Madame Royale. »

Mme Aimée avait placé le trèfle dans le creux d'un médaillon d'argent, un tout simple médaillon de foire, auquel la Reine venait de faire ajouter une chaînette de même métal. Marie-Antoinette ne se souvenait pas avoir jamais vu la marquise de Roquefeuille, ni que cette dame lui dût la moindre faveur, et pourtant elle en recevait ce touchant présent, alors que tant d'ingrates avaient fui la Cour prisonnière. « Merci, madame », murmura-t-elle, et elle fit demander Madame Royale, pour lui passer le médaillon au cou.

Contente, la petite princesse tripota le bijou.

— Prenez-en soin, dit la Reine, et ne l'ouvrez pas.

Elle ajouta d'une voix triste, avec un regard pour sa fenêtre sur laquelle cognait un reste de tumulte :

— Votre porte-bonheur n'est point très solide.

— Au moins, dit la princesse en regardant elle aussi vers le bruit, j'espère qu'il empêchera monsieur de La Fayette de nous laisser tuer.

La Reine tressaillit de la tête aux pieds.

— Chut ! s'écria-t-elle, effrayée, en ramenant l'enfant contre elle comme pour l'enfouir dans ses jupons. D'où tenez-vous une idée si horrible, si injuste pour monsieur de La Fayette, si indigne de vous ? Je vous défends de répéter, je vous défends même de penser cela !

— Mon frère m'a dit qu'un jour monsieur de La Fayette nous laissera tuer, insista la princesse, butée.

Atterrée, blanche de peur, la Reine se laissa tomber sur une chaise sans lâcher les mains de sa fille, s'efforça de se calmer, mais sa voix chevrotait quand elle dit enfin :

— Mousseline, ma chérie, votre frère n'est encore

qu'un très petit garçon, et vous devez le reprendre, et non le croire, quand il vous dit de vilaines choses. J'irai lui parler. Si petit qu'il soit il est le Dauphin, et ne doit pas soupçonner de trahison un loyal officier de son père. Monsieur de La Fayette est notre ami, Mousseline. Je veux que mes enfants le respectent et lui fassent confiance.

Elle fixa la petite fille avec une sévérité accrue.

— M'avez-vous bien écoutée ? Serai-je obéie ?

— Oui, maman, marmonna la princesse de mauvaise grâce.

— C'est bon, allez, dit la Reine.

« Plût à Dieu, pensa-t-elle en regardant sortir l'enfant, plût à Dieu que La Fayette fût vraiment de nos amis ! » Ce ne semblait pas être l'avis de M. Morris. Ce « on » dont il parlait dans sa note était le général, et il n'en disait pas de bien :

« J'ai su qu'*on* donnait au Roi le conseil perfide et sot de se présenter devant l'Assemblée pour y déclarer qu'il vient se mettre lui-même à la tête de la Révolution. Quelle légèreté, quelle ineptie dans ce conseil ! Le métier de révolutionnaire me paraît trop rude pour un prince, et on ne se trouve jamais bien d'avoir secondé les plans de ses ennemis. Envoyer ses enfants hors du Royaume, et ensuite rester dans l'inaction jusqu'à ce que... »

La Reine laissa retomber le feuillet sur sa jupe. Envoyer ses enfants hors de France, jamais ! Pas sans elle. Où qu'ils soient loin d'elle, elle les y sentirait aussi fragiles, aussi vulnérables que des oisillons poussés hors du nid. Ceux qui voudraient sauver les prisonniers royaux devraient les sauver tous ensemble, ou pas du tout.

Elle se demanda quel avait été le projet de M. de Favras ?

Même M. de Quatremère, le magistrat rapporteur de l'affaire Favras, n'aurait pu renseigner la Reine avec exactitude. L'accusé parlait peu. Oui, il avait rêvé le salut de la

France à sa façon, oui, il avait agi seul, et puisqu'il avait échoué, il semblait maintenant consentir à payer seul le prix de son échec. Le billet qui courait la ville en accusant Monsieur, frère du Roi, d'être à la tête du complot, était l'écrit d'un fol. Bien sûr le peuple le croyait vrai et chuchotait qu'on avait détruit les papiers compromettants pour le prince saisis chez Favras, mais la Commune et le maire et La Fayette criaient haut l'innocence de Monsieur. Même le Roi n'avait pas envie qu'on dévoilât au public les sournoises ambitions fratricides de Monsieur, et la Commune n'avait pas encore envie qu'on lui trouvât une bonne raison de pendre un prince. Le procès de Favras fut expédié en six semaines, avec des échos dans la rue, des clameurs, des violences, des crues d'effervescence autour du tribunal, des poussées de haine. Plusieurs gardes furent tués dans leurs guérites, les uns soupçonnés de complicité avec Favras, un autre d'avoir, peut-être, révélé la conspiration à La Fayette. Profitant de l'agitation, la troupe soldée pour renforcer la Garde se mutinait de temps en temps, sortait armée de ses casernes et s'ameutait sur les Champs-Elysées, pour y réclamer, en ferraillant et tiraillant dans l'air, la même solde « et la même considération » que celles dont jouissait la Garde. Furieux de voir son autorité bafouée La Fayette courait après ses hommes et, un jour de plus grande rage, il s'en alla au tribunal, dire à M. de Quatremère qu'il ne répondrait pas de la Garde nationale si M. de Favras n'était pas condamné. Thomas de Favras fut donc vite condamné pour ses mauvaises intentions fumeuses, et pendu en place de Grève le 19 février 1790.

Il n'avait pas lâché le nom d'un seul complice.

Agenouillée sur son prie-Dieu, le visage inondé de larmes, sa reine priait pour lui.

C'était l'abbé Bossut, le curé de Saint-Paul, qui avait confessé Favras, pendant trois heures d'horloge. Le lendemain du supplice l'abbé apporta, au marquis de Roquefeuille, une lettre de son pénitent. Elle contenait l'aveu circonstancié que Monsieur, Mirabeau et « deux autres grands personnages de la Cour » avaient pris beaucoup d'intérêt pour le projet de Favras, au point de le financer en partie, jusqu'à la somme de 600 000 francs, dépensée en achat d'hommes de main. A l'instant de mourir le condamné confiait ses secrets à son sage cousin, en lui laissant le choix de s'en servir, ou non, pour assurer l'avenir de sa femme et de ses enfants.

Toute la journée et fort avant dans la nuit, Aimé relut et pesa les derniers mots du supplicié. A deux heures du matin il veillait encore. Ses rideaux étaient restés ouverts, mais pas un rayon de lune n'égayait la nuit. Son noir profond, glacé, mouillé, pesant, le prenait à la gorge. L'angoisse n'arrêtait pas de le prendre à la gorge depuis qu'il avait vu Thomas pendre au bout d'une corde. Il s'était forcé à le voir pendre, pour que Thomas sentît jusqu'au bout le regard et la prière d'un parent posés sur lui, et maintenant il ne se remettait pas d'avoir eu ce courage. L'horrible vision lui demeurait enfoncée dans les yeux et, dans les oreilles, la bestiale joie de la foule. Ah ! que les Parisiens prenaient donc plaisir, désormais, à pendre des aristocrates : ils ne s'en rassasiaient pas. Une chanson disait que l'aristocrate fait le plus délicieux des gibiers de potence.

Aimé but un verre d'eau sans parvenir à chasser la boule coincée dans son gosier. Sans bruit il alla ouvrir, sur le palier, la porte du grand cabinet dans lequel dormaient les enfants, entra, se pencha sur Aurore endormie dont il ne voyait, à la lueur de la veilleuse, qu'un demi-visage tout barbouillé de cheveux d'or rouge. C'est là qu'une vague de honte lui vint à la pensée que Mlle de Roquefeuille, placée dans la situation des petits Favras, dût avoir recours au chantage pour tirer une pension de ses princes. Doucement il dégagea de sa gêne soyeuse le nez et la bouche de sa fille, recouvrit Soraya mieux qu'elle ne l'était, repassa chez lui, ranima le feu assoupi pour la nuit et brûla le testament de Thomas.

Ce fut deux jours plus tard, au Louvre, que Roquefeuille rencontra pour la première fois Vicq d'Azyr, le médecin de la Reine. Louison l'avait emmené goûter chez Mme de Flahaut « le meilleur thé de Paris » que Gouverneur Morris, chaque soir, y préparait amoureusement.

Roquefeuille, pendant le procès de Favras, s'était assez

dépensé en démarches et en suppliques pour qu'on n'ignorât plus sa lointaine parenté avec le défunt marquis. Ce fut donc à lui, quand la conversation revint sur l'affaire, que Vicq d'Azyr demanda s'il voudrait bien conduire Mme de Favras au palais des Tuileries : la Reine désirait la voir.

Rien ne ressemblait moins à l'arrivée dans une demeure royale que l'arrivée au palais des Tuileries ! Peu à peu tant de constructions hétéroclites — hôtels, baraquements, remises, corps de garde — avaient étouffé le vieux château de Catherine de Médicis, qu'un étranger aurait bien pu traverser la place du Carrousel sans se douter qu'un roi logeait derrière ce fatras de murs et de gens.

Les visiteurs se dirigèrent vers le pavillon de Flore. On avait expliqué à Roquefeuille qu'en entrant dans le château par une certaine porte d'angle située près du pavillon de Flore on trouvait tout de suite, au haut d'une volée de marches et sur la droite, les appartements de la Reine, qui prenaient jour sur le jardin. Des gardes patrouillaient dans la cour, mélangés aux allées-venues des passants et des domestiques. Au-dedans, c'était pire, tout le palais semblait grouiller de monde, il en sortait de partout ! On fit passer les visiteurs par une antichambre et puis un salon de billard ouvert sur un salon de compagnie où on les pria d'attendre.

Mme de Favras avait voulu être accompagnée par son fils aîné. Le jeune garçon fixait une petite porte close découpée dans la tapisserie : la porte de la chambre de la Reine.

— Ce n'est pas pour la sauver elle que mon père est mort, dit-il brusquement, d'un ton mauvais.

— Thomas ! dit Mme de Favras en saisissant pour le serrer le bras de son fils.

Elle suivait des yeux les silhouettes colorées des gardes de La Fayette qui passaient et repassaient derrière les fenêtres, en échangeant parfois un signe, un sourire avec une soubrette traversant le salon. Pendant un petit moment une fille de service tint même une croisée ouverte, pour fleureter plus commodément avec son soldat. Mme de Favras reprit tout bas :

— Je ne sais, Thomas, si la Reine mérite son malheur présent. Mais si elle a commis des fautes, elle a commencé de les expier. C'est une prison, ici. Je vois bien que les geôliers s'y tiennent à leur aise, comme chez eux.

Marie-Antoinette les reçut dans sa chambre, la seule pièce de son appartement où elle se sentît un peu chez elle, où elle osât se délivrer des espionnes de son service. Son entrevue avec Mme de Favras lui fut très douloureuse.

Emu jusqu'aux larmes lui aussi, Roquefeuille, retenant l'enfant près de lui, regarda les deux femmes pleurer dans les bras l'une de l'autre. Enfin la Reine se reprit, parla longtemps et avec affection au fils du supplicié, lui recommanda sa mère et ses jeunes frères, lui promit d'elle-même veiller sur eux tous. Puis elle fit demander son secrétaire, qui compta un premier secours de cent louis à Mme de Favras. La veuve baisa la main de sa souveraine.

— Madame, vous êtes bonne, dit-elle en lui faisant sa révérence.

— Hélas, soupira la Reine, c'est si peu. Des larmes et un peu de ce qui me reste, voilà tout ce que je puis encore donner à nos fidèles.

Elle ajouta très bas :

— Je prie Dieu qu'il m'épargne de voir le jour où il ne me resterait plus que mes larmes.

Les trois visiteurs allaient se retirer après un dernier salut quand elle dit encore, en se tournant vers Roquefeuille :

— Pourriez-vous, monsieur, demeurer encore un moment ?

Mme de Favras et son fils repassèrent dans le salon.

— Madame de Roquefeuille m'a fait apporter, l'autre semaine, un charmant porte-bonheur pour ma fille, dit la Reine aussitôt.

Le marquis inclina la tête en souriant.

— Le Berri est un vieux pays plein de charmes et de sortilèges, dit-il. Il se défend assez bien contre la science.

— Alors, c'est un beau pays, dit la Reine en rendant le sourire. On a parfois tant besoin de rêver... Je me suis informée sur madame de Roquefeuille, continua-t-elle d'un autre ton. Je croyais ne point la connaître, je me trompais. On m'a rappelé que je l'avais rencontrée deux ou trois fois avant son mariage, chez madame de Polignac, il y a ... longtemps. Si longtemps ! C'était dans un autre monde.

Elle avait posé sa main sur l'oreillette d'une bergère, et Roquefeuille vit que cette main frissonnait au souvenir du passé perdu. Sa reine lui apparut soudain telle qu'elle était désormais quand elle oubliait de jouer son rôle : une femme aux nerfs sur la peau, qui s'efforçait de survivre hors de son monde, dans la souffrance et les transes d'une étrangère perdue loin de chez elle. Il eut vers elle un élan d'homme, mentit pour la revoir sourire.

— Le monde de Trianon ressuscitera, dit-il. La France aime trop le bonheur pour n'y pas vouloir retourner bientôt.

La Reine garda un long silence avant de dire enfin, d'une voix atone et le regard lointain :

— Trianon n'est plus ma maison, monsieur. Je crains que les Français ne veuillent plus jamais d'une reine habitant Trianon.

Ses yeux se mouillèrent quand elle ajouta :

— Je crois, monsieur, que je ne sortirai plus jamais de Paris.

Il y eut un nouveau temps de silence puis la Reine reprit son rôle, échangea avec son visiteur quelques autres propos sans importance, de ceux qu'on tient avant de mettre fin à une entrevue ; et pourtant elle la prolongeait, enchaînait un rien à l'autre, traînant, peut-être, autour d'une question qu'elle n'osait pas. Alors Roquefeuille s'en permit une.

— Madame, dit-il, quand Votre Majesté m'a tout à l'heure retenu, que voulait-elle me demander ?

Elle ne fit pas même semblant de s'étonner, dit tout de suite :

— Avez-vous pu voir votre cousin Favras avant sa mort ?

— Non, madame, dit le marquis. On le tenait au secret.

— Mais avant son emprisonnement, à son projet... aviez-vous pris part ?

— Non, madame.

— Ah, fit-elle, l'air déçu. Ainsi, vous ne connaissez point le détail de son plan ?

— Je sais ce qu'on en dit, guère plus.

— Et ce petit plus ? lança-t-elle aussitôt.

Le marquis n'hésita qu'un instant.

— Je suis sûr, madame, que mon cousin voulait servir le Roi et non pas Monsieur, dit-il.

— Il paraît, dit la Reine.

Poursuivre lui causa de la peine, de la gêne.

— Ce que j'aimerais savoir de vous, c'est... si je... si nous... Enfin si monsieur de Favras voulait tirer d'ici le Roi seul, ou sa famille avec lui ?

— Madame, dit le marquis en cachant son embarras, il semble clair que Favras voulait emmener d'ici un roi soldat. On n'emmène pas, d'ordinaire, sa famille à la guerre.

— D'ordinaire, dit vivement la Reine, la laisse-t-on plus volontiers en otage à l'ennemi ? Je ne crois pas, monsieur, que le marquis de Favras en eût aisément persuadé le Roi !

D'un geste elle prévint une réponse, ajouta aussi vite :

— Ne cherchez point un détour pour me consoler de ce qu'on projetait. Je sais que certains partisans du Roi trouveraient bon de le séparer de moi, comme si je lui étais de mauvais conseil et la cause de ses malheurs. Cela n'arrivera pas, monsieur. Je suivrai le Roi où qu'il aille, fût-ce au-devant des plus cruelles avanies.

Roquefeuille soupira, dit avec douceur :

— Et le Dauphin, madame ? Pensez-vous qu'il devrait l'y suivre aussi ?

— On ne me prendra pas le Dauphin ! dit la Reine d'un ton farouche. Me conseilleriez-vous aussi, après d'autres, de l'envoyer hors de France ? Où ? A Coblentz, sous la tutelle des princes ? A Turin, auprès de son oncle Artois ? A Londres, avec son cousin Orléans * ?

— Madame, dit le marquis, le second de ces conseils me paraît le bon.

* Philippe d'Orléans était momentanément en Angleterre.

— Jamais ! dit la Reine. Mon fils ne me quittera pas. Où prenez-vous que sa sécurité serait plus grande ailleurs ?

Elle lâcha d'une voix plus basse :

— Vous ne songez pas assez, monsieur, que beaucoup de princes ont envie d'être roi.

Une grande pitié, qui devait lui rester, s'installait dans le cœur de Roquefeuille. Une chatte aussi attrape et serre dans sa gueule son chaton favori, quand une menace s'approche de sa corbeille ; et celui qui venait pour détruire la portée n'ose pas tuer ce chaton-là.

— Madame, dit-il, dès qu'il s'agit de vos enfants, sans doute avez-vous raison de ne vous fier qu'à vous. L'instinct d'une mère, après tout, vaut encore mieux qu'un bon conseil. Hors de France le Dauphin vous ferait un atout, mais en France il n'est point en danger. Je ne vois pas la Révolution s'en prendre à un petit garçon, même un jour de rage.

— Il est mon Chou d'amour, je ne puis m'en passer, dit la Reine dans un naïf élan.

Le marquis s'inclina pour prendre congé.

— Je n'ai pas, madame, le goût de l'intrigue, mais comptez-vous pourtant, à dater d'aujourd'hui, un homme de plus à votre service. Si vous aviez besoin de m'employer, je serais à vos ordres.

— Merci, dit la Reine.

Elle avait retrouvé un pâle sourire et tendit au marquis sa main à baiser.

20

Aimé ne put oublier la pâle tristesse des yeux de la Reine Comme d'autres de ses fidèles, inquiet pour elle il prit l'habitude d'aller, le dimanche, se montrer dans la chapelle du château à l'heure de la grand-messe. Louison, presque toujours, y allait avec lui, et alors leur dimanche suivait un rite. D'abord elle se faisait jolie, se mettait en clair si le temps s'y prêtait, épinglait un bouquet de lys dans ses cheveux, et ils partaient de la rue Royale sur le coup de neuf heures, pour descendre déjeuner au Palais-Royal.

La salle du *Café de Foy*, avec ses panneaux alternés de glace et de taffetas doré, ses tables de marbre blanc et ses tabourets à coussin de velours rouge, était plaisante, très gaie. Pour 10 sols on vous y servait de bon café sur un plateau d'argent, avec un pot de lait et un pain mignon. Des journaux français, anglais, allemands étaient à la disposition des clients. Le marquis et Louison y jetaient un coup d'œil, et puis, avant la messe, Toupinet avait encore le temps de les emmener faire un tour aux Champs-Elysées.

Le printemps leur permettait maintenant de s'y promener à pied. En ce matin de mai, le vert épais et ras des pelouses criblées de pâquerettes brillait sous un soleil piquant. Les grappes de lilas s'étaient desséchées déjà, mais les obiers croulaient sous leur moisson de boules-de-neige, leurs branches arquées versaient jusqu'au sol les fleurs trop lourdes et trop mûres, qui achevaient de se défaire sur un tapis de pétales, dont le vent emportait partout la poussière blanche. En bordure des allées, sous la mi-ombre des arbres les massifs de pivoines s'ouvraient, commençaient de montrer leurs rouges et leurs roses chiffonnés, et là-haut le vert des feuilles avait encore la fraîcheur succulente, les chandelles des marronniers la raide vigueur de la nouveauté.

Depuis Pâques, depuis le défilé des équipages partant

pour la traditionnelle promenade à Longchamp, les guinguettes à café avaient sorti leurs tables et leurs chaises, les boutiques de babioles décroché leurs volets. Il était trop tôt pour les violoneux, les gilles et les marionnettes, trop tôt pour les crieuses de fleurs et de bonbons, il était même trop tôt pour le peuple. Seuls, en avance sur la petite foule du dimanche, des couples d'amoureux venaient se cacher dans les bosquets, une famille pleine d'enfants s'installait sur l'herbe, avec les paniers de son dîner. Les Roquefeuille marchaient à petits pas dans une nature presque abandonnée aux oiseaux, envahie par les roulades éperdues d'une quantité de merles. Ils s'approchèrent d'une boutiquière qui ouvrait sa cabane, parce qu'elle chantait à pleine voix la chanson d'*Orphée* :

J'ai perdu mon Eurydice,
Rien ne calme ma douleur...

On savait que la Reine adorait ce morceau de Gluck, le peuple ne le fredonnait plus guère, aussi Louison jeta-t-elle un coup d'œil à la ceinture de la marchande, y vit sans s'étonner une discrète fleur de lys. Alors son regard remonta, moqueur, jusqu'au bonnet de la femme, timbré d'une cocarde tricolore.

— Dans le commerce, dit la marchande, il faut plaire à tout le monde.

— Bien sûr, dit Louison, et elle lui acheta un petit cœur à épingles de satin bleu.

Ils regagnèrent leur voiture, et Toupinet les ramena aux Tuileries. Un quart d'heure leur restait avant la messe, ils le passèrent sur la terrasse du bord de l'eau. Paris était dans un bon jour, sous un beau ciel. Ses ardoises et sa pierre blanche trempaient à l'envers dans un bleu léger poudré d'or, avec une infinie douceur. Prise aussi de douceur Louison suivait le lent mouvement des bateaux sur la rivière, souriait aux anges.

— Je me demande comment j'ai pu vivre hors de Paris pendant si longtemps, dit-elle.

— Je reconnais, dit Aimé, que ce paysage-là a plus de

grandeur et plus de charme, contient mille fois plus de merveilleux que ma campagne berrichonne.

Sa voix se teinta d'anxiété.

— En oublierez-vous notre maison pour toujours ?

— Non, dit Louison. J'aime les étés brûlants de Verte-Fontaine.

Elle eut un rire.

— Et il faudra bien que nous allions marier Nini ? Direz-vous oui ?

— Oui, dit Aimé au bout d'un silence.

Il ajouta après un autre temps :

— J'ai bien écouté Talleyrand, l'autre soir, chez les Flahaut. Il paraît certain que l'Assemblée voudra abolir la noblesse héréditaire dès qu'elle aura liquidé les biens et les droits du clergé. Alors... Demain, quand la fortune aura remplacé la naissance, un La Roche soldé vaudra une Roquefeuille sans dot. Peut-être faut-il même se presser de lui donner son capitaine ? Elle a quarante ans, et il est bel homme.

— Je déteste Camille Desmoulins, ragea Louison. C'est lui qui prêche la fin de la noblesse. Il est fou !

Tout récemment Desmoulins avait écrit dans sa feuille : « *Monsieur* Conti, ci-devant prince du sang, est venu prêter le serment civique à son district, qui a bien voulu le recevoir. » Louison ne pardonnait pas au plumitif d'avoir abaissé le nom des Conti, pas plus qu'elle ne pardonnait à son demi-frère de s'être humilié par veulerie.

— Monsieur Conti ! grinça-t-elle entre ses dents.

Aimé lui prit la main, dit d'un ton apaisant :

— Nous sommes dans le plein de l'orage, Louison. Patientons. Pour le moment, avec l'aide de la rue le club des Jacobins mène l'Assemblée, c'est le temps des excès, qu'il faut laisser passer. Puis toutes nos habitudes ne sont pas des droits. Hors de chez nous on peut trouver sot que certains hommes soient « nés » et d'autres non, qu'on voit pourtant vivre et mourir tout comme s'ils l'étaient.

Louison montrait de l'impatience.

— Aimé, vous mettrez-vous aussi à parler contre nous ? Rejoignez-vous le camp des nobles républicains ?

— Oh ! non ! J'ai toujours eu, en tout, une vocation de spectateur. J'essaie de comprendre le spectacle, voilà tout.

Retourné vers le jardin, appuyé à la balustrade, il contemplait l'harmonieux paysage urbain, ce parfait mélange de ville et de nature : la ville princière blanche de lumière, la nature verte et multicolore des ombrages et des parterres fleuris, ses bassins où les carpes prenaient le soleil, son beau monde silencieux de pierre nue, son autre beau monde en habits de soie coulant vers la terrasse des Feuillants, vers le pavillon de Flore, vers la chapelle. Il soupira de plaisir. La beauté ne cesserait jamais de lui donner un intense plaisir d'être. « Voilà au moins un privilège que les plus enragés démocrates ne pourront m'ôter », pensa-t-il.

— Ce lieu m'enchante, dit-il. Les architectes de nos rois avaient bien du talent. Je me demande si la République que les étourdis réclament saurait continuer de nous faire d'aussi belles choses ? J'en doute. Les grands parleurs ne regardent guère que dans leur tête ; ils ignorent que l'œil du public a besoin d'être contenté plus encore que sa raison.

— J'ai rencontré un voyageur russe chez madame de Flahaut. Il a vu beaucoup des jardins de l'Europe, et c'est à nos Tuileries qu'il accorde la palme, dit Louison.

Ils étaient descendus de la terrasse, traversaient le jardin. La rumeur de la garde postée devant la salle du Manège leur parvenait de plus en plus vive. L'Assemblée ne siégeait pas le dimanche, mais il y avait eu séance de nuit, et les commentaires allaient encore bon train : les derniers votes n'avaient pas, semblait-il, satisfait le peuple. Au bas de l'escalier des Feuillants, un garde arrêta Louison.

— Ça ! dit-il avec sévérité, le doigt pointé sur son bouquet de lys.

La marchande de cocardes plantée à côté du garde, goguenarde, tendit au gentilhomme deux rosaces tricolores.

— 6 sols, mon prince, 10 sols les deux !

Roquefeuille serra fort le bras de Louison, prit une cocarde et l'épingla à son chapeau, présenta l'autre à sa femme pour qu'elle la mît à son corsage. Elle la fourra sous sa ceinture.

— La chose est payée, l'important est fait, dit-elle d'un ton sec.

Le garde vit rouge, barra, de son épée, la route à l'arrogante.

— Monsieur, je vous ordonne d'abaisser cette épée ! s'écria Roquefeuille, furieux.

— Monsieur, je ne tiens mes ordres que du peuple, et le peuple veut la cocarde ! rugit le garde.

Des badauds et des soldats, déjà, s'attroupaient autour de la querelle. L'abbé Maury, qui montait aux Feuillants devant les Roquefeuille, redescendit vivement la volée de marches, attrapa une cocarde dans la corbeille de la marchande, se tourna vers la marquise.

— Permettez, madame, que je vous arrange cela comme il faut, dit-il aimablement, de sa plus belle voix de tribun. Je n'aime rien tant que voir une cocarde nationale se perdre au milieu d'un buisson de lys.

Avec malice il enfonça la cocarde dans le creux des lys.

— Voilà, reprit-il. Dans le premier miroir venu vous pourrez juger, madame, que la chose se tient à sa place, cachée comme la plus timide des violettes sous les fleurs du Roi.

— Monsieur l'Abbé, grogna la limonadière qui l'avait regardé faire, à parler comme ça tout fort, et aussi à parler comme vous l'avez fait cette nuit, en mauvais député, un jour le peuple oubliera votre état et vous traînera à la lanterne.

— Et puis ? fit l'abbé Maury en souriant. Quand vous m'aurez pendu à la lanterne, y verrez-vous plus clair ?

La limonadière des Feuillants était aussi myope qu'une taupe, les habitués le savaient et s'esclaffèrent.

— Allons, dit l'abbé en offrant son bras à Louison. J'ai sauvé ma tête pour un jour encore. Voyez-vous, madame, on ne peut raisonner ni les brutes ni les sots : il faut les faire rire, ou les tuer.

Avant de s'en éloigner, Roquefeuille eut un dernier coup d'œil pour la petite foule vociférante massée autour du Manège.

— L'Assemblée me paraît prisonnière bien autant que le Roi, remarqua-t-il.

— Il est vrai, monsieur, que la politique d'aujourd'hui, hélas ! se fait dehors comme dedans, reconnut l'abbé. Oh ! le peuple n'a point toujours tort de se méfier de ses représentants. Sur les douze cents députés, je n'en vois pas trois cents songer au bien public avant que de songer au leur. Il plairait à beaucoup que l'Assemblée devînt permanente et qu'ils en fussent les élus à vie, bavardant à vie aux crochets de la Nation. Chemin faisant ils bouleverseraient agréablement la France à leur profit, se vendraient pour une bouchée de pain les biens du clergé, et puis les biens des émigrés, et puis les biens de la noblesse mal-pensante, et puis les biens du Roi. Ensuite ils se nourriraient sur l'impôt, et plutôt bien sans doute. Avant son départ pour la Hollande, monsieur Morris, le futur ambassadeur des Etats-Unis, me disait fort justement que nous n'aurions pas dû nous jeter sans précaution dans un régime parlementaire. Il est sûr que les Français l'aimeront trop et pour leur perte, par paresse, par goût de la conversation et par amour du jeu.

Il marqua un temps avant de conclure :

— Il faudrait dissoudre cette assemblée-là et en élire une autre plus raisonnable, plus consciente de ses responsabilités. Et là je vous citerai Morris encore : pour sortir la France de sa crise nous avons réuni une assemblée des appétits et des rêves, alors qu'il nous aurait fallu une assemblée des talents.

L'abbé Maury montra, en contrebas de la terrasse, une jonchée de feuilles imprimées.

— Dans ce jardin-ci, c'est désormais l'automne en toute saison. Il pleut sans fin des feuilles. L'Assemblée croit qu'elle gouverne mais elle se laisse aller aux cris du peuple, lui-même aux ordres des plumitifs. Le pouvoir, certains jours, est tout aux mains des journalistes, lesquels font d'abord de la prose, sans se soucier de son résultat.

— Croyez-vous que Desmoulins et ses amis obtiendront l'abolition de la noblesse héréditaire ? demanda Roquefeuille.

L'abbé eut un large geste de fatalisme.

— La noblesse est exécrée, dit-il. Alors... Hier le moindre bourgeois se voulait marquis et au besoin se marquisait tout seul, aujourd'hui il veut se venger d'avoir fait rire. La haine est le fond de l'homme, monsieur. Le Christ a prêché en vain la plus grande des révolutions en commandant aux hommes de s'aimer les uns les autres. Maintenant que, grâce aux philosophes, nos sauveurs nous connaissent mieux, pour faire triompher la fraternité ils prêchent la violence et l'assassinat.

Ils arrivaient dans la cour du château.

— Comment espérer que la noblesse ne sera pas détruite quand on voit le duc d'Orléans laisser, à tout bout de champ, crier « Mort aux aristocrates ! » dans le Palais-Royal ? dit encore l'abbé. Et comment croire que le clergé résistera, quand on a vu un évêque faire voter sa ruine, pour empocher un million de pourboire ?

— Monsieur l'abbé, je vous écoute et vous ne me rendez point gaie, dit Louison d'un ton boudeur. Vous n'êtes point à la couleur du temps.

— Madame, tant de sottise et de scélératesse m'enragent quotidiennement que j'oublie parfois d'en faire de l'esprit, dit l'abbé. Pardonnez-moi, et reprenez votre beau sourire. La Reine a besoin de tous nos sourires.

Dans la cour et aux abords de la chapelle l'affluence était grande. Dans la nef bondée les cœurs fragiles défaillaient de chaleur, pas une dame qui n'eût, dans sa poche de jupon, son flacon de sels.

Le Roi, en habit violet, suivait l'office avec piété, ne lâchait son missel que pour fixer l'autel. La Reine montrait plus de distraction. Souvent elle tournait la tête, posait un long regard sur l'assemblée, répondait à chaque sourire par un sourire, aux courants d'amitié par un air heureux. La messe du dimanche était un doux moment pour Marie-Antoinette. Dans cette vieille chapelle des Tuileries, délabrée et mal restaurée, elle se sentait pour une heure hors de la méchanceté, elle osait même se croire aimée. Des lys en abondance fleurissaient les dames et, pour peu que son œil bleu s'arrêtât sur un gentilhomme, celui-ci ostensiblement sortait un mouchoir blanc pour s'essuyer une goutte de sueur, et la Reine ne pouvait s'y tromper, voyait dans le coup de mouchoir un drapeau blanc déployé pour elle. Il lui arrivait alors d'abandonner son missel sur l'appui de son prie-Dieu et d'effleurer d'une caresse les cheveux du Dauphin placé devant elle, comme pour confier l'enfant royal à la fidélité qui se manifestait.

Les vieux moines affectés au service des Tuileries chantaient mal, et pourtant l'émotion religieuse s'épaississait vite autour de la famille du Roi. Madame Elisabeth, qui passait toute sa messe agenouillée dans une fervente prière, souvent se mettait à pleurer. Elle n'était pas la seule à s'attendrir. La nostalgie s'emparait des âmes le plus en peine de vivre loin de Versailles, loin des rires de Trianon où une reine légère peignait ses moutons, barattait la crème et jouait du Beaumarchais sans se douter, l'imprudente, que « son bon parent » Figaro appelait à l'insolence le peuple de Paris. Marie-Antoinette allait en blanc alors, en mousseline vaporeuse ceinturée de bleu. Elle était en noir aujourd'hui, certes parce qu'elle portait le deuil de son frère Joseph *, mais il ressemblait au deuil de la royauté.

L'office terminé, la Reine ressortait la dernière de la chapelle, avec ses deux enfants que suivaient leur gouvernante et la princesse de Lamballe. Le Roi lui faisait le chemin. La société s'ouvrait respectueusement devant lui, et Marie-Antoinette passait en flânant, distribuant saluts et sourires, et des mots aimables à ses connaissances. Comme elle était encore belle, pensait Louison, et comme elle savait cacher son chagrin. On ne voyait pas l'ombre d'un nuage dans le bleu de ses yeux, et son teint, blanc et rose, éblouissait comme au temps où Mme Vigée-Lebrun peignait le visage d'une reine heureuse. Elle s'arrêta un instant devant les Roquefeuille, s'adressa à la marquise :

— Je ne reçois plus guère, mais j'ai mon jeu de loto, deux fois par semaine, dans l'après-dînée. Il me plairait, madame, de vous y voir un jour.

Louison plongea dans une révérence, baisa la main qu'on lui tendait.

* Joseph II, empereur germanique, despote « éclairé ».

La Reine s'éloigna. Elle marchait comme nulle autre dame ne savait marcher, elle marchait comme une reine de ballet, avec un superbe port de tête, une grâce à la fois souple et altière, si naturelle qu'elle charmait tous les publics.

— Quand on voit marcher la Reine, on a envie d'applaudir, remarqua le vieux marquis de Courtray.

— Je crois mon mari amoureux de la Reine plus encore que de moi, dit Solange à Louison, et ce n'est pas peu !

— Hé, fit Courtray, je sais bien, ma mie Solange, que ma passion vous encombre. Que voulez-vous, je suis d'avant la Révolution, je suis du temps où on n'était jamais trop vieux pour faire l'amour.

Il se mit à rire en même temps que Solange et Louison, se faufila du côté de Louison, lui glissa dans l'oreille :

— Que je vous rassure, madame, sur le sort de votre bonne amie d'enfance : si je suis encore galant, j'y vois de plus en plus mal.

Solange commençait de bavarder avec Mme de Flahaut et la duchesse de Chastellux, alors il poursuivit à mi-voix :

— Elle ne profite point assez de ma mauvaise vue. Sa tante Treille lui a donné trop de vertu. J'aimerais mourir en berçant un petit marquis de Courtray. Certes on se sent toujours vert, mais une sève de quatre-vingt-cinq ans d'âge peut manquer de vigueur et, pour faire gonfler le fruit...

— Seriez-vous bien content, vraiment, d'un petit Courtray que vous sauriez venu d'ailleurs ? demanda Louison en souriant.

— Ma foi, oui, dit Courtray. Le vieux Flahaut n'est-il pas bien content de son petit Talleyrand ? Il est même si content de ce petit coucou-là que je le vois choyer Morris dans l'espoir de se faire aussi un petit Américain avant que de quitter la place.

— C'est bon, dit Louison, rieuse, je toucherai deux mots de cela à Solange, je vous le promets. Elle me fera la morale, mais j'insisterai !

— Voilà notre pauvre reine qui passe du chaud au froid, dit, auprès d'elle, la voix de Mme de Rully.

Ceux qui avaient entendu tournèrent la tête. Les princes longeaient maintenant, à la lisière du jardin permis au public, le cordon des Parisiens endimanchés venus voir la sortie de la messe aux Tuileries. Il y eut de vibrants « Vive le Roi ! » auxquels Louis XVI répondait en saluant de la main, et pour la Reine il n'y eut que le silence, le meilleur accueil qu'elle pût désormais espérer de son peuple. Un sourire serré sur les lèvres Marie-Antoinette passait devant ce mur de glace en se retenant de courir, et celles à qui elle se confiait parfois savaient que sous son calme elle tremblait de toute son âme, empoignée par la peur de recevoir une injure, un crachat, la première pierre de son meurtre. Elle en perdait jusqu'au courage de se retourner pour faire avancer plus vite son Chou d'amour, et d'abord elle ne voulait pas, ne devait pas le ramener à elle, dans la haine. Lui, sa mère oubliée, on l'adorait. Echappé à Mme de Tourzel il gambadait au bord de la foule, et la foule soudain prise de dévotion l'acclamait, ôtait ses chapeaux, lui soufflait des baisers et des mots d'amour, enchantée de ce bambin de cinq ans blond et rieur, joli à croquer dans son habit de soie mauve barré du cordon bleu.

Le regard de Mme de Chastellux revint du Dauphin sur ses voisins.

— Il est au moins sûr, dit-elle, que si Louis XVI vient à trop déplaire nous n'aurons pas la république, nous aurons Louis XVII, qui plaît à la folie. Le peuple délire et fond de tendresse dès qu'il le voit.

— Il grandira, dit Talleyrand.

Le comte de Fersen s'approchait, pour saluer Mme de Chastellux. Le ton sceptique de l'évêque lui déplut.

— Madame ne se trompe pas, dit-il sèchement. Oui, les Français aiment encore le sang de leurs rois.

— Seulement le sang des Bourbons ! lança Mme de Rully avec une étourderie cruelle, et aussitôt elle se mordit la lèvre, désolée, les larmes aux yeux.

Fersen avait blanchi, plus encore qu'il ne l'était par nature. Ce n'était pas le moment de lui rappeler que Paris exécrait sa reine. Depuis qu'en avril Necker avait autorisé la publication du *Livre Rouge* — le livre des dépenses secrètes de la Cour depuis le début du règne —, Fersen craignait le pire pour elle. Les clubs, les districts, la Commune, toute la rue rendaient « l'Autrichienne » responsable des centaines de millions « sucés » à la Nation pour être gaspillés. Les républicains se multipliaient, les enragés pendaient aux lanternes le portrait du « vampire », « en attendant sa tête ». Il fallait partir, pensait Fersen, il fallait au plus vite fuir Paris, mais il ne parvenait pas à en convaincre le Roi. Il ouvrait la bouche pour répondre à Mme de Rully, quand Louison le devança.

— Madame, dit-elle avec vivacité, si la Reine n'avait point été couverte de calomnies, et d'abord par certains de ses parents, si le duc d'Orléans ne payait pas 12 francs la journée tout vagabond qui veut bien s'ameuter contre elle, si...

Par sympathie pour elle Talleyrand coupa Mme de Roquefeuille : il n'était pas bon de dire trop haut ce que chacun savait tout bas.

— Mon Dieu ! s'exclama-t-il d'un ton léger, il se dépense une telle fortune en ragots que j'hésite à en croire le quart. Puis se payer des braillards de bec ou de plume est désormais si fort à la mode que cela ne tire plus à conséquence, les braillards ne vont qu'à la cacophonie ! Même les protestants et les juifs soudoient de mauvais catholiques pour taper sur le clergé.

— Je vous assure, monsieur l'évêque, qu'ils perdent leur argent, dit Fersen avec une froide ironie. Pour abattre le clergé, vous suffirez bien.

Autour de Talleyrand l'insolence de Fersen n'eut le temps de gêner personne : l'évêque se mit à en rire le premier et de très bon cœur, comme ravi du trait.

— Monsieur d'Autun a le poil lisse ; la pire opinion d'autrui lui glisse du corps sans y laisser la moindre honte, murmura Roquefeuille à Louison. Son but seul lui soucie. Je crois que Flahaut a raison : l'évêque fera un grand homme d'Etat, quel que soit demain l'Etat.

Familièrement il passa sous le sien le bras de sa femme.

— Avons-nous assez papoté pour ce dimanche ? Allons-nous dîner ?

— A *La Barrière,* dit-elle.

— Soit, dit tout de suite le marquis.

Fersen, que lady Eléonore Crawford venait de rejoindre, s'inclina bas devant Louison.

— Je vous sais gré, madame, d'avoir tout à l'heure parlé pour la Reine, dit-il. Vous voit-on parfois à son jeu de loto ?

— On m'y verra, dit Louison.

— Mon cher comte, intervint lady Eléonore, si vous m'étiez plus fidèle que vous ne l'êtes, vous auriez déjà vu madame chez moi : elle vient s'y baigner parfois. Elle raffole de ma baignoire romaine. Nous sommes de vieilles amies.

Elle embrassa la jeune marquise avec son exubérance coutumière, en profita pour lui chuchoter :

— Que devient donc notre Chauvigné ? Je ne le vois plus.

Le « notre », appuyé avec intention, faillit mettre Louison de mauvaise humeur, mais Eléonore ponctua sa question d'un fou rire et d'une œillade et, comme d'habitude, elle lui pardonna d'avoir longtemps logé Matthieu dans ses jupons. Même à travers sa jalousie le charme capiteux d'Eléonore ne perdait rien de son pouvoir sur elle. A quarante ans la superbe Italienne de sir Quentin avait gardé sa séduction, aussi voyante que naguère. Elle avait pris du poids comme on prend de la majesté, et avec ses vibrantes couleurs de rousse aux yeux d'ambre, ses vives toilettes, ses plumes, ses bijoux, ses fous rires et ses fougueux parfums elle savait encore piéger les hommes qu'elle voulait, et même les femmes, parce qu'elle était prodigue de gaieté, de fêtes et d'amitié.

— Ma jolie, mon ange, venez vous baigner demain, et très souvent pendant tout le mois, dit-elle à Louison. Sir Quentin est en Ecosse. Je m'ennuie.

— Ma foi, dit tout bas Talleyrand à Mme de Flahaut, c'est peut-être vrai ? Fersen a l'air d'un homme épuisé.

— Le service de la Reine ! dit Mme de Flahaut. Il est juste qu'Antoinette soit servie la première.

La moqueuse n'avait parlé qu'à mi-voix. Roquefeuille, resté auprès de Talleyrand, l'entendit aussi. Il retint un geste d'agacement, prit congé de la comtesse et de son évêque, entraîna Louison vers le Carrousel, où les attendait leur voiture. Il supportait mal les ragots sur la vie privée de la Reine. La Reine n'avait pas de vie privée. Où l'aurait-elle pu cacher, dans sa prison pleine de regards et pleine d'oreilles à l'affût du moindre de ses soupirs ?

— Je parierais sur la vertu de la Reine, dit-il, achevant tout haut sa pensée. Votre nouvelle amie Flahaut est une méchante langue.

— Elle a de l'esprit, dit Louison. Et c'est par bonté qu'elle souhaite de l'amour à la Reine.

— On assure que le Roi l'aime fort.

Louison fit la moue.

— Lui trouvez-vous l'air d'un amoureux ? Le rôle va mieux au comte de Fersen.

— Certes, dit le marquis. Et de reste...

Il sourit, paraphrasa La Bruyère :

— ...c'est une grande difformité, dans la nature française, qu'un mari amoureux. Il ne se peut sauver du ridicule qu'en donnant à dîner à l'amant de sa femme. Le Roi, à ce qu'on dit, reçoit Fersen de très bon cœur.

Louison lança vers Aimé un coup d'œil aigu. Lui recevait, sans humeur, Matthieu à sa table. Savait-il ? Comme chaque fois qu'un mot d'Aimé le lui faisait craindre, une bouffée d'angoisse la traversa, et elle choisit de plaisanter.

— Le seul mari vraiment jaloux que je connaisse est monsieur de Staël, et c'est un barbare venu du Nord. Encore sa femme le moque-t-elle si fort là-dessus qu'il s'adoucit, et voit volontiers Narbonne.

Son ironie coutumière, légère et gentille, revint tout à fait au marquis.

— Narbonne, dit-il, ne s'y prend pas mal pour plaire à Staël en déplaisant à madame : il l'enrage, la tarabuste, la trompe et la bat assez fort pour que le spectacle soit agréable au pauvre mari. Il peut espérer qu'un jour l'infidèle en miettes lui fera retour pour un temps au moins, celui des larmes.

Louison se sentit atteinte par la raillerie, balaya d'un nouveau regard le profil d'Aimé. Il tourna la tête vers elle, vit de l'inquiétude dans ses yeux, ajouta de sa voix paisible :

— On peut toujours compter sur certains maris de bonne volonté. Leur cœur ne peut goûter la joie que dans la joie de celle qu'ils aiment, et leur raison ne peut rien sur cette faiblesse-là. Je crois... que le baron de Staël est de cette étoffe-là, acheva-t-il avec malice.

— Oh ! fit seulement Louison, vexée.

Elle ne trouvait pas un mot d'esprit à lui répliquer.

Ils laissèrent leur voiture sur la place du Carrousel, se dirigèrent à pied vers le Palais-Royal, bavardant de rencontre en rencontre. Devant *La Barrière* un groupe de jeunes gens les arrêta, leur quêta « un blanc pour Voltaire ». Une association s'était formée qui voulait rapporter les os du philosophe sur le Pont-Neuf, aux pieds du bon roi Henri. Personne, en 1790, n'eût osé refuser l'aumône à Voltaire ! Ses mendiants agressifs devenaient gras. Encore une preuve que Voltaire, même mort, était bon pour les petits et méritait d'avoir sa tombe sur le Pont-Neuf, près de l'inventeur de la poule au pot pour tous.

A *La Barrière,* comme toujours, il y avait un monde fou. La salle immense et encore multipliée par un jeu de glaces pouvait contenir deux cents clients, et une centaine, déjà, commençait de dîner. Le climat y était calme pourtant, reposant au sortir du bruit des rues. Le service s'y faisait par petites tables où on ne parlait qu'à voix basse ou pas du tout. Tout convive, d'habitude ou d'instinct, respectait l'ambiance de la maison, celle d'un réfectoire de moines où le repas se prenait en paix, sur de la toile cirée. La frugalité, toutefois, n'y était pas obligatoire. Bien que le pain de *La Barrière* fût « le meilleur de Paris », l'eau « la plus pure et la plus fraîche », rares étaient les clients qui se contentaient d'y ajouter une soupe et un fruit. Roquefeuille commanda deux petits pâtés froids de lapin avec des cornichons à la russe, de l'anguille au vert, un plat de pois aux cœurs de laitue, un fromage de bique à la crème fleurette, et du vin rouge de la Loire. Un petit vin des bords de la Loire, sec et fruité, voilà ce qu'on buvait à *La Barrière*, ou bien alors une exquise bière dorée, qui attirait là tous les Allemands de la ville. Autour des Roquefeuille il y en avait bien une dizaine, chacun seul à sa table, qui se gavait en silence de somptueuse cochonnaille arrosée d'un fleuve de bière.

— J'aime dîner entouré d'un rempart d'Allemands, murmura le marquis en attaquant son pâté. Même quand ils mangent par deux on ne les entend pas discuter de notre future constitution. Comme, Dieu merci, nous ne nous sommes point ruinés à leur financer une guerre d'indépendance ils ne nous doivent rien, ne se croient point obligés de conseiller nos révolutionnaires, histoire de payer leur dette en monnaie de singe.

— En somme, dit en souriant Louison, mon ami Morris vous agace ?

— Parfois. Il a toujours tant d'idées à nous donner ! Il en a moins pour nous payer.

— Il lui faut trouver des banquiers pour soutenir l'Amérique. En Hollande, il en trouvera peut-être ?

— N'est-il point parti là-bas pour cela ?

— Un peu, dit Louison.

Elle baissa encore la voix.

— Il est aussi parti pour d'autres affaires. Il passe des capitaux. Cela lui rapporte une bonne commission.

— Ha ! fit le marquis. Morris se veut l'ami de la France et s'en va placer son argent hors de ses frontières ? Ce n'est point un service d'ami.

— Bah ! dit Louison, l'argent reviendra bien un jour. Pour le moment, les gens riches ont peur de tout laisser ici, à portée d'être saisi.

Aimé avait posé sa fourchette, observait sa femme.

— Comment se fait-il, demanda-t-il, que vous soyez si bien au fait du trafic de Morris ?

— Madame de Flahaut lui cherchait des mandants, je lui en ai fait connaître un, un gros, dit Louison avec un visible contentement. Je toucherai ma part de la commission, près de 12 000 francs peut-être.

Elle remarqua enfin l'air contrarié du marquis, abandonna son cornichon.

— Voyons, Aimé, dit-elle en posant sa main sur la sienne, 12 000 francs font une somme bonne à prendre.

Nous avons peu d'argent. Si nous aussi devions émigrer demain...

— Quelle idée ! s'exclama-t-il trop haut.

Des têtes se tournèrent vers lui. Confus, il reprit le ton feutré de la maison.

— Nous n'émigrerons pas, dit-il. Pour quoi faire ? Si l'anarchie continue de s'accroître dans Paris jusqu'à devenir insupportable, nous irons en Berri attendre la fin du désordre.

— Nous irons en Indre, corrigea Louison, l'index levé, sérieuse comme une maîtresse d'école.

— Ah ! non ! gronda tout bas le marquis. Ne me gâtez point le goût de mon pâté. Que Condorcet et l'abbé Sieyès se soient bien amusés à découper le pays en petits morceaux pour lui donner paradoxalement de l'unité, je n'y puis rien ; mais j'entends, moi, demeurer berrichon comme devant, et mourir en Berri, au bord de ma Verduronne. L'Indre est loin de chez moi.

— De par l'Assemblée il n'y a plus en France ni Berrichons, ni Picards, ni Normands, ni Bourguignons, ni Champenois ni personne d'hier : il n'y a plus que des Français, insista Louison, taquine.

— Aujourd'hui, dit le marquis. Voyons demain. La mémoire ne pourra rien faire des noms sans passé inventés par les bouchers de la France. La mémoire ne retient que les mots lourds d'émotion. Si jamais, demain, j'entends un poète chansonner les beautés de sa Drôme plutôt que de son Dauphiné...

Il poussa vers Louison le ravier où restait un seul cornichon.

— ... je vous offrirais deux plutôt qu'une seule sizaine de vos cornichons favoris, acheva-t-il en souriant. Vous en ferai-je l'avance sur pari ?

— Oh ! non, dit-elle. A 6 sols le cornichon, vous n'y songez pas ! Je n'ai point encore gagné mes 12 000 francs. A ce propos, êtes-vous choqué, vraiment, que j'essaie de faire des affaires ?

— Non, non, dit-il. Au reste, vous m'en aviez prévenu. J'ai été surpris, voilà tout. Ce terme de « commission »...

Il eut un rire.

— Naguère, pour une marquise, cela s'appelait un pot-de-vin ou des étrennes et se gardait pour soi. Je vois qu'en l'an II de la Liberté la commission se met en communauté : le mari y gagne. Il serait sot de s'en plaindre, surtout quand il n'a pas un seul talent lucratif.

— Aimé, vous ne vous rendez pas justice, dit Louison. Vous gérez fort bien vos terres.

— Hélas, soupira le marquis, il n'y a que votre tonton Lauraguais et ses physiocrates qui, du bout de leur plume, tiennent l'agriculture pour le bon moyen de faire sa fortune et celle du pays. Ceux qui travaillent la terre à la charrue sont moins enthousiastes. En notre fin de siècle les aristocrates habiles se mettent dans l'industrie, ou dans la banque. Ou dans la politique. La politique peut faire des millionnaires : voyez Talleyrand.

Sans bruit et promptement le garçon débarrassa leur table, apporta des couverts propres et leur plat d'anguille au vert. La sauce embaumait le cerfeuil haché tout frais. Le marquis la respira de tout son cœur.

— Une si belle matelote assaisonnée d'herbes cueillies du matin me rappelle la cuisine de mon vieux Gerbaud, dit-il.

— A moi aussi, dit Louison, mais ne tombez point dans la nostalgie. Bientôt nous serons chez nous, en train de faire la noce. Et quelle noce ! Pour marier mademoiselle Nini, sa préférée, Gerbaud voudra faire des merveilles, à foison !

Aimé secoua la tête.

— Je n'en suis pas si sûr. Voir « sa » demoiselle épouser si fort au-dessous de sa condition... Et un ancien gabelou ! Ce sont les aristocrates des lumières, Louison, les aristocrates illuminés qui ont pris, depuis peu, la religion de l'égalité. Je pense que les petites gens n'y croient pas vraiment. Les embrassades entre carpes et lapins leur causeraient plutôt du malaise parce qu'ils y sentent de l'artifice, et n'ont point l'habitude de raisonner leurs sentiments pour en tirer des idées contraires à leur instinct.

— Je vous promets pourtant, dit Louison en riant, que pour cette fois les embrassades seront sincères, au moins du côté de Nini !

— Je n'aurais point dit oui si je n'en étais sûr.

Il leva son verre.

— Et puis, au diable les traditions quand on a passé quarante ans. Il est alors temps de vivre pour soi à la barbe du monde, qui s'engloutira bientôt derrière l'éternité. Buvons, ma mie, au bonheur de notre Nini. Pardieu ! je veux pour elle la plus belle des noces paysannes, et qu'on y danse et qu'on y bâfre pendant trois jours !

Ils choquèrent leurs verres, dégustèrent joyeusement leur anguille en se racontant à mi-voix toutes les saveurs de la noce à Nini.

L'arrivée de Matthieu les surprit au moment du café.

— Je me doutais qu'un dimanche je vous trouverais ici, dit le baron en prenant une chaise.

Le cœur de Louison s'était soulevé d'un bond, et puis vidé dans tout son corps. C'était ainsi chaque fois qu'elle revoyait Matthieu : son cœur s'éclatait, son sang faisait en une seconde le tour de ses veines et la mettait hors d'elle, comme prête à s'envoler. Elle avait dû apprendre à se contenter de cette fête intérieure, apprendre à garder le visage et les mains presque calmes, avec seulement un léger frisson des doigts quand Matthieu y posait ses lèvres, et un grand sourire de bienvenue dont Aimé, sans pouvoir s'en empêcher, regardait la douceur lui remonter jusque dans les yeux.

— Mon neveu, vous voilà ce tantôt bien joli garçon, dit-elle, s'efforçant de plaisanter. Sans conteste, vous êtes du dernier cri.

« Oui, tout frais sorti du *Journal des Modes* », pensait le marquis, chagrin, devant ce don Juan, de n'être que lui-même dans son sage habit beige.

Matthieu était en droguet mauve et blanc, habit, gilet et bas rayés, un grand chapeau noir sur la tête, une canne à la main, des escarpins de danseur aux pieds. Et pour faire valoir tout cela il y avait sa beauté. L'injustice suprême, parfaite, infaillible.

L'élégant, pour répondre au compliment de sa maîtresse, commença par détailler la coupe anglaise de sa robe blanche, le mousseux fichu brodé à la soie polychrome, la coiffure légère de boucles longues et de lys mêlés.

— Vous n'êtes pas non plus vilaine, dit-il, la voix un peu trop gourmande.

— Et à moi ne dira-t-on rien, fût-ce par politesse? demanda le marquis.

Il ajouta, pour changer le propos :

— Matthieu, avez-vous dîné?

— Non pas, dit Matthieu. Je sors seulement de parler aux Amis des Noirs. Condorcet et La Rochefoucauld voulaient m'emmener prendre un beefsteack au Club, mais il me fallait vous voir. On m'a remis ceci pour vous, mon oncle. On ne savait pas où vous logiez, et on semblait fort pressé de se débarrasser du colis.

C'était un portefeuille de maroquin, fermé à clé.

— Voici la clé, dit Matthieu.

Le portefeuille contenait 400000 francs en billets de la Caisse d'escompte, au nom de Mme de Favras.

— Mazette! siffla Matthieu entre ses dents.

Il y eut un long silence. Le portefeuille en main, son regard abaissé dessus, le marquis semblait peser la fortune offerte.

— Le prix du sang, murmura-t-il enfin.

— Ces conjurés-là payent leur dû en princes, remarqua Matthieu. Qu'ils fussent princes, cela se chuchotait; j'en suis sûr aujourd'hui.

— Saurez-vous l'oublier? demanda le marquis avec un peu d'agressivité.

Vexé, Matthieu se cabra.

— Monsieur, c'était déjà fait!

— Je n'en doute pas, dit aussitôt le marquis, radouci. Commandez-vous une assiettée d'anguille : la sauce est délicieuse. Et...

Il tapota de l'ongle le portefeuille qu'il avait reposé sur la table.

— ... de qui tenez-vous cette chose?

— D'un valet sans livrée descendu d'un fiacre aux rideaux tirés, dit Matthieu.

Il rit du bout des lèvres.

— Paris, en ce moment, regorge de mystères! Pour les débusquer la Garde patrouille nuit et jour, fouille sans douceur jusque sous les lits et dans les sacristies. Depuis que l'Assemblée a aboli la religion d'Etat pour accorder la liberté de culte, il ne fait pas bon être trop catholique ! Le Comité des Recherches trouve des suspects par treize à la douzaine, que les juges du Châtelet relâchent après un petit temps de prison, faute de preuves pour les pendre. Du coup, le peuple frustré soupçonne et dénonce à bouche-que-veux-tu, dans l'espoir d'enfin réussir, par force, à donner de l'ouvrage au bourreau. A de certaines heures on croirait que Paris, tout entier, s'amuse à jouer aux gendarmes et aux voleurs.

— Et cependant vous n'en demeurez pas moins démocrate ? jeta le marquis, railleur.

— Oui, dit Matthieu sans hésiter. Les excès passeront, la justice restera. La liberté grise quand elle est nouvelle, et puis on s'y fait.

Il appela le garçon pour passer sa commande, reprit, avec un coup d'œil au portefeuille :

— Peut-être en saurai-je bientôt plus long là-dessus ? Le comte de Luxembourg est toujours plein de secrets à vous dire dans l'oreille, pas un ne lui échappe. Il en rajouterait plutôt ! Pour le quart d'heure, il semble sûr que des espions anglais distribuent de l'argent à nos boulangers pour qu'à tout bout de champ nous manquions de pain, ce qui est, il est vrai, le meilleur moyen d'ameuter Paris. Pitt, certes, ne nous veut pas de bien mais, franchement, l'imaginez-vous en train d'asseoir sa politique sur nos pétrins ? Mumm ! cette sauce ! Un délice, en effet.

Avec l'extrême célérité de mise à *La Barrière* on avait apporté sa matelote au baron, avec un pichet glacé de vin blanc d'Anjou.

— Je goûterais bien de votre vin, dit Louison en tendant son verre.

Le marquis s'en servit aussi deux gorgées, et Matthieu continua, tout en mangeant, de leur raconter les nouvelles glanées dans les coulisses de l'Assemblée. Roquefeuille apprit avec plaisir que le comte de Maillebois, recherché en tant que chef d'une énième conspiration royaliste, avait pu gagner les Pays-Bas.

— Ce n'est point encore lui, dit-il avec regret, qui tirera le Roi et la Reine des Tuileries.

— Qu'ils en soient tirés ne serait pourtant point une mauvaise chose, dit Matthieu, à la surprise de son oncle.

Les sourcils haussés, Roquefeuille attendit la suite.

— La République est mûre, reprit Matthieu. Que le Roi commette l'erreur de fuir et il sera déposé. L'Assemblée et le peuple appelleront sa fuite forfaiture. La République sera proclamée, mais Louis XVI aura sauvé sa tête. Je me passerais fort bien d'un roi, je ne demande point que le dernier des nôtres soit pendu.

— Pendu ! sursauta Aimé. Baron, vous déparlez ! N'étiez-vous point à l'Assemblée quand elle a déclaré inviolable et sacrée la personne du Roi ?

— L'Assemblée..., commença Matthieu.

Il soupira.

— Je fais mienne l'opinion de Mirabeau : selon lui l'Assemblée est devenue un âne sauvage prêt à se ruer dans tous les sens, surtout quand la canaille des rues le fouette à grands coups.

— Tiens ! fit le marquis, intéressé. Mirabeau s'apprêterait-il à changer de camp ? A passer du côté de l'ordre, du côté du Roi ? Avec lui Louis XVI aurait plus de chances qu'avec un Favras de se réconcilier avec son royaume.

— De Mirabeau on dit tant de choses et leur contraire !

Des yeux Matthieu suivait Louison. La jeune femme s'était levée pour s'en aller discrètement saluer la tante Mado et son mari, l'ex-trésorier général de la Marine, qui venaient d'entrer dans la salle. Il la vit s'asseoir à leur table pour un bout de causette et alors revint à son oncle, dit d'un ton plus sérieux, chuchoté :

— Je crois qu'en effet Mirabeau s'est rapproché de la Cour. Jusqu'où veut-il mener Louis XVI ? Et le sait-il déjà lui-même ?

— Pourquoi pas jusqu'à Metz ?

— A la tête d'une armée de reconquête ? C'est possible. Mais alors Mirabeau trahirait la Révolution. C'est possible.

Chauvigné repoussa son assiette vide, pour se pencher vers le marquis.

— Mon oncle, vous n'êtes point un homme de l'ombre, et Mirabeau n'est point un homme sûr. Si vous en savez plus que moi, si le comte recrute pour un coup d'Etat, n'en soyez point.

Il insista, avec une sourde véhémence :

— Ne soyez d'aucun complot royaliste, mon oncle. Louis XVI les fera tous avorter, parce qu'il ne se sent point le droit d'être roi envers et contre tout. La République est en marche, La Rochefoucauld me le disait encore tout à l'heure. Lui craint même que le Roi n'ait point assez d'esprit pour sauver sa tête après avoir perdu son trône. Alors, ses partisans... Ne vous faites pas conspirateur, je vous en prie. Votre famille pourrait s'en trouver mal. Même cette fortune qu'on lui envoie ne rendra pas sa quiétude à votre cousine Favras.

Roquefeuille eut un sourire gelé.

— Je vous sais gré, baron, de votre crainte affectueuse pour ma veuve, dit-il avec ironie. Permettez pourtant que je décide par moi-même de ce que je ferai ou ne ferai point pour mon roi. Me mêlé-je de vous conseiller quand votre conduite me déplaît ?

Du menton le marquis pointa l'assiette vide.

— Ne demanderez-vous pas à présent du fromage à la crème ? Ici, il est de lait de brebis, aussi bon qu'en Berri.

— Permettez que je décide de mon dessert moi-même, grommela Matthieu, furieux.

Il commanda du fromage de Brie. Il était furieux. Malheureux. Honteux. Coupable, et sans pardon possible. Coupable privé d'aveu, jusqu'à l'enfer. Une colère le traversa, contre Louison qu'il n'avait pu s'empêcher d'aimer. Tout un fol instant il rêva son oncle Roquefeuille au Châtelet, et lui s'offrant à partager sa prison, au besoin jusqu'à l'échafaud.

Soudain il tressaillit, revint sur terre : le marquis poussait une tranche de pain vers lui.

— Votre part de brie est arrivée. A quoi songiez-vous donc si fort ?

Matthieu lui offrit un grand regard clair, désolé, presque mouillé.

— Je songeais... à la vie, dit-il très bas. En ce moment, elle ne m'est pas toujours facile à vivre.

Le marquis prit un temps, répondit avec une douceur un peu lasse :

— Matthieu, une seule chose est facile à vivre : l'indifférence ; et c'est le propre de l'homme mort.

21

Le mariage de Nini avait été fixé au 20 juillet. Les Roquefeuille comptaient se mettre en route le 5 juin, au lendemain de l'installation de la famille royale au château de Saint-Cloud où elle passerait l'été. Ils furent retardés. Le 4 au matin, le marquis venait de saluer le Roi et la Reine dans la cour des Tuileries quand le comte de Fersen l'approcha, pour lui chuchoter l'ordre de ne point s'éloigner de Paris, où on pourrait avoir besoin de lui. Fersen ne s'expliqua pas davantage, ce n'était pas utile. Roquefeuille recula la date de son départ et attendit, jour après jour, qu'on vînt le chercher pour le service du Roi. Le faire enfuir de Saint-Cloud serait bien plus facile que de tenter la chose en plein Paris, et pourtant le temps passait sans que rien n'arrivât de la Cour, sauf de constantes rumeurs floues. Paris, pourtant, ne parlait que de cela : la fuite du Roi. Depuis qu'il était à Saint-Cloud il pouvait fuir donc il fuirait, on n'en doutait pas. Sa femme l'y forcerait.

Les jacobins, déchaînés par Desmoulins et leurs enragés, sournoisement soutenus par le duc d'Orléans, échauffaient la ville. Beaucoup de Parisiens croyaient maintenant à l'imminence d'une Saint-Barthélemy des patriotes organisée par l'Autrichienne, ses amants et ses stipendiés. Et on racontait qu'en même temps, profitant du chaos intérieur l'ennemi de l'extérieur envahirait le territoire, poussé par les parents de la Reine. Quotidiennement titillé, affolé, exaspéré, le peuple avait pris ses quartiers d'été dans la rue, et puisqu'on s'armait contre lui, il se vengeait d'avance, à tout hasard et au hasard, avec férocité. Vols et pillages devenaient innombrables, les assassinats se faisaient en plein jour et à grands cris, au nom de la Liberté ou de la Pauvreté. La police injuriée, apeurée, ne cherchait guère les coupables, la Garde obéissait de plus en plus mollement à son maître, la troupe soldée n'en faisait qu'à ses têtes, et plutôt pour activer le désordre. La monarchie déjà morte, c'était l'anarchie qui régnait. A l'Assemblée le public ne tolérait plus une seule opinion contraire à son humeur du jour, huait et applaudissait le même orateur à une heure de distance, menaçait de la lanterne tout député parlant raison. Mirabeau lui-même n'échappait plus aux élans d'exécration, et l'abbé Maury, toujours tonnant contre les fous, vivait quasiment la corde au cou. Sur le Pont-Neuf on vendait des tabatières de carton à l'image du « diable-prêtre », dont le petit bonhomme noir à ressort, les bras rageurs, vous sautait au nez dès qu'on levait le couvercle. Dans les théâtres le tumulte était permanent, le parterre guettait la réplique propre à faire jaillir le délire ou le scandale. A la Comédie-Française, la tragédie *Brutus* n'allait pas souvent plus loin qu'à la fin du premier acte. Dès que le héros avait lancé : « Je mourrai comme toi, vengeur du nom romain, libre encore et *sans roi* », la salle explosait dans une ovation transpercée de sifflets. Patriotes et royalistes en venaient aux mains, la garde tirait ses épées, les républicains s'en allaient chercher le buste de Voltaire pour le couronner sur la scène, on criait « Vive la Nation ! » contre « Vive le Roi ! » et la soirée se terminait en tornade révolutionnaire, en guerre civile.

La guerre civile. Qu'on en fût au bord tout le monde le craignait ou l'espérait ; les royalistes trop zélés et les gros églisiers la voulaient. Les premiers ne se fiaient plus au Roi pour sauver la royauté, aux seconds l'Assemblée avait raflé tous leurs biens. Outré, le haut clergé soufflait la révolte à ses ouailles, tout ce qui portait soutane devenait suspect au peuple, allumait pour un rien sa colère. Un dimanche, le curé de Chaillot ne fut que de justesse sauvé de la lanterne. Il avait mal prêché et pourtant n'avait prêché que la tolérance, hélas « envers tous ».

La tolérance, surtout envers tous ! n'était plus de mise. La modération non plus. Un club de modérés, celui des Capucins de la rue Saint-Honoré, fut fermé par les émeutiers à grands coups de gueules, de piques et de pierres. Les journalistes tièdes ne pouvaient plus impunément écrire ce qu'ils pensaient. Ou le journal changeait de ton, ou le journaliste était promené par la ville à califourchon sur un âne. Dans les cafés on s'amusait à proclamer la République et on élisait son premier président — La Fayette, plutôt que Mirabeau. Mirabeau perdait les cœurs : on murmurait que la Reine l'avait séduit. Au lieu de l'idole d'hier, les habitués des tribunes encensaient désormais un jeune avocat de talent, Antoine Barnave, lequel parlait comme il le fallait, contre Mirabeau, et pour rogner les pouvoirs du gros Louis.

Le gros Louis n'en serait pas moins de la fête qui se préparait, il y serait même assis sur son trône et à la place d'honneur, ses sujets les plus mal-aimants y tenaient autant que le reste du Royaume. Car au milieu du charivari politique, à travers le tohu-bohu, les haines et la violence Paris installait d'un même cœur, au Champ de Mars, une fête gigantesque : celle qui célébrerait l'anniversaire de la prise de la Bastille.

Un joyeux tintamarre avait envahi l'esplanade. Des milliers d'ouvriers y grouillaient, pêle-mêle avec des patriotes venus de partout leur prêter main-forte. Des femmes aussi travaillaient là en chantant, pressées d'apporter leur bout de planche ou leur seau d'eau à la construction de la fête, et on y voyait encore des nuées d'écoliers et puis de la racaille enchantée de fainéanter là, où des bourgeois saisis par la fraternité arrivaient sur le chantier avec des tonneaux de vin bleu, pour y trinquer avec les gros bras.

Les Roquefeuille, comme tout le monde, allaient se promener sur le Champ de Mars, assez souvent, pour y regarder pousser la fête dont ils ne seraient pas.

— C'est tout de même dommage, regrettait chaque fois Louison. Je ne veux pas manquer le mariage de Nini, mais assister à ce 14 juillet m'aurait plu. Madame de Flahaut nous aurait eu de bonnes places par son ami Talleyrand. Il dit que ce sera superbe, et qu'il y aura cinq cent mille personnes !

— Monsieur d'Autun méritait bien de célébrer la messe de ce grand jour, où il fera communier toute la France à son commandement, ironisa le marquis. Il est le plus généreux bienfaiteur de la Nation, pour 20 milliards de francs. Son élévation solennelle coûte cher à l'Eglise !

Un badaud voisin, homme mûr et bien mis, souleva son chapeau et se permit d'entrer dans la conversation.

— Pensez-vous vraiment, monsieur, que la France communiera là autrement que du bout des lèvres, et pour un seul jour ? Les Français ne sont plus bien ensemble. Les drapeaux neufs de nos quatre-vingt-trois départements claqueront ici avec un bel ensemble, mais en fait, une douzaine de ces petites républiques provinciales se sont d'ores et déjà soulevées contre la dictature de Paris. En Bretagne, à Nîmes, à Montauban on se bat et on s'égorge dans les rues, cocardes blanches contre cocardes nationales. Le 14 juillet la France dansera sur ses cadavres, qui en appelleront d'autres dès le lendemain matin.

— Monsieur, je me défends de croire cela, dit fermement Roquefeuille. Une fête est un bon creuset de réconciliation.

L'inconnu secoua la tête.

— La liberté devient vite de la débauche et la fraternité du pillage, dit-il. Et quant à l'égalité... La frénésie de l'égalité est une chose terrible, monsieur. Hier...

Il se présenta mieux.

— Je suis notaire, et un vieil ami de monsieur Bailly, notre maire. Hier j'étais en voiture avec lui quand une bande de populace l'en a fait descendre de vive force, sous le prétexte que le maire d'une ville de citoyens égaux se doit d'aller à pied comme le peuple. On nous a molestés, monsieur, seulement parce que nous allions en carrosse !

Le pauvre notaire s'était si mal remis de l'aventure que l'ayant racontée une fois de plus il s'éloigna brusquement de ses derniers auditeurs, en continuant de marmonner son trouble. Le marquis le suivit des yeux, le vit tressauter et se mettre à presque courir quand une joyeuse troupe de gens de couleur le frôla, pour aller se camper au milieu du chantier.

Les noirs de Paris venaient chanter et danser pour les ouvriers du Champ de Mars. Ils avaient trouvé cette manière, agréable, de leur donner un coup de main avec plaisir. Et pour assez de profit. Ils ne faisaient pas la quête pour leur spectacle, ils la faisaient pour « les pauv' nègues » des colonies de la France, dont ils réclamaient la liberté. Les passants donnaient de bon cœur : les bons sauvages étaient au goût du jour.

— Ces missionnaires-là travaillent à la ruine de notre empire et de nos planteurs, mais ils chantent et dansent à merveille, jugea le marquis. Ils ont un grand sens de l'harmonie.

— Ah oui ? fit Louison, indécise.

— Oui, dit le marquis. Ce qu'ils font est beau. D'ailleurs, ils ont du succès.

— C'est leur discours, dit Louison. Et dans leur discours ils ne sont pour rien. Cela sort tout droit des Amis des Noirs.

Elle eut un petit rire.

— Il se pourrait bien que Chauvigné en fût l'auteur ?

Le marquis hocha la tête.

— Cela se pourrait, Chauvigné n'a pas de plantations. Et ceci dit, Condorcet et ses Amis des Noirs ont raison : le fait que les planteurs aient besoin d'esclaves explique l'esclavage, mais ne le justifie point.

La réponse du marquis contenta Louison. Elle craignait tant le mépris d'Aimé pour Matthieu, ses railleries sur le romantisme du jeune député, qu'elle avait presque envie de remercier son mari chaque fois qu'elle l'entendait approuver son amant.

Ils retournèrent vers leur voiture en flânant, y attendirent patiemment Toupinet, lequel, avec enthousiasme, s'était mis à coltiner des piquets de bois pour la fête.

— Au fait, quand partirons-nous ? demanda soudain Louison. Mes dernières emplettes sont faites. J'ai de charmants cadeaux pour vos sœurs et pour madame de Palluault. Je les ai pris au *Petit Dunkerque* *, et puis, hier encore, j'ai acheté au Palais-Royal des en-cas pour la pluie. Vous savez bien, ces redingotes de taffetas gommé, pliantes, qu'on met dans sa poche ou dans un sac. Pour Nini, j'ai une bourse à filet de soie toute brodée au tambour, une fausse montre à baromètre, des boucles

* Célèbre boutique du quai de Conti.

d'acier pour remplacer ses boucles d'argent démodées, bref, j'ai de quoi miser dans sa corbeille de noce.

Le marquis l'écoutait babiller d'une oreille, content qu'elle eût oublié sa question. Il n'avait pas encore une date de départ ferme à lui donner. L'évasion de la famille royale, pourtant, ne semblait pas proche, ni même probable. La Reine, Fersen, ses plus chers intimes, personne n'avait su persuader le Roi qu'il était grand temps d'aller se mettre à l'abri loin de Paris. Malheureux, bon et bonasse, confiant en son innocence et dans l'oint du Seigneur, Louis XVI, lui aussi, espérait en la fête de la Fédération. Et puis, qu'il eût perdu de l'amour de son peuple, qu'il fût désormais en danger au milieu de lui, il ne voulait pas le croire, de tout son être il ne le croyait pas.

N'ignorant pas l'humeur du Roi, Roquefeuille aurait pris sans plus tarder la route du Berri, si Fersen ne l'eût prié de rester encore un moment, pour emporter avec lui, jusqu'à Orléans, un paquet de courrier chiffré. A Turin la cour du comte d'Artois grossissait, en même temps que son rêve contre-révolutionnaire. Entre la cour en exil et la cour prisonnière circulait maintenant une très active correspondance secrète, que traquaient les cavaliers de la maréchaussée. La garde et le peuple de la frontière savoyarde vivaient dans la hantise de laisser passer le traître chargé d'ouvrir la France à l'armée d'Artois. Les conspirateurs, prudemment, changeaient de messager à chaque envoi. Le prochain devait être le chevalier de Bonne-Sarlin, qui pour l'heure résidait chez son père, en Orléanais.

Le premier jour de l'été n'était plus loin quand l'homme de confiance de Fersen vint apporter, rue Royale, le paquet de courrier. Plus rien, cette fois, ne retenait le marquis à Paris. Suzanne fit les bagages, et les Roquefeuille s'en furent passer leur dernière soirée parisienne à l'Assemblée. Chauvigné leur avait donné deux entrées pour la séance de nuit. Il ne savait pas qu'on y jouerait dans un climat de kermesse une tragédie mortelle pour tout un monde, qui était le sien.

Les plus enragés des révolutionnaires voulaient avec passion abolir la noblesse, vieille chose déjà morte pour eux, et qui gênait l'avènement d'une société nouvelle, égalitaire. Leur projet jusqu'ici avait fait long feu, mais venait de rencontrer l'ambition de deux députés, les frères Lameth. Charles de Lameth voulait la place de La Fayette à la tête de la Garde, Alexandre voulait la présidence du club des Jacobins. Pour les pousser jusque-là il leur fallait l'amour du peuple, et faire voter l'extinction de la noblesse leur semblait un sûr moyen de l'acquérir. Les Lameth avaient si bien préparé leur affaire que, mis à part leurs complices, aucun autre député ne se doutait, en s'asseyant à sa place le 19 juin au soir, du spectacle qu'il allait voir, et qui débuta par une explosion de couleurs.

Un carnaval, gravement introduit par les huissiers, fit irruption dans le Manège. Prussiens, Hollandais, Allemands, Russes, Anglais, Espagnols, Turcs, Arabes, Indiens, Tartares, Persans, Chinois, Mongols, Tripolitains, Suisses, Polonais, Italiens, Grisons, Suédois et Nègres, une soixantaine de « délégués », tous portant la livrée de leur pays, réclamèrent verbeusement, pompeusement l'honneur de dire leur admiration et leur reconnaissance à la Nation française, créatrice de la Liberté de l'Homme, espérance de tout le genre humain. Pour mener la mascarade les Lameth avaient trouvé Cloots, un aventurier prussien, et réuni autour de lui de la bohème étrangère toujours à l'affût d'un pourboire et ravie de se déguiser — l'Opéra avait fourni les costumes.

Le peuple des tribunes était parisien, il aimait le théâtre, il adora ce prologue-là. Ivre de voir l'univers à ses pieds il battait des mains, trépignait de joie, hurlait sa fierté, et ses promesses de faire toujours plus et mieux pour le bonheur de l'Humanité. Aux conjurés il ne restait plus qu'à enchaîner sur un si beau début. Alexandre de Lameth grimpa au perchoir, clama que rien en France, phare du monde libre, ne devait plus rappeler aux hommes que certains d'entre eux avaient vécu dans la servitude et l'humiliation. Tous les vestiges de l'orgueil, il fallait les détruire ! Charles ajouta, d'une voix vibrante, qu'au seuil de l'âge de l'Egalité il demandait la faveur de déposer le fardeau de sa noblesse. « Oui, oui, oui ! s'écria le député Lambel, c'est aujourd'hui le tombeau de la vanité ! Que la noblesse périsse ! Qu'il soit défendu à tout citoyen de prendre la qualité de marquis, de comte, de baron, de chevalier, de... de... de... »

La tempête des vivats, traversée de huées, emportait ses mots. Maintenant les orateurs abolitionnistes se bousculaient au perchoir, soutenus par des bravos de sauvages. La claque des Lameth avait été bien arrosée. Dans la salle on vociférait de tous côtés, hissé sur son banc ou accroché au trône du président dont la sonnette dansait en vain, muette au milieu du vacarme. A droite on s'époumonait pour obtenir l'ajournement de la discussion, à gauche on rugissait pour mettre aux voix, et par-dessus la bataille le peuple souverain exultait, et saoul de sa puissance exigeait qu'on suivît la gauche, qu'on votât dans l'instant la mort de la noblesse. Alors on vit le pire, du moins Aimé de Roquefeuille, figé sur son siège et blanc jusqu'aux lèvres, jugea-t-il qu'il voyait le pire : des victimes courir à la tribune porter de l'aide à leurs bourreaux, pour ramasser leur part des applaudissements de la populace. Là, sous ses yeux, le marquis de La Fayette se joignait « de tout son cœur », de toute sa hâte, de tout son gosier au vœu des conjurés, le baron de Menou, le comte de Sillery, le vicomte de Noailles braillaient « Aux voix ! » aussi fort que Barnave. « De cet instant je m'appelle Louis-Michel Le Peletier ! » cria le président de Saint-Fargeau, aussitôt suivi par les clameurs de tous les étourdis pressés de se débarrasser d'eux-mêmes en échange d'un bravo. Bon dernier, le jeune Mathieu de Montmorency, gémissant d'arriver si tard au sacrifice, demanda qu'on n'oubliât point de faire partout effacer, gratter, fondre, casser les armes et les armoiries, pour anéantir jusqu'au souvenir de la chevalerie. Deux ou trois paires de mains à peine, du bout des doigts, saluèrent sa félonie.

— Mon Dieu, murmura Roquefeuille, un Montmorency !

Il en avait les larmes aux cils. Le comte de Guiers, un habitué de la galerie assis près de lui, ricana.

— On lui a donné pour maître l'abbé Sieyès, dit-il. L'abbé a bien travaillé pour le tiers ; il a enseigné à son élève le mépris de lui-même, et le voilà qui se fait de bon cœur orphelin, comme si ce jeune sot pouvait jamais être autre chose qu'un héritier !

De nouveau, pendant tout un moment ils écoutèrent se heurter les appels aux voix et à la suspension, puis le comte de Guiers reprit :

— Pour moi, mon choix est fait, et je me suis choisi. Que cette assemblée en folie vote ou non ma mort, elle ne m'empêchera pas de vivre en gentilhomme.

— Vivre autrement, il faudrait pouvoir, dit Roquefeuille. On ne se change pas si aisément. Un trait de plume n'y suffira pas. Les abolitionnistes l'espèrent-ils ? Croient-ils vraiment que nos armoiries font de nous les pires ennemis du bonheur du peuple ?

Comme s'il voulait lui répondre, soudain dressé debout, le comte de Faucigny-Lucinge cria vers les tribunes :

— Vous êtes distraits ! Vous détruisez les armes de la noblesse, mais vous conservez les leurs aux banquiers, aux usuriers, aux enrichis d'hier. Au-dessus de vous, quand vous n'aurez plus la noblesse, vous aurez encore l'argent !

« A la lanterne ! » hurlèrent les tribunes, et elles continuèrent de le scander avec fureur, poings levés, pendant que l'abbé Maury, enflammé de rage, répétait de toute la force de sa poitrine :

— Attention ! Vous qui ne voulez plus de nobles, vous aurez des riches ! Vous qui ne voulez plus de roi, vous aurez cent roitelets ! Vous qui ne voulez plus de Dieu, vous aurez cent messies ! Vous qui ne voulez plus de loi, vous aurez la rue !

La rue était déjà dans l'Assemblée, et déjà triomphante. L'abbé Maury épuisé s'enrouait, et même Mirabeau, pourtant gagné au Roi, n'osait pas risquer sa popularité fléchissante dans un combat contre les tribunes. Pendant une accalmie du tumulte le député Le Chapelier réussit à lire le projet de décret qu'il avait préparé ; les conjurés, à l'arraché, le firent mettre aux voix, et le décret passa.

« Il a voté l'abolition, mais au moins n'est-il pas monté plaider sa cause à la tribune », pensait Roquefeuille en se levant, le regard encore posé sur Chauvigné. Etait-ce seulement la présence de son oncle, dans la galerie la plus en vue, qui avait empêché le descendant de tant de barons normands et de tant de marquis berrichons de se conduire comme un bateleur affamé de plaire, comme un Noailles ou un Montmorency ? Aimé se retourna vers Louison, qui venait de lui parler à voix trop basse.

— Que me dites-vous ?

Elle prit un temps avant de le redire. Depuis un bon moment elle se tenait muette, crispée dans son écoute, et ses premiers mots lui venaient mal.

— Je vous demandais, je me demandais si ce vote... Est-ce un vote pour de bon ? ... signifiait quelque chose ? Quelque chose pour nous ? Tout cela m'a semblé si irréel...

— Hélas, ce ne l'est qu'à moitié, dit le marquis. L'Assemblée de ce soir n'avait pas les pieds sur terre, mais son vote n'y fera pas moins la loi.

— Il nous reste le veto ! dit brutalement, à côté de lui, le comte de Guiers.

— Oh ! le veto ! soupira Roquefeuille.

En donnant au Roi le droit de veto on ne lui avait pas donné le courage avec.

Roquefeuille prit Louison par la main, pour mieux la guider à travers la cohue. Le brouhaha du Manège se vidait sur la terrasse des Feuillants, s'étalait dans le jardin, emplissait le *Café Saule*. Quelques pétards explosèrent sous les marronniers, pour commencer de fêter la victoire du peuple. Une jeune voix jeta gaiement : « Allons au Palais-Royal porter la bonne nouvelle à monsieur Philippe Capet ! » et une tornade de rires secoua son entourage. La ribambelle des rieurs, en dansant, s'enfila dans la ruelle des Feuillants. Roquefeuille emmena vite Louison vers le Carrousel : il n'avait pas envie de laisser à Chauvigné le temps de les rejoindre.

Il n'avait pas envie de parler. Savait gré à Louison de marcher en silence à son côté. Malgré ce qui venait de se passer il se sentait si exactement pareil à ce qu'il était trois heures plus tôt qu'il s'en effrayait presque. On tire un poisson hors de l'eau, on lui commande de vivre au sec désormais. Le poisson doit-il se réjouir de se retrouver poisson comme devant, dans l'air aussi bien que dans l'eau ?

Sur la place du Carrousel, quelques personnes déjà attendaient que leur cocher eût sorti leur voiture du méli-mélo des équipages garés là. Roquefeuille et le baron de Landenberg-Wagenbourg se saluèrent. Le baron semblait très abattu.

— Il faut voir les choses en face : de ce soir l'Assemblée nationale ne représente plus qu'une partie de la France, celle qui veut bouleverser le pays, dit-il au marquis. Je sais déjà comment la noblesse d'Alsace prendra ce vote : pour une déclaration de guerre.

Le magistrat parisien qui l'accompagnait l'approuva de la tête.

— Monsieur, vous voyez juste. Nous venons de mettre beaucoup de Français au rang des morts, mais ils sont vivants. Ahuris aujourd'hui, furieux demain. Loger des citoyens furieux n'est point bon pour la paix d'un royaume, point bon du tout pour le bonheur de ses habitants.

— Je crains que la recherche du bonheur n'intéresse plus guère les Français, dit Roquefeuille. Les voilà lancés à la chasse de si grandes idées ! D'un monde si parfait ! Malheureusement, l'âge d'or est toujours l'âge de demain. On n'en a jamais que les fatigues de l'approche.

Leur voiture arrivait. Toupinet sauta à terre, leur en ouvrit la portière.

— Eh bien, dit Louison en se calant dans son coin, je dirai comme monsieur de Guiers : mon choix est fait. J'ai choisi d'avoir l'humeur de mon père.

Elle déclama :

Le vent peut bien agiter mon feuillage
Mais, ferme et droit, mon front brave l'orage !

— Je reconnais que la devise de Conti ne va pas mal pour l'heure, dit le marquis dans une ébauche de sourire.

Il se pencha à la portière pour crier un ordre à Toupinet, et ils essayèrent de parler d'autre chose. Tous les deux pensaient à Matthieu, au vote du renégat. Lui y pensait avec amertume, elle avec colère, et ils ne voulaient surtout pas se le dire.

Quand ils arrivèrent à la Folie-Poupette ils virent, dans la cour d'entrée, le cabriolet de Beaumarchais. L'Ami Charmant, dans le salon, s'occupait passionnément à une réussite, sous l'œil attentif de Mme Marais.

— Attendez ! Par grâce, ne me troublez point ! jeta-t-il, avec un geste de la main, à Louison qui s'avançait pour une embrassade. Je crois que ma patience va réussir, et je lui ai posé une question d'importance.

Marianne, rieuse, s'était levée.

— L'Ami Charmant voudrait marier sa fille au second fils de monsieur de la Borde. La Borde hésite, et Beaumarchais demande l'avis des cartes, chuchota-t-elle aux arrivants.

— Mais Eugénie n'a que treize ans ! s'exclama Louison à mi-voix.

— L'Ami pense que la fille d'un vieux père doit être mariée à quinze ans, avant d'être orpheline, dit Marianne sur le même ton. Et il pense aussi qu'un Caron, fût-il de Beaumarchais, doit s'y prendre tôt pour mettre un la Borde dans le lit de sa fille. Le frère aîné vient d'épouser une Noailles.

Un lent sourire vint au marquis, de moquerie triste. Il se rapprocha du joueur, attendit que fût retournée la dernière bonne carte de la réussite, et alors affectueusment pesa de la main sur l'épaule de Beaumarchais.

— Mon ami, puisque vous êtes en chance tentez-la donc encore une fois, pour savoir si demain il fera toujours bon s'appeler madame de la Borde plutôt que mademoiselle Caron ?

Beaumarchais le regarda d'un air si effaré que le marquis eut un rire. De la tête il fit « Non » à Louison qui ouvrait la bouche. Il était trop las de ce qu'il venait d'entendre pour supporter qu'on le répétât. L'ami Beaumarchais, qui s'était anobli tout seul et ne faisait qu'emménager dans les plâtres encore humides de son palais, saurait toujours assez tôt qu'il parvenait dans son rêve juste à l'instant où il n'y ferait plus bon vivre.

— Je voulais dire, reprit le marquis, que dans deux ans mademoiselle Eugénie n'aura peut-être plus envie du petit la Borde. Le cœur d'une jeune fille est aussi changeant que le cœur du peuple.

Les Roquefeuille partirent le lendemain. Descendu le premier dans la cour sur le coup de cinq heures, le marquis eut la surprise d'y trouver Chauvigné discutant avec Toupinet.

— Je suis venu vous apporter un passeport, dit tout de suite Matthieu, en tendant le papier à son oncle.

— Mais j'ai déjà un passeport ! dit le marquis.

Il ajouta d'un ton railleur :

— Ne vaudrait-il plus rien parce qu'il fut rédigé du temps des marquis ?

Matthieu cilla, rougit un peu, dit rapidement :

— Non. Et je me doutais que vous aviez déjà votre passeport. J'ai seulement voulu vous en avoir un second, signé par le maire lui-même et contresigné par La Fayette. Il pourra vous éviter des fouilles et des retards. En ce moment, les gendarmes des relais voient des suspects et des émigrés dans toutes les voitures, surtout s'ils n'ont rien de mieux à faire.

— Alors, merci, dit le marquis en prenant le passeport.

Matthieu hésita, s'ôta comme un chat de la gorge, dit enfin, en fixant le marquis droit dans les yeux :

— Mon oncle, je crois à l'égalité des hommes, et je n'y crois pas que d'hier. Je crois que la part de dignité qui revient à chacun doit être la même pour tous au départ de la vie, et qu'ensuite les distinctions ne doivent venir que des mérites.

Le marquis, bienveillamment, serra un instant le bras de son neveu.

— Matthieu, je le savais, dit-il. J'espère que vos amis y croient autant que vous, y croiront demain autant qu'aujourd'hui. J'espère qu'ils ne feront pas de l'égalité un métier, avant d'en faire une dictature.

Il agita le passeport :

— Encore merci pour cela.

— Je vous prie de souhaiter un bon voyage à ma tante, dit Matthieu, après un coup d'œil au perron encore vide.

— J'ai entendu Suzanne la réveiller, dit le marquis. Montez lui porter votre adieu vous-même. Elle vous recommandera Soraya. Nous la laissons chez sa grand-mère, où son père la viendra prendre pour la garder tout l'été. Allez la voir rue des Jeux-Neufs. Cette enfant vous aime.

— Je lui ai offert sa chatte blanche, dit Matthieu en souriant.

Roquefeuille le regarda bondir par-dessus les marches du perron, soupira, déplia machinalement le passeport et retrouva son sourire moqueur. Là-dessus il n'était déjà plus que le sieur Roquefeuille, Louis-Aimé, ci-devant marquis de id., citoyen actif. Il se demanda s'il faudrait aussi déchoir Baronne, la chatte de Soraya ? La belle était fort coquette, et hautaine. Elle n'aimerait pas cela.

IV.

Le jour des cerises

22

Le temps, un peu venteux, était doux au visage. Le marquis respira fort en ouvrant la bouche, pour mieux goûter l'air savoureux. Il sentait la rose. Les rosiers noisette et les rosiers de Bourbon remontaient, généreusement. Verte-Fontaine entrait bien fleuri dans un automne délicieux, comme presque toujours.

Depuis un bon moment, accoudé au muret de la terrasse du midi, Aimé se laissait fondre dans son paysage. Dès que la vapeur légère, bleue, mouvante du soir s'installait sur le bocage, son faible vallonnement infini donnait à son âme la sensation de s'en aller flotter sur un océan. Les grands carrés jaunes des blés moissonnés, les grands carrés verts des pâturages, les masses noires des bois s'étaient estompés ; au loin il n'en restait qu'une vaste ampleur floue ondulée par le blanc moutonnement des troupeaux, mourant dans l'autre ampleur du ciel.

Pourquoi Paris existait-il, fiché comme un énorme aimant au cœur du Royaume ? Aimé avait eu l'intention de ne regagner Paris qu'en novembre, après l'habituel été de la Saint-Martin. On n'était qu'à la fin septembre, et il fallait partir. Les dernières nouvelles qu'il avait reçues du comte de Fersen l'y poussaient. De plus en plus anxieux pour le sort de la Reine, Fersen souhaitait presser l'évasion, avant que la multiplication des complots avortés n'eût rendu plus forte et plus vigilante la méfiance de la Commune. Déjà le Comité des Recherches ne chômait pas ! Il tenait une dizaine de suspects dans la prison de l'abbaye Saint-Germain. Trouvant qu'on ne les pendait pas assez vite le peuple grondait, s'ameutait, injuriait les juges et s'en allait, faute de mieux, casser les armes sculptées sur les hôtels, barbouiller les portières armoriées des voitures, piétiner les jardins. Au nom de l'égalité les « bons » soldats n'obéissaient plus, refusaient les sanctions, prenaient leurs officiers en otages. Et parce qu'à Nancy le marquis de Bouillé avait maté la rébellion de trois régiments. Paris aussitôt avait pris feu, s'était porté en masse à l'Assemblée nationale pour lui réclamer les têtes de Bouillé et du ministre de la Guerre. Au dire de Fersen ils avaient bien été quarante mille à hurler autour du Manège, et déjà les orléanistes leur soufflaient : « A Saint-Cloud ! » où séjournait encore la famille royale, quand enfin La Fayette, ennuyé et à regret, avait fait donner la Garde, sous les huées de la populace. Depuis les jacobins promettaient le général à la lanterne, les empoignades entre eux et les royalistes ne cessaient plus, les duels n'étaient pas rares ; entre aristocrates d'humeurs contraires on se trouait la peau comme à l'âge gothique du Pré-aux-Clercs.

Roquefeuille n'avait jamais eu l'intention d'entrer dans la bataille l'épée à la main. Mais il se souvenait d'avoir offert ses services à la Reine. Si vraiment Fersen tentait quelque chose avant l'hiver, le marquis voulait être à Paris pour ce moment-là.

Il haussa les épaules, contre lui-même. Son loyalisme l'agaçait. Pour se rapprocher de la Cour il prenait bien son temps ! Il eût préféré poursuivre, en tout égoïsme, la reconquête de son bonheur.

Depuis leur retour au château il ne s'y était pas mal employé. Il avait chéri Louison comme une fiancée, avec des lenteurs tendres, des temps de chasteté galante qui ravissaient la coquette et pendant lesquels il ne lui faisait l'amour qu'à fleur de peau, à fleur d'oreille. Ses baisers flânaient longtemps sur le bout de ses doigts, sur les points d'or de ses tempes, sur ses paupières et au coin de ses lèvres avant de lui prendre la bouche. Et quand plus tard il la dévêtait il semblait encore vouloir la protéger de lui, ne remplacer que par pudeur, de ses mains pieuses, la chemise de mousseline. Un jour il avait osé lui montrer ses naïvetés de vieil amant : les premières violettes séchées qu'il l'avait vue cueillir à Verte-Fontaine, un ruban volé à sa robe de mariée, une boucle coupée pendant son sommeil, le mouchoir qu'elle avait déchiré à pleines dents en accouchant d'Aurore. Elle en avait ri mais ses yeux brillaient, et elle s'était câlinée à son épaule.

Si elle se languissait du beau Chauvigné, elle ne le montrait pas. A peine arrivée, elle, si peu ménagère, s'était réinstallée dans sa maison avec une hâte possessive et tatillonne. Amusé le marquis l'avait regardée courir partout, l'œil acéré, avec Babette et Francioune sur ses talons, auxquelles elle ne ménageait pas ses observations. Tambour battant il lui avait fallu des meubles et des carreaux cirés de frais, luisants, embaumés, un bouquet géant d'épis mûrs et de bleuets dans l'antichambre, un bouquet rond sur la commode du salon neuf, des faïences éclatantes sur les dressoirs, les assiettes de Nevers sur la table, les tableaux redressés, les fauteuils et vingt bibelots remis à leurs justes places, des bûches de joli bois prêtes pour la flambée dans les tristes cheminées de l'été. Aimé, ragaillardi, se promenait derrière sa châtelaine, retrouvait avec le sourire tous ses petits bonheurs d'être désormais chez elle là où il avait été le maître depuis la nuit des siècles. Aujourd'hui regagnait hier. Le voyage à Paris n'avait pas eu lieu. Ni Matthieu.

Aimé poussa un gros soupir. Parce qu'il venait de relire la lettre de Fersen et de prendre sa décision déjà il se sentait retourné en exil sur le Mont-Martre, coincé dans la toute petite chambre d'une toute petite maison. Et Louison s'envolait de lui, emportée par l'air de Paris dans ses tentations et dans les désirs des autres, de l'autre. « Marquis, secoue ton romantisme, tu es de bien avant ce mal-là, se railla-t-il. Tu es, mon cher, d'une caste et d'un temps où on ne faisait pas de l'amour une tragédie, ni du mariage une prison bourgeoise. Par fortune on t'a élevé dans un monde bien fait où la bienséance l'emportait sur le goût de la vérité, le choix de vivre à peu près content sur le goût du drame. »

D'en bas lui parvinrent soudain les voix croisées, animées, de Nini et de son mari, qui s'en allaient avec Baptiste vers le côté du potager.

Ebloui par sa femme, pressé de se faire des racines à Verte-Fontaine, l'ancien capitaine des Gabelles se prenait de passion pour l'agriculture. Mme de Palluault, par affection pour Nini, avait imposé Antoine de La Roche aux gentilshommes peu ou prou physiocrates qui fréquentaient chez elle. Et là, dès les premières semaines, il était apparu que « le gabelou de Nini » méritait quelque estime par lui-même. Acharné à l'étude et à l'expérimentation il travaillait sur le domaine des Roquefeuille comme s'il devait, chaque jour, y conquérir sa place du lendemain. Il étonnait par le progrès de ses connaissances et, ma foi, n'exprimait pas mal ses idées. Les châtelains les plus ouverts commençaient de lui parler de bon cœur, d'autant que la démocratie était dans l'air, que même ceux qui n'en voulaient pas la respiraient. En sus, pensait Roquefeuille en suivant son beau-frère de l'œil, maintenant que la Révolution l'avait tiré de son uniforme haï, maintenant qu'il s'habillait comme tout le monde de droguet beige ou gris, il faisait un gentilhomme fermier d'aussi bonne allure qu'un autre, et mieux bâti que beaucoup d'autres. Alors, tout bien pesé, le marquis se pardonnait d'avoir dit oui à Nini.

Nini chantait. Riait, gazouillait. Elle ressemblait à un oiseau qui sort d'un interminable printemps froid pour découvrir le plein été dans un cerisier en fruit. Sa petite sœur ne lui avait jamais paru triste et pourtant, aujourd'hui, il découvrait sa tristesse passée, son étiolement dans une décente résignation. La violence de cette fin de siècle avait donc permis cela : la résurrection et le bonheur de Nini. Et sans doute aussi l'espérance de toutes les demoiselles pauvres trop bien nées, qu'hier encore on eût envoyées moisir dans un couvent sans se poser de questions, plutôt que de les donner à un roturier.

Parfois, comme en cet instant, le marquis sentait la vie autour de lui se peupler de réalités nouvelles, jeunes, palpitantes, et il avait presque envie de secouer son indolence pour essayer de les toucher. Bouger, sortir de soi et de son héritage, s'en aller à l'aventure creuser son destin parmi les hommes, tous les hommes, voilà peut-être ce qui, demain, s'appellerait vivre ?

Il se redressa face à l'horizon, bougea ses épaules et ses bras comme pour se dérouiller. Il n'attendait pourtant rien de lui, rien de neuf. La nostalgie de l'enthousiasme ne vous refait pas le sang vif. Demain il aurait cinquante ans dans un monde plein de chahut et de surprises, fait pour des gens de vingt ans. Il se tourna vers l'appartement de Louison. Souvent à cette heure elle aussi venait sur la terrasse, voir s'embrumer le paysage. Ce soir, elle ne sortait pas.

Allongée sur son lit elle boudait contre personne, par ennui. Il y avait des jours où le corps de Matthieu lui manquait trop. Enfin ce méchant jour morose finissait. Sa chambre, pourtant close, s'imprégnait de fraîcheur : le soleil avait quitté ses fenêtres. Quand assez de noir eut empli la pièce elle se releva pour allumer deux bougies. De hautes ombres tremblotèrent sur les murs, filant parfois jusqu'au plafond. La danse des flammes ne l'égaya pas, et pas davantage le chatoiement doré que la troisième bougie de son chevet mit sur la soie cerise de ses courtines. Son joyeux décor Louis XV rouge et bleu, ce soir, ne la ranimait pas. Il renfermait un tel silence... Là-bas, dans un autre monde, à cette heure crépusculaire le Palais-Royal devait bruire et briller, mousser de tous les plaisirs. Elle s'aperçut qu'elle avait envie de pleurer quand, étonnée, elle recueillit des larmes sur ses joues. Fâchée de son humeur elle se moucha avec colère, s'adossa à ses oreillers, contempla, à travers ses fenêtres, le ciel qui pâlissait, assez pour laisser voir une lune fantôme perdue dans un désert encore sans étoiles. La claire silhouette du marquis se découpait sur cette mélancolie, accoudée devant le paysage. Louison s'arracha de son far niente.

Comme toujours lorsqu'elle voulait paresser elle s'était déshabillée, pour ne garder sur elle qu'un simple peignoir de coton blanc. Le mince tissu tiédi plaquait à la peau de ses seins et de ses cuisses avec l'impudique élégance d'un voile de sculpteur drapant une déesse, et la chair qu'il révélait n'avait pas moins de ferme beauté. Elle se jeta un coup d'œil dans le miroir de sa coiffeuse, passa telle quelle sur la terrasse. Le marquis se retourna et lui tendit ses deux mains, l'accueillit avec ce sourire profond, ce grand sourire d'âme qu'il lui réservait.

— Dieu merci, l'heure est pudique et le jardin vide, dit-il. Je serais jaloux que votre négligé tombât sous d'autres yeux que les miens.

— Oh ! pardon, fit-elle avec une fausse confusion. Je suis sortie de ma chambre sans y faire attention.

— Dans ce cas, rassurez-vous, votre laisser-aller est tout à fait comme si vous l'aviez étudié : d'une hypocrisie ravissante, dit-il avec malice.

Elle eut une gorgée de rire, la première depuis le début de l'après-dînée. Ses mains restées dans celles du marquis, haussée sur la pointe des pieds et penchée en arrière, elle se laissa, par jeu, ramener à lui de vive force, ferma les yeux pour qu'il lui baisât les paupières.

— Le bleu de votre regard est frais à boire même à travers votre paupière, dit-il tout bas.

Elle lui donna un petit coup de tête à l'épaule, contente du compliment subtil.

— Aimé, si j'allais m'envelopper vertueusement d'un châle, m'emmèneriez-vous jusqu'à la Verduronne ? J'ai envie de marcher, et le souper est encore loin.

— Allons, dit-il.

Il n'y avait personne qu'eux deux au bord de la cressonnière. Assis sur le vieux banc moussu de la fontaine, ils ne se parlaient pas beaucoup, et de pas grand-chose. Les paroles sortaient engourdies de leurs bouches comme, sans doute, la pensée de leurs esprits. Louison sentait ses nerfs, « ses impatiences » se dénouer dans l'air mou du vallon qui déposait, sur ses joues, un peu de la poussière d'eau cueillie sur la rivière déjà noire de nuit. En cet instant elle savait gré au marquis, infiniment, de toujours trouver pour elle des mots gentils, les douces futilités inattendues qui mettaient tant d'élégance, tant de grâce dans leurs rapports. Il avait le talent d'être un mari charmant et ne le perdait pas à l'usage.

— Aimé, je suis bien, murmura-t-elle. Je n'étais pas de si bonne humeur tantôt.

— Non. Vous ne sembliez point à l'aise.

— L'aurais-je montré ?

Il lui sourit.

— Je vous ai déjà dit que je pouvais lire dans le bleu changeant de vos yeux. Quand vous êtes heureuse j'y vois passer des hirondelles. Aujourd'hui j'y voyais plutôt fuir des troupeaux de nuages. Pourquoi, ma mie? Trop de campagne? Pas assez de Paris?

— Trop de frivolité, soupira-t-elle. Pas assez de constance.

Brusquement elle se pencha en avant, jeta ses deux mains, griffues comme celles d'une chatte apeurée, sur les poignets du marquis.

— Jurez de continuer à m'aimer comme je suis, sans jamais vous en fatiguer!

— Ai-je jamais fait autre chose? demanda-t-il après un temps.

En revenant vers la maison ils entendirent l'archet de Blanchette râper douloureusement, sur son violon, une mélodie de Rousseau.

— Maintenant que Blanchette s'est remise au violon et Alix au clavecin, je quitterai Verte-Fontaine avec un peu moins de chagrin qu'à l'ordinaire, plaisanta le marquis.

— Je ferai bientôt clocheter le souper, le rassura Louison. Il y a de la tarte aux quetsches. Pour boire avec, ne nous offrirez-vous pas de votre bon vin de Monbazillac?

— Faites-moi penser, quand nous partirons, d'en mettre six bouteilles dans la voiture, dit le marquis. J'ai promis à votre ami Morris, qui se soigne tout avec des bordeaux, de lui faire goûter celui-là.

23

Gouverneur Morris éleva son verre dans la lumière du chandelier, fit miroiter le vin jaune à travers le cristal endiamanté. Ce nectar du village de Monbazillac avait juste la couleur de l'or fin, son luisant soyeux. Morris le respira avant d'en reprendre une gorgée, qu'il roula dans sa bouche avant de l'avaler.

— Du miel ! s'exclama-t-il. Du miel de raisin muscat. Suave presque à l'excès.

De nouveau il leva son verre, cette fois dans la direction du marquis de Roquefeuille.

— Monsieur, votre vin de dessert est parfait.

— Ce n'est point qu'un vin de dessert, dit le marquis, et point tout à fait un vin bordelais. Il vient des coteaux de la rivière Dordogne. On gave des oies dans ce coin-là, qui donnent de merveilleux foies gras, auxquels le vin de Monbazillac convient fort bien. Venez un jour à Verte-Fontaine à la saison propice, et je vous ferai goûter de ce mélange-là.

— Plus j'en sais sur la France, plus j'ai envie d'en savoir encore, dit Morris. Pourquoi diable les Français la veulent-ils tant changer ?

Il mâcha une autre bouchée de vin, consciencieusement, avant d'ajouter :

— Est-ce bien ainsi, monsieur, qu'on doit boire votre vin ? Avec précaution, lenteur et révérence de langue ?

Roquefeuille lui sourit.

— C'est bien ainsi, monsieur. Encore un peu de temps chez nous et vous ferez un bon Français. La France naturalise vite un voyageur de bonne volonté.

— Quel paradoxe, remarqua l'amiral Jones, dans un moment où tant de Français ne rêvent que d'être américains !

— Oh ! non, soupira Louison pour ses voisines, oh !

non, ils vont se mettre à parler de la Constitution ! Je ne veux pas écouter. Tante Mado, vous n'aviez pas fini de me raconter les toilettes de la fête de la Fédération. Je meurs d'avoir manqué l'occasion de porter une robe tricolore.

— Je suis sûre, dit Mado Prévost, qu'au printemps prochain ces robes-là ressortiront dans les allées du Palais-Royal. Elles sont d'une gaieté !

— Parlez-nous des chapeaux qu'on voyait avec, demanda Louison.

Sans se faire prier la tante Mado entama la description des pailles à gros rubans bleu-blanc-rouge qui fleurissaient le Champ de Mars pendant la grand-messe du dernier 14 juillet.

Le souper s'achevait sans façon, dans un désordre délassant, les dames d'un côté, les hommes de l'autre. Elles s'étaient légèrement écartées et groupées en bouquet ; eux demeuraient les coudes sur la table, à finir leur bouteille de vin. Suzanne et dame Pomme posaient quelques dernières friandises à la portée de toutes les mains. Le dessert était venu de chez Ragueneau, le meilleur pâtissier de la rue Saint-Honoré. Mme Marais, qui recevait pour la première fois depuis le retour des Roquefeuille, avait voulu, du même coup, offrir un gros régal à Louison, pour la consoler de ses vingt-cinq ans. La marquise les avait eus en octobre. Et bien qu'elle défendît avec âpreté qu'on en parlât, aux présents discrets elle tendait les mains et ouvrait la bouche. Sans mot dire, Mme Marais avait convié à la Folie-Poupette, pour ce soir de décembre, de la compagnie que sa fille aimait. L'amie Solange et son vieux mari charmant, la tante Mado, l'amiral Paul Jones et Mme Aimée venus en voisins, et puis Gouverneur Morris, plus en vogue que jamais depuis son retour à Paris, au point, pensait Marianne, que c'était avoir gagné à la loterie que de le voir assis à sa table !

Que les beaux yeux de Louison n'y fussent pas pour rien Marianne s'en doutait, et osait s'en réjouir. On ne lutte pas contre les mœurs. Puisque dans ce pays, tôt ou tard un mari devait passer la main, autant que ce fût à un étranger plutôt qu'à son neveu. Marianne détestait le choix de Louison, et plus encore que Chauvigné s'incrustât dans la place. L'Américain lorgnait la marquise avec un intérêt gourmand. Pour que Louison s'en allât oublier Chauvigné dans ses bras, sa mère comptait sur la mode. Le don Juan à la jambe de bois était assez couru des dames pour que sa prise semblât bonne à une coquette. Or pour le prendre, le moment était propice. Naguère Morris avait été assez fidèle à la jolie comtesse de Flahaut, mais la jolie l'avait beaucoup trompé pendant son absence ; à son retour il avait trouvé le jeune lord Wycombe enniché chez elle, et n'avait pas aimé cela. Le puritain du Massachusetts ne s'était pas encore assez emparisianisé. Il boudait, bien que M. de Flahaut et l'évêque d'Autun l'eussent, au débotté, réinstallé dans l'intimité de leur femme. Avoir la préférence du mari, du mari-de-cœur et même de la comtesse ne lui suffisait pas. Il voulait aussi que la comtesse lâchât Wycombe, et la comtesse ne le voulait pas : Wycombe possédait un château en Angleterre, et si jamais les Flahaut devaient émigrer... Vexé Morris cherchait à punir la coquine, et Marianne le voyait courtiser Louison presque ouvertement. Flanqué de Paul Jones et de Mme Aimée pour chaperons il l'avait emmenée à l'Assemblée nationale, à l'Opéra et en promenade au Jardin du Roi. Souvent il montait la voir rue Royale, lui contait l'Amérique avec des mots miroitants, et quand il faisait un quatrain galant — et boiteux ! — c'était pour elle. Alors, un jour, peut-être ? se disait Marianne, son beau regard de châtaigne mûre posé avec plaisir sur l'Américain. Si elle-même avait encore eu ses trente ans... Une vague de désir la balaya, l'inonda de détresse. Une amoureuse ne devrait pas perdre son droit aux hommes, c'est douleur trop profonde. Soudain irritée du babillage féminin qui l'entourait elle recula un peu sa chaise, s'éventa, s'efforça de suivre de loin, au moins sur les lèvres de Morris, la conversation des hommes.

L'Américain était en train de répondre à une question du marquis de Courtray.

— J'ai trouvé la Hollande et l'Angleterre très prospères, et enchantées des malheurs de la France.

— Il n'y a, hélas, pas à douter de leur contentement, soupira Roquefeuille. De l'étranger, on nous voit donc très mal en point ?

— Vous l'êtes ! s'exclama Morris. Votre révolution est manquée. Vous aurez de la peine à en tirer du bien plutôt que du mal.

Il y eut un temps de silence. Le franc-parler parfois brutal de l'Américain provoquait des moments de surprise dans les salons français, où l'élégance de dire primait l'efficacité. Le plus souvent Morris ne s'en apercevait pas et continuait de bon cœur sur sa lancée, comme il le fit ce soir-là :

— Au lieu de seulement s'efforcer de corriger ce qui n'allait pas, la France s'est égarée à la poursuite d'une folie métaphysique. La constitution qu'elle veut serait bonne pour des anges. Mais si, au lieu d'elle vous examinez les réalités, vous voyez une débâcle. L'exécutif et le législatif impuissants, la justice à vau-l'eau. Vous n'avez plus qu'un roi mendiant de l'amour, sans amis, sans argent, sans pouvoir. Une assemblée à la merci des clubs et de la rue. Des juges et des officiers apeurés, inertes, un peuple versatile et fougueux qu'on a libéré de tous ses freins en lui ôtant le respect de Dieu et le respect de la Loi. Oui, vraiment, la France se porte assez mal grâce à ses seuls efforts pour que ses ennemis s'en frottent les mains.

En parlant il avait haussé le ton, si bien qu'à présent tout le monde l'écoutait. Les dames se rapprochaient de la table. Il s'en rendit compte, ajouta vite :

— Pour moi j'en suis triste, car la France m'est chère. Je l'aurais souhaitée en mesure d'inspirer sa politique à l'Europe. L'Amérique a besoin d'une Europe en bonne santé dominée par la France, qui est notre amie.

Une petite toux sèche avertit que le marquis de Courtray demandait la parole pour sa voix fluette. Morris le regarda.

— Cher monsieur Morris, dit le vieux gentilhomme, la France a connu d'autres avatars, et n'en est pas moins restée la France. Demain, vous au moins la retrouverez forte, riche et amène, et rayonnante.

— J'espère bien, dit Morris, qu'elle se remettra dans son assiette un jour, mais pas demain. Je crains qu'il ne lui faille, avant cela, subir de longues années de misères.

— Pensez-vous à la guerre ? demanda Roquefeuille.

Morris ne songea pas à voiler son pessimisme.

— Oui, dit-il, je crois que la guerre vous sera déclarée dès que vos voisins verront la France assez désarmée par l'anarchie pour faire une proie facile.

— Une proie facile ? Zounds ! Gouverneur ! Imaginez-vous les Français terrés chez eux pendant que l'ennemi enfoncerait leurs frontières ?

D'un sursaut l'amiral Jones venait de s'extirper de sa digestion, reprenait du service avec enthousiasme :

— J'ai reçu de Louis XVI une épée d'or : elle est à lui, avec ma vie ! Pendant que ses braves sujets nettoieront ses terres des Prussiens et des Autrichiens, je nettoierai ses mers des Anglais !

— Je ne doute pas, my dear Jones, de votre pressante envie d'en découdre à nouveau avec la Royal Navy, dit Morris en souriant, mais...

Il s'interrompit, écourta son propos :

— La guerre n'est point une jolie chose. Je ne crois pas qu'elle arrangerait les affaires de la France.

— Mon mari pense au contraire qu'elle ressouderait le pays autour de son roi, dit Mado Prévost, entrant dans le débat.

L'Américain secoua la tête.

— Cela, madame, c'est le beau rêve. Si la guerre débute selon les vœux des aristocrates, par une invasion autrichienne, le peuple de Paris massacrera la Reine, et même le Roi si les choses tournent mal aux frontières. Ceux qui appellent l'empereur d'Autriche au secours de sa sœur feront pendre beaucoup de gens, et la pauvre sœur la première.

— Si on la trouve encore aux Tuileries, nota Roquefeuille.

— Ah ! c'est vrai, l'évasion, dit Morris avec l'air d'en douter. J'aimerais aussi la voir réussir. Mais pour le moment je ne vois personne sortir des Tuileries, et bien du monde entrer en prison. L'abbaye de Saint-Germain devient un lieu très bien fréquenté !

— Il ne se peut que tous les projets échouent, dit Louison.

Elle baissa la voix :

— Monsieur de Flahaut n'est-il point à Madrid, pour y discuter d'un plan sûr avec les Bourbons d'Espagne ?

Roquefeuille eut un geste contrarié, et Morris éclata de rire.

— Oh ! madame, dit-il en se moquant gentiment, pensez-vous vraiment qu'un plan soit sûr quand vous en pouvez parler à la cantonade en croquant des confits ?

Il marqua un temps avant de poursuivre :

— J'ai retrouvé Paris truffé de complots royalistes. Dans les salons, les cafés, les jardins, les théâtres, à mon club il est partout question de sauver le Roi, d'enlever le Roi, de le mettre en sûreté à Metz, à Rouen, à Péronne, à Turin, à Madrid, à Coblentz, et encore Dieu sait où ! Hélas, comme dans la comédie de votre ami Beaumarchais tout le monde est dans le secret. Comment diable l'Assemblée et le peuple n'en sauraient-ils rien ?

Un silence passa, pendant lequel on entendit crépiter haut le feu, que Toupinet était venu nourrir. Aimé de Roquefeuille savoura une dernière goutte de vin, versa précautionneusement le bon du fond de la bouteille dans le verre de Morris, commença d'un ton paisible :

— Vous avez, monsieur, la réputation d'être un clairvoyant. L'évêque d'Autun assure qu'il a dix fois vérifié la justesse de vos prévisions. Nous sommes, je vous l'accorde, en plein imbroglio. Comment en voyez-vous le dénouement ?

— Ha ! fit Morris, vous me demandez, monsieur, d'avoir la vue perçante car, je l'ai dit, le dénouement ne me semble pas proche. La France est à la croisée des chemins, dans un temps où les augures doivent compter sur la chance plus que sur leurs talents. Je ne vois pas, monsieur : je pense, et je crois. Je crois... que les Français sont en train de traverser la juste liberté sans s'y arrêter. Je crois... qu'au mieux ils se dégoûteront un jour du désordre et alors en appelleront au Roi, parce qu'un bon roi dont ils pourraient discuter les impôts et les lois est, au fond, ce qu'ils souhaitent le plus constamment. Et je crois qu'au pire... Au pire, au bout de l'anarchie les Français n'auront plus de roi pour les secourir et se fieront à un homme providentiel, au général aventurier qui passera et les enflammera.

D'un regard il prévint la remarque de Louison, lui jeta en riant :

— Et ce ne sera pas La Fayette !

— Gouverneur, dit Jones, je choisis pour la France votre première solution : j'aime Louis XVI.

Ils se mirent à parler des vertus du Roi, des malheurs de la Reine, de la beauté du Dauphin. Morris suivait la conversation du bout de l'oreille : les charmes de la famille royale redevenaient à la mode, il en était las. Son attention allait tout à Louison. Elle s'habillait à ravir ; lui paraissait toujours plus harmonieuse que les mieux vêtues, comme si les couleurs de ses toilettes n'étaient choisies que pour faire chanter les siennes : un bon peintre n'eût pas mieux fait. Ce soir elle portait une robe d'hiver à l'anglaise, en satin rayé rose et brun, et une exquise coiffure tout en boucles longues, abondantes, un peu folles, piquée d'une seule rose de soie corail. La danse des belles boucles sombres sur la peau lactée du cou mettait des fourmis dans les mains de l'Américain. Elle avait une chevelure magnifique, de courtisane, qu'il ne pouvait s'empêcher de voir se dénouer sous ses caresses, inonder la blancheur d'un oreiller. A travers les propos oiseux il tentait de retrouver de loin son parfum, le chatouillis odorant qu'il avait reçu au visage quand il avait arraché la marquise à la canaille du pont Notre-Dame. « Je n'en ai pas assez profité », se dit-il. Chaque fois qu'il la revoyait il se rendait compte qu'il la voulait, ne fût-ce qu'une fois. Il n'aurait pas la malchance qu'elle fût, de toutes les épouses infidèles de ses alentours, la seule vertu, fidèle à son amant ? Il la contempla avec des yeux plus lourds. Elle tourna vers lui son regard, vit qu'on lui faisait l'amour par-dessus la table, cilla, rosit, répondit à la hardiesse de l'Américain par un sourire parfaitement dosé, tenu à mi-chemin de la confusion et de l'émoi heureux.

« Je m'ennuierai passionnément des Françaises quand je serai de retour à Morrisania », pensa Morris. Il avait oublié ses Américaines passées, et devinait qu'il se souviendrait de ses Françaises. Même une peu jolie savait donner le rêve d'elle en même temps que le désir de sa peau. Elles étaient sournoisement faciles et promptes au plaisir, mais chutaient avec une fière grâce de reines conquises de haute lutte. Les plus aimables faisaient même mieux en étant à la fois volages et menteuses, assez volages pour pimenter l'amour de rage, assez menteuses pour rassurer leurs victimes, les garder dans leur jeu. « Je m'ennuierai même de celles que je n'aurai pas eues », pensa encore Morris. Il saisit au bond, dans une phrase qui passait, l'occasion d'emporter peut-être un peu de la France à Morrisania.

— Il est vrai, dit-il, que vos émigrés vivent mal et malheureux. C'est qu'ils ont mal choisi leurs lieux d'exil. Ils s'en vont au plus près, dans des pays bien peuplés déjà dont les habitants les exploitent, et dont les princes les voient de travers parce qu'ils sont porteurs du mot Liberté, bien qu'ils aient fui la chose. Les immigrés courageux devraient partir pour l'Amérique. Il y a là-bas tout un continent à civiliser, encombré seulement de quelques sauvages. Pour un dollar l'acre je vends autant de bonne terre qu'on en veut dans les provinces à peupler. On peut acheter sans crainte : mon pays protège la propriété privée, et il s'est établi dans un régime libéral stable.

Des sourires couraient autour de la table. C'était encore un amusement exotique, pour les amis de Morris, que d'entendre l'Américain brasser carrément de l'argent en même temps que des idées.

— Je ne sais pas du tout où sont situées les provinces à un dollar l'acre mais, pour moi, si jamais je devais émigrer aux Amériques, c'est tout près de Boston ou tout près de New York que je voudrais me faire propriétaire, dit Louison.

— Madame, dit Morris, pour plus cher ce serait encore possible. De toute façon, près de New York la porte de Morrisania vous sera toujours ouverte.

Il pensa à se tourner vers Roquefeuille.

— Je crois, monsieur, que si le sol de France venait à vous brûler les talons, un temps d'exil à Morrisania vous serait supportable. On y peut marcher jusqu'à l'épuisement, chevaucher, naviguer, chasser, pêcher... Je vous promets là un assez beau morceau de nature. Et le manoir familial n'est pas vilain.

— Ne me tentez pas trop, badina le marquis, sinon je me mettrai demain hors la loi pour courir me réfugier chez vous.

— Ce serait, ma foi, un beau voyage, murmura Louison comme en rêve, l'œil abandonné sur l'appétissant gaillard yankee.

— Je suis sûre que le pays est beau mais, à part la vôtre, si bien francisée, quelle société trouve-t-on là-bas ? s'inquiéta Mme Prévost en Parisienne frileuse, perdue d'avance dans la solitude des grands espaces américains.

Morris se mit à rire, dit avec ironie :

— Je ne puis bien parler de mon pays sans qu'on renchérisse sur moi parce qu'il est de mode de l'aimer, et puis, si je laisse aller le propos, je m'aperçois qu'on en pense fort mal. Son climat est malsain, ses productions sont mauvaises, ses vins abominables, ses esprits indolents, ses divertissements nuls, bref, l'Amérique, on doit l'aimer de loin !

— Ne vous en plaignez pas, dit Mme Prévost. Les Français vous achètent de l'Amérique, et puis vous la laissent. C'est double profit : vous pourrez plus tard la revendre aux Anglais.

— On prétend même que vous le faites déjà, ajouta Paul Jones.

Bien que l'amiral eût lancé sa remarque à la légère, sans aucune perfidie, Morris la prit fort mal.

— God's death ! cracha-t-il, furieux, ne me ferez-vous pas bientôt passer pour un escroc ?

D'un geste il empêcha le marin de se disculper, poursuivit d'un ton désabusé :

— Je sais, de reste, que mes clients français me feront quelque jour des reproches parce que leurs terres ne leur rapporteront rien, ou seront envahies par des immigrants sans titres. La faute, pourtant, leur en reviendra toute : ils ne veulent pas même aller visiter leurs achats, ne fût-ce qu'une fois. Ils voudraient coloniser leur bout d'Amérique sans surtout se bouger de la rue Saint-Honoré !

— Ah ! fit Louison en reprenant un pruneau fourré, c'est que les pâtissiers y sont si bons !

— Et les modistes, dit Marianne en contrepoint.

— Oui, oui, consentit Morris en souriant, je promets que loin de Paris je n'ai jamais vu que des chapeaux ridicules et des gâteaux médiocres. Et du rouge à joues in-met-ta-ble, awful ! Ma sœur de Londres me le disait encore le mois dernier. Elle m'a demandé du rouge d'ici. Je lui en ai pris un pot au Temple, chez mademoiselle Martin. Ne me suis-je point trompé d'adresse ?

— Madame de Flahaut ne pouvait vous donner que la bonne, dit Solange.

La conversation allait s'égarer dans la parfumerie. Vite, Roquefeuille revint sur un point qui l'intéressait davantage. Il se pencha vers Morris :

— Vous n'avez rien dit des sentiments des Anglais. Tout de bon vous achètent-ils de l'Amérique... sans rancune ? Et leur en vendez-vous sans crainte après les avoir hier si rudement boutés hors de chez vous ?

Morris prit un temps de réflexion.

— Monsieur, dit-il enfin, Français et Américains raisonnent fort différemment bien que les Français ne désirent point le croire. Notre république confie ses postes ministériels et diplomatiques à des hommes d'affaires plutôt qu'à des philosophes. Et les Anglais aussi aiment que leur politique soit d'abord celle des bonnes affaires. Nous avons été des ennemis, mais des frères ennemis, et la paix est faite.

— En somme, dit Roquefeuille avec froideur, Louis XVI et La Fayette auront dépensé sans compter pour procurer à l'Amérique la liberté de s'allier demain avec nos ennemis héréditaires ?

— Je vous assure, monsieur, que l'Amérique ne recherche point une alliance avec l'Angleterre, protesta Morris *. Je n'ai fait là-bas qu'y préparer des importations de tabacs et de blés.

Il ajouta en manière d'excuse :

* Vérité spécieuse. C'était Morris qui conseillait cette alliance à son pays.

— Il me faut bien procurer de l'argent à l'Amérique pour qu'elle puisse vous payer sa dette ?

Le rire de Mado Prévost tinta, son joli rire contagieux d'ancienne soubrette des Italiens.

— Mon Dieu, dit-elle, pourquoi donc vouloir nous payer une dette dont nous sommes si fiers, et dont vous nous parlez toujours si volontiers ? Il ne le faut point. Mon mari est sûr que, grâce à la dette, en passe de nous faire un lien jusqu'à la fin des temps, nous ne nous fâcherons jamais avec l'Amérique.

Seul, Morris ne fit pas écho au rire de Mado. Sur le chapitre de la dette il devenait chatouilleux. Toute la société savait que son pays l'avait chargé de la régler... de telle sorte que Morris, avec charme et talent, s'évertuait à la maintenir intacte ! Comment Morris ne paiera-t-il point la dette, ni en or, ni en traites certifiées, ni en produits nourriciers ; comment réussira-t-il à la réduire au prix d'une statue de La Fayette, c'était une question qu'entre gens de finance, on jouait à se poser dans les salons. Et elle amusait mieux les créanciers que le débiteur bien-aimé. Il s'apprêtait à relever d'un mot vif la pointe de Mme Prévost quand Toupinet, brusquement, fit irruption dans la salle à manger. Comme on y avait vaguement entendu le trot d'un cheval, les têtes se tournèrent vers lui.

— C'est quelqu'un, dit aussitôt le valet en s'adressant à Roquefeuille. Il demande à voir monsieur le Marquis, en s'excusant de l'heure.

Etonné, le marquis se leva.

— Ce quelqu'un a bien un nom ?

— Monsieur de Riolle, dit Toupinet.

— Monsieur de Riolle !

La surprise avait jailli de plusieurs bouches. Le marquis en demeurait figé sur place. Enfin, se reprenant :

— C'est bon, dit-il à Toupinet. Fais-le monter dans ma chambre. Je vous suis.

Son regard alla vers les trois hommes, qui l'observaient en silence.

— Du diable si je comprends quelque chose à cette visite ! Je ne connais pas du tout le chevalier de Riolle, dit-il entre haut et bas.

La porte retombée sur les talons du maître de maison, personne ne parla d'emblée.

— Excusez-moi, dit Louison la première en se dressant debout, et elle ne put s'empêcher de quitter la salle, elle aussi, pour aller aux nouvelles.

— Quelle histoire ! chevrota à mi-voix le vieux marquis de Courtray. Riolle est sorti de prison ! Voilà bien ce à quoi je ne m'attendais plus. Hier encore on le tenait au secret, et sa vie ne valait pas cher. Les journalistes patriotes le condamnaient avant même qu'il fût jugé. Dans le dernier numéro de *L'Ami du Peuple,* cette feuille odieuse, mon ancien bon docteur Marat réclamait sa tête avec violence, lui promettait pour demain le sort de Favras. Et le voilà libre ! Allons, il y a encore une justice en France.

— L'affaire a commencé quand j'étais au loin, je ne l'ai guère suivie, dit Morris. De quoi, au juste, accuse-t-on ce Riolle ?

— Bah ! d'un complot royaliste, intervint Mme Prévost, pressée de raconter plus vite que le vieux marquis. On a pris Riolle en juillet sur la route de Bourgoin à Turin avec, paraît-il, sa culotte bourrée de papiers compromettants. Des lettres pour Artois, le plan d'une vaste organisation secrète préparant la contre-révolution, des notes au vitriol contre quelques orateurs de l'Assemblée... Bref, vu l'actuelle humeur de l'Assemblée menée par les jacobins, il y avait dans le paquet de quoi faire pendre le courrier. Qu'il s'en soit tiré, c'est miracle !

— Tant mieux pour ce pauvre homme. Mais que vient-il faire ici à l'entrée de la nuit ? murmura Marianne, les yeux fixés sur la porte.

Le visiteur ne s'attarda pas rue Royale. Dix minutes après son arrivée le marquis de Roquefeuille reparaissait dans la salle à manger, et Louison avec lui.

— Ce n'était point le chevalier, dit-il tout de suite. C'était Pierre de Riolle, son fils. Le père est hélas toujours à l'Abbaye, au secret, mais son fils le voit parfois. Il l'a vu tout à l'heure et...

Le marquis s'arrêta, et tous comprirent qu'il cherchait comment s'expliquer sans rien dire. Il reprit bientôt :

— Monsieur de Riolle est interrogé au Châtelet presque chaque jour et, hier, il y a entendu un propos dont il a voulu me faire avertir. Le chevalier de Bonne-Sarlin vient aussi d'être enfermé à l'Abbaye. Je connais un peu ce jeune homme.

— Bonne-Sarlin : maintenant, je m'en souviens ! s'écria étourdiment Louison. Quand nous étions en route pour le Berri nous l'avons vu à Orléans, au relais de poste. Il y a dîné avec nous.

— En effet, je l'ai croisé là pour la dernière fois, dut malgré lui confirmer Roquefeuille, contrarié. Oh ! je le connais très peu mais, comme il n'a point du tout de famille à Paris... J'irai à l'Abbaye demain, pour essayer de le voir.

Morris secoua la tête, dit avec autorité :

— Si vous m'en croyez, monsieur, vous n'en ferez rien. En ce moment les jacobins de l'Assemblée me semblent se soucier beaucoup, beaucoup trop ! des suspects qu'on retient à l'Abbaye. Ces gens-là leur souhaitent des complices à foison, ils veulent remplir les prisons d'aristocrates. Ne faites pas amitié avec les premiers prisonniers.

— Monsieur Morris vous conseille bien, dit Mme Prévost au marquis. N'allez pas voir ce Bonne-Sarlin. Il est trop vrai qu'au moindre soupçon, les jacobins, qui sont désormais partout, commencent d'en user sans façon avec les ci-devant nobles. A Aix, dans le mois dernier, on en a pendu trois.

— Et on a mis le feu à une vingtaine de châteaux du Quercy, compléta Paul Jones. Je l'ai su ce midi au Club. Marquis, Gouverneur a raison, ne vous montrez point à l'Abbaye, ni demain, ni jamais. La tempête gronde pour vos pairs. Quand passe la tempête il faut mettre à la cape et attendre en priant le retour du beau temps. Au fait, ce Bonne-Sarlin, est-il pris dans l'affaire Riolle ?

Le marquis eut un geste d'ignorance.

— Comment le saurais-je déjà ?

Il ajouta, comme parlant surtout pour lui-même :

— Cela se pourrait. Lui aussi, comme Riolle, s'est fait arrêter sur la route de Bourgoin à Turin, mais dans l'autre sens, en revenant du Piémont. Puisque Riolle était enfermé il se pourrait que Bonne-Sarlin eût été son remplaçant, le nouveau messager d'une même conspiration.

— Alors, vraiment oui, évitez de le voir ! s'exclama Jones. Tout ce qui touche à l'affaire Riolle fait rugir la presse, le peuple et l'Assemblée. On veut la tête de Riolle mais aussi les têtes de ses complices, et il paraît si facile, aujourd'hui, de se faire traiter de complice ! Mercier, Fréron, Desmoulins, Marat, Robespierre, Danton, Brissot, Mirabeau et d'autres, tous ces enragés sont après Riolle, et ils savent mordre fort, cracher l'injure trop tôt plutôt que trop tard.

Il conclut d'un ton vigoureux :

— N'approchez point Riolle, marquis, même de loin, même à travers le jeune Bonne-Sarlin.

— Tout de même, soupira Courtray, tout de même, quand je faisais soigner mes rhumatismes dans la boutique d'électricité médicale du docteur Marat, si l'on m'eût dit qu'un jour, ce bonhomme-là ne rêverait plus que d'envoyer sa pratique à l'échafaud...

— On change, dit Morris. L'homme est changeant, surtout quand il est français.

Il était plus de minuit quand le marquis se retrouva seul. Il se déshabilla, passa sa robe de chambre, s'en alla réfléchir au bord de la nuit, le front collé à la vitre glacée de la fenêtre. Une demi-lune jaune d'or peuplait le jardin de grands arbres noirs et de buissons d'ombre. L'heure et le décor étaient faits pour accroître une angoisse.

Comme s'il avait senti la solitude inquiète de l'homme et voulu la soulager, le gros chien de Terre-Neuve que Morris avait amené de Londres sortit de sa niche, vint s'asseoir sur le sable de l'allée sous la fenêtre éclairée et leva la gueule, resta là, attentif, calme, patient. « Chien, ne commençons pas une amitié, il ne le faut pas », murmura Roquefeuille à regret, en s'ôtant de la vue du terre-neuve. A la Folie-Poupette on ne faisait qu'héberger ce chien en l'absence de la duchesse d'Orléans, à laquelle Morris le destinait. Un instant, l'idée que le Yankee, sans façon, contait aussi fleurette à la grande dame pleine de vertu amusa Roquefeuille, et puis il retomba dans son souci.

Il n'avait pas tout raconté de la visite du fils Riolle, pas même à Louison. Le jeune homme n'avait pas fait que l'avertir de l'arrestation de Bonne-Sarlin. Il savait aussi qu'on avait trouvé, dans le courrier saisi sur le chevalier, une lettre de Turin adressée au marquis de Roquefeuille. De qui venait cette lettre ? Quels mots contenait-elle, anodins, dangereux ou terribles pour le destinataire ? Le fils Riolle n'avait pu le dire, et le marquis ne le devinait pas. Jusqu'ici il n'avait fait que porter de temps en temps ses hommages à la Reine, et rendre à Fersen un mince service. N'ayant jamais écrit à personne de la cour d'Artois il n'en attendait nulle réponse. Pourquoi donc se sentait-il vaguement menacé ? C'était sot. On n'est point coupable des écrits qu'on vous envoie, fussent-ils pleins de folie ?

On gratta à sa porte et Louison entra, enveloppée dans sa bonne douillette persane fourrée de castor. Le marquis dégagea de son habit le fauteuil qu'elle aimait.

— Vous ne dormez point ? Trop de lune ?

— Trop de lune, acquiesça-t-elle. Une belle lumière de lune me tient éveillée. C'est ma nature de Coudrier qui le veut, et aussi Lolotte de Vollanges !

— Vous devriez demander un horoscope à mademoiselle Uranie Lalande, plaisanta le marquis. Elle, qui ne travaille point sur un ciel gaulois mais sur le ciel de son papa l'astronome, vous rendrait peut-être le sommeil pendant toute la lunaison ?

— L'insomnie ne m'ennuie pas, dit Louison.

Elle ajouta :

— Je vous vois debout aussi. La visite de tout à l'heure ?

— Je suis fâché de la nouvelle. Pauvre chevalier.

Louison observait son mari.

— Aimé, le chevalier de Bonne-Sarlin pourrait-il vous compromettre ? demanda-t-elle après un temps.

Il prit le même temps avant de laisser tomber :

— Pourquoi cette question ?

— Je vous ai vu, cet été, lui remettre un paquet de lettres.

— Une simple commission dont on m'avait chargé. Ces lettres n'étaient pas de moi.

Elle hocha la tête.

— Ainsi, dit-elle, que le chevalier soit en prison ne peut vous porter tort ?

— Non, dit-il, et il la vit pousser un gros soupir de soulagement, se reprocha de l'avoir peut-être trop rassurée. Mais l'était-elle ? Elle lui demandait encore :

— Croyez-vous vraiment, Aimé, que le peuple ne songe plus qu'à nous faire la guerre ?

— Je crains qu'il en ait pour l'heure envie, mais je crois qu'il ne nous la fera pas, par inconstance. Votre ami Morris voit juste : nous sommes des natures légères, portées au rire plus qu'au sérieux, à la paresse plus qu'à l'acharnement, or on sait que le naturel chassé revient vite au galop, dit Aimé en souriant. Allez dormir, mon cœur, et rêvez rose. On n'arrête point les gens parce qu'ils s'en vont le dimanche saluer la Reine à la sortie de la messe des Tuileries. Ni parce qu'ils ont dîné un jour, à Orléans, avec un messager d'Artois.

Aimé de Roquefeuille fut emprisonné à l'Abbaye le lendemain dans la soirée.

M. de Beaussemblant, le magistrat enquêteur chargé de l'affaire Bonne-Sarlin, l'accusait de complicité dans un complot royaliste visant à s'emparer du Dauphin pour le sortir de France et le remettre en Piémont à son oncle Charles-Philippe Capet, ci-devant comte d'Artois.

24

La prison de l'Abbaye occupait le fond d'un carrefour, au débouché de la rue de Buci et de la rue Sainte-Marguerite. C'était une lourde bâtisse carrée à peine allégée par ses tourelles en encorbellement, aux étroites fenêtres gardées par d'épais barreaux. Sa porte basse, exiguë, creusée comme un trou dans sa muraille donnait le frisson à qui devait se baisser pour passer dessous. Louison commença de grimper à tâtons, derrière le garde qui la guidait, un escalier noir et humide, imprégné d'une odeur écœurante. La nausée aux lèvres elle découvrait l'odeur de la prison, un relent fade, sale, gluant, si tenace qu'il lui faudrait un grand bain de savon à la violette pour s'en débarrasser. Dès qu'ils arrivèrent devant le greffe le garde l'abandonna sur un banc, en lui disant de patienter : le concierge allait s'occuper d'elle.

Le concierge, pour l'instant, s'appliquait à écrire dans le livre d'écrou devant un nouvel arrivant qui pleurait à chaudes larmes en protestant de son innocence. Il prit tout de même le temps d'un regard à la visiteuse, et puis d'un grand sourire ébréché et d'un signe d'encouragement.

Muette, la gorge serrée, Louison attendait toute raide, à demi assise sur le banc crasseux et n'osant pas s'appuyer au mur. Enfin le concierge en eut fini avec l'éploré, qu'un gendarme emmena. Il vint à la visiteuse toujours souriant, amène, ouvrit grand devant elle la porte d'un joli salon tendu d'une toile de Jouy fraîche et meublé à neuf.

— Madame la marquise, donnez-vous la peine d'entrer, vous êtes chez moi ! dit-il d'une voix de théâtre, avec une invite du bras.

— Oh ! balbutia Louison décontenancée, vous me...

— Oui, marquise, je vous connais bien, coupa le concierge avec un brin de familiarité, en lui avançant un fauteuil.

Et comme elle le contemplait sans s'asseoir, il reprit, fiérot :

— Je m'honore de connaître tout mon Paris sur le bout du doigt : j'ai ouvert les portes des loges, à l'Opéra. Je suis le citoyen Lavacquerie, pour vous servir.

Il ajouta plus en confidence :

— Je retrouve ici de la pratique qui ne me change guère de mes habitués d'hier, et je me flatte de savoir la mettre à l'aise. Asseyez-vous donc, madame la marquise.

— Merci, dit-elle en faisant non de la tête.

En d'autres circonstances elle eût trouvé fort drôle d'être « bien connue » d'un gardien de prison ! Sur l'instant elle ne pensa qu'à s'en servir, pria tout de suite l'homme de l'aider à voir son mari. Il fit la grimace.

— Aïe, marquise, si ça ne tenait qu'à moi... Hélas, je ne peux pas, il y va de ma place ici, et elle est bonne. Monsieur de Roquefeuille n'a pas droit aux visites, jusqu'à nouvel ordre.

Il prit l'air chagrin.

— Il n'est pas raisonnable. On me le fera tenir au secret tant qu'il n'aura pas donné le nom de l'auteur de la lettre qu'on lui reproche : elle n'est point signée.

— Quelle lettre ? demanda vivement Louison.

— Bé dame ! la lettre pour laquelle il est ici !

— Quelle lettre ? répéta Louison plus haut. Expliquez-vous donc !

Comme indécis, le concierge se gratta la perruque.

— C'est que, dit-il, si on ne vous a point mise au courant... Moi, j'ai pas le droit.

Elle fouilla sa poche de jupon, jeta sur la table un écu d'argent.

— Racontez-moi tout ce que vous savez, commanda-t-elle.

Lavacquerie pinça les lèvres, ramassa l'écu pour le remettre dans la main de la dame.

— Autrement, marquise, lui dit-il en la fixant dans les yeux, il faudra me le demander autrement. Je n'ouvre plus les loges à l'Opéra.

Le rouge monta aux joues de Louison.

— Excusez-moi, se força-t-elle à dire. Ce matin je ne sais ce que je fais. Depuis qu'hier mon mari n'est point rentré à la maison j'essaie en vain de savoir pourquoi, et de quoi on l'accuse. Je suis épuisée. Par pitié, monsieur, si vous savez quelque chose...

Des larmes lui perlèrent aux cils.

— Ne restez donc pas debout, grommela Lavacquerie d'un ton de bon bourru en lui désignant le fauteuil.

Lui s'accrocha des deux mains à un dossier de chaise.

— Je sais quelque chose, mais pas grand-chose. Il y avait une lettre pour le marquis de Roquefeuille dans les papiers qu'on a saisis sur le chevalier de Bonne-Sarlin. Cette lettre venait de Turin, il y était question de l'enlèvement du Dauphin. Elle n'est point signée en clair, et monsieur de Beaussemblant veut en connaître l'auteur.

— Qui est monsieur de Beaussemblant ?

— Le magistrat enquêteur de l'affaire Bonne-Sarlin. Une grave affaire, madame. L'Assemblée et le peuple tiennent à garder le Dauphin en France. Il n'est pas bon de se faire prendre en train de comploter pour l'en tirer.

Louison se releva.

— Pouvez-vous me conduire chez monsieur de Beaussemblant ?

— Hé, madame, il ne loge point ici ! Vous le trouverez au Châtelet, ou à l'Hôtel de Ville. Mais dire s'il vous recevra...

— Le connaissez-vous ? Comment est-il ?

— A vue, c'est un bon patriote. A vue.

La répétition alerta Louison.

— Patriote à vue, dit-elle en accentuant les derniers mots : qu'entendez-vous par là ?

Le concierge hésitait. Il observait sa visiteuse d'un drôle d'air. Apitoyé, un peu railleur, presque attendri.

— Monsieur, je vous en prie, murmura-t-elle.

— J'aimais bien monsieur de Bièvre, dit Lavacquerie de façon inattendue. Sa mort m'a peiné. C'était un bon homme. Toujours le mot pour rire, et puis pas fier, même quand il est devenu célèbre. Il me traitait avec amitié. Je lui tenais sa loge propre, je mettais des dragées dans ses bonbonnières... Je l'aimais bien.

— Oh ! fit Louison, les dragées aux amandes toujours fraîches, et les praslines roses, c'était donc vous ?

Elle mentit en ajoutant :

— A présent, je vous reconnais.

L'homme eut un gros rire.

— Non, madame, dit-il. Mais je ne vous en veux pas. Avant la Révolution je ne faisais pas partie des figures qu'une belle dame regarde. Aujourd'hui les temps sont changés, tout le monde a une figure, je suis bien sûr que vous n'oublierez plus la mienne, au moins aussi longtemps que je logerai monsieur de Roquefeuille !

Il reprit son sérieux.

— Pour en revenir à votre affaire et pour parler de monsieur de Beaussemblant... On dit — on dit dans les couloirs — qu'il serait plus content d'émigrer que de continuer à traquer les ennemis de la Révolution, et qu'il serait déjà parti s'il avait de l'argent.

— Ah, laissa tomber Louison.

Un silence passa avant qu'elle ne demandât :

— Ce magistrat, aurait-il le pouvoir de faire relâcher un suspect ?

— Le sort de monsieur de Roquefeuille dépend entièrement du rapport que Beaussemblant remettra aux officiers du Comité des Recherches, dit Lavacquerie.

Avec élan elle lui tendit la main.

— Merci, dit-elle.

Galamment il se pencha sur la main et la baisa.

Le baiser de cet ancien laquais de l'Opéra surprit, gêna si fort la marquise qu'elle en resta figée tout un instant, et rouge pivoine.

— Vous sentez toujours aussi bon, lui dit l'homme hardiment, quoique sans grossièreté.

Il poursuivit avec bonne humeur :

— Voyez-vous, madame, aujourd'hui que j'ai une figure j'ai un nez au milieu, qui se donne la liberté de sentir.

Louison s'empressa de changer de sujet, demanda la

permission d'apporter, le tantôt, un paquet de linge et quelques douceurs au prisonnier.

— Je n'ai pas d'ordre contre ça, dit le concierge. Mais je fouille les paquets, et je prends un écu blanc pour la commission.

Elle afficha une mine assez moqueuse pour lui tendre l'écu de trois livres qu'il lui avait refusé un moment plus tôt. Lavacquerie n'était pas un sot. Il fit sauter l'écu dans sa paume, dit sans s'émouvoir :

— Ce n'est point un pourboire, marquise, c'est un salaire. Je doute que vous compreniez la différence, mais ça viendra.

Il lui ouvrait la porte, qu'il referma un instant.

— Au moins, lui souffla-t-il tout bas, si vous voyez monsieur de Beaussemblant, attention ! Je n'ai point dit qu'il était vénal, mais seulement qu'il avait besoin d'argent.

— Mon Dieu, c'est un bon début, dit-elle en retrouvant un pâle sourire.

— Il paraît qu'il est tout-puissant sur notre affaire, et qu'il a besoin d'argent, dit-elle tout de go à Matthieu.

Elle venait de retrouver le baron dans un couloir de l'Hôtel de Ville. Lui aussi, après une quête de toute la nuit, échouait devant la porte du bureau de M. de Beaussemblant.

— Je n'aime pas cela, dit-il. Un juge qu'on peut acheter n'est point sûr.

— Pour un innocent, dit Louison. Mais pour un coupable ? Je ne jurerais pas de l'innocence de votre oncle, Matthieu. Depuis notre retour du Berri il a vu deux fois la Reine en privé, et il rencontre souvent Fersen. Quelque chose se prépare.

— L'Assemblée le sait, dit Matthieu. Le comte d'Artois veut faire passer la Reine et le Dauphin en Luxembourg, déclarer le Roi prisonnier et proclamer la Reine régente, qu'il ferait soutenir par l'empereur d'Autriche, pendant que lui-même attaquerait la Révolution à la tête d'une armée piémontoise.

— Bon ! fit Louison. Je ne crois pas à un seul mot de

votre roman. La Reine ne se sauvera pas sans le Roi, jamais. Elle lui est fidèle.

— Ha ! ricana Matthieu, et Louison eut envie de lui griffer le visage.

— Que savez-vous de la nature d'une femme, de sa façon d'être fidèle ? lui jeta-t-elle d'une basse voix vibrante.

— Pardon, dit-il très vite. Je vous assure que je ne suis point de ceux qui calomnient la Reine.

— Je sais. Vous êtes seulement de ceux qui souhaitent la déchéance du Roi, dit-elle avec acidité.

Il lui pressa la main sans lui répondre. Des gens passaient, se croisaient devant eux, leur jetaient des regards morts. L'air sentait la poussière, la fine poussière silencieuse d'un monde enseveli dans l'indifférence. Depuis qu'on les avait assis là, près des bureaux du Comité des Recherches, personne ne s'occupait plus d'eux.

— J'ai désiré aussi le triomphe de certaines de vos idées, mais aujourd'hui je hais la révolution que vous faites, dit brusquement Louison au bout d'un long temps de mutisme. Vous ne nous apportez que la violence, l'injustice et l'oppression.

Le jeune député soupira.

— J'avais dix fois supplié mon oncle de ne point se lancer dans une intrigue royaliste, dit-il d'un ton las. Quoi que tenteront désormais les fidèles du Roi, la royauté ne résistera plus longtemps à la poussée républicaine.

— Vous parlez comme un jacobin, dit Louison.

Elle planta ses yeux dans ceux de son amant.

— Matthieu, êtes-vous jacobin ?

— Si je l'étais, cela se saurait. Mais que je ne le sois point n'empêche pas l'Assemblée de compter trois cents jacobins, avec déjà quatre cents villes affiliées à leur club. Les jacobins sont devenus une grande puissance dans l'Etat, qui détrônera Louis XVI. Il n'a hérité de ses grands-pères que la couronne, point la tête.

Prise d'impatience Louison se dressa debout, s'en alla poursuivre son attente devant une fenêtre proche. A travers la vitre sale son regard flottait sur la belle cour ornée d'arcades à la gloire des victoires de Louis XIV. Sa superbe silhouette de bronze, plantée face à l'entrée de l'Hôtel, semblait la statue même de l'éternité royale, orgueilleusement sereine, cœur parisien du royaume de France.

— Jamais nos rois n'auraient dû s'exiler à Versailles, dit-elle en se retournant vers Matthieu. S'enfermer loin de Paris, c'est ce qui les aura perdus... peut-être.

Un officier municipal sortit d'un bureau, s'approcha d'elle.

— Madame Roquefeuille ? Suivez-moi. Non, pas vous ! dit l'officier en rasseyant, du geste, Chauvigné sur son banc.

— Vous avez bien fait de venir, madame : j'allais vous faire chercher.

M. de Beaussemblant était un bourgeois corpulent d'une cinquantaine d'années, sévèrement vêtu de noir mais poudré à frimas, et le col éclairé de linge fin. Sa face ronde couperosée de bon vivant portait un air aimable. A voir ainsi le magistrat dont dépendait le sort du marquis Louison respira mieux.

— Madame, je ne vous ferai mystère de rien, dit-il d'emblée en lui désignant une chaise. J'aimerais avoir votre avis là-dessus.

Il lui tendait une lettre.

— Lisez.

Elle tressaillit en reconnaissant tout de suite l'écriture vive et claire de Calonne. L'ancien ministre avait quitté Londres pour prendre à Turin, auprès du comte d'Artois, la direction du mouvement contre-révolutionnaire, et c'était lui, à n'en pas douter, qui avait écrit cette lettre.

— Lisez, insista le magistrat.

Elle lut la courte lettre adressée au marquis de Roquefeuille :

« Monsieur,

On m'a rapporté que S. M. la Reine vous avait reçu en privé, qu'elle pense bien de vous et ne vous refuserait point un nouvel entretien. La Reine se fie à si peu de gens qu'à tous ceux-ci je demande une aide pressante. Il est urgent de décider S. M. à faire sortir le Dauphin de France. Il serait fou de laisser plus longtemps toute la famille royale en otage aux Parisiens et aux républicains de l'Assemblée. Employez-vous, monsieur, à en convaincre la Reine, et vous aurez beaucoup fait pour l'avenir de notre pays. Agissez vite, réussissez vite, le temps nous est compté. D'ici nous voyons la Révolution marcher à pas de géant vers les plus grands désordres : ce qui est aujourd'hui possible à faire, demain ne le sera plus. »

Le post-scriptum recommandait à Roquefeuille de changer de messager pour chaque envoi de courrier.

— Eh bien ? lança M. de Beaussemblant dès qu'il la vit relever les yeux.

Elle avait eu le temps de se choisir une contenance.

— Eh bien ? répéta-t-elle seulement, l'air surpris.

— Eh bien, que dites-vous de cette lettre ? N'accable-t-elle point son destinataire ?

La surprise de Louison sembla redoubler.

— Monsieur, on n'est point coupable des projets des autres. Libérez l'innocent et cherchez, pour le punir, l'auteur du projet.

— J'aimerais justement connaître son nom, dit le magistrat, en tournant autour de son bureau pour venir s'asseoir tout près de sa visiteuse, de face, presque genoux contre genoux.

Il frappa un coup sec sur la lettre.

— Je croirais plus volontiers à l'innocence de monsieur de Roquefeuille s'il ne s'obstinait pas à protéger l'incognito de son correspondant. Madame, l'activité contre-révolutionnaire est un crime contre la Nation, passible de la peine de mort, et celui qui cache ou ne dénonce point un criminel devient son complice et risque la même peine.

Si Louison trembla pendant ce discours elle n'en montra rien, dit avec un grand calme :

— Monsieur, si mon mari ne vous donne point le nom de son correspondant, c'est sans doute qu'il l'ignore. Quant à moi, je n'ai jamais vu cette écriture chez nous.

— Vraiment, madame ?

— Monsieur, je vous l'assure.

— Le signe convenu qui remplace la signature ne vous dit rien ?

— Pour cela si, dit-elle dans un sourire : c'est un trèfle à quatre feuilles.

Beaussemblant se recala contre son dossier de chaise et contempla la dame tout à loisir, sans méchanceté, et même avec un plaisir certain.

— C'est un trèfle à quatre feuilles, répéta-t-il enfin, en lui rendant son sourire. Puisque nous voilà d'accord là-dessus, sachez que je serais toujours heureux de vous recevoir si, par hasard, la mémoire de cette fleurette, ou de cette écriture vous revenait.

De nouveau il se pencha vers elle, lui parla au visage.

— Aidez-moi à sauver votre mari de cette méchante affaire. Monsieur Bailly et La Fayette sont très montés contre les prisonniers de l'Abbaye. Il faut les comprendre. Le maire de Paris et le général commandant la Garde sont responsables devant la Nation des locataires du palais des Tuileries, alors, dès qu'on veut leur en arracher un...

— De toute façon, dit Louison, l'auteur de cette lettre se tient à Turin, hors de leur vengeance. Ainsi, que je puisse ou non vous livrer son nom...

— Lui est à Turin, mais ses biens sont en France, dit le magistrat.

Et il s'expliqua aussitôt.

— Un coupable peut être condamné par contumace, et l'Assemblée votera bientôt la confiscation des biens des condamnés pour crime de lèse-Nation. La Révolution a besoin d'argent. Certes elle fabrique des assignats à la pelle, mais il lui faut, pour les gager, des biens plus solides. Oh ! je ne doute pas qu'elle en vienne, demain, à faire saisir les biens de tous les émigrés sans aucune forme de procès mais, pour l'instant... Bref, un coupable de plus, bien nanti et qui n'aurait point tout emporté dans ses poches...

— Ce n'est plus de la justice, c'est du vol ! s'écria Louison.

— C'est la justice de l'an 1790, madame ; la justice des pauvres.

— C'est la justice jalouse et avide des députés du tiers, corrigea Louison, méprisante.

M. de Beaussemblant hocha la tête, plusieurs fois, et à chaque fois son double menton s'épaississait, ajoutait à sa grosse face un surcroît de rondeur bonasse. Il avait une voix enrobée, sans éclat, qu'il baissa encore pour reprendre :

— Je pense comme vous, madame, que les enragés de l'Assemblée vont parfois trop loin. S'ils devaient demain s'en rendre les maîtres...

— Alors ils vous commanderaient d'exercer l'injustice au nom de la justice, acheva Louison. Mais aujourd'hui, n'est-ce pas, vous êtes encore un juge libre ?

Les paroles hardies de Louison ne furent pas mal prises. La conversation devint plus détendue, dériva vers la situation politique, les excès de langage des jacobins, la réaction royaliste, la peur des aristocrates, la fuite des plus inquiets.

— Et surtout des plus riches ! s'exclama le magistrat. Il faut de l'argent pour émigrer, et non point en papier mais en or. Les assignats n'ont cours forcé qu'en France.

Elle l'avait amené là où elle le voulait. Mais pour lui proposer de l'or en échange de la liberté du marquis, c'était trop tôt. Elle l'avait adouci, elle ne l'avait pas encore apprivoisé. Elle se borna, pour cette fois, à obtenir un permis de visite au prisonnier.

— Avec cela vous le pourrez voir une fois par semaine, le dimanche après la messe, dit M. de Beaussemblant en lui donnant le permis.

Vite il ajouta, pour prévenir un cri de déception :

— Je ne puis faire mieux pour le moment. Moi aussi, madame, je vis dans une maison bien gardée. Le maire passe chez moi chaque jour, et quant à monsieur de La Fayette... Pour l'heure, La Fayette a l'œil rivé sur l'affaire du Dauphin. A cause d'elle, en plus d'autres suspects trois marquis déjà sont enfermés à l'Abbaye : le marquis chevalier de Riolle, le marquis de Bonnières, le marquis de Roquefeuille. Le peuple, qui a l'humeur fragile et de la défiance, appelle cette conspiration « le complot des marquis » en accusant le marquis de La Fayette d'en être aussi, persuadé qu'on ne pourrait, sans sa complicité, sortir le roitelet des Tuileries. Vous pensez bien, madame, que de telles rumeurs ne portent pas le général à la clémence envers mes prisonniers.

— Je ne savais pas que le général fût aussi le premier magistrat de France, maître de la Justice autant que de la Garde, dit Louison avec une sèche ironie.

M. de Beaussemblant prit un air fatigué.

— Madame, la France est en pleine révolution. Les pouvoirs s'y emmêlent. Je n'empêcherai pas monsieur de La Fayette de s'occuper de notre affaire. Mais peut-être, madame, auriez-vous sur lui plus d'empire que moi ?

Il lui parlait toujours de très près, et elle supportait sans se reculer, écœurée, le souffle de ses mots. Un souffle court d'obèse, encore écourté par le désir.

— Je verrai ce que je peux faire, murmura-t-elle en se levant.

Il se leva en même temps qu'elle, s'arrangea pour la frôler de tout son gros corps en la reconduisant jusqu'à la porte.

— Ici, revenez chaque fois que vous le voudrez, lui dit-il sur le seuil.

Dès que ressortie dans le couloir elle se jeta presque dans les bras de Matthieu, sans se soucier des passants. Depuis qu'elle courait après des nouvelles d'Aimé elle se heurtait à des hommes vulgaires dont la gentillesse visqueuse la servait, mais en se collant à elle comme une crasse. Pour la première fois de sa vie elle se dégoûtait de plaire, parce que la Révolution semblait avoir donné à tout croquant investi d'un peu de pouvoir le droit de la désirer.

Les derniers jours de décembre furent gris, devinrent blancs et froids avec la fin de janvier. Il y avait plus d'un mois maintenant qu'Aimé de Roquefeuille croupissait dans une geôle humide pour laquelle Matthieu lui achetait du feu à la petite semaine, pour un louis d'or chaque dimanche, non compté le bois.

A la Folie-Poupette, passé le premier temps de révolte et

d'une espérance fébrile chaque matin rallumée, on s'installait dans une attente morne, désolée, impuissante. On n'osait même plus prier pour la voir finir. M. de Beaussemblant ne se pressait pas d'instruire l'affaire Bonne-Sarlin, mais c'était tant mieux : l'opinion publique du moment n'aurait accepté de lui que des coupables promis à la corde. Bien que manqué, l'enlèvement du Dauphin ne cessait pas vite de faire parler, rager, légiférer dans la hâte et la haine. La confiscation des biens des émigrés était dans l'air, la sortie du Royaume avait été rendue plus difficile, le pays tout entier devenait une prison pour les aristocrates. A l'Assemblée, les jacobins réclamaient à tout propos les têtes des conspirateurs et Mirabeau ne les ménageait pas, habile à faire paraître un jacobinisme pur et dur à l'instant même où il se rapprochait sournoisement de la Cour. Le peuple manquait de pain, manquait d'ouvrage, piquait des coups de sang contre ses élus. Lui jeter deux ou trois pendus en pâture le ferait patienter.

Malgré l'insistance de ses amis La Fayette n'avait pas reçu Mme de Roquefeuille. Talleyrand lui assurait ne rien pouvoir, et c'était sans doute vrai. Personne, semblait-il, ne pouvait plus rien sur rien, et chacun en avait une si vive conscience qu'il ne s'occupait plus que de soi, de tirer jour après jour son épingle du jeu. Le chaos politique permettait tout, et rien. Les grands ambitieux se rêvaient président, premier ministre ou dictateur et sauvant le Royaume. Les petits ambitieux choisissaient le profit, spéculaient sur les fuyards, s'enrichissaient de leurs abandons pour une bouchée de pain, le libraire Panckoucke vendait avec le même appétit de gain *Le Moniteur* aux patriotes et *Le Mercure* aux royalistes. La Nation éclatée en clans ennemis se battait et se tuait de bon cœur dans les faubourgs et les provinces, dans les théâtres, autour des boulangeries et même dans les églises, où la populace malmenait et cabossait les mauvais curés, ceux qui se voulaient fidèles à Rome plutôt qu'à la France nouvelle. La bouffonnerie, cependant, égayait l'horreur et la sottise. Depuis qu'au Cirque du Palais-Royal, les *Amis de la Vérité* distribuaient de l'angélisme au nom de Rousseau, le cafetier de *La Régence* faisait payer 2 francs

« l'honneur d'asseoir son cul » sur la chaise du bien-aimé défunt Jean-Jacques. Un soir où l'Opéra donnait l'*Iphigénie en Aulide*, le parterre, déchaîné, obligea l'acteur Laisné à lui implorer son pardon à genoux pour avoir osé chanter son air : « *Célébrons notre reine* ». Et le fanatisme imbécile gagnant du terrain même dans les bonnes cervelles, on entendit un jour le talentueux Barnave dépenser de l'éloquence contre « le pain séditieux, le pain empoisonné, le pain scélérat » fourni aux pauvres par le club des monarchistes !

Par-dessus et par-dedans l'anarchie, dans la salle du Manège douze cents législateurs à qui personne — sauf le Roi ! — n'obéissait plus, s'acharnaient pourtant à vociférer et légiférer pour se donner l'air de mener le pays, mettant un coup la barre à droite, un coup la barre à gauche, sans beaucoup plus de raison que les sautes d'humeur du public. A l'Hôtel de Ville, les magistrats du Comité des Recherches suivaient les caprices du temps. M. de Beaussemblant disait : « Cela se calme », ou « Cela recommence », et Louison espérait ou se désespérait. Par bonheur elle s'était fait, ailleurs, un ami qui lui semblait plus sûr et plus constant : le citoyen Lavacquerie, le concierge de l'Abbaye.

Patriote de métier mais royaliste par goût et vaniteux, l'ancien laquais de l'Opéra gâtait de son mieux sa belle pratique, pour s'y faire des relations. Bien que malin il était tout de même assez sot pour croire à la longévité de la gratitude et, persuadé que la mode de l'égalité passerait plus vite que la mode du café, il traitait ses ci-devant en seigneurs de demain autant que d'hier avec, toutefois, la touche de familiarité que lui permettait son nouveau personnage. Chaque dimanche après la messe il prêtait aux Roquefeuille son joli salon tendu de toile de Jouy, et dressait leur couvert — porcelaine et argent — sur une nappe de lin blanc. Le bon dîner venait avec Toupinet de l'*Hôtel des Américains*, le vin de Bordeaux venait de la bonne cave du club de Morris, avec Chauvigné.

Matthieu ne dînait jamais avec eux : le permis de visite lui avait été refusé. Il ne pouvait qu'apporter sa bouteille, plus une autre pour Lavacquerie, qui lui ménageait une rencontre « par hasard », un bonjour dans le couloir, trois minutes de causette avec le prisonnier. Il ressortait de l'Abbaye triste et lourd, marchait des heures dans le froid de la ville, exprès pour se glacer jusqu'au cœur, pour se punir de sa liberté. De toute la journée il ne mangeait rien, se privait même d'entrer se réchauffer dans un café. Et puis malgré lui il finissait dans une église, gêné de son retour puéril vers un Sauveur que sa raison reniait. Réfugié au plus sombre de la nef il s'asseyait sur un banc, se laissait consoler sans prier par l'immense mansuétude répandue dans l'air. Se vouloir le mal d'un autre c'est comme se vouloir la mort d'un autre : on n'y parvient pas longtemps. On reste vite avec sa honte d'homme libre et plein de vie.

Pour les Roquefeuille aussi le dimanche était désormais un jour étrange, hors du temps. Le concierge les enfermait chez lui, dans un huis clos douillet. Le feu ronronnait, le pâté de merles embaumait, le vin de Médoc leur veloutait la bouche et l'âme, et c'était un jour sans questions, sans risques. Autour de la petite table ronde ils vivaient ce qu'il fallait bien appeler un moment de bonheur. Du bonheur empreint de gravité, mais traversé de douceurs aiguës. Une semaine de mutuelle absence suffit pour s'oublier un peu et alors il y a, dans les retrouvailles, des instants où la tendresse d'hier, la caresse d'hier reprend le poids émouvant de la nouveauté. Plus l'après-midi s'avançait plus leurs mains se cherchaient pour rien, pour mieux retenir dans leur étreinte le temps qui s'enfuyait.

— Est-il possible que nous approchions du printemps et que vous soyez toujours ici, sans que Beaussemblant ait trouvé le moyen de vous en tirer ? dit-elle un jour en servant le café que le concierge, toujours aux petits soins, venait de leur apporter. Sa lenteur me tue !

C'était un dimanche de la mi-mars. Du givre, strié par l'ombre des barreaux, blanchissait les vitres des fenêtres. Le gel du dehors rendait plus moelleuse encore leur intimité dans une bulle de chaleur.

— Grâce à vous et pour vous monsieur de Beaussemblant me veut plutôt du bien, dit le marquis. Il tarde par prudence. Ne me fera passer en jugement que dans un temps favorable. Pour le moment... L'affaire des tantes et celle des chevaliers du poignard n'ont pas calmé l'opinion publique !

Louison poussa un gros soupir, hocha la tête.

Les tantes du Roi, les vieilles filles de Louis XV étaient parties pour Rome à la fin février, et le peuple n'avait pas aimé cela. Chauffé par les jacobins il était sûr maintenant que la famille royale lui échapperait morceau par morceau, et il courait aux Tuileries au moindre soupçon, renforcer la garde. Quelques jours après le départ des tantes, exaspéré par « la mollesse » de La Fayette il s'était assemblé en une telle multitude hurlante qu'environ trois cents gentilshommes armés, craignant pour le Roi, s'installèrent pour veiller dans ses antichambres. La foule avertie appelait déjà les gardes au meurtre des ci-devant quand La Fayette, reprenant de justesse ses hommes en main, s'était contenté de faire désarmer et jeter ses pairs hors du palais, sans façon, rudement. Rassurée la populace avait un peu applaudi le général avant d'aller soûler sa victoire, mais son humeur demeurait ombrageuse. Depuis cette journée des poignards où elle n'avait pu massacrer personne, deux fois déjà elle était venue battre les murs de l'Abbaye, qui lui cachaient des bons à pendre.

— Je vous assure que mon juge n'a pas tort, que je suis parfois très content d'être logé dans une prison solide, plaisanta le marquis. Mon geôlier m'a fait donner un bon coucher et un bon fauteuil, j'y suis très à mon aise pour rêver de vous. C'est une occupation charmante, je vous parie que je m'en ferai un bon souvenir. Je regretterai la Louison de mon cachot quand je vous retrouverai à l'air libre, pleine de défauts !

Elle n'eut pas envie de sourire. L'après-dînée se finissait, et c'était toujours le prisonnier qui devait l'en consoler. Prenant garde de ne pas bousculer son bonnet il lui embrassa les cheveux, s'inquiéta de sa soirée.

— Quelqu'un vient-il vous chercher tout à l'heure, pour vous garder à souper ?

— L'amiral Jones et madame Aimée. Nous devons passer prendre un chaudron de matelote à l'auberge du

Gros-Caillou, pour l'aller manger chez Morris. Madame de Nadaillac nous rejoindra chez lui. Chauvigné aussi, peut-être. Ce n'est pas sûr. Le dimanche soir il est comme moi : sans faim et de méchante compagnie.

— Et madame de Flahaut ? Ne sera-t-elle point des vôtres ?

— Cela me surprendrait. Son mari a de gros ennuis pécuniaires, elle s'en plaint sans cesse, et je crois que son ami Morris n'aime pas... les emprunteuses ! Il s'est beaucoup rafraîchi à son égard. Madame de Nadaillac est jeune, belle, gaie, légère et nantie d'un époux à son aise, elle est faite comme il faut pour lui remplacer Flahaut.

— Vous m'attristez, dit le marquis dans une moue. J'ai de la sympathie pour Morris. Il me déplaît de penser que l'argent, fût-ce le sien, lui importe à ce point.

— C'est un Américain. Il m'a dit l'autre soir que les Français étaient fous de chercher leur bonheur dans la philosophie alors qu'il le faut chercher dans la richesse du pays, c'est-à-dire dans l'industrie et le commerce, dans le business. Il ajoute que nous mettrons longtemps à nous en apercevoir, parce que les hommes d'ici veulent passer le moins de temps possible au travail, le plus de temps possible aux plaisirs.

— Et n'est-ce point pour cela que les business men américains se plaisent autant chez nous ? demanda Roquefeuille en souriant. Répondez de ma part à Morris que les Français de ce temps sont fous, non point de vouloir trouver leur bonheur dans la philosophie, mais de le vouloir trouver dans l'imitation des Américains. Pour moi, si je devais jamais me faire exotique je choisirais...

Il la regarda d'un air malicieux.

— ... d'être persan ! acheva-t-il.

Vivement, il lui mit sa main sur la bouche.

— Ecoute :

Bois du vin car tu dormiras longtemps sous la terre,
Sans compagnon, sans ami, sans femme.
Souviens-toi de garder en toi ce secret :
Un coquelicot fané ne refleurit jamais.

Elle avait pâli. Demeura silencieuse, un long instant.

— Je ne savais pas, dit-elle enfin. Je ne savais pas que tu lisais Omar Khayyam.

— C'est qu'un mari n'a pas intérêt à se faire d'emblée connaître tout entier, dit-il en reprenant son ton moqueur. La vie conjugale est longue.

— Dieu t'entende ! dit-elle dans un brusque élan, en se jetant contre lui.

Un moment plus tard elle levait son verre. Il y restait un fond de vin, d'un beau rouge brillant de rubis.

— Je ne voulais pas finir mon vin mais je change d'avis, je suivrai votre conseil. A cette heure-ci un peu d'ivresse ne me fera pas de mal.

— Dimanche prochain, plutôt que d'envoyer votre Toupinet à l'*Hôtel des Américains,* envoyez-le prendre de la matelote au Gros-Caillou, dit Matthieu. A mon avis, ce ragoût ravigote l'estomac d'un homme en peine mieux encore que les pâtés des *Américains.*

— Vous autres Français, dans un plat de chair vous aimez surtout la sauce, dit Morris.

— C'est ma foi oui, dit Mme de Nadaillac. Tout comme nous autres Françaises, dans une affaire d'amour nous aimons surtout l'assaisonnement.

— Ma belle voisine est en train de me reprocher de lui faire trop franchement ma cour, dit Morris en riant.

— Mon cher, my dear, résignez-vous, ici notre sexe réclame d'être leurré, dit Mme de Nadaillac. Portez-vous bien sous cape, mais pour nous plaire donnez-nous vos larmes, vos angoisses, vos nerfs brisés et un anneau de secrète alliance acheté au *Petit Dunkerque.*

— Ha ! s'esclaffa Morris, les Parisiennes sont délicieuses. Elles seules pouvaient inventer l'anneau d'infidélité et qu'il eût sa boutique, comme le gâteau Saint-Honoré a la sienne en face de Saint-Roch, et le rouge à joues au Temple.

Mme Aimée avait baissé les yeux, Louison, rosi sous le regard de Matthieu. Toutes les deux, du même geste furtif, frôlèrent, sous la soie de leur robe, le jonc d'argent qu'elles portaient au cœur.

— Dites-moi donc, poursuivait Morris, pourquoi cet anneau-là doit être pris au *Petit Dunkerque*? L'y trouve-t-on en diamant?

— Nulle part ailleurs le fil d'argent n'est aussi mince quoique vendu au prix de l'or, dit Louison.

— Bah ! jeta Morris. Quelle lubie ?

— My dear mister Morris, vous ne connaissez pas encore grand-chose des Parisiennes, dit Mme de Nadaillac.

Elle lui tendait son assiette.

— Je reprendrais volontiers de la matelote. Avec beaucoup d'oignons, s'il en reste.

— Je me demande, dit Morris en la resservant copieusement, je me demande si le comte de Fersen s'est jamais procuré un anneau d'argent au *Petit Dunkerque* ?

— Dieu ! soupira Louison, ne parlons pas de la Reine ce soir. Je n'entends plus le nom d'un prisonnier, d'une prisonnière sans ressentir un peu de sa douleur.

Ses yeux se mouillaient. L'amiral Jones, affectueusement, lui pressa la main.

— Monsieur de Roquefeuille n'est point coupable : justice lui sera rendue, dit-il.

— D'ailleurs..., commença Mme Aimée.

On la regarda.

— J'ai obtenu de madame Marais, qui l'a prise au registre des mariages de Saint-Pierre, la date de naissance du marquis, pour faire tirer son horoscope, murmura-t-elle en hâte, un peu honteuse. Mademoiselle Lalande n'a point trouvé de sang dans son ciel, point de violence coupant brutalement sa vie. Uranie n'y a vu que des troubles passagers, et un très prochain voyage.

— Madame Aimée, que voilà donc une merveilleuse nouvelle ! s'exclama Morris, gentiment moqueur. Elle vaut un toast. Martin !

Il jeta une clé au valet.

— Sors-nous une bouteille de pomerol des grands jours. L'astrologie funeste est une niaiserie pour les grisettes, mais l'astrologie favorable une science, qu'il faut s'empresser de croire.

— J'y crois, dit Louison. Aimée, j'y crois de tout mon cœur !

Un grand sourire l'avait illuminée. Elle but avec foi à la liberté du marquis. Un nuage de gaieté vraie passait dans la petite salle à manger de l'Américain. Martin apporta le dessert sucré.

— Je m'en suis mal chargée, avoua Mme de Nadaillac. Tout ferme tôt le dimanche, et je me lève tard. Vous n'aurez que des confitures et des échaudés, mais j'ai pris les échaudés rue de la Verrerie, et les confitures sont de ma main.

— Alors elles sont exquises et j'en mangerai trop ! s'écria Morris, en lui saisissant la main pour l'embrasser trop. J'avais deviné depuis longtemps, madame, que vous étiez une personne savoureuse.

— Je finirai vraiment par croire à toutes les mauvaises manières qu'on prête aux Yankees, dit Mme de Nadaillac, rieuse, en dégageant sa main.

Morris eut un geste désinvolte.

— Je suis accoutumé aux calomnies des Français. On a même été, l'autre soir, jusqu'à prétendre devant moi que les Yankees en partie de beuverie mettaient avec les bouteilles un pot de chambre sur la table, pour s'éviter la peine de sortir de la fête en cas de trop-plein.

— Hé ! fit Jones goguenard, n'est-ce point vrai, Gouverneur ?

— John, vous savez bien que non, dit Morris. Nous n'avons jamais mis le pot sur la table : nous le mettons dessous.

D'un geste il calma l'éclat de rire général, acheva :

— Mais jamais Washington n'a reçu le monde sur sa chaise percée, ni vendu pour brevet l'honneur de lui torcher le derrière. Il est vrai que nous ne l'avons point fait roi.

— Touché ! s'amusa Mme de Nadaillac. Il est plaisant de chatouiller notre ami sur les mœurs de ses compatriotes, il en devient aussi piquant qu'un aspic. Je me demande, dear mister Morris, si vous ne seriez point autant persuadé de la supériorité des Américains sur les Français que l'était sournoisement feu votre Benjamin Franklin ?

— Croyez bien, madame, qu'en effet je le suis, et franchement, dit Morris dans un grand sourire, en se levant pour aller à la table à thé.

— Comme vous êtes drôle ! s'exclama Mme de Nadaillac avec un étonnement candide.

— Pardonnez son insolence à mon ami Gouverneur ; il n'est en France que depuis peu, et encore plus qu'à demi huron, dit Jones. Pour moi, je vous promets, madame, de vieillir et de mourir à Paris. Le bonheur de vivre ici est le meilleur butin que j'aie tiré de notre guerre contre les Anglais. Aussi espéré-je bien que le Royaume va se remettre dans son assiette pour que j'y puisse, demain, couler mes vieux jours dans la douceur d'hier.

— Mirabeau vous arrangera cela, dit Louison avec assurance. On voit bien qu'il s'est lassé des outrances jacobines et prêche à présent le retour à l'ordre. L'homme est un peu douteux, mais le tribun a bien assez de force et de talent pour entraîner l'Assemblée à sa suite et, dès qu'il va dans le bon sens...

— Tsitt, tsitt, tsitt ! fit Morris, secouant la tête avec vigueur. L'expérience, décidément, n'apprend rien aux Français. Ils veulent croire qu'on peut dissocier morale et pouvoir, et qu'une canaille peut faire le bien du pays dès l'instant qu'elle se met de leur parti.

— Gouverneur, ne désolez pas ma tante, intervint Chauvigné. Si, vaille que vaille, Mirabeau réussissait à remettre de l'ordre dans l'actuelle pagaille, à faire rendre l'exécutif au Roi et la justice aux magistrats, les choses en iraient mieux pour les prisonniers de l'Abbaye. Et ma foi, pour mater l'anarchie il faudra un malin !

— Non, dit Morris, il faudrait un sincère.

— Il faut une bonne voix, dit Louison, obstinée. L'opinion se conduit à la voix. J'étais à la Comédie-Française le soir où s'est donné *Le Despotisme renversé*. A tout bout de champ le parterre criait « Vive la Nation ! Vive la Loi ! » et les loges « Vive le Roi ! » Soudain la voix d'un page a osé « Vive la Reine ! » et les huées commençaient quand, du parterre, une dame de la Halle a hurlé : « Oui, oui, oui, oui, vive la Reine ! » Elle a sidéré la salle. Et puis au milieu du silence quelqu'un lui a lancé : « Pourquoi ? » alors elle a braillé : « Parce que l'Antoinette est de mon sexe, et ça me suffit pour que je sois de son côté ! » Et tout le monde a ri et crié « Vive la Reine ! » jusqu'à s'époumoner.

— Cela ne m'étonne pas, dit Morris. Les Français sont d'abord un peuple de spectateurs. Je n'ai jamais vu public aussi sensible. Il est naturel qu'il aime les comédiens, même à l'Assemblée, même au gouvernement.

Ils burent leur thé en continuant de plaisanter sur les Français. Louison se sentait assez bien pour se mentir un peu : Aimé était en voyage ; il reviendrait bientôt.

Morris lui apporta une seconde tasse de thé.

— Monsieur de Beaussemblant m'a fait prier de passer le voir demain, lui dit-il tout bas. J'ignore de quoi il retourne mais enfin, je serai dans la place.

Elle ouvrit sur lui des yeux éblouis.

— Ne me faites jamais ces yeux-là, murmura-t-il. J'y prendrais de l'audace, et vous me dites toutes que j'en ai déjà trop.

25

Dès qu'elle fut debout, en chemise près de la fenêtre, le collier de perles roses se mit à chatoyer sur le blanc lacté de son cou. Elle avait dormi avec son collier et les deux bracelets de perles assorties que Georges de Bièvre lui avait offerts. Rien ne pouvait être plus exquis pour l'œil que le doux éclat nacré des perles marié à l'éclat sourd et crémeux de sa peau moite encore de sommeil. Louison se déplaça, retrouva sa charmante image dans le miroir de sa table de toilette, et ses yeux s'emplirent de larmes. Elle s'ôta pourtant ses bracelets, les reposa dans leur écrin. Elle se sépara moins vite du beau collier, le fit miroiter dans la lumière frisante du petit jour, le tourna autour de ses bras, autour de son cou, passa la tiède rivière entre ses lèvres, la laissa glisser dans le creux de ses seins... Faire l'amour à ses perles, une dernière fois.

Ses autres trésors étaient tous étalés sur le linge blanc juponnant la toilette. Le magnifique papillon des Conti aux ailes coloriées de pierres précieuses. Le cabochon de turquoise du Persan, ses breloques de ceinture, son tour de cou en fleurettes de joaillerie, son nœud de corsage et ses boucles de souliers en roses. Le somptueux rubis ponceau de Calonne. Les trois diamants jonquille taillés en poire des marquises de Roquefeuille. L'aigrette d'or empanachée de gouttes multicolores, qui lui mettait, dans les cheveux, un jet d'eau pâle s'épanouissant en arc-en-ciel. La montre d'émail bleu à miniature qu'Aimé lui avait donnée pour la naissance d'Aurore. Elle avait tout sorti, même ses modestes bijoux de jeune fille : sa chaîne et sa médaille, ses perles d'oreilles, ses boucles en argent, sa broche de grenats. Tout cela n'était pas beaucoup, en fin de compte, et elle aimait tout. A la passion, à la folie, ou avec une vieille tendresse.

Il était tôt. Sept heures à peine. On l'avait avertie que rabbi Samuel, se faisant vieux, ne recevait personne avant dix heures. Elle avait encore le temps de posséder, encore un peu, alors elle tripotait sa richesse avec des mains d'amante angoissée, le regard accroché à la pendule. Ses larmes mal refoulées mouillaient ses joues, salaient sa bouche.

— Allons ! dit-elle tout haut avec brusquerie, c'est assez lanterner !

Elle écarta du trésor sa médaille d'enfant, remit le reste dans ses écrins, les écrins dans un sac de toile. Quant tout y fut, à la réflexion elle en ôta la petite montre d'émail bleu et les diamants jonquille des dames de Roquefeuille, fourra ceux-ci dans la poche du jupon qui traînait sur sa bergère, renferma la montre et la médaille dans le tiroir de son bureau. La médaille était à double profil maternel : à l'avers celui de Marie, au revers celui de Marianne. Au dos de la montre d'émail Aimé avait fait peindre son portrait à la miniature. N'importe quel bijou ne peut quand même pas finir chez le juif. Pour se payer ce qu'elle retenait Louison ajouta dans le sac la petite poulaine de vieil ivoire incrusté de points d'or, sa boîte à mouches, qui lui venait du maréchal de Richelieu.

Elle fit atteler pour neuf heures.

« Si tôt ! » s'était exclamée Mme Marais, en voyant sa fille prête d'aussi bonne heure pour descendre en ville. Mais sur sa brève réponse « J'ai à faire pour le marquis », Marianne n'avait pas posé d'autres questions. Elle avait caressé la joue de Louison, murmuré « Bonne chance, ma chérie », pressé ses deux mains entre les siennes. C'était bien ainsi. Louison ne devait pas dire à sa mère qu'il lui fallait 35 000 francs en or pour payer, à son juge, la liberté d'Aimé. Avec la baisse de la Bourse et la dégringolade des rentes sur l'Etat Marianne avait déjà perdu un tiers de son médiocre avoir. Louison ne voulait pas qu'elle se dépouillât davantage, et où eût-elle pris de l'argent ailleurs que dans sa bourse ? Son bon ami Lauraguais n'avait plus un sol. Il n'avait plus que des œufs frais, des poulets, des légumes et des culottes râpées.

En or, 35 000 francs ! Pour faire signer au tribunal du Comité des Recherches une ordonnance de non-lieu en faveur de M. de Roquefeuille, Beaussemblant, cette crapule aux airs bonasses, ne demandait pas peu ! C'était à Gouverneur Morris qu'il avait posé, de biais, ses conditions. L'ayant approché pour l'achat d'une terre en Pennsylvanie, et la terre proposée par l'Américain valant 70 000 francs, devant lui le magistrat avait espéré, bien haut, qu'*on* l'aiderait à parfaire cette somme, dont il ne possédait que juste la moitié. Morris comprenait à merveille ce genre d'espérance-là : c'était un homme de gros négoce en milieu politique, rompu à l'usage des pots-de-vin. En ressortant de l'Hôtel de Ville il savait exactement à quoi s'en tenir. Le Comité des Recherches commençait à se méfier de Beaussemblant, et celui-ci, avant de lever le pied, cherchait à s'enrichir encore un peu mais n'avait, pour le moment, que M. de Roquefeuille à vendre sans risque. Le maire et La Fayette s'en désintéressaient, tout occupés maintenant à faire tomber Mirabeau, pour l'envoyer à l'échafaud avant que le tribun ne réussît à faire lyncher La Fayette. Le climat était propice à l'élargissement d'un prévenu coupable d'une seule lettre qu'il n'avait pas écrite. Pour le tenter Beaussemblant réclamait 35 000 francs, en or.

Il fallait que Mme de Roquefeuille les trouvât. Pour s'éviter le déplaisir de lui refuser un prêt, Morris lui paya tout de suite la commission de 7 000 livres qu'il lui aurait due plus tard pour son aide dans la vente d'une propriété près de New York. Avec le peu qu'elle avait chez elle et ce que Matthieu put emprunter, à 20 % d'intérêt, sur son salaire de député, Louison n'arrivait qu'à 13 200 livres. A quels intimes oser mendier le reste, quand on sait qu'on ne pourra pas rendre ? A Verte-Fontaine, La Roche n'assurait plus que chichement la survie des châtelains à présent que les fermages n'étaient plus payés, que les journaleux exigeaient salaire et nourriture pour flâner, que métayers et braconniers volaient ouvertement au nom de l'égalité. Faire vendre des prés et des bois elle n'en avait pas le temps, et qu'en aurait-elle tiré ? Comme tous les paysans de 1791 les Berrichons voulaient les terres pour rien, pour la vengeance, qu'ils appelaient la justice. A Paris...

A Paris, ses amis les plus aimants n'étaient pas riches,

sauf la tante Mado, mais Mme Prévost prêtait déjà souvent à Mme Marais, à fonds perdus, sans compter, et c'était bien assez. Les Courtray? Depuis la suppression des pensions royales ils vivotaient chichement sur leur mince avoir, comme l'amiral Jones, comme Mme Aimée. Lady Crawford? Elle était en Belgique, avec son mari, pour plusieurs semaines. Gouverneur Morris n'était pas prêteur, et Beaumarchais ne l'était plus.

L'Ami Charmant. Tout de suite elle avait pensé à lui qui, naguère, portait son cœur sur la main. L'âge l'avait endurci, ou rendu prudent. Aujourd'hui, quinteux et grognon plutôt que véhément, le bateleur d'hier arrivé dans l'opulence avait l'argent frileux. Il ne pensait plus qu'à entasser son or et de l'art autour de sa chère Eugénie, pour appâter le fils la Borde. Même à taux d'usure il avait refusé de l'argent aux hommes les mieux placés pour être utiles, au duc d'Orléans, à Chartres, à Provence, à Talleyrand, à Montmorency, à Mirabeau, à une poignée de députés jacobins. Le sachant, Louison avait repoussé l'idée d'aller quêter, commodément, auprès de l'Ami Charmant. La honte d'un refus, elle l'avait crainte pour lui, pour eux, pour leurs beaux souvenirs. Beaumarchais avait été l'ami « scandaleux » de ses quinze ans, le confident de ses pensées folles, son bouffon de génie. Elle voulait pouvoir continuer de croire à sa tendresse. Plutôt que d'en perdre l'illusion elle préférait porter le deuil de ses bijoux.

Ce deuil-là, ce deuil frivole lui broyait pourtant l'âme. Bien que tenant encore le sac de toile elle se sentait déjà nue, pauvre, vieille. Assez vieille pour que son deuil fût sans recours. Les joyaux de l'amour vont aux jeunes maîtresses. Celle qui perd sa parure à vingt-cinq ans ne la voit jamais revenir. Ses deux mains crispées sur le sac, bloquées, étaient la seule partie d'elle qui ne tremblât pas.

Rabbi Samuel habitait rue des Rosiers, une petite maison enfoncée au bout d'un long couloir herbeux serré entre deux hôtels. Les derniers rosiers du quartier buissonnaient de chaque côté de la maisonnette adossée à un pan de rempart, vestige de la vieille enceinte de Philippe Auguste. En cette fin de mars les rosiers n'étaient encore que des touffes de bâtons piquants travaillés par la sève brute, qui poussait du vert tendre hors de tous les yeux. Rabbi Samuel, avec soin, l'air content de son ouvrage, s'occupait à les tailler.

Louison fut surprise de son aspect. Elle s'était attendue à un homme semblable au seul juif qu'elle connût pour tel : un petit vieux adipeux au gros nez, au ton obséquieux. Rabbi Samuel était un grand vieillard mince et droit, à la voix aimable. Mis à part la calotte noire posée sur ses cheveux blancs il était vêtu comme beaucoup, d'un habit de drap gris foncé sans ornement.

Déconcertée qu'il n'eût pas l'air d'un juif, Louison demeura muette plusieurs instants après qu'il l'eut fait asseoir dans un petit salon douillettement meublé, décoré de chandeliers à sept branches et de très beaux objets d'argent. Rabbi Samuel, assis en face d'elle, attendait patiemment son bon plaisir. Elle avala une goulée d'air, lâcha d'un trait :

— Je suis la marquise de Roquefeuille. J'ai besoin d'une forte somme en or, et on m'a dit, monsieur, que vous étiez un prêteur honnête.

Sans y croire, rabbi Samuel remercia de la tête.

— J'essaie, dit-il en souriant. Je doute pourtant, madame, de passer pour honnête auprès de mes emprunteurs. Un prêteur veut des gages, et qui lui en donne en retire le sentiment d'avoir été volé, c'est humain.

— En fait, dit-elle, je pense qu'emprunter ne me suffira pas. Je pense qu'il me faudra vendre...

Elle commençait de tirer les écrins de son sac, les ouvrait avec une maladresse fébrile, poussait, sur le guéridon qui les séparait, les bijoux vers le juif.

— ... vendre tout ou partie de ceci.

Rabbi Samuel allongea la main, saisit le collier de perles roses. Alors, sentant que le chagrin allait lui envahir la voix, elle brusqua les choses, précisa très vite :

— J'ai besoin de 22 000 francs. Que vous faut-il prendre pour me faire la somme ?

Il la regarda, revint des yeux aux bijoux étalés, examina les deux bracelets de perles et le rubis longuement à la loupe, avant d'apprécier le reste d'un seul coup d'œil de connaisseur.

— Est-ce là, madame, tout ce que vous m'offrez ?

Louison fouilla sa poche de jupon pour en tirer les diamants des Roquefeuille, qu'elle jeta sur la table avec presque de la violence.

— Cela encore, s'il le faut, dit-elle.

— C'est une belle parure, estima rabbi Samuel. De peu de valeur puisque les diamants colorés ne sont point prisés, mais une parure charmante. Désuète, charmante.

— Je ne vous demande que son prix, dit Louison sèchement.

Il marqua un temps avant de lui répondre. C'était vrai, que rabbi Samuel était bon homme, autant que faire se pouvait. Toujours il hésitait, et parfois même soupirait avant de décevoir. Il soupira.

— Vos bijoux, madame, sont de belle façon, et d'un grand goût. Mais la plupart ne valent que par le travail de la main, et l'art des joailliers se revend mal. Si j'excepte du lot les perles et le rubis... Je vous offre 5 500 livres, du tout.

La colère, d'un bond, la dressa debout.

— Du vol ! C'est du vol ! siffla-t-elle, outrée.

— Et voilà, laissa tomber rabbi Samuel avec résignation.

Jamais on ne le tenait longtemps pour un homme honnête, même s'il s'efforçait, comme ce matin-là, de se montrer assez généreux. Il ramassa le sac de toile que la marquise avait lâché, pour y remettre les bijoux.

— Reprenez votre bien, madame, dit-il sans aigreur. Je ne puis vous en donner mieux, et ne veux pas entendre vos injures. Vous n'êtes point de sang-froid, point donc en état de traiter cette affaire. Si, à la réflexion, mon offre vous tentait, fiez-vous à un ami et envoyez-le-moi.

Il lui avait parlé si doucement qu'elle retomba assise, secouée de larmes. La détresse lui coulait du corps, hélas sans la soulager.

— Monsieur, j'ai un urgent besoin de ces 22 000 francs. Il me les faut, absolument ! Absolument ! supplia-t-elle d'une voix cahotée.

Rabbi Samuel hocha la tête :

— Je n'en doute pas, dit-il.

Il s'en alla remplir un verre d'eau fraîche, y versa deux cuillerées à café de son sirop d'opium, revint tendre le verre à sa visiteuse.

— Buvez, madame. Dans une vingtaine de minutes vous vous sentirez plus calme, nous pourrons causer.

Elle réussit plus vite à maîtriser ses sanglots. Rabbi Samuel, assis un peu plus près d'elle, l'observait avec de bons yeux. Elle eut vers lui un élan d'espoir, qu'il coupa d'un geste.

— Ecoutez-moi d'abord, madame. Je suis un marchand d'or. Point un saint, ni même un Bon Samaritain. Je vends au juste prix, c'est-à-dire au prix du marché, sans voler les gens mais pour me trouver bien de mon commerce. Je suis un boutiquier honnête tout autant qu'un honnête mercier et cela, bien sûr, ne peut suffire à contenter mes clients. Tous sont en peine quand ils m'arrivent, ce n'est point de l'honnêteté qu'ils requièrent, c'est de la charité et, je le répète, je ne suis point le Bon Samaritain. Le voudrais-je être d'ailleurs que je le resterais bien peu de temps ! Puisque je ne reçois que des affamés d'or, à leur en donner sans compter je serais bientôt ruiné !

« Et avec moi, ma petite communauté de mendiants », pensait rabbi Samuel mais, cela, il le garda pour lui. Aucune chrétienne ne peut croire qu'il y a bien plus de pauvres bougres parmi les juifs que d'usuriers riches. Rabbi Samuel reprit son ton d'homme d'affaires.

— Je ne puis, madame, vous donner 22 000 francs de ce que vous voulez vendre. Ce n'est point ma faute si dans ce royaume tout, sauf l'or, perd chaque jour un peu plus de sa valeur. Si le plus sot enrichi peut aujourd'hui se payer des merveilles pour une petite poignée d'écus. On brade à vil prix quand on est pressé de s'expatrier. Personne ne vous fera, pour vos bijoux, une offre meilleure que la mienne. Ou alors, peut-être...

— Peut-être ?

Elle le regardait avec avidité.

— Ou alors, peut-être le banquier d'une danseuse, dit

rabbi Samuel. Cela se fait. Si vous connaissiez une actrice déjà mise sur un grand pied, et qui exigerait de son amant les bijoux d'une marquise... Dans ce cas, demandez-en 30 000 livres, pour en pouvoir ristourner 8 000 à la demoiselle. Cela se fait.

— Ah, fit Louison. Cela se fait ?

— Cela se fait.

— Et... un nom vous vient-il en tête ?

— Je crois que madame Gourdan vous en donnerait un. Elle loge dans la rue Comtesse-d'Artois *.

Le vieillard eut un coin de sourire.

— Cette personne connaît beaucoup d'actrices.

— Je sais, dit Louison en se levant.

Elle avait rosi. Bien que vivant maintenant sans bruit, la Gourdan était encore célèbre. La dame avait fourni de chair vénale les amateurs du Tout-Paris et même du Tout-Versailles, et jusqu'au vieux Louis XV. Son métier, en effet, devait lui avoir laissé des relations en même temps que des rentes. Le conseil du juif pouvait n'être pas mauvais. Louison ramassa son sac sur le guéridon, marcha vers la porte. Elle ne se retourna que sur le seuil :

— Merci, dit-elle sans plus et froidement, avant de sortir.

« Merci, tout de même », soupira en lui-même rabbi Samuel, avant de s'aller remettre à la taille de ses rosiers.

Emerveillée, émue, la Gourdan contemplait Louison. Dieu ! comme elle ressemblait à sa mère ! Vingt-cinq, vingt-six années après l'avoir offerte au prince de Conti, la Gourdan revoyait devant elle, sans une ride, sans un cheveu blanc, la somptueuse, la succulente Marianne Couperin. La nature est bonne fille, elle se répète, généreusement. A cette copie-là elle avait ajouté encore un charme rare : le grand bleu d'eau fragile de ses yeux aux diaprures toujours nouvelles. Marianne II portait les yeux du Prince, et la Gourdan en frétillait de vanité, sûre d'avoir elle-même créé ces yeux-là en

* Tronçon de la rue Montorgueil d'aujourd'hui.

jetant la Couperin dans le lit de Conti. Dès que lui venait un bon écho de son négoce d'antan, la Gourdan n'était jamais loin de se croire une bienfaitrice. Quel beau métier elle avait eu ! Servir la beauté. La plus jolie des femmes, livrée à elle-même, risque si souvent de se donner pour rien à un distrait plutôt qu'à un pieux amateur pour une fortune. Si la Gourdan n'avait pas été sortir Mme Couperin de sa boutique elle y serait toujours à auner du ruban, et sa fille aurait eu un mercier pour père, dont elle n'aurait pas hérité ces yeux-là. Bon sang ! ils en valaient, des rouleaux de louis ! Une bouffée de nostalgie enivrait la Gourdan. Devant une si belle chose la maquerelle retraitée se sentait encore le talent de faire une du Barry, fût-ce avec le Gros * ! Elle s'agita sur son fauteuil.

— A quoi, ma... (Elle avait failli dire : ma belle !) madame, dois-je votre visite ?

Louison ne s'était pas étonnée d'être d'abord dévisagée en silence. Elle aussi dévisageait son hôtesse, s'efforçait de retrouver en elle les traits plaisants d'une « tante » familière à son enfance. Alexandrine Gourdan ressemblait maintenant à une vieille comtesse de comédie très pomponnée, trop maquillée, au sourire facile, aux gestes maniérés. Plus petite et encore plus menue que jadis elle s'habillait toujours de soie claire, ses maigres seins mous haussés au balcon d'une robe rose fleurie trop fanfreluchée, démodée. Mais le diamant qui scintillait sur sa main fripée était de la plus belle eau, et magnifique son tour de cou en roses.

« Tante Alex, vous vous empierrez toujours trop tôt dans la journée, et vous sentez toujours aussi bon l'eau de Cologne à la bergamote », pensa Louison, plus curieuse que gênée de se trouver là.

— Rabbi Samuel, que je viens de voir, m'a renvoyée à vous, dit-elle.

— Parlez-moi franchement, dit aussitôt la Gourdan. Je sais garder un secret, j'en suis un puits !

Louison lui raconta tout, montra les bijoux.

— Alors ? questionna-t-elle enfin avec anxiété.

La Gourdan avait posé, sur sa paume ouverte, le

* Louis XVI.

papillon merveilleux des Conti, jouait à le faire palpiter de toutes ses couleurs dans la lumière.

— On n'aime guère, à votre âge, se dépouiller de ses parures, murmura-t-elle.

Une telle belle en panne d'argent serait si facile à dépanner autrement, « intelligemment » ! Elle risqua :

— Ne préféreriez-vous point emprunter, tout simplement, à un quelconque banquier ?

— Dame oui ! s'exclama Louison.

Et elle ajouta avec ironie, son regard fiché dans celui de la Gourdan :

— Si vous me pouvez trouver, tante Alex, un saint homme auquel mon grand merci suffira pour se rembourser ?

— Bon, soupira la Gourdan. Passons mes connaissances en revue...

La vieille entremetteuse finit par s'arrêter sur le nom de Mlle Dervieux.

Danseuse médiocre mais gourgandine fameuse, la Dervieux avait déjà usé vingt ans de sa vie à entasser des millions de tout dans le ravissant petit hôtel que Brongniart lui avait bâti dans la rue Chantereine *. Quoique déjà bien mûre l'habile pécheresse venait encore de se trouver un Américain, pressé de se ruiner pour l'orgueil de succéder dans sa couche aux plus grands noms de France.

— Sa nuit de noces lui a coûté 600 000 francs ! dit la Gourdan avec extase. Il en mettra bien 20 ou 30 000 de plus pour offrir des bijoux de marquise à sa sangsue. C'est le bon moment pour vous, le jobelin n'est point dégrisé. Voyez l'Américain lui-même ; vous économiserez la commission de la Dervieux, elle est gourmande.

— Et pour vous ? demanda Louison. Combien devrai-je prévoir ?

Elle avait lancé négligemment et sans l'appuyer sa question, dans un sourire, avec la même hauteur sans morgue, indulgente, que Conti, son père, se laissait voler.

« Les temps ont changé, ma belle, pensa la Gourdan,

* Rue de la Victoire aujourd'hui.

amusée. C'est moi, ce tantôt, qui me paierai le plaisir de faire l'aumône à la maison Conti. » Elle dit en rendant le sourire :

— Je réclame pour ma part une heure de mes souvenirs, de ceux qui me viennent en vous regardant. Ne goûteriez-vous point avec moi, Louise ?

— Vous avez bonne mémoire, dit Louison.

Elles prirent du thé et des macarons à la vanille en évoquant le joli temps de L'Isle-Adam, des bons goûters à la ferme de Boulonville. Une petite colonie d'anabaptistes que le Prince avait ramenée de sa guerre des Flandres tenait là, au bord de la rivière d'Oise, la ferme la plus propre, la plus coquette de France. Les invités du château entichés de plaisirs rustiques y venaient boire du lait mousseux, baratter du beurre, pétrir le pain, poudrer leurs soies de farine bise.

— Ces anabaptistes faisaient de la si bonne grosse pâtisserie allemande ! se rappelait la Gourdan. Vous en raffoliez.

— Croyez-vous ? fit Louison, incrédule.

La Gourdan fabulait. Quand Mme de Boufflers donnait une partie de campagne à Boulonville, la petite fille du Prince et de la courtisane demeurait oubliée à la conciergerie du château, où le brave concierge la nourrissait de chocolat et de brioche, qu'elle salait de ses larmes. Ces larmes-là, de princesse Cendrillon, elle en avait encore toute l'amertume dans le cœur et nul bonheur, sans doute, ne lui en ôterait le mauvais goût si prompt à lui revenir avec un mot, une image. Elle acheva de grignoter son macaron et brusqua son départ.

Mme Gourdan ouvrit sa fenêtre pour la regarder sortir et monter dans sa voiture. « Manquer de 22 000 francs, avec une mine et une tournure pareilles ! » Quel gâchis font d'elles-mêmes les femmes ! La Gourdan fréquentait encore assez les jardins où l'on cause pour savoir qu'on y voyait souvent la marquise de Roquefeuille chaperonnée par un beau jeune député sans le sol qu'on disait son neveu, mais avec un clin d'œil. Gâchis, gâchis, gâchis ! Louise était comme eût été sa mère sans l'aide de Gourdan : de la chair née pour pécher de tout son cœur, de la chair crémeuse, pressée de se fondre dans l'amour, naïvement, en oubliant les plaisirs du profit. Misère! Il faudrait créer une école des filles, bien distincte de celle des garçons.

Mme Gourdan se resservit une tasse de thé.

Derrière l'élégante façade, toute blanche, du petit hôtel Dervieux, on entrait dans une antichambre à colonnes, toute blanche aussi, à rechampis d'or.

M. Jimmy — son nom? son prénom? — était sorti pour une heure. Si Madame le désirait, Madame pouvait l'attendre en visitant la maison et le jardin. En souriant le portier lui tendait un billet de visite, qu'on payait 5 francs. Eberluée, Louison tira machinalement sa bourse; c'était la première fois qu'elle voyait vendre le droit de se promener chez un particulier bien logé.

— C'est cher, ironisa-t-elle en donnant sa pièce. Avant la Révolution les portes s'ouvraient gratis.

— Jamais celle de Mademoiselle, dit le portier, sans aucune intention de faire rire.

Il emmena la visiteuse, à travers une folle abondance d'œuvres d'art, jusqu'à la chambre à coucher de sa maîtresse. La nymphe gagnait son pain doré sur un lit inondé de roses sans épines, de roses artificielles multicolores. L'autel reposait sur une estrade à trois marches de marbre blanc comme était aussi, de pur marbre blanc, le grand bassin rond creusé dans la salle de bains. Le portier montra la tribune accrochée sur un mur, dit avec emphase :

— La place des musiciens. Mademoiselle ne veut se baigner qu'en musique, au son des violons.

— Je suis heureuse d'apprendre que mademoiselle Dervieux barbote en mesure, dit Louison. Quand elle dansait au sec, c'était à contretemps.

Le portier ignora la pique, poussa la dame vers le jardin, où il la laissa.

Le jardin était aussi travaillé que la maison. Elle tourna un bon moment dans son labyrinthe de verdures persistantes encombré de fausses ruines romaines avant que M. Jimmy, enfin, parût.

La quarantaine épanouie, grand, ossu, bon homme et franc rustre, M. Jimmy savait faire de l'or en trafiquant d'un peu tout en gros, avec l'idée fixe de manger son or à Paris, avec des Parisiennes. Sa mère l'en avait longtemps empêché, aussi, depuis sa mort, mettait-il les bouchées doubles. Les bijoux de Mme de Roquefeuille le passionnèrent d'emblée : la marquise était wonderful ! divine ! Il voulait en donner 50 000 livres, pas un franc de moins !

Méfiante, Louison se recula jusqu'au bout du banc de pierre où ils s'étaient assis.

— C'est bon, dit-elle. Votre prix me va. Avez-vous la somme ici ?

Il lui proposa de venir la prendre dans la soirée, vers neuf heures, à son pied-à-terre de la place des Victoires, où il avait son bureau.

— Voilà qui ferait tard pour moi, dit-elle dans un grand sourire. Je vous enverrai mon neveu, le baron de Chauvigné. Il a toute ma confiance.

— Madame, je serais fâché d'avoir à traiter avec votre neveu, avoua M. Jimmy sans détour.

Il se pencha trop vers elle.

— Ne comprenez-vous pas que je n'achèterai vos bijoux que pour vous les offrir ?

Sans hâte vexante elle s'écarta de son souffle en se levant, dit sans hausser le ton :

— Cessez, monsieur, de me vouloir plus de bien que je n'en demande. Payez-moi le juste prix de ce que j'ai à vendre car, moi, je n'y ajouterai rien d'autre.

M. Jimmy ne fut déconcerté qu'un instant. Parce qu'il les aimait faciles il se croyait facilement aimé des femmes, d'autant plus que sa bourse grande ouverte lui en conquérait beaucoup ! Il pensa que la jolie marquise ne s'effarouchait que pour faire monter l'enchère.

— Voulez-vous 100 000 francs ? lui lança-t-il joyeusement au visage, persuadé d'être vraiment gentil.

L'exaspération gagnait Louison. Cette nouvelle déception après une nouvelle espérance lui était insupportable. Ses bijoux, demeurés sur la table de pierre du jardin dans leurs écrins ouverts, étincelaient au soleil de toutes les couleurs de l'arc-en-ciel. Elle les montra du regard.

— Donnez-moi, monsieur, le juste prix de ceci, de ceci et de rien d'autre ! jeta-t-elle d'une voix frémissante. Décidez-vous vite et finissons-en, je suis pressée.

— Bien, bon, well, fit M. Jimmy, décidé à la patience, l'objet en valait la peine.

Il se rapprocha de la table, écarta du lot la broutille raffinée d'orfèvre, rejeta les vilains diamants jaunes et les breloques, prit dans ses mains les tours de cou et de bras en perles et le rubis ponceau.

— Le juste prix, hein ? ricana-t-il sans méchanceté.

Et il parla comme le juif de la rue des Rosiers :

— Aujourd'hui, madame, qu'en France tout se paye en assignats, c'est-à-dire en papier à brûler demain, ce qui se paye en or ne vaut pas même le vingtième de sa valeur. Je veux bien vous donner 7 000 livres des perles et du rubis, en vous laissant le reste.

Le cœur de Louison lui manqua, elle devint blanche jusqu'aux lèvres, s'appuya de ses deux paumes à la table. M. Jimmy eut pour elle un beau sourire d'ogre.

— Alors, madame ? Prendrez-vous 7 000 livres à votre façon, ou 100 000 à la mienne ?

La rage revint d'un bond à la fille de Conti.

— Manant ! cracha-t-elle, et elle le gifla à la volée, de toute sa force.

Sidéré, l'Américain reçut deux paires de soufflets sans faire un geste, sans dire un mot.

— I'm damned ! And I'll see you damned first ! lâcha-t-il avec vigueur quand l'esprit lui revint. Vous n'aurez pas un blanc !

— Je me suis payée, dit Louison.

Son calme revenu, elle faisait tomber pêle-mêle bijoux et écrins dans son sac de toile.

— Vous êtes un maquignon, monsieur. Tenez-vous-en aux théâtreuses, elles ont un prix, dit-elle encore avant de tourner les talons.

Un grand éclat de rire tomba sur la tête encore étonnée de M. Jimmy.

— Suivez le conseil qu'on vient de vous donner, mon loup, votre argent sera mieux servi, plaisanta la Dervieux en sortant de derrière une haie de laurier. Que feriez-vous, mon bichon, d'une ci-devant marquise ? Ces grandes dames-là ne sont plus bonnes qu'à la lanterne. Elles ne changeront de caquet que pendues là-haut. Allons viens, manant ! Il m'est arrivé de Genève une truite de vingt livres. J'ai fait mettre au frais du caviar et du vin de Champagne. Tu auras ce soir, manant, un souper de roi !

Désolé, Toupinet aida sa maîtresse à remonter dans sa voiture. Il voyait bien qu'elle n'avait pas encore réussi son affaire : elle était si triste, si pâle.

— Madame, proposa-t-il timidement, si je vous conduisais rue des Jeux-Neufs ?

Elle tressaillit, fit non de la tête. Elle n'irait pas demander de l'aide à Fath-Ali, il la lui accorderait. Il lui donnerait l'argent en ayant pour elle ce sourire... Ce sourire gardé sous les lèvres, ce sourire doux-amer de sage moqueur, résigné, par choix et peut-être par mépris, aux vilenies des autres. Elle l'avait vilainement trahi, sans autre raison que son impatience de vivre à la légère, dans la mousse du plaisir. Et quoi qu'Ali fît désormais pour elle, Louison lui devrait de la honte en plus de son remerciement.

— Conduis-moi dans le quartier Saint-Antoine, dit-elle à Toupinet. Nous allons chez monsieur de Beaumarchais.

Beaumarchais, doucement, repoussa le sac que lui offrait Louison.

— Je ne veux pas de vos bijoux, princesse. Vous m'offensez. Combien vous faut-il ?

Il ouvrit la porte centrale de son cabinet florentin, en sortit une cassette en métal de Tolède, répéta sa question :

— Combien vous faut-il ? J'aurai peut-être la somme ici.

— Il me faut 22000 francs, dit Louison d'une voix rauque.

— Je les aurai, dit Beaumarchais.

Il lui compta la somme en louis.

— Voilà, dit-il. Mais n'allez point seule chez cette canaille de Beaussemblant. Prenez un témoin sûr. Prenez Chauveau-Lagarde. C'est l'avocat le plus sûr que je connaisse.

Figée, Louison contemplait l'or empilé sur le bureau. Enfin son regard se tourna vers Beaumarchais et, muette d'émotion, elle lui tendit sa main.

Il la prit pour la baiser, la posa contre sa poitrine où il la tint serrée. Alors Louison appuya son visage à l'habit de velours beige, et se mit à pleurer. Lui la laissa pleurer, en jouant du bout des doigts avec les boucles de ses cheveux. A en effilocher la soie brillante il avait l'impression de parfiler, comme au temps où c'en était la mode.

— C'est assez, princesse, dit-il enfin en s'écartant d'elle. Sortez votre mouchoir, épongez-vous et causons.

— L'Ami Charmant, balbutia-t-elle, mon Ami Charmant. Vous m'aimez donc pour tout de bon, aujourd'hui comme hier?

— Et comme la plus délicieuse, la plus flatteuse de mes sœurs, compléta Beaumarchais. Séchez-vous, ma mie. Le bleu de vos yeux se noie, c'est dommage.

Louison se moucha, toucha les piles de louis d'or.

— Merci, l'Ami Charmant, dit-elle dans un beau sourire retrouvé. Il est heureux que vous aimiez tant à dépenser pour les femmes!

— Pour les jolies femmes, corrigea Beaumarchais. Pour les jolies femmes et pour les beaux décors, ajouta-t-il, avec un large geste autour de lui. Allons demander un verre de sa liqueur vulnéraire à Thérèse*, vous en avez besoin. Elle la prépare corsée, pour remettre de la bonne humeur dans ses belles-sœurs La Noblesse et La Populace** quand elles viennent se chamailler chez nous pour ou contre le Roi.

* Sa femme.

** Ses deux sœurs, Julie et Lépine.

Penché sur son bureau il prit une plume, jeta quelques mots sur une feuille.

— L'adresse de maître Chauveau-Lagarde, dit-il en la donnant à Louison.

Elle secoua la tête.

— C'est Gouverneur Morris, qui doit m'accompagner chez monsieur de Beaussemblant. Ce magistrat lui fait confiance.

— Une canaille qui fait confiance à une mauvaise langue, voilà un beau sujet de comédie ! ricana Beaumarchais, au bord de la hargne. Saviez-vous que votre bon ami Morris me dénigrait auprès du marquis de la Borde ?

Louison évita de rire. Morris avait dit au marquis qu'un la Borde n'épousait pas une Beaumarchais, que la dot d'une fille ne remplaçait pas la réputation d'un père, et tout le beau monde l'allait répétant. Familièrement, la jeune femme passa son bras sous celui du père ulcéré.

— L'Ami Charmant, écoutez votre femme, mariez votre Eugénie à un bon bourgeois plutôt qu'au fils la Borde. Vous voyez bien que l'avenir appartient aux bourgeois.

— L'avenir, comme le passé et comme le présent, appartient aux riches, s'écria Beaumarchais avec vigueur. Pourquoi croyez-vous que j'aie voulu tout cela ?

Ils étaient entrés dans le salon, à la recherche de Thérèse, et l'homme de théâtre, bon public jamais blasé, s'éblouissait une fois de plus de son luxe ostentatoire. En marchant sur sa mosaïque de bois précieux et ses tapis de la Savonnerie, entre des murs où s'étalaient à foison le romantisme en ruines d'Hubert Robert et l'onctueuse sensualité de Carle Van Loo, en s'adossant à une cariatide de sa cheminée en marbre de Carrare, en ouvrant ses portes d'acajou, en frôlant ses meubles précieux, ses bronzes, ses argents, ses vermeils et ses porcelaines, en voyant s'illuminer de cinquante bougies son lustre en cristal de roche, Beaumarchais, béat, se sentait enfin logé dans un décor digne de son génie. Tout ici, le moindre objet avait été choisi pour séduire le connaisseur, mais aussi pour frapper le croquant d'admiration pantoise. Et comble de volupté, sous la vaste coupole de trente pieds de haut plafonnant son salon le maître de maison pouvait parler avec une amplitude qui servait ses bonnes répliques, rassurait le sexagénaire devenu dur d'oreille.

— L'avenir appartient aux riches, répéta-t-il. Même au pays de la Liberté qu'on nous prépare. Le pauvre n'est point libre, il sert en tout pays. Je n'avais pas reçu la liberté dans mon berceau...

Il embrassa son faste d'un grand geste.

— ... je me la suis donnée !

— Vous avez eu bon nez, dit Louison. En ce printemps de 1791, c'est apparemment votre liberté qui vaut. L'or. Avec vos louis j'achèterai demain la liberté d'un homme qui se pensait libre depuis sa naissance.

Un instant elle sembla songer, avant d'ajouter :

— L'Ami Charmant, doit-on vraiment croire à la liberté comme à une chose réelle ? Elle me semble aujourd'hui n'avoir lieu que dans la bouche de nos tribuns. Notre destin nous échappe si souvent. Les autres et le hasard en disposent si souvent.

Un sourire lui vint, triste.

— Nous voici, paraît-il, en l'an III de la Liberté, et je vois bien qu'on commence à beaucoup emprisonner les gens qui ne pensent point comme il faut.

Elle soupira, changea de ton.

— En attendant madame de Beaumarchais et sa bonne liqueur n'aurez-vous point un bout de poème à me montrer, une dernière méchanceté bien troussée, qui me ferait rire ?

— Si vous voulez bien rire de ma rimaillerie de ce matin ? dit-il avec l'air d'en douter. Je la destine à être mise en cartouche dans un bosquet où je me retire parfois pour méditer.

— Pour méditer tout bas et sans public, vous ! s'exclama Louison, incrédule.

— Ecoutez, dit-il.

« Adieu passé, songe rapide,
Qu'anéantit chaque matin ;
Adieu longue ivresse homicide
Des amours et de leur festin.

Désabusé comme Candide,
Et plus tolérant que Martin,
Cet asile est ma Thébaïde,
J'y respire en paix mon jardin. »

Il regarda Louison toute surprise.

— Alors ? fit-il. Trouvez-vous, princesse, que l'œuvrette soit assez bonne pour être écrite sur ma tombe ? J'aimerais qu'on m'enterrât dans mon bosquet à rêver, sous ces vers-là.

— Eh bien ! s'exclama Louison. Et moi qui vous priais de me donner à rire ! D'où vient que Figaro soit d'une humeur mortelle ?

Il eut une moue mélancolique.

— Princesse, je suis chauve sous ma perruque, et ma harpe n'a plus ses jolis sons clairs de naguère.

— Ne vous fiez pas à ces choses, et continuez de vous mettre en velours rouge, dit-elle gentiment. Vous aurez toujours l'âge de Figaro.

— Ah ! soupira-t-il, je me sentirais bien mieux d'avoir l'âge de Ninon !

— La demoiselle Ninon est assez fine coquine pour vous le faire croire, dit Louison.

— Princesse, elle est exquise ! s'enflamma l'incorrigible amant. C'est Rosine ! Pour dernière maîtresse, ma chance m'a donné Rosine. Un teint d'or, des cheveux de soie, et des yeux ! Une taille, des mains, des pieds, des dents !

Louison, cette fois, riait de bon cœur.

— L'Ami Charmant, pardon d'avance : je vous ferai un mauvais débiteur, lui dit-elle en partant.

— Bah ! fit-il avec désinvolture. Il m'est arrivé de prêter aux filles de Louis XV, alors, vous pensez !

26

En quelques journées d'une chaleur d'été, brusquement apparue au début d'avril, l'acacia de l'Hôtel de Ville avait mûri ses grappes. Il en descendait un air délicieux, que Gouverneur Morris respira comme un cher souvenir en passant dessous. Un petit coup de vent de Seine, gentiment, lui envoya une feuille sur la main. La légère feuille ovale, vert tendre, l'émut si bien qu'il s'arrêta pour la contempler. Ce pétale d'arbre lui venait des acacias de Morrisania, ces acacias immenses sans commune mesure avec le parisien de la mairie de M. Bailly, ces splendeurs qui lui faisaient, au printemps, une longue allée blanche embaumée où accouraient s'abreuver, s'enivrer les abeilles. C'était le temps des beignets de fleurs, que mama Rose réussissait si bien, si croustillants.

L'œil interrogateur, Me Chauveau-Lagarde regardait son compagnon immobile soudain.

— Pensez-vous, monsieur, que nous ayons oublié de dire ou de faire quelque chose ?

— Non, non, dit Morris en souriant. Je crois notre affaire bien engagée. Vous êtes content du rapport de Beaussemblant, je suis content qu'il l'ait remis au président du Comité, et cette feuille d'acacia me vient à point. J'y vois un message de chez moi — j'ai de magnifiques robiniers à Morrisania — et l'occasion de repenser que je n'ai point tort d'y vouloir mettre les Roquefeuille à l'abri jusqu'au retour de l'ordre en France. L'affaire Bonne-Sarlin après l'affaire Favras : voilà deux fois que monsieur de Roquefeuille frôle le crime de lèse-Nation, c'est bien assez. Le Comité des Recherches va l'avoir à l'œil, et d'autant plus que la fuite du Roi est maintenant annoncée tous les jours ! D'ailleurs les aristocrates émigrent en masse, et je ne laisserai pas les Roquefeuille les rejoindre à Coblentz, où ils se vont tous jeter dans la misère autour de Condé. Ils seront mieux à Morrisania.

Morris souffla sur la feuille d'acacia, poursuivit d'une voix plus lointaine :

— Ce n'est point vilain là-bas, à Long Island Sound... Tout un pays pour paysage ! Un infini pays de roches tendres, de bois, de mer, d'îles et d'oiseaux. Très beau, maître. Sauvage. Enchanteur. Votre Rousseau s'y serait plu, l'homme s'y peut déployer sans gêne, dans toutes ses dimensions. Les vergers que j'ai fait planter ont quatre ans déjà. Ils doivent commencer à donner. Avez-vous une idée, maître, de la beauté de deux centaines de cerisiers en fleur sur un fond de ciel et de mer plein d'oiseaux ?

Surpris par ce lyrisme imprévu chez un tel homme en un tel moment, l'avocat ne répondit pas directement à la question. Il dit avec malice :

— Avant d'emmener la marquise manger vos cerises, attendez, monsieur, que nous ayons sorti le marquis de prison. Ce n'est fait qu'en promesse.

— Nous avons payé pour qu'elle se réalise, le prix qu'on nous a demandé, dit Morris.

— Hélas, soupira l'avocat, tout fonctionnaire vénal n'est pas une canaille aussi loyale que l'était Mirabeau. Lui s'efforçait de gagner son argent. Au fond, c'était un sincère.

— Ha ! s'esclaffa Morris.

— Si, dit l'avocat. C'était un sincère... éclectique, mais un sincère, dans tous ses avatars. C'est le sincère ami du peuple qu'une foule en sanglots a porté hier, en grande pompe funèbre, jusqu'à son tombeau de Sainte-Geneviève *. J'imagine qu'en secret le Roi pleurait aussi ? Sinon, il aurait dû. Il ne retrouvera pas de sitôt un allié jacobin capable, peut-être, de le rasseoir ferme sur son trône sans passer par une guerre civile. Qu'avait-il besoin, ce nabab, de jouir de la vie au point d'en mourir à quarante ans ** ? Je vois notre roi, privé de lui, s'en aller à vau-l'eau. Les complices qui lui restent dans la gauche de l'Assemblée ne sont pas sûrs. Ils se

* Le Panthéon.
** A 42 ans.

vendent en baissant les yeux, pour ensuite agir traîtreusement « selon leur conscience », c'est-à-dire par opportunisme. Les vendus d'aujourd'hui sont plutôt malhonnêtes. Ce Beaussemblant... Enfin, espérons. Sa proposition de non-lieu est habilement écrite. Et de reste, je tiens monsieur de Roquefeuille pour innocent. En ce moment les comploteurs sont partout ailleurs qu'à l'Abbaye. Pourtant les espions du Comité pourraient s'en tenir à ne surveiller qu'un seul homme, car si jamais un conjuré réussit à sortir la famille royale des Tuileries, ce sera le comte de Fersen. Fersen sauvera la monarchie pour sauver la Reine.

— Eh bien, dit Morris, si l'amour infléchit demain encore le destin de la France, votre pays se retrouvera dans son assiette. Il me semble que les jeux de l'amour ont beaucoup compté dans son histoire.

— Oui, reconnut l'avocat. Et je me demande s'il me plaira de les voir remplacés par les jeux de l'argent ?

— Vaille que vaille l'argent sera, même chez vous, la grande occupation du prochain siècle, dit Morris. Mais il fait si beau ce matin... Votre rivière est si belle sous cette lumière d'été... Vivons encore un peu à la française en croyant que l'amour est, après la parole, la seconde grande affaire de la vie.

Une nouvelle fois Chauveau-Lagarde observa Gouverneur Morris avec étonnemment. Le grand Américain lui semblait plus léger qu'à son ordinaire, moins abrupt dans ses propos, moins imbu de ses certitudes. L'avocat ne pouvait pas savoir que, pour Morris, la semaine était bonne pour l'amour. Mme de Nadaillac, mûre, était enfin tombée dans son lit ; Mme de Flahaut, reconquise, avait enfin chassé lord Wycombe du sien ; et son espoir flou se précisait, d'envoyer Mme de Roquefeuille l'attendre à Morrisania sous le grisant parfum des acacias.

— Martin, conduis-nous au trot rue Royale, dit-il gaiement à son cocher, qui leur ouvrait la porte du carrosse. A faire les cent pas dans son jardin la marquise aura déjà déchiré deux mouchoirs, ajouta-t-il pour Chauveau-Lagarde. Et au fait, selon vous dans combien de temps le marquis sera-t-il relaxé ?

— Pas avant dix ou quinze jours, dit l'avocat. Après l'affaire Favras on a beaucoup reproché ses jugements hâtifs au tribunal du Comité. Depuis, il prend son temps. Sa justice n'en est pas forcément plus juste, mais elle en paraît plus sérieuse vue de loin !

— La marquise supportera mal ce délai, il nous faudra soutenir sa patience jour après jour, dit Morris, et la tâche semblait lui sourire.

Ils roulaient assez vite. Le cœur de la ville était calme, bien moins encombré que d'habitude. Les Parisiens se reposaient de la grande fête funèbre qu'ils s'étaient donnée la veille. Le carrosse ne fut gêné qu'un instant, par le passage d'une petite troupe dépenaillée hérissée de piques, qui traversait la cour du Carrousel en braillant : « Vive le Roi, mort aux aristocrates ! » Les gardes du Louvre, l'arme au pied, les regardaient passer en plaisantant. « Hé, les patriotes ! leur cria l'un d'eux, quand nous apporterez-vous la tête de la Toinette ? Notre roi ne redeviendra le bon homme qu'il est qu'une fois sa Toinette enterrée en deux morceaux ! »

Maître Chauveau-Lagarde frissonna, de dégoût.

— La Fayette ne devrait pas permettre cela, dit-il. Il devrait expurger la Garde.

— Maître, dit Morris, si le général s'avisait de vouloir faire cela c'est lui qu'on en sortirait le premier, à grands coups de pied dans le derrière. Vos soldats de ce temps n'acceptent pas les ordres déplaisants, ils changent plutôt leurs officiers pour s'en donner de plus coulants. What else can we do ? C'est l'an III de la Liberté.

L'avocat prit une mine résignée.

— Au moins, dit-il, la folie de ce temps me procure-t-elle le contentement de ne sortir de prison que des gens honorables : ce sont eux qu'on y met. J'ouvrirai de bon cœur la porte de l'Abbaye à monsieur de Roquefeuille.

Gouverneur Morris ne lui répondit pas. A voir passer une marchande de bouquets d'avril l'odeur du printemps de Morrisania le reprenait. Il regardait l'air chaud danser dans le soleil des rues, et voyait Louison flâner à petits pas, toute menue, dans la grandiose allée des acacias géants. Elle portait la claire toilette des Parisiennes en promenade aux Tuileries pendant les beaux jours : de la mousseline ceinturée de bleu, un grand chapeau de paille, une canne à ruban. Morris la rattrapait bientôt, et alors ils allaient la main dans la main sur le long tapis de pétales, sous l'ombre fragile trouée de lumière que le moindre souffle marin peuplait d'un vol de papillons blancs.

« Je deviens parfaitement sot, pensait Morris, amusé plus que fâché. Voilà que je rêve ! » Il s'était pourtant promis, dès ses seize ans, que jamais un rêve d'amour ne le dérangerait de ses projets, de ses idées, de ses travaux. De l'Amour il ferait un plaisir, le troisième de la vie après l'Esprit et la Beauté — sa profession de foi puritaine lui avait valu une excellente note de dissertation au baccalauréat. Jusqu'ici il s'y était tenu quoique, depuis son arrivée à Paris, il eût parfois senti fléchir sa ligne de raison. Ces diablesses de Françaises s'entendaient si bien à vous faire croire que vous leur deviez du sentiment en plus de l'agréable ! Même la bouquetière du Palais-Royal vous réclamait un compliment — « Et la politesse, monsieur ? » — en plus des 6 sous du bouquet ! Dieu merci, se disait Morris, le danger Flahaut, au moins, était passé. Aline, il l'avait presque aimée, mais l'aimable perdait beaucoup de son charme depuis qu'elle s'espérait bientôt veuve et prête à se remarier avec son amant. Le péril d'aimer, aujourd'hui, lui venait de la marquise exquise. Pour n'y pas trop songer il se divertissait avec la joyeuse Nadaillac tout en courtisant Pauline de Beaumont, la jolie fille utile du ministre des Affaires étrangères, et aussi, avec une audace toute yankee, la duchesse d'Orléans aux yeux de myosotis, aux si beaux bras de danseuse. Remporter demain à Long Island l'intime souvenir d'une très grande dame de France ne lui déplairait pas. Et si en plus, arrivé là-bas il retrouvait Louison réfugiée sous ses acacias...

Il sursauta. Son voisin de carrosse lui avait posé une question, dont il dut se répéter les mots pour en percevoir le sens.

— Oui, dit-il enfin, c'est vrai. Le comte de Flahaut voudrait que je l'aide à obtenir l'ambassade de France à Philadelphie.

Il se garda de révéler qu'il n'en ferait rien, poursuivit avec un peu de mépris :

— Monsieur de Flahaut n'est pas le seul amateur du poste. Les rats cherchent à quitter le navire. Ils sentent monter l'eau, ils sentent monter la république. Ils ont tort. On peut encore empêcher cette sottise — car un régime républicain en serait une pour la France. Les Français ne sont pas des adultes. Depuis trop longtemps leurs rois sont des oints du Seigneur. Vénérables ou détestables, mais magiques. Un bon président démocratiquement élu ne les rendrait pas heureux. Il leur faut un homme sacré, fût-ce pour l'insulter.

— Monsieur, vous avez la dent dure et l'œil bon, dit Chauveau-Lagarde. Mirabeau, hélas, meurt trop tôt, qui aurait pu faire choisir à la fois le Roi et la Constitution.

— Je crois Mirabeau remplaçable, dit Morris.

Evitant de s'expliquer il ajouta seulement :

— Nous verrons bien.

Pour sauver la France, pour la remodeler à son goût, au goût de l'Amérique, il avait son plan. Pour le réussir une première chose était urgente, et certes pas à crier sur les toits. Il fallait pousser Talleyrand à la place vacante de Mirabeau, lui faire prendre la direction souterraine de l'Assemblée folle. Morris se chargerait lui-même de remplacer l'autre Mirabeau inconnu du peuple, « l'ange Gabriel » de la Reine, le souffleur de bons conseils. Pour cela la voie était déjà prête, et Morris tâtait avec satisfaction, dans sa poche, le billet des Tuileries apporté par Mme de Montmorin, la femme du ministre : « On recevra vos avis avec reconnaissance. »

— Croyez-vous à ce qu'on chuchote ? interrogeait Chauveau-Lagarde. Croyez-vous que Mirabeau ait été un jacobin convaincu jusqu'à ce que la Reine, d'un seul sourire, l'ait mis du parti de la Cour ? Croyez-vous qu'il trahissait la Révolution, et que c'était par amour ?

— Je ne le crois pas, mais l'histoire me plaît, dit Morris. La voix du comte de Mirabeau vendue pour un sourire... L'humeur de l'Assemblée changée par un sourire...

L'Américain eut un rire.

— L'histoire me plaît beaucoup. Elle n'est pas impossible. Dans ce pays-ci l'amour n'est jamais impossible. It's wonderful !

« De qui donc est-il amoureux ? » se demandait l'avocat. Et il penchait pour le nom de Mme de Roquefeuille. La liaison de Gouverneur Morris et son penchant au papillonnage lui étaient connus, mais ce matin il venait d'évoquer l'amour avec un appétit frais, vigoureux, encore inexaucé.

Rue Royale, la marquise les attendait debout à la grille du jardin, en mordant son mouchoir.

— Bientôt ! lui cria Morris avant même d'être descendu de voiture.

La marquise eut un tel sourire, dont aussitôt Morris sembla s'inonder d'une telle joie que l'avocat fut sûr que oui, le sourire d'une femme avait pu changer la vérité d'un homme, et failli changer le destin de la France.

Le temps passa plus vite que Louison ne l'avait espéré. A l'Abbaye, le citoyen Lavacquerie se montrait plus complaisant que jamais. A présent le marquis recevait presque à sa guise dans le salon du concierge, y donnait à dîner à sa femme et à son neveu pour leur raconter en riant ses derniers démêlés avec les officiers du Comité. Leurs interrogatoires n'étaient plus que de pure forme. La visite quotidienne de Roquefeuille à ses juges lui servait de promenade apéritive — de Saint-Germain-des-Prés à l'Hôtel de Ville le chemin s'embellissait chaque jour de verdures et de fleurs nouvelles, de femmes en robes légères.

Louison, rassurée, se laissait renaître à sa vie familière. Matthieu l'emmenait à l'Assemblée et au Palais-Royal, lady Eléonore l'emmena à la Comédie-Française, Morris au Jardin du Roi et à l'auberge du Gros-Caillou, manger une matelote. Sa prudence vis-à-vis de la Cour relâchée, elle alla même, une après-dînée, reporter aux Tuileries les deux accotoirs de fauteuil en tapisserie que la Reine lui avait confiés pour les broder.

La souveraine revenait de faire goûter ses deux enfants au jardin de Tivoli.

— Votre cauchemar, madame, sera donc bientôt fini ?

demanda-t-elle affectueusement à sa visiteuse en la relevant de sa révérence, et elle l'embrassa. On m'a raconté, mais dites-moi le reste, ajouta-t-elle ensuite.

Louison passa la fin de l'après-midi au palais. L'été, résolument installé dans ce printemps-là, entrait à flots par les fenêtres ouvertes. La Reine fit servir de l'eau sucrée et improvisa une partie de loto. Elle semblait presque heureuse ; un peu nerveuse mais contente, et Louison observait avec surprise la petite flamme gaie qui dansait dans ses yeux. Pourquoi ? Dehors le peuple se méfiait de son roi autant qu'à l'accoutumée, l'approche de Pâques le rendait même houleux, gros de menaces. Conscients que Louis XVI n'avait approuvé qu'à contrecœur la Constitution civile du clergé condamnée par Rome, les Parisiens voulaient le voir communier de la main d'un prêtre assermenté à la Nation. N'y étant pas encore parvenus ils attendaient avec férocité le monarque au matin de ses pâques, leur colère armée, l'injure au bord des lèvres, toute prête. Et pourtant en cette veille des Rameaux la Reine souriait, comme à une secrète bonne nouvelle. Enfin, une phrase qu'elle eut donna à Louison la clé de son moment d'optimisme.

— Il fait déjà chaud, dit-elle. Après-demain, je respirerai avec plaisir le bon air de Saint-Cloud.

Comme il y avait peu de monde dans le salon, seulement quelques dames intimes, les enfants et le comte de la Marck, le Roi était venu, lui aussi, faire la partie de loto de sa femme. Que la Reine eût mentionné Saint-Cloud le fit réagir, plus vivement qu'à son naturel.

— Je vous promets bien, madame, que si le beau temps persiste, nous resterons à Saint-Cloud aussi longtemps que lui, dit-il avec assurance.

Le comte de la Marck releva la tête de sur son carton de loto, échangea un regard avec la Reine.

— Sire, dit-il, ce serait une bonne idée que de ne point revenir aux Tuileries de tout l'été.

— Ma foi, dit le Roi, ainsi ferons-nous peut-être.

— Mais, intervint Madame Elisabeth, croyez-vous, sire, que l'Assemblée, que le peuple de Paris...

Le Roi fit sursauter tout le monde et les boules de loto en frappant la table à jeu du plat de sa main.

— Ma sœur, il ferait beau voir qu'après avoir donné la liberté à mes sujets, j'en fusse moi-même privé ! s'écria-t-il avec humeur. J'irai à Saint-Cloud lundi parce que bon me semble ! Et j'en reviendrai quand bon me semblera !

Il y eut un grand espace de silence. Même Madame Royale, qui tenait le sac de boules, s'arrêta d'annoncer les numéros. Tous les yeux étaient sur le Roi, incrédules, envahis pourtant d'espérance.

— Eh bien ? fit le Roi, remis dans son calme par son petit éclat. Ne finissons-nous pas la partie ? Je suis en passe de gagner.

— Quine ! s'exclama la princesse de Lamballe, pour vite relancer le jeu, et elle posa la cinquième boule d'une ligne sur son carton.

S'incruster plus longtemps dans l'étonnement eût été blessant pour le Roi. Certes, il ne les avait pas habitués à manifester sa volonté avec tant d'énergie, mais dès qu'il le faisait chacun avait envie d'y croire et se sentait mieux en dépit de ses déceptions passées.

La Reine paraissait au bord de la joie. Demain, elle pourrait dire à Axel de Fersen qu'ils s'en allaient à Saint-Cloud pour longtemps, et qu'ainsi tout serait plus facile pour lui, pour les enlever, pour les conduire hors de ce pays devenu fou où se préparaient la mort de la Reine et la servitude du Roi, l'humiliation et la déchéance de leurs partisans. A la fin de l'après-midi, comme Louison la saluait, elle retint la jeune femme un instant.

— Dès que votre mari sera libre, venez nous voir à Saint-Cloud, lui dit-elle à mi-voix. Au sortir de ses épreuves monsieur de Roquefeuille aussi aura besoin de s'évader de Paris.

Elle ajouta sans nécessité, pour le plaisir de se le répéter :

— Je suis ravie de partir pour Saint-Cloud. Lundi me sera un bon jour.

Ce fut un jour affreux. Après deux longues heures de palabres avec la populace hurlante et la garde mutinée, le Roi descendit de son carrosse assiégé dans la cour des Tuileries, lança sans haine :

— On ne veut pas que je sorte ? Eh bien, je vais rester.

De sa démarche dandinante il reprit tranquillement le chemin de son palais, suivi de la Reine blanche jusqu'aux lèvres et de tous les siens muets.

« Monsieur Veto a mis les pouces ! » cria une voix joyeuse, et le tumulte s'amplifia de vivats et de salves triomphales. La horde des émeutiers commença de se débander dans le cœur de la ville en braillant grossièrement sa victoire sur « le roi des papistes et des aristocrates » !

Le Roi, la veille, n'avait pas communié à la messe dite par le cardinal de Montmorency, prélat jureur, et on savait aussi qu'il avait pris pour confesseur l'abbé Lenfant, un jésuite, un suppôt du Pape. C'étaient bien là deux crimes de lèse-Nation, et il ne pouvait plus être question de laisser s'enfuir à Saint-Cloud le criminel, le roi félon, le gros cochon, le bougre de traître renégat ! Maintenant qu'elle l'avait refait prisonnier, la foule, ironique, lui chantait ses injures sur l'air d'un refrain d'hier :

Pour un peuple aimable et rieur
Le premier bonheur est un roi.

Réfugié à l'Hôtel de Ville, La Fayette, trépignant de rage, pleurant de honte, entendait le peuple et sa garde en goguette fraterniser sur la place de Grève. A bout de force il prit le parti de s'évanouir, et puis donna sa démission et puis la reprit et puis la redonna, et enfin Morris l'emmena, en loques, réfléchir chez lui à son triste sort de Washington manqué. Il n'avait même plus sa femme pour le consoler ; Mme de La Fayette, papiste, boudait chez son père parce que son mari soutenait les prêtres jureurs. Dieu merci, la Garde, contente d'elle, s'assagissait toute seule, renonçait à molester la suite du Roi et à jeter le cardinal de La Rochefoucauld à la Seine. Goguenarde et résolue, elle se réinstallait toute seule aux portes du palais et aux grilles de la cour. Dès le lendemain de l'émeute, en attendant le retour de son général, Gouvion, le major de La Fayette, fit tripler les rangs.

Autour des prisonniers de l'Abbaye aussi, et autour du Châtelet et de l'Hôtel de Ville, le major renforça la garde. L'échauffourée populaire d'avant Pâques avait été moins grave que d'autres, personne n'y avait perdu la vie, et pourtant le climat de la Révolution en semblait changé. Sûrs, à présent, d'avoir empêché le Roi de partir, non pour Saint-Cloud mais pour Compiègne, Metz, l'Allemagne et la vengeance, sûrs d'être promis au massacre s'ils laissaient échapper leurs otages, les patriotes veillaient avec les sentinelles, plus farouchement que jamais. Les visites aux prisonniers politiques furent suspendues, la presse révolutionnaire se déchaîna contre les marquis de l'Abbaye.

Juste à la veille de l'émeute, un sieur Gouvelot, courrier du comte d'Artois, avait été remis en liberté clandestinement, grâce à un non-lieu. Marat clama dans son *Ami du Peuple* que d'autres relaxes criminelles allaient suivre celle de Gouvelot si le peuple ne faisait pas bonne garde, ne châtiait pas tout de suite, d'avance, les magistrats félons de leurs envies de trahir. A ceux qui lui rétorquaient qu'un accusé peut être reconnu non coupable, Danton, du haut de la tribune de l'Assemblée, hurla « qu'il n'y a pas d'aristocrate innocent ! » Jacobins et cordeliers poussaient ouvertement à la méfiance, à la suspicion, à la haine. Dans le même temps ils vaticinaient à bouche-que-veux-tu contre la peine de mort — cette barbarie indigne de subsister dans un siècle illuminé par la philosophie —, mais tombaient d'accord pour ne voter sa suppression qu'après celle de tous les ennemis de la Révolution. M. de Beaussemblant n'attendit pas qu'on décidât de la sienne. Laissant tous ses dossiers en plan il prit la route de Bruxelles.

Il n'était pas le seul à courir la poste ! Des Tuileries, les gens du Roi, affolés par le ton des journaux et les imprécations de la rue, s'enfuyaient à toutes jambes. Le palais dégorgeait ses nobles, la cour des souverains fondait, les gentilshommes de la Chambre, partis les premiers, roulaient au grand galop vers l'Angleterre. Paris tombait de plus en plus aux mains « des purs », des durs. Le directoire de la ville fit renvoyer toutes les demandes de non-lieu aux magistrats instructeurs du Comité des Recherches, décida que tous les prévenus suspects du crime de lèse-Nation passeraient en jugement devant les officiers du Châtelet, quel qu'ait été le résultat de l'enquête.

Dans le huis clos de leur prison les marquis se sentaient fragiles. Combien de temps encore les gros murs de l'Abbaye les protégeraient-ils de la populace qui venait les battre en leur criant sa soif de sang bleu ?

Aimé de Roquefeuille subissait son sort avec moins de patience qu'il n'en avait espéré de lui. « Le bonheur m'a rendu moins sage », se disait-il parfois. Il arrivait souvent que même une bonne lecture l'ennuyât, et Dieu ne l'avait jamais consolé de rien. Existait-Il, vraiment ? Avec un soupir il tirait de son gousset son petit bonheur de reste : le visage de Louison peint à la miniature sur le couvercle de sa montre. Il le posait devant lui sur sa table-à-tout-faire et le fixait longtemps, jusqu'au rêve. Alors l'angoisse ne lui revenait que plus tard, avec le silence du milieu de la nuit. Si la nuit était noire elle le tenait éveillé, les nerfs noués en boule dans la gorge, jusqu'aux premiers bruits de l'aube. S'il y avait de la lune, la lune, miséricordieuse, le calmait. Douceur froide, elle entrait se poser sur le pavé de son cachot, et le marquis réussissait à ne pas voir, sur sa couleur étale, peser l'ombre des barreaux de sa fenêtre. Entre deux striures noires il s'évadait, repartait vivre avec Louison sous la libre lune de sa campagne berrichonne.

En Berri tant de silence tombait du ciel nocturne, qu'en y perdant son regard on pouvait croire entendre le bruissement doux de l'univers derrière le cricri des grillons et le gazouillis de la Verduronne. Mais ce que le marquis écoutait plutôt, du fond de sa prison, c'était la voix de Louison murmurant « ma maison » pour la première fois en voyant paraître, massive sur la nuit claire, la silhouette du château. Alors qu'il la ramenait de sa première noce paysanne, en deux mots elle l'avait comblé d'une joie excessive, si bien mémorisée qu'il savait encore en retrouver l'émotion dans son corps, la buée dans ses yeux. Qu'il eût à payer pour avoir connu cet instant de joie, qu'il eût à payer l'amour inattendu reçu dans son âge mûr, le marquis s'en révoltait sans s'en étonner. Dieu n'est pas bon, il ne donne rien pour rien, tôt ou tard il faut mériter ses grâces par le mal. « J'ai eu », pensait-il avec une rongeante amertume et la peur d'avoir épuisé tout son dû de bonheur avant de franchir le seuil de l'Abbaye.

Pariset, son nouveau juge instructeur, était un petit homme mince et froid aux lèvres serrées, au regard gris brillant de haine. Le bien du peuple il le voulait par la corde et par la hache, les ennemis de la Nation il les voulait voir morts. Pour lui comme pour son ami Danton, pas un aristocrate, pas un papiste n'était innocent.

— Monsieur, je le suis pourtant, veuillez m'en excuser, lui avait dit Roquefeuille, avec ironie, dès leur première entrevue.

— Innocent, hein ? avait ricané Pariset, et il avait continué son interrogatoire avec hargne.

Trois jours plus tard, Roquefeuille et le marquis de Riolle, allant et revenant du Châtelet, se croisèrent dans un couloir de l'Abbaye où leurs gardes, bonasses, leur permirent quelques mots.

— Monsieur, je crois que nous sommes perdus ! s'écria aussitôt Riolle, accablé.

Le marquis chevalier ne se contrôlait plus, il souffrait en cage depuis trop longtemps. Il ajouta sans précaution :

— Ce Pariset est un misérable. Il ne recherche pas la vérité. Il ne veut ni des innocents ni même des coupables, il veut des boucs émissaires à offrir au peuple. Il nous tuera, monsieur ! Il veut laver dans notre sang mille ans de féodalité et sa petitesse d'hier.

— Monsieur, il ne faut point désespérer de la justice, murmura vite Roquefeuille, et il poussa son garde à se remettre en marche.

Ce matin-là, toute fierté abolie, Aimé sanglota en retrouvant son cachot. Des images radieuses défilaient dans sa tête, qui lui brisaient l'âme. Tout, demain, se ferait sans lui, même à Verte-Fontaine. Le soleil luirait, la pluie chanterait, la neige étincellerait, sans lui. Après les lilas les roses refleuriraient, et puis les passeroses et puis les cyclamens de la clairière, sans lui. Louison réapprendrait à rire et Aurore grandirait, pour d'autres. Comme il l'aurait trouvée belle, Aurore, comme il l'aurait aimée en lui faisant sauter sa première bourrée sous les tilleuls du mail !

Il n'entendit qu'à peine entrer Lavacquerie, qui lui apportait son dîner.

Le concierge fit semblant de ne pas le voir moucher ses larmes. Sans parler il disposa les plats sur la table, le pain, le vin, le couvert. Après quoi, avant dc sortir il appuya sa main, très fort, sur l'épaule du marquis. D'expérience il savait qu'un prisonnier se sent seul au monde, au ban de tous les hommes, et que son moment de désespoir ne peut être soulagé que par la compassion d'une main.

— Mangez au moins les mirlitons, dit-il. On m'a ordonné de refuser les visites, mais non point les gâteaux.

D'avoir vu pleurer M. de Roquefeuille, d'ordinaire si maître de lui, avait remué Lavacquerie. Il en demeura morne jusqu'à son dîner. La tristesse atteignait le joyeux citoyen-geôlier comme elle atteint tout homme dès qu'il s'arrête un instant de vivre pour songer au mal de vivre, à la misère du cœur isolé de tout et de tous en dépit de ses illusions, des rêves et des plaisirs dont il se berce pour durer jusqu'à sa mort sans la hâter. Pour s'en remettre Lavacquerie s'empiffra tout le navarin d'agneau aux petits légumes qu'il s'était mijoté, et s'en trouva mieux. Pourquoi la plénitude de l'estomac a-t-elle tant d'influence sur le chagrin du cœur ?

« Nous ne sommes après tout que des animaux », grogna le concierge, en se levant pour se faire du café. Il en fit aussi pour ses prisonniers. A côté de la tasse qu'il destinait à M. de Roquefeuille il posa le pot de crème fraîche que la marquise lui avait apporté pour son mari. Elle l'avait pris à *L'Enfant Jésus,* la meilleure laiterie de Paris. On y trouvait une crème fluide, fine, goûteuse, un délice ! Lavacquerie la goûta. Allons, la vie parisienne n'était pas encore invivable, même en prison.

27

— Mon Dieu, murmura Louison dans une nouvelle poussée de larmes, mon Dieu, Eléonore, cet homme, ce nouveau juge du marquis, c'est un monstre !

— Allons, dit lady Eléonore, entrez dans votre bain. Vous avez besoin de vous calmer.

Louison trempa le bout de son pied dans l'eau parfumée, et puis tout son pied, et la cheville. Une bonne tiédeur lui monta jusqu'au ventre. Elle jeta son peignoir à la femme de chambre et s'enfonça dans la chaleur, étendit ses jambes, se renversa en arrière, se laissa aller, les yeux clos, contre le coussin posé sur le bord de la vasque. Elle se sentait si bien, dans la grande baignoire à la romaine de lady Eléonore, si bien étreinte et câlinée par l'eau épaisse, alourdie de lait et d'huile odorante, qu'elle aurait voulu rester là jusqu'à ce que sa vie, dehors, se fût arrangée sans elle.

— Ce Pariset ! ragea-t-elle brusquement en rouvrant les yeux. Il dit qu'il fera justice, que les innocents n'ont donc qu'à dormir tranquilles, mais le mot justice tombe glacé de ses lèvres, et aussi tranchant qu'un couperet !

Lady Eléonore allait lui répondre, quand on vint l'avertir d'une visite.

C'était l'abbé Maury, le clairon des ultraroyalistes. L'abbé désirait parler à Mme de Roquefeuille, et on l'avait renvoyé du Mont-Martre chez les Crawford. Lady Eléonore fit entrer le prêtre dans sa salle de bains.

— Madame, vous êtes une tête et une main charmantes, dit galamment l'abbé en s'asseyant près de la baignoire. A les voir je pardonnerais presque à Fauchet et à Talleyrand, ces deux crapules, de batailler pour le mariage et la débauche du clergé. Et puisque vous me faites, marquise, le plaisir d'être aussi jolie, j'ai une bonne nouvelle pour vous.

Il laissa tout de suite tomber :

— Le fils aîné de votre Pariset est un joueur. Oh! un petit joueur, qui joue petit jeu dans de petits tripots parce qu'il a peur de son père, mais le vice d'un joueur peut toujours empirer.

— Et alors? fit Louison sans comprendre.

— Alors monsieur Pariset pourrait bien, demain ou après-demain, avoir à tirer son fils d'un mauvais pas, dit l'abbé. Et j'ai pensé que, dans ce mauvais pas, monsieur Khazem saurait l'y mettre.

Au nom de Khazem, Louison avait rougi. Elle remua nerveusement l'eau de lait.

— Je n'ai pas d'argent, dit-elle enfin. Je n'en ai plus. J'ai donné tout ce que j'avais en échange d'une promesse, qui n'a pas été tenue.

— Ne posez pas le problème ainsi, dit l'abbé. Supposez que monsieur Khazem, demain, se retrouve créancier du fils Pariset pour une forte somme. Un créancier peut se montrer généreux si on le met de bonne humeur.

Il y eut un long silence. Puis Louison dit, encore étonnée :

— En somme, vous imaginez un marché : la remise de la dette du fils contre un non-lieu du père?

Elle le fixait sans ciller.

— Qui vous fait croire, monsieur l'abbé, que Khazem... qu'un banquier de jeu me rendrait volontiers ce coûteux service?

Gentiment, l'abbé tapota la main mouillée de la baigneuse.

— Madame, Paris est une ville qui potine, dit-il en souriant, et il lui exposa plus longuement son mauvais dessein, pas chrétien pour un sol!

L'espoir d'arracher un royaliste aux griffes des révolutionnaires rendait le prêtre jubilant. Et il y avait en l'abbé Maury tant de robustesse de corps, d'âme et de voix qu'à l'écouter Louison sentait comme un peu de gaieté lui revenir.

— Je trouve l'idée de monsieur fort bonne, dit lady Eléonore. Même un juge sans entrailles s'en retrouve un peu pour sauver du déshonneur l'héritier de son nom.

— Oh! je vous promets bien qu'on pousserait le rejeton

jusqu'au suicide si le père s'avisait de ne point entrer dans mon plan ! s'exclama l'abbé, féroce. Ce serait de reste œuvre salubre. La semence de jacobin ne saurait engendrer que de la vermine.

— Monsieur l'abbé, dit Louison, rendre le bien pour le mal, est-ce donc passé de mode ?

— Tout à fait, dit l'abbé. Ne le voyez-vous pas ? Il ne faut pas rester bon le dernier. On en meurt.

Il se pencha vers elle.

— Je vous ferai une confidence, jolie marquise, puisqu'en plus d'être belle vous m'embaumez. Madame, je crois au clergé plus qu'en Dieu, et à la royauté plus qu'au Roi. J'aime l'ordre plus que la justice. C'est l'enfer, madame, que la justice ! Nous sommes tous des pécheurs.

— Vous ne trouvez vraiment rien de bon dans la Révolution, n'est-ce pas ? demanda Louison. Vous la haïssez tout d'un bloc. N'est-ce pas ?

— Oui, madame, dit l'abbé, et pour deux bonnes raisons. La première et la meilleure, c'est que la Révolution m'a ôté mes privilèges et mes bénéfices. La seconde est honnête, et c'est ma peur des hommes. Depuis que je les connais je les ai trouvés si méchants pris un par un, que j'attends le pire d'un collectif d'hommes mû par ses seules idées.

Il ricana. S'emporta.

— Les idées neuves, mesdames, sont assez souvent des idées folles. Pour être un prêtre à la mode il faut aujourd'hui galvauder le ciel dans la halle, asseoir la plèbe dans la main de Dieu pour justifier sa tyrannie, et traduire beati pauperes spiritu par « Bienheureux ceux qui ont l'esprit de pauvreté, c'est-à-dire d'égalité » ! Je n'accommoderai jamais mon latin à cette sauce-là ! Je ne prêcherai pas la guerre des pauvres contre les riches, je ne danserai pas aux noces des nonnes avec les gardes de La Fayette !

Il marqua un temps qu'Eléonore et Louison respectèrent, et ce fut avec plus de calme qu'il reprit :

— Hier, des fêtards ont brûlé un mannequin du Pape sur le Pont-Neuf, et défroqué les curés qui passaient par là pour les affubler en soldats. Demain ils les marieront à des femmes du monde*, de gré ou de force. Il est temps, décidément, de quitter ce pays.

De nouveau il pressa la main de Louison.

— Tirez votre mari de prison, madame, et suivez aussitôt le conseil de votre ami Morris : partez pour l'Amérique. Tout à l'heure il n'y aura plus de place ici que pour les jacoquins, jusqu'à ce qu'ils se soient dévorés entre eux.

Fiché sur le seuil de la maison, l'air fasciné, le serviteur de Fath Ali contemplait la revenante à gros yeux. Elle lui sourit.

— Eh bien, Mélick, ne me feras-tu point entrer ?

Elle vit Mélick réfléchir très fort avant d'enfin la mener dans le petit salon des étrangers, où il lui apporta la bienvenue. Le cœur serré soudain, elle le regarda verser de haut le thé brûlant dans le verre gravé d'une arabesque d'or. Rue des Jeux-Neufs rien n'avait changé, pas même la belle couleur de topaze sombre dont le thé venait d'emplir le verre. Il y avait une rose rouge sur le plateau, et une coupe de pistaches sucrées. Louison prit la rose et la respira, avec une immense envie de pleurer. Elle trouvait déchirant de se retrouver là, comme une étrangère, isolée dans le salon des passants. De la vie douce et rieuse enclose dans le patio et les chambres béant sur lui un jour elle s'était enfuie, et à présent elle s'en sentait exclue et seule à en mourir de peine, comme chaque fois qu'elle se voyait pour jamais séparée de son passé, amputée d'une Louison abandonnée au temps, au gouffre effrayant du temps mort. Tout garder de soi, jusqu'au bout de son histoire, pourquoi n'était-ce pas possible ?

Une grosse bouffée d'odeurs retrouvées entra brusquement dans la pièce quand Fath-Ali en poussa une porte, celle qui menait chez lui par le salon bleu.

C'était tôt le matin. Ali portait encore un négligé à la persane, une robe en satin turquoise brodée d'or, ouverte sur une large culotte blanche. Tout de suite il vint à Louison avec un grand sourire, la leva de son fauteuil par la main.

* Des prostituées.

— Viens, dit-il. Ne restons pas là.

Avant d'entrer dans le halvette *, en deux coups de pied elle se débarrassa de ses souliers.

— Bibi ** Louise, je suis content que tu n'aies pas perdu le goût de savourer mes tapis avec des pieds sensibles, dit le Persan.

Lui prenant cette fois les deux mains il la tourna vers lui, fouilla son visage offert.

— Tu n'as rien perdu, Louison, et surtout pas la magie qu'il y a dans tes yeux, dit-il plus doucement encore. J'y voyais autrefois le ciel de mon pays, aujourd'hui j'y vois le beau rêve bleu qu'un jour j'ai vécu.

— Ali, murmura-t-elle, heureuse.

Comme jadis, comme toujours la voix basse un peu rauque d'Ali passait sur sa peau comme une râpe exquise. Et par l'échancrure de sa robe de chambre le corps du Persan sentait toujours aussi bon l'ambre et la rose. Tout le halvette sentait l'ambre et la rose et un peu, par-derrière, en se forçant le nez, le bois de cade qu'on chauffait souvent dans la cheminée. Avec gourmandise Louison promenait son regard autour du petit abri soyeux inondé de tapis pour se gorger de ses couleurs, de ses rouges sombres, de ses fauves et de ses orangés, du chatoiement des nacres et des ivoires incrustés dans les meubles de cèdre. Quand elle en fut saoule, fermant les yeux elle appuya son front contre celui d'Ali et ils se tinrent ainsi longtemps, à vivre en paix dans le silence l'instant de réconciliation qui leur était donné. Enfin, Ali releva la tête.

— Chirine, que puis-je pour monsieur de Roquefeuille ? demanda-t-il sans préambule.

D'une poussée légère il la fit tomber sur le sofa dont le flot des coussins se referma sur elle, déplaça un tabouret pour s'asseoir auprès.

— Dis-moi...

Elle lui raconta tout.

— Eh bien, commença Ali, endetter un joueur est

* Le coin de tranquillité du Persan.
** Noble dame Louise.

toujours possible, et je trouverai un moyen pour le faire. Mais...

— Mais ?

— Louison, le reste est moins sûr. J'ai déjà vu des pères préférer à leur propre ruine la honte, la fuite ou la mort d'un fils. L'honneur n'est plus guère à la mode chez les révolutionnaires. Desmoulins leur assure que c'est une vieillerie décadente, et ils sont ravis de le croire.

Il vit s'éteindre les yeux de Louison, ajouta vite avec décision :

— C'est malgré tout une chose à essayer. Répète-moi les noms des maisons de jeu que t'a donnés l'abbé Maury...

Elle s'attarda rue des Jeux-Neufs bien plus que nécessaire. Elle buvait du thé, bavardait, grignotait trop de pâtes de fruits. En ce moment de temps retrouvé Ali l'aimait, et son amour, indu, l'allégeait de mille ans. L'amour immérité est une si douce grâce. C'est le pardon. Elle se pardonnait, au point d'oublier pourquoi.

Les rideaux clos aveuglant la fenêtre lui masquaient le jardin, mais la familiarité de la maison traversait la lourde étoffe. Des regards pesaient derrière la soie, des rires étouffés lui parvenaient, et les chuchotements de la curiosité avivée par une clôture. Louison pouvait si bien recréer les images qui allaient avec cette rumeur de femmes s'approchant de l'été... Comme les oiseaux elles devaient avoir commencé de se barioler, d'empiler sur elles leurs couleurs les plus crues, de mettre un bouillonnement de jupons multicolores autour de leurs pas. Et de plus en plus souvent elles devaient aller s'asseoir sur la margelle du bassin, pour se rafraîchir les yeux avec le bleu de l'eau teinte par la mosaïque, se laver l'âme dans le bruissement du jet, à l'heure de l'ombre. Louison eut un brusque sourire très doux pour le souvenir du bassin bleu.

— Ecouter tomber le soir à travers un murmure d'eau, c'est toi qui me l'as appris, dit-elle, sans songer qu'elle continuait de penser haut, à dix lieues de leur propos.

Sans lui répondre Ali la contempla avec une tendre ironie, jusqu'à la faire rougir. Il lui avait appris tant d'autres choses encore !

Elle commença à lui parler du charme de la Verduronne

pour sortir d'embarras, mais vite son effort pour ne rien dire l'écœura. Elle s'arrêta au milieu d'une phrase, murmura d'une voix changée :

— Ali, pardon.

Il demeura immobile et son regard muet, grand ouvert. Elle reprit du même ton apaisé :

— C'est aujourd'hui seulement que je pense à te demander pardon, parce que je sais que tu m'as pardonné.

La moquerie revint sur les lèvres du Persan.

— Chirine, si j'en avais longtemps voulu à une traîtresse je ne serais pas sage, dit-il. Quand Allah a permis plusieurs femmes au musulman il savait ce qu'il faisait, et que l'homme, avide d'amour, n'a pour son service que des infidèles.

— Non, pria-t-elle, en posant sa main sur la manche de soie. Non. Ne raille pas. Dis-moi que j'occupe encore un coin de ton cœur.

— Un coin de mon âme, corrigea-t-il dans un sourire. L'amour perdu s'éloigne de la peau, il s'éloigne du cœur et même de la pensée mais il reste embusqué dans l'âme, prêt à resurgir n'importe où, n'importe comment, dès qu'on le frôle. L'amour perdu est un compagnon tenace.

Un silence dura entre eux, empli d'une douceur amère. Dans le jardin gronda la voix de la grosse Zaza, qui houspillait le chat.

— Soraya adore ton vieux Doux-Chéri, dit Louison machinalement. Soraya adore les chats.

— Soraya est ma fille, dit Ali.

Son visage était celui d'un ravi de crèche.

Le dimanche suivant, avant d'envoyer Soraya passer la journée rue des Jeux-Neufs, Louison lui parfuma les cheveux avec son eau de giroflée.

— Oh ! maman, encore ! roucoulait la petite fille, grisée. Je veux sentir aussi bon que vous. Sentez-moi, maman. Est-ce assez bien ?

— Oui, dit Louison.

Et elle pensait : « C'est assez bien pour que ton père ne t'aime pas sans moi, en m'oubliant. »

Soraya s'en alla secouer ses boucles sous le nez du baron

de Chauvigné, venu, comme chaque dimanche, dîner à la Folie-Poupette.

— Cousin Matthieu, est-ce que je sens très bon ?

— Mummm ! comme une houri, dit Matthieu, jouant le jeu, et Soraya, très sultane, lui tendit sa main à baiser.

Dehors, devant la grille du jardin, le coquet cabriolet du Persan attendait Mademoiselle. A l'instant d'y courir l'enfant se retourna vers sa mère, lança tout à trac :

— Maman, je crois que ma petite amie Marie-Josèphe est une méchante. Elle m'a dit que mon vrai papa est un joueur et un marchand de tapis. C'est un mensonge, n'est-ce pas ?

Louison eut un geste de rage, saisit sa fille aux épaules.

— Soraya, dit-elle avec une colère mal contenue, la prochaine fois que Marie-Josèphe racontera cela, réponds-lui que ton père est un prince en exil, qui se déguise en marchand pour... pour une raison politique. M'as-tu comprise ?

Chauvigné s'était levé, approché de la petite fille.

— Dites aussi à Marie-Josèphe, Soraya, que dans la France d'aujourd'hui, chaque homme a droit au même respect, qu'il soit noble, bourgeois ou marchand.

Il la prit par le menton, plongea son regard dans le sien.

— Je voudrais que vous au moins, Soraya, en soyez sûre.

— Oh ! mais je savais bien que Marie-Josèphe mentait, dit Soraya inondée de sourire. Chez papa, c'est tout à fait aussi beau que chez un prince des *Mille et Une Nuits*.

— Vous avez tort de la laisser penser que n'importe quel prince déguisé vaut mieux qu'un honnête marchand, dit Matthieu à Louison quand l'enfant fut sortie. Elle vivra demain dans un monde sans castes.

— Bon ! fit Louison agacée, elle est encore trop petite pour que vous lui prêchiez votre religion. De reste, rassurez-vous, elle n'a point l'esprit gâté. Elle sait que sa grand-mère a été une mercière de la rue Saint-Denis, et cela l'enchante. Elle adore jouer à la mercière. Elle aime aussi jouer à la princesse Schéhérazade, voilà tout.

Elle se posa sur l'accotoir d'un fauteuil, ajouta d'un autre ton :

— Matthieu, cela m'ennuie de voir que les républicains veulent toujours empêcher les autres de rêver à leur façon plutôt qu'à la vôtre. L'abbé Maury a raison : ce pays commence à étouffer sous le poids de votre liberté.

— L'abbé Maury n'est pas un bon maître à penser, dit Matthieu. Il vit sous le règne de Louis XV. Je ne lui reconnais ces temps-ci qu'une seule bonne idée : celle qu'il vous a donnée pour tirer mon oncle de l'Abbaye. Où en est monsieur Khazem ?

Fath-Ali mit trois semaines à se lier de fausse amitié avec Georges Pariset mais, dès qu'il lui eut donné l'habitude de venir jouer à l'hôtel de Venise * où le Persan tenait souvent la banque, le reste se fit très vite. Bientôt le fils Pariset se retrouva avec une dette de 200 000 francs payée sans compter, en signatures à Khazem. Alors celui-ci, jugeant suffisante sa prise sur lui, coupa son crédit au joueur et lui présenta son mémoire.

Etonné du soudain revirement de « son ami », et puis atterré et puis terrorisé, le jeune homme écouta son créancier lui parler, en mots flous, d'un possible arrangement avec son père. Son père ! Son père ? Ce justicier aux yeux d'acier ? Sur le moment, Georges Pariset ne trouva qu'une phrase à répondre à Khazem : « Donnez-moi jusqu'à demain soir. » Le lendemain matin on le repêchait dans la Seine.

Il n'était pas le premier malchanceux qui se suicidait en sortant de l'hôtel de Venise, mais celui-ci fit du bruit. Bien que Khazem ne songeât pas à présenter ses créances à l'héritier du joueur — son père —, le juge fit enquêter sur la mort de son fils, tonna contre l'immoralité du jeu, les marchands de malheur et l'étrange complaisance de la police. Il finit par obtenir, du directoire de Paris, trois ordonnances d'expulsion contre les trois plus gros banquiers de la ville, trois étrangers. Khazem, bien sûr, était l'un d'eux.

* L'ambassade.

Fath-Ali aurait pu faire annuler la décision du directoire. Il tenait la banque en territoire vénitien, là où la loi française n'avait pas de droits. Une foule d'appuis s'offrait à lui, dans tous les partis de l'Assemblée. La passion de parler le jour n'avait pas tari la passion de jouer la nuit. Autant, plus qu'hier le monde se ruait au jeu où désormais on acceptait les assignats, ce papier, ce rien, cette éphémère monnaie dont il fallait se presser de jouir avant qu'elle ne fût plus bonne qu'à brûler. Les gros pontes avaient besoin de banquiers solides, même Danton se fit le défenseur du Persan, et Tallcyrand, qui lui empruntait souvent, harcelait le maire, le lieutenant de Police et les directeurs. C'était peine perdue : Khazem voulait émigrer.

Il y songeait depuis plusieurs mois. Ses cousins Hassan et Reza Vaïz s'étaient installés à Venise et le pressaient de les y venir rejoindre. Effrayés par ce que racontaient les contre-révolutionnaires français réfugiés en Italie, ils s'inquiétaient pour Fath-Ali et les siens. En vérité, ils avaient surtout besoin d'une « bonne main ». Le jeu était prospère à Venise, et ils y végétaient. Fath-Ali n'était pas dupe de leur sollicitude, mais lui aussi voyait la Révolution s'enfoncer de plus en plus dans la violence, et Fath-Ali détestait la violence. Il ne l'approchait qu'avec l'horreur rétractile d'un chat frôlant la boue. Son envie augmentait, de s'en aller passer hors de la France son temps de brutalité. Venise le tentait. Il savait la Sérénissime belle jusqu'à la folie, débauchée, jouisseuse et cynique, vautrée encore dans un art de vivre désuet entre fête et paresse, entre un grisant carnaval et des coins d'ombre pierreuse où pratiquer, sous une bouffée de verdure miraculeuse, le souriant désespoir d'être. Venise le tentait. Et même tenue loin de lui la Révolution l'ennuyait, le dégoûtait si fort ! Après que la foule eut commencé de pendre sans façon aux lanternes des rues Fath-Ali n'était resté à Paris que pour Soraya.

La belle enfant de sa princesse perdue, il l'idolâtrait. Même ses deux premiers fils réunis ne lui étaient pas aussi chers. Soraya portait bien son nom, luisait dans sa vie comme une étoile, il attendait comme un Noël chacune de ses retrouvailles avec elle. Soraya était sa petite bien-aimée parfaite — la main et le pied fins, de longs yeux noirs bordés de longs cils dans un doux visage rond, une lourde chevelure ondulée. Et il n'y avait encore qu'un seul homme dans son regard quand elle le regardait. Au bord du départ, dans sa maison bouleversée Fath-Ali errait entre les malles encore vides et les femmes énervées en ne pensant qu'à Soraya. Comment allait-il demander à Louison de lui donner Soraya, pour qu'il l'emporte à Venise ? Qu'il n'eût pas bien joué sa partie dans le plan de l'abbé Maury, que le marquis fût toujours sous les verrous lui rendait la chose plus difficile encore.

Au-dessus du petit jardin le ciel de juin tout à l'heure morose chassait ses fumées, bleuissait, se lissait. Une douche de soleil tomba sur le rosier rouge, qui s'enflamma.

L'oncle Mirza venait d'en finir avec sa première pipe du jour, la meilleure. Il sortit se cueillir une rose, fit sans hâte le tour du clos, retourna dans le salon bleu. Ali n'y était plus. Assis dans son halvette au seuil de sa porte-fenêtre ouverte, il semblait fixer les grands pavots blancs encore immatures.

— Cette année, tu ne les verras pas fleurir, dit l'oncle Mirza.

Ali soupira, releva les yeux, cligna vers le soleil.

— Ce sera un beau jour, dit encore l'oncle Mirza.

— Oui.

L'oncle Mirza lui toucha l'épaule.

— Ne t'inquiète de rien, mon fils. Pars tranquille. Quel que soit le parti qui l'emportera, il ne se souciera pas d'un vieil homme vieillissant entre ses deux vieilles femmes et une vieille servante. Jusqu'à ton retour, avec Sadek nous tiendrons de notre mieux la boutique du Temple. Ton valet de courses est un bon garçon malin. Et jeune. Lui au moins, quand tu reviendras, tu le retrouveras assis derrière ton comptoir.

— Je ne pensais pas à mes affaires, dit Ali. De bon commerce, j'en ferai à Venise. Et je sais que pour être heureux, monsieur mon oncle, tu n'as plus besoin que de ta pipe et d'Allah.

— Et de café, compléta l'oncle en souriant, mais son sourire était plein de mélancolie parce que le fils de son âme ne serait sans doute pas là pour le voir entrer dans l'éternité.

Il garda longtemps le silence. En traversant le jardin les femmes ne riaient pas, n'échangeaient que peu de paroles, et pas une seule criaillerie. Ce n'était déjà plus un jour ordinaire. Trop de calme, dans la maison, avait commencé de remplacer les futurs absents.

— Ali, tu ne peux pas lui demander cela, dit brusquement l'oncle Mirza. La place d'une fille est auprès de sa mère. Toi, tu as tes fils.

— Monsieur mon oncle, je n'ai jamais été très sage, dit Ali. J'ai souvent permis à mon cœur de décider pour moi. Si je peux avoir Soraya, je l'emmènerai à Venise.

Louison le regardait avec effarement.

— Tu es fou! siffla-t-elle enfin. Imaginais-tu, vraiment, que je te donnerais Soraya pour que tu me l'emportes au bout du monde!

— Venise n'est pas le bout du monde, dit Ali. On y va, on en revient couramment.

— Jamais! cria Louison, jamais! Tu n'auras pas Soraya. Va-t'en!

Ali s'était préparé à une longue joute. Il resta assis au bord de son fauteuil. Bien moins capable de se maîtriser, Louison, blanche de colère, allait et venait dans le salon de la Folie-Poupette en heurtant les meubles. Ali dit avec calme :

— Louison, je suis de l'avis de tes amis les plus pessimistes. La France va entrer dans une guerre civile, et aussi dans une guerre contre l'Angleterre, contre toute l'Europe. Pourquoi laisser Soraya vivre ici le mauvais temps de la guerre?

— La guerre ne touche pas aux petites filles, dit Louison. Et de toute façon, dès que le marquis sera sorti de l'Abbaye, nous partirons pour Morrisiana.

Ali ne répondit pas directement à cela. Le nouveau plan conçu par l'abbé Maury et Morris pour sauver Roquefeuille lui était connu. Il savait que ce plan prévoyait cette fois l'évasion du marquis, suivie de sa fuite immédiate vers Calais, et l'Angleterre avant l'Amérique. Le Persan souhaitait bien sûr la réussite du plan, il n'y croyait pas beaucoup. Il dit sans y faire allusion :

— Ici ou là, nos exils ne seront que des voyages. Une révolution ne dure pas toujours. Un voyage à Venise pourrait amuser Soraya davantage qu'un voyage à Morrisiana ? Vivre sur l'eau, dans une ville pleine de couleurs... déjà orientale...

— Ne te berce pas d'un conte, coupa Louison, rogue. Tu ne promèneras pas Soraya en gondole. Je ne te la donnerai pas, et d'abord parce qu'elle ne voudrait pas me quitter.

— Si nous le lui demandions ?

Elle s'arrêta de marcher, choquée comme s'il venait de lui donner un soufflet. Lui s'était levé et lui montrait un grand sourire, et la méfiance envahissait Louison. Il était toujours si beau... Sa beauté d'ailleurs dégageait un charme dense, sorcier. Ali n'était pas séduisant, il était la Séduction. « Serpent ! » pensa-t-elle avec peur. Elle tremblait de son envie de le griffer, d'assouvir sa peur sur lui, à pleines griffes !

— Eh bien, lui répétait Ali dans son grand sourire, n'appelleras-tu pas Soraya ?

Louison s'agrippa les mains, s'enfonça les ongles dans la chair. « Je le hais ! Enfin, je le hais ! » se dit-elle avec une sorte de volupté.

On grattait à la porte. Dame Pomme passa la tête.

— Mademoiselle Soraya a vu le cabriolet. Elle demande si elle pourra venir embrasser son papa ?

— Qu'elle vienne tout de suite, dit Louison d'une voix dure.

Ali la regarda. Il ne souriait plus. Il avait pris ses yeux chatoyants, ses yeux pour choyer, pour endormir la proie dans leur lumière noire.

— Je te tais ! hoqueta-t-elle, étranglée.

Un sanglot lui obstruait la gorge. Elle pleurait déjà Soraya.

La tristesse de Louison n'était pas pure. S'y mêlaient les passages, fugitifs, d'un étrange bonheur inattendu.

Qu'avait été, pour elle, la naissance de Soraya ? Une délivrance. Le grand bond de joie de son corps libéré. Elle se souvenait d'avoir, dès que relevée, marché jusqu'au tournis autour du bassin bleu, haussée en danseuse sur les pointes de ses pieds, béate, emplie à ras bord du délice d'être et d'être seule, refermée sur sa chair, sur son égoïsme délectable. La tâche était finie, la punition de l'amour achevée. Ses plaisirs d'avant lui reviendraient tous avec un de plus, celui de jouer à la poupée.

Des sentiments de Fath-Ali agenouillé en extase auprès du berceau de sa fille, qu'avait-elle su ? Que s'était-elle souciée de savoir ? Rien. Elle n'en avait perçu que le visible : la tendresse, les sourires, les baisers. C'était hier, hier seulement que Louison avait donné une fille à Fath-Ali. C'était hier, hier seulement qu'elle s'était déchirée, ouverte jusqu'au cœur pour lui mettre son enfant dans les bras. Et elle en éprouvait comme un contentement viscéral diffus, inexprimable, que même sans mots elle ne s'expliquait pas. Elle se prenait à rêver de Soraya revenue grandie, changée, toute parfumée à l'ambre et à la rose, exquise plus que jamais.

Jour après jour Ali se déposerait sur elle comme une couleur et en elle comme un sédiment, et elle aurait demain des gestes, des intonations, des silences et des douceurs que Louison reconnaîtrait. La fille du Persan. Soraya serait vraiment alors la fille du Persan. Au fond d'elle-même sa mère soudain concurrencée cherchait une trace, au moins un frémissement de jalousie, et n'y trouvait que son mol abandon à un beau souvenir. La fille du Persan était bien ce que Louison voulait garder du conte d'amour de ses seize ans. Et puis, en lui infligeant cette douleur, l'absence de Soraya, Ali l'avait enfin délivrée de sa honte, ôté l'épine plantée dans son orgueil. Elle l'avait trahi, il l'avait dépouillée : mal pour mal, ils étaient quittes. Elle se sentait reprendre des droits sur lui, d'ancienne favorite sanctifiée. Elle lui ferait payer le rapt de Soraya par mille ans de reconnaissance dévote !

Un rire lui échappa. Surprise, sa mère leva les yeux de sur sa broderie.

— Eh bien, chérie ? Une idée gaie ?

— Le besoin de rire un peu, soupira Louison. Je songeais... au bon temps qui nous reviendra... bientôt.

— Crois-tu ?

Louison alla s'asseoir devant sa mère, sur son banc de pieds, posa la joue sur sa jupe, frotta sans gêne sa poudre sur la soie.

— Aimez-moi, pria-t-elle tout bas. Tant que vous m'aimerez le bonheur n'osera pas me bouder toujours.

Marianne avait lâché son ouvrage. Comme autrefois elle se mit à caresser, enrouler autour de ses doigts les cheveux de Louison, en fredonnant à bouche close. Son fredon n'était qu'un murmure, le gros tic-tac de l'horloge de parquet passait par-dessus, accentuait sa monotonie, rendait plus agissant le rythme de la berceuse. Louison avait fermé les yeux. Sans les rouvrir et sans bouger, elle marmotta au bout d'un moment :

— Maman, je vous adore. Pourtant, si un jour le Prince mon père m'était venu chercher pour un beau voyage, je serais partie avec lui en battant des mains, et sans me retourner.

— Oui, dit Marianne. Et je voudrais qu'il l'eût fait.

Louison enfouit son visage entier dans la jupe de soie, et se mit à pleurer.

— Ces temps-ci, ou il faut que je pleure ou il faut que je rêve, s'excusa-t-elle un peu plus tard.

— Vous réussirez, dit Marianne. Chauvigné se ferait hacher menu comme chair à pâté si jamais il devait manquer l'enlèvement de son oncle.

— Il sait que je ne le lui pardonnerais pas ! siffla Louison, les dents serrées.

D'une pression douce Marianne lui remit la tête sur ses genoux. Les amours de sa fille et de Chauvigné l'étonnaient encore. Ces amants-là n'étaient pas de son siècle. Pour se rejoindre ils avaient traversé en se détestant leur tendresse pour le marquis, et depuis ils s'aimaient dans l'orage, les querelles et les réconciliations, le remords et les fausses ruptures déchirantes, les rechutes enivrées dans leur passion. Marianne n'arrivait pas à croire à la sincérité de leurs douleurs. Ils ont le goût du péché autant que de l'amour, pensait-elle. Rousseau, décidément, avait rendu les amants romantiques, et le plaisir triste. Marianne avait bien fait d'aimer sous le règne de Louis XV, au bon vieux temps des cœurs légers et de la chair gaie.

— Vous réussirez, redit-elle. Tante Mado m'a tiré les cartes. La mer était dans le jeu, entre toi et moi.

28

Le juge Pariset était un patriote forcené. De toute sa haine pour les nobles il voulait envoyer « ses » marquis — Roquefeuille et Riolle — à l'échafaud. Il n'y a pas d'aristocrate innocent. Avec assez de hargne et assez de patience, tout prévenu peut finir pendu. L'isolement délabre un homme, le harcèlement le force à l'aveu. Pariset accablait les prisonniers d'interrogatoires.

Trois fois par semaine, un matin sur deux, une voiture noire aux roues jaunes venait prendre M. de Roquefeuille à l'Abbaye pour le conduire au Châtelet. Un garde armé s'asseyait à côté du cocher, deux autres, à cheval, trottaient aux flancs de la voiture. Le prisonnier aux mains liées sortait de l'Abbaye accompagné d'un quatrième garde, qui montait dans la caisse avec lui. Basé sur ces faits, le plan décidé pour l'enlèvement du marquis était aussi simple que possible. L'un des matins où Roquefeuille demeurait dans sa prison, une voiture noire aux roues jaunes, convenablement escortée, se présenterait à la porte de l'Abbaye. Assurément, le concierge ne s'étonnerait pas d'une convocation de plus et livrerait son prisonnier. Alors le cocher (Toupinet) fouetterait ses chevaux et emporterait le marquis ailleurs qu'au Châtelet. Le citoyen Lavacquerie, n'ayant aucune raison de s'inquiéter de son prisonnier avant l'heure du dîner, ne donnerait l'alerte que longtemps après l'évasion. Les fuyards, autrement vêtus et dans une autre voiture, seraient déjà sur la route de Calais. Pourquoi choisirait-on de les poursuivre sur cette route-là plutôt que sur une autre ? De toute façon, leur passeport serait en règle.

Il était prêt. Morris s'était occupé de l'avoir au nom d'un baron Van den Peere, regagnant Furnes avec sa femme, sa fille et une femme de chambre. La voiture, prête aussi, avait été remisée chez les Crawford. Ils étaient dans le secret.

Sir Quentin avait même payé de sa bourse, à prix d'or, les uniformes qu'une connaissance de l'abbé Maury — un patriote convaincu de son bon droit sur les biens nationaux — lui avait « trouvés » dans une réserve de la Garde. Chauvigné en enfilerait un pour se placer au côté du cocher Toupinet ; deux fils d'émigrés, pressés de rejoindre leurs familles à Londres, mettraient les autres pour tenir les rôles des gardes à cheval. Du quatrième homme, hélas fourni tout costumé par l'Abbaye, on se débarrasserait avant de passer la barrière de Paris, en l'abandonnant bien ficelé dans une masure vide, d'où l'abbé Maury le ferait tirer le lendemain.

Ils n'échoueraient pas. Avant d'expédier des poursuivants sur tous les chemins quittant la ville, les gens du Châtelet chercheraient à savoir où courir. Ils perdraient du temps, et Calais n'était pas très loin. Dès qu'au port, les Roquefeuille embarqueraient sur un voilier-navette, *To and Fro,* une petite flûte de commerce appartenant au beau-frère anglais de Gouverneur Morris. *To and Fro* serait à Calais à partir du 15 juin, et ne lèverait l'ancre qu'après avoir reçu les fugitifs à son bord.

Ils réussiraient. Tante Mado avait vu la mer dans le proche destin de Louison. Une longue glissade bleue, et elle se retrouverait dans des paysages immenses immensément beaux, où l'aventure des hommes blancs ne faisait que commencer. Là-bas, où tout lui serait nouveau, elle aurait encore l'âge émerveillé d'une débutante.

L'impatience la parcourut, elle se pencha à la portière de sa voiture.

— Toupinet ! cria-t-elle, il est trop tôt pour aller directement chez madame de Flahaut ; ils seront encore à table et cela m'ennuiera. Promène-moi un peu.

Pendant qu'elle vivait ses premières années de mariage à Verte-Fontaine Paris s'était follement embelli. Beaucoup de millions, avec beaucoup d'art, avaient été dépensés dans la bâtisse sous le règne doré de Calonne. Dans le faubourg Saint-Honoré et dans le quartier Saint-Germain, rue de Grenelle, rue de l'Université, rue Saint-Dominique les hôtels modernes avaient poussé, clairs, élégants, bichonnés dans tous leurs détails, entourés par leurs jardins d'un charme délicieux, le charme souple de cette fin de siècle amoureuse de nature à l'anglaise, si bien architecturée sous sa fausse liberté. Les ponts aussi s'étaient mis à la mode nouvelle. Débarrassés de leurs vieilles maisons ils offraient maintenant aux passants la vue de la rivière, de la vie batelière dont les moins badauds ne se lassaient pas.

La mi-juin, comme toujours, seyait à Paris. Les bleus du ciel et le gris des toits, la blancheur des pierres neuves et les verts mouvants des feuillages lui composaient une douce harmonie parfaite, et les roses des jardins, par-dessus les murs, fleurissaient de plus vifs éclats les rues campagnardes encore. La promenade était superbe, elle était riante, et pourtant...

Une perceptible tristesse y accompagnait le promeneur. Un nuage, une absence. Dans ces beaux quartiers régnait le climat d'une fête brusquement abandonnée dont le décor demeurerait planté, tel celui d'une cité ruinée, pour ses visiteurs nostalgiques. Partout des portes cochères closes, des fenêtres muettes, des façades silencieuses, de grandes pancartes. « A louer... A vendre... A louer... A vendre... A louer... » Partout. Les maisons de Paris se bradaient — à personne sauf à un riche étranger de temps en temps, à un ancien pauvre malin enflé d'assignats par le métier de révolutionnaire. Certaines portions de rues ne logeaient plus que des portiers. Les maîtres étaient à Londres, à Rome, à Turin, à Gand, à Berne, à Genève. Les filles avaient été fourrées dans ce qui restait des couvents ; les fils avaient couru prendre, à Coblentz, l'habit bleu, la veste rouge, les culottes jaunes et les boutons à fleur de lys de l'armée des reconquérants piaffant à la frontière de la Révolution. Les domestiques, jetés par dizaines sur le pavé, retombés dans les bas quartiers, n'égayaient plus les beaux de leur incessant ballet multicolore doré sur tranches. Les habits que Louison regardait passer étaient plutôt noirs, gris de suie, bruns, couleur d'égalité. Et les dames se montraient discrètes aussi.

« De toute façon, il n'y a plus à Paris que des fagotières, pensa-t-elle. Nos marchandes de modes sont à Londres avec nos artistes, ou à Turin avec nos princesses. Il est bien temps que nous partions aussi. » A rester trop longtemps dans un monde qui s'effrite, on doit finir par se sentir l'âme dolente d'une laissée-pour-compte ?

Le 15 juin, c'était après-demain. Après-demain le *To and Fro* serait à Calais, prêt à les emporter. Louison eut un brusque besoin de voir Gouverneur Morris, de toucher son bras, d'entendre sa voix lui redire tout bas que tout irait bien.

— Toupinet ! cria-t-elle, c'est assez ! Conduis-moi au Louvre.

Le Louvre au moins grouillait encore de vie. L'installation de la famille royale aux Tuileries y avait fait s'entasser une petite foule de gens du Roi, calée de vive force entre les peintres, les sculpteurs, les graveurs, les ébénistes, les artistes, les protégés que la Couronne logeait gratis dans le vieux palais. Les nouveaux venus avaient grignoté beaucoup de leur place aux anciens, si bien que les artistes, d'abord tous enthousiasmés par la fête révolutionnaire, commençaient à la trouver moins bonne.

Les Flahaut, à force de pleurer chez le ministre Montmorin, avaient pu garder le bel appartement commode qu'ils occupaient dans le palais depuis leur mariage. Pour aller chez eux il fallait traverser toute la Grande Galerie, et Louison essayait en vain de le faire vite. La Grande Galerie était une rue fort encombrée ! En plus des locataires et de leurs visiteurs, des gardes de La Fayette y baguenaudaient sans fin, en quête d'une jolie servante ou d'un joli modèle, d'un verre de vin ou d'une tasse de chocolat. Des sourires, des mots galants accompagnaient la marche de Louison. Soudain elle se sentit regardée plus fort, avec une intensité qui lui fit tourner la tête.

Elle s'arrêta pour répondre au salut de Fragonard. M. Frago venait d'apparaître sur le pas de sa porte ouverte. Toujours jeune homme dans sa vieille peau, il dévisageait la belle de passage avec un appétit joyeux, de fin connaisseur.

— Est-ce aujourd'hui, madame, qu'enfin je commencerai de vous peindre ? Voyez, je suis en tenue.

Il portait son éternelle roquelaure* de drap gris aux boutons perdus, tachée de couleurs, serrée à la taille par une ficelle. Avec cette défroque et son air de malice, ses joues rouges, sa tignasse grise en désordre et ses yeux pétillants, ce petit bonhomme replet et vif ressemblait tout à fait à un moine paillard, pensait Louison, qui l'aimait bien.

— Hélas, monsieur Fragonard, je suis pauvre, dit-elle avec un soupir.

— Hé, madame, je m'en doute, dit gaiement Fragonard. Il y a beau temps que la richesse a passé les frontières ! Les pauvres sont à la mode, je peindrai des pauvres, pourvu qu'ils aient votre teint. Votre teint vaut de l'or, madame. Mon pinceau s'en régalerait, ah ! oui, il s'en régalerait ! Alors, entrez-vous ? Je vous ferai d'abord une tasse de chocolat. Je suis le meilleur faiseur de chocolat de toute la Galerie, je tiens ma recette de mon maître Boucher, qui ne se nourrissait que de cette tisane-là.

Il se rangeait sur le côté de sa porte, avec un geste d'invite.

— Vous ai-je bien appâtée ? Vous prend-on avec du chocolat ? Entrez-vous ?

— J'adore le chocolat, dit Louison en riant, pourtant, monsieur, ce sera pour une autre fois. Madame de Flahaut m'attend. Et puis...

— Et puis ?

Elle lui coulissa un regard en dessous.

— Et puis, monsieur, on chuchote que votre alcôve est tout près de votre atelier.

— Oh ! les méchants flatteurs ! Les méchants flatteurs, madame, qui vous ont dit cela ! s'exclama Fragonard, frétillant de plaisir.

Il ajouta avec moins d'allégresse :

— J'aurai tantôt mes soixante ans, madame. Oh ! je suis encore tenté, mais je ne tente plus. Rassurez-vous, mes

* Sorte de houppelande.

tentations d'aujourd'hui, je me contente de les peindre. Et tout bien pesé...

Il s'interrompit, pour reprendre d'un ton rêveur :

— Tout bien pesé, ai-je jamais fait autre chose ? C'est toujours mon pinceau le premier qui s'est avisé d'aimer une femme, de la caresser, de posséder sa chair jusqu'au plus subtil frémissement de la lumière sur elle...

Il marqua encore un temps, conclut promptement :

— Madame, mon pinceau n'est pas fatigué. Je lui trouve même une vigueur, une abondance, une ténacité à l'ouvrage qu'il n'avait sans doute pas dans ma jeunesse. Entrez, madame. Mon pinceau a envie de vous, il faut qu'il vous ait !

— Monsieur Fragonard, je vous promets que si j'en trouve le temps je poserai pour vous, dit Louison flattée. Vrai, je le voudrais. Mais pas aujourd'hui. Aujourd'hui, j'ai beaucoup à faire.

— J'attendrai donc jusqu'à demain, dit Fragonard. Et au fait, préférez-vous le chocolat de chez Meunier, ou celui de chez Velloni ?

— Je l'aime de toute façon, dit Louison, un peu triste.

Il la rendait triste, à croire qu'elle serait encore là demain, après-demain, pour poser dans son atelier. Elle détestait, décidément, perdre les gens et les choses de son passé.

Fragonard la regarda s'éloigner. Claire silhouette légère, nonchalante à dessein. Elle devait cacher, sous ses jupons, des potelés d'une saveur ! Lys et roses, à lécher-relécher sans se presser.

Il ne savait plus du tout pourquoi diable il était sorti dans la Galerie ? Il rentra chez lui. Une esquisse de femme retroussée trônait sur son chevalet. Le peintre se mit à rêver des blancs et des rosés sur sa palette, qu'il essayait à petites touches câlines sur les cuisses de Marguerite. Il lui peignait des cuisses de marquise.

Mme de Flahaut avait une santé fragile. Quand Louison pénétra dans sa chambre elle était dans son bain. Le bain lui faisait un remède à tout. La comtesse trempait ce jour-là en toute intimité ; il n'y avait autour de sa baignoire que son mari et ses deux amants. Depuis la chute de lord Wycombe, Morris et Talleyrand semblaient redevenus les meilleurs amis du monde. Quand la baigneuse sortit de l'eau l'Américain aida la servante à lui frotter le dos, pendant que le dignitaire de l'Eglise chauffait le lit avec une bassinoire — Aline avait un peu de fièvre, et froid. Le vieux Flahaut n'avait pas lâché son tambour à broder. Un moment plus tard, la malade, calée dans ses oreillers, tenait salon pour une demi-douzaine de nouveaux venus.

Louison s'isola avec Morris dans un coin de fenêtre.

— Je suis venue pour que vous me disiez encore que tout ira bien, lui murmura-t-elle.

— Tout ira bien. En arrivant à Londres vous trouverez même de l'argent à votre nom chez le banquier de mon beau-frère.

— De l'argent ! Quel argent ?

Il eut un sourire, et ses yeux brillaient.

— Je ne le sais que de ce matin.

Il marqua un temps parce qu'il l'avait suspendue à ses lèvres et qu'il aimait cela.

— Pensiez-vous, dit-il enfin, que j'allais permettre à monsieur de Beaussemblant de jouir de sa vilenie, même à Bruxelles ? Avec votre pot-de-vin ce gueux m'avait payé la moitié d'une terre en Pennsylvanie. Mon homme d'affaires belge lui en a repris le titre de propriété, ma sœur de Londres a revendu la terre à un émigré français, l'argent est à vous pour moitié : 35 000 livres, moins sa commission.

Louison en restait médusée, le cœur dans la gorge.

— Gouverneur, je voudrais vous embrasser ! finit-elle par lâcher.

— Je vous promets bien, madame, de vous faire souvenir de ce désir-là, dit Morris.

Elle rit sans songer à rougir, lui pressa furtivement la main. Et alors une question la traversa.

— Au fait, dit-elle, par quel miracle Beaussemblant vous a-t-il rendu le titre ?

— Je n'emploie que des hommes d'affaires convaincants, dit brièvement Morris.

Cambré dans toute sa hauteur le grand Américain respirait la force souriante.

— Vous avez le pouvoir de me rassurer, dit Louison.

Elle aurait voulu s'accrocher des deux mains à ses mains et rester ainsi, longtemps, à se pénétrer de confiance. Elle s'assit sur la banquette de la fenêtre et lui se posa près d'elle, appuyé sur sa bonne jambe.

— Parlez-moi de Morrisania, dit-elle.

— Ha ! fit-il, n'êtes-vous donc pas lasse de mes radotages là-dessus ? Je les sais si pauvres. Je crois bien sentir la nature, mais n'ai point les mots de Rousseau pour la dire.

— C'est vous que je veux entendre. Je pense comme madame de Flahaut, comme madame de Staël, que vous donnez à nos mots les plus usés un air nouveau, une mélodie nouvelle, très agréable à l'oreille.

— Zounds ! Mesdames, je vous trouve charmantes d'ainsi mettre en musique mon détestable accent yankee ! s'amusa Morris.

Il ajouta plus bas :

— Ne vous donne-t-il pas aussi le désir de l'écouter parler d'amour ?

— Mais si, dit-elle d'un ton léger. Réservez-moi ce plaisir-là pour le jour où vous me promènerez pour la première fois sous vos acacias.

Sa voix changea.

— Mon Dieu, monsieur, ce jour-là viendra-t-il vraiment ? Savez-vous qu'une promenade sous l'ombre blanche de vos acacias est devenue ma drogue, mon remède quotidien contre mon mal, l'espérance dans laquelle je me jette la nuit, quand un cauchemar m'a réveillée ?

— Bientôt, promit Morris. Croyez-moi... Louise. Bientôt.

— Bientôt, répéta-t-elle. Et ce sera comme une fête. Il n'y manquera que Soraya.

Vivement elle détourna la tête, pour lui cacher une buée de larmes. Il demanda :

— Monsieur Khazem l'aurait-il emmenée de force ?

— Quelle idée ! Non, bien sûr que non. J'aurais pu la garder. Mais...

Elle aspira ses larmes.

— ... à l'âge de Soraya j'ai si souvent rêvé que le prince de Conti m'enlevait dans la Demoiselle noire, sa plus belle calèche. Que nous partions ensemble, au galop, sur une route enchantée. Bien avant tout autre mon père a été mon prince Charmant, qui n'est jamais venu. Grandie, vieillie, pendant tout un temps j'ai cru qu'à force d'être aimée j'oublierais l'amour inexaucé de mon enfance, et puis non. L'amour que mon père ne m'a pas donné, je l'attendrai toujours.

Elle se tamponna le nez.

— Soraya aussi est amoureuse de son père, dit-elle encore. Et lui, il venait la chercher. Alors...

— Vous avez bien fait, dit Morris. Monsieur Khazem ne restera pas toujours à Venise : c'est une ville finie.

Ils regardaient M. de Montmorin se rapprocher d'eux.

— Complotez-vous, vous deux, ou peut-on se mêler à vous ? leur lança le ministre.

— Mon cher, dit Morris, aujourd'hui tout le monde complote !

— C'est, ma foi, une obligation, intervint Talleyrand. On ne peut plus rien faire au grand jour. Légiférer, gouverner nuit toujours à quelqu'un, et personne ne supporte plus rien. La France devient intenable, il faut s'en aller. Avant son dernier arrêté sur la circulation l'Hôtel de Ville délivrait deux cents passeports par jour. Depuis qu'il faut un certificat médical pour s'en aller prendre le bon air suisse, les eaux de Spa ou la douceur italienne, la santé des Français, aux dires de leurs médecins, devient exécrable.

— Et le perruquier Lamblin se fait une petite fortune en maquillant les faux malades en moribonds pour la visite de l'officier municipal ! compléta en riant Mme de Montmorin.

— Alors ? fit Talleyrand. Ne faut-il point se dépêcher de quitter un pays où, avant de vous en ouvrir la barrière, on prétend confronter votre mine avec l'ordonnance de votre médecin ?

Il eut un regard vers le ministre des Affaires étrangères.

— Qu'on me donne l'ambassade de Vienne, et je pars dans l'instant !

— Mais non, dit Morris. On a besoin de vous ici, on y a besoin de toutes les intelligences sans passion. Je vous le prédis, vous serez un jour dans le ministère, vous serez aux Finances.

— Merci bien ! ricana Talleyrand. Voilà un portefeuille où il ne reste plus que des dettes ! Les six mille fortunes sur lesquelles la France aurait pu compter pour ses relevailles se sont enfuies en quinze jours après la prise de la Bastille. L'or de reste s'exporte peu à peu dans les cannes à 600 louis * ; passage du Perron ** les changeurs en vendent pour plus d'un million d'assignats par jour. En 1791, mon cher Morris, pour réussir aux Finances il faudrait être un magicien, un pisseur d'or ouillant sans arrêt dans le tonneau des Danaïdes !

Il ajouta par-dessus les rires :

— Je me laisserai faire ministre des Finances quand les nouveaux Français ne croiront plus que l'argent est immoral et qu'il faut le bouter hors du Royaume. Madame l'Infantado qu'on couvrait d'insultes vient de s'enfuir chez elle. Voilà donc encore 800 000 livres par an qui ne se dépenseront plus dans Paris, et seul son boucher ose en pleurer haut, en parler comme d'une catastrophe nationale.

— Il est vrai que la situation financière est catastrophique, et propre à décourager tous les talents, soupira M. de Montmorin. Et quoi faire ? Nous avons douze cents législateurs, nous avons douze cents médecins à notre chevet, ce qui est bien pour nous faire crever !

On le regarda. Le ton de sa remarque étonnait. Le ministre n'avait pas pour habitude d'exprimer du pessimisme, or il venait de parler avec une grande lassitude, en homme tenté de lâcher les rênes, de laisser aller le pays à son agonie, sans lui. Morris ressentit, pour tout le monde, le besoin de le ranimer. Il dit avec entrain :

— Monsieur, ne parlez pas ainsi, pas vous, qui avez l'Etat entre les mains. L'or est sensible à la peur, mais tout autant à l'optimisme et même à l'illusion. Il vous reviendra à

* La canne, creuse, pouvait contenir 600 louis.
** Au Palais-Royal.

la moindre embellie. Les Français et les amoureux de la France n'aiment à le dépenser qu'ici.

— Peut-être, sans doute, dit Montmorin sans s'égayer. Il nous reviendra, par exemple derrière les trente mille hommes que le prince de Condé attend l'heure de lâcher sur la France. Je me demande si j'ai très envie que cela arrive?

Le vieux Flahaut leva les yeux de sur la pantoufle qu'il brodait pour sa femme.

— Si la guerre éclate, les ouvriers des faubourgs mettront Paris à feu et à sang, dit-il. Nous irons à Amboise. Mon beau-frère Saint-Boissy y a ouvert une manufacture de quincaillerie à laquelle je me suis intéressé.

— Pour Dieu, Morris ! s'écria Mme de Flahaut jouant l'épouvante, pour Dieu, obtenez-lui l'ambassade de Philadelphie ! Me voyez-vous quincaillière à Amboise !

La malade, comme à son ordinaire, s'était guérie par la parole. Remise au mieux de sa forme, animée, volubile, elle apostrophait Talleyrand après Morris :

— Mais aussi, monsieur l'évêque, quand, quand l'Eglise s'attellera-t-elle à remettre un peu d'ordre dans notre désordre? Je ne croirai jamais qu'elle n'est point du tout coupable de son avilissement. Elle s'est laissé agresser, dépouiller, déchirer en factions, réduire à rien par un ramassis de rapaces et d'avocats. Une telle puissance ! Son abandon aux événements a complété celui du Roi. Aujourd'hui, là où on se bat entre Français, c'est entre papistes et nationalistes. C'est entre fidèles des papistes et partisans des nationalistes qu'on se bat à Montauban, en Avignon, en Saintonge, en Vendée et jusque dans les églises de Paris le dimanche. Le peuple qui ne court pas entendre « la bonne messe » dans une cave s'amuse à voir l'archevêque assermenté de Paris sacrer les évêques à sa mode que le Pape excommunie dans l'instant, et devient mécréant, c'est-à-dire capable du pire. Si décidément l'Eglise...

Familièrement, Gouverneur Morris prit le bras de Louison pour l'éloigner du lit.

— La conversation va devenir houleuse, dit-il avec ennui. Le schisme, hélas, est aujourd'hui dans tous les salons. La comtesse ne devrait pas agacer monsieur d'Autun là-dessus. Elle a besoin qu'il l'épouse quand elle sera veuve.

— Elle vous préférera, dit Louison.

— J'ai d'autres projets, dit Morris en la contemplant sans ambiguïté. Reparlons un peu de nos affaires. Vous savez que je pars demain matin pour l'Angleterre? Je dois voir Pitt. Je ne serai pas à Paris quand vous en partirez, mais je serai à Londres pour votre arrivée là-bas. Ce sera bien. Je pourrai m'occuper moi-même de votre réembarquement pour l'Amérique. Ne vous attardez pas à Calais.

— Nous n'avons rien à y faire.

— Le grand jour reste-t-il fixé au 18?

— Si tout va...

— Tout ira bien, coupa Morris.

— Nous partirons le 18 au matin.

Elle se força à sourire.

— A sept heures, très exactement. L'heure habituelle de la voiture du Châtelet.

— Le juge Pariset est matinal, il vous rend un bon service, dit Morris. Le concierge de l'Abbaye ne commencera de s'étonner qu'au moment de servir les dîners, vous aurez eu sept heures devant vous. Avec de bons chevaux...

— L'un des jeunes émigrants s'en est chargé jusqu'au premier relais.

Morris hocha la tête.

— Chauvigné me l'a dit.

Il l'enveloppa dans un bon regard tendre.

— Eh bien, madame, adieu pour quelques jours. Je crois, jusqu'à vous revoir à Londres, ne pouvoir plus rien faire pour vous, que prier Dieu.

— Vous pouvez me raccompagner jusque dans la Galerie, dit-elle.

Elle n'avait plus envie de rester là. Depuis que se rapprochait la date du départ elle ne supportait plus rien très longtemps. Leur aventure du lendemain lui galopait dans le crâne, il lui fallait bouger, s'agiter, courir d'un endroit à l'autre pour s'user les nerfs.

L'antichambre était déserte. Louison s'y arrêta, se tourna vers l'Américain.

— So long, murmura-t-il en lui baisant les deux mains.

Comme elle sembla y prendre plaisir il recommença, appuya ses lèvres sur les poignets, là où sous la peau transparente il voyait battre le sang.

Ses lèvres étaient chaudes. Louison en fut surprise comme si cet homme, toujours si maître de lui, aurait dû les avoir froides. Sans pouvoir s'en empêcher elle posa un instant sa tête sur la large poitrine offerte comme un havre.

— Pardon, dit-elle en se redressant. Ne vous méprenez pas sur mon geste, monsieur. Je ne voulais que gagner votre calme.

— A votre service, dit-il en souriant. J'ai le cœur lent. Il va bien pour cela.

Le 15 à l'aube Louison s'éveilla en sursaut : le *To and Fro* venait d'entrer dans le port de Calais, du moins dans son rêve. Elle s'habilla, tourna comme un toton dans la maison jusqu'à l'heure de rejoindre Matthieu.

Il l'attendait au Palais-Royal, au *Café de Foy*.

— La date est changée, lui dit-il tout de suite. Je pense que nous devrions la changer. C'est un conseil de lady Eléonore. Elle voudrait que nous ne partions que le 21 au matin.

Louison ouvrait de grands yeux.

— Pourquoi donc ?

— Elle m'en refuse l'explication. Mais elle a été très pressante, quoique sibylline. Elle m'a seulement dit sans plus, en me priant de la croire, que le 21 de juin nous serions pour la police un très petit gibier sans beaucoup d'attrait.

— Ah, fit Louison. De très petit gibier sans attrait. Et pourquoi devrions-nous le croire ?

— Parce que lady Eléonore est notre amie.

Ils se turent pendant que le serveur leur apportait du thé, disposait les tasses et le sucrier devant eux. Louison reprit ensuite :

— A l'Assemblée, craint-on quelque chose pour le 21 juin ? Un soulèvement royaliste ? La fuite du Roi ? Une attaque aux frontières ?

Matthieu leva les épaules.

— A l'Assemblée et chez les perruquiers on attend cela tous les jours ! Lady Eléonore est peut-être plus précisément renseignée, par Fersen.

— Ah, fit de nouveau Louison. Je n'imaginais pas que ces deux-là fussent amants jusqu'aux confidences graves, surtout du côté du comte. Pauvre Reine.

— La Reine est un songe, dit Matthieu. On ne peut pas tromper un songe, ce serait à lady Eléonore d'en être jalouse. Mais elle est royaliste à la passion ! Je pense que Fersen ne lui cache rien.

Longuement, Louison tourna une cuillerée de sucre dans son thé. Elle réfléchissait.

— Il doit se passer quelque chose aux Tuileries, dit-elle enfin. Monsieur de Montmorin, la dernière fois que je l'ai vu, ne m'a pas paru dans son assiette ordinaire. A un moment Morris l'a entretenu d'une affaire, d'un marché qu'il veut pour l'Amérique, et le ministre lui a répondu qu'il y verrait plus clair, à la fin du mois, dans les besoins du Royaume. Attendrait-il un changement de la situation politique ? Une contre-révolution ? Un coup d'Etat du Roi ?

— Un coup d'Etat du Roi ! s'esclaffa tout bas Matthieu. Le plus dévot des ultras ne l'espère assurément pas, même en prière ! Un essai de contre-révolution est toujours possible. Il ne réussira pas, mais les plus fous du Roi le tenteront peut-être. Leur rancune les aveugle. Ils veulent croire que la Révolution est le fait de quelques philosophes trop bavards, de deux poignées d'agitateurs et des journalistes. Ils refusent que tout le peuple s'y soit mis de bon cœur, et de voir qu'ils la défendra jusqu'à la férocité quand ils l'attaqueront. Ils ne gagneront pas contre la foi de tout un peuple. Pas eux !

Il lança un coup de menton vers le jardin.

— Regardez-les ! Et dites-moi si vous les voyez capables d'autre chose que d'un peu de théâtre ? Ils ne sont que des personnages de théâtre.

Louison eut un coup d'œil pour le jardin, bien qu'elle connût par cœur déjà les scènes de la comédie qui s'y jouait. Les jeunes aristocrates de Paris avaient commencé au Palais-Royal leur petite guerre contre la Révolution à coups de modes. Le fraque rayé vert et blanc taillé court et bien ouvert sur la culotte blanche serrée, le gilet de basin « à la royale » constellé de fleurs de lys couronnées qu'on achetait *Aux Trois Pigeons*, la cravate blanche, les petites bottes fines rabattues sur les talons, coiffés à la contre-Révolution en grand crêpé à toupet orné de deux boucles, à la main la marotte faisant de chacun d'eux un massier de la Noblesse, les jolis fous paradaient bruyamment sous les tilleuls en s'efforçant d'agacer les bourgeois et de provoquer les patriotes. Ils leur chantaient des impertinences, leur offraient des prises dans des tabatières décorées du Roi ou d'un Saint-Michel terrassant le dragon, leur passaient la marotte sous le nez, les plus taquins montraient cocarde tricolore mécanique sur leur vaste chapeau à l'androsmane*, qu'ils tiraient au blanc en croisant l'ennemi.

— Notez qu'avec leurs ridicules ils font au moins aller le commerce, ironisa Matthieu. Voilà six mois le *Singe-Vert* vendait 1 livre et 4 sous leur bague d'écaille marquée « Domine, salvum fac regem » ; elle est à 7 livres aujourd'hui. Aujourd'hui les modistes s'enrichissent sur le dos des vaincus, et les cuisiniers sur le ventre des vainqueurs.

Louison regardait deux jeunesses en fraque rayé vert et blanc s'installer sur un banc avec leur jeu de dominos monarchiste, grâce auquel, les lettres y remplaçant les chiffres, ils pouvaient écrire « Vivent le Roi, la Reine et monseigneur le Dauphin ». Du menu peuple, en passant, leva ses bâtons, les fit tournoyer au-dessus de leurs têtes. Les jeunes gens, rieurs, mirent leurs cocardes au blanc. Les autres haussèrent les épaules, s'éloignèrent avec des jurons.

— Ils sont fous mais ils sont crânes, dit Louison. Et puis ils sont beaux.

— Tout beaux qu'ils soient ils se feront pendre, dit Matthieu. Comme je leur crois de l'élégance jusqu'au cœur ils iront à la lanterne en continuant de plaisanter, mais quel profit pour leur parti ? Ils feraient encore mieux d'aller jouer à Coblentz. Ceux de là-bas viennent justement d'inventer un jeu neuf, qui va même pour les pauvres.

* Le futur chapeau de l'incroyable, d'assez près celui de Napoléon.

Le baron sortit un jouet de sa poche : une roulette de bois évidée comme une navette, enroulée d'un long cordon noir.

— Cela marche ainsi, dit-il en lâchant la roulette.

Elle descendait et remontait, descendait et remontait, d'un petit coup de main, tout le long de son cordon *.

— Que c'est drôle ! s'amusa Louison. Donnez que j'essaie. Aurore serait folle de ce jouet-là !

— Il est pour elle, dit Matthieu. Je l'ai pris au vicomte de La Puisaye qui part avec nous. Lui l'avait reçu de Coblentz, d'un parent. Je ne doute pas que cette roulette — ils l'appellent l'émigrette — soit la prochaine fureur du Palais-Royal. Il paraît que le *Singe-Vert* en fait fabriquer vingt-cinq mille.

— Aurore sera fière d'avoir eu le modèle, dit Louison.

— J'ai pensé que le voyage de Paris à Calais serait long pour elle, dit Matthieu. Cette petite chose occupe très bien les doigts tout en endormant le cerveau. C'est bien ce qu'il faut, de reste, aux émigrés.

Louison pressa la main de Matthieu en y enfonçant ses ongles.

— Ne soyez pas si sévère envers les absents, Matthieu. Nous aussi serons bientôt des émigrés.

Sa voix changea, s'angoissa.

— Pars avec nous, Matthieu. Au moins jusqu'à Londres. Au moins le temps de voir, de savoir ce qui se sera passé après la fuite de ton oncle. J'ai peur pour toi, Matthieu. J'ai si peur...

— En ce moment, ma chérie, tu as peur de tout. La peur est le mal des conspirateurs approchant du grand jour.

Il recueillit la main qui maintenant tremblait sur la sienne, la garda prisonnière.

— Je ne serai pas inquiété. Peu de gens savent ma parenté avec le marquis, et ce sont des amis. De toute façon, je suis connu pour être un républicain convaincu. Je ne serai pas inquiété.

Elle ne semblait pas se rassurer, il insista :

* Ce jouet, sous le nom de yoyo, a repris un moment de vogue vers 1932.

— Pour le temps que j'aurai passé à chevaucher sur votre route, mon alibi est prêt. J'ai déjà en poche l'ordre de mission qui m'envoie porter des recommandations de Robespierre à la municipalité d'Arras, je n'ai plus qu'à le faire dater. J'irai du même train que vous jusqu'au relais d'Arras. Pourquoi, diable, m'inquiéterait-on à mon retour ? Je reviendrai d'un voyage officiel le moins suspect du monde.

— Mais...

— A la poste d'Arras vous trouverez Jones. Lui vous suivra jusqu'à Calais, jusque dans le port.

Il lui sourit.

— Un amiral : qui de mieux pour veiller sur votre embarquement ?

— Un ordre de Robespierre, murmura Louison, revenant en arrière. Je n'aime pas monsieur de Robespierre. Il a les lèvres minces et des yeux de poisson froid. Je suis sûre qu'il ne défendrait pas un ami reconnu coupable d'un crime de lèse-Nation. Je suis sûre qu'il a le cœur d'un Romain.

— Et moi je te promets qu'en bon Français il a fait des poèmes d'amour à vingt ans et qu'il raffole des roses, dit Matthieu en riant. Il est en tout cas assez bon pour m'expédier dans le Nord, cela m'arrange joliment !

La bouquetière du jardin les dérangea, qui offrait ce jour-là des « corsages » en pompons de Bourgogne *.

— Un rouge, dit Louison.

Chauvigné donna 6 sous à la bouquetière.

La jolie fille lui fit l'œil doux.

— Et la politesse, citoyen baron ?

— Revenez quand je serai seul, et pour 6 sous de plus je prendrai un baiser de la marchande, dit complaisamment le citoyen baron.

— Je reviendrai sans faute, dit la bouquetière dans une esquisse de révérence.

Elle s'en alla en chantonnant la fraîcheur de ses roses. Il y eut un long silence entre les amants, empli par la rumeur du jardin. Le soleil, entré par une première fenêtre,

* Vieilles roses pompons.

toucha les bras de Louison. Sa tiédeur traversa la mousseline, lui chauffa la peau.

— Matthieu, pourquoi ne pars-tu pas avec nous? redemanda-t-elle brusquement, avec presque de la colère. L'Amérique est à demi ton pays. Tu prétendais même, naguère, qu'il l'était tout à fait.

— Ce sont des électeurs français qui m'ont élu à l'Assemblée, dit Matthieu. Je dois y remplir mon mandat. L'Assemblée n'est pas encore dissoute.

Elle eut un geste d'impatience, répéta avec plus de hargne :

— Pourquoi ne pars-tu pas avec nous, Matthieu? Je veux la vérité!

Lui aussi s'anima.

— Louison, je crois en cette révolution! Je ne déserterai pas avant de l'avoir vue réussir. Que deviendra ce pays si les modérés s'en dégoûtent et s'enfuient en le laissant aux mains des enragés? Condorcet, hier au soir...

— Ah! je t'en prie, ne me prêche pas! coupa Louison, frémissante. Je ne suis pas en état de recevoir les leçons de monsieur Condorcet. Aime le genre humain pour t'y dévouer autant que tu voudras mais alors songe que j'en fais partie, et aime-moi assez pour me vouloir déposer saine et sauve à Douvres, à Douvres au moins. Ou bien c'est que tu ne m'aimes pas!

Tristement il la contempla jusqu'à ce qu'elle balbutiât, grosse de larmes :

— Pardonne-moi mon emportement. Je suis malheureuse. Et je ne supporte pas le malheur.

— Je sais, dit-il.

Il lui commanda une douceur, une bavaroise au chocolat. Elle se moucha pour ne pas pleurer, dit à voix désolée :

— Tu restes pour mettre l'océan entre toi et moi.

— Oui, dit Matthieu.

Elle baissa les yeux, s'appliqua à boire sa bavaroise.

— Je veillerai sur Verte-Fontaine, reprit Matthieu au bout d'un moment. La Roche ne s'en tire pas mal, mais... Tu te soucies de ma sûreté, tu te devrais plutôt soucier de celle de vos biens. Il est question de faire saisir les biens des émigrés, d'au moins les mettre sous séquestre. Il faudra que je m'occupe de garder un logis à ma mère et à mes tantes.

Il marqua un temps.

— Je suis content que sa nouvelle mise au secret nous ait empêché de prévenir le marquis de notre projet. Il l'aurait fait manquer. Il aurait refusé de s'enfuir comme un coupable, sans attendre son jugement et en abandonnant Verte-Fontaine.

— Peut-être.

— Je garderai votre maison, Louison. Je jure que je la garderai fût-ce au prix de ma réputation, dit Matthieu avec force.

Il acheva d'un ton plus sourd :

— Qu'au moins j'aie fait cela pour mon oncle.

Louison repoussa son verre de bavaroise encore à demi plein.

— Ainsi, vous l'avez décidé et ce sera le 21 ? jeta-t-elle tout à trac. Le premier jour de l'été ?

Un petit sourire lui passa, sur une bonne image.

— C'est aussi le premier jour des cerises, à Verte-Fontaine. Les cerisiers de Verte-Fontaine s'arrangent toujours pour que notre première grosse cueillette puisse se faire le jour de l'été.

Une recrue de larmes, brutale, noya ses yeux.

— Pourquoi faut-il, pour que l'humanité soit heureuse, que les hommes soient dépouillés de leurs bonheurs ? Pourquoi, Matthieu ? Moi, par exemple, qu'ai-je fait à ceux qui me veulent du mal ? Qui bouleversent ma vie ?

Ce n'était pas l'heure où il y avait beaucoup de monde au *Café de Foy*. Les quelques clients lisaient les journaux, personne ne prenait garde à ses voisins. Matthieu caressa les deux mains de sa maîtresse.

— Ne pleure pas, ma chérie, ne pleure pas, je t'aime. Je t'aime. Mon amour au moins ne te sera pas pris, tu l'emporteras avec toi.

— Ah ! dit-elle avec désespoir, tu m'aimeras de si loin !

29

Marianne se mit à chanter. Elle chantait *Malbrough s'en va-t-en guerre,* la rengaine dont Suzanne les fatiguait quand elle époussetait les meubles. Sa voix engorgée de colombe n'allait pas du tout pour un air martial, mais c'était si presque vrai, que Marianne s'en allait en guerre...

Elle s'en allait. Cela suffisait bien pour lui faire l'humeur désolée d'une recrue de village qu'on pousse vers l'aventure à son corps défendant. Jamais Marianne n'avait aimé se bouger. A dix-huit ans, en boudant elle était venue de Bourges à Paris pour y épouser sans goût un mercier de la rue Saint-Denis chez qui, Dieu merci, Mme Gourdan était un jour entrée acheter du ruban. Depuis ce jour-là, pour changer de pays Marianne n'avait eu qu'à changer d'amant ; d'un homme à un autre, le voyage dépayse bien assez. En grande promenade elle allait jusqu'au château de L'Isle-Adam, aux courses de chevaux de Longchamp, aux eaux de Bagnoles. D'avoir été voir sa fille en Berri — au bout du monde ! — lui semblait encore un exploit. Que son vieil ami Lauraguais voulût l'emmener pour tout l'été dans sa campagne normande ne l'enchantait pas. Quitte à bientot pleurer sa solitude après la fuite des Roquefeuille elle aurait préféré la pleurer chez elle. Après la mort de Marais elle avait bien cru ne jamais savoir se refaire un nid hors du Faubourg, et puis vite, très vite elle s'était retrouvée dans ses aises à la Folie-Poupette, sous l'envolée joyeuse des moulins du Mont-Martre. L'air sentait bon dans la tranquille rue Royale, et il suffisait de monter sur la terrasse de la Folie-Poupette pour retrouver Paris, toutes les beautés, tous les plaisirs, toutes ses habitudes couvant en contrebas des Porcherons, à quelques tours de roue, sous la multitude grise des toits de la ville.

La chanson de Marianne mourut : le silence de la

maison la tuait. Soraya la si douce avait-elle emporté avec elle tout le bruit de la maison ? Bras ballants et cœur morne Marianne contemplait comme pour la dernière fois les bouquets rouges de la musulmane du salon, le soleil qui jouait sur l'acajou des meubles, le rosier en fleurs blanches du petit jardin. Pour l'instant, on l'aurait comblée de bonheur en lui promettant qu'elle ne serait pas arrachée de là, qu'elle y verrait vieillir son corps douillet d'ancienne amoureuse, trop sensible aux bleus pour qu'on le bousculât. Elle passa sans but dans la salle à manger, ouvrit sans nécessité dressoirs et tiroirs, sans doute pour s'assurer de la fine porcelaine blanche festonnée de bleu, de l'argenterie viennoise, des nappes et des serviettes brodées au chiffre orné de muguet de feue Mlle Poupette. Tout cela, aujourd'hui elle le sentait sien ; Mlle Poupette avait l'âme légère et de légère compagnie.

— Holà ! N'y a-t-il personne ici ? On y entre comme dans un moulin, brailla, dans le vestibule, la voix de Lauraguais.

Le comte, les bras chargés de deux grands pains, parut sur le seuil de la salle à manger.

— Deux pains ! s'exclama Marianne. Mon ami, c'est plus d'un en trop. Il rassira. Ma maisonnée, demain, sera réduite à moi et aux concierges. L'oubliez-vous ?

— Le plus gros pain est pour la voiture, dit Lauraguais, baissant machinalement le ton. A-t-on pensé à la charger de quelques victuailles ? Aux premiers relais ils ne prendront assurément que le temps de changer les chevaux.

— Lady Crawford s'en est occupée, dit Marianne. Comme, justement, elle devait faire préparer du bœuf à la mode et du veau froid pour je ne sais quelle partie de campagne...

— Où est la voiture ?

— Celle qu'ils auront pour la route ? Dans sa remise habituelle. C'est le carrosse de Morris. Martin, son valet, la conduira demain matin à la barrière de La Villette. Morris a loué un hangar par là-bas.

Il y eut un silence.

— C'est bien calme ici, ce matin, remarqua le comte. Aurore n'est pas là ?

— Elle est chez les Prévost. La tante Mado la gardera

jusqu'à l'heure du départ. Ce remue-ménage dans la maison, les bagages, nos chuchotis : elle posait trop de questions. Féfé...

Lauraguais s'assit sans façon sur la table à côté de ses pains.

— Féfé, redit plaintivement Marianne, comment en sommes-nous arrivés là ?

— Nous ? releva le comte.

— Nous, les Français, dit Marianne. Il me semble que toutes ces choses, toutes ces choses mauvaises nous sont venues sottement. N'étions-nous pas bien ? Nous vivions bien. Pourquoi avoir voulu, pourquoi vouloir tant changer ?

— Marianne ma mie, la bonne vie est un miracle fragile, dit Lauraguais. Nous ne nous en doutions pas, nous étions si fort occupés de la vivre ! Quand Paul Jones est arrivé en France, Paris l'a transporté, grisé en huit jours. Il m'a demandé pourquoi, diable, nous enviions l'Amérique après avoir fait de notre propre vie un chef-d'œuvre ?

Il eut un grand geste des bras, qui retomba mollement.

— Eh bien voilà, Jones, notre chef-d'œuvre était fragile. Il reposait sur trop peu de piliers. Il reposait sur des gens de goût et d'esprit, cyniques, frivoles et paresseux. Trop peu d'heureux, entourés de trop de barbares et d'affamés, courageux de surcroît.

Il fit semblant de s'ébrouer, dit avec conviction :

— Nous sortirons de la sottise, Marianne. En France ou ailleurs le monde de demain n'appartiendra plus aux philosophes et à leurs affidés, il appartiendra aux savants. Et les hommes de la Science nous feront un monde magique, un monde facile, bon pour tous. Hier, au Jardin du Roi, j'ai rencontré Adanson. Il vient de réussir un épi de blé monstrueux, gonflé de grains énormes ! Marianne, le blé d'Adanson, c'est la fin de la misère humaine ! Au siècle prochain, quelle que soit la mode politique, plus un être humain n'aura faim. Pain à volonté ! acheva-t-il en posant la main sur le sien.

— Oui, oui, peut-être, fit Marianne sans flamme.

— Personne ne croit assez à la Science, qui pourtant nous gouvernera demain, poursuivait Lauraguais, jamais las de réciter son credo. Le XIXe siècle sera celui des faits après celui des idées. Il faudra bien alors passer les rênes de l'Etat à ceux qui comprennent les faits parce qu'ils les fabriquent ? Je vous promets bien que demain nous n'aurons plus des avocats, des beaux parleurs pour mentors : nous aurons des savants. Adanson, Lavoisier, Lalande et leurs pairs, je les verrai conseillers à la Cour. Et je verrai ministre mon ami Dupont de Nemours, qui nous fera florissante l'économie de la France, en enseignant la chimie aux fermiers. Je veux être, ma mie, moderne avant l'heure. Que le Roi se rassoie ferme sur son trône ou que la République nous échoie, l'une ou l'autre me trouvera déjà à l'œuvre sur ma terre, plantant mes choux comme il faut.

— A la mode, à la mode, à la mode d'Adanson ! chantonna Marianne.

— M'écoutiez-vous ? s'étonna Lauraguais.

— Je vous entendais, dit Marianne en souriant. Et me demandais...

— Une autre chose bien éloignée de l'agriculture ?

— Oui. Féfé, avons-nous raison de les laisser tenter cette folie ?

— Quoi ? L'enlèvement du marquis ? Dame oui ! Grand oui !

— En êtes-vous si sûr ? La peur me tenaille. S'ils échouaient ? Que Louison elle aussi se retrouve en prison ?

— Ils n'échoueront pas, dit Lauraguais. L'affaire a été bien préparée, de main d'amiral. Jones n'a jamais perdu une bataille à la course ; c'est un bon corsaire.

— Tout de même, insista Marianne, tout de même le jugement n'aurait plus tardé ? Le marquis ne pouvait être que relâché, il est innocent.

— Ha ! ricana Lauraguais. Ma bonne amie, la justice de ces temps-ci me semble un peu patraque. Favras n'avait rien fait que rêver, il méritait au plus l'exil et on l'a pendu.

— Il avait avoué.

— Des rêves ! Des projets. Les gens du Châtelet ont peut-être trouvé des projets pendables dans le dossier de Roquefeuille ? On raconte qu'ils ont entre les mains un paquet de lettres signées Toinette, dans lesquelles on parle en clair des complots royalistes en cours. Je ne crois pas que des lettres aussi opportunes, aussi imprudentes soient de la Reine mais, justement, si ce sont des faux on aura pris soin d'y glisser des noms à punir. Le peuple a si fort envie des têtes renfermées dans l'Abbaye ! Louison fait bien d'en sortir le marquis.

Il se remit debout, entraîna Marianne jusque sur le banc du jardin. Le poids des roses arquait les branches du rosier grimpant, un arceau de parfum ombrageait le banc.

— Votre rosier est superbe, dit Lauraguais en attirant une fleur à lui. J'essaierai de croiser des roses, à La Tuilerie. J'en voudrais obtenir qui fussent prodigues de fleurs et d'odeur pendant tout l'été. Adanson pense que ce devrait être possible.

— Et possible aussi que vous vous plaisiez à finir vos jours en sabots, croisant des roses, plantant vos choux et trayant vos vaches ?

— Ma mie, dit Lauraguais, il faut cultiver son jardin. Candide avait raison, c'est là le secret du bonheur, et par fortune je m'en avise avant de mourir.

Le sourire d'un beau songe s'étira sur ses lèvres, lui emplit les yeux.

— Savez-vous bien, Marianne, que si j'avais seulement dix ans de moins...

Il s'interrompit en secouant la tête, reprit d'un ton plus direct :

— J'allais vous mentir. Savez-vous bien que si j'avais de quoi m'acheter quelques milliers d'acres aux Amériques je serais parti avec les Roquefeuille ? La médecine devrait profiter des trouvailles de la physique et de la chimie, je compte vivre un peu dans le prochain siècle aussi, et l'espace américain sera à la dimension des essors de l'homme du XIXe siècle. Il ne m'étonnerait pas que mon ami Roquefeuille s'y plût. Je l'ai vu vivre en Berri. Il est fermier à la passion. Cette race d'homme n'a jamais trop de terre sous les pieds.

— Mais Louison ? dit Marianne.

— Ma douce, dit Lauraguais railleur, tant qu'il y aura des hommes dans un pays Louison s'y sentira la bienvenue.

Elle oubliera un peu son Chauvigné et prendra Morris pour amant, ce sera plus séant.

Marianne avait tressailli.

— Ainsi, dit-elle, vous savez ?

— Comme tout le monde.

Elle en eut l'air si chagrin que le comte ajouta en riant :

— Ne me dites point, Marianne, que vous avez pris dans les romans anglais le goût de faire du drame avec les fantaisies de l'amour ? Il faut qu'une femme soit une coquine ou un laideron, et pas un mari bien né qui ne préfère une coquine. Le marquis était un homme heureux et le sera demain, cocu ou non. C'est un sage.

Une inquiétude lui passa.

— A propos, dit-il, et l'argent ? Louison a-t-elle trouvé un peu d'argent ?

— Trois rouleaux de louis chez la tante Mado, et pour après, un miracle, dit Marianne.

Le comte de Fersen tourna autour de la voiture, en ouvrit la portière pour examiner l'intérieur. C'était une vieille voiture noire aux roues jaune sale, aux durs coussins noirs fatigués jusqu'à la grisaille.

— Elle est parfaite, dit-il. On croirait que Chauvigné l'a prise dans les écuries du Châtelet.

— Cela se pourrait bien ! dit lady Eléonore.

Fersen sortait une bourse de sa poche.

— La Reine m'a demandé s'ils avaient assez d'argent et, à tout hasard, m'a fait compter cinquante louis pour eux.

— Je les prends ! dit Eléonore. Le cadeau d'une Reine ne se refuse pas, surtout quand on se trouve mal de l'avoir servie.

Elle fit sauter la bourse dans sa main, ajouta :

— La rue a tort, la Reine est bonne. Il faut l'être pour se soucier d'autrui alors qu'on craint pour soi un péril imminent. Elle vivra ce soir de terribles quarts d'heure. Comment se sent-elle ?

— Elle est merveilleuse, dit Fersen en s'illuminant. S'occupe de tout et de tous avec un si grand calme apparent que moi seul la sens trembler.

Il eut un coup d'œil pour la vieille citadine fanée.

— Je la rassurerais d'un cœur plus léger si je disposais, pour leur évasion, de deux vieilleries comme celle-ci plutôt que de notre luxueuse berline. On la remarque.

— Il est vrai qu'elle ressemble fort à l'équipage d'un roi qui voyage incognito, reconnut lady Eléonore. Ai-je eu tort de faire travailler le carrossier au goût de la Reine ?

— Ils auront leurs aises, dit Fersen, s'essayant à ne voir que le bon côté de la chose. De toute façon, on ne nous laissait pas le choix de faire à notre idée.

Joséphine, la femme de chambre de lady Eléonore, sortit de la maison. Elle portait un paquet de serviettes et un panier d'argenterie. Sa maîtresse et Fersen s'approchèrent de la berline royale en même temps qu'elle, la regardèrent placer ses apports dans les poches de commodité.

— Je repasserai ce soir vers sept heures. Nous finirons le chargement ensemble, dit Fersen. Mon cocher et les chevaux seront là à huit heures.

— J'ai prévu un bœuf à la mode, du veau et deux volailles, dit lady Eléonore.

— Mettez beaucoup d'eau, dit Fersen.

— Dans notre voiture à nous, je mettrai plutôt du vin de Champagne, dit Joséphine avec entrain. J'aime voir monsieur le Comte sabrer une bouteille, et ce sera bien l'occasion de le faire !

— Il vous faudra, ma belle, garder votre soif jusqu'à Mons, dit Fersen en lui souriant. Rendez-vous là-bas, ajouta-t-il pour lady Eléonore. Au *Bœuf-Gras*. Les officiers du Royal-Suédois en goguette hors frontières y ont leurs habitudes. Je devrais y être dès le 22, de grand matin. C'est là que j'attendrai Monsieur* et des

* Le frère du Roi.

nouvelles du Roi. Si tout a bien été, alors je le rejoindrai à Montmédy.

— Nous irons à Montmédy avec vous avant que de nous établir à Bruxelles pour y laisser passer la guerre, dit lady Eléonore. Croyez-vous qu'elle durera longtemps ?

— J'espère qu'elle ne commencera pas, dit Fersen d'un âpre ton de prière. J'espère que la parole du Roi libéré suffira à lui rallier le gros de son peuple, sinon... Sinon la Reine n'aura plus qu'à s'en retourner à Vienne, mendier à Schönbrunn l'hospitalité pour elle et sa famille. Car je ne vois pas son mari s'imposant de vive force à des sujets rebelles et ramassant sa couronne dans leur sang.

La portière de la berline était restée ouverte. Encore une fois Fersen jeta un regard sans plaisir sur le somptueux aménagement intérieur de la caisse, capitonné de taffetas et de maroquin. La lourde voiture ne bougea qu'à peine quand il en reclaqua la portière.

— Elle ne courra pas la poste, soupira-t-il. Eh bien, à ce soir. Sept heures.

Joséphine, derrière le dos de sa maîtresse, envoya un baiser au comte. L'évasion de la famille royale l'enchantait sans réserve depuis que sir Quentin, par prudence, avait décidé qu'eux aussi partiraient, dans les roues de Fersen, pour voir du dehors comment tourneraient les choses. La belle aventure ! Le beau rendez-vous que celui de Mons, à l'auberge du *Bœuf-Gras* ! Joséphine en pétillait avant l'heure de sabrer le vin de Champagne. Après un souper au champagne le bel Axel était parfois si gentil avec elle, quand lady Eléonore grisée s'endormait trop tôt. Etre l'amant d'une reine, cela vous laisse tant de caresses inoccupées...

La jolie soubrette rentra en courant dans la maison, pour achever de housser les sièges.

Tous les domestiques, déjà, avaient été congédiés. Sir Quentin se promenait à travers les pièces désertées en couvrant de regrets les tableaux, les bronzes, les porcelaines de ses collections. Il aurait dû les déménager, les sortir de France avant lui au lieu de se fier à son portier. Les révolutions respectent si peu les portes fermées !

Dans sa chambre, Eléonore, toutes armoires béantes,

tripotait ses robes avec encore bien plus de douleur. Il aurait fallu pouvoir tout emporter en exil, tout Paris !

30

La Reine, aux Tuileries, était du même avis. Comment tout abandonner, de sa délicieuse frivolité, en quittant Paris ?

A l'heure où Joséphine faisait, défaisait, refaisait dix fois de suite la malle « ridiculement » petite de sa maîtresse, Marie-Antoinette faisait descendre Léonard, son « divin » coiffeur, de sa chambrette sous les combles. C'était pour lancer ce couard en culottes de soie, ce bavard étourdi sur la route de Montmédy, en avant de la berline royale.

30

Ses grands yeux d'or roux pleins d'étonnement, immobile là où Suzanne venait de la déposer sur ses pieds, Aurore examinait tout sans rien dire. A cinq ans et demi, plus on s'étonne moins on parle, et depuis qu'à l'aube Suzanne l'avait réveillée en lui disant que « c'était pour aller voir papa », Aurore vivait une longue surprise. Sa grand-mère et sa mère en larmes, Suzanne qui l'enlevait dans ses bras, la longue course en fiacre à travers le petit matin bruyant de la ville, et puis maintenant cette énorme grange, dans laquelle leur fiacre s'était engouffré...

La pénombre y régnait, parce que le cocher du fiacre en avait presque complètement refermé les portes sur eux. Tout de même, à présent que ses yeux s'habituaient au peu de jour Aurore reconnaissait Martin, le valet de M. Morris. C'était Martin, qui s'en allait chercher les quatre chevaux à l'attache dans le fond de la grange, pour les atteler au carrosse de son maître.

La petite fille regarda vers sa mère. Il y avait une table et de vilaines chaises dans un coin. Suzanne essayait d'y faire asseoir maman, mais maman s'en dégageait d'un geste agacé et se mettait à faire les cent pas, en tordant son mouchoir comme lorsqu'elle était en colère.

Bien que l'air du dehors fût très doux il faisait froid dans le vaste hangar toujours clos. Aurore avait froid, et maman ne le voyait pas.

— Brrrr ! fit soudain Suzanne. Il fait encore ici un temps d'hiver. Aurore, ne restez pas là plantée à vous geler. Courez, sautez.

La voix de Suzanne tira l'enfant de son demi-rêve.

— Maman, où on va ? demanda-t-elle en montrant le carrosse. Où est papa ?

Louison se rapprocha d'elle, frotta ses petites mains dans les siennes.

— Continue d'être sage, et papa viendra bientôt, dit-elle. Suzanne, trouvez-lui un fichu et un biscuit.

— Mais où est-il ? insista Aurore. Est-ce qu'on va monter dans la voiture de monsieur Morris ?

— Oui, dit Louison. Nous allons faire une longue promenade.

— Avec papa ? Il a fini d'écrire son livre ? Il peut sortir de la Bibliothèque du Roi ?

— Oui, il peut sortir, dit Louison en serrant l'enfant contre sa jupe, si fort qu'Aurore se débattit en riant.

— Maman, vous m'étouffez ! Que dira papa s'il trouve son rayon de miel évanoui par terre quand il arrivera ?

— La mauvaise herbe ne s'étouffe pas si facilement, dit Suzanne.

Elle revenait du carrosse avec un fichu, qu'elle posa sur le dos de l'enfant.

— Trouvez-m'en un aussi, dit Louison, frissonnante.

— Sur la peur, madame, un fichu ne fait pas grand-chose, dit la femme de chambre en lui passant le sien.

— C'est long, murmura Louison. C'est trop long.

Il était plus de huit heures. Chauvigné devait enlever le prisonnier de l'Abbaye à sept heures. La voiture aurait dû être là et Martin, debout dans l'entrebâillement des vantaux, ne voyait rien venir. Le bout de chemin herbu bâti de remises et d'une seule masure demeurait désert. Louison aurait voulu savoir prier.

— Aurore, pense à papa, pense à papa très fort, appelle-le très fort ! dit-elle à l'enfant qui grignotait un biscuit dans ses jupes.

— Les voilà ! cria Martin.

Louison et Suzanne se précipitèrent, aidèrent Martin à peser sur les lourds vantaux pour les ouvrir en grand...

La portière de la citadine fut poussée du dedans, Chauvigné sauta à terre, descendit le marchepied, tendit la main à son oncle.

Louison fut dans ses bras si vite qu'elle n'avait rien vu. Ni le boitillement du marquis ni la pâleur de Matthieu, ses mâchoires serrées, son regard anxieux.

— Et moi ? Et moi ? réclamait Aurore, pendue aux basques de son père.

— Venez vous changer, dit Martin en entraînant les deux jeunes faux gardes. Vos habits de bourgeois sont là-bas, sur la table.

— Mon oncle, il faut faire vite, dit Matthieu d'un ton dur. De toute façon, il faut faire vite.

Roquefeuille donna sa fille à Suzanne, tendit ses deux mains à sa femme, où elle mit les siennes. A présent elle voyait son nouveau visage d'homme abîmé par la prison. Le cœur serré elle notait le teint blêmi, les joues creusées, des rides inconnues, de la fièvre dans les yeux et cet air de nervosité sur le visage si étranger à la nature du marquis. « Vite, du soleil ! pensa-t-elle. Vite la route, la campagne, la liberté ! »

— Vite, dit-elle. Le baron a raison, faisons vite. Vous êtes en retard. Venez vous installer.

Il la retint.

— Louison, je ne partirai pas, dit-il sans hausser la voix. Vous revoir m'aura été très doux, mais je ne partirai pas. Un innocent ne fuit pas la justice de son pays. Il ne se met pas hors la loi, ne fait pas de lui un proscrit. On peut encore me reconduire à l'Abbaye comme on m'en a tiré. J'aurai l'air de revenir du Châtelet. Personne ne saura rien de mon équipée.

— Sauf le garde de l'Abbaye que nous avons laissé ficelé dans une geôle, dit sèchement Matthieu.

— Nous le reprendrons en passant et lui donnerons de l'argent pour se taire, dit Roquefeuille.

— Il prendra l'argent d'abord et parlera ensuite, dit Matthieu du même ton abrupt. Les gardes sont de forcenés patriotes. Ils ne se vendent qu'avec remords.

— Aimé, balbutia Louison. Oh ! Aimé...

Elle semblait effarée, le désespoir ne l'atteignait pas encore.

— Je suis le seigneur de Verte-Fontaine, dit Roquefeuille sans emphase. J'ai hérité une bien petite tâche sur la terre, je ne la déserterai pas. Je n'émigrerai pas.

Les nerfs de Louison craquèrent, elle explosa en sanglots. Une tempête de larmes la secouait, au milieu de laquelle elle suffoquait. Suzanne posa brusquement Aurore pour s'occuper de sa maîtresse, et la petite fille, effrayée, se mit à pleurer aussi en appelant sa mère.

Le visage du marquis changea, son maintien crispé s'affaissa. Il ressembla davantage à un homme las, épuisé de mauvaise solitude. Avec un soupir il ramassa Aurore, se tourna vers Chauvigné.

— C'est bon, dit-il. Je vous laisse carte blanche pour la poursuite de l'aventure. Peut-être, après tout, ne me serais-je pas tiré d'affaire tout seul. La prison donne un flot d'idées, mais pas forcément les plus réalistes. Jetez-moi en voiture, baron, et partons au galop. Je vous ai déjà fait perdre trop de temps.

Chauvigné et les deux émigrants passèrent les premiers, à cheval, la barrière de La Villette. Il avait été décidé qu'ils précéderaient le carrosse sur la route d'Arras, où Chauvigné s'arrêterait pour confier les fugitifs à l'amiral Jones. Chemin faisant ils prépareraient les relais, réserveraient les chevaux.

Il était neuf heures quand le carrosse, à son tour, se présenta à la barrière. Une paire de gardes, sans hâte, s'en approcha. L'un d'eux ouvrit une portière, du côté du marquis.

— Monsieur, mesdames, il vous faudra descendre un moment, dit-il poliment. Nous fouillons toutes les voitures qui sortent.

— Où diable, mon ami, voulez-vous que nous cachions un émigrant ? plaisanta Roquefeuille. Je ne suis pas français ; je rentre chez moi, à Furnes, ajouta-t-il en tendant son passeport.

Le garde examina le passeport, et puis les occupants de la voiture.

— Et celui-ci ? dit-il en pointant le doigt sur Martin.

— Celui-ci ne sortira pas du Royaume, dit Roquefeuille. C'est le cocher de relève.

— Des cochers frais, on en trouve aux relais, objecta le garde.

— Pas toujours, dit Roquefeuille. Et pas forcément de mon goût. Je ne veux que des buveurs d'eau.

Le garde fit à Martin une grimace de sympathie. L'homme avait bien la mine et l'habit d'un valet. Il n'insista pas.

— C'est bon, dit-il en rendant le passeport, et il allait faire signe de laisser passer, quand un lointain tocsin se mit à sonner.

Les gardes demeurèrent plantés au milieu du passage, l'oreille dressée. D'autres cloches se mêlaient aux premières, le tocsin s'enflait, semblait vouloir gagner, emplir toute la ville. Deux autres gardes sortirent de leur baraquement. Une carriole arrivait d'Aubervilliers, dont le charretier sauta à terre pour se mettre lui aussi, médusé, à l'écoute de la grande peur des cloches.

— Voilà bien, ma foi, un tocsin des grands jours, remarqua celui qui paraissait être le chef des gardes.

— Un tocsin pareil ! Faut que ce soit grave. Faut que le cœur de la ville soit en feu ! renchérit l'un de ses hommes à la cantonade.

— Ou autre chose ! dit le chef. Va-t'en savoir ? Je vais toujours fermer ma barrière.

Roquefeuille, penché à sa portière, vit le mouvement vers la barrière.

— Messieurs, cria-t-il, pourriez-vous vous écarter ? Je suis pressé d'arriver chez moi. Quelle que soit la raison de cette alarme, elle ne peut me concerner.

— Voire ! jeta le chef, hargneux, en se retournant pour aller vers les voyageurs. Pourquoi donc si pressé de quitter Paris, hein ?

— C'est un Flamand, intervint le garde qui avait vu le passeport.

Le chef tendit la main, Roquefeuille redonna son passeport. Pendant deux longues minutes il n'y eut plus dans la voiture que le son du tocsin, et pour chacun le bruit de son cœur angoissé.

— En règle ! lança enfin le chef vers la barrière. Laissez passer monsieur le Baron !

Il avait craché le titre avec dédain, celui qu'il ressentait pour un pays où les aristocrates avaient encore droit au respect.

Le carrosse s'élança sur la route du Bourget.

— Ouf! soupira Louison. J'ai cru mourir. Ce tocsin...

Elle serrait la main de son mari.

— Etait-ce pour vous?

Le marquis eut un vrai rire, joyeux.

— Ne m'accordez pas, ma mie, une telle importance! Peut-être, vraiment, Paris brûle-t-il? Peut-être la guerre a-t-elle pris aux frontières?

Louison secoua la tête.

— Les gens bien informés assurent que l'armée royaliste n'entrera pas en guerre avant que le Roi n'ait rejoint le marquis de Bouillé.

A peine eut-elle dit cela qu'elle s'illumina, demeura tout un instant la bouche ouverte, comme frappée d'enchantement.

— Aimé, murmura-t-elle enfin, Aimé, je crois que le Roi s'est enfui des Tuileries.

Elle pensait : « Voilà donc pourquoi nous ne ferons ce matin que de bien petit gibier sans attrait pour les chasseurs. »

— Pourquoi croyez-vous que le Roi s'est enfui, et aujourd'hui? lui redemandait le marquis pour la seconde fois.

— Je vous expliquerai, dit-elle. Et de reste, ce n'est qu'une idée.

— Eh bien, dit Roquefeuille, si ce tocsin sonnait le départ du Roi, je prie pour qu'un alléluia sonne bientôt son arrivée à bon port. Quel jour sommes-nous? En prison on perd le fil du temps, on n'y vit qu'un seul jour toujours recommencé.

— Nous sommes le 21 juin, dit Louison.

— Le jour des cerises, dit le marquis dans un lointain sourire. A Verte-Fontaine, c'est le jour des premières cerises.

— Ici aussi, dit Suzanne. Ce matin, quand nous avons traversé la ville, une marchande les criait à 6 sols la livre.

Ils parlèrent des cerises du bout des lèvres, et puis du beau temps, du paysage, des ressorts fatigués de la voiture. Il fallait bien parler de quelque chose, de rien. Dans ce huis clos de personnes inquiètes on ne pouvait parler que de rien. L'enfant s'était endormie, la tête à l'abandon sur les genoux de Suzanne.

La grande nouvelle ne les rattrapa qu'à Senlis. Ou plutôt elle les y avait précédés, à francs étriers. Quand ils arrivèrent devant l'*Hôtel de la Poste,* au milieu des rires un turlupin y placardait une affiche de son style : « On prévient les citoyens de Senlis qu'un gros homme s'est enfui des Tuileries. Ceux qui le retrouveraient sont priés de le ramener à M. de La Fayette. Petite récompense. Le gros homme ne vaut pas grand-chose. »

C'est ainsi qu'ils apprirent la fuite du Roi.

— Monsieur de Fersen a réussi, jubilait tout bas Louison. Enfin, monsieur de Fersen a réussi à les emmener. Quel bonheur !

La salle des hôtes grouillait de monde. Un petit moment Roquefeuille écouta les commentaires qui s'entrecroisaient.

— Je ne sais pas si le Roi se trouvera bien de son escapade, du moins dans le cœur de ses sujets, dit-il d'un ton de doute, et il pensait à lui qui s'enfuyait aussi, abandonnait, comme « le gros pleutre », son château et ses villageois.

Déjà les deux compagnons de Chauvigné étaient repartis en chaise de poste pour la prochaine étape, mais le baron, angoissé, avait attendu le carrosse.

— Dieu soit loué, vous êtes sortis ! s'exclama-t-il en les voyant. On raconte que Paris est verrouillé, qu'on n'en laisse sortir que les courriers. Aux dires de celui que j'ai vu passer ici, il part des chevaucheurs dans toutes les directions. On ne sait quelle route le Roi a prise.

— La fuite du Roi est une grande affaire, dit Roquefeuille. Je la souhaitais, et me demande aujourd'hui si j'en dois rire ou pleurer ?

— Pleurez, dit Chauvigné. Le Roi est mort. Qu'est-ce qu'un roi en exil ?

— L'exil est pourtant un mal que vous conseillez parfois, que vous imposez parfois, répliqua Roquefeuille avec une agressivité qu'il se reprocha.

— Mon oncle, vous n'êtes point roi. Vous avez les droits d'un particulier.

Voyant que le marquis lui répondrait encore, Chauvigné enchaîna vivement :

— Nous en reparlerons à Arras. Ne nous attardons pas ici. Certes, la municipalité de Paris a, pour le moment, d'autres chats que nous à fouetter, mais il y aura bientôt beaucoup de patrouilles sur les routes, beaucoup de mauvaise humeur chez le peuple, et partout des gardes-barrières méfiants. Dès que la voiture attelée, repartez. Pour moi, j'ai loué une chaise. J'irai plus vite que vous. Je vous attendrai à Roye.

Ils n'y furent pas avant une heure de la nuit. A Estrées-Saint-Denis ils avaient dû faire réparer un trait rompu, et aussi ils s'étaient arrêtés deux fois dans une forêt pour s'y mettre à l'aise. Le voyage, mené si grand train, leur devenait pénible à tous, insupportable au marquis.

Huit jours plus tôt il avait chuté dans l'escalier glissant de l'Abbaye, s'était couvert de bleus tout un côté du corps, et son genou droit s'était tordu. Un chirurgien lui avait remis la rotule et bandé l'articulation, mais elle demeurait encore enflée, raide et douloureuse. Le sirop d'opium était resté à l'Abbaye, et Louison n'avait pas eu le temps, à Senlis, d'en faire préparer. Avant même d'arriver à Roye le marquis n'en pouvait plus. Il fallut prendre des chambres à l'auberge de la poste aux chevaux.

Au matin du 22, Chauvigné, impitoyable, les réveilla tous à six heures. L'apothicaire de la petite ville se levait de bonne heure aussi, Roquefeuille put avaler de son remède avant de se mettre à table.

Bon cuisinier, l'aubergiste les régala d'un pâté d'anguilles et d'une tarte succulente de poireaux aux œufs qu'il appelait une flamiche. Le malade l'entama avec appétit, s'aperçut que toute sa tablée — sauf Aurore qui se barbouillait de confiture —, tous l'observaient, savouraient avec lui chacune de ses bouchées. Il se souvint de leur avoir refusé toute nourriture depuis leur départ de Paris, et leur sourit.

— Oui, dit-il, je mange de bon cœur. Je commence de m'habituer à ma liberté forcée. A la réflexion, la liberté, même volée, a toujours le même goût délicieux.

Il regarda Louison, regarda Chauvigné, ajouta :

— Merci.

Matthieu sembla brusquement très heureux.

— Nous ne sommes pas encore au port, dit-il en se levant.

A Arras, comme partout où la nouvelle était passée au galop, on ne parlait que de la fuite du Roi. Depuis qu'ils savaient les Arrageois vivaient à l'affût sur la Grand-Place, guettant les arrivants, acharnés à leur arracher un mot, une rumeur folle qui courait aussitôt rejoindre les autres à travers la ville. Déjà autour de l'événement le peuple se scindait, des groupes s'affrontaient, des orateurs refaisaient la France, chacun à son idée. On était pour ou contre la déposition du Roi, pour ou contre l'avènement du Dauphin, le couronnement du jacobin Philippe d'Orléans, la proclamation de la République, la pendaison du gros cochon, l'étripage de l'Autrichienne. Et les uns et les autres se renforçaient leur peur d'une percée des frontières, de l'imminente arrivée des vengeurs de Bouillé, pressés de noyer la Révolution dans le sang des patriotes.

— Quelle cacophonie ! ironisa le marquis. Décidément les Français sont comme le disent les Berrichons : ben parlatifs ! Cette fois l'occasion leur est belle, évidemment.

Il soupira.

— Bien peu de voix sont pour le Roi, et on les fait taire.

— En politique l'absent a forcément tort, dit Matthieu. Il faut que le pays soit gouverné, et il n'est pas là.

Roquefeuille lui prit le bras, s'appuya sur lui.

— Montons chez vous. Ces criailleries m'étourdissent.

Et puisque nous nous quitterons demain, soyons seuls ensemble un moment.

Matthieu tressaillit, serra les dents. Mais son oncle, apparemment, ne désirait lui parler que de Verte-Fontaine, le charger des lettres pour là-bas qu'il voulait finir d'écrire tout à l'heure, avant de se coucher.

Ils avaient pris de bonnes chambres à l'*Hostellerie des Arcades,* où relayaient les voyageurs aisés. Chauvigné avait prévu au départ que la route se ferait sans repos, en dormant dans la voiture, mais il reconnaissait que le danger s'était déjà bien éloigné d'eux. Puis il ne semblait plus possible qu'un fugitif non couronné intéressât quiconque, et surtout la prison avait fragilisé le marquis, il était blessé et réclamait des temps de repos.

— Je ne me reconnais plus, dit-il avec une moue de dépit. Le citoyen Lavacquerie n'est point un mauvais aubergiste, pourtant mon séjour chez lui m'a vieilli.

— Vous reprendrez votre âge en Amérique, dit Matthieu en lui souriant. L'air y est neuf, plein d'enthousiasme donc plein de jeunesse.

Le marquis l'observa un moment sans répondre. Le baron normand représentait à merveille l'homme fort, jeune et plein d'allant du pays qu'il vantait. Roquefeuille ressentit sa fatigue avec plus d'amertume. Son neveu l'avait installé dans le fauteuil de sa chambre, un oreiller dans le dos, sa jambe malade étendue sur un tabouret, sa canne à portée de la main. Il avait bien l'air, vraiment, d'un gaillard pressé de s'embarquer pour l'aventure !

— Matthieu, j'embarquerai un demi-siècle avec moi, soupira-t-il. C'est un lourd bagage. Et je me demande...

Il marqua un temps.

— Depuis que je sais la grande nouvelle, je me demande si je dois partir. Est-ce encore nécessaire ? Il est écrit sur mon passeport que je vais à Furnes. Pourquoi n'irais-je pas ? J'y serais tout près de la frontière, à portée de voir comment, ici, tourneront les choses. Si le Roi se rétablit ferme sur son trône, si...

Matthieu le coupa en secouant la tête.

— Mon oncle, le Roi vient d'abdiquer. Savez-vous ce

que m'a dit Mirabeau, à la veille de sa mort? Qu'il emporterait la monarchie dans sa tombe. Il ne croyait pas le Roi capable de continuer à régner sans lui. Et de fait il vient de se suicider, bien peu de jours après la disparition de son soutien. Nous voilà sans roi. Reste à savoir si l'Assemblée, si les clubs trouveront bon d'en couronner un autre. Les républicains, aujourd'hui, y sont plus influents que les royalistes.

— Vous n'entendez qu'eux, dit Roquefeuille, vous êtes républicain.

— Je pense, en effet, que mieux vaut être gouverné par un homme élu que par un homme sacré, dit Matthieu. L'élu a plus de chances de valoir quelque chose et de se croire moins. Et s'il ne va pas, le changer n'est point une tragédie.

— Vous venez vraiment d'ailleurs, d'un nouveau monde, murmura le marquis.

Il le fixa.

— Pourquoi ce refus d'y retourner avec nous? La république est toute faite, en Amérique. Pourquoi vouloir rester en France derrière nous, au risque d'être inquiété pour m'avoir aidé à fuir?

— Je me suis trouvé de l'utilité ici, dit Matthieu. Là-bas, la tâche est finie.

Il ajouta avec un entrain forcé :

— Puis, en demeurant je pourrai veiller sur Verte-Fontaine. Le trouvez-vous mauvais?

— Certes non. J'en suis heureux. Vous ne m'aviez point habitué à votre intérêt pour mon petit royaume.

— Tant que vous l'aviez en main... En votre absence je le tiendrai de mon mieux. Ma mère et mes tantes l'habitent.

Il hésita avant de dire encore :

— Et la marquise m'a beaucoup recommandé sa maison.

Un trop long silence suivit sa phrase, si plein de pensées tues que Matthieu se mit à rougir. Désespéré il se sentait rougir avec toujours plus d'impudeur, jusqu'à l'écarlate. Son visage brûlait, incandescent de honte, de rage, de chagrin.

— Il fait ici une chaleur! s'entendit-il clamer. On a oublié d'aérer la chambre...

Il ouvrit la fenêtre avec brutalité, aspira l'air du dehors avec une force rauque, d'étranglé. La Grand-Place était toujours noire de foule. Le bruit, à gros flots, entra dans la chambre, les soulagea tous les deux.

A deux mains le marquis souleva sa jambe douloureuse pour la reposer à terre, empoigna les accotoirs du fauteuil pour se relever, clopina jusqu'à la fenêtre.

— Je suis sûr, Matthieu, que vous veillerez très bien sur la maison de votre tante Louise, dit-il de sa bonne voix dorée, si apaisante.

Il se passa sa canne dans la main gauche, s'accrocha, de la droite, à la robuste épaule du baron.

— Promettez-moi une chose de plus, dit-il. Promettez-moi, si je venais à lui manquer, de veiller sur elle aussi, et sur Aurore.

La rougeur, lentement, se retirait de Matthieu. Son grand regard bleu pénétra celui du marquis.

— Monsieur, je vous en fais serment, dit-il.

— Bien, dit le marquis en reprenant un ton plus léger. Voilà qui est un peu solennel sans doute, mais par ces temps troublés on se pardonne un peu d'outrance, et on n'est pas trop de deux pour prendre soin de ses biens.

Il lâcha l'épaule de Matthieu, reprit sa canne de la bonne main.

— S'il vous plaît, mon neveu, passez de l'autre côté et offrez-moi votre bras. Il est temps de descendre souper, au moins pour Jones. On soupe, paraît-il, de bonne heure à la mer, et l'estomac de l'amiral en a conservé le besoin. Il doit être en train d'épier sa montre.

— Il soupera ici de ce qu'il préfère, dit Matthieu. Il aura des poissons bien frais, et des buissons d'écrevisses. Robespierre, en m'expédiant dans sa patrie, m'a beaucoup conseillé les écrevisses de cette hostellerie.

— L'écrevisse n'est point une mauvaise bestiole, approuva le marquis. Quel vin boit-on par-dessus, en Artois ?

— Robespierre ne me l'a pas dit. Lui ne boit que de l'eau.

— Vraiment ? Alors je souhaite qu'il ne soit jamais de

ceux qui nous gouverneront, dit le marquis. Je crains les buveurs d'eau. Ils se font une si bonne conscience de leur abstinence qu'ils ont tendance à tenir pour crime la soif des autres. Ce sont des prêcheurs autoritaires.

— Je n'ai pas remarqué que Robespierre eût réussi à sevrer même les plus proches de ses amis, dit Matthieu en riant.

Ils arrivaient au bas de l'escalier. L'hôtelier les aperçut, envoya une servante pour les guider jusque derrière la grande salle. Louison avait demandé qu'on mît leur couvert dans une petite pièce aveugle, mais propre et calme. D'avance elle s'y était attablée pour bavarder avec Jones, et son cœur s'accéléra quand elle vit entrer son mari appuyé sur le bras de Matthieu.

Bien plus qu'à l'ordinaire ils semblaient aller de bonne amitié, et justement il fallait à Louison, il lui fallait éperdument, en ce soir d'adieu, ramasser autour d'elle des tendresses complices, *leurs* tendresses, unies. « Je suis un monstre », pensa-t-elle sans remords.

Leur souper se prolongea, il était minuit quand les Roquefeuille remontèrent dans leur chambre. La pièce tendue d'une tapisserie joliment fanée était accueillante et vaste, pourvue de deux alcôves. Derrière celle aux rideaux déjà tirés Suzanne et Aurore dormaient à poings fermés.

Louison ramassa Charlotte qui gisait sur le parquet, remit la poupée à côté de sa fille. Depuis que dame Pomme était partie pour Venise avec Soraya, privée du câlin de sa nounou, Aurore avait repris le soir ses habitudes de bébé, empilait sur son lit toute sa famille de chiffon, le chat Minou et le chien Fidèle, l'écureuil Kiki, Charlotte et Lucile. Il avait fallut tout emporter en exil. D'un bout de doigt léger la marquise posa un baiser sur la joue de l'enfant, relâcha le rideau.

Aimé finissait d'écrire sa dernière lettre pour le Berri. Louison passa derrière le paravent. Si près de Calais ils étaient en sécurité cette nuit, ils pouvaient se déshabiller pour dormir. Elle ne s'était pas dévêtue depuis leur départ de

Paris. L'eau fraîche du pot de porcelaine fut un régal pour sa peau. A regret elle noua jusqu'au cou sa prude chemise de voyage en batiste épaisse, s'en alla coller son regard à la fenêtre.

La Grand-Place, presque vidée, montrait mieux sa beauté. Louison n'avait jamais vu d'architecture flamande, et la Grand-Place d'Arras lui en offrait une admirable réussite. Elle aperçut Jones qui se promenait à petits pas tout autour des arcades, la pipe en bouche, l'œil flottant sur les belles maisons de pierre et de brique à pignons décorés. Elle aussi se serait plus volontiers promenée sur la place que mise au lit. Elle n'avait pas sommeil. Un chagrin trop proche lui pesait sur le cœur.

Aimé cachetait sa lettre quand elle se retourna vers lui.

— Elle est pour madame de Palluault, dit-il en posant le pli sur les autres.

Louison approuva de la tête.

— Vous lui deviez de vos bonnes nouvelles. Cendrine s'est rongée de souci pendant votre captivité.

Elle sourit.

— Elle vous aime, mon ami. Elle a continué de vous aimer, malgré moi. L'amour est mal fait. Il devrait prendre et cesser des deux côtés au même instant.

— Ce serait dommage, dit le marquis en rendant le sourire. Certes il y a du charme dans l'inconstance, celui, merveilleux, de la diversité, mais la discipline du cœur n'en manque pas. Je vous assure qu'il y a de délicates jouissances dans la fidélité, même quand elle est malheureuse.

Louison se demanda comment elle devait prendre le propos de son mari, mais lui changeait déjà de ton :

— N'êtes-vous point fatiguée ? Je vous vois restant là debout...

— Je suis nerveuse, je ne m'endormirai pas vite. Je regardais avec envie l'amiral marcher sur la place.

La réaction du marquis fut immédiate. Ramassant ses lettres dans un sac de toile, il dit en même temps :

— Allez-y, une petite promenade vous calmera. Je suis trop mal en point pour vous offrir mon bras, mais Chauvigné avait à écrire aussi, il ne sera point couché. Rendez-moi le service de lui porter mon paquet de courrier, et prenez-le pour un tour de place. Elle m'a paru superbe.

— Mais, fit Louison, un peu étourdie.

— Contre l'insomnie une promenade est bonne, insista le marquis.

Elle s'enveloppa dans sa mante et sortit.

Pesamment, le marquis se leva pour s'aller mettre en tenue de nuit. Demain il l'emmènerait. C'était lui, demain, qui emmènerait Louison. Il boitilla jusqu'à la fenêtre, hésita, renonça à soulever le double rideau pour les voir paraître sur la place. Il n'allait pas surveiller ce moment d'adieu qu'il leur donnait ? Il se contenta d'en souffrir.

Les trois derniers groupes de bavards s'effilochaient. Jones remarqua le couple qui sortait de l'hostellerie et s'enfonça dans l'ombre noire des galeries.

Les amants ne se parlaient pas. Appuyés l'un contre l'autre ils allaient à pas lents, enlaçant leurs doigts. Chacun de son côté vivait sa peine sans rien pouvoir pour l'autre, que presser sa main jusqu'à la meurtrir.

— Il sait, murmura enfin Matthieu. C'est pour cela qu'il a voulu notre dernière promenade.

— Cette nuit je n'ai de larmes que pour moi, dit Louison, pour ma douleur à moi.

Elle l'immobilisa sous une lanterne, lui fit face et le contempla, passionnément.

Sous la lumière les cheveux blonds de Matthieu s'étaient décolorés, son regard n'était plus qu'un miroitement. Le beau visage, nimbé, ressemblait à celui d'un archange. Louison leva ses deux mains vers lui, pour l'épouser entre ses paumes.

— Je veux t'emporter deux fois, mon bien-aimé, et dans mes yeux et dans mes mains. Jure que tu ne changeras pas. Je veux que notre temps s'arrête, qu'à mon retour nous nous reprenions tels que nous sommes en cet instant, n'ayant rien perdu de nous ni de notre amour.

Il lui baisa les paumes.

— Si tu tardais trop je te rejoindrais là-bas, dit-il. Je ne me sens du courage que pour une absence d'un moment.

Maintenant il lui embrassait les poignets, avec des lèvres brûlantes. Il ne restait plus sur la Grand-Place, loin d'eux, qu'un bouquet de traînards tout occupés d'eux-mêmes.

— Je t'aime, dit-elle, si près de sa bouche qu'il put boire l'aveu.

Longtemps il la garda serrée dans ses bras, envahie de son baiser. Dans le grand silence nocturne établi jusqu'au ciel il n'entendait que son cœur et le sien battre la chamade.

31

Calais les dépaysa avant même qu'ils eussent traversé la Manche, que dans ce port on appelait the Channel, et jamais autrement. La ville était plus qu'à demi anglaise, surtout à l'*Hôtel d'Angleterre* où ils descendirent. A moins que d'être un gueux il fallait descendre là. L'*Hôtel d'Angleterre* était le monument, la curiosité, la gloire de Calais. Et le plus bel hôtel de l'Europe.

Les voitures entraient dans sa vaste cour d'arrivée par une grande arche maisonnée, comme dans un château. Et c'était bien dans un château qu'elles entraient s'abriter, dans un château féodal du temps de Louis XVI, enceint de tout un monde, dont le voyageur pouvait se contenter sans aller voir ailleurs.

Déjà, de prime abord, l'architecture et ses couleurs — pierre, brique, ardoise — plaisaient. L'harmonie simple du gros corps de logis complété de longues ailes en retour rassurait, ses belles ouvertures modernes accueillaient. Et dedans, derrière et autour de ce bâtiment central, tout retenait le passant. Il y trouvait de bonnes chambres et des cabinets de bains, des salons de compagnie, un salon à écrire, un café avec des journaux, un salon de musique, plusieurs salles à manger, un théâtre, des cours intérieures fleuries, des jardins de promenade aux allées sablées, un pavillon de thé, une fausse grange enrubannée de lierre pour les repas champêtres. Il pouvait choisir dans l'aquarium la langouste de son dîner, regarder pousser sa salade dans le potager « à voir », tâter de l'œil le gigot d'un mouton trop propre pour être jamais mangé ou l'œuf frais pondu d'une jolie poulette blanche. Et surtout il pouvait, il devait se ruiner en plaisirs dans les boutiques de l'hôtel, foisonnantes, aguicheuses. L'hôtelier avait tout prévu pour que son hôte eût du temps à perdre dans ses boutiques.

S'il le voulait, et pour peu qu'il mît souvent la main à la poche, le voyageur logé chez M. Dessain se voyait déchargé de tous ses soucis. Douane, poste, banque, change, messageries, renseignements pour toute la France, il avait des bureaux de tout sous la main, proposant commissionnaires, truchements, valets, porteurs, cochers à louer sans ou avec voiture — à choisir dans les remises de l'hôtel. Et les services ne se bornaient pas aux offres. A la demande le portier fournissait une nourrice, une femme de chambre, un médecin, un chirurgien, un dentiste, une couturière, un tailleur, un n'importe qui ou quoi d'utile ou d'agréable, une belle de nuit par exemple, ou une marchandise de contrebande. Pour la marchandise honnête il y avait les boutiques.

Ah! les boutiques! Qu'elles vinssent de France, de Belgique ou d'Angleterre les dames s'y précipitaient avant même d'avoir pris leur bain. La marquise de Roquefeuille et sa Suzanne ne firent pas exception. Avant de descendre aux boutiques elles ne prirent que le temps de boire de l'eau fraîche et de secouer leur poussière. La fin de l'épuisante route, à travers la morne plaine étalée sous un bas ciel de traîne les avait accablées de tristesse. Badauder dans les boutiques les requinqua. Etoffes d'Angleterre, dentelles d'Arras, lingerie, bonnets, fichus, bijoux d'or et d'argent, tabatières et boîtes à mouches, gants et parfums, cannes, éventails, coussins, bibelots, bottier, coiffeur, perruquier, modiste : M. Dessain, en bon commerçant, tentait avec le plus tentant, la mode et les frivolités. Et les gourmandises. Louison acheta des « cailloux de Calais » pour Aurore, et deux mouchoirs avec un coin de dentelle d'Arras, les deux mêmes, pour partager avec sa fidèle Suzanne le même souvenir de leur dernière partie de coquetterie en terre de France.

Ils étaient arrivés tard à leur dernière étape. L'heure de souper n'était pas loin.

Le marquis et l'amiral attendaient les flâneuses au café, lisant et commentant les journaux.

« Nous voici déjà ailleurs qu'en France », pensa Louison en pénétrant dans la salle. Les basses boiseries de chêne sombre surmontées d'une tapisserie brun et or, les lourdes tables de bois ciré, les chaises dures et les bancs à coussins, les lumières espacées créant des îlots d'intimité dans la pénombre, les rideaux sur anneaux qu'on pouvait tirer pour se masquer le gris du jour, l'énorme poêle à l'allemande, les pots à bière de faïence pimpante à couvercle d'étain, et cette odeur de fumée que jamais on ne sentait dans un café de Paris, tout lui racontait un autre climat, un autre pays que le sien. Le café de M. Dessain était un refuge pour y vivre des hivers à la douillette pendant que les bises et la neige, dehors, s'épuisent contre les murs.

— Ce café est bien calme, dit-elle en s'asseyant près de Jones. Je m'y sens à mille lieues de Paris !

— Pour ce soir cette ambiance me va, dit le marquis. Nous bavardions tout à l'heure avec deux marins, deux connaissances de l'amiral. Ils parlaient de la fuite du Roi avec un manque de passion qui m'a surpris d'abord, et puis reposé.

— Vous découvrez le flegme anglais, dit Jones. Les Français ont eu beau reprendre Calais aux Anglais *, la ville est demeurée métisse, et même avec entêtement. Les Anglais qui débarquent ici sans fin, sans fin lui rafraîchissent la mémoire ; les Calaisiens jargonnent l'anglais mieux encore que le français. Quant aux fantaisies du roi de France... Tant qu'il ne vient pas s'en amuser chez eux à portée de narguer le roi d'Angleterre et de faire détaper les canons de sa marine.. Je crois bien que, vus d'ici, le roi de France et le roi d'Angleterre sont avant tout des gens à tenir éloignés l'un de l'autre, c'est-à-dire loin de Calais ! Avant tout les Calaisiens aiment les oublier.

— Tout de même, murmura Louison, je me demande où *ils* sont ? Je n'aimerais pas m'embarquer demain avant de le savoir.

— S'ils allaient rejoindre Bouillé, ils sont à Montmédy, dit Jones. Vous l'apprendrez à Londres aussi bien qu'ici. Les nouvelles passent vite le Channel.

Il changea de ton.

— Savez-vous bien, madame, que je m'ébahis de vous

* En 1558.

voir courir après des bonnets quand vous auriez pu courir au port, découvrir la mer ?

Louison secoua la tête, réattristée soudain.

— Je ne veux pas voir la mer aujourd'hui, mon ami. C'est la route de l'exil. Alors demain, demain seulement.

— Qui sait ? dit le marquis. Demain nous apportera peut-être un miracle ?

Son désir le reprenait, de n'aller qu'à Furnes espérer la fin de la Révolution.

Ils passaient à table quand le célèbre M. Dessain se montra dans sa salle à manger. C'était un homme de taille médiocre d'environ la soixantaine, bien vêtu de velours prune et de linge fin, le chapeau sous le bras. L'œil droit lui manquait sans doute, puisqu'il portait à sa place un bandeau de cuir noir, à la pirate. Aux dires des habitués de sa très chère auberge le bonhomme faisait bien de s'afficher cet air-là : on était prévenu, on serait saigné d'or.

Dessain connaissait bien l'amiral Jones. Il vint le saluer avec beaucoup de respect et sans doute avec sincérité car il offrit à sa table, à l'heure du fromage, une bouteille de son « bourgogne pour mylord », qui coûtait 5 livres et 10 sous sur sa carte des vins. Et pour plat principal il leur avait conseillé son ragoût de homard dont il faisait lui-même la sauce, en relevant le bouillon des crustacés avec un vin de Champagne et du corail d'oursin.

— Rien que pour son ragoût de homard, notre hôte mérite sa célébrité, dit Roquefeuille. Bien que n'ayant pas le cœur à festoyer je m'en suis régalé. Et son vieux bourgogne, ma foi...

— Dessain est un Calaisien plus qu'à demi français, dit Jones en souriant. Vous n'aurez pas, monsieur, d'aussi bonnes sauces à Londres, ni à New York.

Le vicomte de La Puisaye et son cousin Louis de Bonnières, les deux émigrants qui s'embarqueraient avec les Roquefeuille, les avaient rejoints pour souper. Rassurés de se sentir au port ils s'étaient rhabillés un peu à leur mode, et le perruquier de l'hôtel, enchanté qu'on lui réclamât le ridicule du jour, leur avait arrangé la tête à la contre-Révolution vue de Calais. Le cheveu gonflé en meringue ne laissait plus que peu de place à la cervelle. La remarque de Jones fit rire M. de Bonnières sans raison.

— Certes, lança-t-il, la France a de beaux restes, mais le pays n'est plus habitable depuis que la canaille y veut tenir le haut du pavé. Je me demande, monsieur l'amiral, pourquoi les étrangers y demeurent encore aussi volontiers ?

— Pour moi, dit Jones, c'est que j'espère pouvoir le servir encore. J'aime votre pays, monsieur. Qu'il soit un peu malade aujourd'hui ne m'en dégoûte pas. Il faut soigner ce qu'on aime. Si ses ministres m'écoutent, en attendant que la France se guérisse je m'en irai lui refaire un empire aux Indes. Demain, le Roi ou la République s'en trouverait bien.

— Monsieur, vos paroles me vont au cœur, dit Roquefeuille. Il est bon que nos amis étrangers veuillent encore faire notre bonheur. Je ne suis pas sûr qu'en ce moment nous nous y prenions au mieux par nous-mêmes.

— Croyez pourtant, monsieur l'amiral, que nous ne vous laisserons pas tout l'honneur de servir la France, intervint vivement le jeune vicomte. Nous allons à Londres embrasser nos parents, mais je vous promets bien que nous serons de ceux qui rétabliront le Roi sur son trône, à grands coups de sabre s'il le faut !

— Je serais que de vous, messieurs, je ne m'apprêterais point avec tant d'élan à sabrer mes compatriotes, fussent-ils jacobins, dit Roquefeuille sans aménité. Au reste, vous n'aurez point ce honteux plaisir. Si notre roi libéré ne reprend pas ses droits par le discours et la sagesse de ceux qui l'entendront, alors comptez que la république est faite. Le Roi a toujours refusé qu'on versât pour lui le sang d'un seul de ses sujets.

— Eh bien, si la France se galvaude dans une république je me ferai sujet du roi d'Angleterre ! lança le vicomte avec défi.

— George III est un roi constitutionnel. Il vous faudra au moins supporter, monsieur, que ses parlementaires vous fassent la loi, dit Roquefeuille avec ironie.

— Ouf! ajouta-t-il une heure plus tard en se retrouvant seul avec sa femme. Ces freluquets me donnaient sur les nerfs. Je vois que la prison m'a rendu émotif, chatouilleux, irritable. Elle ne me changeait point à mon avantage, vous avez bien fait, décidément, de m'en tirer. L'idée de me retrouver hors de France avec beaucoup de Français semblables aux deux hirsutes que nous promenons ne m'enchante pourtant pas. Ces royalistes-là justifient tous les excès de haine des jacobins.

— Vous m'avez étonnée, dit Louison. Je vous ai entendu, pour leur déplaire, presque défendre la Révolution.

— Ma raison m'emporte, dit le marquis. Que voulez-vous ? Si je dois choisir entre la parole républicaine de Chauvigné ou de Condorcet et la sottise d'un joueur d'émigrette...

— Emigrer vous pèse beaucoup, Aimé, n'est-il pas vrai ?

— Louison, il n'est plus temps de reculer. Nous nous sommes mis hors la loi de l'Assemblée, et nous ne savons rien du Roi.

Elle l'approuva de la tête. Elle s'appliquait à bien refaire son bandage. Le chirurgien de l'hôtel lui avait tiré de l'eau du genou et posé un cataplasme d'argile chaude. Soulagé, le marquis se sentait mieux que depuis longtemps.

Le calme de l'endroit, aussi, lui semblait bon. L'été, les portes de la ville ne fermaient qu'à onze heures, mais à dix heures déjà la cloche du Beffroi sonnait la retraite. Tout se fermait et surtout les cabarets, il devenait interdit de boire, de jouer, de rouler, de chevaucher, de traîner bruyamment dans les rues. Les Calaisiens se couchaient de bonne heure, bien avant minuit les chambres de l'*Hôtel d'Angleterre* s'emplissaient de paix. Même par la fenêtre ouverte il n'y entrait qu'une rumeur de paix, avec le bon goût mouillé-salé de la mer.

Louison tendit au marquis son sirop d'opium.

— Buvez-le malgré le répit, ne fût-ce que pour mieux dormir.

Elle l'avait aidé à se coucher comme le chirurgien l'avait conseillé, avec un oreiller sous le genou.

— L'inconvénient de ne plus souffrir, c'est qu'on se remet à penser, dit-il en souriant. Trop penser à l'instant de partir n'est pas une bonne idée. A mon âge on ne pense qu'à ce qu'on laisse et à ce qu'on craint.

— La Révolution au moins, vous la devriez quitter de bon cœur ?

— Je n'ai jamais détesté les idées libérales. La Révolution telle qu'elle est aujourd'hui, c'est autre chose. Quoique...

Elle tira une chaise pour s'asseoir auprès du lit.

— Quoique ?

Le regard du marquis s'évada, sembla chercher des mots sur le mauvais pastel d'une bergère qui pendait au mur.

— Il y a en ce moment dans l'air de France comme une ivresse de l'intelligence... qui dut être celle des hommes de la Renaissance. Ceux d'aujourd'hui croient aussi que l'avenir s'ouvre vierge à leur pensée, et que leur pensée sans bornes y créera un monde sans passé, un monde lavé de ses tares, bourré de raison donc de perfection.

— Mais vous, Aimé, ne le croyez pas ?

— Mais je le regrette. Comment ne regretterais-je pas d'avoir l'âge du scepticisme plutôt que l'âge de l'enthousiasme ?

Comme elle avait posé sa main sur celle de son mari, lui la flatta d'une petite tape, demanda d'un autre ton :

— Ne vous couchez-vous pas ? Auparavant, par grâce tournez la bergère du côté du mur. Ce portrait est détestable. Et penser que David fait acheter des œuvres de La Tour pour se donner la joie de les cribler de boulettes ! Il devrait avoir vu ce pastel-ci. Louison...

Elle attendit.

— Ne me croyez pas trop quand vous m'entendez regretter de ne point avoir l'humeur jacobine. Au vrai je suis un vieux conservateur et point si honteux de l'être. La jeune fille à la rose de monsieur Greuze, qui décore si bien ma bibliothèque, je serais prêt à la défendre au pistolet contre un bataillon de David !

— Ma foi, vous allez très bien ce soir, dit-elle. Demain vous embarquerez de pied ferme.

Le marquis dormait déjà quand, en revenant du cabinet de toilette, elle aperçut, à demi glissée sous la porte de la chambre, une feuille pliée en deux. Elle alla la ramasser, l'ouvrit, tomba sur une piécette de mauvais vers insolents :

Le paque-bot a de la pratique,*
A présent bien plus que jamais.
La p't' bande aristocratique
Saute en tout jour le pas d' Calais.
Elle fuit par là en abondance,
Nous abandonnant le pays,
Emportant tous les vices de France
Chez l' rosbif, en hôtels garnis.

Louison ouvrit brusquement sa porte : le couloir était vide. Mais une lumière, tout au bout, vers l'escalier, marquait la présence de la chambrière de nuit veillant sur les sonnettes. Louison marcha jusque-là. Elle avait peur. Qui leur envoyait ce message, cette menace ? Qui avait deviné, reconnu un aristocrate en fuite dans le baron Van den Peere ?

Elle secoua par l'épaule la femme somnolente.

— Qui a monté ce billet ? L'avez-vous vu ? Vous a-t-on demandé un nom ?

La chambrière n'eut qu'un coup d'œil sans curiosité pour la feuille de cahier pliée en deux, tendit la main.

— Que Madame me donne ça à jeter. Ça vient du club des écoliers. De vraies anguilles pour passer leurs bêtises jusque sous notre nez. Ils voient des ennemis de la Révolution partout.

— Nous ne sommes pas français, dit vivement Louison.

— Madame Van den Peere, je le sais bien, dit la chambrière avec un sourire qui promettait d'y croire.

Louison rentra dans sa chambre et brûla le papier. Elle s'en voulait d'avoir envie de pleurer parce que les écoliers de Calais se moquaient des fugitifs, avec bien l'air de les pousser plutôt que de les retenir. Partant de son gré elle se sentait bannie.

* Ce mot (packet-boat) s'employait pour le petit vaisseau rapide qui faisait le service de la poste et de quelques voyageurs entre Douvres et Calais.

Le môle était noir de monde. Un paque-bot arrivait de Douvres, et jamais les Calaisiens ne se lassaient de voir débarquer « les rosbifs ». Porteurs et commissionnaires, truchements, cochers et la marchande du *Guide pour bien voyager en France* les guettaient au plus près du débarcadère, bousculés par les crieurs des hôtels et des auberges, qui racolaient le client avec une bruyante agressivité.

— C'est beau. C'est beau, murmurait Louison.

L'amiral Jones au bras de qui elle s'appuyait la maintenait derrière la foule et, heureux, la regardait s'extasier de ce qu'il adorait.

La mer à marée haute baignait les remparts. Une dizaine de bâtiments à l'ancre balançaient à peine dans le bassin du Paradis, un trois-mâts s'avançait dans le chenal, au large glissait toutes voiles gonflées, superbe, un vaisseau de guerre anglais. Un gros ciel lumineux de nuages blancs percé d'échappées bleues pesait avec une infinie douceur sur le paysage, jusqu'au lointain fantôme de la côte d'Angleterre. L'espace pénétrait Louison, l'odeur de la mer se déposait en fine bruine sur la peau de son visage.

— C'est beau, redit-elle. La mer est verte et grise ; elle n'est pas bleue du tout.

— Attendez, dit Jones. Vous n'espérez pas tout apprendre de la mer au premier coup d'œil ? Dieu merci, elle n'a jamais fini, tout autour de la terre, de vous en montrer de toutes les couleurs.

— D'ici à Douvres, madame, vous n'en verrez que bien peu, intervint Mr Black.

Le ship-master du *To and Fro* avait juché Aurore sur son épaule. Tout agitée de plaisir, la petite fille émerveillée tendait sa main vers les beaux bateaux comme vers de nouveaux jouets à conquérir, elle leur envoyait des baisers, riait aux mouettes, applaudissait leur plongée avide sur une bouchée de pain, leur remontée à tire-d'aile dans un courant du ciel. Toutes les cinq minutes elle demandait « quand, quand, quand, monsieur le capitaine, on irait sur son joli bateau ? »

— Après dîner, mademoiselle, répondit-il avec bonne

humeur, pour la vingtième fois. Après dîner. Nous lèverons l'ancre à quatre heures. Lever l'ancre, cela veut dire partir. Prendre le vent. S'envoler.

Il se tourna vers la marquise.

— Surtout, madame, ne prenez pas de marchandises avec vous. Monsieur Jones vous l'aura déjà dit sans doute? Les douaniers de Douvres sont féroces. Ils fouillent très bien et confisquent tout.

— Ils manquent de votre fair play, s'étonna Louison. J'ai vu beaucoup de marchandises anglaises de ce côté ci du Channel.

— That's true, dit Mr Black. Les douaniers français sont coulants.

— Pourquoi! s'exclama Louison. Pourquoi les nôtres et point les vôtres?

— Le roi d'Angleterre fait mieux ses affaires que le roi de France, dit Mr Black.

— L'Angleterre est une nation mercantile, la France une nation chevaleresque, dit Jones.

— Voilà pourquoi il est si agréable de l'avoir pour ennemie, dit Mr Black, cynique. Elle vous laisse tirer les premiers.

— Veuillez pourtant croire, madame, que pris un par un les Anglais ne vous manqueront pas de courtoisie, dit, derrière eux, une agréable voix à l'accent léger. Il est vrai qu'ils aiment à réussir dans leurs affaires, et distraire une jolie Française exilée est, en ce moment, l'affaire la plus courue à Londres.

Ils s'étaient retournés vers l'arrivant. Jones présenta lord Anthony Purcell à la marquise.

— Il voyagera avec vous, dit-il, et comme vous venez de l'entendre, lui parle à merveille le français galant.

Louison souriait à sir Anthony.

— Ne nous sommes-nous pas, monsieur, déjà rencontrés?

Sir Anthony s'inclina.

— Je suis flatté, madame, d'être reconnu. Nous nous sommes un jour croisés chez la comtesse de Flahaut, chez qui j'accompagnais mon ami Wycombe. J'arrivais, vous partiez, je ne m'en étais jamais consolé.

D'un geste, l'amiral sembla vouloir calmer le courtisan.

— Sir Anthony, patience! Madame est encore sous mon aile pour quelques heures. Gardez-lui vos compliments pour la traversée. Tout ce qui occupe l'oreille est bon contre le mal de mer.

— Sir Anthony, je compte sur vous, dit Louison en lui tendant sa main à baiser. Le mal de mer doit être une horreur.

D'un dernier coup d'œil elle appréciait sa discrète élégance, sobre jusqu'au puritanisme. Culotte et gilet de daim couleur tabac, le fraque court et carré en drap du même ton et le tout sans un seul ornement, un petit trois-cornes noir à la main, sur le bras un great-coat brun à double collet, aux pieds des bottes à revers, cirées en miroir. Une élégance parfaite pour le voyage, estimait Louison, qui savait s'y connaître.

— Bel homme, n'est-ce pas? lui lança Jones quand ils l'eurent quitté.

Il la ramenait vers l'hôtel.

— Demeure-t-il à Londres?

— Un château dans sa campagne, dit Jones. Un grand manoir plutôt, fort plaisant à vivre. Purcell aime vivre à la campagne, comme beaucoup d'Anglais. Faites-vous-en un ami. Pas un bal ne se donne sans lui. Il est un intime du prince de Galles. Morris s'en sert très bien.

— Je ne sais pas si j'aurai le cœur de danser en exil, dit Louison, mais elle souriait avec complaisance à l'idée d'un bal dans une campagne anglaise.

En attendant de la voir revenir du port le marquis avait écrit une dernière lettre, à Nini. Les passeroses de la petite cour de l'ouest avaient besoin d'être replantées. Les souches avaient vieilli, donnaient des tiges trop hautes, trop de feuilles, des fleurs moins copieuses. Il fallait les déterrer, les casser, replanter un par un leurs bris les plus sains.

Il chauffait son bâton de cire quand Louison rentra.

— Riez de moi, dit-il, à l'instant de m'exiler je m'occupe de mes roses trémières. Mais quoi ? Ce sont petites affaires que les miennes, je n'en peux point régler de grosses pour me donner de l'importance.

En se levant, sa lettre à la main, il ajouta pour s'excuser :

— Soraya aime beaucoup regarder fleurir les passeroses de la petite cour de l'ouest. Elle les voit de la fenêtre de sa chambre.

Louison vint s'appuyer à lui, muette. Lui faisait exprès de ne penser qu'à ses roses trémières. Le moment était triste. Toupinet avait emporté leurs bagages à bord, ils n'avaient plus rien à faire, et ce n'était pas tout à fait l'heure de dîner. La solitude les prenait déjà, la grande solitude des exilés.

— Viens, dit Aimé. Nous allons faire comme les Calaisiens : boire un verre avant de dîner, sous prétexte qu'on sert à boire à partir de onze heures.

Le *To and Fro* était à quai, et l'échelle déjà posée, quand la cloche du Beffroi se mit à carillonner, joyeuse, bientôt rejointe par les cloches de l'église Notre-Dame et par les cris des mouettes bousculées qui chahutaient les nuages, folles, à la poursuite du carillon fou.

— Le Roi ! s'écria Louison en saisissant le bras du marquis. Le Roi !

— Le Roi ? répétèrent plusieurs voix, sans comprendre.

— Le Roi est libre ! exulta Louison. Sinon, pourquoi un tel carillon ?

Ils le surent quelques minutes plus tard quand la nouvelle, devenue clameur, déboucha de la ville pour exploser en rugissant dans le port : « On les a ! On les a ! Ils les ont arrêtés en Argonne ! Ils les ramènent à Paris ! On les a ! On les a ! » Une liesse de 14-Juillet, assourdissante et brutale, poussait la horde des braillards à travers les spectateurs médusés, qui se garaient, se questionnaient du regard.

— Oh ! mon Dieu, murmura Roquefeuille, ils les ont repris.

— Ils les ramènent à Paris, qui les ramène à Paris ? Le marquis de Bouillé ? L'armée royale, n'est-ce pas ? demandait Louison, sans répit, à tous ses voisins.

Sir Anthony dut la saisir par le bras pour la faire taire, obtenir son attention.

— Madame, il faut monter à bord. Monsieur, il faut monter à bord. Depuis quelque temps, quand vos patriotes descendent dans les rues d'une ville, mieux vaut n'y point traîner. Qui sait ? Le maire de Calais pourrait inventer un couvre-feu, ou la fermeture du port. Allons, venez. Vous saurez la suite de l'histoire sur l'autre rive. Votre Révolution, ma parole, nous fait parler autant que vous !

Louison embrassa Jones en pleurant, et ils suivirent sir Anthony.

Ils avaient bon vent et la flûte était légère, Calais s'éloignait vite. Du large on pouvait en apprécier la beauté, l'harmonie farouche. Doublement enfermée dans la vieille enceinte anglaise et le nouveau corset de pierre voulu par Louis XIV, la forteresse ourlait maintenant le bout de la mer comme une grosse redoute grise. De la ville enclose on ne distinguait plus que les échappées vers le ciel, le clocher de l'église Notre-Dame, la tour du Guet, le Beffroi, et par-derrière quelques ombres pointues, sans doute les plus hauts toits de l'hôtel de Guise et de l'Hôtel de Ville. Bizarrement, Roquefeuille pensait aux derniers mots de la reine Marie Tudor, à laquelle François de Guise venait de reprendre le port : « A l'instant de mourir, si l'on ouvrait mon cœur on y trouverait gravé le nom de Calais. » Pour lui aussi Calais serait peut-être sa dernière vision de la France.

Mr Black se tenait debout près de lui, respectant son silence, la peine qu'il devinait. Le marquis soupira pour s'en défaire un peu, eut un sourire pour le master-ship.

— Je me sentais l'âme de Marie Tudor quand elle a perdu Calais, ironisa-t-il.

— C'est une belle ville, dit Mr Black. Les Anglais y sont pour quelque chose, surtout dans son peuplement !

C'est une vieille habitude, chez eux, que de traverser parfois le Channel pour aller faire l'amour en face.

Le marin tirait un papier de sa poche.

— J'ai ramassé cette feuille dans mon auberge, hier au soir. Elle plaira chez nous, et vous amusera. Les écoliers de Calais diffusent une pétition de l'abbé Delille pour une Déclaration des droits des animaux. Est-il bon homme, votre abbé Delille ?

— Il est poète, dit le marquis.

Il parcourut la feuille imprimée, eut un rire.

— Les droits de l'homme, les droits du citoyen, les droits du député, les droits des noirs, les droits des domestiques contre les maîtres, des fermiers contre les châtelains, des soldats contre leurs officiers, et maintenant donc les droits des animaux contre les anatomistes et les charretiers. Pourquoi pas ? Nous serons bientôt les hommes les plus puissants de la terre, ligotés dans une foule de droits. Il ne nous manquera que notre liberté désuète d'hier, de vivre à notre idée ou quasi.

— Monsieur, quittez ce bord, allez de l'autre, voir monter la côte anglaise, dit Mr Black. Je vous promets que nous nous débrouillons encore très bien pour vivre tranquilles et chacun pour soi. Nous sommes des égoïstes. D'ordinaire nos hôtes s'en trouvent bien, surtout quand ils ont un peu trop tâté du nouveau bonheur collectif à la française. Où logerez-vous ? A Londres, sans doute ?

Sur l'autre bord, lord Purcell venait de poser presque la même question à sa voisine.

— Nous ne resterons pas à Londres, dit Louison. Monsieur Morris nous offre l'hospitalité chez lui, en Amérique.

— Je suis parieur et vous parie, madame, que vous n'irez pas jusque-là, dit sir Anthony. J'ai déjà vu beaucoup de Français possesseurs d'une terre en Amérique, passant par Londres avant de s'y en aller, et n'en bougeant plus. Les Anglais sont bien connus pour savoir coloniser l'étranger.

Il la détaillait avec un plaisir certain.

— Vous vous ferez, madame, merveilleusement à notre climat : vous en avez déjà le teint. Iriez-vous de bon cœur vous le gâter chez les Hurons ? Je suis sûr que les Américains redeviennent sauvages depuis qu'ils ne veulent plus être anglais. De reste, voyez Morris : il vous conseille New York mais lui, en bon civilisé, vit à Paris, à Londres ou à Bruxelles ! Encore une fois je vous tiens le pari : vous n'irez point à New York. Mon ami Wycombe donne son bal de l'été dans trois jours. On ne résiste pas au charme du bal de l'été chez lord Wycombe, on veut voir le prochain.

— Maman, j'aimerais mieux aussi vivre à Londres, avec un petit cheval, dit la voix d'Aurore, impérative.

— Sir Anthony, vous avez été très imprudent, dit Louison. Il ne fallait pas parler de vos ponys à ma fille. Elle me réclamera d'en voir jusqu'à me rompre la tête.

— Madame, j'en élève chez moi, et je demeure tout près de Londres, dit sir Anthony.

Sans lui répondre Louison se mit machinalement à caresser les cheveux d'Aurore, coincée entre sa jupe et celle de Suzanne. Elle regardait la côte anglaise se hausser vague par vague sur la mer, toujours plus distincte, plus variée, plus colorée, plus réelle. Les premières mouettes aventurées de Douvres venaient, en criant, reconnaître le voilier de chez elles et claquaient des ailes, joyeuses, au-dessus des mâts.

— Sir Anthony, comment nomme-t-on votre manoir ? demanda-t-elle soudain.

— Rosefield, dit sir Anthony. Une lady Rose l'a fait bâtir, pour s'en faire une maison des champs, il y a longtemps.

— Rosefield, répéta Louison. Le champ de la rose. C'est un joli nom.

Table

DU MÊME AUTEUR

Aux Éditions Albin Michel

Vous n'allez pas avaler ça !, 1971
Don Juan est-il français ?, 1973
Moi, un comédien (avec Jacques Charon), 1975
Croque-en-bouche, 1976
Monsieur Folies-Bergère, 1978
La Bougainvillée*, Le Jardin du Roi, 1982
La Bougainvillée**, Quatre-Épices, 1982
Louison ou l'heure exquise, 1987

Chez d'autres éditeurs

Ils parlent d'elles, Grasset, 1968
Journal d'une assistante sociale, Édition Spéciale, 1970

La composition de ce livre
a été effectuée par Bussière à Saint-Amand,
l'impression et le brochage ont été effectués
sur presse CAMERON
dans les ateliers de la S.E.P.C. à Saint-Amand-Montrond (Cher)
pour les Éditions Albin Michel

AM

Achevé d'imprimer en décembre 1988
N° d'édition : 10453. N° d'impression : 6262-2099
Dépôt légal : décembre 1988

Imprimé en France